SHENYI HUANGHOU

神医凰后

苏小暖 著

③

【上册】

青岛出版社
QINGDAO PUBLISHING HOUSE

图书在版编目（ＣＩＰ）数据

神医凰后. 3 / 苏小暖著. — 青岛：青岛出版社，
2020.6

ISBN 978-7-5552-8974-6

Ⅰ．①神… Ⅱ．①苏… Ⅲ．①长篇小说－中国－当代
Ⅳ.①I247.5

中国版本图书馆CIP数据核字（2020）第030984号

书　　名　神医凰后 3

著　　者　苏小暖

出版发行　青岛出版社

社　　址　青岛市海尔路182号（266061）

本社网址　http://www.qdpub.com

邮购电话　010-85787680-8015　13335059110

　　　　　0532-85814750（传真）　0532-68068026

责任编辑　李文峰

特约编辑　孙红彦

校　　对　耿道川

装帧设计　80·小贾

照　　排　梁　霞

印　　刷　三河市良远印务有限公司

出版日期　2020年6月第1版　　2020年6月第1次印刷

开　　本　16开（700mm×980mm）

印　　张　34.5

字　　数　417千

书　　号　ISBN 978-7-5552-8974-6

定　　价　68.00元（全二册）

编校印装质量、盗版监督服务电话　4006532017　0532-68068638

建议陈列类别：畅销·古代言情小说

目 录【上册】

目 录【下册】

第一章
跌落冰川

凤舞一脸疑惑，不对啊，她捡到君临渊的这个空间储存袋时，随手就能打开呀，根本不用什么血契。

"你看错了吧？"凤舞睁大眼睛看着御冥夜。

御冥夜："没错，你这个空间储存袋就是荣耀级别的，因为一般的空间储存袋只有一两平方米，而你这个至少上百平方米，我说得可对？"

凤舞点头。

"等等——"御冥夜看着空间储存袋，眼睛一亮，"给我看看！"

凤舞立刻递给了他。

"这这这……这不是……"御冥夜睁大眼睛，"这不是太上老祖的空间储存袋吗？"

凤舞不解地道："太上老祖是谁？"

御冥夜解释道："那是个很厉害很厉害的人形魔兽，如果没记错的话，当初君临渊废了半条命，才将那只化形为人的异形金刚猿打死。可是，这个空间储存袋怎么会在你手里？"

凤舞回道："他丢了不要了，我捡到的。"

御冥夜用看白痴一样的目光看着凤舞："你知道荣耀级别的空间储存袋有多稀罕吗？价值连城……不，一座城池都比不上它的价值。君临渊会把它丢了，被你捡到了？"

凤舞："本来就是这样嘛！"

御冥夜："君临渊大战太上老祖的时候我也在，那时不知道有多少人想要这个宝贝，甚至有人出一座要塞，君临渊眉头都不动一下，你却说他丢了，你捡了？"

凤舞："就是这样子的嘛！"

御冥夜："我信你才怪呢！"

凤舞面上和御冥夜说得轻松，心里却觉得怪怪的。既然这个空间储存袋如此贵重，别人拿要塞来换，君临渊都毫不心动，为什么要将它丢给自己呢？难道其中有诈？

凤舞拿着空间储存袋翻来覆去地看，也没看出有什么不对劲的地方。不过，现在不是纠结这个的时候，现在最重要的是布置异火杀阵。

"当年那只金刚猿是什么属性？"凤舞问御冥夜。

御冥夜："火属性。"

凤舞眸中浮现一抹喜色，火属性好，这个空间储存袋刚好派上用场。

凤舞布置完阵法，还缺一个阵眼，而这个阵眼嘛……

"你的空间储存袋呢？"御冥夜见空间储存袋不见了，有些好奇。

"那可是有大作用的，到时候你就明白了。"

就在这时，外面传来一阵沉重的脚步声。

"来了！"

凤舞和御冥夜躲进阵法中，凤舞盯着御冥夜："刚才叮嘱你的话，可记住了？"

御冥夜道："你就放心吧，我什么时候不靠谱啊？"

凤舞无语地望着他："你什么时候靠谱过？"

御冥夜："……"

说话间，君临渊从外面冲了进来。他刚进来便感觉到了麒麟洞内的异样——阵法！之前救凤小舞的时候，这里根本没有阵法，现在居然……

凤小舞！君殿下眸中爆出一抹精光，瞬间明白了这是凤舞设下的阵法，而目标就是他身后的那只雪夜冰魄兽。

"吼——"雪夜冰魄兽暴冲而入。

君临渊对阵法虽然不如凤舞那般精通，但也绝不陌生，何况凤舞设置阵法的时候还给他指明了方向——雪夜冰魄兽冲进来后看到的是层层叠叠的高山，而实际上只是一个个小土堆。

"吼——"雪夜冰魄兽怒吼一声。

君临渊在阵法中游走，衣袂飘飘，潇洒自如，雪夜冰魄兽根本追不上他。

凤舞不由得暗赞一声，不愧是君临渊，一眼就看出了她这个阵法的破绽，而这个破绽正是用来对付雪夜冰魄兽的陷阱。

可怜的雪夜冰魄兽有勇无谋，而君临渊有勇有谋，如此下去，很快就会分出胜负的。

突然，在雪夜冰魄兽的视野盲区，嗖——君临渊从暗处闪现，手中诛天剑快速刺向了雪夜冰魄兽。

雪夜冰魄兽想躲避，却一脚踏入了凤舞设下的陷阱。陷阱内布满钢针，扑哧、扑哧——每一根都有手掌长，深深刺入了雪夜冰魄兽的脚掌之内。

这些钢针是凤舞特制的，淬满了毒液，别说深深刺入了，就是蹭破一点皮都不得了，只不过毒素蔓延得不会那么快。

雪夜冰魄兽朝君临渊暴冲而去，君临渊的身影却瞬间消失在了原地，雪夜冰魄兽眼中一片茫然不解。

隐藏在暗处的凤舞眸中浮现一抹笑意。君临渊不愧是君临渊，她在可躲避之处做的记号如此隐蔽，他却一眼能看出来。

砰砰砰……君临渊借助凤舞的阵法，不停地猛击雪夜冰魄兽。

可怜的雪夜冰魄兽，体形虽然庞大，但脑子跟不上，只能被动挨打，气得哇哇大叫，直跺脚。

突然，凤舞心中一惊，不好，君临渊居然朝她这边过来了。

这不可能啊！她隐藏得这么深，要找到她，必须找对她幻化出的九十九条弯道中的一条，他真的不精通阵法吗？

还没等凤舞反应过来，君临渊已经拽住了她的手。

"你——"凤舞惊呼一声，"还不快去打雪夜冰魄兽，抓我干吗？"

君临渊的目光冰寒，他盯着凤舞："你还敢待在这儿，还不快出去？！"

凤舞抬着下巴："最危险的地方就是最安全的地方！这是我布置的阵法，我最知道它的威能！"

就在这时，咔嚓咔嚓……四面八方结起冰霜来，雪洞内的温度本来就低，现在变得更低了。

凤舞忍不住打了个哆嗦："好冷。"

君临渊第一反应不是冷，而是去看雪夜冰魄兽。此刻的雪夜冰魄兽全身都是伤口，鲜血渗透而出，带着怪异的气息，而它的周身散发出极寒的白雾。

"不好！"凤舞和君临渊异口同声道。

"雪夜冰魄兽这是在释放寒冰雾气！"凤舞拉着君临渊，惊呼连连，"它要将这阵法冻坏！"

凤舞不得不佩服雪夜冰魄兽，它被君临渊攻击得全身是伤，这样对战下去，它

3

必会因失血过多而死，君临渊则将取得最后的胜利。雪夜冰魄兽不懂阵法，它便以最简单粗暴的方式将这阵法摧毁，这样一切都会归于起点。没有阵法相助，君临渊只能处于它的下风。

必须阻止！君临渊再次偷袭雪夜冰魄兽。

诛天剑径直刺向雪夜冰魄兽，君临渊却惊讶地发现，雪夜冰魄兽全身被白色冰霜覆盖，诛天剑只能刺入它的表皮，无法伤其筋脉。

雪夜冰魄兽发出一声怪笑："人类少年，你终于出来了！"它嗜血的双眸盯着君临渊。

它身上有伤，君临渊身上也有伤。

它身中奇毒，君临渊也身中奇毒。

它将冰霜寒气散出，君临渊不得不站出来正面对抗它。

咔嚓咔嚓……雪夜冰魄兽继续凝结冰霜。

君临渊盘坐在地，双手结印在胸前，很快，一缕异火从他指尖游荡而出，紧接着，无数异火冲天而起，与冰霜对抗。

一个是异火属性。

一个是冰霜属性。

一个试图用冰霜将阵法冻结，使其无法运转。

一个试图用异火将冰霜驱散，使阵法正常运转。

冰霜和异火激烈对抗着，范围逐渐缩小，最后只在周身范围，看得出来双方实力相差无几。

凤舞心头一动，现在他们打成平手，只差最后一根稻草了，如果她加上这根稻草呢？

"你要去哪里？"见凤舞要蹿出去，御冥夜一把抓住了她的手。

"成败在此一举了！"

凤舞拿到空间储存袋之后，就让彩凤鸟在里面积攒一个个异火小火球，而彩凤鸟的异火得自于君临渊，一脉相承，所以，应该不会有什么问题。

君临渊身前是腾腾的火焰，雪夜冰魄兽身前是凝结的冰霜，互相逼近，又互不相让。

凤舞心头狂喜，这就是压死骆驼的关键时刻了。说时迟那时快，凤舞拿着空间储存袋对准雪夜冰魄兽的脑袋砸了过去，砰——空间储存袋里一个个小小的异火球砸在了雪夜冰魄兽的脑袋上。

"嗷——"雪夜冰魄兽发出了一声惨叫。

不只空间储存袋里的小火球，君临渊手里的异火也朝雪夜冰魄兽砸了过去。雪夜冰魄兽被恐怖的异火包围，熊熊烈火在它身上燃烧。

"啊——"雪夜冰魄兽灵魂仰天怒吼。

轰隆隆——

烈火杀阵忽然发出一阵轰鸣声。

君临渊和凤舞下意识地道："不好！"

雪夜冰魄兽化为冰火巨人，黑色的戾气在它周身游荡，凤舞布置的这个阵发出咯吱咯吱的声音，几近碎裂。君临渊拉着凤舞就往外冲。雪夜冰魄兽巨大的手掌一挥，就将君临渊和凤舞圈在了阵法里。

玄奕等人一看情况不妙，冲进来想要救人，却听凤舞急道："快走！快走！不要进来送死了！"

话音刚落下，雪洞就碎裂了，她布下的阵法更是荡然无存。

"吼——"雪夜冰魄兽狂吼一声，方圆十里灵气荡漾，天地间发出咔嚓咔嚓的碎裂声，地底下旋涡遍布，宛若地震波，震得人根本站立不住。

如果君临渊没有受伤，他肯定能带凤舞出去，可是现在……凤舞看他的脸，已经呈暗黑色了。

即便如此，君临渊依旧将凤舞护在怀里，头顶滚落的冰块没有砸到凤舞一丝一毫，凛冽的罡风也没有伤到凤舞一丝一毫。

突然，地面发出一道剧烈的咔嚓声，凤舞低头一看，暗叫一声不好，地面裂开了一道细缝，冰川浮现了。

凤舞想提醒君临渊已经来不及了。

"去死吧！"狂暴无比的雪夜冰魄兽临死之前，庞大的身躯往君临渊身上一撞。

那冰川深不见底，摔落下去，一定尸骨无存。

君临渊被雪夜冰魄兽撞得倒飞出去，与此同时，他用力将凤舞抛了出去。

雪夜冰魄兽跌下冰川的时候，猛地倒吸了一口气。它对凤舞的仇恨远比对君临渊的要深，如果不是这个小姑娘最后那一下，它绝对不会输，所以，死前的最后一刻，它选择带凤舞走。

雪夜冰魄兽倒吸一口气，那是它生命中的最后一口气，绵长而幽怨，却正好将凤舞倒吸过去。

"不——"凤舞口中发出一声惊呼，可她还是被雪夜冰魄兽吸走了。

"君老大！"

"凤小舞！"

风浔、玄奕、御冥夜，都没想到变故发生得如此之快，只一瞬间，君临渊、凤舞和雪夜冰魄兽便摔下去了。

一眼望不到底的冰川，漫天弥漫的寒冰雾气。

　　君临渊和凤舞跌落冰川的同时，傲世雪原之外，左铭带着所有人的期待来到了帝国学院。

　　他正准备从方阁老手上接过代理院长的职权，就在这关键时刻，咔嚓咔嚓的声音响了起来。

　　"什么声音？"广场上的众人面面相觑，眼中皆浮现疑惑和不解。

　　"啊，你们快看，快看排行榜！"不知道谁惊呼了一声。

　　学生家长们全都看向帝国学院墙上的排行榜。原本因为帝国学院和傲世雪原之间的链接断了，排行榜变成了灰色，而现在排行榜亮了，这说明了什么？！

　　在场的人眼睛全都闪闪发亮，惊喜不已："傲世雪原又恢复链接了是不是？傲世雪原又恢复链接了是不是？！"

　　排行榜上，第一名是轩辕靖，第二名是公孙晴……

　　方阁老正要将代理院长的职权让给左铭，突然发生这样的事，方阁老朝左铭一抱拳："左大人，此事要稍缓了。"说罢，方阁老和帝国学院其他大佬一起进入了只有大佬才能进入的核心区，在那里能看到傲世雪原的一切。

　　"左大人，请留步。"方阁老对想要跟进去的左铭摆手示意。

　　左铭的脸色变得非常难看！

　　为什么帝国学院会和傲世雪原失去链接？这跟左铭的关系可大了去了，因为他就是幕后的那双手。他不仅暗中派刀锋小队去追杀凤舞，还派了一个鬼魅般的身影在暗中扭转乾坤，阻断帝国学院和傲世雪原的联系。也正因如此，左族长才有把握，这次他能够修复帝国学院和傲世雪原的链接，从而顺理成章地将帝国学院收入囊中。

　　原本这个位置就是他大哥左赫的，为何他不能收回来？只是他怎么都没想到，他千算万算算到了一切，唯独没算到这链接会自动恢复。

　　左铭眉头紧蹙，想不明白这是怎么回事。

　　这时，方阁老等人已经来到了核心区。

　　屏幕上，漫天大雪，笼罩着皑皑雪原。

　　一看这雪量，方阁老惊呼一声"不好"！

　　此刻傲世雪原的雪量，比以往他们所见的厚了一倍有余，傲世雪原的温度也比以往下降了一半。

　　大家看着屏幕上的考生，一个个原本生龙活虎的少年，此刻看上去很是凄惨，双颊冻得通红，嘴唇冻得发紫，眉眼凝结着冰霜，连头发都变成了白色。

　　"方院长，外面的考生家长都强烈要求观看傲世雪原的实况。"一位老师走进来，急切地对方阁老道。

方阁老眉头微蹙，这事并非没有先例，但……

"陛下有旨，念在考生家长担心考生的分上，特令方院长转播傲世雪原的现场实况。"就在方阁老犹豫的时候，大总管来了。

陛下有令，方阁老怎能不从？于是，方阁老一挥手："转播吧！对了，也给宫里转一份。"

方阁老自然知道太后她老人家最担心君殿下了，现在有机会知道君殿下的情况，她老人家一定很开心。

左铭一听要将实况转播给所有人看，当即心里一惊！如果画面不小心切换到他派进去的人，那可如何是好？左铭握紧了拳头，他意识到事情有些失控了。

"左大人可是在担心什么？"方阁老看了左铭一眼，目光深不见底。

既然实况都能转播出去了，左铭自然也被邀请进了核心区，这个只有帝国学院七大长老有资格踏足的地方。

左铭内心有点慌，面上却不动声色，淡然一笑："方阁老说笑了，我们家嫡系子弟没有参加此次考核，所以您所说的担心，我还真没有。"

"是吗？"方阁老嘴角勾起一抹漫不经心的弧度。

左铭在心中暗暗祈祷，方阁老的眼神可不要太过尖锐。

"我们先看看君殿下吧。"左铭提议。

方阁老拥有特权，能决定将画面转移到哪个方向、定位在谁身上。

方阁老却摇头："君殿下不是考生，所以定位不到他身上，更何况君殿下一开始就抹除了视线，画面上是看不到他的，除非……"

左铭："除非什么？"

方阁老："除非他跟考生在一起。"

说完，方阁老用意念操控着画面的方向，以高空俯视的角度扫过傲世雪原，很快画面定格在了轩辕靖身上。轩辕靖正在拼命地跑，他身后一群人也在飞快奔跑着。

"不好！山河倒灌，冰川突现……"轩辕长老第一个站起来，面露惊异之色。

冰川在考生们身后，以肉眼可见的速度追逐着他们。

广场上的考生家长们都紧张地看着大屏幕，面露惊慌。

"天啊！"

"怎么会这样？"

"我的孩子会死吗？"

"君殿下呢？不是说君殿下等人进去救考生吗？他们人呢？"

就在这时，地面发出一阵疯狂的颤动。

"啊——"一道惊呼声传来。

这是？方阁老心中一惊，这是凤舞的声音。

画面陡然转向凤舞，然后，所有人都亲眼看到他们敬若神明的君殿下，被一只狂霸无比的魔兽撞进了冰川之中。

"不——"

大屏幕前的众人全都震惊地掩唇，难以置信地看着这一幕。那可是君殿下啊，无所不能、强大无比的君临渊殿下，他居然被那只恐怖的魔兽撞进了冰川，这到底是什么魔兽？！

"雪夜冰魄兽，这是傲世雪原强大的领主！"轩辕长老难以置信地望着方阁老，"雪夜冰魄兽出世了！"

方阁老的面色是前所未有的凝重，他意识到自己之前想得太简单了。雪夜冰魄兽何其强大，凤舞居然将主意打到了它的身上，要挖它的冰魄之心，即便有御冥夜帮忙……大意了，真的大意了。

"天啊——"皇宫中，看到这一幕的太后直接吓晕了过去。

整个帝都陷入了震惊之中。

无所不能的君殿下竟然跌落冰川了，他会死吗？他可是君武帝国的希望啊！

"快、快、快！"大家都催促方阁老，"快看君殿下啊！"

方阁老也担心不已，如果君临渊在傲世雪原出了事，他这个院长也当到头了。

"母后！"君武帝看到君临渊跌落冰川，也是一阵胆战心惊，可是太后吓晕过去了，他必须得立住。楚太医赶过来之前，君武帝赶紧掐太后的人中穴。

此时，太后的慈宁宫中不仅有君武帝，还有独孤皇后。独孤皇后最近各种奉承太后，在太后面前低眉顺眼、温顺有加，太后对她也没以前那么排斥了，还常常让她跟在身边。

君临渊摔下冰川生死未卜，独孤皇后眼中浮现一抹惊喜，又怕被人发现，赶紧低垂下眼眸。君临渊真的会死吗？如果他死了，继承者的位置岂不是她家二皇子的了？

就在独孤皇后想入非非的时候，太后悠悠醒转了。

"我的君宝啊……"太后哇的一声哭出来，双手紧紧拽着君武帝，"皇帝啊，君宝如何了？哀家的君宝如何了啊？"

君武帝也不知道啊，他也着急啊！

"这方阁老怎么还不将画面转过去呢？朕要看的是君临渊！"君武帝吩咐下去，"去告诉方阁老，赶紧将画面转过去！"

事实上，不等接到命令，方阁老已经将画面转过去了。好在有一个凤舞，不然还真看不到君殿下的身影。

嗖嗖嗖……耳边是凛冽的罡风，凤舞、君临渊和雪夜冰魄兽正往下坠落，速度快得难以想象。

不好！此刻，君临渊在最下方，雪夜冰魄兽居中，她则在雪夜冰魄兽的腹部，如果坠落在地，很明显君临渊是被压在最下面的，到时候即便他是君临渊，也会被砸成肉酱。

眼看就要到底了，凤舞赶紧伸手去抓君临渊。

这一幕，所有人都看见了，特别是太后，胆战心惊地捂着胸口，紧张地祈祷着。

凤舞这一抓却抓了个空，她自己都差点从雪夜冰魄兽的腹部掉下去，她赶紧抓住雪夜冰魄兽稳住了身形。不行，得赶紧想办法，不然君临渊会死的。

屏幕外，所有人都揪心不已。

太后攥紧拳头，喃喃自语："凤小舞啊凤小舞，只要你救了哀家的君宝，哀家以后一定对你好好的，你可一定要救太子啊！"

一旁的独孤皇后的嘴角却浮现一抹冷笑。凤舞一个废物，怎么救君临渊？开什么玩笑？

"凤舞……可是一个没有灵气的废材啊……"独孤皇后幽幽叹了一声，故作愁苦之色。

一时间，慈宁宫内，所有人都陷入了绝望。是啊……凤舞一个废物，怎么可能抓得住昏迷不醒的君临渊？

太后眼中的期待瞬间转为绝望。

"凤舞，如果你救不了太子，哀家定让皇帝将你满门抄斩！"太后气急败坏地吼道。

凤舞是废材，太后知道不是凤舞的错，可是这时候，她依旧将此事迁怒于凤舞。在场的人，都对凤舞报以最深的同情。

为了方便太后问话，方阁老等人匆匆从帝国学院赶来了皇宫。

君武帝和太后的脸色已经难看到一定程度了。整个慈宁宫被阴郁的气氛笼罩，黑雾弥漫。

没有人知道，如果君临渊死了，陛下和太后会做出怎样疯狂的事来。凤舞也不知道，她只是本能地想要救君临渊。她迅速从怀里抽出一根绳子，绳子两头分别系在自己和雪夜冰魄兽身上，然后，她纵身而下，坠落到了君临渊身边。

这时候，屏幕外的人都替凤舞捏了一把冷汗。在平地做这件事容易，在下坠深渊的过程中，她还能如此沉着冷静，实在是出乎所有人的意料。

太后的眼睛死死盯着大屏幕，恨不得冲进去将君临渊拽上去。

凤舞虽然人已经下去了，想将君临渊拽上去却不是一件容易的事情，现在唯一的办法就是唤醒君临渊。

凤舞拍着君临渊的脸："醒醒，快醒醒。"情急之下，凤舞的手劲儿是有点大的。

太后一看，顿时怒了："这个凤舞怎么回事？她手劲那么大，太子都快被她打死了！"

方阁老默默瞅了太后一眼。生死关头，太后老佛爷居然还在意这个？

事实上，很多人都对凤舞怒目而视，特别是女生！那可是她们心目中不可亵渎的男神，凤舞怎么可以这样？啪啪啪地打，她怎么下得去手啊？！

凤舞正忙着救君临渊，哪里知道自己的一举一动都被大屏幕外的人看到了，更不知道那么多人对她恨得咬牙切齿。

凤舞急坏了，君临渊不醒，她只能自己想办法了。凤舞调整了一下身形，用绳子将君临渊绑在自己背上，然后双手拽着绳子就要往上攀爬。

本来下坠的速度已经很骇人了，现在还要往上攀爬，这是何等的难度，偏偏这时候，咔嚓咔嚓……凤舞抬头一看，雪夜冰魄兽扭着脑袋正用那双黑漆漆的眼睛盯着她——这只雪夜冰魄兽居然还没死，还能喘气呢！现在真是难度加上难度还有难度，要活下来真是太难了。

屏幕外的人看到雪夜冰魄兽那双黑漆漆的眼睛时，心脏都漏跳了一拍，特别是太后见雪夜冰魄兽还活着，整个人都不好了："它居然还活着！它怎么可以还活着？"如果可以的话，太后真想将雪夜冰魄兽碎尸万段。

君武帝更是焦急地攥紧了拳头："凤舞，凤小舞，你可千万要挺住啊！"帝国不能没有君临渊，他是帝国有史以来最优秀的继承者。

这时，风王妃风风火火地冲了进来："怎么样了？现在怎么样了？太子殿下遇到危险了吗？"

太后看到风王妃，就像看到主心骨一样，赶紧丢开独孤皇后，握住了风王妃的手："雅雅啊，你快看，快看啊！君宝他……"

风王妃朝大屏幕望去，只见凤舞将君临渊绑在背上，拽着绳子正往上攀爬，而那只雪夜冰魄兽挺着一口气正撕咬着绳子，原本很粗的绳子被雪夜冰魄兽的牙磨得越来越细，终究是会断裂的。

所有人都清楚，如果这时候凤舞将君临渊抛下，她自己是可以爬到雪夜冰魄兽身上的，她也应该不会摔死。

太后抬眸看见凤舞开始解将她和君临渊绑在一起的绳子，她老人家的脸色瞬间变得非常难看。她指着大屏幕里的凤舞，声音颤抖、气急败坏地道："她在做什么？她准备做什么？"

凤舞准备做什么？很多人的第一反应是，凤舞该不会是准备将君临渊丢弃，保住她自己的性命吧？

生死之际，是别人活还是自己活？人们扪心自问，答案都是自己活，所以，凤舞的选择其实没毛病。但是，现在这样的情况，所有人都看见了，如果凤舞做了这个选择，即便她活着出来，面临的也是无尽的炼狱。皇家报复的手段不是一般人能想象出来的，到时候死的可就不只是她一个人，还会有跟她有关系的所有人。

风王妃握紧拳头，紧张得脸上的肌肉紧绷。

方阁老也是心惊肉跳，他老人家的情绪已经很多年没如此波澜起伏过了。

然而，凤舞的选择出乎所有人的意料，就在雪夜冰魄兽发出狰狞冷笑即将坠落地面之际，凤舞用尽全身的力气将君临渊往上一抛。

方阁老心头一紧，不好，凤舞这丫头暴露她有灵力的事实了。如果不用灵力，她徒手怎么可能将君临渊抛上百米之高？并且，还有一只鸟飞出来接住了君临渊的身体，而这只鸟分明是她的坐骑，如果她没有灵力，又怎么可能跟魔兽签契约，让这只飞行坐骑听命于她？凤小舞，你这孩子暴露了啊！方阁老环顾四周，好在大家的注意力都在君临渊的安危上，没注意到凤舞这一手，方阁老心里暗暗松了口气。

然而，雪夜冰魄兽贼心不死，目光冰冷地盯着凤舞，眼眸中浮现一抹狰狞的冷笑，随即，它用尽最后的力气朝凤舞撞去——能撞死一个是一个。

不好！凤舞心头一惊，挥手射出一道火焰，炙热的火焰宛若一条飞舞的长线射向雪夜冰魄兽的眼睛。扑哧——雪夜冰魄兽的眼睛瞬间被射穿，它惨叫的声音响彻苍穹。

此刻，凤舞快坠落地面了，最后关头，她甩出手中的绳索，圈住了雪夜冰魄兽的脖子，随即，她的身体猛地旋转，和君临渊同时落到了雪夜冰魄兽的身上。下一秒，雪夜冰魄兽轰然落地，砰——雪夜冰魄兽的肚子炸裂开来，内脏溅了一地。

落地之前，凤舞考虑到君临渊的伤势，便将自己的身体垫在了他的身下。

"嗷！"凤舞胸口被君临渊的脑袋撞击了一下，疼得她一阵胸闷，差点晕过去。

好在，他们有惊无险地落到了地面。

此刻，屏幕外的人全都看得目瞪口呆。

"这是凤舞吗？"

"这是凤舞做的吗？"

"真的没有看错吗？"

"她……是怎么做到的？"

"等等！"人群中，忽然有人大声喊道，而这个人正是轩辕长老，"凤舞不是废物吗？她不是没有灵力吗？可她这样子，像是没有灵力吗？！"

大家一听，全都回过神来。对啊！刚才凤舞那干净利落、行云流水般的动作，有灵力的人都做不出来，更何况是一个没有任何灵力的废物了。

"这叫没有灵力？那我们怎么活啊？"

"等等，你们注意到没有？刚才从凤舞手中射出了一条火线，射死了雪夜冰

11

魄兽。"

"那分明是火元素，她这叫没有灵力？！"

"还有、还有，那只飞出来的鸟，分明是一只灵宠！能契约灵宠，这叫没有灵力？！"

……

一时间，众人议论纷纷。

方阁老扶额，暴露了，暴露了，这下真的暴露了。

人群中，有两个人的脸已经呈铁青色了，那就是左铭和独孤皇后。凤舞居然不是废物，她居然有灵力，并且从刚才她出手的样子看，实力还相当不错，绝非一般的灵师境。

左铭惊疑不定，当年凤舞的凤凰真血是真的被废了啊，难道凤凰真血又回来了？左铭握紧拳头，决定回去后一定要写信告诉左青鸾这件事。

君武帝和太后也很震惊，凤舞居然有灵力，这丫头到底是怎么瞒过所有人的？

君武帝想起凤舞之前说过的话，是左家派人害了她，所以，她是怕左家人知道她恢复实力后报复她吗？想到这儿，君武帝用眼角余光瞥了左铭一眼。这一眼，君武帝心中微动，左铭的脸色很不好看，所以，凤舞之前所言应该是可信的。

太后真正关心的则是："我的君宝呢？我的君宝没事吧？我的君宝怎么还没醒过来？"

所有人都被凤舞有灵力这件事震惊了，暂时忽略了君殿下，经太后一提醒，大家的注意力又纷纷回到君殿下身上。

此时，凤舞已经将君临渊从雪夜冰魄兽身上拽下来了。

大家全都惊讶地望着凤舞。

"她的动作可真粗暴啊！"独孤皇后嘀咕了一声。

确实，凤舞将君殿下从一堆血肉中拽出来，动作简单粗暴，就像拽着一个破布娃娃，一点都不怜惜。

大家都惊奇地瞪大了眼睛，尤其是帝国的姑娘们。君殿下是谁？那可是她们心中的男神，可远观不可亵渎的存在，她们连远远看一眼君殿下都觉得奢侈，这个凤舞居然这样将君殿下拖出来了，他又不是雪夜冰魄兽的内脏！一时间，很多人都气愤难当。

太后脸色非常不好，眼睛死死瞪着凤舞，恨不得将凤舞瞪死。

方阁老看着太后铁青的脸色，不由得捂住了眼睛。凤小舞啊凤小舞，你可长点心吧！

这时，不知道谁嘀咕了一句："不都说凤舞喜欢君殿下吗？她就是这样喜欢君殿下的？”

其他人面露不解之色。凤舞那粗暴的动作，可真是一点都没看出来她喜欢君殿下。

不仅慈宁宫里的人一脸狐疑，此刻，整个帝国看大屏幕的人也都难以置信。

陛下下令实况转播，很多人都往帝国学院的广场赶去，不一会儿，那里就被围得水泄不通。凤琉、凤大人、凤大夫人、段朝歌的家人、叶雅菲……都站在帝国学院的广场上，他们也看到了凤舞拽君殿下的一幕。凤琰峰的脸立马就黑了，他恨不得掐死凤舞。那可是君殿下啊，能这么拽吗？！

段大人下意识地看向凤琰峰：“凤大人……您家这位姑娘……”

凤琰峰：“家教不严，让段大人见笑了。”

凤琰峰内心纠结啊！这画面要持续到什么时候？接下来，凤舞还会做出怎样大逆不道的举动？

就听有人议论：“我还以为凤舞喜欢君殿下呢！看这样子，好像不是哦！”

“凤舞可是被君殿下退过亲的，受此等羞辱，她怎么可能还会喜欢君殿下？你在开玩笑吧？”

“君殿下何等优秀，何其强大，喜欢他有什么不对？”

“君殿下是很优秀很强大，可是凤舞也不差啊！”

“凤舞不差？凤舞可是有个外号叫‘废舞’，你不知道吗？”

“这位客官，您是没看前半段吧？”

“什么前半段？”

“如果你有看前半段，你不可能不知道，凤舞是有灵力的，她不是‘废舞’，她的修为厉害着呢！”

凤琰峰一听，脑袋蒙了一下。什么情况？凤舞有灵力？呵呵呵，怎么可能？凤琰峰压根不信，因为他在凤舞身上感觉不到一丝灵力波动。

“怎么可能……这怎么可能？”凤大夫人和凤琉面面相觑，都在对方眼中看到了难以置信。

“这不可能……一定是他们看错了，绝对是看错了……”凤大夫人喃喃自语，她是最难接受凤舞恢复修为这个事实的人。

难道凤舞站在家族之巅的日子又要开始了？这还不是最重要的，最重要的是，如果凤舞知道当年她修为被废跟大房有关……大夫人瞳孔剧烈收缩。

凤琉更是紧张得心脏都要跳出来了，心情恶劣得如同雷暴天气。不不不……一定是别人看错了，她死都不愿意承认这个事实。

不愿意承认这个事实的何止凤琉，叶雅菲、段朝乐……无数女生希望这是一场噩

梦，一觉醒来就会恢复原状。

此刻，凤舞摇晃着君临渊："君殿下，君殿下，醒醒！"

君临渊沾满血污的脸上却没有一丝血色，他眼眸紧闭，牙关紧咬，整个人处于昏迷状态。

凤舞探了一下他的鼻息，脸色大变。

太后死死盯着凤舞，见她面色凝重，当即惊慌失色："怎么了？怎么了？哀家的君宝这是怎么了？"

很多人都跟着惊呼出声。最难的一关都过了，君殿下可千万不要死啊！

凤舞给君临渊把脉后，她的脸色更凝重了。君临渊身体里的毒素已经蔓延到心脏了，如果现在不抢救，他真的会有性命之忧。刺啦——凤舞将君临渊胸口的衣服扯开，一片瓷白的细腻肌肤展现在众人面前。

凤舞居然扒君殿下的衣裳！女生们看了，一个个摩拳擦掌，只想将凤舞换成自己。

太后知道凤舞这是在检查君临渊的身体，所以没有说话。

然而，下一秒，让所有人难以置信的画面出现了！只见凤舞低垂下脑袋，眼睛紧紧盯着君临渊，然后视死如归般俯身而下，攫住了君殿下的唇。

"天啊！"

"凤、凤、凤舞她、她、她……"

"她在做什么？她到底在做什么？"

"君殿下正处在生死关头，她不救人，却趁机对昏迷不醒的君殿下行不轨之事！"

"天啊！刚才她那动作简单粗暴，还以为她对君殿下没有意思呢，没想到这个女人竟然这么猥琐！"

"太可怕了！怎么会有这么可怕的女人？好想杀了她！"

……

凤琰峰的脸色变得更难看了，凤舞她……简直疯了！

太后的脸已经呈猪肝色，君武帝的面色沉得能滴出水来了。

"凤舞！这个凤舞！哀家一定杀了你！杀了你！"太后握紧拳头，面目狰狞。刚才她以为凤舞在救人呢，她以为凤舞对她家君宝没意思呢，没想到凤舞居然……太后不用想都知道接下来会发生什么事。这个凤舞，她死定了，她真的死定了！

君武帝瞪向方阁老："外面还在转播吗？"

方阁老一拍脑袋，他都被凤舞的举动吓迷糊了，完全忘了帝国学院广场的大屏幕。

"还不赶紧关了！"君武帝冲方阁老怒吼道。

方阁老连连点头。

他不用出去，用意念就可以操控，啪嗒！帝国学院广场的大屏幕一下就黑屏了。

广场上的人顿时不乐意了。

"怎么回事？这是怎么回事啊？"

"怎么黑屏了啊？我们正看到关键处，怎么不让看了啊？"

"人呢？帝国学院的负责人呢？赶紧将大屏幕修好啊！"

……

相较于其他人的催促，凤琰峰的脸色像墨汁染了般，他怎么都没想到剧情居然是这样发展的，凤舞居然……凤琰峰觉得，凤族这下真的要完蛋了，会被满门抄斩吧？

段大人还在一旁提醒："凤大人……贵府的凤舞小姐，就算出来，怕是也活不成了，可是凤族还有那么多年轻的晚辈……"

这句话再明显不过，凤舞做了这么猥琐的事，陛下和太后肯定会追究的，他们会放过凤舞吗？会放过凤族的老老少少吗？绝不可能！

"多谢段兄提醒！"

凤琰峰来不及多想，拽着凤大夫人和凤琉，飞快地往家里赶去。回到凤族的凤琰峰，赶紧召集族人，安排逃命之事。

帝国学院广场上，众人议论纷纷，义愤填膺。凤舞这个名字，才崛起几分钟就面临着毁灭。

凤舞给君临渊渡了一口气，就离开了他的唇畔。

慈宁宫里的人全都松了一口气，可是，让他们愤怒的是，凤舞居然又亲上去了。

"她她她……怎么可以这样？！她简直、她简直疯了！"太后恨不得将屏幕撞碎，进去将凤舞抓出来。

凤舞此时的心情却是不错的，君临渊的呼吸虽然微弱，但是已经没有性命之忧了。凤舞知道，这只是开始，于是，刺啦——凤舞抬手就给君临渊脱衣服，外袍、中衣、内衫……很快君临渊就光了上身，下身只着一件单薄的中裤。

太后快要疯了！她家君宝素来有洁癖，还不是一般的洁癖，女人靠近他周身一米范围，他的心情就会不好。现在，凤舞这个下贱的丫头，居然敢轻薄他，居然……

"出去出去，你们这些人赶紧出去！"太后指着在场的人。

独孤皇后想留下来，但是太后和君武帝都不同意。

凤王妃从始至终都是相信凤舞的，她拉着太后的手，跪地恳求留下来："老佛爷，凤舞是我的义女，我不相信她会对太子做出不轨之事……老佛爷，您就让我留下来吧！如果凤舞真的做出那种事，不需要您出马，我会先杀了她！"

太后气愤地瞪着凤王妃。这时候，谁的情分她都不给了，至于凤王妃，因为凤舞

的关系，她正迁怒于她呢。

　　这时，君武帝摆摆手："雅雅说得没错，她毕竟是凤舞的干娘，所以，留下来吧。"君武帝并不觉得这件事有多严重，毕竟，男人并不会真正吃亏。

　　然而，接下来的一幕，他们看不懂了。凤舞脱了君临渊的衣衫后，从怀里掏出一个针灸包，从包里取出一根手指长的细针，很稳地刺入了君临渊的灵台穴。

　　三个人的眼睛都瞪得很大，不是吧？刚才大家都以为接下来会是少儿不宜的画面，而凤舞这举动分明是在给君临渊针灸啊！

　　凤舞在君临渊身上连续施针，头上、胸腔、腹腔，甚至脚底都扎入了一根根银针。全部扎完后，凤舞一抬手，指尖处，一抹淡绿色宛若萤火虫的光，纷纷扬扬洒落。

　　"这——"太后看得目瞪口呆，"这一手治疗术不是一般人能有的吧？"

　　君武帝也惊奇地睁大了眼睛："是呢，用绿光治疗，朕见过的人中只有楚药师。"

　　楚药师是皇级炼药师，御医局最厉害的炼药师。

　　风王妃的心终于落了回去。

　　"舞丫头的医术，比起楚药师，也不遑多让吧？"风王妃弱弱地问。

　　君武帝默默地看了风王妃一眼，他很想说，楚药师用绿光给他治疗的时候，光点还没有这么多，颜色也没有这么正，灵气更没有这么浓郁。这代表了什么，君武帝不想说。

　　太后咬牙道："所以一开始，这丫头就是要给君宝治疗吗？"风王妃和君武帝齐齐点头。

　　太后冷哼道："治疗归治疗，她为什么要亲君宝？难道是想收点好处？"

　　风王妃道："老佛爷，我听过一种渡气治疗之法，据说要救窒息的人需先给他渡气呢！"

　　"还有这种事？"太后问。

　　风王妃点头："可不是嘛！所以，刚才凤小舞其实是在给君君渡气吧？"

　　太后冷哼一声："谁知道你说的是真的假的？如果她治不好君宝，哀家是不会放过她的。"

　　风王妃无语地揉揉眉心，太后真是偏心啊！试问，凤舞到底做错了什么？她被雪夜冰魄兽吸下去，是她的错吗？她救君临渊，是她的错吗？落地后，给君临渊渡气，她做错了吗？现在又给君临渊扎针治疗，她做错了吗？就算没有功劳也有苦劳吧？可是在太后眼中，凤舞如果治不好君临渊，是要丧命的，可怜的孩子啊！风王妃长叹一口气，在心里默默为凤舞祈祷。

　　凤舞指尖的光点洒落在君临渊周身，宛若跳跃的精灵，从他的毛孔钻入，进入到了他的身体之内。

当绿色光点被君临渊全部吸收后，凤舞终于看到，君临渊的眉心微微动了一下。想到君临渊是极其爱干净的人，凤舞立刻取出干净的锦帕，用冰水蘸湿了，给他细细地擦拭身子。所以，当君临渊苏醒过来，第一眼看到的就是给他擦拭身子的凤舞。小小的巴掌脸，灵动潋滟的目光，美得不可方物，小丫头难得细致温柔地一寸寸擦拭着他的身体。

君临渊眼眸半眯着，一眨不眨地看着凤舞："你……"他的声音沙哑中带着一丝魅惑的性感。

凤舞瞥了他一眼，没好气地说："你伤得很严重，余毒还没清理干净，不要多说话，躺着就好。"

君临渊虚弱无力，慢慢抬手。他修长若无骨的手指从唇角抹过，眸中隐有星光闪过。凤舞做人工呼吸的时候并没有多想，君临渊这个动作却让她心里多了一丝旖旎的感觉。凤舞没好气地瞪了君临渊一眼。

君殿下那万年寒冰般的眸中隐有笑意浮现，不过连凤舞都没看清楚，更不要说外面的人了。

慈宁宫门口，左铭握紧了拳头，脸色一片铁青。

这五年来，左青鸾一飞冲天，左家跟着得势，从九大家族末尾，晋升到第五名。他们一直以为凤舞已经变成废舞，这次派杀手，不过是为了斩草除根免除后患，他是真的没想到，凤舞居然恢复了修为。她是怎么做到的？她还拥有凤凰真血吗？

方阁老在心里默默计算着时间。七天的时间，只剩下几分钟了，凤舞这丫头一定得小心，千万不要再出错了。

凤舞突然一拍脑袋："哎呀，我怎么把这么重要的事情忘了呢？！"凤舞丢下君临渊，跑走了。

太后看得目瞪口呆，她家君宝，多么金贵的宝贝啊！凤舞这丫头居然治疗到一半，跑掉了，她干吗去了？！

凤舞跑到雪夜冰魄兽面前，纤细皓白的手伸进雪夜冰魄兽的胸腔，用力掏着什么。

太后眉头紧皱，脸色难看至极，雪夜冰魄兽有她家君宝重要吗？！然后，太后亲眼看到凤舞从雪夜冰魄兽的胸腔里掏出一个拳头般大小的心脏，小心翼翼地放进了空间储存袋里。太后眼睛发亮，一把揪住君武帝，大声问道："这空间储存袋是我们君宝的吧？是我们家君宝的没错？之前哀家还看他戴过呢！"

君武帝点头："是的，就是太子的。"

太后眉头紧皱："可是，我们家君宝的空间储存袋，为什么在那丫头手里？她是通过什么手段得到的？难道是偷的？"太后原本对凤舞的印象就不好，现在加上种种

误会，她对凤舞的观感更低了。

风王妃忙在一旁解释道："不可能吧？她怎么敢呀？这其中一定有误会。"

太后没好气地瞪了风王妃一眼："怎么不可能？不然，她怎么得到的？哼！"

风王妃无奈扶额。太后就这脾气，她喜欢的人各种好，容不得别人说一句坏话，她不喜欢的人，不会给对方一点机会。

太后瞪着凤舞："她怎么还不过去救我们家君宝？她愣着干吗呢？"

刚说完，太后就看到凤舞一只手搭在雪夜冰魄兽的眉心处，一股淡淡的灵气从雪夜冰魄兽身上传递到了凤舞身上。现在就算是瞎子也看出来了，凤舞这是在吸收雪夜冰魄兽的灵气。

太后顿时气得不行，狠狠一拍桌案："我们家君宝伤得那么重，她不抢救，反倒去挖这只魔兽的心脏，反倒去吸收这只魔兽的灵气，她有毛病吧？！"

风王妃默默瞅了太后一眼。我的老佛爷啊，这是普通的魔兽吗？这是雪夜冰魄兽好吗？雪夜冰魄兽的心脏叫冰魄之心啊！雪夜冰魄兽的灵气那是何等的浓郁啊！

果然，凤舞额头上的星辰原本是灰扑扑的，七颗全部呈暗淡的灰色，而现在，啪嗒、啪嗒、啪嗒……就像点亮灯火般，一颗一颗全亮了，而只有得到系统评判的满分七百分，才能点亮额头上那七颗星辰。

风王妃不得不帮凤舞解释："老佛爷，凤小舞是在考试嘛，如果这时候不吸收，她就要考零分了。"

太后特别不爽，很生气地说："考零分就考零分啊，有什么关系？是我们君宝重要，还是满分重要啊？"

风王妃无奈："听说凤小舞跟人打了赌，如果她输了，她会死的啊！"

太后气道："她有君宝重要？雅雅，你怎么总是向着她？在你心里，君宝重要还是那个凤舞丫头重要？"

风王妃无语了，话都说到这份上了，她还能怎么办呢？风王妃只能选择站队："当然是太子重要了，但是小舞肯定是算好了太子没事才……"

"嗯？"太后瞪了风王妃一眼。

风王妃："……"

凤舞终于吸收完了雪夜冰魄兽身体里的灵气，却在心里遗憾着，如果不是急着救君临渊，她第一时间吸收的话，绝对不止眼前这点灵气。

这时，时间开始倒数，十、九、八、七……直到最后一秒，啪嗒！所有人瞬间被传送出了傲世雪原。

凤舞只觉得眼前白光一闪，来到了空间传送阵内。

沐瑶瑶抬头去看凤舞。此刻，凤舞戴了一顶帽子，看不见她额头上的星辰亮了几颗，但是沐瑶瑶一点都不担心，因为之前她注意过，凤舞额头上的星辰一颗都没有点亮。想到自己和凤舞的赌注，沐瑶瑶激动坏了，她跟凤舞赌的可是一条命呢！如果凤舞考不到武试第一名，她的脑袋就要切下来给自己，反之亦然。沐瑶瑶摸摸自己的脑袋，长得很牢固，她很放心。

她挑衅地瞥了凤舞一眼："凤舞，你该不会忘了跟我的赌注吧？"

"赌注？"凤舞看了沐瑶瑶一眼。

沐瑶瑶还没说话，唰的一声，空间传送阵里的人全被送了出去。

外面，皇族的人早已将现场控制住，清理出一片空地。君临渊一出来，还没开口说话，就被太后派来的人放在担架上抬走了。

君临渊一走，沐瑶瑶还有点遗憾，本来想让君殿下亲眼看着凤舞死去呢，现在看来是不可能了。想到这儿，沐瑶瑶目光冰冷地盯着凤舞："你不会是故意忘了和我的赌注吧？凤舞，你以为这样你就逃得掉吗？！"

此话一出，广场上的人，都用怪异的目光看着沐瑶瑶。

沐瑶瑶背对着排行榜，所以她看不到上面的排名，下意识地认定，凤舞连前两百名都进不去，因为凤舞就是个废物。

"凤舞，我们打赌的时候可是有很多人听见的，你以为你说不记得就能抵赖了吗？"沐瑶瑶从怀里取出一份赌约，啪的一声贴在了墙上，然后大声吆喝，"大家快来看啊！这就是我和凤舞的赌约！"

因为字很大，即使隔着一段距离，大家也能清楚地看到上面写了什么，也正因为看清楚了，所以大家的表情都有些怪异。

沐瑶瑶的注意力全都集中在凤舞身上，所以并没有发现异样，她冷笑地盯着凤舞："看清楚没有？记起来没有？这就是我们两个人的赌约！你看——"沐瑶瑶指着赌约，"如果你考了第一名，我的脑袋给你！反过来，如果你考不了第一，你的脑袋可是要给我的哦。"

围观群众寂静无声。

虽然之前的画面被切掉了，排行榜却是一直都挂在那儿的啊，沐瑶瑶怎么这么坑自己呢？

凤舞是正对着排行榜站的，她一抬头就看到了自己的名字，在排行榜第一的位置。

凤舞略皱眉："这赌约……你非这么认真干吗呢？"

沐瑶瑶一听这话，顿时冷笑起来，凤舞这是要赖账啊！她怎么可能让凤舞赖账呢？凤舞的脑袋，她要定了。

沐瑶瑶冷哼道："你别转移话题，跟你说，没用！这赌约，白纸黑字写着呢，那

么多人都是见证者，不可能当作什么都没发生过。"

　　凤舞皱眉："你何必这样要死要活的呢？这有意思吗？"

　　"有意思啊！看你死，比我做任何事都有意思！反正，你今天死定了！"沐瑶瑶从怀里取出匕首，丢给凤舞，"是你自己动手，还是我来动手？"

　　凤舞长叹一口气："沐瑶瑶，得饶人处且饶人啊！"

　　沐瑶瑶冷笑："谁跟你得饶人处了？我就是不饶你！死也不饶你！你待怎样？！"

　　凤舞又长叹了一口气："你确定非要履行这个赌约吗？"

　　"那是当然！绝不取消！"沐瑶瑶冷笑。

　　凤舞摇摇头，将帽子从头上取下来，露出点亮了七颗星辰的额头。

　　沐瑶瑶一看，顿时整个人都不好了，眼睛睁得大大的，死死盯着凤舞，一个字都说不出来。

　　"这不可能！这怎么可能？绝对不可能！"过了半天，沐瑶瑶才尖叫了一声。

　　凤舞额头上的七颗星辰居然全都点亮了！七颗代表了什么？这代表凤舞拿到了武试的满分啊！

　　"你不是'废舞'吗？你一个废物，凭什么拿到七颗星辰？作弊！你一定是在作弊！"沐瑶瑶咬紧牙关，"凤舞，没想到你居然连武试都作弊！"

　　欲加之罪何患无辞？

　　围观群众并没有赞同沐瑶瑶的话，如果他们不是亲眼看到凤舞在坠落悬崖的时候，做出的一系列反应。如果他们不是亲眼看到凤舞暴露出修为，关键时刻杀了雪夜冰魄兽。如果他们不是亲眼看到凤舞吸收雪夜冰魄兽的灵气，一一点亮七颗星辰，他们也会觉得凤舞在作弊。

　　虽然不知道她的实力到底如何，但是从她坠落悬崖后那一系列行云流水般的动作看，她的实力在这群考生当中，绝对是前几名。

　　沐瑶瑶死死盯着凤舞："就算你作弊点亮了七颗星辰又如何？还有御冥夜呢！他才会是第一名！"说完，沐瑶瑶转头看向后方的排行榜，表情瞬间呆滞了，榜首的位置赫然两个大字：凤舞！沐瑶瑶只觉得双腿酥软，心脏几乎停跳："不，不不不……绝不可能……这绝对是出错了……"沐瑶瑶怎么可能相信眼前这一幕。

　　凤舞和君临渊坠落悬崖之前，沐瑶瑶注意到，凤舞一颗星辰都没有点亮。他们坠落悬崖之后，只有短短的几十分钟，凤舞到底是怎么点亮七颗星辰的？凭什么？！

　　"你不是废物吗？你不是没有灵气吗？没有灵气又如何能点亮星辰？凤舞你……"沐瑶瑶恨得咬牙切齿。

　　围观群众中，不知道谁突然说了一句："谁说凤舞没有修为？"

紧跟着，又有人插话："对啊对啊，谁说凤舞没有灵气？"

沐瑶瑶转头扫视众人："你们说什么？！"

"我们说的是实话啊！所有人都看见了，凤舞是有修为的，是有灵气的，而且她的修为比沐郡主你可强多了。"

沐瑶瑶摇头："这不可能！"

只有一个人说，沐瑶瑶可以不相信；两个人说，沐瑶瑶也可以不相信；可是如果一大群人说，甚至人数超过千万呢？

大家七嘴八舌地将之前发生的事，全都给沐瑶瑶复述了一遍。

沐瑶瑶："……"

大家说的时候，凤舞并没有插嘴，她只是用一种淡然的目光看着沐瑶瑶，嘴角扬起了一抹弧度。

"赌约，现在可以履行了吗？"见沐瑶瑶呆若木鸡，凤舞适时出声。

沐瑶瑶的身子晃了晃，脑海浮现的全都是刚才自己作死的画面。

"凤舞，我们打赌的时候，可是有很多人听见的，你以为你说不记得，就能抵赖了吗？

"如果你考了第一名，我的脑袋给你！反过来，如果你考不了第一，你的脑袋可是要给我的哦。

"你别转移话题，跟你说，没用！这赌约，白纸黑字写着呢，那么多人都是见证者，不可能当作什么都没发生过。"

……

凤舞说，要不算了吧，自己却死死揪着不放，结果，人家还真是第一名。此刻的沐瑶瑶，恨不得一巴掌将自己拍死。

凤舞的手晃悠着沐瑶瑶丢给她的那柄匕首，漫不经心地笑道："是你自己动手呢，还是我来动手？"

怎么办？怎么办？怎么办？沐瑶瑶急坏了，她还有大好的年华，她不想死啊！

就在凤舞拿着匕首上前的时候，沐瑶瑶脑子一晕，砰的一声倒在地上，那声音让所有人都暗道一声"疼"。

姚颖和姚皓赶紧冲上去扶起沐瑶瑶，对凤舞说："郡主身子不适，这赌约等她苏醒了再说，我们先送郡主回去了。"说着，他俩一个背着沐瑶瑶一个扶着，赶紧冲出了现场。

四周一片唏嘘。

沐瑶瑶刚才理直气壮地对凤舞穷追猛打，最后她自己却装晕逃离了现场。她但凡跟凤舞认个错赔个不是，难道凤舞真会杀她吗？想想都不可能啊！

很多人都摇头，对沐瑶瑶的观感降低了许多，甚至沐王府的声誉也受到了很严重的影响。

大家都为凤舞鼓掌，赞美、激动着。

直到凤舞离开，众人才意识到一个严重的问题。

"凤舞不是对君殿下不敬吗？"

"凤舞还偷亲我们君殿下呢！"

"我刚才居然还为她鼓掌，我是有病吧？"

……

众人都陷入了复杂的情绪里。

凤舞的情绪就没有那么复杂了，她这时候只想回家，离开了七天，不知道家里怎么样了。

"小舞，小舞——"段朝歌激动地跑过来，拉着凤舞的手，"我考上了，我考上了！"

"哦？"

朝歌说："虽然我受伤了，但是之前的积分还是够的，我点亮了四颗星辰呢！加上文试考得好，最后刚好是第一百名！"

每次参加帝国学院招生考试的都是一万名考生，先文试录取一千名，武试再从这一千名中录取一百名，这一百名才是帝国学院真正的新生。

"以后，我们就可以一起上学一起念书了！"朝歌特别开心，对她来说，能够跟上凤舞的脚步是她修炼最大的动力了。

"朝歌——"不远处传来一道淡淡的却隐含着威严的声音，是段大人——段朝歌的亲爹。

朝歌推推凤舞："你先回去吧，回头我去找你。"

凤舞眼底闪过一抹犹豫，她知道，朝歌和她家里人的关系并不融洽。

朝歌拍拍凤舞的手，凑近凤舞耳边，笑嘻嘻地说："我这位亲爹是利益至上主义者，他现在看到我考上了帝国学院，怎么还会亏待我呢？"

凤舞一想也是，便对朝歌点点头，先行离去了。

段大人身后还跟着三个人，段夫人、段朝乐和段朝音。

段朝音在文试的时候就被淘汰了，段朝乐倒是参加了武试，但是挺没存在感的，朝歌往排行榜扫了一眼，段朝乐根本没考上帝国学院。她心中暗暗得意，他们之前不是很得意吗？现在轮到她得意了。

朝歌脸上浮现一抹淡淡的嘲讽，说："您喊我呢？"

段大人没好气地瞥了朝歌一眼："你是我闺女，我不喊你，难道喊别人吗？"

段朝歌嘴角浮现一抹微笑："哦，现在知道我是您闺女了？之前不是不管我死活的吗？"

"你这孩子怎么说话呢？"段大人佯怒。

朝歌没有理会段大人，而是转头瞥了段夫人一眼："段夫人的脸色怎么这么差？是不是身子不舒服啊？对了，大姐没有通过文试，那二姐呢，她被帝国学院录取了吗？"

段夫人气得脸色煞白！装什么蒜啊？！刚才她明明抬头看榜单了，明明知道朝乐落榜了，还问什么？

"段朝歌，你——"段夫人呵斥的话还没说完，就见段大人瞪了她一眼，虎着脸："朝歌是你能呵斥的吗？还不快给我闭嘴！"

段夫人难以置信地瞪着段大人。以前，自己想呵斥朝歌就呵斥，想打她就打她，朝音和朝乐想怎么欺负她就怎么欺负她，现在，却是连一句重话都不能说了吗？段夫人内心不平衡极了。

朝歌内心冷笑，面上仍固执地问："二姐考上了吗？她的知识比我渊博，修为也比我强，资源更是比我好一百倍，我都能考上，她不可能考不上吧？不然多辜负家族的期望啊！"

"你——"听着朝歌阴阳怪气的话，段夫人气得差点喷出一口血来。

"朝歌，我们回家说。"段大人现在对朝歌可好了。考上了帝国学院，这能是一般的孩子吗？段家后继有人了啊！

朝歌却摇头："谁要跟你回家去说？以前不要我，现在的我，你们高攀不起！"朝歌想起过去五年段家人带给她的所有伤害，那样的伤害，恕她原谅不了。

"你要去哪里？！"见朝歌转身就走，段大人的脸色瞬间沉了下来。

"当然是去找小舞啊！没有她，你以为我真的能靠自己的能力考上帝国学院吗？"朝歌目光嘲讽地瞥了段大人一眼，然后转身干脆利落地走了。

看着朝歌离去的背影，段朝音冷笑："凤舞？靠凤舞又如何？"

段朝乐却皱眉："听他们说，凤舞恢复实力了，她以前是那样的天才，现在……"

"呵呵——"段朝音冷笑，"你在里面考试所以不清楚，凤舞即便恢复了修为又如何？她接下来可是要倒大霉了。"

"倒霉？为什么会倒霉？"段朝乐不解。

段朝音得意扬扬："因为她得罪君殿下了！不仅得罪了君殿下，还得罪了皇族，得罪了全天下喜欢君殿下的女人，你说，她还有好日子过吗？"

"为什么？她做了什么？"

23

"呵呵，她呀……"段朝音将她在大屏幕上看到的说了一遍。

"什么？！"段朝乐震惊地捂住了唇，"凤舞居然对君殿下做这种事？还被这么多人看见了？我的天啊，如果是我，根本没脸活下去了。"

"可不是吗？丢脸死了。"

"天啊、天啊……君殿下那样有洁癖的人，要是知道了真相，凤舞会死的！"

"所以，沐瑶瑶选择了逃避。只要凤舞被君殿下杀了，就没人会追着要她的脑袋了。"

……

凤舞没有听见这些阴阳怪气的窃窃私语，她担心家里的大大小小，赶紧回到了家。

秋灵等人想出来迎接凤舞，可是星阴院被人把守着，她们根本出不来。

秋灵怒了，指着门口的守卫："你们凭什么关着我们？赶紧让开！"

守卫们却不言不语，眼神严肃，面色凝重，杀气腾腾。他们不跟秋灵废话，直接将门关上，啪嗒一声落了锁。

"这是干什么呢？！我们是罪犯吗？！"可是不管秋灵怎么喊，外面的人就是不理。

秋灵不甘心，爬上墙头准备跳下去，然而还没等她跳，她就看到围墙下面站了一排人，全都是修为强大的守卫，天罗地网，根本出不去。

璇玑夫人原本是不知道任何事的，但是外面这么大的动静，她不可能听不到，她脸色苍白，抓住秋灵的手："小灵儿，是不是小舞出事了？"

其实，大家都是这样猜测的，如果不是凤舞出事了，凤大人是不会这么对她们的。刚才传话的人也说了，这是凤族长的命令，任何人不得违抗。

秋灵赶紧安慰璇玑夫人："没事的，没事的！小姐那么聪明，怎么可能出事呢？"

璇玑夫人却不信。

赵嬷嬷跟着安抚："我们家小姐可不像那些人说的那样，她是有修为的，还很厉害，对不对？"

"对，我们舞小姐的修为，在年轻一辈中算是很出色的了。"秋叔赶紧接口道，"所以，一定没问题的。"

秋嬷嬷生怕璇玑夫人着急，拉着她的手，安抚道："所以，我们现在要做的就是安静地等待，等待小姐回来。"

此刻，凤舞已经踏入凤族大门了。

守卫们看到凤舞，神色一凛，其中一人快速朝里面飞奔而去。

凤舞眉头微蹙，这是怎么了？

皇宫里。

君临渊直接被抬到了慈宁宫。

太后看到君临渊，眼泪滚滚而落，洒满衣襟。

"哀家的君宝啊……你怎么样？是不是很痛？"太后握着君临渊的手忍不住颤抖着。

楚医令早已等候在一旁，见太后死死抱着君临渊，他无奈地苦笑："太后老佛爷，殿下现在最需要的是治伤，您看——"

"是是是——"太后在风王妃的搀扶下站起来，避到一旁去，但是她的眼睛紧紧盯着君临渊，虽然此时的君临渊仍昏迷着。

楚医令想将太后请出去，可是看太后的表情，楚医令最终摇了摇头。

楚医令开始诊脉。

一开始，他的神色很是凝重，接着又慢慢地放松下来。

从楚医令诊脉开始，太后的视线就一直停在他的脸上，生怕错过任何信息。

大约过了一炷香的时间，楚医令终于收回手，缓缓呼出一口气。

"太子怎么样了？你倒是快说啊！"太后急急催促道。

楚医令抬手拭去额角细密的汗珠，点点头："君殿下和雪夜冰魄兽大战，很明显不是一场两场，而是三场。"

"三场？！"太后被君武帝科普过雪夜冰魄兽有多厉害，她吃惊地问，"那太子伤得很严重吗？"

给皇家治伤，就算不严重，也要说得严重才行，否则，万一治不好呢？

楚医令说："原本是生死一线那样的严重程度，不过幸好被提前治疗过了，清除了一些毒素，所以现在应该没有性命之忧了。"

"你是说之前凤舞那丫头真救了她？"风王妃时时刻刻在帮凤舞刷存在感。

楚医令照实说道："是的！如果凤舞姑娘没有提前清毒的话，君殿下怕是已经……陨落了，而且凤舞姑娘的医术是真的好，楚某都有些自愧不如啊！"

风王妃得意地瞥了太后一眼，看吧看吧，如果没有她家凤小舞，太子现在已经没命了呢！她家凤小舞这是立下了多大的功劳啊！

太后却当没有听见一样，看都不看风王妃一眼："你的意思是说，太子现在没有性命之忧了？"

楚医令没有将话说满，斟酌了语句："不出意外的话，应该是没事的。"

"那就好，那就好……"太后捂着胸口，长长呼出一口气。

"其实……"楚医令看着太后，最终还是说出了他的建议，"凤舞姑娘和太子殿下一起经历了这场伤病，之前又是她治疗的，所以……最好还是请凤舞姑娘来给太子殿下治疗，这是最稳妥的法子。"

太后却一口拒绝道："有你楚医令在就是最稳妥的，让那丫头治不过是权宜之计，现在已经出来了，谁还要让她治？"

太后只要一想到之前凤舞对君临渊那么粗暴，只要一想到凤舞自私地去挖冰魄之心、自私地去吸收灵气，而弃她家君宝于不顾，太后就想捶死凤舞。

楚医令无奈地苦笑，担心自己中途接手，万一治疗不当……凤舞扎针的技法太精妙了，他刚才仔细看了一遍，才看懂了一半的行针路数，这凤舞姑娘的医术真是没话说啊！

太后冷笑一声："以后，不要在哀家面前提'凤舞'两个字！还有，以后不许她跟太子见面，永远都不许她进宫！如果她再缠着太子，哀家对她杀无赦！"太后瞪着风王妃："你去，你现在就去警告那个凤舞！"

风王妃特别为凤小舞叫屈，可她之前已经做了很多努力了，太后都不买账，她如果现在跟太后解释，太后肯定连她也厌弃了。想到这儿，风王妃特别无奈地看向君武帝，她相信君武帝是明事理的人。

君武帝朝风王妃摊手，他能理解凤舞的行为，但是凤舞确实对太子不敬，对皇族不敬。

风王妃："……"所以，她家小舞在连续救了太子两次后，就因为动作简单粗暴，反而被怨恨上了吗？何其无辜啊！

风王妃磨磨蹭蹭地站起来，一步三回头地往外走。她多么希望太后能喊住她，可是，太后压根没看她，她老人家正眼睛一眨不眨地盯着君临渊呢！

风王妃回头，恰好看到君临渊那浓密纤长的睫毛微微颤抖了一下，咦，太子这是醒了吗？

"呕——"君殿下突然口吐白沫，全身痉挛！

太后差点被吓死："怎么回事？太子怎么了？你快看太子怎么了？！"太后急坏了，赶紧推了楚医令一把。

楚医令瞪大了眼睛。怎么会这样？刚才他给太子把脉的时候，太子脉息微弱，但是运行平稳，没有阻滞啊，怎么突然反应如此剧烈？！

很快，君临渊脸上浮现了一抹黑色，这是中毒的迹象。

余毒不是压制住了吗？楚医令还想用银针将毒素排出来呢！楚医令赶紧坐下来，深吸一口气——他自己心绪平稳，才能给君临渊把脉。这一把脉，他陷入了一种百思不得其解的怪圈中。

太后死死盯着楚医令，急得心都要从嗓子眼里跳出来了："怎样？太子怎样了？！"

楚医令也没想明白，这不可能会发生的毒素反噬，怎么就发生了呢？之前明明压制得很好啊！除非君殿下自己催动毒素让其反噬，可是，君殿下好好的，怎么会自己催动毒素？所以排除这种可能性。可是，排除了这种可能性，就没有其他可能性了啊！楚医令想得脑筋都快打结了，也想不明白这件事。

楚医令摇头："突发状况，毒素反噬，现在最重要的就是将毒素压制住。"

"那你快压制啊！你倒是快压啊！"太后急坏了。

楚医令点点头，取出银针想要给君临渊施针，可是，君临渊的肌肤僵硬如玄铁，楚医令的针根本刺不进去。

楚医令："……"

他只能换一种方法，用绿光治疗术，这是只有皇级炼药师才有的技能。

让楚医令和在场所有人都难以置信的是，淡绿色的光居然浮于表皮，一点都渗透不进去。

太后一看，差点晕死过去。

"怎么会这样？这是怎么了啊？之前凤舞不是也用这绿光治疗的吗？为什么她的可以渗透进去，你的却不可以？这是怎么回事？！"太后的语气又急又重，带着质问。

楚医令也想不明白啊！唯一的可能就是，君殿下拒绝他的治疗，可是，这也不可能啊！楚医令彻底蒙了，他行医多年，还是第一次遇见这样古怪离奇的事情。

"现在怎么办？太子会死吗？！"太后的眼泪都要掉下来了。

楚医令对太后说："太子殿下伤势古怪离奇，微臣只看懂了一半。"

太后怒喝："你不懂，还有谁懂？！"

这时，大家的脑海同时浮现了一个人的名字，那就是——

"凤舞？！"君武帝、太后，还有迟迟没有离去的风王妃，异口同声道。

楚医令点头："看来，只有请凤舞姑娘过来才行了，否则……"

太后瞪着楚医令。

"否则……殿下恐有性命之忧啊！"

太后身子剧烈晃动了一下："可是，你不是说太子没事吗？"

楚医令苦笑："突发状况……意料之外。"

太后瞪着楚医令："那还等什么？赶紧宣凤舞进宫啊！皇帝，赶紧下旨啊！不，你的圣旨太慢了，来，快传哀家的口谕。"太后一边说一边推了风王妃一把。

风王妃："啊？"

太后瞪她："啊什么啊？赶紧的啊！去凤族，找凤舞！赶紧将她带进宫来，以最快的速度，快快快！"

风王妃无语地看了太后一眼。刚才这位老佛爷还下命令，以后永远不许凤舞踏入皇宫，不许她跟太子见面，不许……这不许那不许的，现在有生命危险了，想起人家了？不过，风王妃内心是很高兴的，因为她看到太后自己打自己脸了。

"好的，我现在就去把凤舞带进宫来。"风王妃高高兴兴地去了。

此刻，凤舞正站在星陨院门口。

看见星陨院被守卫们围得水泄不通，凤舞的脸色瞬间黑了下来，她不用想也知道发生了什么，她最重要的家人被欺负了。

"让开！"凤舞盯着门口的守卫们。

守卫们却坚决执行凤琰峰的命令，目光冰冷地盯着凤舞，寸步不让。

"我说，让开！"凤舞眸中迸射出寒光。

守卫们还是不让，甚至，他们都当没听见凤舞的话似的，连看都不看凤舞一眼。

凤舞冷笑一声："事不过三，我不会再跟你们说'让开'了。"她只用行动代替说话。

凤舞直接抬脚，哐当！挡在她面前的那名守卫瞬间被踹飞了，并且是连带着那扇门一起踹飞的。

巨大的响声顿时引起了里面人的注意。璇玑夫人本来性子就跟小白兔一样，特别容易受惊，自然被这声音吓了一跳。

"怎么了？怎么了？"秋灵赶紧从里面冲出来。

原本嚣张无比的守卫们，此刻全都躺在院子里，不停哀号着。

秋灵心头一阵快意，抬头看到凤舞，更是激动不已："小姐！小姐你回来了！呜呜呜——"秋灵冲过去抱住凤舞的胳膊，激动得眼泪直流。

凤舞问："美人娘亲呢？你们可有事？"

秋灵一边拉着凤舞往里走，一边说道："夫人没事，只是被这阵势吓到了，正在里边歇着。小姐，幸好你回来得快，不然，我们还不知道……"

"发生了什么事？"凤舞不解地望着秋灵。

秋灵也用疑惑的目光望着凤舞："小姐，你不知道发生了什么事？"

凤舞："不知道啊！"

秋灵抓抓脑袋："我们也不知道怎么了，半个时辰前，族长大人命令将星陨院关闭，不许任何人出去。"

就在这时，一道冰冷的声音在凤舞身后响起："凤舞，你还敢回来！"

凤舞不用回头就知道是凤琉来了。

来的人当中，不仅有凤琉、大夫人，还有凤桑、凤亦然，甚至凤族闭关的长老也来了两个，这阵势倒是有些大了。

凤舞皱眉盯着走在最前面的凤琰峰，她不解的是，她不是考了第一名吗？按理来说，她这位利字当头的大伯父，应该对她热情有加才对，现在这来势汹汹的样子，倒像要质问她啊！质问她可以，吓到她家美人娘亲，却是不可饶恕。

凤琰峰盯着凤舞，目光阴鸷而深沉，带着恨不得将她一巴掌拍死的那种仇恨。

凤琉冷笑一声："凤舞，你还有脸回来，你知不知道，你脸已经丢到全帝国的人都知道了？"

凤舞眼眸微眯："丢脸？"

凤琉双手抱臂，嗤笑连连："不会吧？你还不知道发生了什么事情？"

凤舞："不知道。"

"你还真会装啊！在悬崖底下，你趁着君殿下中毒昏迷之际，对他行不轨之事，你怎么说？"凤琉质问道。

凤舞的心里咯噔一下，在悬崖底下？他们怎么知道得这么清楚？难道——

凤舞望着眼前这群人，她的大伯父、她的堂兄姐妹、她的大伯母，还有家族长老，现在正对她怒目而视，仿佛她是家族的罪人。

罪人？凤舞嘴角勾起一抹淡漠的弧度。他们既然看到了傲世雪原上发生的一切，必然也知道了她恢复修为的事，那她怎么还会是家族的罪人？

"你们这般气势汹汹地过来质问我，到底所为何事？"凤舞似笑非笑地看着他们。

凤琉冷笑一声："凤舞，事到如今你还想狡辩吗？你在悬崖底下做的事，我们都看见了！"

凤舞挑衅地瞥了凤琉一眼："哦，你们指的是，我恢复修为吗？"

凤琉冷笑："你恢复了修为又如何？反正你这次死定了，你这个家族的耻辱！"

凤舞不解："我怎么会是家族的耻辱？说起来我可是救了太子三次呢！这样的功劳，怕是我娘亲诰命夫人的品级又要往上提一提了。"

大夫人嘴角勾起一抹冷笑："凤舞，事到如今，你还在装腔作势。你对君殿下做的事，我们全都看见了！你这个不知廉耻的丫头，我们凤族的脸面都被你丢尽了！"

凤舞越发不解了，脸上带了几分怒意："你们口口声声说我是家族的耻辱，我到底怎么给家族招黑了？"

凤琉嗤笑一声："凤舞，你还不承认吗？所有人都看见了，你趁着君殿下昏迷不醒偷亲他！"

凤舞恍然大悟:"你们指的不会是最后时刻,我给君殿下进行人工呼吸吧?"

"人工呼吸?好一个冠冕堂皇的理由,你真会狡辩。"

凤舞的话,不仅凤琉不信,在场的人就没一个信的。

当然,凤舞的家人,是无条件支持她的。

凤舞不解道:"人工呼吸后,君殿下就苏醒了,然后我还给他扎针了呢!"这些人全都装没看见吗?

"什么扎针?我们可没看见你给君殿下扎针,我们就看见了你猥亵君殿下!"凤琉冷哼。

凤舞冰雪聪明,从凤琉的话里抓到了最关键的信息,肯定是掌控权限的人看到她对君临渊进行人工呼吸,以为是不雅之事,赶紧关闭了画面,所以很多人没有看见后续。掌握权限的人不是方阁老吗?怎么会出此纰漏?凤舞百思不得其解。

"凤舞,事到如今,你还有什么话说?!"从头至尾都没有说话的凤琰峰盯着凤舞,义正词严道。

凤舞淡淡一笑:"你们没看到,但总会有人能证明我的清白,没有做过的事,我坚决不认。"

"不管你认不认,"凤琰峰的面色一如五年前那般严肃,"你做错的事,就要自己承担,不要让家族为你背黑锅。"

凤舞眼眸半眯起来,凤琰峰这话是什么意思?

"去吧。"凤琰峰一挥手,他身后原本安静站立的人瞬间弹射而出,将凤舞团团围住。这些都是凤族养在暗处的护卫,不会轻易动用,除非发生非常严重的事情。

"大伯父这是预备如何?"凤舞的脸色有些难看。

"你猥亵太子,这个后果由你自己承担。"凤琰峰说,"将你捆绑了交给宫里,仅此而已。"

"仅此而已?"凤舞只觉得可笑至极!她救了君临渊三次,甚至因此将她有灵力的事暴露了出来,结果回到家里受到的是这样的待遇,凤舞冷笑,"如果我不答应呢?"

凤琰峰:"那你们二房,今日就难逃此劫了。"

凤舞:"大伯父这是准备撕破脸了?"

凤琰峰一脸沉痛:"小舞,你犯下大错,家族保不得你啊!你现在唯一能做的,就是祈求宫里对你从轻发落。"

然而,这是不可能的。凤琰峰等人都知道,太后对君太子有多偏爱,完全可以想象得到,得知这件事的太后会如何震怒。凤舞被送进去,想活着出来,可就难了。

"将她捆起来。"凤琰峰下达命令。

身着鱼鳞服的护卫们，如狼似虎般朝凤舞暴冲而去。

一共十个人，每一个的实力都是灵宗境，是凤琰峰花了大力气培养起来的，他们原本以为很容易就能抓住凤舞，却没想到凤舞的反应那么快，砰砰砰！她一个连环腿旋转一圈，这十个人，全被踹得倒飞出去。

这实力……在场的人全都目瞪口呆，特别是凤琰峰，难以置信地瞪着凤舞："你，你，你……"他气得手指颤抖，却震惊得一句话都说不出来。

原本他以为凤舞的修为充其量是灵宗境一星，这十个人捕捉凤舞是绰绰有余的，却是怎么都没想到，凤舞的实力至少在灵宗境三星。

"你们二十个一起上！"凤琰峰一共带过来三十名护卫，刚才只用了十名，还剩下二十名站在原地。

"是。"身着鱼鳞服的护卫们，目光冰冷，面色冷凝，宛若猛虎般朝凤舞暴冲而去。

"小姐——"秋灵等人惊呼一声，正要上来帮忙，却见凤舞摇头，示意她一个人就够了。

凤舞看着冲上来的护卫们，心里的怒火腾腾燃烧。从北境城到帝都，她明明恢复了实力，却一直隐瞒着外人，即便被人嘲讽讥笑，她也没吐露半个字。现在，她的实力暴露了，那就无须隐藏了，爆发吧！

凤舞冷笑一声，一脚踹飞了冲在最前面的那名护卫，同时伸手抓住第二名护卫，甩在第三名护卫身上，然后拳头挥出，砸飞了第四名护卫……

凤舞这一套拳法，借力打力，实力爆表！一名，两名，三名……一名又一名护卫被她甩了出去，并且是甩得远远的，飞过墙头，飞出了凤府……

凤琰峰等人，看得眼珠子都暴突出来了，不可能，这不可能的，这怎么可能呢？原本以为这丫头身上没有一丝灵气，是个没用的废物，却原来，她的修为至少达到了灵宗四星境界。

"她……怎么会……"凤琉被打击得不知道该说什么。为了能有资格考帝国学院，家族给了她那么多资源，甚至长老对她特训、给她传功，她才堪堪达到九星灵师境，而凤舞已经是灵宗四星了。这个凤舞……这个凤舞……当年那个让人做噩梦的天才凤舞，又回来了吗？

凤亦然握紧拳头，眉头紧蹙。当年的凤舞要是回来了，他这个凤族名正言顺的继承人，是不是就该让位了？

凤大夫人咬紧牙关，如果凤舞知道当年的事……

凤夫人、凤桑、凤亦然还有凤琉，互相对视一眼，都在对方眼中看到了绝对的恨意和坚定的信念——这次，凤舞必须死！不管她如何天才，她都必须死！

　　然而，现实是让人绝望的，凤舞连续踹飞了十名护卫后，又行云流水般踹飞了另外二十名护卫。踹完所有护卫，凤舞悠然地拍拍手，整了整本就没有丝毫凌乱的衣衫，淡然地看着凤琰峰，一点也没有沦为阶下囚的自觉。

　　凤琰峰眸中迸射出厉色："你这是拒捕了？"

　　凤舞："拒捕？呵，谁给你的缉捕文书？帝国有通缉我吗？"

　　凤琰峰看了眼天色，心知时间来不及了。

　　这时，凤琰峰的贴身小厮飞奔而来："不好了，不好了，皇宫来人了。"

　　一听此话，在场的人都变了脸色，特别是凤琰峰，他那双狰狞嗜血的眼眸死死盯着凤舞，他很清楚，如果他主动带凤舞去皇宫里负荆请罪，罪责还能轻一些，如果等圣旨来宣读，那肯定会连累到整个凤族，连累到他这个吏部尚书！

　　凤琰峰朝两位长老使了个眼色。

　　这两位分别是三长老和五长老，他们是亲凤琰峰的，所以能被凤琰峰邀请过来。

　　两位长老眼中露出一抹犹豫。刚才凤舞表现出来的实力，让他们震惊。这样的年纪、这样的实力，绝对属于天才级别了。凤族好不容易出了一位天才，还是一位曾经陨落、现如今重新崛起的天才，当真要再次放弃吗？

　　凤琰峰看出了三长老和五长老的犹豫，压低声音道："三长老、五长老，还不速速将凤舞擒拿？！凤族，现在还是我当家！"

　　三长老和五长老顿时心中一凛。确实，凤族现在还是凤琰峰当家，他们从凤琰峰手里拿到了不少资源，早已经上了他的贼船，不一起走下去便是自寻死路。

　　三长老和五长老对视一眼，都在对方眼中看到了一抹狠劲。下一瞬间，两位长老暴冲而起，根本不给凤舞反应的时间，直接对她下了杀手。

　　三长老和五长老跟凤舞一交手，心中更是一震。原本以为这丫头是灵宗四星，一交手才知道，凤舞的修为至少是五星，这绝对是天才啊！为了自己能生存下去，三长老咬牙，在靠近凤舞身边的时候，压低了声音："快跑！"

　　凤舞不由多看了三长老一眼，看来三长老还没有完全糊涂。可是，她为什么要逃跑？凤舞眼眸微眯，手中继续用力。

　　凤琰峰看着久战不下的他们，眸中浮现一抹恼怒。怎么可能？以凤舞现在这点实力，两位长老联手居然都拿不下她？

　　眼看着皇族就来要人了，凤琰峰顾不得其他，身形一动，宛若大鹏展翅，朝凤舞飞冲而去，砰！凤琰峰趁凤舞不备，一掌拍向了凤舞后背。

　　此刻，风大夫人已经跑出去了，她要阻拦皇宫来人，至少在凤舞被捆绑起来之前，她要将皇族的人拦住，姿态从一开始就要摆好。

　　大夫人刚跑到门口，却见风王妃气势汹汹而来。

风王妃？大夫人眼中浮现一抹震惊。风王妃可是凤舞的干娘，现在她来了，身后还跟了一群太监，这是来捉凤舞的吗？

大夫人内心快要笑疯了！凤舞啊凤舞，枉你以为自己有多厉害，枉你平时那么用力地讨好风王妃、抱她大腿，结果如何？一出事，风王妃亲自来逮捕你了。

"风王妃——"大夫人上前给风王妃行礼。

风王妃一脸急色，只问了一句："凤舞呢？"

果然是为凤舞而来！大夫人心中狂笑，面上却还是很镇定的："风王妃，可是要将凤舞带进宫去？"

风王妃看了大夫人一眼："你居然知道？"

哈哈哈哈哈——大夫人内心乐开了花，但是面上仍淡定道："此事，稍微想想便能知道。说起来是我们凤族不幸，竟然出了这样一个低贱的丫头，但是风王妃放心，我们凤族……"

"低贱的丫头？"风王妃的脸色瞬间不好了。

大夫人以为风王妃在试探凤族的态度，赶紧义正词严地握拳道："像凤舞这样的败类，我们凤族自然不会再认她！王妃娘娘放心，凤舞已经被驱逐出凤族了，她做的任何事，都与凤族无关。"

风王妃像看白痴一样看着凤大夫人："凤舞被驱逐出凤族了？"

凤大夫人认真地点头："是的，我们家老爷正要将凤舞捆绑起来送进宫去，负荆请罪……"

大夫人话音未落，风王妃就抬手猛地将大夫人往边上一推，力气大得惊人，直接把大夫人推进了一旁的玫瑰花丛中。玫瑰花枝上都是倒刺，大夫人跌进去，顿时发出痛苦的惨叫声。

风王妃根本没有时间理大夫人，她以最快的速度往前暴冲而去。

星陨院。

砰！凤舞被凤琰峰一巴掌拍在肩头，痛得差点惊呼出声。

还没等她反应过来，凤琰峰已经反手将她拽了过去，直接丢在地上。

"小舞——"秋灵等人急急冲上去，跑在最前面的则是凤舞的美人娘亲。

璇玑夫人的世界里，只有两个半人，一个是她自己，一个是凤舞，还有半个是凤小七。现在看到凤舞痛苦地摔倒在地，她心疼得快要晕过去了。她柔弱的身躯此刻爆发出惊人的力量，像护小鸡仔一样护着凤小舞，转头凶狠地瞪着凤琰峰。

凤琰峰被璇玑夫人瞪得心头一紧。那样柔弱的女人，仿佛风一吹就会倒下去，此刻却是目光冷凝，宛若冰雪女王降世。

不过，凤琰峰只是一愣，很快就反应过来。璇玑夫人如菟丝花般柔弱怎会如此强悍？绝对是他的错觉。

凤琰峰轻轻拍了下璇玑夫人的肩头，不敢用力，生怕将这娇弱的可人儿拍碎了。

凤琰峰声音温柔："凤舞犯事，与你无关，你不会有事的。"说着，凤琰峰就要将璇玑夫人抱开。

下一秒，让凤琰峰一辈子都忘不了的事情发生了，在他眼中柔弱如小白兔的璇玑夫人，眼睛突然变成赤红色，她爆发了，无数灵力冲天而起，强大的能量往四面八方辐射而去。她拽住凤琰峰放在她肩头的那只手，砰！凤琰峰竟然被她一个过肩摔，摔落在了地上。

这一幕让所有人都惊呆了。天啊！这还是那位身子柔软、楚楚可怜、动不动就哭的璇玑夫人吗？

凤舞的眼睛也瞪得很大，这是怎么回事？

最震惊的莫过于凤琰峰了，他怎么都没想到，自己居然会被这样柔弱的女子摔出去。

"你——"凤琰峰爬起来，指着璇玑夫人，只说了一个字，就听啪的一声，璇玑夫人没给他任何停顿的机会，对着他就是一顿拳打脚踢。

凤琰峰是凤族的族长，实力自然高超，可是暴怒之下的璇玑夫人招招致命，并且全都是不要命的杀人招式。她的招式很乱，没有规律可循，似乎有些记得，有些不记得。即便如此，凤琰峰仍被逼得不停后退。

"让你打我家小舞！让你打我家小舞！让你打我家小舞！"美人娘亲暴打凤琰峰，是毫无章法、想起什么招式就劈头盖脸一顿狂揍的那种，可是不知道为什么，她的招式精妙无比，逼得凤琰峰根本没有出招的机会。

啪！凤琰峰的脸被抽了。

砰！凤琰峰的胸口被捶了。

啪！凤琰峰的腹部被踹了。

……

甚至，美人娘亲一怒之下，还揪住凤琰峰的头发，把他的脑袋往地上甩。是的，就是甩谷穗般往地上甩。

翩然若神女的白裙，柔若无骨的身形，美绝人寰的面容……完全是不食人间烟火的仙女啊！此时，这位仙女却抓着人的头发，暴力地往地上撞，哐当、哐当、哐当——那叫一个狂暴。

风王妃生怕凤舞吃亏，以最快的速度冲进了星陨院，看到的却是躺倒了一地不断痛苦哀号的凤族护卫，还有那位被暴打的凤族族长。风王妃差点被自己的口水呛到！谁这么牛啊，居然暴打凤族族长？当她看清楚施暴的人，差点被吓死！璇玑夫人？！

那个传说中柔若无骨、体不胜衣、娇弱不已、楚楚可怜、梨花带雨的璇玑夫人？！风王妃觉得自己眼睛出问题了，用力揉了揉，眼前的画面还是没有变。

璇玑夫人一将风族长的头往地上撞，一边粗声粗气地怒吼："还打不打我家小舞？还打不打我家小舞了？！还敢不敢了？！"

风王妃："……"世界如此凌乱，她该怎么办？

风大夫人被风王妃推进了花丛，好不容易被丫鬟、嬷嬷们捞出来，她也顾不得扎进身体里的那些倒刺了，追在风王妃身后冲向了星陨院。当她看到眼前这一幕时，瞳孔剧烈收缩，差点晕死过去！她家老爷是什么实力，这样被人暴打，暴打他的还是那位弱不禁风的璇玑夫人？！大夫人简直呕血！

凤琰峰被暴打得嗷嗷叫，大声招呼三长老和五长老："你们两个还愣着，看戏啊？！"

"啊？"

"哦！"

三长老和五长老也被震撼得不行，脑子都是蒙的，此刻听到凤琰峰这声怒吼，终于反应过来。自家族长这样被人暴打，还被风王妃看见了，影响确实太坏。三长老和五长老以最快的速度冲上去。他们不是要打璇玑夫人，而是想从她手里将凤琰峰救出来，可是，此刻的璇玑夫人是失去理智的，看到两位长老冲上来，她抬手将凤琰峰一丢，然后一脚踩在了他的腹部。

"嗷呜——"凤琰峰口中发出一声惨叫，整个身体蜷缩成了煮熟的虾米状。

璇玑夫人见他这么没出息，抬脚就将他踹了出去，然后，璇玑夫人对战三长老和五长老。

可怜两位长老，也算实力派，在暴力的璇玑夫人面前，却施展不开拳脚。

"你们敢打小舞！打死你们！打死你们！"美人娘亲那叫一个凶啊，完全是"拳打南山猛虎，脚踢北海蛟龙"的架势。

砰砰砰，两位长老很快就被她踹得倒飞出去，口吐鲜血，晕死过去。

"还有谁敢欺负我家小舞？！"美人娘亲目光冰冷，宛若冰雪女王出世。

在她的冷眸扫视下，在场的人全都瑟瑟发抖，特别是凤琰峰和风大夫人带来的人，下意识地后退了一步。

璇玑夫人的目光从大夫人脸上扫过，大夫人只觉得全身好似被冰雪冻住，僵立当场。这一瞬间的恐惧，大夫人永生难忘。

"美人娘亲！"璇玑夫人环顾一圈后，身子一软，朝地上倒去。凤舞惊呼一声，从地上爬起来，冲上去抱住美人娘亲绵软的身体。她伸手在美人娘亲鼻前探了一下，还好，呼吸顺畅，把脉过后，凤舞更放心了——这是爆发后灵力不足，身体虚脱了，

睡一觉醒来后就没事了。

凤舞望着美人娘亲那精致绝世的容颜，脸上露出一抹苦笑。她怎么都没想到，美人娘亲身体里蕴含着这么强大的力量，爆发出来的后果如此恐怖。美人娘亲的身世绝不简单，不知道是怎样一个曲折离奇的故事。不过，美人娘亲这样厉害，修为和智商却近乎封印，可见她的敌人，一定强大到可怕。

凤舞握紧拳头，她一定要加快修炼，成为超强者，才能保护自己想保护的人，而不是遇到敌人的时候，不知所措，无力反抗，被人欺压羞辱。

风王妃终于从震惊中回过神来，终于想起了自己来的目的。

"小舞……"风王妃刚开口，就见凤舞摆了摆手。

这时，美人娘亲缓缓睁开双眸，看到凤舞，顿时泪如雨下。她纤细白皙的双手捧着凤舞的脸，泣不成声："娘亲的小舞舞，你疼不疼？娘亲的心好痛好痛……"

凤舞："……"

风王妃："……"

其他人："……"

说好的强大无比的冰雪女王璇玑夫人呢？怎么晕过去一小会儿，醒来又变成那个楚楚可怜梨花带雨的小白兔？

"美人娘亲，你……还记得刚才的事情吗？"凤舞试探地问。

美人娘亲可怜兮兮地点头："嗯嗯，你大伯打你呢，可坏可坏了。小舞，你有没有被打坏？快给娘亲看看。"

凤舞："那后来的事……你不记得啦？"

美人娘亲美眸中泪光闪闪，可怜兮兮地望着凤舞："后来……什么事呢？"

凤舞揉揉脑袋，不得不承认一个事实，刚才那位冰雪女王娘亲消失了，现在这位柔弱如小白兔的才是她熟悉的美人娘亲。

美人娘亲在凤舞搀扶下站起来，环顾四周，看见躺倒一地的人，特别是凤琰峰和两位长老也躺在地上，浑身是血，满头瘀青，她惊讶极了，转头望着凤舞："小舞，他们怎么倒下啦？"

凤舞："被娘亲你揍的。"

美人娘亲脸上终于浮现一抹笑容，觉得凤舞这话真好笑："你这丫头，倒是会逗娘亲开心呢！"

周围的人都用难以置信的目光望着璇玑夫人。

特别是风王妃，她震惊地望着璇玑夫人："你真不记得你刚才做的彪悍事儿了？"

"彪悍事儿？"美人娘亲眼神茫然而不解。

凤舞这才注意到风王妃，以及她身后跟着的一群太监。

凤舞不解："干娘，您这是……"

"啊——"风王妃一拍脑袋，"舞丫头，快快，快随干娘进宫。"

凤琰峰等人暗自冷笑，该来的终于来了，皇家这是要将凤舞捉拿归案了。凤舞，看你怎么逃过这一劫。

凤舞疑惑地看着风王妃："进宫？"

风王妃焦急地上前拽住凤舞："舞丫头啊，在悬崖底下的时候，你不是救了太子吗？太子回宫后又发病了，楚医令说只有你能救，赶紧跟我进宫去。"

一旁的凤琰峰等人都惊呆了！风王妃带人来，不是捉拿凤舞归案，是带凤舞进宫给君殿下治病？

凤琉忍不住了，当即向风王妃告状："王妃娘娘，凤舞可恶心了，猥亵太子殿下，侮辱皇家颜面，她……"

凤琉话音未落，风王妃便道："你说的该不会是傲世雪原悬崖底下的事吧？"

凤琉："难道有问题吗？"

风王妃瞪了凤琉一眼："你什么眼神儿啊？凤舞那是在救殿下性命！哪有你想的那么恶心？你这丫头，小小年纪心思歹毒，说话更是刻薄，谁教出来的？这样的丫头，谁家敢娶？"

凤琉："……"

风王妃不会说谎的，因为她代表着皇帝和太后的颜面。难道说，当时凤舞真的是在救殿下，而不是在猥亵他？凤琰峰顿时整个人都不好了！

之前他以为凤舞猥亵君殿下，怕会连累到自己和凤族，所以先下手为强，准备将凤舞捆绑起来送到皇宫去。现在，风王妃的意思是，凤舞当时不是在猥亵君殿下，而是在救君殿下？楚医令还说，只有凤舞能救君殿下……天啊！凤琰峰恨不得一巴掌拍死自己！刚才他都做了什么？！

风王妃记挂着君临渊，拉着凤舞："舞丫头啊，快走快走，救君殿下的命，非你不可啊！"

凤舞眸底浮现一抹疑惑："不应该啊！"在悬崖底下的时候，她已经将君临渊身上的毒素清理了大半，以后只需要慢慢调理就能完全清除毒素，怎么就能毒发呢？

风王妃急急拽着凤舞："别想那么多了，等你见到君殿下就知道了，赶紧随我进宫。"

凤舞就这样被风王妃拽去了皇宫。

慈宁宫。

楚医令正在抢救君临渊。

太后急得在房间里踱步。

"快去看看，他们来了没有？！"每隔一两分钟，太后就催促人去看，可是，一直没有盼来风王妃和凤舞。

"怎么回事？这么久了还不见她过来！她凤舞就算用爬的，也该爬进慈宁宫了。"

太后对凤舞的印象本来就不好，现在她还迟迟不来，太后心里的火腾一下就点燃了。

独孤皇后一直陪着太后，故作惊讶地掩唇："……该不会是凤舞……不愿意进宫救人吧？毕竟……之前她对太子殿下可是很粗暴的……现在知道只有她能救太子，会不会恃宠而骄呢？"

太后心里的火气更盛了！这个凤舞，当真是让人不喜。

就在太后的脾气要如火山般喷发时，外面传来激动的声音。

"来了！来了！"

"风王妃回来了！"

"凤舞姑娘来了！"

太后一抬头，就见风王妃拽着凤舞飞一般冲了进来。

风王妃脸色苍白，满头大汗，已经说不出话来，指着君临渊所在的房间，推了凤舞一把。

凤舞正要过去，却对上了太后那盛怒的双眸。凤舞心头一凛，好像太后对她很不满啊！难道是因为自己没给她请安？在这帝国里，这位太后还是很有话语权的，如果可以，凤舞并不想跟她交恶。于是，凤舞给太后请安："太后娘娘万福金安。"

太后瞪着凤舞，冷哼一声："你能治好太子？"

这话，凤舞不敢应，她淡淡地说："太后娘娘，治疗总是伴随着风险，没有一位炼药师能百分百肯定自己能治好病人。"

太后盯着凤舞，凑近她，在她耳边说了一句话。

凤舞的脸色微变，咬紧下唇，为难地看着太后。

"哀家说话，一向算数，你去看太子吧。"太后转头不再看凤舞。

凤舞摸摸鼻子，太后怎么对她这么不满呢？真是怪了。

"不好，太子断气了！"里面突然传来楚医令的声音。

不等太后催促，凤舞赶紧往里面跑去。

听到太后跟在她身后，凤舞当即蹙眉，扭头严肃而冷静地说："太后娘娘，臣女治疗的时候需要绝对的安静，请太后退后。"

凤舞此话一出，太后整个人都不好了！她可是太后，帝国说话最管用的太后，连皇帝都对她百般纵容，眼前这个小丫头居然赶她出去？太后感觉自己受到了极大的羞辱，抬手就要打凤舞。

独孤皇后眸中浮现一抹幸灾乐祸的笑意，这个凤舞，就是个愣头青啊，她家左青鸾可比凤舞讨喜多了。

凤舞却淡定地站在原地，目光淡然地看着太后。很明显，太后不退后，她是不会进去治疗君临渊的。

"你，你——"太后真是被凤舞气坏了，胸口剧烈起伏，脸色难看至极。

风王妃赶紧扶住太后："老佛爷，您千万别动怒，咱们不进去就不进去吧！现在最重要的就是救太子，不是吗？"

太后冷哼一声偏过头去。

凤舞朝风王妃点点头，进去后，随手将门带上了。

"这个臭丫头，哀家记住了！"太后一向养尊处优，从来都是别人敬着她哄着她，何曾受过这种待遇。

风王妃苦恼极了，凤小舞这丫头，怎么跟太后处成这样了呢？

楚医令看到凤舞进来，当即冲她招手："快，太子就交给你了。"

凤舞有些无语。按照正常剧情，楚医令这样的人，不是应该怕被自己抢功劳而排斥自己吗？他怎么一副甩手掌柜的样子？

凤舞来不及多想，快步上前，手刚碰触到君临渊的肌肤，就感觉到烈火般的炙热，君临渊白皙如玉的肌肤已经呈火红色了。凤舞打开针灸包，从里面拿出一排银针，认穴很准，不到一分钟，就刺入了三十二根。

一旁的楚医令，原本对凤舞的医术还持怀疑态度，此刻见她那行云流水般的行针手法，目光一闪，浮现一抹惊愕。要知道，他天赋惊人，行医多年，又拼命研究学习实践前人的行医经验，可是，凤舞这样的行针，他做得到吗？楚医令在心里默默摇头，认穴的精准度他有，速度却远远不及。这个凤舞，当真不简单。

凤舞一边用银针给君殿下排毒，一边用治疗术给他降体温。

凤舞全神贯注，很快，额头满是细密的汗珠。

凤舞行针的时候，楚医令给君殿下把脉，好奇怪……他的行针手法跟凤舞是一样的，就连治疗术也是一样的，可为什么，他治疗的时候，殿下的脉息剧烈波动，凤舞治疗的时候，殿下的脉息就平稳如水呢？楚医令皱着眉头，百思不得其解。

凤舞治疗得很快，不到一刻钟就将君临渊治好了。

楚医令惊呆了，深深怀疑自己的医术，他差凤舞这么多？

凤舞起身往外走。

楚医令喊住凤舞："你刚才用的是乱云飞渡针？"

凤舞：“是啊！”

“一级治疗术？”

凤舞：“是啊！”

楚医令：“……”

为什么同样的治疗手法，凤舞治有效，他就不行？楚医令觉得这太不公平了。

凤舞准备离开，却发现自己走不动了，她回头一看，君临渊一只手不知何时竟然拽住了她的衣角。凤舞皱眉，抬手去掰君临渊的手指，君殿下却紧握拳头，指节泛白，力气大得不是凤舞能够撼动的。

“君临渊？”凤舞试图喊醒他，可是君临渊那骨节匀称的手指，丝毫没有松开的意思，“君临渊，你给我放手！”

君殿下就是不松手。

楚医令在一旁看着，终于明白为什么自己治不好，凤舞一来就能将君殿下体内的毒素压下去了，不是医术不对，是人不对啊！楚医令摇摇头，他无法理解现在这些年轻人在想什么，但是他知道，现在的他在殿下面前肯定是碍眼的，于是他很识相地站起来往外走。

门吱呀一声开了。

门外的太后正着急得不行，听到声音赶紧走上前来：“楚医令，太子怎么样了？”

楚医令眉间浮现一抹淡淡的笑意，松了口气：“凤舞姑娘一出手，殿下就安然无恙了。”

他一语双关，太后却没听出来。

“治好了？没事了？”太后紧张的情绪终于得到了缓解。

“暂时是好了。”楚医令摸摸鼻子。

如果之前凤舞姑娘就在，殿下这毒也反噬不起来吧？他就说嘛，以君殿下那强健的体魄，怎么可能会被毒素侵蚀。

太后见楚医令表情怪异，眸中浮现一抹疑惑：“什么叫暂时是好了？难道还没除根？”说着，太后快步往里走去。

门打开，太后第一眼看到的，就是凤舞扬起了手掌。

“你干什么？！”太后以为凤舞要打君临渊，顿时怒了，快步冲上去，用力推了凤舞一把，“凤舞！你竟敢打太子？！你的脑袋不要了？！”

凤舞心里那叫一个憋屈啊！她哪有打君临渊，她只是想将他的手松开罢了，她要回家啊！

“太后，您误会……”

凤舞的解释还没说完，太后就不再理她，走到床前坐下，望着君临渊的目光慈祥极了。

"太子没事了吧？"太后眼睛一眨不眨地盯着君临渊，话却是对凤舞说的。

凤舞点头："太子的伤本来就不重，悉心照顾几天，很快就会好了。"

太后轻哼一声。

凤舞："太后娘娘，如果没有别的事，臣女就先告退了。"

既然太子没事，凤舞也就没有利用价值了，太后扭头白了凤舞一眼："你走吧。"

凤舞点点头，转身就要走。

太后都发话了，君临渊这下该松手了吧？可是，凤舞刚走出去一步，就差点摔倒，君临渊的手紧紧拽着她的衣角，就是不松手！凤舞用力拽，拽得君临渊的身子都挪动了。

太后看着心头火起，她家君宝天神一般的宝贝，这丫头这么粗暴？！

"你干什么？！"太后瞪了凤舞一眼，"女孩子这么粗暴，谁教你的？陶嬷嬷，拿剪刀来！"

太后不高兴的是，凤舞一脸不高兴的表情，什么意思啊？好像她家太子死拽着她不让走似的。太后瞪了凤舞一眼："你别想太多了，我们太子不可能喜欢你，你也不必一副非要撇清的样子。"

凤舞无奈地叹了一口气："太后娘娘言重了。"

这时候，陶嬷嬷拿着一柄雪亮的剪刀进来了，正要剪，却被太后一把夺了过去。

"哀家自己来剪！"太后握住剪刀，陶嬷嬷拿着凤舞的衣角，咔嚓一声，凤舞的衣角就被剪掉了。

太后冷哼一声："多简单的事，就你想得复杂。行了，你走吧，以后没事就不要……"

太后的话还没说完，忽然发现，床榻上原本安静沉睡的君殿下，面容忽然呈现暗红色。

陶嬷嬷惊呼一声："太子殿下这是怎么了？"

太后的注意力赶紧转回到君临渊身上，却见他的脸如烧红的烙铁，红得不得了！太后的手往君临渊额头上一探，嗞嗞嗞——烤肉的声音，太后的手差点被烫熟了，痛呼一声："太子这是怎么了？怎么了？！"那么热的体温，人怎么承受得住？

"楚医令！楚医令！"太后大声冲外面喊。

楚医令赶紧冲进来，当他看到君临渊那烧红的面容时，心头一惊，下意识问太后："太后娘娘，您骂凤小舞了？"

41

太后没注意到楚医令问这句话的用意，冲楚医令急声道："你快来看看太子，他又发病了！可急死人了！"

楚医令把了一下脉，自然知道其中深意，可是，他不能明说，只能在内心苦笑，暗示太后："这……恕微臣无能为力，还是得凤舞姑娘来才行啊！"

太后瞪着楚医令。

楚医令苦笑："老佛爷，这伤谁都治不好，只能凤舞姑娘来。"

太后还能怎么办？只不过，刚刚她斥责了凤舞，现在又要求凤舞治疗，这内心总是别扭的。

太后是会说软话道歉的那种人吗？根本不可能。太后凶巴巴地瞪着凤舞："没听见啊？快去治啊！"

君武帝也走了进来，看着凤舞："快去治疗太子！治好了，朕重重有赏。"

帝国的皇帝、帝国的太后，现在对她来说，都是强大的无法撼动的存在，她能怎么办？即便内心不喜，面上也不能表现出来。

"是。"凤舞走到君临渊身前，绿光治疗术下去，很快，君临渊的体温就降下来了，只是，这回他拽住了凤舞的手。她用力抽，却怎么都抽不出来。

太后愣愣地看着眼前这一幕。如果是衣袖，还可以拿剪刀剪掉，现在难道要剪掉凤舞的手吗？

凤舞求助地望着君武帝和太后。

君武帝摆摆手："凤小舞啊，太子一时半会儿脱离不了危险，你留下来好好照顾太子。"

凤舞急坏了，家里有美人娘亲，还有一堆的人和事需要她去处理，之前跟凤琰峰大闹了一场，谁知道还会发生什么。

"可是我家里……"

"你放心，这次你救太子有功，太后会封你娘亲一品诰命夫人，没人敢欺负她，你现在最重要的就是好好照顾太子。"君武帝拍拍凤舞肩头，呼出一口气，转身走了。

太后瞪着凤舞。凤舞这表情是什么意思？她还不愿意？

"哼！"太后一甩袖子，也走出了房间。

出了房门，太后瞪着君武帝，开始抱怨："她那是什么眼神？一副不乐意的样子！她在嫌弃太子吗？她在不愿意什么？我们家太子轮得到她来嫌弃？！"太后不喜欢莺莺燕燕围绕在太子身边，但也绝对无法忍受有女孩子不喜欢他。

君武帝扶着太后，一边走一边道："母后不是不喜欢他们在一起吗？既然凤小舞不喜欢，那不是正好？"

太后抬眸横了君武帝一眼："话不是这么说的！"

君武帝："哦？"

太后冷哼一声："我们君宝可以不喜欢她，但是她不能不喜欢我们君宝！"

君武帝苦笑："母后，这会不会太……不讲道理了？"

太后瞪着君武帝："怎么不讲道理了？这不是理所当然的事吗？"

君武帝摸摸鼻子，苦笑着摇头。

君武帝忽然心中一动："对了，母后，现在想想这凤小舞也是不错的，医术好，长得漂亮，修为又恢复了，人也聪明……"

太后转头瞪着君武帝："皇帝！你这话是什么意思？"

君武帝："集美貌智慧和天赋于一身的女孩子，不多见啊，更何况是这么优秀的。朕觉得，他们俩倒是可以试一试。"

"不行！"太后坚决反对。

君武帝："为什么？"

太后："任凭她如何优秀，就凭她对太子没有心这一点，哀家绝对不会允许她嫁给太子！"

太后等人离开后，房间里只剩下了凤舞和君临渊。

凤舞瞪着君临渊。

君殿下依旧躺在那儿，一动不动。

凤舞嘴角勾起一抹淡淡的弧度。楚医令都看得出来的事，她能看不出来？君临渊这是故意在消遣她呢。

凤舞："现在，你还不打算苏醒吗？"

君临渊缓缓睁开双眸，目光深邃，却面色坦然地望着凤舞，手依旧没有松开。

凤舞盯着他："放手。"

君殿下目光深邃，带着一股凛然的气势，他本来就是这个帝国呼风唤雨的存在啊。

凤舞压低声音："君临渊，你现在可以放手了吗？"

君临渊想说誓死不放手，话到嘴边却变成了嘲讽："你以为本太子想握你的手？"

凤舞想到外界对她的传言有些气闷，都是因为救君临渊，否则她也不用受到那些非议。更让凤舞郁闷的是，为了救君临渊，她暴露了自己的修为。君临渊如果知道她修为恢复的事，会不会往仙灵果上怀疑？想到这儿，凤舞抓抓头发，烦恼极了。

凤舞转身就往外走，身后却传来一道强势霸道的冷哼声："你敢踏出一步试

试。"满是威胁的语气。这个少年，本就嗜血，惹恼了他，肯定是没好处的。

凤舞深吸一口气，转头望着君临渊："你非要我留下来干吗？我家里还有一堆事情呢！我家美人娘亲刚才晕过去了，也不知道现在如何了，我得回去看看。"少女的目光清冷似水，划过一抹焦虑。

君临渊接下来的话，却让她的心情如坠深谷："所以，你并不想解释什么吗？"君殿下靠在床头，眸中暴戾涌现。

"解释什么？"凤舞心里有些发虚，但挺直身板硬撑着。

"你说呢？"少年一挥手，少女身子一阵趔趄，抑制不住地往后倒退。

噔噔噔——她控制不住自己的身体，跌倒在少年怀里，一抬头，就对上了少年那危险的目光。

他盯着她，嘴角挂着嘲讽的冷笑，墨色的眸子中晕染了赤红色的光芒，粗粝的拇指摩挲着少女洁白如玉的纤细脖颈，全身散发出让人胆寒的恐怖气息。

凤舞心头猛然一惊，不好！君临渊知道了，但不知道他知道了多少。凤舞咬紧下唇，脸上勉强挤出一抹笑容："君、君殿下……有话好好说，动手不好吧？"凤舞莹白的手指覆在君临渊那骨节分明的手背上，试图将他的手从自己颈项处拿下来。

"解释！"君殿下怒视着凤舞。

凤舞缩了缩脖子："你想知道什么？"

君临渊没有说话，但是眸中凶残的光芒越发浓烈。

"好好好，我解释……"凤舞投降般举起右手，"我不该隐瞒你我有灵力的事实，我错了，我真诚地向你道歉。"

凤舞知道君临渊生气了，其实想一想，如果换作自己，别人一直刻意隐瞒，也会很生气。

不过，对付君临渊，凤舞已经摸索出经验了。

现在，她也顾不上走了，如果不跟君临渊解释清楚，回头他从别人口中知道这件事，有的是麻烦。

凤舞坐在床沿，拉着君临渊的衣袖，可怜巴巴道："我真的不是故意隐瞒你的，只是……当年害我的人，还在虎视眈眈，如果我过早暴露有灵力的事实，会引起对方警觉，我会被杀掉的，对不对？"

君临渊周身散发着让人战栗的恐怖气息。

凤舞暗想，他还是在生气啊？！她不得不再次解释："你想啊，我是为了救你才暴露我有灵力的事，现在外界全都知道了……"

"外界全都知道了，你才决定跟我解释？"

呃……

"如果外界都不知道，你就不会跟我解释？"

呃……

她恨不得抽自己一大嘴巴，瞎说什么大实话啊？！

眼见君临渊要狂暴，凤舞赶紧摁住他的手，干笑一声："怎、怎么会呢！我一直想跟你解释来着，不是一直没有找到机会吗？对了，你什么时候知道我有灵力的？掉落悬崖的时候？难道你当时是醒着的？"

君殿下盯着凤舞："继续。"

继续什么？凤舞心脏一阵剧烈跳动。所以，君临渊是从她恢复灵力这件事上，想到了仙灵果？凤舞愁苦着一张脸，这件事如果坦白出来，她真的会死的。

"不想解释？"君临渊那张盛世美颜上浮现一抹狰狞的笑容，让人胆战心惊，"很好。"

要不要说？要不要……触碰到君临渊那凶狠的目光，凤舞心头一震，脱口而出："没有别的秘密了，我就隐瞒了你这件事！"

"凤小舞，我给过你机会的。"君临渊黑色的眸子半眯起来。

凤舞既然已经决定隐瞒，自然咬牙到底："真没有别的秘密了。"

君临渊的笑容，讥诮而嘲讽。他斜靠在床头，瞥了凤舞一眼，这一眼带着一种顺我者昌、逆我者亡的肃杀气势。

这一刻，凤舞的内心一片冰冷。

她刚想说话，一个东西丢到她面前，她接住后，顿时心花怒放——星辰碎片！

凤舞一脸惊喜地望着君临渊："这是星辰碎片？！"他终于愿意给她了！

君临渊冷哼一声："你可以滚了。"毫不客气地下逐客令。

凤舞咬着下唇，深深看了君临渊一眼，转身就往外走。她能感觉到，身后有一道灼热的目光，从始至终都盯着她，让她心里发寒。

"没人敢欺骗我。"身后传来君殿下幽冷如撒旦的声音，"因为欺骗我的人，都已经变成死人了！"

凤舞咬牙，有那么一瞬间，她很想告诉君临渊，仙灵果是她盗走的，可是，她不想死，能瞒一时是一时吧。

凤舞手握星辰碎片，快步走了出去。

打开门，门外站着两名皇宫侍卫，凤舞刚踏出去一步，就被侍卫拦住了。

"太后有令，凤姑娘不得踏出慈宁宫一步。"

凤舞："太子已经没事了，我要回府。"

两名侍卫寸步不让。

凤舞不甘心地跟他们交起手来，谁知，这两名侍卫太厉害了，别说三五招，凤舞

一招出去就被人家打回来了。

"我要见太后，我亲自跟她说。"凤舞气鼓鼓地道。

两名侍卫却如雕塑般站在那儿，只说了两个字："不行！"

"那我要如何才能出去？！"

"凤姑娘还是去问太子殿下吧。"

侍卫推了凤舞一把，反手将门带上了。

这两名侍卫从哪里找来的，实力如此强大，还一点都不通融，凤舞差点被推倒，她稳住身形，不得不往里走。只有君临渊答应，她才能出去。

家里也不知道怎么样了，不知道大伯父一家有没有为难美人娘亲，凤舞心里着急啊！

她噔噔噔往里面走，很快就来到了君临渊的那个房间。越接近君临渊的床前，她的速度越慢。刚才她一心要走，现在又回头求君临渊，想想真是挺没面子的，但是转念一想，反正她在君临渊面前认栽过很多回了，再栽一回又能怎么样？于是，凤舞咬着下唇，走到君临渊床前，半蹲跪下去，仰着小脑袋看着他。

强势霸道到不可一世的君殿下，此刻面上如寒霜笼罩，偏过头去。

凤舞默默站起来，走到床的另一侧，半蹲下来，再次仰头望着他。

君殿下冷哼一声，又转过头去。

这是真生气了啊！凤舞揉揉脑袋，怎么哄他呢？

"君殿下……你饿不饿？我给你做饭？"

"君殿下……你身体还不舒服吗？我给你按摩疏通经络？"

"君殿下……你真的生气啦？"

凤舞在床沿坐下，小心翼翼地盯着君临渊。

君临渊冷声道："不是滚了吗？！"

凤舞可怜兮兮地道："滚不出去，滚到门口又滚回来了。"

君殿下凶巴巴地瞪着这个小丫头，难道她不知道自己在骂她吗？

"君临渊……要不，你给一道手谕呗？"凤舞眼巴巴地瞅着他。

君殿下侧过身，用后背对着凤舞。

这回用软的都不行了，可怎么办？难道她要一直在慈宁宫里待下去？那可不行！凤舞看着侧躺着的君临渊，鬼使神差地伸出手，轻轻地给他按摩头部，本以为自己的手会被拍开，却惊讶地发现，君殿下没有任何反应。没有反应就是最好的反应，这是默许啊！凤舞心头一喜，看来有门。凤舞纤细的手指在君临渊头部穴道按摩，然后从头部到后背、腰部、双腿、脚底……一整套做下来，已经是一个时辰之后的事了。

君临渊不知何时，陷入了沉沉的睡眠之中。

凤舞一想也是，君临渊身体已经很疲惫了，经过她的穴道按压，原本瘀堵的血脉顺畅了许多，陷入睡眠是好事。睡着的他，那张绝世俊美的容颜上，少了充满杀戮的血腥狂暴，多了一些稚嫩的孩子气。

　　凤舞站起来刚想走，君临渊的手一伸，任性的孩子般拽住了她的衣角。

　　"是你自己回来的，还想往哪儿跑？！"君临渊哼了一声，霸道地拽着凤舞的衣角，就是不松手，原来他在装睡。

　　"人有三急。"凤舞刚想到这个借口，君殿下就从床上拥被坐起，"你干吗？"凤舞下意识地后退一步，下一秒，她就被君临渊一个公主抱抱怀里了。

　　"你你你——"凤舞第一反应就是不知所措，前后两辈子加起来，她还没被人公主抱过呢！

　　"你要抱我去哪里？"凤舞惊慌地捶打着他宽厚的肩膀。随时会有人走进来，如果太后知道，刚从死神手里抢救回来的太子抱起她，怕是会气疯掉吧？

　　然而，即便君临渊前一刻还在跟死神搏斗，现在凤舞的挣扎对他来说，依旧没有任何影响。

　　哐当——君临渊抱着凤舞，抬脚踹门。

　　门开了，门外的太后和风王妃正准备过来看君临渊，一抬眼就撞到了眼前这一幕。

　　真是怕什么来什么，最怕这一幕被太后看见，果然……她的运气怎么这么衰啊？

　　凤舞平时多么淡定从容的人儿啊，现在脸红脖子粗，就连手背都是红的，真是尴尬啊！

　　太后僵立当场，难以置信地看着眼前这一幕，她家不近女色的君宝——不仅不近女色，但凡女人靠近他一点，他都觉得恶心——居然抱着一个丫头！轰隆隆……太后只觉得雷霆万钧在脑海炸裂，保养得宜的手指着凤舞，指尖抑制不住地颤抖。

　　凤舞面色涨红，瞪着君临渊，压低声音道："还不快放我下来？！"你家太后老佛爷要炸裂了。

　　君殿下却充耳不闻，抱着凤舞就往外走。

　　凤舞哪里淡定得了？太后的目光都能将她凌迟处死了！她暗暗伸出手，对准君临渊的腰部，用力一拧，可是，君临渊的皮肉太厚了，凤舞就像掐着一块玄铁，根本拧不动。

　　"再不放我下来，以后再也不理你了！"凤舞压低声音，咬着后槽牙，恶狠狠地说道。

　　这句话，还是很具有威胁性的，君太子傲娇地瞥了凤舞一眼，这才将她放在地上。

凤舞还没站稳，太后就急急冲了上来："君宝啊，你怎么样？还喘不喘得过来气？有没有哪里不舒服？身上疼吗？"

太后那叫一个心疼啊！她家君宝可是刚从死神手里逃过一劫，身上到处是伤，居然还要负重，这个丫头是想死吗？！想到这儿，太后喷火的眼睛愤怒地瞪着凤舞——小狐狸精！

凤舞委屈啊，她也不想的好吗？是君临渊突然想一出是一出，事情不是她能控制的。

君临渊瞥了凤舞一眼："还不去？"

凤舞一摸脑袋，对哦，她刚才的借口是出恭，现在正好可以趁机逃跑。

然而，君临渊的下一句是："陶嬷嬷，带她去出恭。"

出恭？周围人一听，全都用怪异的目光看着凤舞。

此刻的凤舞，囧得恨不得找个地缝儿将脑袋埋进去。出恭是很文雅的事吗？这样在大庭广众之下说出来？凤舞内心满是对君临渊的吐槽。

陶嬷嬷见凤舞又囧又气的样子，内心憋着笑，面上则淡定而恭敬："凤姑娘，随我来吧。"

陶嬷嬷在慈宁宫里的地位很高，是太后最倚重的人了，所以她没有必要在凤舞面前自称"奴婢"。

将凤舞送进雅阁后，陶嬷嬷就在门口等着，一边等一边觉得好笑，这样的太子殿下，真是前所未见的。

在所有人印象中，太子从来都是不会表达的人，他说话言简意赅，不是下命令就是断人生死，何曾在意过这等生活琐事，可是现在，他重病之后，不仅将凤舞小姐锁在自己身边，连出恭都要亲自抱着去……

陶嬷嬷不傻，更准确地说，能在这后宫混到一人之下万人之上，陶嬷嬷本身就是一个很有智慧的老人，所以她比很多人都看得清楚明白。

雅阁内，凤舞囧得不行。这个君临渊，真是快被他气死了，这下让她怎么见人嘛！可是，躲得了一时躲不了一世，凤舞终究还是得出去。

此刻，太后正在质问君临渊："你这孩子怎么回事？不知道自己身体啊，还去抱那丫头？那丫头有手有脚的，需要你抱？"

太后就是心疼自家孩子，偏心得不得了。

君临渊傲然而立，傲娇地轻哼了一声。

太后戳戳他的脑袋："那丫头你如果喜欢，收了当通房丫头便是，哪需要如此费心？"

凤王妃瞪着太后："老佛爷……"

君太子是强大得不可一世，可凤舞丫头也不差好吗？人家以前也是超级天才那一挂的，现在也恢复修为了，太后这话就是在羞辱人。

太后也知道自己说得严重了，可她就是气不过嘛："通房丫头不行，收了当太子良娣总行了吧？"

风王妃皱眉，直觉不可能。太子良娣是好听，但总归也是妾，以凤舞那骄傲的性子，她能忍？让凤舞当良娣，太后心里的太子妃人选是谁？

君临渊眼眸半眯起来，一抬头就看到了站在门口的凤舞。

此刻，凤舞嘴角挂着明晃晃的嘲讽的笑容。

看到这笑容，君临渊的瞳孔陡然一紧，不耐烦地打断太后的话："我要回府了。"

太后急了："你不喜欢住慈宁宫啊？"

"吵。"

"东宫是太子寝宫……"

"不喜欢。"

"可如果你再发病，哀家不在你身边……"

君临渊："您能治病？"

太后一下就被噎住了。

风王妃在内心感叹，果然是一物降一物，凤小舞克君临渊，而君临渊克太后，太后克君武帝……这算起来，凤舞岂不是君武帝国最拥有话语权的那个人？！

太后好说歹说，也留不住君临渊，谁让君临渊的脾气摆在那儿，他想做什么，就必须做什么，别人说任何话都没用。

太后了解君临渊的脾气，最后只能无奈地让陶嬷嬷收拾东西，安安全全地将君临渊送回去。

看到凤舞被君临渊拽着，太后气又不打一处来。

"你跟哀家过来！"太后想将凤舞喊到一边训斥。

君临渊却拽住凤舞，傲娇地瞥了太后一眼，径直往外走。

多么不可一世的太后啊，可是看到君临渊径直往外走，她也拦不住，于是赶紧吩咐陶嬷嬷："快快快，御辇可准备妥当了？大风氅快给拿上，还有……"

太后还想亲自送，被陶嬷嬷拦住了："外面冷，更何况老佛爷您要出门，兴师动众，不是一时半会儿能好的。您要去看君殿下，等那边收拾好了，明天去看也行啊，对不对？"

太后还是很听陶嬷嬷话的，既然陶嬷嬷这么说，她也就放弃了。

站在长长的走廊上，看着御辇渐行渐远……然后，太后看到太子竟然拽了一把，

将凤舞拽上了御辇。

"那可是御辇！"太后脸上不舍的表情被气愤取代，她拽着陶嬷嬷的手，尖细的指甲差点掐进陶嬷嬷的肉里，"怎么会有这样的丫头？怎么会有这么不知廉耻的丫头？她居然光天化日之下跟太子同坐一个御辇！"

陶嬷嬷也是无奈了，在内心默默吐槽，明眼人都看得出来，凤舞小姐一直在拒绝，是咱家殿下一直在主动啊！只是这话一说，太后娘娘肯定炸了，陶嬷嬷只能苦笑："怕是殿下觉得冷，找个人挡挡风吧？"

太后："会是这样吗？"

陶嬷嬷："极有可能的。"

太后："哼！这丫头留下来，多半是个祸害！"

陶嬷嬷和凤王妃对视一眼，两人眼中都流露出无奈之色。舞丫头明明是个很好的丫头，太后怎么就这么不喜欢这孩子呢？

太子府。

下了御辇，君临渊仍拽着凤舞，那力气可大了，凤舞根本挣脱不开。

凤舞无奈地瞪着君临渊。

君殿下理直气壮："是你自己要回来的！"

凤舞咬牙，她能不回来吗？是太后的侍卫根本不让她走好吗？

凤舞气得拽起君临渊的手就咬，咔嚓——他的手背看起来白皙柔嫩，凤舞咬上一口，却差点崩了牙。

凤舞气呼呼地瞪着君临渊！

强势霸道到不可一世的君殿下，嘴角却勾起一抹淡淡的弧度，他分明是在笑。

君殿下："你属狗的吗？"

凤舞气得想踩君临渊一脚，君殿下却将她往前一推，宽大的手掌抵住她的脑袋，凤舞拼尽了力气也冲不到他面前。

凤舞的脑袋被君临渊的手掌顶住，身体却像小牛犊似的，一个劲儿往前冲："君临渊你放手！"

君殿下即便重伤在身，但他只拿出一点力气，就让凤舞无可奈何。

咬又咬不动，打又打不到，凤舞气得差点哇哇叫。

君临渊墨染般的眉毛上扬，俊朗清逸的脸庞，浮现出明媚的笑容。

这里是太子府门口，一个仆役都能随意来往的地方，因此眼前这一幕，很多人都看到了，而看到这一幕的人，眼睛都瞪得很大——天啊！君殿下居然笑了，那位大家认知中冰冷残酷狂暴杀戮野兽般凶残的君殿下，居、然、笑、了！而且是开心得像孩子般的纯真的、无邪的、放松的笑，这还是他们认识的君殿下吗？

封管家和宫嬷嬷赶来的时候，看到的就是眼前这一幕。两个人对视一眼，彼此苦笑——殿下将凤舞小姐气成这样，还不是自己找罪受？于是，封管家在凤舞就要气炸的时候，适时出声："殿下，温泉池已经准备好了，随时可以沐浴更衣。"

"暂时先放过你。"君临渊轻哼一声，"跟上。"说着，君临渊转身就走。

凤舞气得想踹君临渊后臀，如果君临渊被踹得扑倒在地……哈哈哈！

凤舞还没幻想完毕，宫嬷嬷就赶紧拽住了凤舞："我的舞小姐啊，您就行行好吧，别惹事了，乖乖跟咱家殿下去吧。"说着，宫嬷嬷适时推了凤舞一把。

也不知道宫嬷嬷用的什么巧劲儿，凤舞还没反应过来，身体就已经贴在君临渊的后背了，砰！两个人轻轻撞到了一起。

君殿下反手将凤舞拉住，回头轻慢地瞥了她一眼："就这么迫不及待？"

凤舞欲哭无泪！什么鬼，她明明想踹他的好吗？是宫嬷嬷把她推过来的。

凤舞回头瞪宫嬷嬷。

这位慈祥的老嬷嬷，居然还冲她眨眼睛，一副"不要太感谢我"的表情。

凤舞："……"

君殿下傲娇脸："既然这么喜欢，那本太子就满足你的愿望。"

凤舞："什么愿望？"

君殿下瞥了凤舞一眼："你说呢？"说着，君殿下伸手一推，温泉池的门开了，里面站着一群漂亮婀娜的丫鬟，纷纷朝君殿下盈盈拜倒。

"滚出去！"君临渊一挥手。

凤舞转身想跑，君临渊却一抬手就拎住了她后衣领，像拎小鸡仔一样。

凤舞无语。

那十几名丫鬟赶紧鱼贯而出，最后一位丫鬟还很有眼色地把门带上了。

凤舞忙甩开君临渊，往后跑了几步，一脸戒备地瞪着他："你，你想做什么？"

君殿下像狩猎的魔兽，一步步朝自己的猎物靠近："你觉得我想做什么？"

看着近在咫尺的少年，那张俊逸清秀如神祇的深邃轮廓上，双眸如墨染，凤舞只觉得心跳快了一拍。

"你，你不要过来啊！"凤舞强硬着态度，"虽然我打不过你，但我绝对不是逆来顺受的，我告诉你……"

君殿下眼神幽幽地望着她："泡澡。"

凤舞："你身上还有伤呢，泡澡不行吧？"

君殿下继续眼神幽幽地望着凤舞。

凤舞："那你下去泡啊！"

耳边却传来君殿下的抱怨声："人家丫鬟伺候，都是要量水温的，没有你这样的。"

凤舞："……"

就你娇贵，洗个澡还要人家试水温。

可是，对上君临渊那幽怨的眼神，凤舞只能举手投降——她最受不了的，就是君临渊用那种小鹿般楚楚可怜的眼神，幽怨而控诉地望着她了。

如果他凶，她还能跟他对着凶，如果他突然来软的，凤舞根本招架不住，因为太软萌可爱了，感觉如果拒绝他，自己会愧疚到死。

凤舞半蹲在温泉池边，伸手试了试水温，转头对君临渊说："刚好，快下去泡吧。"

君殿下望着凤舞，身形一动。

"又干吗？"还是一副委屈的表情，真是……凤舞怀疑，这真是那位强势霸道、不可一世、只手遮天、翻云覆雨的君临渊吗？

君殿下瞥了凤舞一眼，偏过头去："人家丫鬟伺候，还会给脱衣裳呢。"

凤舞："……"

有手有脚，衣裳还要别人来脱？

可是，看着君殿下那抬着下巴四十五度望着上空的俊美如神祇的脸，凤舞无奈："好好好，帮你脱，帮你脱行了吧？"

长得美真是太讨厌了，根本无法拒绝他的请求。

凤舞动作有些粗鲁，三两下就将君殿下身上的衣衫扯下了，闭着眼睛就要将他往温泉池里推："现在可以下去了吧？再磨磨唧唧，水都要凉了。"

君殿下下水了，可是见凤舞站得远远的，他又有意见了："人家丫鬟伺候的时候，还会搓背的。"

得了吧你！凤舞在心里疯狂吐槽，就你这生人勿近的洁癖，还人家丫鬟给搓澡，也是不想揭发你罢了。

可是，君殿下就那样眼神控诉地望着她。

这位太子殿下长得太美了，温泉雾气氤氲间，少年墨染的眉峰下垂，鼻梁刀锋般笔挺，肌肤细致如美瓷，深邃的轮廓如鬼斧神工雕琢出来般，随意倚靠着池边的姿态，君临天下般丰神俊朗……美极了，美得让人心颤，不答应他简直就是在犯罪。

凤舞无奈，只能走到他身后，拿起澡巾一下一下搓着，虽然动作有些粗鲁，但还是很小心地避开了他身上的伤口。

在凤舞没有看见的角度，少年嘴角微微扬起。

"现在可以了吧？"凤舞敷衍地搓了几下便停下了，问君临渊。

君殿下原本上扬的嘴角下垂，抱怨地轻哼："人家小丫鬟，都会给按摩。"

凤舞深吸一口气："君临渊，你到底有完没完啊，要求这么多？！"凤舞气得将澡巾往水里一拍。

她明显感觉到，少年后背突然僵硬，四周死一般寂静。

凤舞气得想拍自己的脑袋，她知道自己迁怒于他了。

她很想回家，除了想知道美人娘亲的情况外，她还想进空间一趟，将星辰碎片放进美人师父的身体里。之前彩凤鸟说过，只要收集了五枚星辰碎片，美人师父就会苏醒。凤舞已经五年没见美人师父了，所以她现在迫切地想回家，想要有一个独处的空间，君临渊却强势霸道地不让她回去，她才会暂时失控。

看着少年那僵硬的脊背，感受着空气中那控诉委屈的情绪，凤舞意识到，自己的态度过分了。

"抱歉，我只是——"

凤舞刚想解释，君殿下却径直从池中走出来。

他薄唇紧抿成一条线，俊逸绝美的面容紧绷，眸中有隐忍、有委屈、有暴戾的情绪酝酿着。

"君临渊，我……"

"滚！"君殿下瞪向凤舞，眸中充满了野兽般的狂暴和凶残，这是君临渊暴怒时的表现，他真的生气了，"在我改变主意之前，赶紧滚！"

现在是他让她走的。

凤舞转身就往外跑。

没等她跑出多远，身后传来轰隆隆的声音，凤舞回头一看，那座价值连城、全帝都唯一的室内温泉，轰然倒塌！

巨大的声响震惊了很多人，凤舞听到脚步声从四面八方传来。

凤舞看到君临渊那嗜血残暴的双眸，正死死瞪着她。

在我改变主意之前，赶紧滚！脑海浮现君临渊说的话，凤舞转身就往外跑。

突然，她身后传来惊呼声："君殿下，君殿下你怎么样了？君殿下——"是封管家和宫嬷嬷的声音。

凤舞深吸一口气，告诉自己，君临渊体内的余毒她已经清除了，他的内伤也在恢复当中，他没事的，他一定没事的……

凤舞跳下墙头，以最快的速度朝家的方向冲去。

很快，她就能见到她的美人师父了，可是为什么心里有一块地方，竟有一丝痛苦？

第二章
美人师父

左家。

左铭手中把玩着一个透明的扳指。

"老爷，这次能一举将凤舞杀了吗？"内室传来左夫人的声音。

左铭嘴角浮现一抹冷笑："放心吧，血滴子杀手组织的成员，可不是刀锋小队能比的。"

这次，刀锋小队实在是太让他失望了。

左铭原本对刀锋小队寄予了厚望，可是，当他派遣的另外一个人跟他汇报时，他才知道，刀锋小队在傲世雪原就死了。

"好！只要能杀了凤舞，我这心就放下了。"左夫人用手抚摸着胸口位置。

左铭："不过一个小丫头，何足挂齿。"

左夫人："这是普通的小丫头吗？当年一度逼得我们家青鸾无路可退。好不容易她废了，谁知道居然又恢复修为了！"

左大人却不当一回事："无妨，不过灵宗境初阶罢了，太容易杀了。"

左铭庆幸的是，这次机缘巧合将凤舞恢复修为的事暴露了出来，如果这丫头一直捂着，扮猪吃老虎，默默修炼，最后才爆发，那才真会让他们措手不及。

左夫人："老爷这次派了高手去杀她？"

左铭："这次找的血滴子杀手，可是八大天王之一！"

左夫人眼前一亮："那岂不是灵尊境强者？"

左铭："嗯，灵尊境，杀这个丫头绰绰有余了。夫人备下酒菜，你我一同庆祝如何？"

左夫人大喜："好极，好极。"说完，高高兴兴地去了。

凤舞离开太子府后，抄近路回凤府。

她正穿过一条小巷子，忽然停住了脚步，这里给她一种很不好的感觉。

凤舞眉心一动，瞬间挪开两步，轰隆隆——她刚才站立之处，爆炸声响起。

如果刚才凤舞没有察觉而后退开，一脚踩上去的话，现在的她就算不被炸死，也会被炸得血肉模糊。

好强大的力量！凤舞深吸一口气，环顾四周，最后盯着一处墙角："出来吧。"

桀桀桀——一道诡异的声音从墙体传出，随即，墙体出现一道淡淡的影子，紧跟着，一个矮小的男人出现在了凤舞面前。

这是一个侏儒，身高不足凤舞腰部，乍一看是小孩，仔细看则会发现，此人年纪一点都不小，至少已是中年。

侏儒男盯着凤舞，眼底浮现淫秽的光。

"小丫头，长得这样美，可惜了，太可惜了……"侏儒男口中啧啧出声，一步步朝凤舞走去。

凤舞眼眸半眯起来。好厉害的强者威压，此人的实力比她强大太多了。

"你是谁？"凤舞冷声问道。

"我是谁不重要，重要的是，我是来杀你的，小丫头，怕不怕？"

血七号因为身高，是一个冰冷高傲又极度自卑的人，向来话不多，拿着他的长剑，干脆利落地收割人头。可是，眼前这丫头，实在是太漂亮了，漂亮得让他觉得，应该在她临死之前跟她多说几句话。

"左家派你来的？"凤舞嘴角浮现一抹冰冷的弧度。

血七号："谁下的单子不重要，重要的是，这次你必须死！"

凤舞："你是灵尊境强者吧？"

血七号点头。

凤舞："我只是灵宗初阶，跟你差了一大截，今日我必死。"

血七号点头。

凤舞："我死之前，你积点阴德又如何？不需要你回答，你只需要给我反应就好了。如果是左家让你来杀我的，迈你的左脚；如果不是，迈你的右脚。"凤舞盯着血七号的双脚。

出卖雇主违背杀手的职业道德，先迈哪一只脚却是血七号的自由，他毫不犹豫地

55

迈出了左脚。

凤舞心中一阵苦笑，真的是左家。

凤舞恨不得扇君临渊一巴掌，如果不是为了救他，自己的修为也不会暴露，左家也不会知道。

不过……凤舞摇摇头，其实这次她从北境城回来，左家就盯上她了，不管她有没有暴露修为，左家都是非杀她不可的。

"小丫头，是你自己动手，还是我帮你动手？"血七号目光淫邪地盯着凤舞。

凤舞："动什么手？"

血七号冷笑："这么美的身体，死了太可惜了，让我先享用一番如何？"说着，血七号抬手就要去捉凤舞。

"无耻！"凤舞后退一步，血七号抓了个空。

"小丫头，没想到啊，你居然能避开。"凤舞快若闪电的速度，让血七号微微一惊。

不过，也仅仅是微微一惊罢了，凤舞是灵宗境初阶，他是灵尊境，整整差了一个境界，现在他是在猫逗老鼠。

血七号再度欺身而上，那双肮脏的魔爪朝凤舞肩头抓去。

凤舞快若闪电般出手，砰砰砰——

血七号接招，眸中闪过一抹惊讶之色。

"不错啊！你这丫头居然是灵宗中阶——五星的实力！"左家提供给他的信息，这丫头是灵宗四星的实力。

不过，灵宗五星又如何，对血七号来说，四星、五星还是六星，都没有区别。

三招过后，血七号手中长剑在凤舞右臂划过，顿时血流如注。

血七号嘴角扬起一抹邪恶的弧度："流血的丫头，更有滋味了呢！"

变态！凤舞胸口憋了一股气，难堪至极！

这个可恶的杀手，话那么多，句句都让人想掐死他。

血七号："小丫头，你服不服？"

凤舞冷笑道："如果我服如何？不服又如何？"

打是肯定打不过了，右臂鲜血如泉涌，如果不是她体质特殊，伤口愈合容易，肯定会因失血过多而死。

血七号："如果你服，就过来，跪在老子面前。"

凤舞："如果不服呢？"

血七号闻言，脸上露出一抹阴鸷的冷笑："那你就去死吧！你以为你死了之后，老子就不会拿你的尸体办事儿吗？！"

欺人太甚，岂有此理！凤舞心中怒意狂卷，面上却冷静得可怕。

凤舞一步一步朝血七号走去。

如果对手是灵宗境七星或者八星，她还有一击之力，而此人是灵尊境啊，她怎么打？自己在对方眼里，就是蝼蚁般的存在。

看着这容颜绝世的小丫头面含屈辱地朝自己走来，血七号眼中满是邪恶而得意的笑。

凤舞面上不动声色，暗自却在迅速调转着全身能够动用的东西——毒术、阵法、灵宠、剑、力量……

她终于走到血七号身前半米的位置。

血滴子表情嚣张而傲慢，得意而张扬，以一种睥睨蝼蚁的眼神斜睨着凤舞。在他眼中，灵宗的凤舞，不过是随他摆布的布娃娃罢了。

"君临渊！"凤舞惊呼一声。

君殿下？血滴子心头一震。

君武帝国的人，谁不知道君临渊的威名，又有谁不忌惮他、敬畏他、恐惧他？血滴子下意识地转过头去。

就在这一瞬间，凤舞出招了，她将全身所有的力量都集中在脚尖，狠狠踹向血七号的下半身。

如果不是生死危机，她也不会用这招撩阴腿。现在情势所逼，为了活命，她只能拼了。

凤舞这一脚，集中了她能使出来的所有力量，并且是百分之一百二十的加成，砰！重重一脚踹在血七号全身最弱之处。

"嗷！"血七号发出一道凄惨的叫声，目眦欲裂地瞪凤舞，"凤舞！"

这么好的机会，凤舞不跑更待何时？

凤舞自然不会往家里跑了，家里没有人能制住这位血七号，自己往家跑，只会给他们带来灾难，所以，凤舞转身往来路冲去——君临渊，救命啊！

见凤舞转身就跑，血七号虽然痛得龇牙咧嘴，可杀手的本能，还是让他以最快的速度暴冲上去。

"臭丫头，你给我站住！"血七号恨不得将凤舞碎尸万段。

他这辈子或许都被毁掉了，不杀这臭丫头，难出心中的怨气。

血七号抬手点了下半身的穴道，封住那个部位的疼痛感，加快脚步朝凤舞追去。

一千米，五百米，三百米……凤舞一回头，见血七号利箭般暴射而来，心头顿时一片冰凉。

血七号手中长剑以一种难以置信的角度朝她后背刺来，凤舞心头一紧，偏过身子，可是那剑像是有生命似的，转了个弯，又朝凤舞心脏刺去。

凤舞避不开剑，但她还是能避开要害的，扑哧！凤舞的左臂又中了一剑，被划开一道很大的口子，鲜血狂流不止。

那剑像是有魔力一般，飞舞旋转着，凤舞退，它进，凤舞转，它转，扑哧——扑哧——凤舞身上不断中剑，脸上、身上、手臂、腿上……一会儿工夫，凤舞身上就中了几十剑，而这几十剑废掉了她大半的战斗力。

此刻的凤舞，遍体鳞伤，白裙上血迹斑驳，整个人像从血水里捞出来似的，触目惊心。

凤舞在傲世雪原的时候就受了伤、失了血，现在又受了更重的伤、失了更多的血，如果不是靠着手中的剑撑着，她站都站不住。

血七号死死瞪着凤舞："臭丫头，你居然敢阴我！"说着，血七号举起手中长剑，劈头就朝凤舞砍去。

现在还管什么怜香惜玉，血七号只想杀了凤舞，以泄心头之恨。

此剑集结了他毕生之力，漫天杀气席卷而至。

凤舞想跑，可是，剑光已至！

砰！关键时刻，凤舞头顶出现了一个小小的毛茸茸的东西。

血七号的剑砍在风土土身上，发出金石撞击的声音。

"嗷！"风土土发出一声痛呼，它揉揉脑袋，一脸愁苦，好痛啊！

凤舞赶紧拽风土土下来，见它身体完好，这才松了口气。

血七号难以置信地看着眼前这一幕，他的剑居然砍不进那小家伙身体半分，那小家伙到底是什么东西？

就在血七号还没有反应过来的时候，一只巴掌大的小鸟，口中喷出一道火焰，对准血七号的下半身暴射而去。

"嗷呜！"血七号疼得眼泪都要掉下来了。

凤舞知道，这两个小家伙只能支撑一小会儿，论真正的实力，它们跟这个杀手还差很远。

果然，血七号狂怒，手中长剑一出，噗噗噗——彩凤鸟和风土土都被卷入剑阵之中，无数毛飞落，有彩凤鸟的，也有风土土的。

这两个小家伙关键时刻跑出来救她，现在却被困在血七号的剑阵之内，再这么下去，这两个小家伙会死的。

看着两个小家伙被剑阵凌虐，凤舞心都要碎了，她不顾一切地冲上去，不承想，那剑阵居然将她也包裹进去了。

血七号口中发出桀桀的怪笑声，森冷地道："臭丫头，你给我去死吧！"

随着血七号一声怒吼，凤舞只觉全身剧烈疼痛，剑影中，她的肌肤寸寸开裂。彩凤鸟和凤土土身上的毛被削掉了大半，血痕遍布。

难道……真的要死了吗？在绝对的实力面前，凤舞心头一片冰凉。她想过千万种可能，唯独没想到自己会死在血滴子的杀手之手。她刚回到帝都不久，她还壮志未酬，她还没有收集五枚星辰碎片救师父，她还没有找左青鸾报仇，她还没有……她没有做的事情还有太多太多，难道现在她就要死了吗？

血七号手中的剑刺向凤舞眉心，一米、半米、一尺、三寸……眼看着就要刺入了，而一旦刺入，灵台爆裂，神仙也难救。

就在这最关键的时刻，忽然，一道幽冷温雅的声音在凤舞脑中响起："攻他天井穴。"

这声音，不疾不徐，矜贵超然，分明是……

凤舞转头，看到一道淡淡的身影出现在自己身侧，那是一位白衣飘飘、丰神俊朗、举世无双的美男子。他宽衣阔袖，姿态高雅，宛若不可攀附的冰山雪原。即便面对如此紧急的情况，他的目光依旧如云一般柔和，像月光一样明亮，仿佛世间所有尽在掌控，没有什么能动他心绪分毫。

"师父！"

美人师父！她的美人师父，衣衫如雪，宛若神祇，就站在她面前。

凤舞的眼泪哗啦啦往下流淌。

美人师父没有看凤舞，只从容不迫地盯着血七号。

凤舞懂了，美人师父这是在指挥她战斗。

看到美人师父，凤舞觉得世间没有任何事能难住她了。

天井穴是吗？凤舞脚步轻盈，以一个诡异的姿势扭转身体，手中匕首紧贴血七号的手臂——天井穴在手臂上，扑哧！

"啊——"血七号口中发出一道惨叫声。

他听不到牧九州的话，所以不知道牧九州对凤舞的指挥，一时不察就被刺中了。

血七号手臂不稳，剑差点掉落。

凤舞见自己将血七号刺中，心中猛然多了许多信心。

谁说差一个境界就不能战胜了，她有美人师父从旁指挥，一个境界又如何？她家美人师父可是全大陆最厉害的人呢！

牧九州淡然而立，淡然出声："星月剑法第十三招，飞龙在天……"

美人师父从旁指挥，凤舞如有神助，她一点也感觉不到身上的伤痛，只觉得全身充满了力量，她要表现出最好的自己给美人师父看。

凤舞改守为攻，血七号则难以置信地瞪着凤舞！这臭丫头怎么了？吃错药了？他虽然身受重伤，但是怎么说也还有灵宗境八九星的战斗力，而这丫头充其量灵宗

五星，现在她却改守为攻，步步杀招，又偏偏她每一次都像是料到他会出什么招一样，适时格挡。几招下来，步步紧逼的换成了凤舞，节节败退的反而是自己，怎么可能？！

血七号怎么都想不明白，他可是血滴子杀手组织的八大天王之一，竟然对付不了一个灵宗境五星的小丫头。

血七号一看势头不好，转身就想跑——留得青山在不愁没柴烧！失败了不过是少赚一单钱，被人嘲笑一番，而如果再打下去，他会死的。

凤舞岂容他逃跑。

很显然，美人师父也把血七号当作凤舞战斗的靶子了。

"交信穴。"

"天池穴。"

"劳宫穴。"

……

凤舞越战越勇，完全忘记了自己已经是个浴血奋战的血人。

她这不要命的打法，打得血七号信心彻底丧失，简直怀疑人生了。

咔嚓！凤舞一招飞龙在天，冲天而起，持剑刺向血七号的心脏。

扑哧！血七号睁大眼睛，难以置信地看着凤舞手中的剑，刺入了自己的胸膛。

不——明明凤舞的实力比他差了一个境界，为什么最后关头，她会这么勇猛，如有神助？！

凤舞手握火炎剑，在他心脏处搅动。

"唔——"血七号喷出一口鲜血，面目狰狞而扭曲，最终轰的一声摔倒在地。

凤舞身子晃了晃，体力透支，缓缓软倒。

下一瞬间，美人师父已经移到她身边。

"师父……"

美人师父白衣胜雪，宽大的袍袖轻柔地垂着，一如往年，风采高雅，目光澄澈。

"师父……"凤舞又哭又笑，因为激动，全身抑制不住地颤抖。她血迹斑驳的手抚上美人师父的面庞，手指穿透而过，美人师父不是实体，只是虚化的一个影子。

"喀喀喀——"美人师父那张颠倒众生的绝世容颜，因为咳嗽而涨红。

凤舞紧张得手足无措，怎会如此？美人师父生病了吗？

"师父？师父——"凤舞从来没有哪一刻像眼前这般慌乱过，她想抓住师父，却怎么都抓不住他的手。

凤舞急得直哭，犹如三岁小孩。

美人师父咳后，涨红的肤色化为苍白，那双如明月般的深眸望着凤舞，嘴角扬起一抹淡淡的弧度，眼神温柔如流水。他本就长得翩然绝世，这一笑，更是颠倒众生，倾国倾城。

"傻丫头，师父没事。"美人师父靠着一棵树坐下，凤舞则趴在他膝头，犹如稚童，满眼的孺慕之情。

凤舞见师父的面色慢慢恢复正常，这才放了心。

"师父，您醒了，是不是就能一直陪着我了？"

在美人师父面前，凤舞的目光纯净而天真，仿佛全世界都是她家的后花园，没有什么可担心的，她只需安心做她的小公主便是。

美人师父目光温柔地笑看着凤舞，带着无边的宠溺和纵容，而这一刻，他摇头了。

凤舞心头一阵抽痛："那……"

"七天。"美人师父的眸，是纯粹的黑，夜空的颜色。

"只有七天啊！"凤舞咬着下唇，低低叹息一声。

有七天也总比没有好，凤舞握紧拳头，她一定要努力，尽快将五枚星辰碎片收齐，这样，美人师父就能一直陪在她身边了。想到未来的这一天，凤舞心中充满了期待。

这时，巷子外传来一阵轻微的脚步声。

凤舞知道，这里的打斗已经引起别人注意了，血七号的尸体如果留在这儿，很容易会被人看出什么来。

凤舞傲娇地轻哼一声，从袖子里拿出一瓶化尸水，嗤嗤嗤——很快，血七号的身体化为一摊淡黄色的血水，凤舞则赶紧回了凤府。

秋灵看到凤舞，差点尖叫出声。

凤舞朝她做了一个"嘘"的手势。

秋灵眼泪扑簌扑簌往下掉落："小姐，你受刑了吗？陛下罚你了吗？"

朝歌也在，看到凤舞这样，她气不打一处来："你不是救了君太子吗？他们凭什么还罚你？我找他们说理去！"说着，朝歌就要往外冲。

凤舞忙拉住她们："事情不是你们想的那样，快坐下。"

"那是怎样？"这时候，大家都聚拢过来了，看到凤舞满身的血，都心疼得直哭。

好在美人娘亲这会儿累得睡着了，否则看到凤舞这样，她非心疼得晕过去不可。

凤舞看着大家，深吸一口气，决定将真相告诉他们——左家已经展开疯狂报复，必须让大家加倍小心。

凤舞将回来路上被暗杀的事跟大家说了一遍。

"左家！"

"他们居然还敢派人刺杀！"

"岂有此理！欺人太甚！"

凤舞眸中浮现一抹郑重之色："可是，人家就是欺负你，你能怎么样呢？"

众人："……"

朝歌问："那我们该怎么办？"

凤舞目光淡定："放心吧！这次血七号事件后，他们暂时应该不会发起进攻了。我现在担心的不是我自己，而是你们。"

秋灵："小姐，我们没关系的，只要我们不出门……"

凤舞苦笑："这里距离外墙那么近，就算你们不出门，左家要是派高手来，你们又能怎么办？必死无疑！"

"那……"大家都紧张地望着凤舞。

凤舞神情认真而郑重。

她已经想好了，美人师父有七天时间，这七天里，她必须将太乙阵图布置好——从方阁老家开始，加上星陨院这一段，全部覆盖在太乙阵图之内——然后，凤舞决定挖一条从星陨院通往方阁老家的暗道，一旦出事，他们就可以从星陨院撤到方宅，隐藏在阵眼之中，到时候，便是如血七号这样的杀手出动，也奈何他们不得。

事不宜迟！

凤舞望着秋灵："准备热水，我要沐浴更衣。"

"小姐，我来伺候你沐浴吧！"

凤舞正想拒绝，秋灵急声道："小姐，你衣衫上的血都干涸了，衣衫黏在伤口上，一不小心就会扯破伤口，到时候……何况，后背你也不好自己上药啊，小姐……"秋灵快跪下哭求了。

"好吧、好吧，你来就你来吧。"凤舞环顾四周，目光从朝歌、凤小七、秋叔等人脸上一一滑过，"敌人很强大，你们要加紧修炼，我们这个家，需要大家一起守护。"

"嗯！"

大家都被凤舞说得热血沸腾，强忍住夺眶而出的泪水，返回房间，快速进入修炼状态。

秋灵扶着凤舞来到洗浴间，当她用剪刀一点点剪掉凤舞身上的衣裳时，凤舞一阵苦笑。

"这要剪到何年何月啊？太麻烦了。"说罢，凤舞径直坐进加满热水的浴桶之内。

热气氤氲，秋灵眼睛瞪大，原本干净的水瞬间化为血水，秋灵好不容易止住的眼泪，又开始哗哗往外狂涌。

凤舞顿时哭笑不得："你这丫头，是小哭包吗？怎么哭个不停呢？"

秋灵心痛得快窒息了："别人家的小姐，手指头被绣花针戳破一个小孔，冒出一滴血，都像天塌了一样，可是小姐你……"秋灵一边用水瓢舀热水淋到凤舞肩颈处，一边掉眼泪。

凤舞苦笑："习惯就好。"

一句"习惯就好"，又惹得秋灵号啕大哭。

凤舞无奈了："好了、好了，小哭包，我不说话总行了吧？"

对凤舞来说，受伤、流血，不都是常事吗？如果受伤流血能换来见到美人师父，她宁愿天天受伤流血呢！

好不容易凤舞洗干净身上的血渍，秋灵小心翼翼地给她上药，再一层一层包扎起来。

凤舞感觉到四周一片寂静，回头一看，好嘛，这丫头又在抹泪了。

凤舞拍拍秋灵的脑袋，长叹一口气："以后我会小心的，行了吧？"

秋灵眼睛红红的，她知道全家的担子都压在小姐一个人身上，她暗暗发誓，一定要好好修炼，替小姐分担一些压力，哪怕是一点点也好。

"小姐，有没有那种速成的修炼方法？"凤舞穿戴妥当，迈步往外走的时候，身后传来秋灵的声音。

凤舞知道，这丫头肯定是看到她的伤，内心被触动了。

凤舞回头，认真地凝望着秋灵："速成的功法，往往伴随着高风险，对身体有损，你不必……"

"秋灵不怕高风险，只求能替小姐分担。"秋灵跪倒在地，脑袋磕在青石地面上，无比认真和严肃。

凤舞："……"

秋灵："奴婢现在才灵师三星，这样的速度太慢了，小姐……"

凤舞："如果说，快速晋升，但有百分之五十的死亡率……"

"奴婢愿意！"

凤舞："七天时间，你考虑清楚再来告诉我。"

凤舞出了房间，脸上是一抹凝重之色。是她还不够强大，身边的人才会惶惶不安，想要出一份力，她必须要尽快变强才行。

凤舞来到隔壁的方阁老家。

方管家看到她，并不意外："凤姑娘，老爷在老地方等您。"

凤舞点点头。

老地方指的就是方阁老的书房。

书房内，檀香袅袅，方阁老在蒲团上盘坐，闭目养神，夕阳的余晖从窗外倾泻而下，照射在老人家身上，温暖而祥和。

"来了？！"方阁老睁开眼眸。

凤舞朝方阁老深深鞠躬，她知道，她进傲世雪原考核的时候，老人家顶住了很大

的压力，帮了她很多忙。

"坐。"方阁老指着面前的蒲团。

凤舞在方阁老面前坐下，脸上露出一抹微笑。

方阁老鼻子很灵，一下便闻到了凤舞身上浓郁的血腥味和草药味。

"太后对你动刑了？"方阁老眼眸半眯起来，他老人家动怒了。

凤舞忙摆手："不是太后，也不是在皇宫里受的伤，是在皇宫外面。"

方阁老盯着凤舞："怎么回事？"

随着一次次接触，凤舞已经将方阁老当成值得信任的亲近长辈了，而方阁老也将凤舞当成了最看重的晚辈，于是，凤舞轻描淡写地将回府途中遭遇刺杀的事说了一遍。

凤舞越是轻描淡写，听在别人耳中，越是惊险万分。

"岂有此理！"方阁老气得一拍地面，"好一个左铭！好一个左家！"至此，方阁老也猜到了，"所以五年前，是左家害你修为被废？"

凤舞冷笑一声："左青鸾废我凤凰真血，以为从此以后，她就是唯一的凤凰真血。"

"这就说得通了。"方阁老的脸色难看至极。

他也让人打听过，得到的消息是，凤舞这丫头太过贪心，修炼不当，从而修为被废。如果不认识凤舞，方阁老还真信了这话，认识凤舞之后，了解这丫头是何等的聪明谨慎后，方阁老对这传闻便是一个字不信。他已猜到是左家所为，现在凤舞所言，印证了他的猜测。

"这个左铭，简直欺人太甚！"方阁老平时多淡定的一个人啊，现在都被气得脸色铁青，"左青鸾废你凤凰真血，害你婚事被退，抢走你碧云宫的拜师资格，她自己则成为碧云宫的神女，啧啧。"

方阁老能理解当年的凤舞有多憋屈、多愤怒、多无助。

想到这儿，他望着眼前的凤舞，却是面色平静，不见愤懑之色。

"一个人成为天才不难，难的是，从神坛陨落后，还能重新爬上去。"方阁老欣慰地看着凤舞。

只有经历过炼狱般的折磨，才能有现在这般从容不迫的心境。

好丫头，这是天生的绝世强者啊！

凤舞淡淡一笑："左家已经发现我恢复修为的事了，以后的路，会变得更加艰难。"顿了顿，凤舞又道，"我不担心左家对付我，我只担心我的家人。"

方阁老郑重地望着凤舞："你方爷爷我虽然退出了朝堂，但是这些年累积的人脉有好些还没动用，帮你找一两个高手还是可以的。"

凤舞眼前一亮，她这次来找方阁老，除了商量太乙阵图的事，就是这件事了。

方阁老主宰内阁多年，朝野上下，也曾一呼百应，加上他老人家为人正直，崇拜者众，手中的人脉是旁人难以拥有的资源。

凤舞问："能找到灵尊境强者吗？"

方阁老点头："我找人给你留意着。"

凤舞："好。"

"对了。"方阁老问凤舞，"你和君殿下，到底是什么关系？你怎么偷亲他呢？"

也只有方阁老能毫无顾忌地简单直白地将这句话问出口。

凤舞苦笑："我还想知道到底是怎么回事呢，大家是怎么知道我恢复修为的？"

说起这个，方阁老也是一脸无奈，将他看到的画面从头到尾跟凤舞说了一遍，凤舞这才恍然大悟。

"所以，大家只看到我亲君临渊，没看到后面发生的事情？"凤舞觉得自己比窦娥还冤。

方阁老一本正经："嗯。"

凤舞揉揉眉心，她真是被君武帝坑死了："如果陛下继续让画面播放，那该多好啊！"

方阁老："嗯？"

凤舞哭笑不得地将后面的事跟方阁老说了一遍："那是人工呼吸啊！哪里是偷亲君临渊！说简单点就是渡气啊！如果不渡气，君临渊现在已经死了！什么偷亲他？我怎么可能偷亲他啊？开什么玩笑！"

方阁老瞥了凤舞一眼："天下多少女子喜欢君殿下，你真不喜欢？"

凤舞气急道："我怎么可能会喜欢他？他哪里好了？傲娇、自大、自恋、自以为是、强势霸道、不可一世、嚣张跋扈……"凤舞一路数落下来，十个手指头都不够，"总之，这样的君临渊，我怎么可能会喜欢？！"

方阁老见凤舞急赤白脸的，嘟哝了一句："这丫头怎么有些恼羞成怒、欲盖弥彰啊？"

"您说什么？"凤舞没听清楚。

方阁老："咯咯……我只是觉得，如果你愿意的话，其实你可以走一条捷径。"

"捷径？"凤舞不解地看了方阁老一眼。

方阁老"嗯"了一声："现如今，虽然陛下当政，但君殿下的话已经无人能反驳，等以后君殿下继位……"

凤舞略皱眉。

方阁老说："说得粗俗一点，如果你能交好君殿下，抱上这条大腿，对你来说，将会拥有莫大的好处。"

凤舞的眉头皱得更紧了。

方阁老："你的家人没人敢伤，左家又有何惧？你完全不用活得这么辛苦。"

凤舞却淡淡一笑："所以，您的意思是，让我以色侍君吗？"凤舞摇头，"我知道，我的容貌对君殿下有吸引力，但是，以色侍君、色衰而爱弛的道理，我还是懂的。只有自己真正强大，才能保护自己的家人，靠山山倒，靠人人跑，都是靠不住的。"

凤舞之前不是没有考虑过抱君临渊的大腿，但这事太有风险了。君临渊喜怒无常，有时候对你好得不得了，有时候还没转头就已发怒，甚至她都不知道自己是怎么激怒他的。让她将自己的性命、将家人的性命都寄托在君临渊身上……凤舞摇头，她最相信的还是自己。

"更何况，当年左家对我下手，很大原因就是我和君临渊的婚约。和他关系近，就是莫大的麻烦。"

方阁老慢悠悠地瞥了凤舞一眼："说你这丫头傻，你还真是傻。"

"啊？"凤舞不解地望着方阁老。

方阁老没好气地说："借势，懂？"

凤舞冰雪聪明，一点就通，所以方阁老这句话，让她陷入了沉思。

方阁老见凤舞将这句话听进去了，也就放心了。

借势，借君临渊的势，直上九重天。

希望这丫头别再犯傻去抵触君临渊了。

凤舞抓抓脑袋："此事从长计议，从长计议。再说，还不知道君临渊给不给我借势呢，这人小气得很，睚眦必报的呢！对了——"凤舞一拍脑袋，跟方阁老聊了那么久，差点将正事忘了，"材料准备好了吗？"

她担心家人的生命受到威胁，必须以最快的速度将太乙阵法布置出来，既能防御，又能修炼。

凤舞进入傲世雪原考核的时候，方阁老就命人准备材料了。好在方阁老的门生故吏遍布君武帝国，人脉广大通天，他要的东西，即便再难买到，也会在很短的时间内送来。

方阁老拿了一张单子给凤舞看。那张单子原是凤舞列的，如今，一项项都用红笔圈好了。

方阁老说："东西都运来了，堆在库房里，走，我们瞧瞧去，看东西对还是不对。"

方阁老也是阵法方面的大佬级别了，他其实都已经过目了。

果然，当凤舞看到那满满一仓库的材料时，心头大喜，激动极了。

凤舞："方爷爷，齐了，东西都齐了，这么多花费不少吧？"

方阁老没好气地瞥了凤舞一眼："你这丫头可千万别提钱的事。其实，也没花多少钱，就是从地下挖了几十块灵石，就换了这么多材料。"

凤舞笑，她和方阁老算是忘年交了，老人家拿她当徒弟看，她自然就不客气了。

"那我就送您一个长命万万岁。"凤舞调皮地眨眼。

太乙阵法一成，天天待在里面，就算什么都不做，也能延年益寿呢！

凤舞阵图早就设计好了，接下来就是布阵了。

事不宜迟，凤舞赶紧回去告诉大家一声，接下来的七天，任何人上门，都说她不在。

秋灵惊呼一声："可是小姐，三天后，帝国学院就开学了啊！"

凤舞摆手："任何人都不见，你们守好口风。"

凤舞说完这句话，就将凤土土叫出来，让它拿着空间储存袋去挖地道。

凤土土，人如其名，在土下面行动如常，所以将空间储存袋给它，让它将挖出来的土往空间储存袋里装，效率很快的。

至于通道出入口，凤舞早就想好了，这边在美人娘亲的床榻下，一直通往方阁老家的枯井。凤舞布阵的时候，会将枯井布成阵眼——全方宅最安全的地方。

"请假四天？"方阁老用难以置信的目光望着凤舞，"四天够吗？"

"三天加上四天，足够了。"凤舞回答得无比自信。

方阁老却用匪夷所思的目光望着凤舞。如果是他单独布阵，他是完不成太乙阵的。如果是凤舞，方阁老暗暗算过，就算这丫头再厉害，也至少需要花上三五年时间。现在，这丫头却跑来告诉他，她只需要花七天时间，这叫他怎么相信？

"如果是平时，确实需要数年时间，但现在，七天足够了。"凤舞眉眼间满满都是笑意。

方阁老狐疑地看了小丫头一眼。他发现今天的凤小舞变了，仿佛有精灵在她身上跳跃着，这丫头处于很高兴、很兴奋甚至……很幸福的状态。

现在外界对凤舞的误解甚深，要是换了一般人，早就愁眉苦脸、压力山大吃不下饭了，这丫头竟然这么高兴……很反常啊！

"你这丫头是吃错药了吗？这么高兴？"方阁老问。

凤舞嘿嘿直笑，就是不说话。

之前秋灵对凤舞说，家门口聚集了不少小乞丐，因为听说家里有人考了帝国学院的第一名，所以来讨彩头。

凤舞高兴啊！她高兴的不是自己考上帝国学院，而是见到了美人师父，并且见到美人师父的时候，自己争气地恢复了修炼，还考了帝国学院的第一名。

凤舞很高兴地吩咐下去，发红包，给每个小乞丐都发红包，发发发！

方阁老看了凤舞一眼，这丫头真的太反常了，布阵的时候，不会出问题吧？

方阁老很快发现，他想得太多了。

凤舞布阵的时候，最难的不是摆放灵石的方位，而是每一道铭文的绘制——阵法之难，难在铭文符篆。

方阁老看到凤舞落笔前，她都会看向右边，仿佛那里有人在指导她，几个呼吸间，凤舞略一点头，低头便绘。那复杂极了的符篆，行云流水般，挥笔而就。

若是一般的灵阵师，这一块铭文，怕要画上数个月，因为太复杂了，出一点点错，就整个废掉了。凤舞绘制一块铭文，竟然不到一分钟时间，而且这铭文……

"这是五级铭文啊！"方阁老眼珠子都快掉下来了。

铭文是分等级的，铭文的等级决定了灵阵的等级。要知道，现在很多阵法只是一级二级，三级都是少见的，四级则是凤毛麟角。

拿帝国学院的灵阵法来说，提供给一年级新生修炼的就是一级灵阵，一年级中优秀者会是二级灵阵，现在凤舞这丫头一出手就是五级，而在帝国学院，给特级教师修炼的才是五级铭文啊！

方阁老眼尖地发现，在凤舞眼中，五级铭文是基础，她开始绘制六级铭文了！

六级？！方阁老瞪大眼睛，凝神屏息，生怕一点点声音会打搅到凤舞。

十分钟后，凤舞绘制出了六级铭文，最后一笔却……噗！画歪了，整个灵石碎裂成渣。

凤舞一脸的沮丧。

沮丧？方阁老用无语的目光望着凤舞，这丫头到底在沮丧什么？六级铭文，据他所知，君武帝国没几个人能绘制出来。

凤舞扭头望着右边，目光闪动，似乎听了别人一番话后，她再度下笔。

又失败了。

再绘。

又失败了。

方阁老长叹了一口气，不行的，小丫头这样的年纪、这样的阅历，怎么可能绘制得出六级铭文？

方阁老摇晃着脑袋去睡午觉了。

一通午觉过后，方阁老慢悠悠地晃回来，看到眼前这一幕，他老人家眼睛都直了！眼前的桌案上，竟然有三块铭文，闪耀着六级铭文才有的金黄色。

这不可能！

年纪不小的方阁老，飞扑了上来！这一刻，他身姿矫健，宛若年轻人。

他将六级铭文拿在手中，翻来覆去地看，眼睛瞪得浑圆，几乎要暴突出来了。

"不可能！不可能！这不可能！"方阁老难以置信地道。

六级铭文啊！怎么可能？！

凤舞抬头看了方阁老一眼，微微点头，然后闭目间挥笔而就，又递过去一块墨迹未干的六级铭文。

方阁老脚下一个趔趄，差点跌倒在地。

他怎么都没想到，凤舞会在这么短的时间内，完成从五级铭文到六级铭文的转变。

如果是之前，凤舞确实做不到，现在不是有美人师父在吗？美人师父曾经可是这座大陆的主宰，他就像一座宝库，没有什么是他不懂的。美人师父从旁指点几句，胜读十年书。

方阁老大受打击，捂着胸口，默默离去。

看着方阁老离去的背影，凤舞又看向一旁白衣如雪、宛若神祇的美人师父："会不会太打击方阁老了？"

美人师父："很关心他？"

凤舞："方阁老助我良多，如果不是他，我的路会走得艰难许多，大恩大德，无以为报，有些愧疚，本来他还想认我做徒弟的……"

美人师父平静的面色似乎起了一丝波澜："徒弟？"

凤舞仰头，露出光洁的额头，目光灵动："那是，我可是天才，师父缘很好的，不过……"凤舞丢下笔，嗒嗒嗒跑过去，挽住美人师父宽大的袍袖——虽然是虚化的，可是拦不住凤舞摆这个姿势，"不过，我有美人师父了，我一生只拜一个师父，再厉害的人想收我当徒弟，我都不会答应的，对不对，师父？"凤舞仰着脑袋，邀功般看着美人师父。

"调皮。"

美人师父本就生得倾城绝色，如此眉目低垂，温柔含笑，是个女人都受不了，凤舞更是看得怦然心跳。

美人师父："天之苍苍，其正色邪？其远而无所至极邪？其视下也……"

凤舞一脸疑惑："什么？"

美人师父念的这段，有数千字之多，凤舞听得清楚，只觉得深奥无比，却是一脸不解。

"《逍遥游内功心法》，拿去送他。"美人师父负手而立，雪色衣袖随意垂着。

他气质高雅，却有一丝不易察觉的骄傲。

骄傲吗？凤舞揉揉眼睛，再看时，美人师父的目光平静祥和，哪里还有刚才那一抹小情绪。

宛若神佛般淡然的美人师父，怎么会傲娇？只有君临渊那样的人，才会得意傲

69

娇吧？

凤舞星星眼望着美人师父："师父，那我呢？那我呢？我也要内功心法。"

美人师父漫不经心地瞥了凤舞一眼。

不过是不经意的一瞥，却已足够炫目夺神，让人久久回不过神来。

美人师父敲了下凤舞的额头："今晚之前写不出来一百个符篆，就没有内功心法了。"

哇！美人师父果然对她最好了，已经悄然备下了。凤舞心头大喜，欢呼雀跃地跑去继续写铭文了。

因为受伤，每一笔每一画都很不容易，但是，凤舞咬牙坚持下来了。

凤舞聚精会神绘制完一百个铭文，整个人像从水里捞出来一样，满身大汗。

而当方阁老看到凤舞的劳动成果时，又差点晕过去了。一百个铭文不可怕，一百个六级铭文，可真是要吓死个人啊！

凤舞笑着将她默写出来的册子交给方阁老。

"这是什么？"方阁老问。

凤舞："我师父送您的礼物。"

方阁老一脸惊讶："你师父？"

这不是方阁老第一次听到凤舞说她师父，但是……

"你师父是谁？"

凤舞歪着脑袋想了想："我师父……我怕您知道了害怕。"

方阁老没好气地瞪凤舞一眼："能让老头子害怕的人还没出生呢，除非是牧九州牧神那样的绝世王者。"

牧九州的名，曾威震天下，但因为年代久远，现在只有超强级别的人才会口口相传，普通人里几乎没有流传了。

凤舞在心里嘀咕了一句，还别说，我家美人师父就是牧九州呢！

方阁老拿着册子，背着手走了，因为凤舞没有说她师父是谁，方阁老有点小情绪呢。

"师父，我们接下来做什么？"凤舞仰着脑袋望着她家美人师父。

有美人师父在，她觉得空气都是清新的，花儿都是甜美的，夕阳余晖美如朝霞，这个世界美好得像童话。

美人师父看了看凤舞浓重的黑眼圈，摇摇头："回去洗洗，好好吃个饭。"

"嗯嗯嗯。"凤舞高高兴兴地回星陨院了。

看到凤舞回来，秋灵还很惊讶："小姐，您回来了？"

凤舞高兴地点点头："嗯啊！准备好饭菜，等洗完澡，我陪美人娘亲吃饭。"说着，凤舞进了淋浴间。

秋灵和朝歌对视一眼，不是吧？她们还以为凤舞会一直在隔壁待满七天，不眠不休、不吃不喝、埋头苦干七天七夜呢，她们都担心坏了，没想到，这还没到深夜她就回来了，还知道要用膳。

洗澡用膳之后，凤舞问美人师父："师父、师父，接下来呢？"

美人师父淡淡地说："睡觉。"

总共只能跟美人师父待七天，凤舞不舍得将时间浪费在睡觉上，便眼巴巴、可怜兮兮地望着美人师父。

"快去。"美人师父坐在床头，宽大的衣袍层层叠叠，风采清雅，深邃的目光宛若月光般轻柔，看得凤舞心头一阵悸动。

"嗯。"凤舞从来没有像现在这样听话过，还未过子时，便上床拥被而眠。

朝歌和秋灵看着凤舞上床，看着灯火熄灭，不禁面面相觑，难以置信。

朝歌："……这不可能吧？"

秋灵："……小姐已经很久没有子时之前睡了，之前一直在熬夜。"

朝歌："……她吃错药了吗？突然爱惜自己的身体了？"

她们怎么都不会想到，凤舞身上发生了什么事。

第二日，凤舞很早就醒了，睁开眼，听着窗外清脆的鸟叫声，她拥被而起，往窗口望去。

那里有一道颀长的雪白身影，气质高雅，看着他，就会想到蓝天白云、高山流水，再浮躁的内心都会变得宁静淡然。

美人师父站在那儿就是一幅水墨画，这些鸟儿虽然看不到美人师父的虚影，但是它们的感知度比人类要强多了。

美人师父偏过头，白皙得近乎透明的肌肤，在阳光下，莹润如玉。

"起了？"

一大早醒来，听到悦耳的鸟叫声，再看到美人师父，凤舞心情大好，好想高歌一曲。

这时，外面传来脚步声，更有人坐在墙头双手呈喇叭状高呼："凤小舞，凤小舞，凤小舞……"声音不疾不徐，倒有些耍无赖的意味。

段朝歌从房里冲出去，不高兴地冲风浔怒道："我们小舞正在闭关，任何人不得打扰，风小王爷还是赶紧回去吧！"

风浔却继续嗷嗷叫："凤小舞，凤小舞，凤小舞……"

来的不仅有风浔，还有玄奕，只不过风浔坐在墙头，玄奕坐在院里的葡萄架下，正自斟自饮罢了。

凤舞揉揉眉心。

凤浔坐在墙头，路上来来往往的人那么多，看到了，还不知道会有什么不好的传言呢，现在关于她的传言已经够负面的了。

凤舞深吸一口气，她不能生气，在美人师父面前，她是美美的小仙女，要注意保持形象。

做好心理建设，凤舞这才推门而出。

看到凤舞，凤浔顿时眼前一亮，不过他并没有从墙头一跃而下，而是荡着双腿，黑幽幽的双眼望着凤舞，眸中兴味盎然。

凤舞被他看得莫名其妙："凤浔，你干吗呢？"

凤浔一个轻巧利落的翻身，从墙头一跃而下，身姿轻盈地落在凤舞身前，目光从始至终都没离开她。

他那骨节分明的手指，戳戳凤舞额头："小丫头，你瞒得我好苦啊！"

凤舞一脸疑惑不解："我瞒着你什么了？"该不会是美人师父的事被他发现了吧？

"君老大的事啊！凤小舞，没想到你是这样的凤小舞！"凤浔冷哼一声。

凤舞捂脸，又来了、又来了，凤浔可是听说了发生在傲世雪原的事，也以为她偷亲君临渊？

凤舞正想解释，凤浔突然道："你和君老大两情相悦，却瞒着我们所有人，你们可真行啊！"

两、情、相、悦？！凤舞被这四个字炸得外焦里嫩，她回头看了美人师父一眼，她可是有家长的孩子。

果然，美人师父那温柔清澈的深眸中，浮现了一抹淡淡的幽冷。

凤舞一把拽住凤浔："什么两情相悦？你给我解释清楚！"

凤浔奇怪道："你喜欢君老大，君老大也喜欢你，你们两个难道不是两情相悦吗？"

凤舞气坏了，她急忙回头，原本伫立在窗边的美人师父已然不见。凤舞慌了，美人师父不会听见了吧？

"凤小舞，难道我说错了吗？"凤浔哼了一声，"你们瞒得我好苦！"

凤舞急了："我什么时候跟君临渊两情相悦了？他又不喜欢我！"

凤浔很肯定地道："他喜欢你啊！"

凤舞："我又不喜欢他。"

凤浔嘟囔了一句："你怎么可能会不喜欢他？当初回来的路上，半夜还……"

"风三浔！"凤舞怒视他。

风浔："好啦、好啦，当我没说，不过有一件事，你是不是应该跟我解释一下？"

风舞："什么？"

风浔："凤小舞，你恢复修炼的事，可瞒得够紧的啊！"

风舞清咳一声，不敢看风浔的眼睛。若是被他知道，自己抢走了他们团队的仙灵果，从而恢复修炼，风浔怕是会当场拍死她吧？

风浔步步紧逼："你什么时候恢复修炼的啊？在北境城的时候，你就恢复修炼了吧？"

风舞忙点头："嗯嗯嗯。"

风浔拍了凤舞的脑袋一下："你这丫头，恢复修炼是多好的事儿啊，你干吗瞒着大家？"

风舞嘿嘿一笑："这不是想着，等我追上你们再公布吗？"

"追上我们？呵呵，不可能！"风浔傲娇脸。

风舞抬着下巴："我可是文试、武试全都第一考上帝国学院的，你能吗？"

风浔还真不能，因为他那一届有君临渊，他是无论如何都拿不到第一名的。

风浔瞪了凤舞一眼："你这丫头，还真是……算了，不跟你废话了，两天后，新生入学大会上见。"

风舞正想说，新生入学大会她去不了，风浔的身影就已经不见了，他和玄奕来得快去得也快。特别是玄奕，他一句话都没说就走了，但是他那半眯着的深邃眼眸从始至终盯着凤舞，目光意味深长。

风舞摸摸脑袋，玄奕到底几个意思？

她想到风浔刚才说的话，也是一阵好笑，君临渊会喜欢她？这少年的脑袋是被驴踢了吗？

风舞甩甩头，将这些怪异的思绪全部摒弃，一转头，看到美人师父站在身后。

"美人师父！"凤舞那张脸原就生得好看，现在一笑，宛若春晖朝露，灿烂耀眼得不得了。

美人师父双手交负而立，衣衫翩然，气度不凡。

他眉目冷然，盯着凤舞："还不快去画铭文？"

风舞摸摸鼻子，师父就是师父，才给了她一天好脸色，就恢复了以前那般高冷的严师状，她往后没好日子过了。

果然，接下来的一天，美人师父除了传授她画铭文的术语外，没有旁的话。

风舞认认真真地画铭文，比平时刻苦了一倍。

接下来的几日，凤舞都没回星陨院，她所有精力都在阵法上。

布置阵法的同时，美人师父还传授了她一套剑法，星月剑第二部——星陨剑法。

凤舞才掌握了星陨剑法的前三招，就觉得剑气扑面，杀气腾腾，比星月剑法强了许多。

"可惜了。"美人师父轻叹一声。

正在练剑的凤舞抬头，不解地望着美人师父。

美人师父目光温雅："还缺一把剑。"

"火炎剑不行吗？"这把剑她用着挺顺手的，而且这还是当年美人师父找人给她炼制的呢！

"火炎剑以前还可，现如今你是冰火双修，便有些勉强了。"美人师父的目光宛若月光般舒缓，说出口的话却不容置喙。

凤舞一想，确实是哦。在傲世雪原，她得到的最宝贵的东西，其实不是冰魄之心，而是冰元素的出现。冰火双修，虽然晋升速度慢许多，但是比起单纯的火元素则会厉害很多。

"那需要什么剑？"凤舞问道。

有美人师父在的时候，她习惯性地不动脑，因为美人师父作出的决断就是最好的决断。

他曾经站在这个大陆的巅峰，看过世间无数变迁，所以但凡是他说的，凤舞都无条件遵从。

美人师父的目光淡定而温和："灵尊境之前，你还可以用火炎剑过渡，一旦到了灵尊境，你就必须得换剑了。具体事宜已经告知彩凤，到时候它自会告知你如何去寻觅冰火剑。"

凤舞："……哦。"

美人师父："后面的剑法，也都已告知彩凤，它会一招一式地指导你。"

凤舞："……哦。"

美人师父："帝国学院里……"说到这儿，美人师父画了一个七角星的符篆，"记住这个图案。如果在帝国学院被人欺负了，拿着这个图案去后山禁地，自会有人帮你。"

凤舞忽然心头一阵酸楚："师父你是不是……不是有七天吗？不是还有一天吗？"

美人师父脸上泛着温润的光泽，他负手而立，衣袍轻垂，随风而动。

"傻丫头，从来都只有六天啊！"美人师父的手落在凤舞脑袋上，可惜，他是虚化的身影，触摸不到小丫头的实体。

他那深邃的目光，此刻有一丝微微的涟漪，长叹一声："丫头，照顾好自己。"

美人师父的身影，渐渐淡化。

"不——"凤舞崩溃地想要抓住美人师父，身体因为不舍而战栗，"不，不，师父不要走，师父——"

可是，美人师父的身影，一如五年前那般，化为了虚无。

"不——"凤舞看着从指缝消失的衣袍，崩溃地跪倒在地，号啕大哭。

就在这时，嗡——一股强大的灵力波动在方宅蔓延，灵气浓郁，冲天而起！

凤舞下意识地抬头，满是泪水的脸上，是茫然和不解。

怎么回事？是有人晋升了吗？

就在这一刻，轰隆隆——天空中，惊雷滚滚，目标正是方宅。

怎么回事？！

不仅凤舞震惊，整个帝都的人都被这狂暴的雷声惊到了。

一墙之隔的凤府，凤琰峰正气得在病床上躺着，忽然一声惊雷响起，差点把他吓死。

震惊之中，他忙从床上拥被坐起。

看到闪电不断地在方宅上空劈落，凤琰峰还暗乐呢！方阁老持重，不苟言笑，他曾特意亲近而被拒，现在方宅上空电闪雷鸣不断，一定是上苍都在惩罚方家了。

但是很快，凤琰峰就反应过来了，这不对啊！如果只是电闪雷鸣，为何会有嗡嗡嗡的声音？这分明是晋升的节奏啊！这么大的动静，方阁老原本是什么实力来着？

左家。

左铭正在家里生气。

血七号接单后跑去暗杀凤舞，结果凤舞好好地活着，血七号却消失在了人世间。

血七号可是灵尊境强者！

这个凤舞，到底是什么实力？！

就在这时，轰隆隆——

"怎么回事？！"左铭震惊地站了起来。

身为一名强者，他自然知道这雷声意味着什么，这是有强者在晋升。

左夫人和左铭并肩站在窗前，望着闪电的方向，眉头微微蹙起："那里，是凤宅吧？"

难道是凤舞？左铭吓得脸色苍白。

不会、不会……绝对不会！凤舞那丫头的实力，绝对不可能超越灵尊境，更不可能整出这么大的动静了。

很快，暗卫前来向左铭汇报："动静来自方阁老家。"

左铭这才放了心，就说嘛，关凤族什么事？

第三章

九重雷劫

皇宫。

君武帝和太后正聊着君临渊的伤，听到轰隆隆的响声，君武帝当即心中一动，这声音，他熟悉啊！

"哪家大喜？"君武帝来不及多说，立即去了望城楼。

他亲眼看到无数闪电落入方阁老家的宅院，顿时激动不已，居然是方阁老！这老家伙，还以为自己时日无多，没想到居然晋升了。

"君武帝国又添一位超强者，好事！"君武帝握紧了拳头。

不过，现在的他没有真正放松，因为雷劫正在进行中，如果方阁老承受不住，那就功亏一篑了。

不仅是君武帝，此刻，整个帝都的人都在等着结果，没有一个人敢靠近方宅。

星陨院。

一墙之隔的星陨院，此刻正处于紧张的状态。

"隔壁这是怎么了？"秋灵急得快哭了，"小姐还在方宅呢，这几天都没回来……这可怎么办啊？"

朝歌不管不顾地说："我去将小舞拉回来。"

可是，朝歌刚跃上墙头，无数电弧就朝她暴射而去，可怜的孩子，全身上下都是电流，她口中发出一道惊呼，瞬间从墙头滚落下来。

秋灵被吓到了，赶紧跑去扶朝歌，却没想到，噼里啪啦……连秋灵都被误伤了，衣衫差点被烧焦。

秋灵闻到了烧焦的味道，拽起朝歌的手一看，手掌心一片焦黑。

秋灵被吓了一跳，差点哭了："朝歌小姐，你等着，我马上给你上药。"

朝歌的注意力却没在自己手掌心的伤口上，她瞪着那如被电网包裹起来的墙头，眸中雷电闪烁。

"根本进不去！"朝歌气得一拳头砸在地上，碰到伤口，疼得她倒抽一口冷气。

怎么办？小舞还在里面呢，小舞会不会有事啊？

此刻的凤舞，心中同样焦灼不已，因为在雷暴中心，所以她比任何人都清楚这次雷暴的恐怖。

方阁老房间的窗早已打开，凤舞能够清楚地看到，他老人家那摇摇欲坠的身子。

正常情况下都是九重雷劫，现在已经过去六重了，可是方阁老的脸苍白无血色，而雷劫越到后面越厉害。

凤舞暗暗咬牙，方阁老承受不住的。

方阁老的晋升，肯定跟美人师父给的《逍遥游内功心法》有关，如果方阁老出事，她一定会自责一辈子的，那要怎样才能帮助方阁老呢？

就在这时，轰隆隆……第七道雷劫轰然而至。

不好！凤舞看到，这道雷击在方阁老头顶砸落，咔嚓咔嚓，方宅的房子摇摇欲坠，仿佛下一刻就会崩塌。

然而，就在雷击即将到达方阁老头顶的时候，似乎被什么东西阻挡了一下，威势降低了许多。

太乙阵法！凤舞惊喜不已，方阁老所在的那片区域，她已经布置完了太乙阵法，所以刚才雷击下来的时候，被阻挡了一下。

有了！如果她将太乙阵法全部布置妥当，是不是就可以帮方阁老挡过此劫了？

想到这儿，凤舞心中激动不已。

六级铭文她绘制得差不多了，只剩下最后的二十个。

来不及多想，凤舞飞奔至桌前，抓起笔就开始绘制。

也不知道是不是因为这紧张的气氛，这次凤舞一气呵成，笔锋如流水般划过，竟然一个错的都没有，很快二十个六级铭文就全部完成了。

在不超过一炷香的时间内，绘制出二十个六级铭文，这样的纪录，放眼整个君武帝国，都是没人能破的吧？

不过，凤舞可没有时间管纪录不纪录的事，她现在最重要的，就是以最快的速度将太乙阵法布置完成。

凤舞一边将铭文放置在恰当的位置，一边想，如果美人师父在就好了，他一定有办法救方阁老。

同时，这更坚定了凤舞竭尽全力将五枚星辰碎片收集齐全的决心。

轰隆隆……第八道雷劫轰然而至，力量狂暴无比，整个方宅都被震得扭曲，好似立马就要崩塌。

凤舞扭头一看，方阁老浑身都是血——耳朵、鼻子、眼睛……七窍流血，似乎已经失去了知觉。

现在就如此了，那最厉害的第九道雷劫呢？！要知道，第九道雷劫是前面八道雷劫的总和啊！

凤舞全身都是雷击电弧划过的伤痕，甚至她都能闻到烤肉的味道……如果第九道雷劫方阁老挡不住……凤舞苦笑一声，到时候她也会死，整个方宅的人都会死。

越是紧张时刻，凤舞越是冷静，她深吸一口气，忙碌着她能做的事——她要将她能做的事做好，至于其他的，就看天意了。

十分之七，十分之八，十分之九……凤舞拖着受伤的身体，在方宅来来回回地跑动着，将刻了六级铭文的灵石一块块安置妥当。

很快了，只需要最后的三分钟了。

天空，阴云密布。

无数人站在自家屋顶，看着方宅的方向。

"不行的，方宅撑不住了！第八道雷劫的时候，方宅整个都扭曲了。"

"对，我也看见了，刚才方宅差点就崩塌了。"

"方宅就相当于方阁老，如果方宅崩，方阁老必然也崩。"

"你们的意思是说，方阁老承受不住这样的雷劫吗？"

"方阁老年事已高，这时候晋升，难保身体承受不住啊！"

"方阁老如果晋升了，实力将与陆院长齐平，如果失败了……就会化为一抔黄土……唉。"

皇宫里。

君武帝和方阁老的关系一向亲近，看到方阁老陷入如此境地，君武帝的心也紧紧揪着。

望城楼上，君武帝负手而立，目不转睛地盯着方宅。

"陛下您看！"一直陪着君武帝的独孤皇后，突然伸手指向方宅上空，"电弧好像在凝结成球状体。"

君武帝本就不好看的脸色，瞬间变得更加难看了。

原本第九道雷劫就是前面八道雷劫的总和，现在电弧又凝聚成雷球，这后果……方阁老这是要完了啊！

雷劫这件事，天地规则，别人是不能帮的，否则无论是承受者还是帮助者，都会遭受雷劫百倍的反噬。

"方阁老要死了……"看到这一幕的人，全都摇头叹息。

星陨院里。

朝歌等人急得团团转。

秋灵的目光不停地在璇玑夫人身上打转。

不久前，璇玑夫人化身为暴力萝莉暴打风琰峰的事，还在她的脑海盘旋，此时的秋灵恨不得璇玑夫人赶紧变成那个厉害的璇玑夫人。

可是，当秋灵将这件事跟璇玑夫人讲了，璇玑夫人却眼睛一翻，直接吓晕过去了。

"啊——"秋灵更加不知所措了。

此刻，方宅上空的雷球越积越大，最后变得比方宅还大，然后以肉眼可见的速度坠落。

凤舞一抬头看到直线坠落的雷球，她心中如有战鼓猛击般轰隆隆作响。

不好！只剩下一分钟了，快快快！

凤舞的手已经被电弧击得没有知觉了，整个身体也痛得麻木，然而生死之际，凤舞不知道从哪里生出来一股强大的意志力，一个人在院子里跑来跑去布阵。

方宅很多人都在第一道雷击的时候晕过去了。

方管家处于半昏迷状态，躺在地上动弹不得，但是眼睛还是能看见的。他看到在这电弧暴击下，凤舞还在院子里跑来跑去布阵，他老人家感动得眼泪滚滚而落，好丫头啊……

这丫头其实可以走的，地下通道已经挖好了，她可以逃出方宅，回到隔壁风家的，可是她没有这么做，而是在为了方家人的安危布阵。

老管家在心中暗暗发誓，以后一定要对凤舞小姐更好，为她赴汤蹈火，在所不辞。

就在雷球砸落的最后瞬间，就在整个帝国的人都以为方阁老必死无疑的时候，就在方阁老也以为他难逃一劫的时候，凤舞飞身而起，在枯井内放入了那颗冰魄之心——太乙阵法成！

一瞬间，原本毫无联系的符文，像是突然被电流串联上一样，发出闪耀的光芒。

方宅上空，一个个符篆文字，宛若气泡一样腾腾升空，最后在方宅上空形成了一个巨大的符文保护罩，雷球正好砸落在保护罩上，轰——金光四溢，整个帝都发出嗡嗡嗡的巨大声响，惊天动地！

很多人被震得站立不住，跌倒在地。

"死了、死了……这次方阁老真的死了。"

"可怜啊……如果他老人家成功的话，我们帝国又多了一位王者级别的护国强者，可现在……"

"方阁老不是帝国学院的代理院长吗？如果他死了，那谁会接替他呢？"

"应该是左铭左族长吧？之前就差点接手了。"

……

左家。

哈哈哈……左铭看着金光四溢的方宅，内心狂笑不止。

争什么争？他还没出手呢，方阁老居然就死了，果然老天爷一直是站在左家这边的。

突然——

"咦？你们快看！"

很多站在自家屋顶盯着方宅的人，眼睛睁得大大的，难以置信地望着眼前这一幕。

那原本就要被压垮的方宅，竟然爆发出一股强大的力量，撑起来了。雷球在上空爆炸，火花四溅，耀眼夺目。

帝都的人面面相觑，怎么可能？这不可能吧？

然而，这就是事实，是正在发生的事实，发生在他们眼前的事实。

"天啊！方宅没有倒？！"

"刚才明明已经被压垮了，可它又站起来了！"

"方宅不是泥瓦建造而成的吗？它还能折弯？像弹簧那样？！"

所有人都被眼前这一幕惊得目瞪口呆。

皇宫中。

君武帝目光大亮："哈哈哈，哈哈哈哈哈……"君武帝抑制不住地仰天长笑，"方阁老，挺过来了！朕的帝国，又多了一员猛将！来人啊，赏！不，朕亲自去，朕要去会会朕这位新晋的护国强者！"君武帝心情大好。

一旁的独孤皇后，脸色瞬间变得非常难看。方阁老可不是独孤皇后这一边的，如果没记错的话，这老头好几次都护着凤舞那丫头。

独孤皇后握紧拳头，不行，一定要想办法将方阁老抢到己方阵营来。想到这儿，独孤皇后赶紧修书一封，命人快速送出皇城。

左家。

如果说，这次晋升事件中，谁的心情起伏最大，那就非左铭莫属了。

此刻，这位左家族长，脸色铁青，面目狰狞，难看至极。他重重一拳头砸在案几上，大理石的案几瞬间化为齑粉。他怎么都没想到，必死的方阁老居然能挺过来。好，很好，以后大家走着瞧！

方宅。

最后一道雷劫在方宅上空爆炸后，一直沉默的彩凤鸟提醒凤舞："快点将这些雷电吸收进来，不要让它们跑了，这可都是雷霆精华啊！"

凤舞心中一动，对啊！这些电弧如果被太乙阵吸收，这阵的威能将会达到前所未有的强大。想到这儿，凤舞手中拿着朱砂笔，在她放置的灵石上画了几笔铭文。

若是方阁老早几日晋升，凤舞还做不到这"收"字诀，这几日有美人师父教导，凤舞不仅在修炼上一日千里，铭文上也有长足的进步。凤舞一阵忙碌，留住了近一半的电弧。

在别人眼中，这些电弧渐渐消散在空气中，而事实上，这些电弧都隐匿于铭文之内，一旦阵法被催动，就会自动弹射出来，保护整座方宅。

凤舞看着太乙阵正常运转的方宅，心中激动不已。

彩凤鸟提醒得太及时了，将这些电弧收集起来，以后用的时候，可以对外解释说，这是方阁老晋升之后造成的异象，就不用再想别的借口来解释太乙阵的事了。

这时，方阁老睁开了眼睛，眸中有一道电弧一闪而过。他的衣衫破损，胡须也被灼烧了一半，精神力却澎湃得快要溢出来。

透过敞开的窗户，方阁老一眼就看到了凤舞。

"舞丫头！"下一瞬间，方阁老便出现在了凤舞面前，盯着凤舞的眼中有欣喜、有激动、有兴奋、有好奇，更多的则是震撼。

"舞丫头！"方阁老伸手扶住凤舞纤细的双肩，激动得难以自已，"是谁给你的《逍遥游内功心法》？是谁给你的？快说啊！"

凤舞歪着脑袋："是一个路人。"

方阁老激动不已："那个人是不是白衣如雪、气质出尘？"

81

凤舞："……好像是的。"

方阁老兴奋得浑身颤抖。

他老人家年事已高，凤舞担心他会激动得晕过去，赶紧说："方爷爷，您，您悠着点啊，别激动。"

方阁老完全不理会凤舞说的"别激动"，而是非常激动地看着凤舞："那个人，是不是年纪不大？宛若神祇？"

凤舞："……好像是吧。"

方阁老："那个人，是不是可以飞天遁地、无所不能？！"

凤舞："……那我就不知道了。"

方阁老："那个人，是不是抬手间，便能让世间一切灰飞烟灭？"

凤舞："……不知道啊……"

方阁老："那个人，是不是牧九州？！"

凤舞心中咯噔了一下，牧九州？美人师父的名字确实是牧九州，可是，方阁老怎么一下就猜到了？

凤舞："……不知道啊。"

方阁老激动得脸颊红红的，半截胡须一抖一抖的："那他人呢？他人呢？"

凤舞："……不知道啊。"

方阁老瞪眼，冲凤舞吼道："那你到底知道什么？"

方阁老现在的修为还处于外放状态，他自己都有些控制不住，所以他这惊天一吼，直接将凤舞吹飞了。

"哎哟！"方阁老意识到自己做了蠢事，在凤舞没落地前，赶紧冲上去，将凤舞接住了，不然这丫头摔地上，他得心疼死。

凤舞也是一阵心头打战！现在的方阁老真厉害啊，一瞪眼一吼，她就飞出去了。

凤舞原本以为，老人家经历过宦海沉浮，经历过岁月变迁，心绪早就沉淀下来，沉稳如山了呢，没想到他老人家竟激动得如十几岁的年轻人，并且像是追星的那种迷弟，如果不是亲眼所见，当真是难以想象。

方阁老手忙脚乱地将凤舞扶正，但是情绪并没有平静下来，还是很激动："小舞丫头啊，你好好想想，你是怎么遇见这位老人家的？"

老人家？凤舞内心抱怨了一句，她家美人师父年轻着呢，才不老！

美人师父交代过，他的存在只能她一个人知道，不能告诉第二个人，所以凤舞的话到嘴边打了个转，她说："我救过那个人一命，他就给了我《逍遥游内功心法》，需要拥有纯阳之力的人修炼，我一个姑娘家又修炼不了，就借花献佛送给方爷爷您啦！"

方阁老："那个人在哪里？还能找到他吗？"

凤舞歪着脑袋想了想："也不是永远见不到，等下次……他还会来找我的。"

方阁老狐疑地瞥了凤舞一眼，如果那个人真的是牧九州，怎么可能还会来找这小丫头？

不过，方阁老内心终是抱着一丝希望。

凤舞怕他一直追问美人师父，于是转移话题："这功法很厉害吗？"

凤舞这话问到方阁老心里去了。

"很厉害？"方阁老用看白痴一样的目光看着凤舞，"如果不厉害，你方爷爷我怎么会在几天之内就完成了一个大境界的晋升？而且是在你方爷爷我处于瓶颈数年、晋升无望的情况下。"

凤舞："那真的是很厉害哦！"

方阁老严肃道："那是当然！这部功法是无价之宝，若是被其他人知道，会有很大的麻烦，如果被敌国知道，说不定会引起一场国与国之间的大战。"

凤舞吓了一跳："这功法这么厉害？！"凤舞记得，美人师父只是随口念了一段，就这么夸张啊？

"当然有这么厉害！"方阁老严肃地看着凤舞，"这可是绝世功法！"

凤舞立刻也正色道："那可得保密，千万不能说出去。"

方阁老还在惦记着见牧九州的事："你真的还能见到那位大人？"

凤舞道："最近不行。等我找到第二枚星辰碎片，就有机会见到他了。"

"对了，您现在的修为，算是哪种程度？"凤舞好奇地问，"这次的雷劫，太夸张了，幸好太乙阵成了，否则咱爷孙俩都要挂了。"

方阁老想了想说："在君武帝国，如果不算上那些不世出的老家伙，应该能稳稳排进前五。"

"才前五啊？"

方阁老瞪眼："什么叫才前五啊？江湖上强者如云，你方爷爷我没晋升之前，前二十名好吗？！"

凤舞眼眸一亮："进步这么大？"

方阁老得意道："那是，现在你方爷爷我跟风北王的实力相差不大了。"

"那除了您和风北王，前五名还有谁呢？"凤舞问。

方阁老正想说话，门外传来杂乱的脚步声，方阁老心头一动："陛下来了。"

凤舞可不想这时候见到君武帝，因为刚才的事解释起来太麻烦了，她指着那口枯井："那我先回去了，回头再和您细聊。"说着，凤舞宛若狸猫一般，动作灵活地钻进了枯井，瞬间消失无踪。

看见凤舞消失，方阁老脸上浮现一抹动容之色。没想到老了，还能交到这般拥有赤诚之心的小友。这丫头明明可以借由枯井通道从方宅安然离开，她却选择留下来帮他。

《逍遥游内功心法》是这丫头所留，护他一命的太乙阵也是这丫头布置的，还有那位跟凤舞有联系的神秘绝世强者，如果真的是牧九州……方阁老只觉得这个世界玄幻了。

如果牧神还活着，如果那个人真的是牧神，岂不是说，自己和牧神之间就隔了一个舞丫头的距离？想到这儿，方阁老内心再次激动起来。

这时，君武帝快步走了进来。

星隅院。

美人娘亲被吓得脸色苍白，昏迷不醒。

赵嬷嬷正在责备秋灵："你怎么能吓二夫人？你傻不傻啊？！"

秋灵哭丧着脸，无从反驳。她以为二夫人会像之前那样，看到小姐被人欺负，化身暴力娘亲横扫千军，谁知道二夫人会直接被吓晕了啊？

朝歌跳上墙头，看到隔壁方阁老家一阵热闹，却始终不见凤小舞的身影，不由得一阵心慌。

就在她准备翻过去的时候，她看见凤舞从璇玑夫人的房间走了出来。

"小舞！"看到凤舞，所有人都惊呼一声。

此刻的凤小舞，头发凌乱地倒竖着，脸上漆黑，衣衫破烂，像小乞丐一样，但至少她还活着。

看到凤舞这番模样，原本想扑过去抱着凤舞大哭的朝歌和秋灵，全都扑哧笑出声来。

凤舞没好气地朝秋灵翻白眼："笑什么笑？还不快准备热水？你家小姐我要沐浴更衣。"

梳洗过后，秋灵帮凤舞上药。看到凤舞身上密密麻麻的伤口，秋灵的眼泪又滚滚而落。她家小姐这是造了什么孽啊？接连不断地受伤，这还没个头了？

听到身后传来啜泣声，凤舞回头，看着哭成小花猫般的秋灵，没好气地道："哭什么呀？"

"小姐，咱能不受伤吗？"秋灵心疼极了，哽咽道，"你身上有这么多伤痕，这可怎么办啊？"

忽然，她看到周围无数灵力往凤舞身上汇聚，嗡——天地间一道灵动的声音响起，对修炼者来说，这是最美妙的音符了。

秋灵双手掩唇，惊讶地望着凤舞，而此刻，她家五小姐已经进入入定状态。

凤舞醒来时，已经是午夜了。

秋灵一直没走，守护在凤舞身边，生怕她有什么闪失。

凤舞低头一看，地上满是掉落的结痂皮。对镜一看，凤舞脸上浮现一抹喜悦。此刻的她，不论是身上还是脸上，肌肤胜雪，白皙透亮，宛若白玉般细腻，哪里还有之前的伤痕累累。

凤舞对秋灵挑眉一笑："你看，这不都好了吗？"

这次方阁老晋升，凤舞不是没有好处的，她也晋升到了灵宗六星。

不知道现在左青鸾是什么实力，灵尊六星吗？

想到这儿，凤舞原本扬起的嘴角慢慢垂下。

她的进步已经很快了，最近一段时间不能再快，否则根基不稳，会出大问题的。

左青鸾，她会杀，但左青鸾只是她往绝世高手行列攀登的一道关卡而已，不能因为左青鸾，而影响到自己的晋升节奏。

就在这时，外面传来敲门声。

凤舞将外袍披上，打开房门。

"姐——"门外是凤小七那张清秀的正太脸。

凤舞揉揉小家伙的脑袋："小七怎么啦？"

"姐姐，我也想要变强。"凤小七眼巴巴地望着凤舞，"看着姐姐在隔壁遇险，却不能去救，小七太无能了。姐，我要变强，我长大后要保护你！"

凤舞心头一动。

她忙于修炼，忙于寻找星辰碎片，虽然她很想亲自教小七，但时间上不允许，可是……方阁老可以啊！方阁老不是说，现在他的修为能排帝国前五名吗？跟风北王齐名，那就是站在帝国的顶端了，到哪儿去寻找这么好的老师？！

凤舞牵着凤小七："走，姐姐带你找老师去。"

秋灵和赵嬷嬷同时惊呼一声："小姐，现在是午夜啊！"

住隔壁就是这点好，跳个墙就能到，也不用担心小七出门会遭遇袭击、被人哄骗之类的。

凤舞越想越激动，拉着小七的手跳过墙头，留下一句："我们很快就回来。"

方宅。

方阁老和君武帝一直详谈到凌晨，君武帝才尽兴归去，方阁老也心情甚好。

送走了君武帝，方阁老一回头就看到了凤舞，还有她手牵着的凤小七。

"你这丫头，耳力倒是好。"方阁老冲凤舞招招手。

现在只要一想到这丫头有可能见过牧神，方阁老内心就一片火热。

凤舞笑道："您没跟陛下说《逍遥游内功心法》的事吧？"

方阁老瞪了凤舞一眼："这是能说的吗？对了，这么晚了，你这丫头……"

凤舞说："我家小七，平时没人教授武功，您老闲着也是闲着，帮忙多带带呗？"

闲着也是闲着？方阁老差点翻白眼。

这丫头不知道，现在他可是炙手可热，他的实力跟陆院长是一个级别的，别说代理院长，就是真正的院长他也做得，这丫头居然要他帮带孩子？

不过，方阁老也无二话："行吧！既然你相信老夫，老夫给你带好就是了。"

方阁老对凤小七没多大兴趣，因为凤小七这样的岁数，如果是天才的话，早就显现出来了，而现在这孩子看上去不过四星灵师境界，就是普通资质。

凤族，能出凤舞这样的绝世天才，已经将所有运气都用光了，不可能再出一个天才了。

凤舞却笑嘻嘻地看着方阁老："您老不检查一下这徒弟的资质？"

方阁老没好气地看了凤舞一眼："不用了。"

凤舞问："为什么？"

方阁老道："你们凤族已经出了一个你这样的绝世天才，不可能再出一个了，不然，这天下岂不是乱套了？老天爷还没这么不公平。"

凤舞笑道："可是我们家小七真是天才啊！"

方阁老道："我信你才怪！如果这孩子是天才，会到现在才四星灵师？你逗我呢？"

凤舞嘿嘿一笑。

方阁老见凤舞笑得古怪，不由得斜睨了她一眼。这丫头，难道真送来了一个天才？不对啊，凤族怎么可能还……方阁老抓着凤小七的手开始检查。

如果是在晋升之前，方阁老还真检查不出凤小七身体里的神奇之处，而现在……半晌后，方阁老放下手，用一种难以置信的目光看着凤舞。

可怜的小七，被这两个人的对话弄得一脸蒙，不知道发生什么事情了。

方阁老手指颤抖地指着凤舞："你，你们家……这是要逆天啊！"

凤舞笑道："我真给您送来了一个小天才吧？"

方阁老翻白眼："这要不是天才，这世界上还有天才吗？这是玄灵之体啊！最纯粹的玄灵之体！"

方阁老被震惊得快要无语了，这凤族的族运就这么好？

"可是，不对啊！如果这孩子是玄灵之体，为什么到现在都没被人发现呢？为什么他现在只是四星灵师呢？"

凤舞笑道："那是因为我们家小七刚修炼了一个月不到啊！"

一个月不到，从零开始，四星灵师？！方阁老震惊了。

按照普通人的资质，从零开始修炼，至少需要十几年，才能达到这样的级别。稍微好一点的资质，比如凤琉，也是花了数年时间，才晋升到五星灵师的。

可是凤小七，才修炼了一个月不到。

"你骗我呢吧？！"方阁老瞪着凤舞。

凤舞笑眯眯地看着方阁老："还真没骗您老人家，我家小七真是刚修炼不久。"

不到一个月啊……方阁老苦笑地摇头，凤族这是天才扎堆啊！

"如果您老人家觉得小七不行的话……"凤舞佯装要将凤小七带走。

"哎！哎！"方阁老顿时急了，伸手拦住，"等等，等等。"

凤舞回头看着方阁老，方阁老却没有看她，而是直接伸手拽凤小七。

"你可以走了，这小子留下。"方阁老说得铿锵有力。

这么好的徒弟，过了这个村就没这个店了，方阁老说什么都要将这个徒弟留下。

凤小七却用力甩开方阁老的手，躲在了凤舞身后。

凤舞掩唇而笑。

"凤小七，你这个徒弟我老头要了，还不快跪下拜师？"方阁老负手而立，袍袖垂地，一脸的傲娇。

凤小七拉着凤舞的袖子，一副可怜兮兮的模样。

凤舞揉了揉凤小七的脑袋："小七不想拜师吗？"

"姐姐不教我吗？"凤小七可怜巴巴地望着凤舞。

"姐姐也想教你，但时间不够。不论是眼界还是修为，抑或是人脉，方阁老都是当前最好的人选。"

方阁老没好气地瞪了凤舞一眼，这丫头真是直接啊，这话都敢当他面说。

凤小七问道："姐姐觉得我应该拜师吗？"

凤舞笑道："如果你不想拜师，跟在方阁老身边学习，也是不错的。"

凤小七点头："嗯嗯！"

方阁老震惊地望着凤舞和凤小七："……"

凤舞抱歉地对方阁老说："小七不想拜师，那就麻烦您先带他在身边了。"

说实话，如果不是因为凤舞跟那疑似牧神的超强者有千丝万缕的关系，方阁老真不想理凤舞了。这么好的徒弟，看得到却拽不到手里，方阁老担心什么时候会被人抢走。

小七的事情解决了，凤舞顿时安心不少。

回到家，凤舞看见秋灵用一种希冀的目光望着她，她一拍脑袋，这才想起来之前秋灵说过的修炼的事。

凤舞望着她："考虑好了？"

秋灵在凤舞面前跪下，恭恭敬敬地行了一个大礼。

"奴婢考虑好了。"秋灵抬起头，目光认真而凝重。

凤舞在内心长叹一声，你这又是何必呢？

秋灵深吸一口气，认真地说："奴婢想跟上小姐的脚步，一辈子都保护小姐。"

这几个月，秋灵心里一直惴惴不安，小姐进步得太快了，实力每天都在暴涨，再这样下去，她会被远远甩在后面，别说保护小姐，以后怕是连着都看不到小姐的身影了。身为小姐的侍女，她不能这么弱，否则以后小姐带她出去，也是丢小姐的人。

凤舞深深看了秋灵一眼，决定尊重她的想法，成全她的心愿。

"好，我需要准备一些东西，等明日从帝国学院回来，我们就开始吧！"

凤舞能将凤小七的身体炼化成玄灵之体，她也确实有办法帮秋灵，只不过……

凤舞严肃地道："只不过，你要想清楚，你有百分之五十的死亡率。"

秋灵认真地点头："嗯！"

凤舞又道："并且，在你获得纯阴之体后，你再也没办法成亲生子，过正常女人的生活，你的生活里只有修炼。"

秋灵再次认真地点头："是！"

秋灵性子柔弱，但若认定了就会很倔强，一如五年前，她认定了凤舞，不管别人怎样威逼利诱，她都坚定地跟在已经废掉修为的凤舞身边，不离不弃。

第二日。

凤舞和朝歌前往帝国学院。

三天前，帝国学院就开学了，凤舞忙于太乙阵的事，就请假没去。朝歌要跟着凤舞一起去，凤舞不去，她自然也就没去。

帝国学院极大，面积占了整个帝都的四分之一，可见帝国对这所盛产人才的学院有多重视。大理石罗马柱高耸入云，宽厚的城墙能任由十匹马在上面并驾齐驱，城墙高达数百米，人站在下面，渺小极了。

凤舞和朝歌不是第一次来帝国学院了，上次来的时候，凤舞还在门口跟凤桑掐了一架呢！这回来，四周倒是静悄悄的，毕竟现在是上课时间。

"一年级在哪儿？"

凤舞和朝歌面面相觑，都不知道。

朝歌道："院长办在哪儿我倒是知道，要不我们找院长问路去？"

凤舞无语，虽然现在的院长是咱家方老爷子，也不用问路都找他老人家吧？

凤舞向四周扫视了一圈，在学院念书哪有不逃课的？肯定有漏网之鱼。

凤舞放出灵识，很快就感应到了一座假山里的轻微呼吸声，他蹑手蹑脚地走进去，一把就拎了一个男生出来。

"啊，你——"男生以修炼之名跑出来打个盹，没想到被人抓了个正着，他正紧张呢，睁开眼睛就看到了一张惊艳绝伦的美颜。

"你，你是凤舞！"少年惊呼一声，激动得面色红润。

凤舞疑惑道："你认识我？"

少年一拍大腿："哎哟，我怎么会不认识你呢？你现在可是大名人啊！多少人在背后议论你对君殿下……"对上凤舞那像要杀人的目光，少年立刻捂唇，眼神无辜，"我……我什么都不知道啊，我什么都没说啊……"

凤舞瞥了他一眼："别废话，一年级怎么走？"

一年级？凤舞终于来念书了！少年眸中浮现一抹八卦的精光，笑嘻嘻地站起来，拍拍身上的尘土，对凤舞说："走着，带你去一年级新生班。"

凤舞不由得多看了少年一眼，她怎么觉得这位同学眼中有着幸灾乐祸的光芒？是她多心了吗？

"你叫什么名字？"凤舞漫不经心地问。

"杭洋，我叫杭洋。"少年说，"我是一年级的老生了，你是新生，所以不管你现在名气多大，都得老老实实喊我一声前辈。"

"凭什么？"凤舞还没说话，一旁的朝歌已经横眉冷竖了，她觉得这位叫杭洋的少年，嬉皮笑脸，吊儿郎当，没个正经，她不喜欢。

杭洋没看朝歌，而是瞥了凤舞一眼："我知道，你恢复修炼了嘛，你身上有灵气了嘛，可是你刚恢复，不也得一步一步来吗？而且谁能证明，你恢复了修炼，就能和以前一样还是天才，对不对？说不定，你现在就是普通人的资质呢！"

朝歌叉腰冷笑："我家小舞，文试第一名，武试第一名，你说她是普通人的资质？你是脑残还是眼瞎啊？"

杭洋想反驳，却想了半天也反驳不出一个字来，因为人家真的是前无古人的文试第一、武试第一，并且还是文试满分、武试满分。

不过——

"你们跟我来！"杭洋双手叉腰，冷哼一声，气呼呼地走在前面。

朝歌不解地看着凤舞："他在生气什么？"

凤舞也一脸茫然："不知道啊！"

朝歌气道："就他那小身板，我一拳头就能把他打倒，他还想让你喊他前辈，做梦呢吧？"

朝歌说话并没有刻意收敛，甚至还稍微提高了音量。

杭洋气得差点一个趔趄摔倒在地。武试满分又怎么样？谁不知道凤舞是运气好，得了君殿下的帮助，才灵气灌顶，七颗星辰全亮，得到了第一名？很得意吗？！

一年级区域很大，他们快速走也走了一刻钟。

杭洋将凤舞和朝歌带到一年级广场上，广场正中间有一块硕大的石碑，石碑上是一个个鲜红色的名字，排在第一位的赫然是思源。

凤舞知道这个人，一年级的会长，在学生中声望很高，是凤桑暗恋的对象。

杭洋得意地叉腰："这是我们一年级的风云榜，你看看，上面有你的名字吗？！"

凤舞和朝歌从上往下找。

杭洋一看，顿时乐了："哈哈哈，你们傻吗？从上往下找，多浪费时间啊？！要知道，这可是老生和新生都上榜的。"

凤舞不解道："老生和新生？"

杭洋顿时哇哇叫："不会吧？凤小舞，你连老生和新生是什么都不知道啊？"

凤舞不解地瞥了杭洋一眼。

杭洋也是醉了："我们帝国学院，不是每年招收一百名考生吗？"

凤舞和朝歌齐齐点头。

看着这俩啥都不懂的小白，杭洋可有讲述欲了："因为需要学习的东西太多太杂，全都学会至少需要十年时间，逐年累积下来，一年级至少会有上千人，所以，每年新来的就会成为新生，而没有晋升到二年级的学生就是一年级的老生。"杭洋傲娇脸，"你们这群新生，刚考进来，还以为自己有多厉害吗？你们肯定都在那倒数一百名里。"

凤舞往榜单末尾一扫，还真的是，大部分新生都在九百多名，不过不见轩辕靖和公孙晴。

杭洋瞥了凤舞一眼："你们这群新生里倒是有几个厉害的，御冥夜就不用说了，他没来参加考试，但以他的实力，一年级里妥妥的第一名啊，毋庸置疑。"杭洋说着，转为疑惑脸，"说来也奇怪，这位御殿下实力那么强，别说考帝国学院了，直接从帝国学院毕业都是妥妥的，他怎么就肯屈就当一年级新生呢？"

凤舞摸摸鼻子，没有说话。

杭洋见凤舞沉默，不由得冷哼一声："你们新生里还有几个是很厉害的，你看，公孙晴在第五百名，轩辕靖更厉害，直接就是三百名了呢！"杭洋瞥了凤舞一眼，

"可是你呢，居然连测试都不敢来，凤小舞，你是心虚了吧？"

朝歌顿时生气了："喂，怎么说话呢？讨打是不是？！"

朝歌太凶了，杭洋惹不起，他摸摸鼻子："这话又不是我说的，同学们都这么说啊！反正大家都说你这个第一，名不副实。"

朝歌冷笑道："我们家小舞厉害着呢！"

哪个一年级新生像她家小舞这样，能绘制出抵御九重雷劫的太乙阵法，并且是抵御方阁老那种大佬级别的九重雷劫？现在凤舞居然被人嘲讽，朝歌可受不了。

朝歌想打杭洋，被凤舞拦住了。

凤舞苦笑："这有什么好争论的？别生气。"

"他们什么都不懂！"朝歌气得跺脚。

"是是是，他们什么都不懂，我们自己懂就行了。"凤舞拍拍朝歌肩头，安抚她的情绪。

杭洋瞥了凤舞一眼，说得这么大度，其实还不是心虚？不然，为什么三天前不来测试？

凤舞看着杭洋："走吧，去新生教室。"

凤舞和朝歌是来报到的，杭洋倒要瞧瞧，凤舞怎么扛住那些流言蜚语。

新生教室。

"大消息！大消息啊——"一名新生冲进教室，激动而兴奋地道，"凤舞来学校了！刚才看到她在风云榜前站着呢，脸色很不好，现在往这边来啦！"

凤舞？！这个名字本身就带有争议和传奇色彩，因此，听到凤舞的名字，原本散漫的新生们顿时一阵躁动。

这间教室里的新生都是这次新考进来的，坐满的话有一百人，而现在只有九十多人，因为凤舞和朝歌之前没来，御冥夜和沐瑶瑶也没来。御冥夜是有事，沐瑶瑶则是打赌输了，怕凤舞索要她的脑袋不敢来。

"什么？凤舞来了？"

"她还敢来？"

"她不心虚吗？"

"她还有脸？"

一道道质疑的、愤怒的、忌妒的声音在新生教室里响起。

凤舞走进新生教室，最先感受到的，就是从那一双双忌妒的双眸流露出来的愤怒的情绪。

杭洋见凤舞被敌对，内心一阵雀跃："好了，已经把你们送到这里了，我的任务也算完成了，回见。"说完，杭洋一溜烟地跑了，他得赶紧去老生教室，将这个消息

告诉老生们。

新生教室，其实是一个半封闭区域，有一个很好听的名字——青云院。

"直上青云揽日月，欲倾东海洗乾坤"，一年级新生教室叫青云院，老生教室则是乾坤院。

杭洋一冲回乾坤院，就大声疾呼："凤舞去青云院啦！凤舞去青云院啦！大家快去看啊！"

人的名，树的影，凤舞虽然还没踏进乾坤院，可她闹出来的动静那么大，特别是最后她对君殿下做的事，惹了多少女生半夜在被子里给凤舞扎小人啊！听说凤舞去青云院了，乾坤院的这些老生，心绪顿时复杂了。

"凤桑，凤桑，他说的就是你家那个凤舞吧？"

凤桑——凤族三小姐，她正低头假装用功念书，却不断有人提醒她，她的脸色自然非常不好看。

和凤桑关系好的吴静和陶月，正一左一右坐在凤桑身边追着问。

吴静问道："桑桑，你家凤舞来上课了，她真的恢复修为了啊？"

凤桑的内心是极度不悦的。

陶月问道："桑桑，你家凤舞真的没事？君殿下不追究吗？"

凤舞、凤舞，全都是凤舞，真的好烦。

凤桑想到自己一家被凤舞一家弄得那么狼狈，特别是父亲，被凤舞的美人娘亲按在地上甩头，凤桑的脸都绿了。

"我不知道！"凤桑脸色铁青，"以后不要在我面前提起这个名字。"说着，凤桑抱着书，快步从教室离开了。

大家面面相觑，这个凤舞好厉害啊，竟然能逼得凤桑恼羞成怒。

从凤桑这里打听不出什么来，大家决定去青云院瞧瞧热闹。

老生去看新生，那是新生的荣幸。

青云院。

凤舞一来，吵吵嚷嚷的教室顿时寂静无声。

大家虽然对凤舞各种讥讽，但是想到她在傲世雪原的表现，很多人都胆怯了。

当然，还是有勇敢的，比如眼前这位霍茵同学。

"凤舞，你不是心虚了吗？怎么，测试结束了，你又敢来学校了？"

有了霍茵带头，其他女生也咄咄逼人起来。

"大家快来看啊！这就是我们新生考核双试第一、修为测试却是零蛋的凤舞哦！"

"谁不知道，她的武试第一是靠着君殿下才得到的？"

"就是，所有人都看到了，她原本一颗星辰都没有点亮的。"

"她将重伤垂危的君殿下放到一边，自己去吸取灵气，还真做得出来啊！"

"所以说，这样的女孩子太自私自利了，心思歹毒啊，大家以后要小心，别被她害死了。"

……

当然，也有向着凤舞的，比如师萱。

师萱对凤舞早就转变了看法，看到这些人诋毁凤舞，她一阵气闷。这些忌妒的女人，看见凤舞亲了君殿下，就疯魔成这样，真可怜。

"你们还真是睁着眼睛说瞎话啊！什么叫全靠君殿下？大家又不是没看过直播。"师萱气坏了，"在半空中的时候，明明是凤舞救了君殿下一命，你们怎么能反过来说？"

姚皓跳出来冷笑道："凤舞救君殿下？她敢说她没有轻薄君殿下？！这样不知廉耻的姑娘，居然还有脸来上课！"

他话音未落，朝歌就暴冲过去，猛地拽住他，高高举起来往远处一丢，直接丢进花坛中，压碎了一坛的花草。

可怜的姚皓，在新生中好不容易混出来一点颜面，被朝歌这么一举一砸，瞬间颜面全无。

一时间，教室里鸦雀无声。

帝国学院禁止学生内斗，而现在，朝歌出手打人了。

过了好久，才有人反应过来。

"打人啦！凤舞的人打人啦！"

"违反校规了！开除学籍！"

"将她赶出学院！"

……

一时间，群情激愤。

姚皓和霍茵对视一眼，嘴角都勾起一抹邪恶的冷笑。

他们两个故意招惹凤舞，就是想要趁凤舞不熟悉校规，引起众怒后，引凤舞出手，没想到段朝歌冲在了前头。不过没关系，没了段朝歌，等于断了凤舞的左膀右臂，算是先收一波利息了。

"呕——"姚皓从花坛滚下来，身上血迹斑驳。

他今天故意穿了白衫，身上扎了倒刺后，鲜血染红了整件衣衫，看上去触目惊心。

93

他还很有心机地往自己胸口拍了一掌："呕——"又一口鲜血吐了出来，并且伴着血块。

当即有人惊呼："不好！姚皓的心脏都碎了！"

凤舞差点翻白眼，心脏就算碎了，也没办法从食道吐出来啊！

但是，大家现在看到的，就是段朝歌仗势欺人，对同学出重手——不，是出杀手。

"杀人啦！凤舞杀人啦！凤舞杀同学啦！"

这件事在青云院里还是正常的，出了青云院就变味了。

什么，凤舞杀人了？！还没走远的凤桑激动不已，转身就往青云院跑。

其他人更是兴奋得不行，看热闹不嫌事儿大，就嫌它不够爆炸，凤舞居然敢光天化日之下在学院杀人，胆肥了她。

乾坤院的老生们，更加快速地往青云院冲来。

青云院。

朝歌怎么都没想到，姚皓居然一副快要死的样子，躺在那儿呻吟着。

这个人还真爱装！朝歌气坏了，上去就是一脚，踹向姚皓的胸口。

所有人都震惊地瞪着段朝歌，她居然敢……然后，他们齐刷刷望向凤舞。

凤舞这时候只要出声，是能拦住朝歌的，而事实上，她也真的出声了，她说："往下挪三寸。"踢心脏会死，但腹部不会。

砰！朝歌落脚的时候，真就踢到了姚皓的腹部。

"唔——"

这一脚，实打实。

姚皓痛得身体蜷缩成煮熟的虾米状，眼睛瞪得很大，难以置信地望着段朝歌。

其他人也都用难以置信的目光瞪着朝歌——太嚣张了，当众伤人啊！

"这也太张狂了吧？"

"她以为她是谁啊？"

"姚皓要被她打死了吧？！"

朝歌对这些声音却置若罔闻，她脑海只有之前姚皓骂凤舞的那句话，怒道："你装什么装？赶紧给我起来！敢骂我们家小舞，胆子肥了你！"说话间，朝歌又要动手。

就在这时，一道身影突然出现，来人抬手便抓住了朝歌的肩头。

朝歌回头一看，这人有点眼熟，是轩辕靖身边的雷凯。

"段朝歌，你够了！"雷凯拽住朝歌，就要将她丢出去。

朝歌冷笑一声："你居然敢打我！"

段朝歌是什么性子，哪里会让别人欺负到她头上去？！她随即和雷凯打了起来。

一时间，砰砰砰，双方快速交手。

砰！最终，朝歌一拳头将雷凯击飞了。

所有人都难以置信地看着段朝歌，好厉害！灵宗境三星实力的雷凯，居然败给了段朝歌。

一时间，所有人都唏嘘了。

雷凯瞪着朝歌："难怪你这般骄傲，原来有恃无恐，再来！"说话间，雷凯宛若狮子般暴冲上去。

凤舞对朝歌很上心，当美人师父给方阁老《逍遥游内功心法》的时候，她也给朝歌讨要了一份功法。

美人师父看人多准啊，他稍微一瞥，就知道了朝歌的优缺点以及适合的功法。最后，凤舞帮朝歌讨要了一本《朝凤圣录功法》。

这几天，朝歌勤加修炼，修为突飞猛进，可不是一般人能拦得住的，雷凯自然不是她的对手。

砰！朝歌一拳头挥出，下一瞬间——

"啊——"抱着必胜之心的雷凯倒飞出去，砰——身子重重摔在地上，发出剧烈的重物撞击声。

所有人再次用难以置信的目光望着段朝歌。

第一次雷凯被朝歌打败的时候，大家都以为是意外，是雷凯太不小心了，而现在，雷凯被打得想爬都爬不起来，这太不可思议了。

这些人中，最震惊的当数霍茵等人了。

要知道，帝国学院考核前几天，叶雅菲带头戏弄朝歌，当时的段朝歌才五星灵师境界吧？这才多久？不过半个月时间，她的实力就突飞猛进到如此程度，已经超越雷凯了？！

这不可能！霍茵难以置信地摇头。

可这就是事实。

段朝歌冷笑一声："凭你也敢来拦我？可笑！"说着，她长腿一伸，就要将雷凯踢飞出去。

这些人不是骂小舞吗？那就打到他们闭嘴为止！朝歌越战越勇。

就在这时，一道冰冷的声音响起："如果你现在跪下道歉，我可以考虑饶你一命。"这声音漠然、冷酷，带着让人心颤的寒意。

众人回头，就见一名墨发飞扬的少年从人群中走了出来。

"轩辕靖！"众人难掩激动之色。

"大哥——"雷凯艰难地站起来，捂住腹部，拭去嘴角血迹。

轩辕靖的目光从雷凯嘴角扫过，眼睛一眨不眨地盯着朝歌，眸中有寒芒一闪而过。

跪下求饶？凤舞眸中浮现一抹冷意，好大的口气。

朝歌盯着轩辕靖，冷笑一声："想要我跪下？做梦！"

"那你就去死吧！"轩辕靖右手紧握成拳，耀眼的光芒瞬间汇聚在拳头周围，金光闪闪，随即，轰——拳头带着巨大的冲击波击向了段朝歌。

朝歌眉心微蹙，身形一动，一下就避开了。

轩辕靖的脸色微微一变，他这一击用了十成的功力，十足的杀招，却怎么都没想到，段朝歌居然避开了。

"有意思了！"轩辕靖嘴角勾起一抹狰狞的冷笑，还没有谁敢在他面前这样撒野的，"蚀骨霸拳！"

这一招是轩辕靖的绝招，也是他的底牌，没想到今天居然被段朝歌这个丫头逼出来了。轩辕靖不得不承认，段朝歌是个人物。

此刻，围观的不仅是新生，乾坤院的老生也都赶来了。

他们看到轩辕靖这一招，当即目光一凝。

"好厉害的轩辕靖！"

"这一招的实力，是灵宗四星巅峰了吧？"

"依我看，应该是五星了。"

"那他真正的实力，岂不是……不止三百名？！"

"轩辕靖厉害了，这下怕是能进前两百吧？！"

"段朝歌这下死定了！"

事实上，朝歌也有种很不好的预感，这一招太可怕了，犹如巨浪袭来，她的灵魂为之战栗，她打不过啊！

朝歌知道凤舞的实力比她强，所以，她下意识地往凤舞身边跑去。

就在蚀骨霸拳袭来的那一瞬间，凤舞拽了朝歌一把，砰！蚀骨霸拳的拳风冲向了后面的墙垣，墙体瞬间宛若蜘蛛网般皲裂，但很快墙体又以肉眼可见的速度恢复，眨眼间，就恢复到了完整状态。

朝歌心有余悸地拽着凤舞的手，大口喘息着——好在有凤舞，否则刚才自己死定了。

轩辕靖则难以置信地望着眼前这一幕，不可能！蚀骨霸拳是他的绝杀招数，朝歌一个小小的丫头怎么可能避开？这丫头身上到底有什么古怪？

即便厉害如轩辕靖，他也没有发现，刚才是凤舞拽了朝歌一把，朝歌才避开的。

没有人将注意力放在凤舞身上，大家都盯着朝歌。

好厉害的丫头！这是所有人对朝歌的评价。

轩辕靖怎么可能罢休，他冷笑一声，正要再次出招——

"住手！"老师终于姗姗而来。

"乔伊老师！"一年级新生看到他们的老师，脸上全都露出敬畏之色。

这位老师，凤舞认识，之前她拿着考核证去教师办公室盖章的时候，几位老师中就有这位乔伊老师，犹记得当时这位老师对她的态度很不友善，这是一个捧高踩低、把势利摆在脸上的人。

果然，乔伊老师来到众人面前，第一眼看的就是轩辕靖，见轩辕靖没事，她似乎松了口气，这才将目光转移到了凤舞身上。

看到凤舞，乔伊老师第一反应就是皱眉。

"怎么回事？"乔伊老师面露不善，目光如犀利的刀直直盯着凤舞。

霍茵反应很快，急声说道："凤舞和段朝歌欺人太甚！姚皓不过是问他们为何三天前不来，是不是心虚不敢测试，她们就恼羞成怒，暴打姚皓。"

乔伊老师转头看向姚皓。

可怜这位少年，一开始是演戏，但后来确实被朝歌踢踩得惨兮兮的，脸上青一块紫一块。

"还有雷凯，他不过帮姚皓说了句话，就被打到吐血！"霍茵大声告状。

乔伊老师又望向雷凯，此刻的雷凯嘴角还有血迹，身子踉踉跄跄的几乎站不住，她的脸色顿时有些黑了。

至于轩辕靖为什么会出手，那就很好解释了，因为雷凯是他的兄弟。

"凤舞，你怎么说？"乔伊老师盯着凤舞。

还没等凤舞开口，朝歌就把责任全都揽到了自己身上："关小舞什么事？这些人都是我揍的，有什么冲我来！"

乔伊老师眼眸半眯起来，段朝歌有这样的本事？

"你们几个人，都跟我过来！"乔伊老师一甩马尾辫，转身就走。

这几个人都是有背景的，处置起来没那么简单。

轩辕靖却淡淡说道："乔伊老师，我先回家了。"说着，轩辕靖就要往外走，我行我素，根本没将乔伊老师放在眼里。

轩辕靖出自轩辕家族嫡系，轩辕靖的爷爷是帝国学院七大佬之一，他的傲慢，乔伊老师不得不忍受。她不仅要忍受，脸上还得挤出笑容："好，轩辕同学，你赶紧回去好好休息，什么时候休息好了再来……"

乔伊老师的话还没说完，轩辕靖就已经走出了教室，姿态傲娇，犹如开屏的

孔雀。

乔伊老师看向凤舞等人，立即换了一副面孔，温文和善自然是没有了，取而代之的是愤怒，特别是对凤舞。

"你们几个给我过来！"

但是，凤舞是受气包吗？轩辕靖能转身就走，难道她不能？

凤舞淡淡一笑："轩辕靖打了朝歌，他都能走，为什么我们不能走？"说着，凤舞拍了朝歌一下："我们走。"

"凤舞你敢！"乔伊老师的脸色瞬间变了。

轩辕靖不听她的话，她可以忍，人家爷爷是帝国学院七大佬之一，人家血统尊贵、地位超然，你凤舞凭什么这么嚣张？

"我，为什么不敢？"凤舞笑眯眯地看着乔伊老师，一点都不怵，反而神色淡然。

"你——"乔伊老师气得浑身发抖，那张漂亮的脸狰狞扭曲，眼珠子都要崩出来了。

她抬手对着凤舞的脸就一巴掌甩了过去，可是还没等她的手碰到凤舞，一旁的朝歌就牛犊子一样撞了过去，将她撞得一个趔趄。

朝歌双手叉腰，怒吼一声："你敢打我家小舞？翻了天了你！"

要知道，一年级的新生，实力大都是灵宗一星二星级别，所以像乔伊老师这样灵宗五星级别的，完全可以压制得住，但是这一届太妖孽了！先是出了一个不世出的绝世天才御冥夜，好在他没来；然后，出了一个轩辕靖，灵宗四星的实力，背景又强大，乔伊老师只能放纵放养；现在倒好，居然又出了段朝歌这个妖孽。

"你居然敢打老师？！"乔伊老师快被气哭了，她当老师这么多年，从来没受过这样的委屈。

朝歌是粗莽的性子，她一心只想护着凤舞，哪管你老师不老师的。

"你想打我家小舞，我撞你怎么了？！再有下次，我直接揍你！"

好嚣张的话，好霸道的宣言！在场的人全都用一种近乎崇拜的目光望着段朝歌。

如果说刚才他们对朝歌很不满，现在冲着她敢跟乔伊老师叫板，他们就服她。事实上，他们也是有眼睛的，看得见乔伊老师那非常明显的捧高踩低的势利。

乔伊老师快被气死了，看到凤舞和朝歌要走，她失去理智地大吼："走！走啊！今天你们敢走，我立即开除你们的学籍！"

凤舞却淡淡一笑："这位老师好大的权力啊，能代替院长行使开除学生学籍的权力呢，厉害了。"

众人全都扑哧一声笑了出来，内心却知道，凤舞和朝歌这次怕是够呛了。

乔伊老师不是没有背景的，虽然背景不如轩辕靖家大。

"来人，将她们俩给我绑走！"

她话音落下，校护卫队的人冲了过来。

乔伊老师怕了朝歌，不敢轻易出手，因为如果败了，那会相当难看。

校护卫队的人面色严肃，上来就要绑人。

朝歌气得要出手，却见凤舞冲她摇了摇头。

对同学出手可以说是切磋，跟校护卫队动手就是公然跟帝国学院对立了。

如果是平时，被开除就被开除了，凤舞也乐得轻松，可是上次听君临渊说，第二枚星辰碎片就在帝国学院里，在星辰碎片没有拿到手之前，她是不会离开的。

"走吧。"凤舞拉着朝歌。

朝歌性子倔，谁的话她都不听，但她就听凤舞的。凤舞一说走，她就高高兴兴地跟凤舞走，一点也没有即将被开除的担忧。

凤舞、朝歌、姚皓、雷凯，四个人跟着乔伊老师离开了教室。

凤舞看着不远处只剩下一个背影的轩辕靖。出手想要伤朝歌还想离开，有这么便宜的事？凤舞嘴角扬起一抹淡淡的弧度。

凤舞等人离开后，教室里依旧闹哄哄的。

"这个凤舞好嚣张啊！居然敢跟乔伊老师对着干！"

"她是不知道啊，乔伊老师的亲爹可是二年级段长呢，以后她还想不想上二年级了啊？"

"不出意外的话，凤舞和段朝歌都会被开除学籍，她们永远都不可能上二年级了，还用担心这个？"

人群中，凤桑等人的嘴角都浮现了一抹微微上扬的弧度。

"桑桑，凤舞就快被开除了呢！哈哈哈，以后再也不用看到她了。"吴静高兴地说道。

站在她们旁边的几个男生却无奈地苦笑着。

如果凤舞看到的话，一定能认出他们来，这三个人分别是荆云涛、元明和叶舟。

当初，他们三个人和凤舞在天下楼相遇，因为荆云涛帮凤舞说了几句话，就得了上品灵石作为奖励，而跟凤舞作对的，不论是背景深厚的沐瑶瑶，还是身份尊贵的三公主，全都倒霉了。

当时荆云涛就知道，凤舞跟君殿下关系匪浅。

现在看到大家这样议论凤舞，看到乔伊老师这样对待凤舞，他心中浮现一个想法，要不要……试试？

想到这儿，荆云涛转身就往外走。

"你要去哪里？"元明和叶舟追了出来。

荆云涛去了天下楼。

原本以最快的速度将消息传递出去应该去太子府，可是以他的身份，门都进不去，所以荆云涛去了天下楼，碰到了断一臂的颜月。

若是旁人，还真不会在意这个消息，而颜月是吃过苦头的，上次她就是不在意凤舞，结果吃了大亏，现在从荆云涛口中得到这个消息，她当即就带荆云涛去见天下楼的楼主了。

此刻，凤舞等人正被校护卫队带往教师办公室。

乔伊老师内心一阵窝火，敢当众怼她、撞她、威胁她？好，很好！不将凤舞和段朝歌的学籍开除，她就不姓乔。

"这是怎么了？"看到乔伊老师怒气冲冲走进来，余月段长微微蹙眉。

乔伊老师身后跟着四个学生，两个男生脸上都挂了彩，青一块红一块的，看着非常狼狈，两个女生则容颜清丽、衣衫干净、神态自然。

余月段长不由得多看了凤舞一眼，她认出来了，这丫头就是拿着考核证来盖章的那个。

"余段长，这新生班我带不下去了，我这就辞职！"谁也没想到，乔伊老师一开始就爆出这样的炸弹。

"辞职？"余月段长盯着乔伊老师，"这话从何说起？"

乔伊老师愤怒地盯着凤舞和朝歌，恨不得将她们撕碎。

"有话好好说，又不是小孩子了，置什么气啊？"余月段长安慰她。

"余段长，你知道她们做了什么吗？"乔伊老师将刚才发生的事跟余月段长说了一遍，"特别是这个段朝歌，她居然打老师，这还了得？！"

余月段长眉头微微蹙起。

办公室里的其他老师，面色也都变得非常难看。

"这影响太恶劣了！"古老师眉头紧蹙，怒而出声，"这样的学生，不尊师长，不听教诲，要她何用？我们帝国学院是她可以撒野的地方吗？！"

胡老师一手端着茶杯，摇头道："不得了哦，现在的孩子，可真是不得了哦，这是要翻天啊！"

乔伊老师一边哭一边说："我是新老师，可新老师也不能受这种气吧？余段长，如果这事您不能解决，那我找院长去，我让方院长给我做主！"

乔伊老师口中的方院长就是方阁老。

余月段长头开始疼了，她比乔伊老师知道得多，之前三天凤舞没来，是方阁老亲自给请的假，这说明了什么？这说明凤舞和方阁老关系亲近啊！

"余段长，你怎么说？"乔伊老师盯着余月段长。

今天，她是一定要将凤舞和朝歌开除掉的。

余月段长瞥了乔伊老师一眼，然后淡笑着看着凤舞，语气轻柔和善："凤舞同学，这件事你怎么说？"

凤舞淡淡一笑："人还没来齐，我如何说？"

人还没来齐？余月段长不解地看了乔伊老师一眼。

乔伊老师面色涨红，对凤舞冷笑道："人家轩辕靖同学忙着修炼，哪有时间跟你掰扯？！"乔伊老师转身对余月段长说："轩辕靖同学不过是路见不平，出手帮了雷凯一把，他还有事，我就让他先回去了。"

余月段长闻言，眉头微蹙起来，这差别待遇也太明显了。

凤舞淡淡一笑："哦，轩辕靖同学动手了，但他可以高人一等地事了拂衣去，而我一根手指头都没动，这位老师就口口声声要将我开除学籍，还真是差别待遇啊！"

乔伊老师冷笑，人家什么背景，你什么背景，能一样吗？但面上乔伊老师肯定不能这么说，她瞥了凤舞一眼，冷笑道："轩辕靖同学现在已经是风云榜三百名以内，你呢，你是什么实力？好意思跟人家要同等待遇？"

"所以，帝国学院是不问事实只讲实力的学校了？"凤舞咄咄逼人，"所以，如果我拿到风云榜第一名，我就可以拳打脚踢任何人都没有关系了？"

"风云榜第一名？"乔伊老师冷笑连连，"连入学测试都不敢，你也敢说你能拿到风云榜第一名？凤舞，你简直狂妄到可笑！"

见这两个人一言不合就吵起来，余月段长赶紧将她们拉开。

余月段长瞪了乔伊老师一眼："你还是小孩子吗？跟学生计较什么？"

乔伊老师："我——"

余月段长没再理会她，而是盯着凤舞："所以，你预备如何？"

凤舞环顾四周，拉了一把椅子安然坐下，慢悠悠地说："不如何！轩辕靖如果不来，这事就没完。"

哟呵！乔伊老师听到她这话，顿时一股怒火往脑门上冲。

"轩辕靖不来，这事就没完？"乔伊老师冷笑连连，"我看这事你怎么没完！"

凤舞笑而不语，气定神闲。

余月段长只能去问其他人，很快她就把整件事情弄清楚了。

知道真相后，余月段长眉头紧蹙。

一边是方阁老要关照的人，一边是轩辕长老家的后人，她也很难做啊！最好的办法就是四两拨千斤，将大事化为小事。

余月段长看了乔伊老师一眼："这不过是学生之间的口角，哪就至于开除学籍这

么严重了？"

姚皓从始至终一直盯着余月段长，见她对凤舞明显偏袒，姚皓内心生出一丝担忧。

看来，他得表现得严重一些，否则——

"呕——"姚皓本就颤抖的身子，这一刻更是抑制不住摔倒在地，口中不断往外咳血，喷出的鲜血染红了余月段长的裙角。

他颤抖着手，拽着余月段长的裙角，艰难出声："老师……救命啊……如果我死了……学院会不会帮我……讨回公道……"说着，姚皓直接晕过去了。

"姚皓！"乔伊老师见姚皓晕过去了，飞扑上前，颤抖的手指在姚皓鼻前探了探，"不好！姚皓没气息了！姚皓死了！"

这消息，顿时如长了翅膀一样飞出教师办公室，飞向一年级教室。

青云院。

学生们正讨论着凤舞和朝歌会受到怎样的处罚，没想到——

"真搞出人命了？"

"姚皓刚才不是还能走路吗？怎么突然死了呢？"

"段朝歌不是往他致命处踢吗？现在终于出问题了吧？"

躲藏在暗处的沐瑶瑶和叶雅菲缓缓呼出一口浊气，形势终于逆转了。

"走！"沐瑶瑶拉着叶雅菲往教师办公室走去——凤舞，这次整不死你！

凤舞没想到，不过是来帝国学院报到，竟整出这么多麻烦，大戏一场接一场地给她往上演，她的心情甚是不悦，面上却还是露出淡淡的冷笑来。

此时，大家都急着姚皓的事。

余月段长急道："还不快去找炼药师！快去找端木炼药师啊！"

古老师忙道："我去找、我去找！"

古老师转头就往外跑，跑了一会儿，他突然想起可以用通讯珏联系，于是赶紧联系了端木炼药师的助理——像端木炼药师这样的药师界大佬，自恃身份，是不会亲自跟古老师这样级别的人沟通的。

"老师，一年级发生重创事件，一名学生已经没了气息，请您去看看。"助理是一位很漂亮的师姐、二年级学生蒙楚。

端木炼药师眸中浮现一抹淡淡的光，想起了昨日沐瑶瑶拜托他的事。

沐瑶瑶的外公是现任的方院长，他还想借由方院长再上升一步呢。

他老人家拄着拐杖站起来："走吧。"

102

第四章
他没有死

一年级教师办公室。

乔伊老师尖叫连连："姚皓死了！姚皓真的死了！凤舞！段朝歌！你们两个杀人了！来人，快将她们捉起来，免得她们跑了！"

校护卫队一直在外面守着，听到乔伊老师的喊声，就要往里冲。

余月段长横眉冷竖："都给我在外面站着！还嫌这里不够乱吗？！"

乔伊老师望着余月段长："余段长，如果她们两个跑了……"

"跑得了和尚跑不了庙！"余月段长瞪了乔伊老师一眼，只觉得这个乔老师平时看着乖乖巧巧的，现在却只知道给她添乱。

余月段长半蹲下来，用灵气探测姚皓的身体，气息近乎于无，但还有一口气吊着。

"还没有完全断气，如果端木炼药师来得快，说不定还能救活。"余月段长眸中浮现一抹急色。

余月段长急切间望向凤舞，出乎她意料的是，她从凤舞脸上居然没有看到一丝焦灼、惊慌、狼狈和不知所措。

怎么可能？！余月段长难以置信地看着凤舞。

如果姚皓死了，她们就是杀人凶手！按照帝国学院的校规，杀害同学，不仅要偿命，还要……那是非常残酷的后果。

即便有方阁老在，这丫头也不至于如此嚣张吧？她的底气究竟来源于何处？

凤舞悠悠然坐着，镇定得很，甚至还有闲心拿起一本书随意翻着，好似完全没有将这件事放在眼里。

段朝歌却有些不知所措。

"小舞，我没杀人。"朝歌对外凶悍，内心却是很柔软的，她拉着凤舞，咬着下唇压低声音说。

"我知道。"凤舞拍拍朝歌肩头。

朝歌见凤舞一副稳操胜券的样子，她的底气顿时也足了。

就在这时，外面传来一阵急促的脚步声。

"姚皓！姚皓！你怎么样了？！"沐瑶瑶带着叶雅菲快步而来。

沐瑶瑶身后还跟着一个人，就是曾经被凤舞揍过一顿的姚颖——姚皓的亲妹妹。

沐瑶瑶冲进来，脸上满是震惊之色："姚皓！姚皓！你怎么了？！你醒醒啊！"

"哥，哥！你怎么样了？你快醒醒，你快醒醒啊！"姚颖全身都在颤抖，眼泪扑簌扑簌往下掉，整个人处于崩溃状态。

可是，不管她们怎么喊怎么叫，姚皓就是一动不动地躺在那儿，面色苍白，就像已经死去一般。

沐瑶瑶眼神悲愤地瞪向乔伊老师："乔伊老师，这是怎么回事？姚皓怎么突然变成这样了？！"

乔伊老师伸手指向凤舞："是凤舞，还有段朝歌，是她们两个对姚皓下手的。"

沐瑶瑶要的就是这句话。

对，没错，这一切都是她设计的。凤舞不是想要她的命吗？她就设计让凤舞她们先杀了姚皓，她再让凤舞以命偿命，这样一来，她沐瑶瑶就没事了。

沐瑶瑶内心是这样想的，面上还是要做崩溃状。

"凤舞，你居然杀了姚皓！"沐瑶瑶大吼。

姚颖快晕过去了："哥哥，哥哥……"她扑过去，抱住余月段长的大腿："段长，您可要为我哥哥做主啊，不能让真凶逍遥法外啊，老师——"

余月段长头更痛了，刚才一个乔伊老师，她好不容易压住了，现在又来了几个，而且沐瑶瑶的外公就是方院长。

原先她还能偏袒凤舞一点，现在人家正牌外孙女来了，在余月段长心中，沐瑶瑶自然要重要很多。

就在这时，有脚步声传来，众人回头一看，是一位老者，老者身后跟着一位年轻漂亮的助理。

"端木炼药师！"

大家齐齐惊呼一声，余月段长脸上更是浮现惊喜之色。

"端木炼药师，快，姚皓同学在这里！"

端木炼药师环顾四周，暗暗和沐瑶瑶对视了一下，时间很短，一般人都不会注意到，但是凤舞一直关注着沐瑶瑶，所以察觉到了，这个端木炼药师啊……

果然，端木炼药师给姚皓检查了一下身体，旋即摇头，面露沉痛之色。

"端木炼药师！"姚颖紧张地盯着这位炼药师，他一句话就能断人生死。

"内脏碎裂，心跳停止，气息虚无……伤得太重，没救了。"端木炼药师宣布了这个结论后，摇摇头，站起来就要走。

这句话就像一道惊雷，砸落在在场众人头顶。

姚皓……真的死了？！

一时间，所有人都盯着凤舞和朝歌。

"杀人凶手！"

"把她们抓起来！"

"杀人者偿命！"

无数声音汹涌而来，要将凤舞和朝歌淹没。

校护卫队冲上来要抓人，朝歌挡在凤舞面前，怒吼一声："你们要做什么都冲着我来，不关小舞的事，我段朝歌一力承担。"

她最讨厌的就是这些人，动不动就将小舞扯上，明明打姚皓的人是她。

可是，不管是乔伊老师，还是沐瑶瑶等人，目标从始至终都是凤舞，而不是朝歌啊！

乔伊老师趁乱发令："将她们两个人全都抓起来！"

校护卫队的人伸手就去拽凤舞和朝歌。

砰！朝歌抬脚就将这些人踹了出去。

在场的人惊呼连连，这可是校护卫队，段朝歌居然当众跟校护卫队起冲突，她这是想死吧？！

"住手！"在这里，余月段长的话才是最终命令，她直接下令，"将段朝歌抓起来！"

"那凤舞呢？"沐瑶瑶、叶雅菲、姚颖和乔伊老师齐齐出声。

余月段长没好气地说："你们有看到凤舞出手吗？"

沐瑶瑶："可是……"

余月段长摆摆手："事情确实是因她而起，但她确实没有出手，所以，将段朝歌抓起来，等候校方发落。"

当众打杀同学，怕是只能偿命了。

余月段长看了凤舞一眼，她也只能帮到这儿了，接下来除非发生奇迹，否则段朝

歌必死。

沐瑶瑶心有不甘，这是她为凤舞设下的毒计，结果凤舞没上当，钓上来个段朝歌。

校护卫队行动敏捷，瞬间就将朝歌制住了。

凤舞眉头微微蹙起。她一直沉默，这些人还真是无视她啊！

凤舞的嘴角勾起一抹微微的弧度："住手！"她的声音不是很大，却有一股不容忽视的威严，大家齐齐望向她。

凤舞面色冷然地道："谁给你们的勇气捆绑朝歌？"

校护卫队的人面面相觑。

其他人也都用怪异的目光望着凤舞。

沐瑶瑶冷笑道："谁给你的勇气说出这种话？凤舞，你以为你是谁啊？"

凤舞没有回答沐瑶瑶的话，更确切地说，她直接无视了沐瑶瑶。她盯着躺在地上的姚皓，冷笑一声："姚皓根本没有死！"

"不可能！"沐瑶瑶和端木炼药师异口同声道。

端木炼药师盯着凤舞："他死了，本药师亲自诊断的，还能有假？！"

凤舞再次道："他没有死。"

端木炼药师肯定地道："他死了！"

凤舞道："他没有死。"

端木炼药师恼怒不已，他没再理会凤舞，而是盯着余月段长："既然不相信老夫的诊断，为何要喊老夫过来？走！"端木炼药师恼怒地转身就要走。

余月段长皱眉道："凤舞……"

她已经很偏袒凤舞了，这孩子却这么不懂事，她脾气再好，也有点恼了。

凤舞却依旧摇头："朝歌出手很轻，根本不可能打死人。"

沐瑶瑶心中暗暗冷笑，那样的程度确实打不死人，但是她早就暗中下手，姚皓就算不死，也得死了。

沐瑶瑶佯怒，瞪着凤舞："他已经断气了，你赔他的命给我！"

凤舞慢悠悠地瞥了沐瑶瑶一眼，她又不蠢，沐瑶瑶几番暗示赔命，她怎么可能想不到，沐瑶瑶这是要她们之间的赌约一笔勾销。

果然，沐瑶瑶凑近凤舞，阴恻恻的声音响起："如果你将赌约取消，我可以考虑放你一马。"

凤舞却瞥了沐瑶瑶一眼："很快你就会求我放你一马。"

凤舞真不知道，这些人到底哪里来的勇气，敢在她这个毒祖宗面前做下毒这种事。

在毒药一途，她五岁就出道了，她当年秘制的通便小红丸，到现在都畅销整个君武帝国呢！沐瑶瑶想在她面前使毒，可嫩得很呢！

沐瑶瑶见凤舞不答应，心中暗暗冷笑，敬酒不吃吃罚酒。

凤舞走到姚皓面前，一道淡绿色光芒从她指尖射出，从他眉心渗透而进。

凤舞这手一露，端木炼药师整个人都不好了，因为这绿光治疗术，只有皇级炼药师才能使得出来。眼前这个看上去才十几岁的黄毛丫头，居然是皇级炼药师？开什么玩笑！端木炼药师拒绝相信。

从凤舞指尖射出的绿色光芒越来越多，很快将姚皓的身体笼罩。

难道奇迹真的会发生？！在场的人，都用震惊的目光望着凤舞。

沐瑶瑶却从始至终脸上都带着诡异的冷笑。

她和姚皓说的时候，说用的是假死药，只要将凤舞手中那张赌约骗到手，姚皓再活过来就行了，可是，姚皓根本想不到，沐瑶瑶居然来真的。她知道凤舞医术了得，所以给姚皓下的不是假死药，而是真死药。

沐瑶瑶见凤舞出手救姚皓，她内心无比得意。

果然——

一分钟过去了……

三分钟过去了……

五分钟过去了……

姚皓依旧躺在那儿，眼睛紧紧闭着，脸上没有一丝变化，气息也没有恢复。

姚皓真的死了。

"你走开！不要再碰我哥哥！"姚颖从一旁冲上来，朝凤舞撞去。

沐瑶瑶眼中浮现一抹幸灾乐祸的诡笑。

然而，就在姚颖的身子即将撞上凤舞的时候，凤舞周身忽然浮现一道道淡绿色的光芒，形成了一个保护罩般，姚颖的身子撞上去，仿佛撞在墙壁上，立刻被弹开了。

砰！姚颖的身子倒飞出去，撞到身后的墙壁上，发出剧烈的声响，她痛得惊呼一声。

"够了！"余月段长抬手拎起姚颖，将姚颖的身子摆正，然后，她用一种沉痛的目光盯着凤舞："你可以起来了。"

凤舞却没有理会任何人，她的手指以极快的速度在姚皓身上的穴道点过。

还有最后三个穴道，只要点完……

"凤舞，够了！"余月段长真的怒了，"死者为大，给他留一份尊严，就那么难吗？！"

凤舞冷静极了："他没有死。"

所有人都用怪异的目光望着凤舞。

为了给段朝歌脱罪，她还真的是……人有没有死，大家看不出来吗？

余月段长原本想看在方阁老的面子上放凤舞一马，此刻见她如此胡搅蛮缠，余月段长怒道："来人，将凤舞抓起来！"

当着这么多人的面，霸着受害者的尸体不放，还打伤受害者的家属，凤舞这番行事，太恶劣了。

校护卫队已等候多时，正要往前冲，忽然，一道凤舞熟悉的声音从外面传来："干什么？干什么？你们这是要干什么？"

凤舞提起的心，立刻放了下来。

现在是她治疗的关键时刻，如果被人打搅，还真未必能救活姚皓，吴道人出现得正是时候。

本来吴道人也不知道这事儿，身为帝国学院七大佬之一，吴道人平时哪里会来一年级这边，只是听说凤舞这丫头来帝国学院了，他就想着过来看看这丫头，看能不能将她拐到阵法学院去，结果还没走到这里，他就惊了。

什么？凤小舞杀人了？杀害同学可是要偿命的啊！吴道人生怕凤舞会被人欺负，赶紧往这边来了。

余月段长看着这乱糟糟的场面，一阵头痛，可她还是得硬着头皮迎上去，苦笑道："吴老，您日理万机的，怎么到这儿来了？"

吴道人双手背在身后，慢悠悠地踱步而来，探头往办公室里一瞥，当即不乐意了——这群人的站位泾渭分明，几乎全都站在凤舞的对立面啊！

"有事经过这里，听到这里面喊打喊杀的，就进来看看。"吴道人没好气地道，"这是怎么回事？"

余月段长赶紧将这里发生的事情说了一遍。

吴道人一听，顿时横眉冷竖："糊涂！"

哪里糊涂了？大家都不解地望着这位德高望重的老人家。

吴道人冷哼一声："既然凤小舞说人能救活，那肯定就是没死呢，你们着什么急啊？看你们这着急忙慌的，打断了她的救治，到时候人真死了，看你们谁负责？！"

凤小舞？这称呼听着，可是有些亲昵啊！

余月段长心里咯噔一下，是了，凤舞的考核证上需要三位大佬的亲笔签名，三位大佬分别是陆院长、方阁老和吴道人。

想到这儿，余月段长不由得多看了凤舞一眼，看来凤舞的背景绝不简单。

吴道人这明显的偏袒，大家只能腹诽，不敢反驳。

就在这时，一道淡淡的声音响起："老吴，你怎么来我们武道院了？"

余月段长回头一看，是轩辕长老。

这位轩辕长老不是别人，正是轩辕靖的爷爷轩辕毅，同时他老人家还是帝国学院武道院的院长，也就是说，武道院一年级到四年级全都归他管。

轩辕毅出现在这里，大家都有些蒙。今天是怎么回事？怎么这些平时神龙见首不见尾的大佬级人物，一个接一个地过来了？

大家纷纷向轩辕毅问好。

轩辕毅"嗯"了一声，目光威严冷凝地环顾四周，最后落到凤舞身上："这是怎么回事？"

轩辕毅可是余月段长的直属长官，她赶紧将事情经过讲述了一遍。

事实上，轩辕毅能在此时来到这里，他能不知道发生什么事情了吗？

凤舞？轩辕毅眸中浮现一抹寒光："我们武道院刚开学就出现这样的事情，不可饶恕！来人，将她们带下去，暂时关押，等候处死！"

校护卫队的人能不听轩辕毅的话？几个人立刻气势汹汹地冲了上来。

"且慢！"吴道人关键时刻站了出来。

"怎么，老吴这是要管我们武道院的事？"轩辕毅冷笑地盯着吴道人。

吴道人道："这事还没弄清楚，就喊打喊杀的，轩辕长老这样做，也太草菅人命了吧？"

吴道人对凤舞的印象很好，这孩子在灵阵方面的造诣比他都不弱，如果就这么被处死，那是何等的可惜，他惜才，所以寸步不让。

"人都已经死了，还叫事情没弄清楚？吴长老，你这手伸得有些长啊！"轩辕毅面色冷凝。

他认出了凤舞，同时他很清楚凤舞绝不简单。

他来这里之前，有人问他，有凤舞在，还有轩辕靖的表现机会吗？别人会记住轩辕靖吗？这句话就像一块石头投进镜湖，顿时让他的内心掀起一片涟漪。也正是因为这句话，轩辕毅快速赶来，就是为了趁着这个机会，将凤舞这个碍眼的人除去，只是他怎么都没想到，吴道人这个阵法学院的人居然来了，还理直气壮地跟他对峙。

大家看看轩辕毅，再看看吴道人，一时间不知道该听谁的。

轩辕毅怒喝一声："杀人者偿命！姚皓已死，你们两个人理应给他偿命，这个校规，任何人都不能违背。"

说话间，轩辕毅的手一挥，一条细若丝线的藤蔓从他衣袖中飞出，射向凤舞。

凤舞意识到不好，身形一闪，宛若狸猫般往吴道人身后躲去。

刚才她看得仔细，这细若丝线的藤蔓叶片上带着锯齿，如果她闪避得不够快，此时的她肯定变为一具尸体了。

"轩辕毅！"吴道人怒了，赤红着双眸，死死瞪着轩辕毅。

轩辕毅的面色也非常不好看："吴道人！我武道学院的事，不劳你费心，大门在那儿，好走不送！"

吴道人道："如果我不走呢？"

轩辕毅："那就只能用武力请你走了！"

说话间，轩辕毅的手按在了吴道人身上。

余月段长一看这架势，顿觉不好，她赶紧给胡老师和古老师使眼色——还不快去找方院长救场？！

这俩大佬真打起来，以后武道学院和阵法学院的学生如何相处？到了二年级，武道和阵法可是要融合的。

胡老师反应很快，他接收到余月段长的暗示后，飞快往外跑去。

方阁老不在院长办公室，胡老师正要往方阁老家赶的时候，迎面看到一个老人家慢悠悠地走过来，正是方阁老，他身边还跟着一个相貌清秀的小孩。

方阁老一边指着帝国学院如茵的草地，一边向身边的小男孩传授草木知识。毫无疑问，方阁老身边的这个小男孩就是凤小七了。

就在方阁老耐心细致地跟凤小七讲解这些草木时——

"方院长！方院长！大事不好了！"

方阁老抬头看了来人一眼："你是？"

"方院长！我是胡方，一年级的授课老师。我不重要，重要的是，轩辕院长和吴院长，他们打起来啦！"

方阁老内心一震，这两个人平时是有些不和，但也不至于撕到明面上啊，怎么会……

"轩辕院长要杀凤舞！"胡老师直说重点。

什么？！方阁老还没反应过来，凤小七已经脸色惨白，他一个箭步冲上去："在哪里？快告诉我在哪里？"

胡老师不知道这小孩是谁，但是这小孩能被方阁老牵在手里，能是普通人吗？胡老师赶紧指了一个方向。

下一秒，凤小七身形一闪，以闪电般的速度暴冲而去。

"轩辕毅要杀凤舞？"方阁老面色一凝，"为何？"

胡老师便将之前发生的事讲述了一遍："……轩辕院长要杀凤舞给姚皓偿命，吴院长不同意，两个人就……"。

"胡闹！"方阁老的脸色立马变得非常不好看。

下一秒，方阁老也消失在了原地。

胡老师抓抓后脑勺，方院长这是骂轩辕院长胡闹，还是在骂吴院长？

此刻，凤小七已经冲进了教师办公室。

"姐，姐——"凤小七宛若炮弹般冲到凤舞面前，"姐，你没事吧？谁敢打你，小七杀了他！"

少年身形瘦弱，肌肤白皙，身上灵气并不浓郁，但他转头盯着轩辕毅的时候，宛若暴怒的小猛兽，让人灵魂为之惊悸。

少年的眼睛太干净太明亮了，仿佛世间所有污浊都能被看透。

强大如轩辕毅，内心也为之一震。

"你是谁？"

"凤舞是我姐姐，谁敢欺负她，我就跟谁拼命！"少年怒目而视对面的人。

沐瑶瑶一眼就认出了凤小七，不过，正因为认出来了，她的嘴角浮现了一抹嘲弄的弧度。

"凤小七，你算什么东西，也敢来这里指手画脚？"沐瑶瑶冷哼，抬手朝凤小七抓去，"给我滚出去！"

可是，现在的凤小七已经不是原来的凤小七了，他身子一转，一下就避开了沐瑶瑶的手。

"这孩子倒是有些不一般。"轩辕毅盯着凤小七，总觉得这孩子身上的气息不一般。

沐瑶瑶轻哼："凤小七真的不一般，也不会这个年纪还是小废物了。"

废物吗？轩辕毅皱眉。

既然是废物，那就不用客气了。

"将他给我带下去！"轩辕毅有些烦了，不过一点小事，到现在都僵持不下。

很快，校护卫队的人冲了上来。

"且慢——"吴道人还没出手，外面就传来一道熟悉的声音。

方院长？！在场的人都神色一凛，特别是轩辕毅和吴道人，他们知道方阁老晋升遭遇雷劫的事，以为这时候方阁老肯定在家中稳固境界，没想到他现在就来帝国学院了。

轩辕毅对方阁老一直不服气。左院长退下来后，他满心以为上台的会是自己，哪里想到会被方阁老捷足先登。

他盯着方阁老，试图用灵识查探方阁老的实力，可是他的灵识刚探出，就被方阁老周身庞大的灵气狠狠一拍，瞬间烟消云散。

痛——轩辕毅只觉得脑袋如被雷电劈中，痛得他面色一白——好厉害！

原本方阁老跟轩辕毅的实力相差不大，甚至轩辕毅觉得自己还占上风，现在这样

一探，轩辕毅顿时惊呆了。

方阁老目光冷漠地盯了他一眼，轩辕毅瞬间有种灵魂被刺穿的感觉——好恐怖的力量！这次晋升，他到底增长了多少实力？轩辕毅内心不禁浮现一丝恐慌。

"方院长！"众人齐齐向方阁老问好。

方阁老瞥了凤小七一眼，朝他招招手："还不快过来？"

凤小七也知道方阁老厉害，赶紧屁颠屁颠跑过去站到他身边，拉着他的袖子，眼泪巴巴地说："老头子，那个人想伤害姐姐，杀了他好不好？"

此话一出，全场震惊，因为凤小七手指的正是轩辕毅。

大家齐齐倒抽一口凉气，这孩子好大的口气。

与此同时，大家脑海中都浮现了刚才沐瑶瑶说的那句话，凤小七是凤舞的亲弟弟，也就是说……大家震惊地看看凤舞，又看看方阁老。现在看来，凤舞的背景不弱啊！毕竟她弟弟是被方院长带在身边的小孩。

余月段长也吐出一口气，她总算明白了，方院长会对凤舞另眼相待，原来是因为她的弟弟。

可是，这个小男孩为何会得到方院长的青睐呢？大家百思不得其解。

这时，轩辕毅的目光倏然一变，他死死地瞪着凤小七："你你你……你是玄灵之体？！"

什么？！玄灵之体？！今天发生的这一连串的事情已经够让大家震惊的了，没想到更让人震惊的在这里。

玄灵之体？整个君武帝国能有几个玄灵之体？即便是半玄灵之体，都是会被各大家族、各方势力疯狂争抢的存在，现在居然出现了一个玄灵之体！

嗖嗖嗖——一时间，所有人的注意力都集中在了凤小七身上。

凤小七那张清秀的正太脸上，大眼睛清澈如水，肌肤白皙透亮。他看了轩辕毅一眼，双手叉腰，轻哼一声："我是玄灵之体，关你什么事？"

所以……凤小七真的是玄灵之体？！

"不可能！"沐瑶瑶第一个站出来，指着凤小七，激动道，"如果你是玄灵之体，为何你现在是这么低的星级、这么低微的实力？你肯定是骗人的！"

轩辕毅却一个箭步冲上去，一把抓住了凤小七的手。

"你个坏蛋！你放手！你快放开我的手！"凤小七拳打脚踢，却挣脱不开轩辕毅的钳制。

轩辕毅抓着凤小七的手，他的太阳穴突突突猛跳，眼睛直直地盯着凤小七："小娃娃，你可愿意加入轩辕家族？你放心，不需要你做什么，只是加入而已，轩辕家族愿以客卿之位……"

众人一听，全都面面相觑。

轩辕毅拽着凤小七，不停地说，神情激动得不行，也就是说，他是认真的，也就是说，凤小七真的是玄灵之体。

沐瑶瑶难以置信地瞪着凤小七，眼珠子都快凸出来了。凤小七这么维护凤舞，等他以后成长起来，凤舞岂不是可以横着走了？想到这儿，沐瑶瑶握紧了拳头，目光变幻莫测。

凤小七瞪着轩辕毅："你捏痛我了！"

这时，方阁老漫不经心地瞥了轩辕毅一眼："轩辕长老，适可而止。"他老人家一边说，一边握住了轩辕毅的手腕。

方阁老一出手，轩辕毅只觉得手腕处一股电流蹿过，疼得他双臂麻木，他心中骇然，不得不松手。

凤小七得到自由后，噔噔噔跑到方阁老身后，拽着方阁老的衣袖，伸出半个脑袋偷偷张望。

方阁老没有多余的话，只问了一句："凤舞，这是怎么回事？"

凤舞摊手："很简单的事，简单概括起来就是，沐瑶瑶欠我一条命，她利用姚皓刺激我，结果我没上当，朝歌却掉进陷阱打了姚皓，姚皓假死，沐瑶瑶觉得可以用这件事抵消跟我的赌约，从此两不相欠。"

凤舞用漫不经心的语气，简单明了地将整件事陈述了一遍。

一时间，所有人都望着沐瑶瑶。

沐瑶瑶脸色惨白，而她身后的叶雅菲已经后退了好几步，试图跟她保持距离。

沐瑶瑶怎么可能承认这件事，虽然凤舞说的全都是真的。

她气急败坏地瞪着凤舞："你胡说什么？！谁利用姚皓陷害你了？明明是段朝歌将他打死的。"

凤舞扬眉道："真的将他打死了吗？"

沐瑶瑶冷笑："姚皓已经断气多时，怎么会还没有死？凤舞，为了逃避责任，你当真是信口开河，胡说八道。"

凤舞佯装叹气："可怜的姚皓啊……他到底不知道，你给他下的是致命毒药，原本你跟他说好的，只是假死啊！"

姚颖转头看向沐瑶瑶，她记得昨日哥哥回家后，很开心地跟她说，他要帮沐郡主做一件大事，等这件事完成，姚家就能再上一个台阶了，到时候他们兄妹的日子就会好过许多，昨日哥哥可没有流露出想死的念头。

沐瑶瑶感觉到姚颖质疑的目光，心头一跳，她指着凤舞："欲加之罪何患无辞！你以为你说什么，大家就会信什么吗？可笑！"

"可不可笑，这就要问你自己了。"凤舞淡淡一笑，"你跟姚皓说的是，他只要吃下假死药骨秘血，就能假死一段时间，等风波过去，便能恢复生命体征，死而复生。"凤舞继续道，"可事实上，你给他吃的是鸦骨秘血，一字之差，天差地别。骨秘血是假死，鸦骨秘血却是致命的毒药。沐瑶瑶，你这是假戏真做啊！"

沐瑶瑶慌了："没有！我没有！你胡说！"

凤舞冷笑道："你有，你就是有，现在你身上还有鸦骨秘血之毒呢！"

沐瑶瑶下意识地捂住胸口位置。

当她意识到这个问题的时候已经晚了，因为大家都看见了。

这时，校护卫队放松警惕，被他们抓住的段朝歌抓住机会一跃而起，一脚踹向了沐瑶瑶的后背，沐瑶瑶一时不察，往前扑去。

凤舞和段朝歌何等默契，两个人眼神一对，就知道彼此的心意。

就在沐瑶瑶往前扑的时候，一只小老虎从凤舞衣袖中蹿出来，钻进了沐瑶瑶的胸口。

只一瞬间的工夫，噼里啪啦，沐瑶瑶怀里的东西不停地往外掉，瓶瓶罐罐丢了一地。

"你没事吧？"凤舞还很好心地拽了沐瑶瑶一把，免得她自己摔在瓶瓶罐罐上，来个毁尸灭迹。

"咦，这不就是鸦骨秘血吗？"凤舞捡起一瓶药剂，笑眯眯地看着沐瑶瑶。

沐瑶瑶瞬间面色一白。

周围的人都难以置信地望着沐瑶瑶，难道她真的……

"不，我没有！"沐瑶瑶语言苍白地辩驳着，"这是骨秘血，不是鸦骨秘血！"

凤舞"哦"了一声，尾音拉长，笑眯眯地看着沐瑶瑶："既然是无害的骨秘血，那就给我喝下去吧！"说话间，凤舞已经掐住了沐瑶瑶的咽喉。

"喀——"沐瑶瑶的嘴巴瞬间张大。

见凤舞举着鸦骨秘血准备往她口中倒，沐瑶瑶吓得脸色苍白，浑身颤抖。

"啊——你不要杀我！外公救命啊！凤舞要毒死我！她要用鸦骨秘血毒死我！"沐瑶瑶挣脱凤舞的手，炮弹一般朝方阁老身前冲去。

此刻，大家投向沐瑶瑶的目光却无比复杂。

大家又不是瞎子，从刚才一系列事件中，早已看出了端倪。

沐瑶瑶居然真如凤舞所言，骗姚皓用骨秘血，结果给他用的是鸦骨秘血，这真是太可怕了，世界上怎么会有如此心思恶毒的姑娘？！要知道，姚皓一直为她所用，为她鞍前马后，以她的守卫者自居啊！

姚颖终于反应过来了，她冲上去："你杀了我哥哥？"

沐瑶瑶猛地摇头："我没有，我没有……"

姚颖一把抓住沐瑶瑶的头发一阵撕扯："你居然用鸦骨秘血！你明明说的是用骨秘血！我哥哥有什么对不起你的地方，你要这样害他？！你说啊！"

"我不是故意的，我真不是故意的，呜呜呜……"沐瑶瑶哭得惨兮兮的，"我是用错药了……真的是用错药了……反正你哥哥已经死了，人死不能复生，大不了我补偿你。"

姚颖怒道："谁要你的补偿？！你把哥哥还给我！你把哥哥还给我！"

凤舞退到一边，双手环臂，笑眯眯地看着眼前这场大戏。

沐瑶瑶不是想坑她吗？现在沐瑶瑶却是搬起石头砸了自己的脚。姚皓的事一旦传出去，对沐瑶瑶来说，将会是毁灭性的打击。

躲在角落的叶雅菲眼神惊惧地望着凤舞，她没想到，凤舞居然这么聪明，这样的死局都能破解，还让沐瑶瑶这么难堪。

这个凤舞太恐怖了，自己之前怎么会想不开招惹她呢？

这时，一道冰冷而漠然的声音响起："住手！"

众人回头一看，居然是——

"姚皓！"

原本心脏已经停止跳动、气息全无的姚皓，不知什么时候坐起来了。此刻的他，面色苍白，目光中含着一抹恨意，他的眼睛恶狠狠地盯着沐瑶瑶。

接触到姚皓的目光，沐瑶瑶只觉得心头一阵剧痛，紧张和恐惧感瞬间蔓延全身。

"哥哥！你活了？你没有死！"姚颖赶紧丢开被她揪了一把头发下来的沐瑶瑶，飞快地冲过去，扑倒在姚皓怀里。

沐瑶瑶瞬间反应过来，姚皓活了，姚皓没有死，哈哈哈——

沐瑶瑶走到姚皓面前，半蹲下来，声情并茂地说："姚皓，你没事吧？我给你用的真是骨秘血！凤舞在说谎，她故意……"

以前，姚皓对她千依百顺，不论她说什么做什么，姚皓都用温柔的目光望着她、宠爱她、纵容她，而现在——

啪！姚皓一甩手，重重的一巴掌甩到了沐瑶瑶脸上。

在场所有人都看呆了。

沐瑶瑶才是最震惊的那个人，她难以置信地望着姚皓："你……"

姚皓盯着沐瑶瑶，咬牙切齿道："原来，你这么想我死！"

沐瑶瑶急道："不是的，我给你用的是骨秘血。"

凤舞淡淡一笑："沐郡主可能不知道，骨秘血和鸦骨秘血的颜色、气味一模一样，只有中毒者才知道真假，因为，骨秘血只是暂时封印修为，鸦骨秘血则是破坏丹

田、紊乱灵气、竭泽修为。"

大家都震惊地望着姚皓。

此刻的姚皓，是暂时被封印了修为，还是被废了修为？

没有人敢上前检查，因为这件事太得罪人了，毕竟沐郡主是方阁老的外孙女，如果查出来是鸦骨秘血，岂不是将方阁老得罪坏了，以后还想不想混了？！

这时候，沐瑶瑶能求的只有方阁老了。

"外公，外公！救救我，救救我啊外公！现在只有您能还我清白了！"沐瑶瑶跪在地上，抱住方阁老的双腿，哇哇大哭，看着可怜极了。

大家的视线不由自主地落到了方阁老身上。

方阁老现如今修为大涨，地位稳固，他要保沐瑶瑶，又怎么保不住呢？

果然，方阁老伸出手，修长枯瘦的手指拍拍沐瑶瑶的头顶。

大家的目光瞬间一凝，看来方阁老是要保护沐瑶瑶了，毕竟是他的外孙女嘛！

轩辕毅瞥了方阁老一眼，内心冷嗤一声。还以为他有多么大公无私呢，原来跟自己一样嘛！

凤舞之所以被方阁老维护，那是他看在凤小七的分上，可沐瑶瑶才是他的外孙女啊，他帮谁不帮谁，这不是一目了然的事吗？

想到这儿，大家看凤舞的目光中都充满了同情，唉，可怜的孩子啊！

沐瑶瑶内心是激动的，果然，在外人面前，外公还是会维护她的颜面。

然而，沐瑶瑶内心的激动还没完，居高临下的方阁老又吐出一口长长的气息，他的声音轻柔如羽毛，语气中充满了感叹："沐瑶瑶啊，说了多少次了，你还是不长记性！"

等等，什么情况？！原本大家都觉得沐瑶瑶在这一局是必胜的，现在听方阁老这话的意思，怎么感觉不对劲啊？大家赶紧凝神屏息，认真地听下去。

沐瑶瑶抬头，眼中充满了祈求，双手都在颤抖。

不要说，不要说，不要说……如果老爷子说了，以后她在帝国学院还怎么混啊？

方阁老看着她，却长叹一声："早就叮嘱过你了，要喊伯外祖父，你都记不住吗？"

伯外祖父？！大家都难以置信地望着沐瑶瑶。她不是一直跟大家说，方阁老是她的亲外祖父吗？！为此，学院里多少人想巴结她，多少人想跟在她身边，结果，她居然不是方阁老的亲外孙女？

这会儿，连吴道人都惊讶了："老方啊，她不是你亲外孙女？"

方阁老"嗯"了一声："当年，我收养了我弟弟的女儿。"

大家都懂了。

沐瑶瑶全身都在颤抖。

可是，方阁老并没有要放过她的意思："陷害凤舞的事，你认是不认？"方阁老盯着沐瑶瑶，目光清冷，说不出地威严。

即便是轩辕毅，在方阁老这样的目光逼视下都承受不住，更不要说沐瑶瑶这样的弱渣了。沐瑶瑶只觉得头皮发麻，整个人都快炸了，只能咬牙承认："……认。"

方阁老道："用鸦骨秘血毒害姚皓的事，你认是不认？"

沐瑶瑶："……认。"

方阁老闭上眼睛，深吸一口气，再度睁开眼睛时，目光已经恢复清明。

"小时候的你，那般可爱，现在的你，怎会变成这般模样？"方阁老感叹完毕后，直接作出了惩罚，"从现在起，取消你帝国学院学生的资格，你服是不服？！"

"啊……"在场的人都惊呼出声，方院长这是要将沐瑶瑶开除啊！

要知道，帝国学院不仅是学习修炼的地方，它还是整个君武帝国民众心中高贵身份的象征，沐瑶瑶被开除出帝国学院，相当于被赶出了贵族圈啊！这对沐瑶瑶的一生都是影响巨大的。

"不可啊！"余月段长惊呼一声。

方阁老盯了她一眼："如果是其他学生犯这样的事，按照帝国学院的校规应当如何？"

余月段长低声道："开除！"

方阁老点头："照此办理。"说完，他老人家抬脚便走。

走了几步，见大家都还愣着，他老人家瞪了一眼："还不快去上课？！"

哦，哦哦……大家如梦初醒。

直到方阁老牵着凤小七走远了，大家才反应过来，沐瑶瑶被开除了。

方阁老离开前的最后一句话，大家都听得分明："此事不可外传。"也就是说，方阁老并不想沐瑶瑶的事被传得沸沸扬扬。

轩辕毅和吴道长都离开后，余月段长的目光从众人脸上扫过："可都记住了？今日之事不可外传。"

余月段长重点关注的是凤舞。沐瑶瑶惨败，她身边的人自然想着隐瞒，而凤舞这边可是绝地反击，大胜特胜，余月段长就担心她会到处传扬。

生怕凤舞不高兴，余月段长拉着凤舞，压低声音叮嘱她："凤小舞，方院长维护你，是看在你弟弟的分上，这样的情分用一次少一次，你可千万收敛一些。"

凤舞知道余月段长一番好意，自然不好反驳，笑着点头："是、是、是。"

此事了了之后，凤舞和段朝歌手拉手回到了一年级的青云院。

教师办公室看护得严实，一点消息都没有走漏出来，大家能看到的就是谁进去

了，至于里面发生了什么事，却是一概不知的。

就在所有人都不看好凤舞和朝歌的时候，这两个人居然手拉手回来了，而且一边走一边笑着聊天，似乎心情很不错。

"天啊！"

"凤舞回来了！"

"段朝歌也活着回来了！"

当凤舞和朝歌踏入教室的时候，大家都用仿佛被雷劈过一样的目光死死盯着她们。

她们这会儿不是应该被关起来了吗？或者应该被退学了吧？可是她们现在这样子，像是被退学了吗？

就在这时，门口响起清脆的脚步声，众人回头一看，是乔伊老师。

乔伊老师和凤舞对视一眼，前者的神色明显不自然。

凤舞神色如常，看了乔伊老师一眼后，便拉着朝歌往后走。

沐瑶瑶和姚皓的位置，是整个教室里最好的，凤舞直接坐到了沐瑶瑶的座位上，段朝歌则坐了姚皓的位置，也就是凤舞的同桌。

"喂——"一道冰冷的声音从不远处响起，"这位同学，你坐了沐同学的位置。"

这个女生之前考核的时候不显山不露水，进入帝国学院后，却第一时间抱上了沐瑶瑶的大腿，成了沐瑶瑶的亲信之一，现在看到凤舞坐在了沐瑶瑶的位置上，她自然站出来了。

凤舞却连一个轻蔑的眼神都没给她，犹自泰然自若地坐着。

大家都惊讶地看着凤舞，她还真敢啊！沐瑶瑶可是郡主之尊，还是方院长的外孙女，在这一年级的学生里，那是首屈一指的存在，谁敢违抗她的命令？现在居然有人敢抢她的座位。

那个女生叫卫静，她站起来跟乔伊老师告状："老师，凤舞抢了沐同学的座位，我提醒她了，她还不让！"

乔伊老师的面色一黑。

这个卫静同学是傻子吗？自己站在这里难道看不见吗？自己明明看见也不吭声，她就不想想其中的原因吗？

看到乔伊老师的面色沉下来，很多同学都幸灾乐祸地看着凤舞，乔伊老师明显是生气了，看她怎么办。

"沐同学她……"乔伊老师想到方阁老的警告，话到嘴边转了一圈，说道，"沐同学休学了，这个位置没有人坐，凤同学坐也是可以的。"

什么？！此话一出，全场震惊，谁也没料到居然是这样的结果。

"沐同学休学了？"

"千辛万苦才考上帝国学院，说休学就休学了？"

"为什么？"

"对了，我听说沐同学是碧云宫的圣女，她该不会是回碧云宫去了吧？"

……

一时间，大家议论纷纷。

乔伊老师暗自摇头，修炼之人最忌心思浮躁，现在这些学生哪有心思静下来念书？

"都给我静一静，这堂课……"乔伊老师打开课本，教授这些新生修炼的理论知识。

凤舞的理论知识储备非一般人可比，在她年幼之时，美人师父就教过她了。

这位乔伊老师也不知道是怎么进帝国学院的，从她授课的前十分钟内容里，凤舞就找出了七处错误。

凤舞摇摇头，将一年级的书浏览了一遍，从空间储存袋里掏出自带书籍开始看二年级的内容。

"小舞，小舞——"朝歌用胳膊撞了撞凤舞。

凤舞不解地看着她。

朝歌指了指讲台方向。

凤舞转眸望去，正对上乔伊老师那张气急败坏的脸。

"凤舞同学，你给我站起来！"

乔伊老师本就看凤舞不顺眼，现在见她这漫不经心的态度，更是心中不爽，便有意为难凤舞。

凤舞站起来，满脸疑惑地看着乔伊老师。

"这招火元素融合，何解？"乔伊老师问凤舞。

火元素融合，二年级才会重点讲解，一年级课本上只是一笔带过。

不少人幸灾乐祸地看着凤舞，看她这次如何丢脸。

众人没想到的是，凤舞张口便道："火元素融合是指，攫取火元素真谛，用灵气辅之……火元素融合，分为初级火元素融合和完全火元素融合……"凤舞不疾不徐，娓娓道来，回答得滴水不漏。

凤舞一说就说了一刻钟时间，将火元素是什么，如何初步融合，如何完全融合，如何最终融合……从头至尾讲述了一遍。

这是课本上没有的知识，她居然知道得这么清楚，回答得这么利落。另外，她

说得简单明了又深入浅出，与乔伊老师那囫囵吞枣般的晦涩难懂相比，分明是两个级别。

乔伊老师没想到凤舞居然可以回答出这个问题，不由一怔，脸色也为之一变。

她的目光往下面一扫，只见新生们的眼中满是震惊。

这个凤舞，如果今日放过她，自己岂不是丢尽了颜面？

其实，如果这时候乔伊老师收敛脾气，夸凤舞一句，也就不会有后面的事了，但这怎么会是她的性格会做的事情呢？

想到这儿，乔伊老师继续给凤舞出难题，一道又一道。

让乔伊老师气吐血的是，凤舞居然都回答得出来，并且回答得比她想象中还要好，底下的学生们听得一愣一愣的。

有人暗中嘀咕："难怪文试能考满分，凤舞就是凤舞，真厉害啊！"

"乔伊老师还想难住她呢，我看现在为难的是乔伊老师吧？"

"你们看乔伊老师的脸色，一会儿涨红一会儿铁青的，她心里肯定在骂人吧？"

"这又何必呢？怎么说凤舞都是学生，乔伊老师如果真的动气，岂不显得特别小家子气？"

……

大家的议论，一字一句全都落进了乔伊老师耳中，乔伊老师气得咬牙，身侧的手紧握成拳。

她接连不断地出题，一开始还只出一年级的题，后来二年级的题都上了，很可惜，二年级的题目也难不住凤舞，然后是三年级，甚至四年级的理论题都出来了，但是凤舞回答得全都天衣无缝，甚至还能举一反三，她的态度一如既往地淡然，没有任何不耐烦，见招拆招一般，反倒是乔伊老师，渐渐流露出恼羞成怒、气急败坏之意。

原本很多学生是站在凤舞对立面的，而现在，大家都被凤舞的学识深深震撼住了，这脑域、这学识、这知识体系……也太恐怖了吧？！

乔伊老师后来已经不局限于从课本上出题目了，她问凤舞："双系元素融合，比如冰火元素的融合过程，你可知道？"

冰火元素，凤舞前不久刚融合完，乔伊老师这个问题，真是问到她家里来了。

只不过，这要表达出来，不是那么容易的。

凤舞低垂着脑袋做思考状。

见凤舞沉默不语，乔伊老师这次缓缓呼出一口气，她快被凤舞渊博的知识逼疯了。

见凤舞被她难住，乔伊老师心喜，面上更是露出得意之色："这下你不知道了吧？凤舞，你是聪明，也比旁人多读了几本书，但也仅限于此，身为一名新生，你的知识储备还远远不够，以后可要……"

然而，乔伊老师的话还没说完，凤舞倏地抬头，她眸中闪过一抹亮光，径自说了起来："冰火元素的融合相当复杂，但有一定规律……"

凤舞的声音本就好听，加上她说得轻松，一席话下来，在场的学生们只觉醍醐灌顶，豁然开朗。那是只可意会不可言传的东西，领悟了就领悟了，不领悟的也就领悟不了。

乔伊老师听完凤舞一席话，心中也有所感，可是一想到自己被凤舞踩在脚底下，她顿时心生不喜。她抬眸往下望去，见新生们一个个红光满面、神采奕奕，想必他们对凤舞的一席话也都有所领悟，这更让乔伊老师心中不满了。

她一个老师，辛辛苦苦讲半天课，这些学生一个比一个困倦、一个比一个呆滞，凤舞一席话却能让他们听得目不转睛、精力集中，这让她实在无法忍受。

"住口！"乔伊老师怒视凤舞，"胡说八道，胡言乱语！这些新生犹如一张张白纸，若是信了你的话走上歪路……"

歪路？凤舞冷笑，她说的都是美人师父传授她的，如果别人不问她也不会说，现在既然乔伊老师问了，她也就答了。能听到大陆最强者讲授的知识，是这些学生的荣幸，也仅此一次罢了。

忽然，教室里发出一道尖叫声："啊——"

大家下意识地朝声音发出的方向望去，原来是刚才喝止凤舞的卫静同学，此刻的她一脸呆滞、震惊、难以置信……

"怎么了？！"乔伊老师从讲台上冲下来，睁大眼睛瞪着她。

"老师我……我刚才听了凤同学的话……"

卫静话音未落，乔伊老师目光一闪，用眼神暗示："是不是听了她的话，灵气紊乱……"

"不不不——"卫静同学摇头，"老师，我突然有感觉了，现在就要晋升了！"说着，卫静同学将椅子往外一推，不顾地上的冰凉，盘腿而坐，瞬间进入天人合一的忘我状态。

晋升……在场的学生们面面相觑，全都难以置信。

"卫静怎么突然有感觉了呢？"

"其实听了凤舞那一席话，我也心有所感，以前觉得修炼像被蒙了一层雾气，现在则好像拨开云雾一样。"

"其实我听了也有感觉，但是那种灵感稍纵即逝，我没有抓住。"

……

大家交头接耳，议论纷纷。

乔伊老师回头瞪着凤舞，双眸赤红，面色铁青。

乔伊老师冷声道："卫静同学的晋升因你而起，如果卫静同学有什么不良后果，凤舞，全部由你承担，你逃不掉的。"

凤舞摊手："晋升这么好的事，会有什么不良后果？乔伊老师多虑了。"

乔伊老师厉声道："你说晋升就晋升啊？如果是走火入魔呢？！"

凤舞轻笑。

就在这时——

"乔伊老师，我也有感觉了。"

"乔伊老师，我，我也要晋升了！"

"乔伊老师……"

一会儿工夫，竟然又坐下三名学生。

如果只是卫静一个人，还可以说是巧合，现在又坐下三个人，都喊着自己要晋升，这还能跟凤舞没关系吗？

乔伊老师的面色更不好看了，忌妒之火在她的心中熊熊燃烧着。

反观凤舞，她坐在座位上，悠闲地翻阅着书籍，神色不要太自然哦！

一刻钟，两刻钟……

教室里十分安静，每个人的呼吸声都清晰可闻，大家都想知道，坐下的这四个人，会像乔伊老师说的那样走火入魔，还是像凤舞说的那样修为晋升。

三刻钟后，最先坐下的卫静同学，周身发出一道轻微的嗡声，无数灵气宛若流水般往她的身体里灌入，然后被她一点一点吸收，直至完毕。

很快，卫静同学睁开双眸，那眼眸像是被清水浸润过一般，清澈见底，黑白分明。

卫静站起来，走到凤舞面前，双手高高举起，扑通一声跪地，给凤舞行了一个大礼，一叩拜，二叩拜，三叩拜！

所有人都目瞪口呆。

"卫静这是晋升了？"

"所以，她不是走火入魔喽？"

"天啊！听凤舞讲一席话就能晋升吗？！"

大家看看凤舞，再看看乔伊老师。

凤舞神色如常，乔伊老师的脸却是青一阵红一阵，非常难看。

"多谢凤舞同学赐教！之前是我卫静有眼无珠，冒犯了您，请您重罚！"说话间，啪——卫静重重扇了自己一巴掌。

凤舞微微蹙眉，道："别惊扰了旁人修炼。"

"是。"卫静站起来，恭恭敬敬走到凤舞身边，她的意思已经很明显了，现在的她唯凤舞之命是从。

瞧瞧这态度，转变得多快啊！卫静同学可真是能屈能伸，转换自如。

大家转念一想，如果跟着凤舞，平常多听听她的话，就能晋升修为的话，那谁不想跟在凤舞身边啊？！

很快，第二个学生、第三个学生、第四个学生，全都睁开了眼睛，很明显，他们也都晋升了，灵气比之前浓郁了许多。

"天啊！"

"所以，听凤舞一席话真的能够晋升吗？！"

"我的天啊！凤舞是神仙吗？！"

如果说，之前还有人对凤舞的话将信将疑，那么现在，四个例子当前，他们还有什么好怀疑的？

这一刻，大家恨不得都围在凤舞身边，向她请教。

乔伊老师的脸色极其不好看。

这么好的机会，朝歌可不会放过她："乔伊老师不是说会走火入魔吗？"

此话一出，所有人都盯着乔伊老师。

乔伊老师气呼呼地瞪了凤舞一眼，转身就走。

朝歌还不忘损上一句："乔伊老师不会是忌妒了吧？毕竟她讲了那么久大家都听不懂，而我们小舞一出口，就有四个人晋升了呢！"

乔伊老师一个趔趄，差点跌倒在地，太丢人了！

乔伊老师气冲冲地回了教师办公室。

学生们围在凤舞身边。

"凤舞同学，我有个问题想请教……"

"凤舞同学，请问土元素要如何……"

"凤舞同学，你知道冰元素……"

知道凤舞的实力后，这些学生哪里还敢仇视凤舞啊，一个个都将凤舞当成宝贝了。

这时，外面传来脚步声，凤桑走了进来，吴静和陶月跟在她的身后。

看到新生们都围在凤舞身边，凤桑的脸色变得非常难看。

她打听到的消息是，凤舞得罪了沐瑶瑶，得罪了所有新生，现在她赶来，就是要痛打凤舞这个落水狗的，谁知她一进来，看到的却是这些新生都围在凤舞身边。

这是怎么回事？当即，吴静想拉住新生问清楚这是什么情况。

新生们当即不爽了，凤舞可是宝贝，比晋升丹还好用的宝贝，如果这个消息传出

去，二年级、三年级、四年级的学长学姐们都来跟他们抢凤小舞怎么办？他们能抢得过吗？答案很明显，抢不过。于是，新生们前所未有地团结，他们嘴巴紧闭，吴静问什么他们都不说，全都摇头再摇头。

凤桑见问不出个所以然来，便瞪着凤舞："你又给家里惹祸了是不是？！"

凤舞一脸茫然："没有啊！"

凤桑冷笑："你得罪沐郡主了是不是？！"

凤舞摊手："是她得罪我吧？"

凤桑差点被凤舞气死："凤舞，你是存心给家里招祸吗？你不知道沐郡主是什么人吗？你不知道她外公是谁吗？你还不赶紧将那张赌约交出来！"

凤舞淡笑："如果我不交呢？"

凤桑知道凤舞不会听她的话，她今日来的目的只有一个，她不想被凤舞连累。

凤桑死死瞪着凤舞："你真的不交？"

凤舞摇头。

凤桑冷声道："既然你自己要作死，那你就自己去死吧！不要连累我们大房！我凤桑这句话放这儿了！从今以后，凤舞不是我妹妹，她做任何事，都与我凤桑没关系！"

一年级的新生们都用怪异的目光看着凤桑。

"这个凤桑是谁啊？"有不认识凤桑的学生轻声问。

"凤桑是凤族大房的女儿，排行第三，是凤舞的堂姐。"

"既然是堂姐，关系应该很亲厚吧？岂不是可以近水楼台先得月？"

"可是她自己要跟凤舞断绝关系哎……"

这位凤桑学姐，脑袋不会被门夹了吧？凤舞可是行走的晋升丹哎！听她一席话，胜读十年书。

现在，新生们谁还敢得罪凤舞啊，一个个都恨不得将凤舞捧到天上去呢，凤桑居然反其道而行。

"有骨气！"大家纷纷用赞赏的目光看着凤桑。

凤桑被看得莫名其妙，可也问不出什么来，最后她只能狠狠地瞪了凤舞一眼，转头大步离去。

"我怎么觉得奇怪呢？"陶月抓了抓头发，"之前，那些新生不是都看凤舞不顺眼吗？不是各种幸灾乐祸吗？怎么突然变得……好像很拥护她？"

吴静也皱眉："他们就不怕得罪沐郡主？沐郡主的后台可是方院长。"

"最新情报——"乾坤院，一个人飞冲而进，大声道，"最新消息，沐瑶瑶已经休学，现已出城，在去往碧云宫的路上。"

什么？！所有人都震惊当场。

堂堂沐家小郡主、方院长亲外孙女，得宫里喜爱，又是碧云宫的圣女，这简直就是天生的宠儿，结果她跟凤舞对上了，然后就休学了？！

唰唰唰——

一时间，所有人的目光都落到了凤桑身上。

"你们家凤舞，可真有能耐啊，居然将沐郡主逼到退学了。"

"凤舞到底是什么来历，她背后一定有高人吧？！"

"凤桑，她不是你堂妹吗？你都不知道吗？"

凤桑头皮都要炸裂了，她怎么会知道？

这时——

"天啊！大消息！大消息！"又一个人冲进乾坤院，激动得全身颤抖。

凤桑第一反应就是，凤舞又干了什么事？

不等她发问，那个冲进来的同学大声说："君殿下来了！君殿下来我们一年级了！"

什么？！此话一出，全场皆惊！

君殿下啊！这位帝国学院的传奇人物，以他的修为，他早就能毕业了，可他一直待在四年级，而即便在四年级，他也许久不曾来帝国学院了，这次是吹的什么风，居然将这位殿下吹过来了？

乾坤院的学生，特别是女生们，跟打了鸡血似的飞快地往外冲。

"君殿下在哪儿？！君殿下在哪儿？！"

"去青云院了！"

一时间，乾坤院上千名学生，全都往青云院冲去。

第五章

再次相遇

此刻的青云院，新生们都围着凤舞，他们恨不得自己跟凤舞的关系一日千里，好成一个人似的。

"喂，你们——"朝歌原本是挨着凤舞坐的，结果这群学生太凶猛了，一哄而上，一下就把朝歌挤到了人群外面，朝歌气得直跺脚，这些人怎么这样啊？！

一个学生拉了朝歌一把："你跟在凤舞同学身边，得了那么多好处，就不能让点空间来给我们吗？"

"就是啊，朝歌你不是跟凤舞住一起吗？回家之后我们管不了，在学校的时候，你就不能将她让给我们吗？"

"就许你跟凤舞亲近，不许我们也亲近亲近吗？"

朝歌无语地看着这些同学，之前恨不得离小舞远远的是他们，现在恨不得巴在小舞身上的也是他们，这些人真是不可理喻。

这时，外面传来脚步声，随即有人惊呼一声："君殿下到了——"

君殿下不就是君太子吗？他会来帝国学院？这可是奇迹啊！

要知道，平日想见君殿下一面，那是何等的难啊！

不多时，一位少年出现在教室门口。

少年身姿挺拔，锦袍剪裁合度，眉眼精致俊朗，目光犀利而阴骛，全身散发出让人胆寒的恐怖气息。

进来后，他的眼睛就一直盯着凤舞，一眨不眨地盯着，仿佛整个世界，他只看到了她一个人。他看着她，就像狩猎者在盯着自己的猎物，目光凶狠，又志在必得。

被君临渊那凌厉嗜血的目光盯着，凤舞心里有些发凉。她天不怕地不怕，面对老师、同学都没有任何惧意，可是被君临渊这狩猎一样的目光盯着，那种压迫感太可怕了，本能告诉她应该立马逃跑，可是，怎么逃？

既然逃不了，她就只能硬着头皮迎上。

凤舞抬眸，那双清澈的眼睛望着君临渊，虽然心有敬畏，依旧稳站不退。

在场的学生们，看看君临渊，又看看凤舞，都想起了傲世雪原里的一幕，凤舞对君殿下……所以，她这是要被君殿下报复了吗？

如果是之前，大家肯定幸灾乐祸，而现在，凤舞在他们班是宝贝疙瘩啊，这可如何是好？

怕凤舞吃亏，当即有人悄悄地从后门溜出去，跑去找老师了。

乔伊老师肯定不行，现在只能找余月段长了。

君临渊一直盯着凤舞，目光阴鸷而凌厉，他周身散发出来的寒气，让人心头打战，可是不得不说，很多女生都在花痴君临渊，特别是从乾坤院赶过来的老生们。她们念了这么久的书，还没在学院里碰见过君殿下呢，可见想见君殿下一面有多难。

乾坤院的女生们开始议论纷纷。

"你们快看，君殿下看凤舞的眼神，恨不得要撕裂了她呢！"

"这个凤舞啊，对君殿下做出那种事后，她心里就没点数吗？"

"你们说，君殿下会不会一挥手，直接将凤舞拍死了？"

"应该不会吧？好歹这里是帝国学院啊！"

"帝国学院怎么了？虽然禁止学生斗殴，可他是君殿下哎，规则的执行者，而不是遵守者。"

"你们看，你们快看，君殿下朝凤舞走去了。"

"真没想到，凤舞逃出了沐瑶瑶之手，却要死在君殿下手中了。"

……

朝歌见君临渊上前，他那只骨节分明的双手紧握成拳，她当即有些心慌，不管不顾地冲到凤舞面前，伸出双臂护住了凤舞。

公孙晴在傲世雪原的时候被凤舞救过，所以对凤舞的态度是很纠结的，但她还是不忍心地看了凤舞一眼。

师萱就简单多了，她抓着凤舞的手，压低声音："小舞啊，你快认错啊！你快跟君殿下赔个不是啊！"

其他新生也都用鼓励的眼神望着凤舞。他们现在对凤舞可佩服了，不希望她折损在君殿下手中。

赔个不是？凤舞倒是奇怪了："我做错什么了，需要赔不是？"

在场的人都用难以置信的目光望着凤舞。

这可是君殿下，凤舞这态度，简直就是找死啊！

这会儿连内心纠结的公孙晴都忍不住了，她瞪了凤舞一眼："你做了什么，心里没点数吗？还不快跪下跟君殿下认错？！"

如果不是被凤舞救了一命，公孙晴才不会提醒她呢！

凤舞却傲气十足，抬着下巴："我又没有做错什么，认什么错，道什么歉？"

在傲世雪原，她还救了君临渊好几次呢！

君临渊距离凤舞只有一臂之远，他抬起手——

不要！很多人都以为他要摁下凤舞的天灵盖，让她殒命当场。

凤桑的眼眸瞪得很大，眸中的欣喜掩盖不住——杀了凤舞！快杀了凤舞！杀了她！

"住手——"就在这时，余月段长匆匆赶来，她远远地看到君殿下的手抬起，以为君临渊要下重手，差点魂都吓没了。

听到余月段长的喊声，君殿下那高高扬起的手轻轻落下，取走了凤舞头上一片淡粉色的花瓣。

学生们惨白的脸色，总算恢复了一些。

余月段长来得太及时了，否则凤舞就被君殿下一巴掌拍死了。

"会不会是君殿下原本就想取走凤舞头顶的那片花瓣？"有人小声道。

"可拉倒吧！他是谁？他是君临渊殿下，铁血手腕、杀伐果断、嗜血暴戾、不可一世的君殿下，他会帮人捡花瓣？还是帮凤舞？你脑子没毛病吧？"

唯一提出质疑的这位同学，直接被人打压下去了。

"君殿下——"余月段长心里对这位不可一世的君殿下也犯怵，所以她上来就笑着问好。

君殿下右手食指和中指把玩着那片淡粉色的花瓣，阴鸷而深邃的目光瞥了余月段长一下，视线又转到凤舞脸上，盯着她不放。

这丫头自从太子府一别，见到他就跑，逮都逮不住，看她这次还往哪儿跑。

余月段长苦笑，凤舞的运气也忒不好了，走了一个沐瑶瑶，又来一个太子殿下，而且这位太子殿下是帝国第一惹不起的人。

余月段长上前，有意无意地挡在凤舞面前，对君临渊笑道："不知君殿下来一年级教室，可是有事？"

君临渊瞪了余月段长一眼。

余月段长赶紧解释："帝国学院规定，在学院内不得打架斗殴……"

风浔和玄奕也跟着君临渊来了，这会儿风浔忍不住了："这位老师，你的意思是说，我们君老大是打架斗殴的人？我跟你说，你错了，我们君老大不打架，只打人的。"

这话何等自信，何等霸气！

闻言，所有人都苦笑，可不是嘛，君殿下的实力，可不就是碾压他人吗？别说学生了，就是这里的老师，又有几个是他的对手？

余月段长内心苦笑，面上却道："确实如此，确实如此，只不过四年级教室在鸿鹄院，你们……"

风浔笑嘻嘻地瞥了凤舞一眼，对余月段长说："我们这次来不上课，只巡查。"

"巡查？"余月段长心里咯噔了一下，暗道一声不好。

果然，风浔笑嘻嘻地说："对啊！我们这次来，是以太子殿下的名义巡查，而不是以帝国学院学生的身份来上课的，所以这位老师，帝国学院的校规对我们无效哦！"

这是明摆着仗势欺人了。

余月段长虽然对风舞不错，可那是基于自己安全的基础上，现在人家明摆着是以帝国太子的身份过来的，她也不敢对上。没听见风小王爷"这位老师、这位老师"地叫着吗？摆明了没将她这位一年级段长放在眼里。

"既如此——"

余月段长话音未落，却见君殿下转眸看向了凤舞的同桌。

原本凤舞的同桌是段朝歌，可是谁让凤舞太受欢迎了呢，朝歌就被一位男同学挤走了。

这位男同学叫廉笑，君殿下一瞪眼，廉笑同学灵魂都在颤抖，站都站不住，直接跌坐在了椅子上。他很快意识到这样不好，赶紧站起来，可是因为双腿酸软，仍是站不稳。

太可怕了！太子殿下那双看似平静的眼眸中蕴含着无尽风暴，几乎要将人的灵魂吞噬掉。

风浔看不过去，上前一步，抬手就将这位同学提了起来，往边上一丢，然后很顺手地将椅子扶正，还用衣袖擦了擦——君殿下是有洁癖的，椅子脏了他会心情不好，他心情不好就会杀人。

果然，在风浔将椅子擦得干干净净后，君殿下上前一步，傲然地坐在了椅子上。

在场所有人的嘴巴都张成了O形，君殿下这是怎么了？

乾坤院的女生们又忍不住议论起来——

"他非但不掐死凤舞，还要坐在她旁边，他想要干什么啊？"

"我知道了！"

"什么？"

“你知道什么叫作凌迟处死吗？”

“当然知道！凌迟处死就是零刀碎割，使其极尽痛苦而死。”

“这就对了！君殿下现在对凤舞恨之入骨，一下子让她死了，多不解恨啊？所以，君殿下这是要凤舞生不如死啊！”

“天啊！那凤舞岂不是时时刻刻活在恐惧当中？”

“所以啊，君殿下这一招，厉害啊！”

“不愧是君殿下！”

不止一个人这么想，在场的人，除了风浔几个，其余人都是这么想的，他们都以为君殿下要杀凤舞，一下杀之不解恨，要慢慢抹杀她。

丁零零……上课铃声响了。

在场的人全都跟没听见似的，盯着君殿下看。

君殿下不耐烦了，精致的眉眼微拧。

身为他的代言人，风浔怒喝一声：“还上不上课了？！”

余月段长同情地看了凤舞一眼，她也爱莫能助啊！她现在能做的就是去找方阁老，听他老人家的指示。

于是，余月段长走了。

风浔和玄奕走到凤舞身后，风浔敲了敲桌子。

坐在凤舞后排的原本是霍茵和另外一个女同学，她们正窃喜可以跟君殿下离得这样近，却被风小王爷死死逼视，她们哪敢不从啊，乖乖收拾自己的东西，到最后一排找位置去了。

只一小会儿工夫，凤舞就被太子天团的人包围了。

这节是胡老师的课，他教授的是《武技的运用》。

他一进来，学生们就都用怪异的目光看着他，胡老师心中一惊，怎么了？

胡老师目光往下一扫，第一眼就看到了凤舞，眉头当即皱了一下。这位姑娘仗着自己弟弟体质特殊，得方阁老喜爱，逼走了沐瑶瑶，谁敢亲近她？也不知道谁敢跟她同桌，这个倒霉催的……

当胡老师的目光转到凤舞左首边那个人的脸上时，即便见多识广、心态稳定如他，心也快跳出嗓眼儿了。

胡老师不相信自己看到的，揉揉眼睛，出现在眼前的还是那张让全帝国女生疯狂的脸。

为何他会这么清楚？因为他家那个宝贝闺女，也是君殿下的狂热粉啊！

“君、君殿下……”刚刚还对凤舞不喜的胡老师，赶紧小碎步跑到君殿下面前，点头哈腰，脸上挤出奉承谄媚的笑容，“不知殿下驾到，有失远迎……”

君殿下不耐烦了，他刚才看了凤小舞好几眼，这丫头却跟个傻子似的目视前方，看都没看他一眼。

他心里正不爽呢，胡老师跑下来了，君殿下瞪了胡老师一眼："你会不会讲课？"

胡老师："会会会……"

君殿下冷声道："还不快滚回去讲？！"打扰他看凤小舞，他很不爽。

胡老师："是是是……"

可是，这要他怎么讲啊？底下就算坐着院长大人，这课他也讲得下去，而现在底下坐着的是君殿下啊……胡老师的内心是崩溃的，但他还是硬着头皮站上讲台，内心忐忑不安地开始讲课，原本逻辑清晰顺畅的课，愣是被他讲得结结巴巴。

不过，这时候也没人真的听他讲课，因为大家的注意力都在君殿下身上。

这是第一次，大家能这么近距离地看到君殿下，或许此生也只有这么一次，谁还浪费时间听课啊！

凤舞能感觉到很多人盯着她，特别是左边那双眼睛，目光灼灼发热，几乎要将她灼伤。

凤舞忍无可忍，转头朝君临渊瞪去。

君殿下眸中浮现一丝赧意，下意识地避开了。

这个君临渊，到底想干吗？凤舞猜不透，内心有点烦躁。

就在这时，凤舞右首边一位男同学递过来一张纸条，凤舞展开一看——别怕，我们都挺你。简简单单七个字，却让凤舞心中一暖，她往右边看去，那是一张既陌生又熟悉的脸。陌生是因为凤舞没跟他说过话，熟悉是因为这位男同学是刚刚晋升修为的四个学生之一。

凤舞提笔写了两个字：谢谢。

她抬眸一笑，将纸条递回去给他。

凤舞这一笑，明眸善睐，魅惑众生，这位男同学怎么受得住，当即就痴了。

男同学好不容易回过神来，低头一看纸条，好美的字。

凤舞一手行楷得自美人师父真传，飘逸而轻灵，随意而洒脱，比当世书法大师都不差。

人美，字也美，简直就是女神啊！

男同学凑过去，对凤舞低语："好漂亮的行楷，不知道凤小舞同学师承何处？"

谁知，这位男同学刚凑过去说了一句话，他的后脖领就被人拎了起来。

风浔气坏了，若是以前他不知道君老大喜欢凤小舞也就罢了，现在已经知道，就绝不容许别的臭男人靠近凤小舞。所以，这位可怜的男同学，刚被凤舞倾倒不足一分

131

钟，就被风浔丢出去了。

男同学被风浔扬手甩到黑板上，发出剧烈的撞击声。

学生们都被吓坏了，讲台上讲得磕磕绊绊的胡老师也被惊到了，凤舞则被气坏了。

她气得一拍桌子站起来，回头怒视风浔："风浔，你干什么？！"

哗——众人全都用难以置信的目光望着凤舞。

凤舞居然敢这么跟风浔说话，那可是风小王爷、君殿下的小伙伴风浔啊！

一时间，教室里鸦雀无声，大家面面相觑。

凤舞气得瞪着风浔："我没想到你是这样的风浔，仗势欺人，恃强凌弱，我看错你了！"

大家以为被凤舞这样丢了面子，风小王爷肯定会打回去，却没想到风浔居然一副委屈巴巴的样子，欲言又止，眼神幽怨地看着凤舞。

幽怨得像个小媳妇儿？这不能够吧？跟画风非常不符合啊！

凤舞瞪了风浔一眼，走到前面，抬手就要将那位男同学扶起来。

风浔怎么敢让她的手触碰那个男生的身体，君老大回头还不劈死他？

"我来、我来！"风浔赶紧冲上去，将那位男同学扶了起来。他的动作很粗鲁，那位男同学差点一口血喷出来。

凤舞皱眉，伸手给男生把脉。

风浔正要阻止，凤舞瞪他一眼："要不你来把脉？"

风浔讪讪地收回手，这个他可不会。

凤舞能够感觉到，一道灼热的目光投射到她的后背，快将她整个人灼烧了，可她始终没有回头，就当没感觉到。

把完了脉，凤舞松了口气："好在没有伤到内脏，只是表皮出血，服用一颗凝血丹，很快就能痊愈了。"

男同学被风小王爷扶着，内心已经很崩溃了，抬眸对上君殿下那嗜血骇人的双眸，他更是崩溃得想哭。

"我没事，我没事……"第六感告诉他，他被打绝对跟凤舞有关，而风浔和君殿下的目光明确告诉他，凤舞神圣不可侵犯。

因此，凤舞递过来的药，男同学一把抢过，往嘴里一塞，转身就往外跑。

凤舞皱眉："你胸口的伤需要推宫过血……"

然而，凤舞的话没说完，那位男同学就不见了影子。

恐惧的威慑力和压迫感从君殿下周身散发而出，空气如凝结的冰霜冷得让人牙齿发颤，所有人都噤若寒蝉，不敢开口。

"这位同学叫什么名字？"凤舞皱眉，"回头让他来找我下，他需要再服一颗凝血丹才能完全康复。"

不知道是不是凤舞的错觉，当她问这位男同学名字的时候，那冰冷刺骨的寒意似乎消散了一些。

凤舞说完这句话就在自己的位置坐好。

其实，她只想平平安安地将这节课上完，也不知道有没有这个运气。

胡老师刚才讲得他自己都晕，看看距离下课还有很长时间，他的内心很崩溃，但也只能继续讲课。

君殿下漫不经心地瞥了凤舞一眼，发现这丫头低头顾自看书，看都不看自己一眼，她就这么讨厌自己吗？

君殿下用笔头戳戳凤舞的胳膊，凤舞将胳膊收回去一些，依旧不理他。

君殿下又用笔头戳戳凤舞的胳膊，凤舞干脆垂下胳膊，仍当没看见。

君殿下咬着下唇，心情不悦。

陷入恋爱状态的人智商为零，虽然君殿下现在还没意识到他对凤舞强大的占有欲，可情绪早已随之起伏了。

这丫头就是不理他是吧？砰！君殿下猛地一拍桌子，别说周围学生们吓了一跳，就连站在讲台上的胡老师，也被君殿下这重重一拍吓到了。

所有人都盯着君临渊。

君殿下那双蕴含着风暴的深眸盯着胡老师："错漏百出！"

胡老师的脸唰的一下白了，被君殿下这样评价，他的职业生涯就要到此为止了。

如果是别人，胡老师还可以辩驳一下，现在眼前是君殿下啊，一言不合就强势镇压的君殿下，他真的不敢。

凤舞眉头微蹙，她看了君临渊一眼："他只有两处数据说得不准、三处模糊了重点，其他都没问题，君殿下又何必毁人一生职业？"

所谓的错误也是吹毛求疵出来的，如果不是太较真的话，胡老师讲得还是不错的。

凤舞说完这句话，学生们都用忧愁的目光望着她。

凤舞这是怎么回事啊？本来君殿下就专盯着她了，她蜷缩着都嫌碍眼，居然还敢跑出来找存在感，她真的想死吗？君殿下一怒之下，会不会当众掐死凤舞啊？想到这儿，大家的目光更忧伤了。

然而，出乎所有人意料的是，君殿下竟然没有出手。

此刻的君殿下，心里得意着呢，终于引起这丫头的注意了，让她再不看他！

拼命找存在感的君殿下站起来往讲台上走去。

胡老师愣愣地看着君殿下，这唱的是哪一出啊？

风浔跟君临渊多默契啊，君临渊一个眼神，他就知道君临渊想要干什么，于是，风浔赶紧上去，半扶半拽地将胡老师"请"到了讲台下面。

讲台上，君殿下傲然而立，目光森然。

讲台下，学生们忐忑、担忧、茫然，君殿下要干吗？

随即，他们意识到，从始至终，君殿下只盯着凤舞，一眨不眨地盯着，好似要将那位绝世少女吞噬。

反观凤舞，被君临渊那森寒恐怖的目光盯着，她居然还安坐在那儿，脊背挺直，面色如常，目光淡然。

好强的心理素质！大家扪心自问，如果被君临渊盯上的人是他们，他们能如凤舞这般泰然自若吗？答案是否定的。

"刚才，是你反驳？"君殿下全身散发着强势霸道、不可一世的傲气，那双黝黑的眸中充满了血腥杀戮。

好可怕的眼神！其他学生都不敢抬头，眼观鼻，鼻观心，努力降低自己的存在感。他们知道，君殿下这是发怒了，要复仇了。

凤小舞啊凤小舞，你招惹谁不好，偏偏招惹如巨兽般凶残的君殿下，你说你这不是找死吗？

这时候，没人敢替凤舞说话，明哲保身才是最明智的选择。

凤舞被君临渊盯着，眸中渐渐浮现一抹不悦。

在傲世雪原的时候，她明明做好事救了君临渊的性命，结果，非但没有享受到恩人的待遇，还招惹了各种麻烦。

就在所有人都以为凤舞会低头道歉的时候，凤舞却猛地站了起来，怒视君临渊："君临渊，你到底想干什么？！"

此话一出，全场哗然！天啊！凤小舞这是——她居然骄傲得像只孔雀，公然跟君殿下对着干。那位可是君殿下啊！她会死的。

所有人都拼命给凤舞使眼色——要惜命啊！

显然，大家又多虑了。

傲然站在讲台上的君殿下，双手负在身后，嘴角勾起一抹淡淡的冷笑："凤小舞，看来你真的想死啊！"

凤舞冷笑："要杀要剐随便你！有什么招数你使出来，我凤舞不怕你！"

完了、完了、完了……所有人都在心里替凤舞哀号，这还能不死吗？

君殿下似乎被激起了几分火气："看来，你是真的不怕死了。"

凤舞凶巴巴地瞪着君临渊："死有何惧？有本事你杀我试试？！"

她今天一来就被沐瑶瑶陷害，本来心情就不太好，再遇到君临渊这个不按常理出牌的，凤舞心里就更烦躁了。

"你不怕死，那他们呢？"君殿下墨色双眸中浮现一抹危险的凶光。

凤舞一愣："什么他们？关他们什么事？"

君临渊嘴角扬起一抹狞笑："既然你懂这么多，就由你来上课，如果说错了一点，你的这些同学，一个都别想离开这里。"

"你这话是什么意思？！"凤舞瞳孔剧烈收缩。

君临渊道："你明白的。"

凤舞气坏了："有什么事你冲我来，拿他们出气算什么？"

君临渊："你不是不怕死吗？"

凤舞咬牙。

君临渊："但他们怕啊！"

凤舞气得差点跺脚："君临渊！"故意的，君临渊绝对是故意的。

君殿下得意地瞥了她一眼，那张棱角分明的俊颜上，是说不出的傲娇。

凤舞深吸一口气，才抑制住冲上去掐死他的冲动。

凤舞是不怕君临渊真杀她，可其他同学？看他们那惨白的脸色就知道，他们怕死极了。君临渊应该也不会真杀他们，要出气的话，他可以让他们退学啊，对他来说，多容易的事。凤舞自己是没关系，可如果这些同学因为她而被退学，她会很愧疚。

砰！凤舞气得一拍桌子，怒目死死瞪着君临渊。

他明明长得那么好看，棱角分明的轮廓，宛若精心雕琢的五官，美得让人神魂颠倒，这臭脾气却是那么可恶。

"不就是讲课吗？讲就讲，谁怕谁？！"凤舞怒而上台，脚踩在君临渊的脚背上，用力一踹。

不好！底下的学生们，差点被凤舞这个动作吓死，她这是求速死吗？

然而，就在凤舞脚踩下去的那一瞬间，君临渊身形一晃，人已来到凤舞身后。凤舞一脚踩空，身体不受控制地往前冲去，眼看着她那张精致绝美的脸就要磕到桌子上了，君殿下抬手一捞，将凤舞捞回去，捞进了他的怀里。

砰！凤舞的鼻子撞到君临渊的胸膛，发出一道闷哼声。

不好！底下的学生们，差点要给凤舞唱挽歌了。

死了、死了……凤舞这下真的要死了，她肯定要被君殿下一巴掌拍成烂泥了。

君殿下可是出了名的洁癖啊！不是有传言，有位千金小姐碰了君殿下的衣袖，结果那姑娘的整条手臂都被这位凶残的殿下砍下来了吗？凤小舞现在是整个人都撞进君殿下怀里了，这是要将她的身体切成七八段的节奏吧？

段朝歌更是被吓坏了，她想站起来喊，君殿下不要杀小舞，却发现自己动不了，

她的周身仿佛被涂了一层透明胶状体，不管她怎么挣扎，就是动不了，朝歌又急又气，差点哭了。

此刻，班里的大部分同学，都双手捂着眼睛，只露出一点缝隙，不敢看又想偷看。

公孙晴眼神怜悯地看着凤舞，她也怕君临渊，可是想到凤舞曾经救过她一命，她咬咬牙站了起来："……君殿下，请饶凤舞一命吧！"

这声音惊醒了讲台上的两个人，特别是那位骄傲的君殿下。

温香软玉在怀，少女身上特有的清幽香气扑鼻，君殿下目光柔和，一瞬间恍惚不知所以。这丫头不是躲他躲得紧吗？现在还不是乖乖在他怀里躺着？

公孙晴这句话，却让君殿下惊醒过来——饶凤舞不死？这是什么鬼？！

君殿下的目光冰冷如寒霜，散发出让人胆战的气场。

对上君殿下森冷的目光，公孙晴只觉得心口发寒，脊背发凉。

风浔一伸手就将公孙晴拽坐到了椅子上，他压低声音说："我们君老大不会杀凤小舞的。"他只会欺负凤小舞。

公孙晴明显不信，她握紧拳头，一脸忧伤："……凤小舞其实挺好的，我还没跟她说，我想跟她做朋友呢！"

风浔同情地看着公孙晴。这丫头跟他之前一样，走错了方向，一直以为君老大讨厌凤小舞，结果闹出了多少笑话？被打了多少顿？

看着周围这些同学紧张担忧的目光，再想想以前自己做过的那些阻止君老大靠近凤舞的蠢事，风浔的内心好伤啊！

他看着讲台上的君临渊，暗想，他家君老大真是人才啊，明明喜欢人家，结果所有人都以为他讨厌人家，这怎么可能追得到人家姑娘嘛！我家凤小舞也会讨厌你的啊！

果然，讲台上的凤舞气得一把推开君临渊："别碰我！"

台下所有人："……"

君殿下嘴角浮现一抹讥诮的冷笑："本太子会想碰你？谁给你的自信？"

台下的学生们纷纷点头，对啊、对啊，君殿下想碰谁，谁不是自动躺好的？凤舞这说法根本不成立啊！

凤舞被君临渊气得头疼，她决定了，在她的仇人录上，君临渊排第一了，左青鸾给挪到第二去。

让学生们惊讶的是，最后，君殿下真的走下讲台了。

君殿下走下讲台的时候，不紧不慢，冰冷的目光扫视全场，宛若帝王在巡视他的国土。

他身上有种与生俱来的王者气质，他生来就是睥睨天下的存在。

而凤舞，毫发无损地站在讲台上。

凤舞没有被捏死？大家面面相觑，难以置信，可这就是事实啊！然后，大家又都去看君殿下的脸色。

君临渊悠然地坐到椅子上，精致的眉眼中浮现一抹兴味，微抿的薄唇勾起一抹淡淡的弧度，他修长如玉的手指轻轻敲击着桌面，声音轻缓，富有节奏。

他这态度，分明是在期待凤舞接下来的讲课。

大家都懂了，君殿下这是想养肥再杀啊！

凤舞先用简单明了的语言，将胡老师说得模糊的地方补充了一遍，然后开始给同学们上课。

凤舞是谁啊？她可是牧九州亲自教出来的，以她的学识，在帝国学院可是能当特级老师的，教一年级学生，那不是小菜一碟吗？

看着台上的少女目光奕奕，神采飞扬，全身散发着智慧的光芒，连君殿下这等阅历的人都看呆了，更不要说其他同学了，此时，大家都如痴如醉地看着凤舞，心驰神往。

君殿下眼角余光扫过，见教室里的男生眼中都露出了痴迷的目光，他顿时不爽了。

砰！凤舞正讲到兴头上，君殿下猛地一拍桌子，所有人都被吓了一跳。

他们都听进去了，都进入了凤舞描绘的修炼世界，体会着她一字一句中的玄机，越体会越觉得奥妙无穷。

就在这关键时刻，君临渊打断了所有人的思绪。

众人转眸望向君临渊，不敢怒，不敢言，但内心是幽怨的。

凤舞看见下面好几个同学进入了顿悟状态，她正想一气呵成，让他们直接晋升，却被君临渊打断了，功亏一篑，凤舞自然很生气。

然而，她还没说话，君殿下已然开口："滚下来！"

凤舞的脸色刹那间变得铁青。

坐在君临渊身后的风小王爷和玄奕对视一眼，都在对方眼中看到了深深的无奈。

君老大啊，人家追女孩子是越追越近，怎么您追女孩子是越推越远啊？！

可是，君老大听不见风浔和玄奕的腹诽，此刻的他正不爽呢！

那么多痴迷的目光盯着他的所有物，讲台上的女人却毫无知觉，还兴高采烈，他能高兴得起来吗？

"让你滚下来，没听见？！"

她还想站在上面，让多少人痴迷她才满意？！

凤舞那叫一个气啊！让她上台讲课的是他，她讲得好好的，让她滚下来的又是他，太子殿下了不起啊？！

凤舞气得双颊绯红，额角的血管突突直跳，如果可以的话，她真想现在就掐死君临渊。

哼！她一定要拿到星辰碎片，治好美人师父，以后有美人师父这个靠山，她就不会再被人欺负了。

想到这儿，凤舞气呼呼地瞪了君临渊一眼，走下讲台，转身就往外跑。

凤舞居然跑了？！学生们都瞪大了眼睛，君殿下居然让凤舞跑了？

君殿下的脸色很不好看，墨色的眸中翻涌起一抹冷意。

他站起来，修长笔直的双腿往前一迈，下一瞬间，他就消失在了教室里。

风浔和玄奕对视一眼，没有了君老大和凤舞的教室，对他们来说，也就没有留下来的必要了，于是，这两位也迅速闪人了。

教室里，死一般的寂静。

凤舞窝了一肚子火，君临渊这个浑蛋，等她家美人师父出来后，他再嚣张啊！

凤舞埋头疾走，口中碎碎念着君临渊，一个不察，砰的一声，撞到了一个人的胸口上。

凤舞被撞得双眼冒金星，暗呼一声"倒霉"，抬头一看，脸色瞬间铁青。

"君、临、渊！"凤舞咬牙，从口中蹦出这三个字来。

君殿下见凤舞鼻尖撞出一块青色，这丫头一副眼泪汪汪、楚楚可怜的样子，他心中蓦地一软，抬手要碰触凤舞的鼻尖，凤舞却戒备地后退一步，怒气冲冲地瞪着他。

这时，风浔和玄奕匆匆赶到了。

凤舞泫然欲泣地看着风浔，风浔顿时心中一疼，这可是他最宝贝的妹妹啊，现在这可怜兮兮的样子，多惹人心疼啊！

风浔赶紧冲上去："丫头，怎么了？谁欺负你了？"

凤舞指着君临渊："他欺负我了，帮我报仇啊！"

风浔苦笑着摸摸脑袋，换作别人欺负了她，他这个做哥哥的都没二话，会直接冲上去跟人家拼命，可是君老大……

"过来、过来——"风浔拉了凤舞一把，将她拉到一株古树后面，压低声音说，"妹妹啊——"

凤舞瞪着他："如果你认我是妹妹，你就帮我去打他！"

风浔一阵头痛，苦口婆心道："妹妹啊！其实事情不是你想的那样，君老大他……"

凤舞："你敢说，他没有欺负我？！"

风浔："是，他有欺负你。"

凤舞："你妹妹被人欺负了，你还不帮忙报仇？有你这样做哥哥的吗？"

风浔："可是我的亲妹妹啊！有一种欺负叫作'喜欢你才欺负你'，你可懂？"

风浔觉得君老大没救了，但风小舞这边还是可以抢救一下的。

结果，凤舞一听这话，差点被噎死："咯咯咯，咯咯咯……"凤舞一口气没上来，脸憋得通红。

"妹妹，你没事吧？"

风浔伸手就要去拉凤舞，却被她强力挥开。

凤舞用看神经病一样的目光看着风浔："你的意思是说，你们家君老大喜欢我？"

风浔很认真地狂点头："嗯嗯嗯。"

虽然匪夷所思，但这就是事实，他也是经历过极其惨痛的教训，才醒悟过来的。

凤舞："你的意思是说，你们家君老大因为喜欢我，所以欺负我？"

风浔继续认真地狂点头："嗯嗯嗯。"

凤舞看白痴一样瞪着风浔："伸手。"

这是要给他把脉的意思？这是觉得他是神经病吗？风浔顿时哭笑不得。

他也知道这件事说出来，让人难以置信，可这就是事实啊！

他试图说服凤舞："小舞啊，如果你认真体会，你就会知道，君老大是真的喜欢你。"

凤舞呵呵冷笑了两声："他喜欢我？他喜欢我就这么欺负我？虐待我？陷害我？如果这叫喜欢的话，那你们家君老大的喜欢，我可真是承受不起啊！"

凤舞觉得风浔肯定是疯了。

君临渊表现出来的是很讨厌她、很厌恶她，又凶又霸道又毒舌，这叫喜欢？！

风浔试图用当初玄奕说服他的话来说服凤舞，可他刚开了个头，凤舞就一把推开他，跑到了君临渊面前，那双布满血丝的眸盯着君临渊，嘴角勾起一抹冷笑："君临渊，听说你喜欢我，是真的吗？"

好主动！好直接！一时间，四周死一般的寂静，能清晰地听到所有人的心跳声。

君殿下脑海中有一瞬间的空白，不知所措。喜欢她吗？君临渊不知道，但他知道，就算喜欢也绝对不能承认，他才不要被这丫头嘲笑呢！

凤舞高傲地抬着下巴，眼带冷笑地瞪着君临渊："风浔说你喜欢我，是真的吗？"

风浔？！君殿下墨色瞳眸一阵紧缩，目光直直地射向风浔。

可怜的风浔，在君殿下这疯狂暴戾的目光下，顿时僵立当场。

凤舞盯着君临渊，咄咄逼人，再次重复："听说你喜欢我？"

风浔和玄奕都紧紧盯着君临渊。

说啊，快说啊！你不说，人家姑娘怎么知道啊，我的君殿下！

可是，傲娇的君临渊怎么可能承认。

"谁喜欢你了？你还真会给自己脸上贴金！"君殿下死要面子，怒视凤舞。

完了、完了……风浔和玄奕对视一眼，在心里哀号道。

凤舞那张惊世绝艳的脸再次涨红，她转眸瞪着风浔："这就是你说的他喜欢我？"

风浔："……"

风浔刚要解释，凤舞已经飞快跑走了。

"哎……"风浔急得直跺脚，他转过头来想抱怨君临渊两句，可是还没等他开口，君殿下那超强者的威慑力已经铺天盖地而下，磅礴的力量宛若巨山压顶，几乎将风浔和玄奕的脊背压弯，他们两个人瞬间汗出如浆。

"哼！"君殿下那双墨染的瞳眸更黑了，眸中危险的凶光乍现，随即，君殿下甩袖离去。

玄奕和风浔面面相觑，两个人都伛偻着背，像背了一座大山，因为这一方领域已经被君临渊控制了。

风浔可怜巴巴地瞅着玄奕："我现在特别理解你之前的心情。"

玄奕摊手。

风浔："怎么感觉咱俩越帮越忙啊？"

玄奕继续摊手。

风浔："这两个人，一阵风一阵雨，一会儿又电闪雷鸣的，遭殃的是我们这些身边人啊！"

玄奕："唉!"

风浔："我们现在该怎么办？"

玄奕："顺其自然吧。"

凤舞怒气冲冲地往家走，半路上就被朝歌追上了。

"小舞，你没事吧？"朝歌担心地看着凤舞。

凤舞咬牙。

朝歌同情地看着她："君殿下也不知道怎么回事，专门逮着你欺负，以后可如何是好？"

凤舞磨牙。

朝歌："这才开学第一天啊！"

凤舞无语望天，可不是嘛！这才开学第一天，以后还有二年级、三年级、四年级……

回到家后，凤舞直接跳进了方阁老家的宅院。

方阁老现在没事就爱待在自家宅子里，因为有凤舞布置的太乙阵，他修炼起来事半功倍。

"你要办理……休学？"方阁老正在教凤小七功课，听凤舞说明了来意，他抬眸看了凤舞一眼。

凤舞："也不是休学，准确来说，是平时自学，考试的时候去学院一趟。"

方阁老捋着胡须想了想："你现在才一年级，一年级的阵法确实不够你修炼的。你先在太乙阵里修炼几日感受一下，哪里修炼快便选哪里。"

凤舞心中大喜，家里有个帝国学院的院长就是好。

接下来的三天，凤舞一直待在太乙阵里修炼。

不愧是她花了无数心血布置的太乙阵，她修炼起来，只觉灵气充沛，通体舒畅。

凤舞原本是灵宗六星，这三天下来，她竟然直接到了灵宗六星巅峰，还差一点点就能晋升了。

晋升需要机缘，凤舞就卡在这儿，动不了了。

凤舞睁开双眼，便对上了方阁老洞悉世俗的了然目光，这目光中还有来不及收起来的讶异。

"又快晋升了？"方阁老讶异地看着凤舞，他就没见过晋升速度如此快的孩子。

凤舞脸上浮现一抹淡淡的笑容："在太乙阵里修炼，会增加一倍的功效。"

原本凤舞以为自己要晋升到灵尊境，还需要很长的时间，现在看来，很快就可以了。

灵尊境啊……左青鸾就是灵尊境呢！

这时，敲门声响起。

凤舞疑惑地看向方阁老。

方阁老皱眉："这些人又来了。"

"这些人？"凤舞不解地道。

方阁老眉头微蹙，没有答话，反而是一旁的方管家苦笑道："老爷子晋升后，我们原本门可罗雀的方宅，就热闹起来了。"

凤舞一想也是，原本方阁老已经致仕了，自然少人来拜访，而现在方阁老一跃成为帝国学院的院长，实力又跟原来的陆院长相当，方宅自然又热闹起来了。

只不过，方阁老为了清净，一律不见。

凤舞回到星陨院，四周静悄悄的，大家都在努力提升自己的修为。

难得空闲下来，凤舞坐在葡萄架下，单手支颐，思考接下来自己该做什么。

第一块星辰碎片已经拿到，第二块星辰碎片，听君临渊说，在帝国学院。

凤舞坐不住了，翻墙又跑到隔壁找方阁老。

"星辰碎片？"方阁老皱眉。

凤舞："您没听说过吗？"

方阁老摇头："还真没听说过，很重要吗？"

凤舞难得认真："比我的性命还重要。"

方阁老："或许其他长老知道，你且等上一等。"说完，方阁老用通讯珏询问其他人。

凤舞在一旁耐心等候着。

此刻，太子府。

封管家和宫嬷嬷静立于书房前。

宫嬷嬷长叹一口气："殿下已经将自己关了两天了，这阴霾何时能散去啊？"

封管家抬头看看天空。

殿下这一怒，整个太子府的上空阴霾笼罩，太子府里寒气逼人，人人噤若寒蝉，不敢多言。

护卫统领常三站在封管家身边："封管家，殿下这脾气已经连发两天了，以前可从来没这么久过啊！这两天下来，被训斥的官员和将领有上百了吧？"

说训斥还是轻的，准确地说，应该是被骂得狗血淋头。

封管家苦笑，这次确实是有些久了。

"这是谁招惹咱家殿下了啊？"常三缩了缩脖子，"这何时是个头啊？"

好在殿下训斥的不是文官就是将领，他们这些亲近的人还没有被波及，可再这样下去，就不好说了。

就在这时——

"常三滚进来！"书房内传来君殿下暴戾而凶残的声音。

常三瞪大眼睛，求助地望着封管家——怎么办？！

封管家和宫嬷嬷看向别处，他们什么都没听见。

常三硬着头皮走进去，内心极其崩溃。

很快，书房里面传来怒喝声，封管家和宫嬷嬷听得都身体一抖。

大概过了一炷香时间，常三出来了。他耳朵、鼻孔、嘴角出血，精神萎靡不振，看到封管家，这位堂堂大统领都要哭了。

"这到底是谁招惹了我们家殿下啊？！"遭遇无妄之灾的常三崩溃到不行。

"你说呢？"封管家瞥了常三一眼。

常三也不笨，听封管家这么一说，他立刻反应过来："难道是……凤舞小姐？"

封管家扭头，他可什么都不知道。

常三撸袖子往外走。

封管家："你去哪儿？"

常三："找灭火器去！"

常三不是一个人去的，他带了一堆手下，浩浩荡荡往凤府而去。

此刻，凤舞正等着方阁老那边的回音呢！如果方阁老能查出来星辰碎片的线索，她就不用跑去找君临渊了。天知道，她一想到君临渊，火气就从脚底噌噌噌地往上冒。

"怎么样？"凤舞一脸紧张地盯着方阁老。

方阁老冲她点点头："没有查到星辰碎片的具体方位，但是查到了一些蛛丝马迹。"

"哦？"凤舞眼眸一亮，蛛丝马迹也好啊，她就可以顺蔓摸瓜找下去了，"什么蛛丝马迹？"凤舞目光热切地紧紧盯着方阁老。

方阁老心中暗道，还从来没见这丫头对什么事情如此上心过。

方阁老给凤舞指明方向："你可以在轩辕毅身上找线索。"

"轩辕长老？"在帝国学院的时候，这位轩辕老爷子可是恨不得她去死的。

方阁老也想起了那件事，目光微沉："轩辕毅对你的印象不好，加上轩辕家族和左家走得近，你……"方阁老已经知道了凤舞和左青鸾之间的仇恨，难免有些担心。

"有线索就好。"不管多难，她都要将星辰岁片拿到手。

凤宅。

砰砰砰！凤宅的门被敲得震天响。

凤琰峰自从上次被凤舞的美人娘亲暴打一顿后，觉得丢脸极了，一直称病在家。今日，他刚鼓起勇气要出门，就听到老管家来报："大老爷，大事不好了！"

凤琰峰皱眉："何事如此惊慌？"

老管家急得满头是汗："一堆人打上门来了。"

打上门来？！凤琰峰顿时怒了，当他们凤族是好欺负的吗？！

"何人敢打上门来？！"

老管家急道："常大统领，太子殿下身边的常大统领，打上门来啦！"

君太子身边的常大统领？！凤琰峰身边的凤琉和凤桑一听，顿时心花怒放。所以，太子殿下这次是真的要教训凤舞了吗？！

"走走走，我们看看去。"

凤桑和凤琉跑在前头，凤琰峰也紧跟着冲了出去，太子殿下身边的人谁敢怠慢。

凤族的门怎能挡得住常大统领，当凤琰峰等人冲出去的时候，常大统领已经来到正堂了。

凤琰峰赶紧迎上去："常大统领！"

凤琰峰的官职不低，但在常大统领面前，他也不敢托大。

常三面色严肃，目光凌厉地射向凤琰峰。

他朝凤琰峰摆摆手："凤族长，废话少说，本将不是来看你的，带本将去见凤舞小姐吧！"

果然是找凤舞的，而且看这架势，常大统领对凤舞不会太客气。

还不等凤琰峰说话，凤琉便站了出来："我知道凤舞住哪儿，我带你们去。"

常三瞥了凤琉一眼，目光凌厉。

很快，众人来到了星陨院前。

方阁老的灵识可以释放出很远，常三等人自然逃不过他老人家的法眼，他提醒凤舞："星陨院有客来访，你且先回去吧。"

方阁老正在给凤舞普及轩辕长老的生平。正所谓知己知彼，方能百战不殆，凤舞想从轩辕毅身上挖线索，自然要了解这个人的方方面面。她才了解到一半就被打断，心情自然不会太好。

凤舞向方阁老告辞，翻墙跃入星陨院。

此刻，修炼的人都已经被惊醒了，朝歌、秋灵、秋叔……他们全都皱着眉头，心情不悦。本来嘛，修炼得好好的，被中途打断，谁会开心得起来？

朝歌对凤琉怒目而视："你们来这里干什么？"

凤琉冷笑："段朝歌，你又不姓凤，你有什么资格说话？！"

朝歌冷笑："我不姓凤，但我是星陨院的一分子，你是吗？你才没有资格在这里说话。"

凤琰峰见常大统领面色不豫，当即怒喝一声："都给我闭嘴！"

一时间，鸦雀无声。

常大统领走进门去，环顾四周，眉头一直紧皱着："凤五小姐呢？"

凤琰峰瞪着段朝歌："凤舞呢？"

朝歌没有说话，她刚才一直在修炼，哪里知道小舞跑哪里去了。

"凤舞该不会得到消息，躲起来了吧？"凤琉冷笑一声。

朝歌："得到什么消息？为什么要躲？"

凤琉："段朝歌，你该不会不知道这位大人是谁吧？我告诉你，他就是常大统领——太子殿下身边的那位常大统领。现在常大统领来将凤舞捉拿归案了，她肯定提前得到消息，畏罪潜逃了！可怜的你们啊，什么都不知道，现在被凤舞抛下了吧？"

"畏罪潜逃？捉拿归案？好大的口气啊！"一道淡淡的声音从屋子里传出来。

众人抬头一看，一位身材纤细的少女正双手环臂，笑吟吟地望着众人。她面若三月桃花，笑容漫不经心，哪里有一丝被捉拿的紧张和惊慌。

凤琉看到凤舞，当即冷笑："天理昭昭，报应不爽，不是不报，时候未到。凤舞，你的死期到了！"

"哦？"凤舞似笑非笑。

"小舞……"美人娘亲不知何时从屋里走了出来，紧张地拽着凤舞的手，眸中有明显的惊慌失措，她担心凤舞出事。

凤舞看到美人娘亲那张绝美的容颜苍白如雪，她想起上次的事，不禁心疼不已。

美人娘亲实力爆发的时候，很美艳也很帅气，强大到无人能敌，可她昏迷后，身子一直虚弱，这两天才稍有好转。凤舞知道，任何爆发都是有代价的，美人娘亲实力的爆发就是以身体为代价，她怎么舍得美人娘亲再出事。

凤舞盯着常三，眸色深沉，很是不悦。

常三内心咯噔了一下。

"我没事的，美人娘亲不要担心。赵嬷嬷，将美人娘亲扶进去。"

凤舞不高兴的是，这些人每次都不请自来，来了就对她一通指责，谁给他们的勇气？！

一旁的凤琉还在叽叽歪歪，而凤舞完全无视她，面色冰寒地径直走到常三面前，眼神冰冷地瞪着他，冷笑一声："常三！谁给你的勇气，来我星陨院撒野？！"

快捉她啊！凤桑和凤琉满眼期待地望着常三，拿出刚才进门时那不可一世的气势啊！

然而，让在场所有人惊讶的是，常三竟然没有说话，他沉默了。

"君临渊派你来捉拿我的？"凤舞一想到君临渊，就气得不行。

凤琰峰瞪着凤舞，这丫头真是越来越胆大包天了，太子殿下的名讳都敢直呼，常大统领怎么可能会放过她。

常三："不不不，殿下并不知此事。"

凤舞："那你来我家做什么？抖你常大统领的威风？！"

常三连连摆手："不不，小人哪敢在五小姐您面前抖威风，误会，误会……"

什么？！原本满怀期待的凤琉和凤桑对视一眼，都在对方眼中看到了震惊。

这画风不对啊！常大统领在他们面前多威风啊，甚至在她们父亲的面前，都强势极了，现在在凤舞面前，他居然骂不还口，还连连抱歉，到底是哪里出错了？

凤舞瞪着常三："那你来这儿做什么？！"

常三想到太子府那压抑的气氛，正想开口，转头看到呆愣在侧的凤琰峰等人，他

眸色幽深、面色冰冷地道："凤大人怎么还在这儿？"

凤琰峰差点被这句话气死。什么叫他还在这儿？他不应该在这儿吗？这个常大统领对他也太不尊重了吧？！

可是，即便心中腹诽，凤族长面上还是得赔着笑容："常统领说得是，本官就先行告退了。"

凤琰峰走的时候，给凤桑和凤琉使了眼色，凤桑和凤琉再心有不甘，还是不得不离开了。

凤琰峰等人离开后，常三脸上立刻堆满笑容："凤舞姑娘，多有得罪，请多多包涵。"

凤舞看君临渊不爽，连带着对常三的态度也不佳，她不耐烦地挥手："你不需要道歉，不要打扰就行，回去吧。"

常三看着凤舞笑，脚却不移动。

凤舞瞪眼："你怎么还不走？"

常三："请五小姐随我们去一趟太子府。"

"如果我不去呢？"凤舞冷笑一声。

她又不瞎，常三刚才可是犹豫了一下的。

"五姑娘真的不去？"

"不去！"凤舞冷哼。

常三一脸严肃地望着凤舞，软的不行只能来硬的了。

"既然如此——"常三给了手下一个眼神。

瞬间，四个人朝凤舞暴冲而去。

太子府的护卫，实力非同一般，这四个人又是从少羽卫挑出来的，实力更加强大。

灵尊境？凤舞心头一震。

看起来普普通通的护卫，居然每一个都是灵尊境。

凤舞才灵宗境六星，哪里打得过他们，转瞬间她就被制住了。

"五小姐，得罪了。"常三丢出一根捆仙索。

捆仙索细细的一根，上面覆了灵识，宛若灵蛇般往凤舞身上缠，瞬间工夫，凤舞就被捆绑得结结实实，宛若粽子一般。

四名护卫将凤舞高高抬起，举过头顶。

"走！"常三一挥手，众人便飞冲而去。

段朝歌等人都急疯了，可是他们刚冲出来，常大统领一挥手，扑通、扑通——他们就全都往后倒去，跌落在地。

朝歌捂着胸口站起来又要往前冲，凤舞出声阻止了她："朝歌，止步！"常三出手很重，凤舞不要朝歌做无谓的牺牲。

常三等人速度极快，不过瞬间，就从凤宅离开，跃上马背，以极快的速度往太子府冲去。

凤琰峰、凤琉、凤桑，面面相觑。

不是吧？刚才看常大统领的态度，似乎对凤舞不错，这转瞬间就将她扛走了？

"太子府对凤舞到底是什么态度？"凤琰峰都想不明白了。

不明白太子府对凤舞的态度，凤琰峰就摸不准自己对凤舞的态度。

"这是……强抢过去当妾吗？"凤琉咬着下唇，目光变幻莫测。

凤桑望着她："你的意思是说？"

凤琉目光暗沉："太子殿下被凤舞那样对待，自然心有不甘，唯一的办法就是羞辱凤舞，将她折磨致死，方能解气。"

凤琉摇头："只怕凤舞再也回不来了。"

香消玉殒……大家脑海全都浮现出这四个字。

凤舞并不知道，凤琉等人看她，已经是在看一个死人了。

此刻的凤舞，内心是崩溃的。

这些护卫简直可恶，捆绑就捆绑吧，居然将她捆绑得跟粽子似的，扛在肩头，在街上疾驰而过。

街上的人，有目共睹，她的脸都被他们丢尽了。好在她的脸被遮住了，希望那些人的眼神没有那么犀利，将她认出来。

这一路上，凤舞灌了一肚子的风，难受极了。

君、临、渊！凤舞将所有仇恨都算到了君临渊身上。

当常大统领兴冲冲地将捆得像粽子一样的凤舞带到书房门口时，封管家不由多看了几眼："这是什么？"

常大统领得意地邀功道："封管家，您不是说，解铃还须系铃人吗？现在系铃人来了啊！"

不等封管家反应过来，常大统领就将凤舞夹在腋下，大步往书房里走去。

封管家的脸色从来没有这般惊慌过，宫嬷嬷也呆在了原地。两位老人家对视一眼，都在对方眼中看到了惊骇之色。然后，两个人下意识地往外走，一直走出了百丈远，才回头用怜悯的目光望着常三。

"你说……我们以后还能见到活的常三吗？"饶是见过大世面的宫嬷嬷，内心也没办法平静下来。

封管家揉揉眉心："护卫大统领，要重新选人了。"

147

书房。

君殿下听到响动，回过头来，墨色眸子微缩，全身散发出让人胆寒的气息。

常大统领像倒栽葱一样将凤舞往地上一放，朝君殿下行礼道："殿下，凤五小姐请到，请查阅。"

查阅？被捆仙索捆住的凤舞，被常三这句话雷得外焦里嫩。

"呜呜呜——"凤舞扭动着身子，隔着绳索都能感受到君殿下身上散发出的无边的怒意。

君殿下看着凤舞，一时间愣在那儿，没反应过来。

"呜呜呜——君临渊，快放开我！"无边的怒火快要将凤舞焚烧殆尽了。

此时的常大统领却是得意得很。

封管家说过，自家殿下喜欢凤舞小姐，这次发这么大的火也是因为凤舞小姐，现在他将人请来了，殿下立刻就不生气了呢！至于用什么手段将人请来，有什么关系？最重要的是结果啊！

"君临渊！"凤舞怒吼一声。

出神的君临渊终于反应过来了，他手指一弹，凤舞身上的捆仙索瞬间断裂，散落一地。

凤舞的脸已经变成猪肝色了："呸呸呸——"刚才捆仙索都勒进她嘴巴里了。

凤舞蕴含着怒火的双眼死死瞪着君临渊，气势汹汹地朝他冲去："君临渊！"凤舞站在他面前，眸中怒气暴涌。

君殿下："……"

他身上那如杀神降世的杀戮气息全然不见，取而代之的是一抹尴尬。

"我得罪你了吗？！你就这么让人将我捆绑过来？！"

君殿下："……"

凤舞咄咄逼人，君殿下节节败退。

凤舞："你发什么疯啊？非要见我不可吗？你不能好好请吗？将我捆成粽子，招摇过市，就这么抬进太子府，我也是要面子的。"

君殿下："……"

一旁的常大统领被眼前这一幕骇得目瞪口呆。

不是吧？自家那强势霸道、不可一世、冷酷绝情、凶残暴虐的太子殿下，居然被凤舞逼得一句话也说不出来，甚至面对凤舞的质问，他还心虚地眼睛乱瞟，不敢跟她对视。

不敢？！顺我者昌逆我者亡的君殿下，他的世界里会有"不敢"二字？！

常大统领只觉得这个世界疯了，不不不，是他要疯了。

封管家提醒过，太子殿下钟情于凤舞小姐，他以为只是钟情而已。

完了、完了，常大统领想到自己那毫不客气的邀请凤舞的方式，心头一凉，转头就想溜。

"站住！"君殿下的话语没有丝毫温度，目光冷锐地射向常大统领。

"殿下——"常三知道逃不过，赶紧跪下。

"谁命你将她带来的？"君殿下全身散发着让人胆寒的气息。

难道这事君临渊不知道？是自己错怪他了？凤舞转眸盯着常三。

常三忙求饶："殿下，末将以为殿下想见凤舞小姐，便自作主张将凤舞小姐请来……"

"谁想见她了？！"君殿下恼羞成怒，抬脚踹向常三。

可怜的常三，被踹得从书房倒飞出去，瞬间不见了踪影。

君殿下那双墨染的眸盯着凤舞："你可看见了？"

凤舞冷哼一声："就算你不知情，也是你的手下所为，君临渊，你以为这样就可以推卸责任吗？！"

君殿下："那你要如何？"

凤舞双手背在身后："我不要如何，我只希望以后不要再见到你。"

反正第二片星辰碎片的线索，她已经知道在轩辕老爷子身上了，她没有要求他的。

想到这儿，凤舞冷哼一声，傲然往外走去。

她没有发现，她说了这句话后，君殿下的脸色瞬间变为铁青。

"我这儿，是你想来便来、想走便走的吗？"君临渊眸中寒气暴涌，宽大的衣袖挥过。

哐当！从天而降一堵冰雪白墙，挡在了凤舞面前，凤舞一个不察，差点一脑袋撞上去。可恶！凤舞秀气的眉毛微拧。

此时，她已经走出书房来到了院子里，四面八方都是开阔的，一个方向被阻，她换一个方向便是。凤舞没有再往前走，而是身子转向西边，她跳墙总行了吧？

可是，她刚转了方向，还没走上几步，哐当！又从天而降一堵冰雪白墙，直立在凤舞面前，凤舞的鼻子差点就撞上去了。

"君临渊！"凤舞气坏了，有这么欺负人的吗？！

君殿下双手交负身后，衣袂飘飘，傲然立于庭院之中。

少年白衣如雪，眸中却露出阴鸷而危险的凶光。

凤舞快步走到君临渊面前，气势汹汹地瞪着他："君临渊，你到底想怎样？"

君殿下目光暗沉，就那么静静地盯着凤舞。

凤舞："既不是你邀我来，那我走，没毛病吧？"

君殿下点头。

凤舞转身往东边而去，结果，砰！又一堵雪墙从天而降，差点将凤舞砸到。

凤舞："……"

太欺负人了！她这样好的脾气，都要被这位太子殿下惹毛了。

偌大的庭院，四个方向中，三个方向都被雪墙堵住了，凤舞想飞都飞不起来，现在唯一的出口就是君临渊站立的地方。

凤舞从君临渊的眸中看到了名为危险的光，她心神一动，不行，不能再在这里待下去了。

"你看，那是什么？"凤舞指着天空。

趁君临渊抬头之际，凤舞使出全身的力气，小牛犊一样往君临渊身侧冲去，上次她就是这样逃脱的。

可是，这一次，砰！凤舞一脑袋撞进了一个坚硬如石头的胸膛，撞得她眼冒金星，头晕目眩。

凤舞强忍住疼痛，抬头便对上了君临渊那双漆黑如墨的深邃美眸。他的目光没有温度，宛若杀神临世，强大的压迫感和威慑力让人胆寒。

凤舞下意识地后退一步。

强势霸道如君殿下，却前进了一步。

哐当！最后一堵雪墙从天而降，将凤舞的退路通通堵死。

"喂，喂，君临渊，你不要过来！"

君临渊的眼神太可怕了，就好像她是猎物，而他是守候多时的狩猎者。

凤舞节节败退，而君殿下步步逼近。

因为是在院子里，冰雪白墙围出了一个封闭的空间，声音却没有设结界，所以大家都听得见。

众人不敢明目张胆地看，却都躲着偷听，这乃是人之本性啊！

即便是封管家和宫嬷嬷，此刻也不由得伸长了脖子，竖起了耳朵。

宫嬷嬷："殿下这是突然开窍了？"

封管家却没有这么乐观："未必。"

宫嬷嬷抬头望着天空："凤舞小姐一来，笼罩在太子府上空的阴霾，倒是自动散去了。"

太子府的阵法以君殿下自身为阵眼，殿下心情不佳，太子府的天空便布满阴霾。

封管家看着不远处摔在地上吐血不止的常三，摇头："从少羽卫调顾二过来吧！"

凤舞瞪着君临渊，眸中浮现一抹惊惧之色："你，你想干什么？"

君殿下目光暗沉："你说呢？"君殿下说着，双手放在凤舞肩头，似笑非笑地盯着她，"既然已经将你捆绑了来，如果本太子不做点什么，怎么对得起常三的死？"

凤舞本来不惧的，可是从君临渊近在咫尺的眸中，她看到了他的情动，她内心咯噔了一下，不好，他该不会是想在这庭院之中……

这里是他的地盘，以他的身份之高、实力之强，她是打不过他的。

君临渊的手已经来到凤舞衣襟之上，手指滚烫的温度传来，凤舞心脏狂跳不止。

等等，他说什么？常三的死？

"你要杀常三？"凤舞抬手抓住君临渊那双不安分的手，眼睛瞪大。

君殿下冷笑："不遵主命，擅自行动，他不死，谁死？"

凤舞也是从尸山血海里摸爬滚打长大的，但她尊重生命，而在君临渊眼中，她看到了人命低贱如蝼蚁。平时别人说他冷酷绝情她不信，现在却是彻底领教了。

凤舞瞪着君临渊："如果我说，我不追究了呢？"

君临渊冷笑着盯着凤舞。

凤舞脑筋快速转动着。

看君临渊的意思，常三他是不会再用了，而且常三必死。

凤舞觉得，常三请她的方式虽然不妥，却罪不至死。

"你能不能饶他一命？"凤舞试探地问道

"本太子不用，谁敢用他？！"君临渊冷笑道。

"我敢啊！要不你把他送给我吧！"

她现在最缺的是什么？力量！她需要力量来保护自己的家人，常三身为君临渊身边的大统领，实力怎么会差。

左家想杀她，要是有常三保护……凤舞越想越激动，她拉着君临渊的手，那双灵动的眼睛璀璨如星河："你把常三送给我吧！君临渊，你有什么条件，尽管提！"凤舞拍着胸脯道。

宫嬷嬷闻言，赞道："未来的女主人心怀仁慈，深明大义，甚是不错。"

封管家瞥了宫嬷嬷一眼。

聪明如宫嬷嬷，也没看出来吗？自家殿下这一招请君入瓮，玩得倒是挺溜呢！没想到啊，在凤小舞面前，自家殿下的智商慢慢开始恢复了呢！

将常三名正言顺地安排在凤小舞身边，让所有人都知道，凤舞和君殿下关系匪浅。

凤舞用常三，无形中借了殿下的势，而借势，终究是要还的。

封管家摸着胡子，有意思了。

凤舞满眼期待地望着君临渊："可不可以？可不可以嘛？"最后一个尾音不自觉地上扬，听得君临渊的心头仿佛有一根羽毛扫过，酥酥麻麻的。

君临渊傲娇地抬着下巴："送你？不是不可以，只不过，你拿什么来换？"

凤舞："嗯……你想要什么？"

君临渊："本太子要什么得不到？"

凤舞摸着下巴："就当我欠你一个人情，怎么样？我的实力晋升可是很快的，这个人情将来会很值钱的。"

君殿下笑而不语。

凤舞拉着他的衣袖："反正常三你也是要杀的，一个必死之人，你还想卖多贵？君临渊，你就答应吧！"

凤舞不知道，此刻她拉着君临渊的衣袖恳求的样子，对君殿下来说，是怎样致命的诱惑。

"也罢。"君殿下摆手，"你提走便是，以后他和太子府可没关系了。"

"那是！我还担心他跟太子府有关系呢。"凤舞得意地笑道。

没想到出来一趟，就能收一个这么厉害的手下，凤舞心花怒放。

此时，常三艰难地爬到了封管家面前，恳求封管家救命。

封管家摇头："你冒犯谁都可以，冒犯凤舞姑娘，死罪。"

常三直到现在才意识到，凤舞姑娘在殿下眼中是如此重要。

封闭的空间打开，凤舞得意地从里面走出来，笑眯眯地看着常三。

凤舞和君临渊的对话，常三已经全听见了，现在摆在他面前的选择是——不跟凤舞，死；跟着凤舞，活。

"你，跟不跟我走？"凤舞眼眸半眯着。

常三跪在凤舞面前，突然，手中匕首插入了胸口，鲜血顿时喷溅出来。

凤舞目光一凝。

君临渊淡淡地道："发下血誓，便忠诚于你，如有违抗，天打雷劈。"

凤舞没想到还有这种操作，不过如此一来，她更放心了。

她用绿光治疗术，一盏茶的时间，便将常三的伤治疗好了。

此间事了，凤舞要带常三回家，君临渊居然没有阻拦，任由凤舞离去。

看着凤舞离开的背影，君殿下眸中浮现一抹兴味。

封管家和宫嬷嬷对视一眼，开始了、开始了，他们家殿下闭关的这三天，也不知道翻阅了多少书籍，领悟出了什么？

封管家转头看着凤舞的背影，摸着下巴，苦笑着摇头，凤舞姑娘怕是逃不出狐狸手心了。

凤舞知道带常三回去会引来一些不必要的麻烦，而她也知道，有常三在，会减少很多麻烦，比如，来自凤族的麻烦。

因为凤舞是被捆绑着抬走的，所以，几乎凤族所有人都以为凤舞完了，特别是凤桑和凤琉这对姐妹，她们正在极力传播着这个谣言。

"凤舞被太子府的人绑走了！"

"凤舞这次死定了！"

"凤舞永远不会再回来了！"

……

凤琰峰眸色晦暗，内心不知道是高兴还是不高兴，很复杂。

他现在坐的这个位置是凤舞帮忙谋来的，她这一死，以后可就帮不到自己了，而且她还得罪了君殿下。

"凤舞死了，以后就再也不会有碍眼的人在眼前晃来晃去了。"凤大夫人特别高兴，她对凤琰峰说，"老爷难道不觉得，自从凤舞从北境来到帝都后，我们家一直在倒霉吗？"

凤琰峰一想，确实如此，从凤琉到凤桑，从夫人到自己……

"如果没料错，这背后肯定是凤舞在搞鬼。"大夫人冷笑一声。

凤琉等人连连点头。

"现在凤舞被抬走了，毫无疑问，她会死得很惨，为免君殿下迁怒……"大夫人目光殷切地望着凤琰峰，"老爷，我有一个提议，不知道当说不当说。"

凤琰峰瞥了大夫人一眼："事到如今，还有什么当说不当说的？说！"

"不如……将凤舞除族吧？"大夫人慢吞吞地说道。

"除族？！"

大夫人："老爷，凤舞得罪的可是君殿下，如果殿下迁怒……我们凤族本来就式微，可经不起折腾了啊！"

凤琰峰咬牙："此事……"

大夫人见凤琰峰内心动摇了，当即给儿女们使了个眼色。

大夫人担心啊！当初凤舞和左青鸾的事，她们几个都是有参与的，凤舞会成为废人，跟她们有莫大的关系，所以得知凤舞恢复修炼的消息时，大夫人吓得脸色惨白，内心惊惧不安，这些日子一直都缩着。

"父亲，将凤舞一家除族吧，她会连累我们的。"

"父亲，凤舞是绝对不会再回来了。二夫人是个隐患，必须将她铲除！"

大夫人赶紧附和："谁知道她何时会突然抽风，老爷，她抽起风来力量强大无

153

比，就连您也……"

凤琰峰想起自己被璇玑夫人甩在地上抽的画面，当即面红耳赤，气得一拍桌子。

大家齐齐望着他。

"好！"凤琰峰眸中浮现一抹毒辣之色，"为稳妥起见，等太子府传出来消息再说。"

凤舞就像九尾狸猫，死都死不掉的，每次以为她死了，她又出人意料地出现，所以凤琰峰觉得要谨慎。

"我去派人打探消息。"凤亦然刚走到门外，就听到一阵急促的脚步声传来，是凤管家。

"老爷！好消息！好消息！"凤管家迈着不太利索的两条腿，快步跑了进来。

凤琰峰等人全都站了起来："什么好消息？"难道凤舞被处死了？！

凤管家满头是汗，一边喘息一边笑道："五小姐回来了！不仅回来了，还……"

凤舞回来了？！凤琰峰等人听到大管家的话，都怔住了。

然而，更让他们想不到的是，凤舞身边居然还跟了一个人。

"常、常大统领？！"众人都用难以置信的目光望着凤舞身后那个人。

就在一个时辰之前，这位常大统领带领着王府护卫气势汹汹而来，那威武霸气的样子让人心生敬畏，而现在……

"小舞，你回来啦！"凤琰峰念头一转，当即转变了态度，脸上露出一抹惊喜的笑容。

凤舞点点头，狐疑地看了大房这群人一眼，他们聚得这么齐，是要做什么坏事？

"大伯，大家怎么都聚在这儿？这是要干什么去？"

凤琰峰哪里敢告诉凤舞实情啊！而且常大统领在此，凤琰峰自然要先跟常大统领问好。

"常大统领，有失远迎，恕罪，恕罪啊！"凤琰峰满脸赔笑。

此刻的常大统领，内心是很复杂的。一个时辰前，他还是太子府的常大统领，一人之下万人之上，帝国的文武百官见了他，都得恭恭敬敬地问声"常大统领好"，现在他的主人却是凤族不受宠的五小姐，落差之大，让人一时之间如何接受？

常大统领瞪了凤琰峰一眼："凤大人这是在讽刺我吗？"

"讽刺？这话从何说起？"凤琰峰不解啊！

常大统领扭头不看他。

凤舞看了常大统领一眼，看来，被君临渊丢给自己后，常三心有不甘！凤舞倒不介意，来日方长嘛，她总能将常三收服了的。

凤舞笑嘻嘻地说："大伯，现在这位可不是常大统领了，所以你这样喊他，对他来说就是讽刺啊！”

“不是常大统领了，那……”

“现在，他是我星陨院的护卫长，常三。”凤舞笑眯眯地说。

“你胡说！”凤琉瞪着凤舞，“常将军可是太子府的大统领，怎么可能成了你的护卫？简直荒谬！”

“如果这是真的呢？”凤舞笑眯眯地看着凤琉，她不介意趁机坑凤琉一回。

凤琉正想说话，却被凤亦然拽了一下。

凤家大房也不全是傻子，凤亦然看凤舞说了半天，常大统领都没有反驳，当即心里咯噔了一下。

凤亦然：“常大统领真的……是你的护卫了？”

凤舞淡淡瞥了他一眼：“那可不？”

凤亦然眉头紧皱：“怎么来的？”

凤舞：“君殿下送的。”说着，凤舞转头对常三道：“你以后只需守护星陨院，凤族其他人，谁也命令不了你。”

常三憋屈着一张脸，神色复杂，但还是朝凤舞点了点头。

居然是真的？！凤舞带常三离开后，凤琰峰等人面面相觑，久久难以回神。

“这怎么可能？这不可能啊！”凤琉第一个不信，“那可是常大统领、太子殿下的左膀右臂，说送就送了？”凤琉看向凤桑：“三姐，你不是说，在帝国学院里，太子殿下对凤舞很不好吗？欺负凌辱她吗？”

凤桑点头：“确实如此，很多同学都可以做证。”

“那为什么君殿下要将常大统领送给凤舞？”凤琉百思不得其解。

“会不会是……殿下派大统领监视凤舞？”凤琉目光一闪。她怎么都不会相信，君殿下对凤舞有意这件事的。

凤桑摇头：“以君殿下之威能，何须监视，直接杀了便是。”

“那是为什么？”

大家都想不明白，一个个愁眉苦脸的。

凤琰峰冷哼一声：“刚才说的事，再不许提半句，可记住了？！”

刚才大家还在商量将凤舞那一房除族，现在倒好，人家直接将常大统领带回来当护卫长了，这还怎么玩？

凤亦然等人虽然不服气，却不得不接受这个憋屈的事实。

“这里面肯定有问题。”凤琉握紧了拳头。

第六章
深夜遇袭

星陨院。

凤舞被扛走后，家里乱成一团，朝歌跑到方宅向方阁老求救，方阁老却淡淡一笑："无妨的，那丫头很快就会回来。"方阁老何等睿智，他根据已有信息，很快就得出了这个结论。

君太子对凤舞非同一般，而君临渊那等亿万年才出一个的奇才，方阁老自然是很看好的，如果舞丫头和君太子在一起，方阁老自然是乐见其成。

方阁老看明白了，朝歌还蒙在鼓里呢！她见方阁老不帮忙，当即气炸了，决定自己跑去太子府救人。她还没跑出去，就看到凤舞大摇大摆地回来了。

"小舞，你回来啦！"看到凤舞，朝歌第一个扑上去，抱着凤舞的腰不放。

星陨院的其他人自然也喜出望外。

朝歌越过凤舞肩头，看到站在她身后的常三，当即怒气上涌，道："你还敢过来！你这是强抢民女你知道吗？！就算你的主子是太子殿下，你也不能……"

凤舞怕朝歌说出更难听的话来，赶紧阻止她："现在他不是君临渊的人了。"

"啊？"朝歌不解地望着凤舞。

凤舞认真地道："现在他是我们星陨院的护卫长，不是君临渊的常大统领了。"

凤舞此话一出，星陨院的人全都惊呆了。

赵嬷嬷拉着凤舞："小姐，这话可不能乱说啊！"

之前常大统领来的时候，他们可是看得很清楚，连凤琰峰都对他低声下气的，现在小姐却说……

凤舞转头看着常三，面色严肃而认真："常三，以后星陨院的安全就交给你了，可有问题？"

常三目光复杂地看着凤舞，如果可以选择的话，他当然想要拒绝，可是他想起离开前封管家说的那句话——跟着凤舞小姐是你的大机缘，好好去吧！

大机缘？看着这狭小的星陨院，常三不知道大机缘在何处，但是他发了血誓，他不得不硬着头皮道："没有。"

大家都用难以置信的目光看着常三，然后又都转头看着凤舞。

凤舞轻轻点头："以后，常三就住在星陨院。赵嬷嬷，去收拾一间空房出来。"

赵嬷嬷回道："是，小姐。"

"秋叔，你跟他讲一下星陨院的规矩和禁忌。"凤舞吩咐道。

秋叔："……"

秋叔刚晋升到灵宗境，而常大统领的实力深不可测。

秋叔苦笑："是。"

凤舞对待常三像对待其他人一般，星陨院的其他人却不敢怠慢常三，毕竟这位强者无论地位还是实力都非常高。

凤舞看了，也只是苦笑着摇摇头，大家以后习惯了就好。

入夜，星陨院众人都在修炼，凤舞正试图突破到灵宗七星境。

常三的灵识从星陨院扫过，忽然，他眉心一痛，心里惊呼一声，咦？他的灵识居然没有用？在星陨院扫过的时候，脑海一片漆黑，什么东西都没有。

不对吧？常三将灵识探出星陨院，朝凤宅其他地方扫去，最后扫到了大房所在的院落，凤琰峰和大夫人正在吵架，凤大夫人还被凤琰峰抽了一巴掌。

他的灵识没有问题啊，怎么会扫不到星陨院呢？这星陨院有古怪。

灵识扫不到，但他还是能听到隔壁房间修炼吐纳的呼吸声。

常三眸中浮现一抹嘲讽的冷笑，这院里的人，实力低微如蝼蚁，再修炼，又有何用？

嗡——空中突然传来轻微的炸裂声，这是有人晋升了？凑巧吧？

常三正想着，耳边又传来一阵轻微的灵气波动声，这……如果说第一次是巧合，那么第二次呢？还是巧合吗？

出乎常三意料的是，片刻后，又响起了灵气波动声。

常三："……"

就算是低阶，晋升也没这么快吧？这星陨院里的人都是妖孽吗？！

157

常三想不明白，也就不想了，他决定自己修炼试试。当他打开丹田吸收灵气的时候，发现此地灵气竟然不比太子府的差，隐隐还有过之，这是怎么回事？！

常三原本以为这是错觉，但很快他就发现不是，因为这灵气不仅浓郁，还很纯粹。他想，他有些明白封管家说的大机缘是什么了。

星陨院的灵气让他欲罢不能，这分明就是在一个聚集灵气的阵法之内啊！

常三真相了，太乙阵法除了能防御外界攻击，最重要的作用就是聚集天地灵气，供宿主修炼。

常三有预感，按照这样的速度修炼下去，他处于瓶颈已久的境界，说不定就打开了。

就在他强压制住内心的激动和兴奋，准备好好修炼的时候，忽然，空气中传来一道凌厉的剑意。

常三被打扰了，双眸不悦地睁开，眸中寒光乍现。

墙头，三道鬼魅般的身影，闪电般朝星陨院冲来。

好快的身手！光凭这飞檐走壁的速度，常三就断定，这三个人至少是灵尊境巅峰级别。

以凤舞如今灵宗境的实力，就算只来一位，凤舞也无可抵挡，何况现在一下来了三位。

凤舞正闭目修炼，耳边响起彩凤鸟尖锐的声音："敌袭！敌袭！"

凤舞当即睁开眼睛，双眸在夜幕中闪烁着冰冷的寒光。

果然，如彩凤鸟所言，有敌来袭。

凤舞站起身来，躲在黑暗的角落里，她手中陡然出现了一把金针。

黑暗中的三个人，一高、一矮、一胖，特色鲜明，让人一目了然。

三个人以最快的速度，分别冲向凤舞的房间和璇玑夫人的房间。

凤舞眸中浮现一抹冰冷的寒光。针对她也就罢了，居然敢对美人娘亲动手，她实在不能忍。

啪嗒！那个身材矮小的黑衣人手握住门锁，下一瞬间，门锁就打开了。

门锁打开的同时，凤舞手中金针齐发，黑暗中，一道道冷风伴着金针朝黑衣人袭去。

身材矮小的那个人往下一蹲，以最快的速度避开了金针。

然而，凤舞手中的金针，目的不在伤人，而是在逼迫他走位。就在矮黑衣人为自己避过金针而窃喜的时候，忽然，他发现撑在地面的两只手像是被什么东西黏住，想抬起来都难。

矮黑衣人身处灵尊境巅峰级别，哪能这么容易就输，他用力抬起双手，一掌拍向金针射出的方向。可是，那里哪还有凤舞的身影，凤舞早已避开，并且不知怎的多了一堵黝黑的反弹墙。

反弹墙，顾名思义就是将灵力反弹回去。矮黑衣人一掌拍去，他用了多少力，就反弹回来多少力，轰——排山倒海般的灵力，以让人难以置信的速度朝他袭来。

矮黑衣人眼睛都瞪圆了，怎会如此？这个房间有古怪。

"唔——"矮黑衣人口中发出一声闷哼，显然受了伤。

他身旁的胖黑衣人看见他的遭遇，眸中浮现一抹惊讶之色。

"你怎么……"胖黑衣人刚出声，就被矮黑衣人怒瞪了一眼："点子硬，还不快过来帮忙？！"

原本矮黑衣人觉得这个任务太简单了，他就让胖黑衣人在一旁看着不要插手，于是，胖黑衣人斜倚在门框上，笑眯眯地准备欣赏这场即将开始的碾压式的暗杀。他没想到的是，原本以为的碾压式的暗杀没有出现，出现的反而是被灵力击得倒退出房间的矮黑衣人。

点子硬吗？看来是有点了。

胖黑衣人眸中浮现一抹冷笑，他手中的剑陡然出鞘。

可是，那敞开的房门内，一点动静都没有。

矮黑衣人和胖黑衣人对视一眼，都在对方眼中看到了惊讶之色。

这座庭院是怎么回事？闹出了这么大的动静，这里面的人怎么跟死了一样，一点反应都没有？正常情况下，不是应该尖叫出声吗？但是没有！整座庭院，悄然无声，寂静无比，绝对有问题。

对了，高黑衣人呢？自从他进了另外一个房间，到现在都没有现身呢，也没有任何动静。

就在这时，那个冲进璇玑夫人房间的高黑衣人，忽然发出一道凄厉的惨叫声："啊——"

寂静的深夜，凄厉的惨叫声，让人忍不住脊背发寒。

发生了什么事？！矮黑衣人和胖黑衣人来不及多想，他们以最快的速度冲向凤舞的房间。

他们接到的任务是杀掉凤舞，掳走璇玑夫人是次要任务。

可是，他们还没冲进去，就看到一位衣袂飘飘的红衣少女站在院中的樱花树下。

这个季节本没有樱花，此时，月光下，枝头成团的樱花却扑簌扑簌地往下落。

"凤舞！"矮黑衣人眸中浮现一抹冰冷的杀意。

此刻，凤舞身边还站着目光森冷的常三。

常三正要上前，却被凤舞抬手拦住，凤舞对他说："我需要有人练手。"

"两个灵尊境巅峰的蝼蚁，你想怎么玩就怎么玩吧！"说着，常三抱剑走到一旁，斜倚在樱花树上。

灵尊境巅峰的蝼蚁？凤舞嘴角微抽，也只有君临渊的侍卫统领，才能说出这样的话吧？！

凤舞本身是灵宗境，正常情况下，对上灵尊境强者，她是打都不会打，扭头就跑的，可是今天不一样，这是在她的地盘，在她的太乙阵法之内，加上有常三在一旁护着，凤舞决定试一试身手。

矮黑衣人和胖黑衣人听了凤舞的话，眸中都浮现一抹冷笑。

"臭丫头，好大的口气啊，快过来束手就擒吧！"

凤舞摇头："我要跟你们比试。"

矮黑衣人问道："你以为这是演武场吗？还比试？小丫头，我们是杀手，懂？"

这两个人还是第一次见到实力低微在灵宗境的人，居然毫不惧怕他们这样灵尊境的强者。

一重一境界，隔境界如隔山，如何能比？

"夜长梦多，一起上！"两个黑衣人对视一眼，然后同时持剑朝凤舞冲去。

面对杀气腾腾刺来的利剑，凤舞眸中却浮现一抹兴味的笑意。

她确实需要试试美人师父刚教给她的星陨剑法，只是对方两个人，她没办法试，于是她笑嘻嘻地看了常三一眼。

常三接收到凤舞眼中的讯息，无奈地翻了个白眼，下一瞬间，他微微抬手，哗啦——凤舞面前的两个黑衣人只剩下了一个，另一个被常三挡去了。

扑哧！常三将胖黑衣人手中的剑对准胖黑衣人的腹部，一剑刺入，然后将他挂在了树上。

胖黑衣人脸上满是难以置信的表情——这是怎么回事？情报上不是说，星陨院最强者就是凤舞，实力灵宗四星吗？剩下的都是更不起眼的灵宗三星、灵宗一星、灵师六星这样的渣渣吗？怎么会有一位远超灵尊境实力的强者？！

常三能成为君殿下的护卫大统领，实力怎么会差？

他正要拧断胖黑衣人的脖子，突然听凤舞道："先别急着杀。"

常三无奈地瞅了凤舞一眼，他发现这位新主人跟君殿下的行事风格很不一样啊！此刻若是君殿下，抬手间，这些人就灰飞烟灭了，哪里还有让他们废话的机会。

可是，他发了血誓要忠诚于凤舞，只能将胖黑衣人丢在一旁。

矮黑衣人瞪着凤舞，眼珠子都快暴突出来了。

怎么可能？！好可怕的人！

他也终于知道，刚才在璇玑夫人的房间里，高黑衣人那凄惨的叫声是怎么发出来的了，一定是这位高手杀了高黑衣人。

想到这儿，矮黑衣人转身就跑——任务可以失败，但是命不可以丢啊！

可是，现在已经不是他想跑就能跑的了。

他往墙头跳去，却发现近在咫尺的墙头，怎么跳都跳不过去，这是怎么回事？！

这时，他身后传来凤舞凉凉的声音："你以为我们星陨院，是你想来就来、想走就走的地方吗？"

矮黑衣人转头怒视凤舞："臭丫头，你搞了什么鬼？！"

凤舞淡笑："来都来了，我们打一场吧。"

"谁要跟你打！"矮黑衣人怒视凤舞。

她身后站着的那个人，不知道是灵什么境，但能一招制住自己同伴的，至少也是灵候境，怎么打？

"他不插手。"凤舞笑眯眯地朝矮黑衣人走去。

"他真不出手？"矮黑衣人确认一遍。

凤舞一本正经地道："嗯，我赢了，他就不出手。"

矮黑衣人气得面目一阵扭曲。你赢了，他当然不用出手；你输了，他肯定出手，那还打什么啊？！

这时，矮黑衣人发现了一个漏洞，跳不到外墙去，但是跳往隔壁的墙头似乎可以，别问他为什么会知道，就是有这种直觉。

趁凤舞不注意，矮黑衣人以他此生最快的速度跳上墙头，朝方宅而去。

跑跑跑……现在矮黑衣人心中，哪里还有杀凤舞的念头，他现在能想到的就是跑，先保住一条命再说！

他没看到，在他跳到方宅时，凤舞眸中那一闪而过的笑意。

本来星陨院就在阵法的边缘，边缘哪有阵眼的力量强。

为什么别的地方不能跑，偏偏方宅可以跳进去？凤舞分明是堵住了其他三个方向的出口，将猎物往方宅的阵眼引去。

矮黑衣人跳进方宅后，脸上浮现一抹得意的冷笑，可是下一秒，他的笑容就僵在了嘴角。

他清楚地感觉到，一道无形的雷霆电弧围绕在他周身，并且，他的身体像是陷入了沼泽中，身上的重压翻了好几倍，他试图往上跳，却发现自己根本跳不起来。

此刻，凤舞已经跟了过来。

看着矮黑衣人狰狞的表情，凤舞眼中浮现一抹淡淡的笑容："你跑啊，继续跑啊。"

矮黑衣人很绝望，原本他们是来杀凤舞的，结果还没出手，自己的两个同伴就都

折了。

知道自己跑不了，矮黑衣人手中的利剑翻转，以一种诡异的姿势刺向凤舞。

他想明白了，有那样的强者护着凤舞，自己根本赢不了，为今之计，只有挟持凤舞，以求逃脱了。

可是，当他持剑刺向凤舞时，他突然发现自己的实力被压制了，原本灵尊境巅峰的他，足足被压制了一个境界，也就是说，现在他的实力只有灵宗七星。

怎么可能？！矮黑衣人眼中浮现一抹震惊之色。他到底来到了一个怎样诡异的地方？这里怎会如此可怕？！

凤舞嘴角浮现一抹淡淡的弧度："欢迎来到我的太乙阵，你的实力已经被压制了一个大境界，现在，我们可以开始了。"

剑光，起！

星陨剑法，七天时间，凤舞只学会了三招。

"星陨剑法第一招，剑雨出尘！"凤舞挽出一道剑花，樱花纷纷扬扬。

矮黑衣人嘴角浮现一抹狰狞的冷笑："即便压制了一个境界，你也没实力跟我比！"他手中剑光闪闪。

铮！剑与剑相交，剑芒四射。

凤舞后退了七步，而矮黑衣人只后退了一步。

矮黑衣人眼中浮现一抹讶异："你不是灵宗五星境吗？"

刚才交手，他发现凤舞的实力不止灵宗五星。

凤舞眼角微勾："灵宗五星境？早就不是了。"

果然，这是左家派来的杀手，知道她的实力如何。

没想到之前那个杀手在巷子里杀她失败后，左家这么快又派来了杀手。凤舞眸中闪过一抹狰狞，左家，真是让人防不胜防。

"星陨剑法第二招，影月龙舞！"凤舞后退七步，卸去矮黑衣人的冲击力，然后以一种鬼魅的步伐，瞬移到了他的面前。下一瞬，凤舞手中剑，龙走蛇舞般刺向了矮黑衣人的胸口。

好快的身手！让人防不胜防的出剑角度！

矮黑衣人将手中剑挡在胸口，随即，无形的剑意朝凤舞弹射而去。

铮——又是一次剑意交锋。

凤舞噔噔噔后退了三步，而这一次，矮黑衣人居然也后退了三步。

他难以置信地瞪着凤舞，怎会如此？刚才他的实力还比凤舞强的，怎么一下子，他和凤舞的实力就持平了？他施展出来的还是灵宗七星的实力啊！

"你——"如果说，一开始矮黑衣人对凤舞还有一丝轻视的话，那么现在的他，全程戒备了。

凤舞面色冷凝，挥舞着手中剑，无数灵气以她为中心汇聚，无形的剑意以她为中心扩散开来。

矮黑衣人眸中浮现一抹惧意，好可怕的剑意。

就在这时，凤舞双手高举火炎剑："星陨剑法第三招，雷音魂断！"随着凤舞这一声怒喝，无数剑意朝矮黑衣人暴涌而去。

矮黑衣人原本觉得自己还能挡，而这一瞬间，他害怕了，他知道自己注定要输了。

扑哧！凤舞手中剑直直地刺入了他的腹部。

原本，凤舞是可以刺中他心脏的，但她没有这么做，因为留着活口还有用。

"你——"矮黑衣人口中鲜血喷涌不止，他盯着凤舞，以难以置信的目光盯着凤舞。

怎么可能？他居然输给了一个小丫头。

凤舞将火炎剑从他腹部拔出，噗——鲜血飞溅的声音。

这时，凤舞感觉到身体里一阵异动，不会吧？这样都能晋升？

凤舞来不及多想，将火炎剑往边上一插，盘腿坐在了地上。

反正有常三保护，矮黑衣人能将她如何？

矮黑衣人已经失去了战斗力，他跌坐在地，看着自己腹部的血洞汩汩往外流血，他知道自己的生命正在流逝，愤怒、后悔、懊恼……各种情绪在他心中交织。

他转头去看凤舞，他的眸中不禁浮现了一抹讶异。

他以为凤舞会杀他，没想到，在这关键时刻，凤舞居然盘腿坐下了，这是要做什么？

下一秒，矮黑衣人眼中浮现匪夷所思之色，晋升？！这个丫头跟他打了一架之后，居然盘腿晋升？当着他的面晋升？！

凤舞还真的是在晋升。

她的实力早就达到灵宗境六星巅峰了，一直没有机会爬到七星，今晚一战却给了她灵感，所以凤舞也不管矮黑衣人就在眼前，她盘腿坐下，当即选择了晋升。

一道灵气波动的声音传来……

"小舞，你晋升到灵宗六星了？"朝歌趴在墙头，激动地望着凤舞。

凤舞淡淡一笑："不，是灵宗七星了。"

朝歌："……"

小舞什么时候晋升到六星的？她都不知道。这一会儿工夫，就已经是七星了？原本朝歌以为自己晋升的速度很快，现在一看，又和凤舞拉开距离了。

神医凰后 3 【上册】

不行！朝歌没时间多说话，扭头就跑。

"你去哪儿？"凤舞不解。

"修炼！"朝歌握拳，只给凤舞留下了这句话。

现在大家都在低阶，实力相差还不大，等以后大家的实力越来越强，差距也就越来越大，朝歌怕哪天自己连站在凤舞身边的资格都没有了。

凤舞晋升，刺激到的何止朝歌，其他人听到后，也纷纷跑回自己的房间拼命修炼。

矮黑衣人看得目瞪口呆，这星陨院的人，都这么勤奋吗？

凤舞站起身来，拍了拍手，抚了抚衣服上原本就不存在的褶痕，然后，她半蹲在矮黑衣人面前，似笑非笑地盯着他："现在，你可以说了。"

"说什么？"

凤舞看白痴一样看着他："你不会以为，我留着你性命，是用来呼吸新鲜空气的吧？"

"我是不会透露任何消息的，有本事你就杀了我！"

凤舞淡淡一笑："看来，你是不怕我了，很好。"

凤舞回头给常大统领使了个眼色。她注意到，常大统领早就不耐烦地摩拳擦掌了。

凤舞一站起来，常大统领就走过去了。不愧是君临渊一手调教出来的大统领，不到一盏茶的工夫，矮黑衣人就被他折磨得痛不欲生，凤舞想知道的，矮黑衣人都说出来了。

"有人在血滴子杀手组织悬赏你，赏金高达十万上品灵石。"

十万？还是上品灵石？

凤舞摸着下巴："没想到我还挺贵的啊！"

常大统领瞥了凤舞一眼："血滴子组织收费一向高昂，十万不过是比基础价高了一点点。"

凤舞："……"

"他们三个来自灵尊境小组，实力分别是灵尊境八星、九星、九星。这次暗杀之后，不出意外，还会有下一次，你要做好心理准备。"

凤舞："还有？！"

常大统领点头："杀你的任务还没有完成，就又死了三个人的话，血滴子杀手组织会对你的危险指数和贵重指数重新评估，从而提高价格，请灵侯境强者出手。"

"灵侯境强者出手一次，一般需要多少灵石？"凤舞眉头微蹙。

"灵侯境的实力和你的相差太大了，正常情况下不会出手，因为一旦出手，需要的灵石不是翻倍就行的。"

凤舞的心放下了不少："可如果来一堆灵尊境，也非常麻烦。"

凤舞心中暗暗庆幸，幸好自己将常大统领挖过来了，否则，今晚胜败就不好说了。方阁老倒是能出手帮她，可是她不能次次都劳动他老人家啊！

"他们是左家派来的？"凤舞问。

常大统领摇头："雇主的资料是绝对不能透露的，否则这个买卖也就做不下去了。"

凤舞淡淡一笑，十万灵石不是谁想拿就能拿得出来的，除了左家就没谁了。

"雇主的资料不能透露，但是——"凤舞笑眯眯地看着矮黑衣人，"既然别人可以悬赏，那我不可以悬赏吗？"

常大统领看了凤舞一眼，这丫头的反应可以啊！

矮黑衣人冷笑："一旦上了被杀榜，就不能反过来悬赏了，不然整个杀手界的秩序都乱了。"

这样说也对，如果一方悬赏，另一方又反过来悬赏的话，就是打价格战了，肯定会乱成一团。

"好！"凤舞举一反三，"我不可以悬赏，但别人可以吧？"

矮黑衣人点点头，他心里不由得替发布任务的金主默哀一声，这个少女可不像组织评估得那样柔弱无害、实力低微。

也不知道常三用了什么手段，原本十分抗拒的矮黑衣人，这会儿无比听话。

杀手组织基地非常隐秘，不是一般人能找到的，想要进去，必须有人介绍。很显然，矮黑衣人被常三拿住了，不得不告诉凤舞进入杀手组织的方式。

"去东大街第三小街尽头的杂货铺找关老七，他会带你进去，但必须是在黎明之前。"

凤舞看了看天色，现在就是黎明前。

"这两个人如何处置？"常三问道。

凤舞淡淡冷笑："胆敢来杀我，死了太便宜他们了，就让他们留在太乙阵里当肥料吧。"

当肥料？两个未死的黑衣人，都用难以置信的目光看着凤舞。

肥料嘛，很简单。太乙阵运转，需要耗费大量灵气，地底下有上品灵石提供灵气，而这两个人身上也有灵气，那就一起用呗，别浪费了。

凤舞回到自己的房间，乔装打扮后，常三根本认不出她来了。

凤舞对常三摆摆手："你不用跟着了，你一出现，容易把我暴露了。"

常三："你确定你可以？"

165

凤舞轻松地道："当然！我打扮成这样，别人可认不出来我是谁。"

常三一想，确实如此，便点头答应了。

凤舞宛若一只动作灵巧的狸猫，快速穿梭在茫茫夜色中。

东大街，第三条小街的尽头，亮着一盏橘黄色小灯。

没想到杀手组织也是开店做生意的，竟然将店开在最繁华的东大街，有意思。

凤舞对血滴子杀手组织的幕后首脑，产生了好奇。

按照矮黑衣人说的那样，凤舞伸手敲门，声音三长两短，重复敲三遍。

凤舞敲门完毕，里面传来一道幽幽的声音："这大半夜的，谁啊？"

别看只是最普通的一句话，这里面暗含玄机呢！要是答错了，接下来接待的，真的只是杂货铺的伙计，如果回答正确，就会转入杀手组织频道。

凤舞故意用略带沙哑的声音："远方客人路过，讨一碗水喝。"

这十一个字，一个字都不能少，顺序也不能错。

凤舞说完这句话后，门吱呀一声自动打开了。

凤舞进门后，并没有左看右看，而只是用眼角余光微微扫了四周一下。这里的布局倒是杂货铺的样子，架子上摆放着各种生活用品，生活气息浓郁。

一个小伙计走到凤舞面前："姑娘要买什么？"这是第二轮暗语。

常三审问那两个黑衣人的时候是分开审的，待他们的口供一致后，他才告知凤舞。

"有冰蚕莲花丝吗？"凤舞神色如常。

小伙计道："冰蚕莲花丝这般贵重的东西，不会摆在外面，请贵客随我来。"

凤舞心中一动，有门。

凤舞跟在小伙计身后，小伙计掀起一道门帘，凤舞跟着走了进去。

如果说前一秒他们还身处生活气息浓郁的杂货铺，那么下一秒凤舞就感觉到了一股阴森的气息将她笼罩。只是隔着一道帘子，一个是花团锦簇的光明世界，一个则是阴戾冰冷的黑暗世界。

凤舞一脚跨进这个黑暗的世界，不知为何，她心中竟生出一丝兴奋。

在小伙计的指引下，凤舞最终来到了一间幽暗的小黑屋。

屋子的四面都是黑墙，其中一面墙的前面有个吧台，吧台很高，差不多到凤舞胸口位置，台面上放着一盏幽幽的冷灯。

吧台后面坐着一个人，因为坐在阴影里，脸看不太真切，但是依稀可以看出年纪蛮大的。

"小姑娘，填了这份表格。"

凤舞接过表格一看，要杀之人、实力、背景等内容需要填写。

要杀谁呢？其实凤舞早就想好了，直接将左铭杀了，到时左家群龙无首，她就没有可担心的了，凤舞毫不犹豫地将左铭的个人信息填了上去。

填好之后，凤舞将笔往笔架上一搁，然后吹干了墨迹，将表格递了过去。

坐在黑暗中的老者，枯瘦如柴的手接过表格，很快传来噼里啪啦打算盘的声音。

凤舞踮着脚尖往里面看，很奇怪，这个人好像没有五官。

诡异、阴森、黑暗……让人不自觉地脊背发寒。

不过，凤舞的胆子很大，她一点都不害怕，反而心中还有一丝窃喜。

没过多久，打算盘的声音停了下来，那张表格出现在凤舞面前，表格最下面有一个需要支付的数额。

看到那个数目，凤舞眼瞳微缩，差点吐血，好贵啊！

凤舞震惊地望着那个神秘人："这、这么贵啊？"

原本凤舞以为自己的命值十万上品灵石已经很贵了，没想到左铭的身价竟是自己的数十倍。

"你还有两次机会。"里面传来幽冷的声音。

凤舞刚才的表情，一看就知道支付不起。

凤舞摸摸脑袋，好吧，就算将方阁老家地底下的所有灵石都挖出来也支付不起，所以，还是算了吧，左铭留着以后自己杀。

既然还有两次机会，凤舞灵机一动，不如，试试左青鸾？

凤舞手中的笔快速挥动，一会儿工夫，她就将左青鸾的个人信息填好，将表格递了进去。

神秘人扫了一眼表格上的内容，又开始拨打算盘，噼里啪啦——声音不绝于耳。

凤舞觉得，左青鸾现在还是灵尊境的话，杀她应该不会很贵吧？

这次凤舞等待的时间比刚才短了一些，一盏茶工夫，那张表格出现在了凤舞面前。

看到上面的数目，凤舞再次要吐血了："这么贵？！"

凭什么啊？凤舞很不服气！一百万上品灵石，开什么玩笑？！凭什么左青鸾的命值一百万啊？！

"她不是灵尊境吗？凭什么这么贵？我不服气！"凤舞冲着里面嚷嚷。

里面的神秘人怕是这辈子第一次遇到这样不服气的抗议吧？他明显愣了一下，但很快他就反应过来，将那张表格拿回去，拿笔唰唰唰写了起来，很快，一条条理由出现在了纸上。

凤舞看着那些理由，差点蹦起来。

"疑似君临渊未婚妻，增幅百分之五十。"

"凤凰真血，增幅百分之五十。"

"碧云宫宫主关门弟子，增幅百分之五十。"

就因为这些，左青鸾的身价就照她翻了十倍吗？可恶！

凤舞握紧拳头："付不起！"

里面的人没有因为凤舞这句话而有所动。

凤舞："我还有一次机会吧？"

里面那个人又递出来一张表格。

凤舞咬着笔杆，心想，她只有三次机会，前面两次都浪费掉了，第三次机会一定要珍惜，可是，杀左家的谁呢？

凤舞的脑海浮现出左家的族谱。

左老爷子就算了吧，那是天价，就算自己出得起灵石，血滴子组织可能也没杀手能杀得了人家；左铭，付不起；左赫，死了；左青鸾有一个妹妹叫左青羽，这姑娘看着挺讨厌的；左青鸾还有两个哥哥两个弟弟，左铭可真会生啊；左青鸾的二哥名叫左青留，当年左青鸾废她凤凰真血的时候，这个人也在，那狰狞而得意的冷笑一直深深印在凤舞的脑海。

君子报仇，十年不晚，很好，就选你了。

最后，凤舞在表格上写下了左青留的名字。

吧台里面再次响起噼里啪啦的打算盘的声音，不多时，那张表格出现在了凤舞面前。凤舞一看下面的数目，终于不那么贵了。

左青留的实力不怎么样，只是灵宗境，没在朝中担任要职，在家里也不受宠，还流连于青楼，好杀，所以，给出的价格跟凤舞一样，十万上品灵石。

凤舞内心轻哼一声，所以，要杀她的表格上，也写着"好杀"两个字吗？

将表格递回去后，凤舞问："可以用灵药支付吗？"

"可以。"

凤舞手里没钱，可她有丹药啊，她本身就是一个很厉害的丹药师。当初师父有言，不得将丹药卖成钱，凤舞到现在都无法理解师父为何要下这样的命令。不过，现在不是卖，是当作货币来支付，应该可以吧？

"付定金？"

"全款。"里面的人似乎对凤舞很无语，幽幽地说，"发动三次击杀，杀不了，全款退还。"

"好。"凤舞将身上的丹药凑了凑，终于凑够了价值十万上品灵石的，全都递了过去。

"七日内完成。"凤舞离开前，吧台里面传来幽幽的声音。

凤舞嘴角勾起一抹淡淡的弧度。虽然很贵，但如果左铭知道自己的家人也会被血滴子组织击杀，他还会这么轻易地买凶杀人吗？

凤舞往家走的时候，天边已经出现了一抹鱼肚白。

寂静的街道上，一道身影宛若狸猫般在屋檐上飞跃而过。

忽然，凤舞感觉到一道灵识从她身上一扫而过，她低头一看，街上有辆马车正在急速奔驰，马车里坐着的不知道是谁，但是那道灵识就是从马车里面射出来的。

车厢上挂着两盏灯笼，上面赫然是"风北王府"四个字。难道是风王妃？那就是干娘了，凤舞想着要不要上去打声招呼。

实际上，马车里的人并不是风王妃，而是风浔。

风浔正从郊外令狐大师那里赶回来，被老人家折腾了一宿，他一身的汗，在马车里睡得东倒西歪的，可偏偏他的鼻子比狗的还灵，他正迷迷糊糊地睡着，突然闻到了一股似有若无的气味，好熟悉。

如果风浔没有追根究底，这件事就过去了，凤舞可以顺利回家，风浔也可以乖乖回家睡觉，坏就坏在风浔脑海里灵光一闪，居然让他捕捉到了。

"啊！"风浔惊呼一声，"是那个，是那个，是那个！"

然后，王府的护卫们眼睁睁地看着他们家小王爷，一边嚷嚷着别人听不懂的话，一边从马车里冲了出去，一下子蹿上了屋顶。

"小王爷！"护卫们惊讶不已，飞快地跟了上去。

凤舞回头一看，原来是风浔，她正要上去打招呼，却见风浔一边跑一边怒吼："臭丫头，终于找到你了，看你往哪里跑？！"

风浔这一声宛若一道惊雷，在凤舞耳边炸响。

臭丫头？丑丫头？凤舞瞬间明白过来，她现在的打扮虽然跟北境城森林里那个丑丫头不一样，但是一样蜡黄的脸，一样的药膏。

"丑丫头，你别跑！你脸上易容药膏的味道我记得很清楚，就是你！你给我站住！"

凤舞这时候哪里还敢冲上去跟他打招呼啊，那不是自投罗网吗？她赶紧转身开跑。

"你还跑？！你居然还敢跑！"风浔气得哇哇大叫。

风浔脑海浮现的是在北境城冰封森林里的一幕幕，当时他对那丫头多好啊！玄奕排挤她，是自己护着她。君老大不喜欢她，是自己护着她。不管什么事情，自己都一心一意相信着她，结果呢？！这个小浑蛋居然将仙灵果偷走了，那可是救宝儿的灵

药啊！

原本他一身疲惫，连动一根手指的力气都没有的，现在看到丑丫头，他的速度飞一般。

凤舞一边跑一边回头看，发现她和风浔之间的距离越来越近，越来越近……这可不行啊，要是被风浔追上，被逼着洗掉脸上的膏药……凤舞不敢想象风浔的表情。

凤舞想赶快找一个偏僻的地方，将脸上的药膏洗掉，却突然啪嗒一声，风浔手中的一样东西打在了凤舞身上，顿时一股恶臭传来。

风浔哈哈大笑："丑丫头，你肯定是想找个地方将脸洗干净，那样我就抓不到你了是吧？"

凤舞回头气呼呼地瞪了风浔一眼。

风浔见小丫头像愤怒的兔子，又是一阵哈哈大笑："这东西叫臭虫，被它的气味熏染到，十二个时辰之内气味都不会消除！哈哈哈，我看你还能往哪里跑！"

凤舞气得不行，就这样束手就擒了吗？绝不！

现在在屋檐上笔直地跑，她肯定是跑不过风浔的，必须要到下面那纵横交错的宅院里，她才有机会逃脱。

想到这儿，凤舞一个纵跃，身形快如闪电，跳入了左前方的一座宅院。

风浔冷笑："想跑？！"

这时，风浔的护卫们赶了上来，风浔回头对护卫们说："快去告诉玄二和君老大，我遇到丑丫头了，让他们速来！"

这样的机会可遇不可求，这次绝对不能让丑丫头逃了。

"好痛——"风浔深吸一口气，只觉得全身酸痛无力。什么时候开筋骨不好，偏偏是今天，否则以他的实力，他早就将丑丫头擒住了。

凤舞跳进宅院后想藏起来，可是身上的味道实在太臭了，根本藏不住啊！凤舞伸手去空间储存袋里掏丹药，她记得自己之前炼制过一种清新剂，一直没用到，就搁在了角落里。

一掏，没有，再一掏，还是没有。

啊！凤舞一拍脑袋，她想起来了，清洁剂她确实炼制过，可是刚才她为了凑赏金，将没用的药剂一股脑地全拿出来了，那清新剂就在里面。

"丑丫头，看你往哪儿跑！"这时，风浔也从屋顶一跃而下，飞速朝凤舞追去。

然而，就在风浔冲过来的时候，啪嗒，他一脚踩进了一处泥坑中——不，那不是泥坑，而是一个狗屎坑，只不过凤舞用树叶在上面做了伪装，加上天刚蒙蒙亮，凤舞身上又带着臭虫的臭味，风浔才没有察觉，一脚踩进去了。

风浔惨叫一声："啊——"

凤舞捂着嘴笑，让你穷追不舍，坑的就是你。

凤舞没有多做停留，转头就跑。她很清楚，风浔现在只会气得更加疯狂地追逐她。

果然，风浔把脚从狗屎坑里拔出来，靴子上全是狗屎，他强忍着恶臭，将靴子脱下来丢掉，赤着一双脚，飞快地去追凤舞。

"丑丫头，你给我站住！站住！"风浔的声音愤怒又憋屈。

凤舞焦急又无奈，她很想告诉风浔别追了，这样下去不是互相伤害、两败俱伤吗？

凤舞转头提醒他："你别追了，追不上的。"

"呵呵！"风浔冷笑一声，"今天我风浔话就放这儿了，追不上你，吾，宁愿死！"

这么严重啊？！凤舞瑟缩了一下脖子，风浔对她的怨气，犹如黄河之水滔滔不绝啊！

可是，跑不是办法，现在只有风浔一个人也就罢了，一会儿要是玄奕来了，特别是君临渊来了的话，她更逃不过了。

怎么办？凤舞快速思考着逃脱之法。

自己身上这臭虫的味道太难消除了，只要她带着这个味道，就永远都逃不了，所以，现在最重要的就是消除臭味，那怎么消除呢？

药堂？凤舞摇头，以风浔的智商，他肯定想到了这一点，说不定这会儿药堂外面正有人把守着呢。

清新剂……清新剂……哪里会有清新剂？

有了！凤舞瞬间眼睛一亮——青楼！

像青楼这样的地方，最爱干净了，不允许有臭味出现，所以青楼里绝对有清新剂。

帝都的青楼在什么地方？凤舞虽然没去过，但她对帝都还是很熟悉的，很快就确定了方向。

风浔在后面追着，看到凤舞前进的方向，他当即皱眉："这丫头这是要往什么地方去？哎哟，不好！"风浔脑子灵活，一下就想到了。

"什么不好？"玄奕很快出现在了风浔面前。

"快、快、快！那丫头要去青楼，快追！"

玄奕看了风浔一眼："真的是那个丑丫头？"

"是她，是她，就是她！机不可失，时不再来，这次让她跑了，怕是以后再也找不到了，快追啊！她身上有臭虫的味道。"

171

　　风浔和玄奕正准备去追凤舞，突然听到旁边响起了一个声音："咦，你们在追什么呢？"一个少年斜倚在栏杆上，笑嘻嘻地看着风浔和玄奕，这个人不是别人，正是御冥夜。

　　风浔一看是御冥夜，心中一动。

　　当初在冰封森林里的时候，被那丑丫头坑的，可不只有自己，还有御冥夜啊！自己马上就要追上丑丫头了，御冥夜却什么都不知道。想到这儿，风浔眼中浮现了一抹明显的优越感。

　　御冥夜修长的手指点着下巴："我怎么听着，你们要追什么丑丫头啊？"

　　"不关你事，才不要告诉你！"风浔拉着玄奕就要走。

　　等他捉到丑丫头，再带到御冥夜面前，好好炫耀炫耀。

　　风浔说完，拉着玄奕快步离开了。

　　御冥夜摸着下巴，目光意味深长。丑丫头，不是凤小舞吗？这丫头居然被风浔发现了？真是不省心的丫头。

　　御冥夜哪里忍心看着凤舞被欺负呀，当即悄无声息地跟了上去。

　　风浔的护卫们早已将帝都最大的青楼包围起来了。

　　"小王爷，那位姑娘溜进去了。"王府的护卫队长风无衣冲风浔抱拳道。

　　风浔问："都守好了？"

　　风无衣回道："里三层外三层，那位姑娘不可能逃出来。"

　　风浔点点头，可是想到那丫头狡猾的样子，他又对风无衣说："回府，将狗子牵过来。"这是以防万一。

　　交代完毕，风浔和玄奕步入了凤栖楼。

　　凤栖楼雕梁画栋，精致奢华，刚走进去，一股馨香就冲鼻而来。

　　凤栖楼的老鸨翠妈妈正在招待宾客，听到龟奴来报："风小王爷和玄小侯爷来了。"

　　这两位可是帝都的红人，他们不认识别人，别人都认识他们啊，自从他们踏进来，凤栖楼里的人就惊掉了一地下巴。

　　翠妈妈听了龟奴的话，没好气地翻白眼："开什么玩笑，那两位贵人怎么会来？我们的凤栖姑娘虽然绝色，可也惊动不了那两位啊！"

　　龟奴急坏了："是真的，他们已经进来了。"

　　翠妈妈不相信地转头瞥了一眼，这一眼，差点把她的眼睛惊掉地上。

　　"哎哟！这不是风小王爷和玄小侯爷吗？今儿个什么风把您二位吹来了？别是专门来参加我们凤栖姑娘赏花会的吧？"

　　所谓赏花会，其实是凤栖姑娘的开苞拍卖大会。

这位跟凤栖楼同名的凤栖姑娘，琴棋书画都得名师真传，卖艺不卖身地在凤栖楼长到十六岁，今夜，翠妈妈决定将她卖个好价钱。

翠妈妈看到风浔和玄奕，当即眼睛都直了，这才是真正的名门贵胄啊！

原本她正陪着官二代和世家子弟，风浔和玄奕一来，翠妈妈恨不得将所有人的关注点都放在他们身上。

尽管翠妈妈恨不得黏在这两位身上，可这两位的心思明显不在什么凤栖姑娘身上。

风浔皱眉，抬手将翠妈妈挥开："别挡道，该干吗干吗去。"说着，他和玄奕往楼上走去。

翠妈妈心中一动，这是要直接去后面找凤栖姑娘吗？风小王爷这是要行使他身为权贵的特权？

大厅中央是一个搭建好的舞台，舞台上花团锦簇，灯火璀璨，是专门为凤栖姑娘准备的。台下，摆了不下二十把椅子，第一排只有三把，都是贵重的紫檀木，穆六少坐在最左边的椅子上，可见他不是全场最尊贵的宾客，最中间的那位却是左家二公子左青留。

穆六少和左青留互相看不顺眼，两个人为了争夺凤栖姑娘的初夜，暗暗较着劲呢！

穆六回头，见是风浔，当即激动地站了起来，然后朝风浔走去："三哥！风三哥！"

"穆小六啊！"风浔拍拍他的肩头。

"三哥，你怎么来了？莫不是你也对凤栖姑娘感兴趣？嘻嘻嘻，既然三哥你感兴趣，那小弟我就不跟你争啦！"

穆六少可是风浔的小跟班，平时最爱跟在风浔身后屁颠屁颠地跑了。

刚才他和左青留争最中间的贵宾席，略逊一筹，记着仇呢，现在他家风三哥来了，看左青留如何嚣张。

穆六少拉着风浔去坐那最好的位置，风浔却摆手道："你们忙，你三哥我还有事儿呢。"

有事儿？穆六立刻将凤栖姑娘的事儿丢开了，什么事儿能有他家风三哥重要啊！

"三哥，啥事儿啊？有事，弟弟愿效劳，您说您说。"穆小六眼巴巴地看着风浔。

风浔没好气地道："那不是你能捉到的丫头，去去去，边儿玩儿去。"说着，风浔摆摆手，带着一众王府护卫冲上了楼。

"哎，小王爷，您这是……"翠妈妈急了。

这可是青楼啊，男人玩乐的地方，现在正值好时光，哪个房间里不是正发生着激烈运动？

"朝廷重犯逃进来了，如果你这凤栖楼还想顺顺当当地开下去，就闭嘴！"风浔眼神威严地瞪了翠妈妈一眼。

别看风浔在凤舞面前不着调，他端起范儿来，还是很有小王爷派头的，眼前这位翠妈妈就被他唬得心头一跳一跳的。

风浔上楼找人，那凤舞呢？她冲进凤栖楼后，就直接冲进了药房。

凤栖楼的药房里，助兴的药剂多，熏香种类也多。凤舞进去后，快速搜索了一番，很遗憾地发现，她要的那种皇级清新剂没有。不过，凤舞找出了多木龙涎香的香料，有这东西，她就能炼制出她要的皇级清新剂了。凤舞抓了一把多木龙涎香，又抓了需要用到的辅助材料，快速蹿进了一楼的厨房。

青楼的宾客络绎不绝，厨房里的人也一直在忙活，好在只有两个人，凤舞狸猫般蹿进去，啪啪两记手刀，这两个人应声而倒。

凤舞将这两个人扶到椅子上坐好，还调整了一下坐姿，别人远远看着只会以为他们在打盹。

做完了这些，凤舞快速来到炉灶前。没错，她就是想用炉灶炼制她的皇级清新剂。

换作别人肯定是不行的，可凤舞的炼丹术不是别人能比的，用炉灶她也能炼制。

凤舞知道时间紧迫，她必须加快手中的动作。

风浔带着人在楼上搜寻凤舞，一扇又一扇房门打开，但一直没找到人。

"奇怪了……"风浔摸着下巴，眸中浮现一抹焦急之色，"明明里三层外三层围起来了，她就算插翅也难逃，到底跑哪儿去了？"

风无衣问道："少主，您没闻到她身上的味道吗？"

风浔皱眉，如果离得近了，自然能闻到，可如果隔着几百米，怎么闻啊？他又不是真的有狗鼻子，何况这凤栖楼脂粉味儿浓厚，他都觉得嗅觉退化了。

"这丑丫头……"风浔气得握紧了拳头。

这丫头鬼灵精似的，被他追得那么紧，还能想到跑青楼里来躲，脑子真是好使。

"对了，狗子牵过来没有？"风浔不耐烦地瞪着风无衣。

"已经在路上了，很快就到。"风无衣躬身道。

"都给我守好了，这次来个瓮中捉鳖，看她还能往哪儿逃！"风浔眸中浮现一抹得意之色。

他带来的护卫们依旧在一个个房间里搜查着，房间里不断传出男人和女人的尖叫声，但因为护卫们拿出了风北王府的令牌，那一道道尖叫声很快就平息了下去。

"回小王爷，东九间搜查完毕，没有。"

"回小王爷，西九间搜查完毕，没有。"

"回小王爷，南九间搜查完毕，没有。"

"回小王爷……"

风浔带来的人很快就将凤栖楼搜了个遍，最终结果却是风浔不想知道的。

风浔瞪大了眼睛："没有？"

护卫们都不敢跟他对视。

风浔拔高了声音："真没有？！"

护卫们大气不敢出，小王爷暴怒的时候，很可怕的。

"只不过……"第一小队的队长吞吞吐吐道。

"都什么时候了，还吞吞吐吐的？说！"风浔怒吼一声。

第一小队队长回道："只不过……凤栖姑娘的房间，还没有搜查。"

"为什么不搜？！"风浔怒了。

"左公子在……"

原来，风浔带人上楼后，左青留担心他心心念念的凤栖姑娘会被风浔抢走，便先一步去了凤栖姑娘的房间。

"哪个左公子？"风浔瞪眼问道。

穆六一直跟在风浔身后，听到"左公子"三个字，他当即乐道："不就是左青留吗？左家二公子。"

第一小队队长道："对，就是左二公子拦在门前，说我们冒犯了凤栖姑娘。"

"他算个什么东西？！"风浔瞪眼，"带路！"

哎哟，穆小六心里那叫一个乐啊！左青留在他面前多得意啊！仗着是左家嫡子，而左家正得皇家恩宠，再加上左家有一位一飞冲天的凤凰真女左青鸾，所以争座位的时候，穆小六都不敢跟他正面起冲突。

"我知道在哪儿，我来带路，我来、我来！"穆小六乐颠颠地跑前面去了，有风浔给他撑腰，他才不怕左青留呢！他一边走，不忘一边跟风浔告状："这左青留太可恶了，吃喝嫖赌样样都做，前几天我还看见他从街头抢了个相貌清秀的民女回家呢！这么会儿工夫就玩腻了？跑来跟我抢凤栖姑娘。

"凤栖姑娘我盯了可久了，她十三岁的时候就盯着，好不容易等了三年等她长成了，这左青留居然跑来跟我抢人。

"风三哥，小弟平时没求你什么，这次真求你了，你就帮弟弟这一回吧，好不好？"

穆小六看来是动了真情了，满眼渴求地望着风浔。

175

风浔没好气地拍了穆小六的脑袋一下："难不成你真想将她娶回家去？"

穆小六瞪眼："娶不了，纳妾总可以吧？风三哥，只要你一句话，老太太不会不同意的。风三哥……"

风浔没好气地瞥了他一眼："如果今天你能帮我抓住那个丑丫头，你这个忙，哥哥我帮了。"

穆小六一听，激动坏了："好！太好了！对了三哥，那丑丫头长啥样啊？有什么特征啊？"穆小六一边说一边撸袖子准备大干一场。

风浔正想形容那丫头的长相，却不知道该怎么形容。那丫头用了易容膏，那张脸是装扮过的，谁知道她现在是不是又易容成别人了。

风浔懊恼地说："那丫头……你别看长相，你就闻味道吧！她身上被下了臭虫，一段时间内臭味是消除不了的。"

穆小六点头："好，弟弟这就给你找去！"说话间，他已经来到了凤栖姑娘的房门口。

左青留守在门口，看到前方浩浩荡荡来了一群人，当即皱眉。看到最前面的穆小六，左青留脸上浮现一抹得意的冷笑："手下败将，还敢过来？"

左青留话音刚落，穆小六身后就传来一道很不客气的声音："谁是你的手下败将？"风浔披着大氅，出现在了穆小六身后。

风小王爷？！左青留目光暗沉，死死盯着风浔。

"让开！"风浔盯着他。

"风小王爷，这里是凤栖姑娘的……"

左青留话音未落，风浔一抬手，像拎小鸡仔一样将他丢到了一旁，砰！左青留的身子撞到墙壁上，一股狂暴的气浪击得他气血翻涌，鲜血直往咽喉处蹿。

风浔不再理他，径直往房间里走去。

"啊！"房间里发出一道惊恐的尖叫声。

凤栖姑娘自然是知道风小王爷的。

对于今晚的来宾，凤栖姑娘已经很满意了，可是她怎么都没想到，自己居然能吸引来风小王爷这样的贵宾，一时间喜不自禁。

"风小王爷……"她痴痴地望着风浔。

风浔却直接从她身边越过，看都不看她一眼。

风浔在房间里走动，灵敏的鼻子嗅来嗅去，很快，他又回到了凤栖姑娘身边。

凤栖姑娘眸中浮现一抹惊喜之色，左青留的脸色却是一片铁青。

很快，风浔就皱眉往外走去。

"风小王爷……"身后传来凤栖姑娘绵软的声音，宛若猫叫一般，风浔却当没听见似的，抬脚就往外走，很快他的身影就消失不见了。

"怎么回事？"看着这群人浩浩荡荡地进来，又快速离开，凤栖姑娘遗憾又疑惑地问左青留。

左青留冷哼一声："谁知道他发什么神经？！好在他走了，否则，我饶不了他！"

凤栖姑娘作势捂住了左青留的唇："别说，风小王爷凶着呢，咱们可别得罪了他。"

左青留不屑地道："得罪了他又如何？不就是一个小王爷吗？"

凤栖姑娘道："你忘了？小王爷背后是君殿下啊！"

左青留冷笑："呵呵，等我姐从碧云宫回来，和君殿下成亲成为太子妃，枕头风一吹，哪还有他风浔什么事儿。"

凤栖姑娘掩唇，眸中闪耀着激动之色："青鸾小姐和君殿下的传闻竟是真的？"

"不然呢？"左青留得意扬扬，"我姐是这帝都唯一的凤凰真女，除了她，还有谁配得上君殿下？"

凤栖姑娘原本还考虑过穆六少，此时听左青留的意思，他以后会是君殿下的小舅子，当即心中一动，看着左青留的目光越发热切了。

风浔站在一楼大厅里，眉头紧皱，一时间无计可施。

整个凤栖楼都查找过了，完全没有丑丫头的踪迹，这怎么可能呢？她到底躲在了哪里？

此刻，凤舞终于将清新剂炼制出来了，她小心翼翼地用清新剂将自己身上的臭味清除，这才长长呼出一口气。虽然还有一点点味道，但只要不是靠得太近，风浔应该闻不出来。

这是非之地，还是赶紧离开好，否则风浔一来，说不定就——

凤舞正这样想着，忽然发现她刚才打晕的两个人中的一个慢慢转醒了，凤舞暗呼一声"不好"，往前飞扑而去，可还是太迟了。

那个人在被凤舞掐死之前，发出了一道凄厉的惨叫声："啊！你是谁——唔！"

第七章
炼制丹药

风浔正在大厅里左思右想，听到这突如其来的声音，心头一动，下一秒，他已经朝声音发出的地方暴冲而去。

凤舞的反应也很快，把那个人掐死后，她就如闪电般往外冲去。可是，凤舞刚跃上凤栖楼顶，就看到了外面密密麻麻的护卫，里三层外三层地包围着。凤舞被吓得心里一阵瑟缩，来不及多想，她又翻身回到了凤栖楼内。

不行，出不去了！凤舞内心一阵懊恼。

不过，她也没有时间懊恼，因为不远处传来了脚步声以及风浔的训斥声："刚才人还在这儿呢，怎么一下子就不见？快给我找！"

凤舞转身钻进了一个房间，身后是香艳的画面，耳边传来让人热血翻涌的粗重喘息声，凤舞充耳不闻，但这样下去不是办法，以凤舞对风浔的了解，他肯定会大范围搜索，一个房间一个房间彻查，即便他刚刚彻查过一遍。

想到这儿，凤舞眉头紧蹙，现在她该躲在哪里呢？

自己绝对不能被风浔等人抓到，君临渊本来就不喜欢她，如果知道仙灵果的事，会活活掐死她吧？

"出来！"

"风北王府搜人！"

"全都抓起来！"

……

一道道声音宛若催命符一般在凤舞耳边响起，凤舞计算了一下，按照这样的速度，不出三分钟，必然会搜查到她所在的这个房间，她不能再躲在这里了。

凤舞悄悄来到窗户前，抬手轻轻将窗户打开，然后她从窗户蹿了出去，再将窗户轻轻关上，就像窗户从来不曾开过一般。

凤舞在房檐上快速攀爬着，朝着尽头那个灯光明亮的房间冲去。凤舞知道有一种躲藏方式叫灯下黑，她身上带着淡淡的气味，躲是躲不掉了，与其如此，倒不如大大方方地暴露在风浔面前，说不定他还能忽略过去。

凤舞来到那个房间的窗外，侧耳倾听，里面很安静，只有女人和男人的拥吻声。

凤舞抓紧时间，身形闪电般从窗户钻进去，悄然落地，一整套动作行云流水般干脆利落。

房间里的两个人，不是别人，正是凤栖姑娘和左青留。郎有情妾有意，此刻正相拥热吻，哪里还顾得上其他。

凤舞躲在衣柜的阴影处，不仔细看是发现不了的。

这个房间很大，中间一扇巨幅屏风将房间分为两半，一半像是化妆间，一个个花枝招展的少女穿着统一的裙衫，正急急忙忙地在化妆，另一半，凤栖姑娘和左青留正浓情蜜意地依偎在一起。

"二公子……凤栖愿以后能一直服侍公子，相伴不离，愿公子成全。"

凤栖？原来这位就是大名鼎鼎的凤栖姑娘啊！凤舞在心里暗道。

"栖儿放心，穆六算什么东西？今晚无论如何，我左青留都会将你拍下，以后你就是我的人了。"

左青留？！这么巧，她刚在血滴子杀手组织那儿写下左青留的名字，就跟他在凤栖楼相遇了？

凤舞悄悄探出一点身子，往那男子脸上一看，还真是左青留。

凤栖姑娘有些担心："可是，如果风小王爷插手……"

左青留眸中浮现一抹得意的冷笑："放心，山人自有妙计！"

凤栖姑娘追问："什么妙计？"

左青留在心爱的姑娘面前毫不设防，他从怀里掏出一个药包，在凤栖姑娘面前晃了晃："这可是宝贝。"

"你想毒死……"凤栖姑娘脸都吓白了。

左青留严肃道："怎么会？不过是让他如厕次数多一些罢了。"左青留还是担心风浔会突然抽风抢走他心爱的姑娘。

这时，外面传来急促的敲门声："栖儿，栖儿，这眼看着天快亮了，快下场跳舞啊！宾客都等急了，你好了没有？"

凤栖姑娘忙从左青留怀中离开，对外面的人道："妈妈，我马上就来。"说着，凤栖姑娘抬步就往外走去。

左青留哪会这么轻易就放开她，立刻拉住她，又是一番猛烈的热吻。

凤舞心头一动，跳舞？凤舞透过窗缝往外望了一眼，这不是一场独舞，而是有一大堆伴舞的舞蹈，如果躲在人群中……

这时，外面响起急促的脚步声。

"小王爷，您，您又来了啊？这里不是刚刚搜查过吗？"翠妈妈问道。

风浔此刻的脸色非常难看，那丑丫头明明就在凤栖楼，却怎么都找不到她，世上怎么会有如此狡猾的女孩？

凤舞心头一凛，不行，她不能坐以待毙了。

距离她最近的地方站着一个伴舞的姑娘，身上的裙衫已经换好了，姑娘正在补妆。

凤舞也是胆子大，她走到姑娘身后，一记手刀就将姑娘劈晕了，然后，凤舞轻手轻脚地将姑娘拖到衣柜中，换上了她的裙衫和头饰，又照着她的样子化好了妆，最后戴上了作为头饰的大片羽毛，正好遮挡住了她的脸。

"快快快，所有人都上台，快走快走！"翠妈妈像老母鸡赶一群小鸡仔似的，将这些伴舞的姑娘推了出去。

"栖儿……"翠妈妈恨铁不成钢地走进房间，将凤栖姑娘从左青留怀里拽出来，"赶紧的，快去快去。"

左青留固然不错，可是现在多了一位风小王爷，翠妈妈的心早就偏到风浔那边去了，即便风浔没有露出半分那种意思。

一楼大厅，很快响起了琴声，凤栖姑娘站在舞台中央，翩然起舞。

凤舞虽然是第一次跳，但好在她是众多伴舞中的一员，根本没有人注意到她的动作是否与别人完全一致，大家的注意力都在凤栖姑娘身上。

凤舞一边随着音乐摇摆，一边偷偷抬眼看风浔，见他找不到人，气得哇哇叫，不禁暗暗高兴。风浔怎么都不会想到，自己会混到舞台上来吧？

这时，一道冰冷的目光射向了凤舞，更准确地说，那道目光是投向舞台中央的，是玄奕。

凤舞发现玄奕正抱剑倚靠在一根原木柱上，目光犀利如刀刃。

凤舞只觉得脊背微寒，赶紧将舞蹈动作跳得更标准一些，否则以玄奕那犀利的目光，很快就能发现端倪了。

风浔从楼上走下来，满脸的怒气。

穆小六一看他这样，赶紧道："三哥，你坐、你坐。"

风浔气呼呼地坐下，端起茶杯就往嘴里灌。

穆小六一边痴迷地望着台上的凤栖姑娘，一边分神跟风浔说话："三哥，没找到您要找的姑娘？"

风浔哼了一声，没有说话。

穆小六："三哥您消消气，这凤栖楼姑娘多的是呢，比如这台上的，环肥燕瘦，啥样都有，三哥你说，要哪一个，弟弟给你带回来。"

风浔用看白痴一样的目光看了他一眼，懒得跟他说话。

那个丑丫头和台上的这些姑娘能一样吗？那丫头虽然丑，但那双眼睛灵动极了，看一眼就让人难忘，台上的这些只能称之为庸脂俗粉。

台上的凤舞内心一阵雀跃，只要这歌舞结束，她就可以躲在人群中，胜利大逃亡了。

很快，歌舞结束了，凤舞缓缓吐出一口浊气。

穆小六笑嘻嘻地说："三哥你看，这些姑娘都被羽毛遮住了脸，是不是神秘极了啊？"

风浔对这些姑娘完全不感兴趣，看都不看一眼，他站起来就走。

风浔刚走了两步，忽然停住，回头盯着台上的姑娘们。

"你刚才说什么？"风浔瞪着穆小六。

穆小六一脸蒙："什么说什么？"

风浔："你刚才说了什么？"

穆小六："我说台上的这些姑娘环肥燕瘦……"

"下一句！"

"如果三哥你喜欢的话……"

"最后那句！"

"用羽毛遮住了脸……"

风浔打了个响指："就是这句话。"说完，他笑眯眯地盯着台上的人，抬步往前走去。

见风浔往台上走来，大家的眼中都带着好奇，难道风小王爷真的对凤栖姑娘感兴趣？

左青留的脸色瞬间变得非常难看，风浔刚才明明说他对凤栖姑娘不感兴趣的，怎么突然又……可恶！左青留握紧拳头，如果风浔真要用权压人的话，他也是一点办法都没有。

近了，近了……风浔已经来到凤栖姑娘身前了，他伸出手了……

凤栖姑娘激动得身体乱颤，面色涨红，紧张而期待着。如果她能被风小王爷看

中，自然比被左青留看中要好多了。

风浔确实伸出手了，却是伸手将凤栖姑娘推开："别挡着我的路。"

什么？！凤栖姑娘愣在原地，脸红得像被火燎一般。

此刻，凤舞却是紧张极了，她身上还有淡淡的味道，如果风浔走近了，很容易就会发现她，怎么办？凤舞的心跳越来越快。

风浔走到姑娘们面前，双手负在身后，目光犀利："把羽毛都给我摘了！"

姑娘们虽然不知道小王爷为何要这么做，但还是听话地将脸上的羽毛摘下来了。

好在凤舞脸上的妆容是照着原来那位姑娘的样子化的，不然她现在就被风浔揪出来了。

姑娘们分成两排站着，凤舞站在第二排，但因为交错而立，所以风浔从前面经过，目光一扫，就能将所有人的脸都扫到。

凤舞心里越是紧张，她的面上就越平静，任何人都看不出来她内心的波澜。

风浔在姑娘们的脸上扫视了一遍，眉头微微蹙起，他没有闻到那特殊的易容膏的味道，也就是说这些姑娘里没有丑丫头，难道他的想法错了？

他不知道，普通的化妆品，只要化妆技术精湛，也能起到易容的效果，只是不持久罢了。

"报上你们的名字！"风浔冷声道。

旁人不觉得，凤舞脑子却蒙了一下，她可不知道她假扮的那个姑娘的名字，她又不能胡诌一个，因为舞台上的这些人都是认识那个姑娘的，这可怎么办？

这时，其他人已经在挨个报自己的名字了："常心，范月风，张丹岚……"

眼看着就轮到凤舞了，她灵机一动，踢了站在她前面的那个人一脚。

"郁雪珂，你干什么？"那个姑娘回过头来，不悦地瞪了凤舞一眼。

郁雪珂的脸怎么变小了？是她的错觉吗？这个叫尤悦的姑娘在心里嘀咕了一下，这时候被风小王爷盯着，她也不敢多问，赶紧回过头来站好。

"你们在嘀咕什么？"风浔盯着尤悦问道。

尤悦紧张得语无伦次："小、小女子……被踢了一脚……所以……"

如果这时候，风浔多问一句，尤悦有没有发现什么不对劲的地方，尤悦肯定说了，但他没有问，他只是盯着后排的人。

很快就轮到凤舞了，凤舞昂头挺胸道："郁雪珂！"她不知道郁雪珂的声音是什么样的，便故意弄得有些沙哑。

这一关总算是过了，凤舞不由给自己的机智点赞。

"三哥，你怎么了？"穆小六不解地看着风浔，"怎么像找犯人似的？"

风浔冷笑："可不就是犯人吗？等找到她，我要剥她的皮、喝她的血。"

凤舞的心抖了一下。

风浔又扫视了这些姑娘一眼，还是没有找到凤舞，只能快快地往台下走去。

凤舞狠狠松了一口气。如果仔细看的话，会发现凤舞后背的衣裳都被汗水浸透了。

就在凤舞以为自己终于逃过一劫的时候，门外传来了犬吠声。

所有人都往门口望去，听那声音，可够吓人的啊！

待凤舞看见从门外进来的狗子，她的眼眸立刻半眯起来，不好！

这是一只黑犬，毛发细腻，油光发亮，足有两米高，看着就很威武。这是一种类似于侦查犬的狗，对气味非常敏感。

凤舞心中警铃大作，会被发现的，肯定会被发现的。

趁大家的注意力都在狗身上，凤舞悄悄往后挪去，后退十步后，转身就跑。

汪汪汪……这只黑犬突然大叫起来，同时身形快如闪电般往前冲去。

风浔顺着狗子冲去的方向，一下就看到了一个淡粉色的背影，他记得那个人原本站在第二排左数第五的位置。

他一把抓住尤悦："刚才，你跟你身后的那个人说什么了？"

尤悦差点被风浔吓死，她哆嗦着身子，声音颤抖："没……没说什么啊……"

"说！"

"她……她就是不小心踢了我一下，我说郁雪珂你干什么？"

风浔像是被人狠狠抽了一巴掌，一张脸疼得不得了。

绝对是那丫头，那丫头会易容，她能轻而易举地假扮别人，但是她不知道自己假扮的那个人的名字……只要一想到刚才自己差一点就能将那丫头揪出来，风浔就气得想打人。

"追！"风浔怒吼一声，朝凤舞离开的方向暴冲而去。

他在心里狂骂，这丫头还真是聪明，混进人群里，舞居然跳得那么好，她真的事先没有练习过吗？

此刻的凤舞，脸色前所未有地难看，又无比凝重。

玄奕已经飞冲而来。

如果只是玄奕，凤舞还是有信心躲开的，就像躲避风浔那样，可是那只嗅觉灵敏的狗，真的很让人绝望。

凤舞之前在楼上的时候已经观察过地形，知道从东边墙头跃出去后就是一条河。在这寒冷的季节，凤舞不想跳河，现在却是没有办法了。

扑通，凤舞跳上高约二十米的墙头，如大鹏展翅般飞扑了下去。

风浔赶到的时候，看到自己追逐的目标往水里跳，他双手叉腰，得意地哈哈大

笑："天堂有路你不走，地狱无门你偏偏闯进来！丑丫头，现在抓到你了吧！"

是，这里是一条河，也没有人守着，但这是风浔故意留出来的活口，就好像一个正方形，其他三个方向的出口都被堵住了，只剩下一个口子是敞开的，而这就是陷阱。

原本那条狗也要跳进去，却被风浔阻止了。

"放心，这河底下早已布满了雷电网，她跑不掉的。"

玄奕默默看了风浔一眼。

风浔顿时笑不出来了，玄奕那是什么眼神啊？好像他是白痴一样。

"没有动静。"玄奕瞥了风浔一眼。

风浔："雷电网有致晕功能，那丫头肯定晕过去了，没有动静才是正常的呢！"

玄奕："真的吗？"

风浔认真脸："嗯嗯嗯！"

玄奕摸着下巴："如果我说她已经跑掉了呢？"

风浔无语脸："雷电网可是我跟君老大硬讨过来的，有多硬实你也是知道的，那可是跟捆仙索一个级别的，你说，她怎么可能逃得掉？"

玄奕眼眸半眯起来，他确实感觉不到那丫头的动静了。

风浔没好气地说："赶紧将人捞起来吧！我真是迫不及待想看这丫头的真面目了。"

被那丫头捉弄了这么久，现在逮到她，风浔只觉得自己出了一口恶气。

雷电网最大的好处就是能根据河床的宽窄，延伸或者收缩，收起来后，它不过拳头般大小，如果铺开，千丈都是有可能的。

这活儿风浔没有假手他人，他自己开始收网。

随着雷电网一点一点拽上岸，风浔越发得意了："丑丫头，在爷的手掌心，看你以后如何蹦跶。"

然而，很快风浔就笑不出来了，雷电网全部被拽上来后，手指般粗细的网格上，蹦跳着不少小鱼，但是——

"人呢？！"风浔脸上的笑容僵住了。

风浔将雷电网收入手中，赫然看到最中间的位置，破了一个足以让一个小姑娘钻过去的洞。

风浔和玄奕对视一眼，都在对方眼中看到了惊讶之色。

风浔暴跳如雷："怎么可能？！这可是雷电网，跟捆仙索一样厉害的雷电网。钻进了雷电网怎么可能破开？那丫头是属泥鳅的吗？这样滑？！"

玄奕瞥了他一眼，早就跟他说了，他就是不信，错过了最佳的追逐时间。

"这不对啊！"风浔拽着玄奕的手，"雷电网这么结实，还是雷电属性，她怎么破开的啊？"

"现在最重要的不是她怎么破开的，而是怎么找到她。"玄奕一脸同情地看着风浔。

当初在冰封森林的时候，风浔被坑得最惨，所以玄奕能理解他的怨念。

风浔气得咬牙切齿，却不得不接受这个事实。

他握拳："来人，沿着这条河，一路往下，给我追！"

那丑丫头只要上岸，总会留下痕迹的，除非她永远待在水里。

风浔让狗子闻气味，辨别丑丫头逃离的方向，狗子却摇头。

随后，它一个猛子扎入水中，在水底待了好一会儿才浮出水面，朝着反方向追去。

"这丫头！"风浔冷哼一声！好在他手里有狗子，不然更是会被这丫头骗得团团转。

风浔发誓，等他逮住这个丫头，他一定要将她捆绑起来，好好教训她，让她哪儿也跑不了。

事实上，凤舞钻入水中的一刹那就感觉到了雷电网的存在，可是已经没有退路了，她只能硬着头皮往前钻。

凤舞发现雷电网虽然称之为网，材质却跟捆仙索是一样的。

之前，常三用捆仙索捆绑过凤舞，凤舞还因为这件事冲君临渊发了好大一通脾气，之后凤舞就问了君临渊，捆仙锁如何解绑，因为她不想自己以后还会处于这样的被动和无助当中。君临渊当时不知道是不是动了恻隐之心，居然真的教她了。

凤舞的身体是冰火属性，冰与水本是同源，所以在水底她游刃有余。

她用君临渊教的法子；将雷电网破开一个洞，然后她回头冲风浔做了一个拜拜的手势，而当时的风浔正双手叉腰，对着河水哈哈狂笑呢！

凤舞宛若游鱼钻过网洞，直到游出去百丈之远，她才浮出水面，长长呼出一口气。

她回头一看，正好看到风浔在收网。不好！凤舞内心咯噔了一下，风浔很快就会发现自己逃跑了，新一轮的追逐又要开始了，跑！

在水里跑，凤舞的速度会慢很多，于是，凤舞在看到一处草丛后飞跃上岸，快速将脸上的妆洗去，又换了一身少年装束。

在水里一泡，凤舞身上的臭味又淡了一些，现在别说风浔了，就是那只嗅觉异常灵敏的狗子，想靠味道找到凤舞都难了。

凤舞快速往闹市区冲去。

经过这么一闹腾，现在已经是早晨了。帝都的百姓起得早，天刚蒙蒙亮，城外的农夫就已经挑着担子进城卖菜去了。

凤舞看到一位老农，递过去一块碎银子："老伯，这银子买了你这一担子菜可好？"凤舞故意压低了音量，听起来像变声期的少年。

老伯自然喜出望外，他这一担子菜全卖了都不够一百个铜板，现在能赚到这近乎二两的碎银子，这是赚大发了啊！

老伯忙不迭地答应："好好好！"

凤舞挑着担子，混入菜农当中，跟着他们一路往菜场走去。

好不容易追赶上来的风浔失去了目标，只能瞪着狗子："狗子！"

狗子一脸茫然，街上的人越来越多了，而那股特殊的气味越来越淡。

风浔急得不行，这次真的是运气好，瞎猫碰上死耗子，回头那丫头将脸一换，他上哪儿找人去？君老大也真是的，怎么还没来啊？

这时，狗子突然朝前方暴冲而去，目标正是菜市场。

凤舞原本以为狗子已经闻不出她身上的臭味了，没想到它还能闻得出来，她不禁皱眉。

狗子暴冲过来，吓坏了很多人。

"快躲开，大家快躲开——"

狗子不管不顾，横冲直撞，被它撞飞的人不计其数。它那双眼睛冒着赤红色的光，直直盯着凤舞，恨不得立刻将她扑倒。

凤舞回头看了一眼，风浔和玄奕正跟在狗子的身后，她来不及多想，将装菜的箩筐往狗子身上一丢，然后飞一般跑走了。

直到凤舞跑远了，风浔才终于知道狗子追的是谁。那丑丫头是天生的演员吗？只这么一小会儿工夫，她就扮成卖菜的少年了？

风浔对玄奕说："如果不是我在她身上丢了臭虫，我们可能永远都不找到这丑丫头了。"

玄奕点头表示赞同。

以他们今时今日的实力和地位，又带着众多护卫，甚至还有一只嗅觉敏锐的黑狗，居然还捉不到这丫头，可见她有多狡猾了。

"这次一定要抓到她！"风浔下定决心道。

凤舞在人群中宛若游鱼般钻来钻去，同时，她也在探查身上臭虫留下的气味，如果没有这气味，风浔是妥妥找不到她的。好在臭虫的气味只剩下最后一点了，不出半个时辰就会全然消失，而她要做的，就是在这半个时辰之内摆脱风浔的追捕。

一开始还好，人群密集，凤舞钻来钻去，风浔根本捉不到她，可是风浔不笨，他直接怒吼出声，让所有人退开，否则就是和风北王府为敌。

风北王府哎，谁得罪得起？于是，人们纷纷退到道路两侧，让出来一条足以让三个人并行的通道。

凤舞孤零零地出现在这条通道上，一眼就可以看到。

"追！"

风浔和玄奕的速度极快，朝凤舞暴冲而去。

凤舞看着近在咫尺的他们，脚下打滑，身子顺着向前滑去。

下一秒，风浔却一跃而起，重重一拳砸到了凤舞后背上。

"噗——"凤舞的身体抑制不住地往前扑去，口中吐血，咳嗽不止。

再下一秒，风浔一脚踩在凤舞的后背上："丑丫头，总算抓住你了，看你还往哪里跑！"

凤舞内心是崩溃的，风浔这一脚踩下来，差点把她踩晕过去。

见凤舞不说话，风浔冷笑一声，将凤舞拎起来，与自己面对面，他冷笑道："你跑啊！有本事你给我跑啊！"

说完，风浔回头一看，周围人太多了，大家都用好奇的目光盯着他们，风浔可不想让大家看他笑话，于是，他冷笑一声："打道回府！"一切，等回到风北王府再说。

这时，风无衣将风浔的马牵了过来。

风浔的马，高大威武，个头比凤舞还要高。

凤舞以为风浔会将她丢给手下，而风无衣也是这样询问的："小王爷，这位丑姑娘不如让属下……"

风浔却冷笑着盯了他一眼："如果她丢了，你负得起责任吗？"

风无衣顿时无话了，躬身退下。

凤舞脸上露出一抹遗憾的表情，唉，如果风无衣坚持的话，她逃脱的可能性还是很大的。

风浔偏头就看到了凤舞遗憾的表情，不由拍了她脑袋一下："想跑？这辈子你都没这个机会了，呵呵！"

风浔想到自己为了捉这个丑丫头，多累啊，一晚上没睡觉。

风浔一边说着，一边拎着凤舞飞身上了高头大马："驾——"

速度太快了，凤舞嘴里灌进去一口风，忍不住咳嗽起来。

凤舞可不是忍气吞声的人，刚才被风浔踩了两脚，这口恶气她必须得出，于是：

"啊——救命啊——风小王爷强抢良家少年啊——"

"噗！"玄奕骑马跟在风浔身后，凤舞这句话，他听得一清二楚，即便严肃清冷

187

如他，也抑制不住笑喷，更不用说当事人风浔了。

风浔整张脸都涨成了紫红色！强抢良家少年？这不跟恶霸强抢良家妇女一个性质吗？这个臭丫头，他真恨不得将她的脑袋拍扁。

更可恶的是，这里这么多人，不敢抬头看他，却都在用眼角余光偷瞄他，风浔完全能够想象出来，等他一走……

风浔怒而威胁道："谁要是敢乱嚼舌根，小心脖子上的脑袋！"

风舞正要开始她的表演，就见风浔恶狠狠地瞪了她一眼："再敢多说一个字，我现在就掐死你！"

风舞看得出来，风浔这回是认真的，她赶紧缩着脖子闭上了嘴。

"驾——"高头大马瞬间消失在了这条街道上。

风舞想到那些百姓会议论什么，忍不住笑出声来。

"再笑就掐死你！"风浔恶狠狠地警告道。

风舞疑惑地问："小王爷也知道他们会议论什么吧？"

风浔："你给我闭嘴！"

风舞："其实，刚才可以解释清楚的呀，为什么小王爷不解释呢？"

风浔："呵呵！"

风舞："他们之所以惊讶，是以为我是男孩子，如果小王爷扯掉我的发束，我不就变回姑娘了吗？"

风浔愣住。对哦，刚才他怎么没有想到？那些人肯定在暗地里嘲笑他好男风。

"所以，小王爷也觉得人言可畏，要载着我跑回去解释吗？"风舞幽幽的声音从风浔身后传来。

风浔一时语塞。这臭丫头到底是谁家的啊？一说话就给他添堵，气死他了。

风舞见风浔真被她气到了，心情反而舒畅了。

可是，想到他将自己捉回去，很快就能发现她是风舞，她又纠结上了，这可如何是好？

就在这时，小虎仔从风舞的衣袖里探出脑袋来，用脑意识跟她交流。

"什么？你可以……"风舞惊讶不已。

小虎仔点头："嗯嗯嗯！"

风舞眼珠子滴溜溜地转着，快速思索着脱身之法。

风浔太想知道这个丑丫头的真面目了，他策马奔腾，一会儿工夫，就飞奔到了风北王府。

护卫一看是自家小王爷，立即将大门打开了。

风浔从马背上跳下来，单手拎着风舞就往里面走，他要回破军院。

凤舞回头一看，风浔骑马骑得太快，其他人还没有赶回来，而眼看着破军院就在前面了，说时迟那时快，凤舞往嘴里塞了口胡椒粉，然后低头狠狠咬住了风浔的手腕。

"啊！"风浔顿时发出一声惨叫，松开了手。

这丑丫头是疯了吗？她居然咬自己。

就在这时，凤舞宛若泥鳅般快速往后退去。

风浔气得哇哇叫："你给我站住！快给我站住！"

凤舞冲他做了个鬼脸，这时候她站住不是傻了吗？

风浔冷笑："你以为你能逃得掉吗？给我站住！"

凤舞才不理他呢，跑得比谁都快。

风浔正要去追凤舞，却惊讶地发现，自己动不了了。

他低头看着自己的手腕，被凤舞咬出来的牙印处见血了，鲜血里有乳白色的液体渗透出来，这是什么？风浔眼中浮现一抹惊恐之色。随即，他觉得自己的脑袋一阵眩晕，眼前星星点点，身子摇摇欲坠，难受得不得了。

"风浔！"这时，玄奕从外面冲了进来，扶住了风浔，"怎么回事？"

他以为进了风北王府就十拿九稳了，谁知道会发生这样的事情。

"快去追！把那丑丫头抓回来！我要打死她！啊——"风浔深吸一口气，好在那股眩晕的感觉越来越轻了。

玄奕抬头看了一眼，看到黑狗消失之前的一个黑点，他快速暴冲过去。

凤舞想从墙头跃出去，黑狗却穷追不舍，她根本甩不掉。就在这关键时候，小虎仔从凤舞怀里蹿出来，朝黑狗冲去。然后，凤舞惊讶地发现，巴掌大的小虎仔居然冲着黑狗的脑袋一巴掌挥过去，就像少爷教训它的奴仆一般。这一巴掌，直接将黑狗打蒙了，并且，小虎仔还在它的鼻子上糊了一把东西。

黑狗反应过来后，就要朝小虎仔一口咬去，小虎仔却冲着黑狗龇牙咧嘴，发出呜呜呜的声音。

黑狗原本气势很强，谁知小虎仔的气势更强。也不知道小虎仔的身体里流动着的是怎样强大的血脉，总之，黑狗的气势正慢慢降低。

这时，凤舞发现玄奕追赶了过来，她赶紧飞身上墙跳了出去，然后在树下隐藏了几秒钟，又纵身跳进了墙内。

玄奕只看到凤舞跳了出去，没看到她又跳了进来，他一拍黑狗的脑袋："追！"

黑狗甩甩脑袋，啊呜一声，跃出了墙外。

这时，风浔终于恢复行动力了，他也快步追赶而来。

风浔、玄奕还有黑狗跳出墙外后，沿着宽阔的街道追寻起来。

风浔一边追一边懊恼地拍自己的脑袋："我怎么这么蠢呢？我怎么就不设防呢？那丫头本就不是个省油的灯啊！"

玄奕无话可说，因为他也大意了，以为人进了风北王府就万事大吉了，哪里知道这丫头这么贼，这样都能跑。

追着追着，他们突然觉得不对劲，黑狗站在街头，茫然四顾，并且面色憔悴得不行。

风浔一看它这样子，顿时急了："哎哟狗子，你可千万不要有事啊，现在是最需要你的时候啊！"风浔捧着黑狗的脸庞，试图让它清醒过来。

"你别把它的脑袋揉碎了。"玄奕看不过去，将一脸蒙的黑狗从风浔怀里捞出来。

"它这是怎么了啊？"风浔急得快哭了。

那臭虫的气味是有时效性的，这一路上已经被那丫头清除了许多，几乎闻不到了，要是黑狗再出事……苍天啊，风浔都能一巴掌拍死自己。

玄奕摸摸黑狗的鼻子："它被下药了。"

风浔："？"

他气得额角青筋暴起，整个人处于即将爆炸的状态。

"那丫头不仅给我下毒，还给狗子下毒！她她她……啊啊啊啊——"风浔气得快失去理智了。

玄奕也很无奈，这丫头太狡猾了。

他看着风浔："为今之计只能快点将狗子治好，这样还能有机会去找寻那个丑丫头，否则怕是再没有机会了。"

风浔一拍脑袋："可不是吗？走走走！"

玄奕："去哪儿？"

风浔："去找凤小舞啊！她不是医术很强吗？治疗狗子肯定没问题。走，咱们去凤宅。"

直到现在，风浔和玄奕都不知道，他们追了一个晚上的丑丫头就是凤舞。

风浔和玄奕抱着晕乎乎的狗子，以最快的速度往凤宅赶去。

可是，很快他们就失望了。

"什么？凤小舞不在？"得到这个消息，风浔有些发蒙，"这大早上的，她怎么不在呢？跑哪儿去了？"

朝歌凶巴巴地瞪着他："你问我，我问谁去？"

风浔："你这丫头能不能好好说话了？"

朝歌双手叉腰："反正小舞不在，你们爱走，爱坐着等就坐着等吧，本姑娘不伺候了！"说着，朝歌一转身，进去了，然后，砰，把大门关上了。

"哎，这小丫头！"风浔气得要命，正要破口大骂——

"风小王爷！"一道淡淡的声音响起。

风浔回头一看，哟，这不是常三吗？

"常三，一大早的，你怎么在这儿啊？"风浔好奇极了，"对了，我让人带话给你，让你告诉君老大，没人找你吗？"

常三一愣，随即苦笑："小王爷，卑职现在已经不是太子府的护卫统领了，而是星陨院的护卫统领。"

"啊？"

风浔和玄奕对视一眼，都惊讶极了。

"这事怎么这么突然？"

常三苦笑，可不是突然吗？

风浔好奇，刨根问底："是不是你对凤小舞做了什么？你怠慢了她，所以君老大替她出气？"

常三惊呼一声："您怎么知道？"

风浔："哈哈哈——哈哈哈——果然，果然如此！这世上被迁怒的又何止我一个人？哈哈哈——"

"小王爷？"

风浔拍着常三的肩膀，语重心长地说："常三啊，睁大你的眼睛看清楚，你们家君老大对凤小舞，那是爱在心里口难开，谁要挑衅凤小舞，那就是触到他的逆鳞了，所以，你懂了？"

常三原本还有些似懂非懂，听风浔这么一解释，再结合之前封管家说过的话，顿时明白了！他后退三步，拉开一小段距离，恭恭敬敬地向风浔鞠躬致谢："小王爷一语惊醒梦中人，常三心怀感恩，铭记在心！"

风浔摆手："这有什么，当初我还是被玄奕点醒的呢！如果不是他千方百计提醒我，现在的我跟你一样蠢。哎，对了，你做了什么事，得罪凤小舞了呀？"风浔眼中闪耀着好奇的星光。

常三一阵苦笑。

还没等他说话，玄奕拍了拍风浔肩头："还有时间聊八卦，你忘记现在最重要的是什么事情了？"

风浔顿时反应过来，对啊，现在对他来说，最重要的就是治好狗子，继续追捕丑丫头啊！

风浔拍了拍常三的肩头："走了走了，回见回见，在星陨院好好干。"

191

可怜的风浔和玄奕，他们只要再多问一句，也许常三就会告诉他们，他是因为捆仙索得罪了凤舞，这俩人说不定还能将捆仙锁跟雷电网联系到一起，而如今，这样关键性的线索就这样断掉了。

风浔到处寻找凤舞，那么此刻的凤舞呢，她在何处？

风浔在凤舞家，而凤舞在风浔家。

凤舞跳回墙内，快速钻进假山中，将脸上的伪装除掉，换上自己日常穿的裙衫，然后从假山里走了出来。

"咦，这不是凤舞姑娘吗？"不远处响起一道惊喜的声音，是风王妃身边的紫鸢。

凤舞矜持而笑。

很快，紫鸢就将凤舞带到了风王妃的正院。

风王妃正在用早膳，看到凤舞，她的眼睛一下就亮了："小舞？"

凤舞有模有样地给风王妃请安，还没请安完毕，就被热情的风王妃扶起，然后摁到了椅子上。

风王妃道："小舞还没用早膳吧？紫鸢，赶紧准备一副碗筷。"

紫鸢笑着道："是。"

风北王长年驻守北疆，难得回来一次，王妃每天都是一个人用膳，看着就孤单，现在有人陪着多好啊！

风王妃拉着凤舞絮絮叨叨："这大早上的，你这丫头怎么来了？该不会是发生什么事了吧？"

凤舞抿唇笑道："我能有什么事呀？没事！"

风王妃："你没事，那不会是风浔又在外面闯祸了吧？"

凤舞忙摆手："怎么会？没有、没有，哥哥好着呢！干娘您别动怒啊，免得被他气坏了身子。"

什么叫哥哥好着呢，又叫她不要动怒，免得被气坏了身子啊？这意思分明就是风浔闯祸了呀！

风王妃冲外面吼道："让风浔给我滚过来！"

紫鸢急忙去了。

不过，她回来的时候，没有带来风浔，而是带来了破军院的王管事。

风王妃的脸色很不好："阿浔呢？"

王管事苦笑。

风王妃皱眉："本王妃找他，他没有不来的道理……这会儿不在府里吧？！"

王管事赶紧扑通一声跪下了，说了实话。

"他昨儿夜不归宿？他干什么去了？！"风王妃的脸色瞬间变得更难看了。

凤舞这丫头可有分寸了，连她都来提醒自己了，可见风浔这次的祸闯得有多大了。

王管事被风王妃吼得瑟瑟发抖："小王爷去西山找令狐大师去了，夜不归宿，可能是被留在西山了吧？"

风王妃摆摆手："喊大管家过来！"

大管家来了之后，将事情说清楚了："小王爷昨晚让风无衣带着护卫出去了，并且连狗子也带上了。"

狗子是当年风北王捡回来的，轻易没人敢动它，除了风王妃和小王爷。

"风无衣呢？！"风王妃怒吼一声。

大管家道："风无衣带着护卫，应该是追人去了。"

"追谁？"风王妃问道。

大管家："好像是一位长相清秀的少年。"

"少年？"风王妃不解，"他追一少年干什么？"风王妃百思不得其解，于是拉住凤舞的手："舞丫头啊，你快告诉干娘吧！你阿浔哥哥到底闯什么祸了啊？"

凤舞一脸为难之色，但其实，她已经高兴得快疯了。

风浔啊风浔，让你追了我大半夜，让你拍我一掌再踹我一脚，看我怎么出这口气。

凤舞内心狂笑，面上却是矜持而认真："其实，也不是什么大事啦。"

风王妃没好气地瞪了凤舞一眼，如果真的不是什么大事，为什么她要早饭都来不及吃，就急急忙忙跑到风北王府来？这一定是天大的事情。

"快说、快说！"风王妃催促道。

凤舞："真的要说啊？"

风王妃："你这孩子，平时说话做事可干脆了，怎么现在变得这么吞吞吐吐的？快说啊！"

凤舞："那好吧！其实，我主要是担心干娘您的身体啦，怕您受不了。"

风王妃："你说！"这臭小子到底做了什么，能让凤小舞纠结成这样啊？

凤舞附在风王妃耳边，压低声音说了一句话，虽然只有一句话，却差点将风王妃吓死。

"你说什么？！你说的都是真的？！"风王妃盯着凤舞。

凤舞点头："嗯嗯。"

风王妃惊讶道："你是说，你阿浔哥哥喜欢的其实……是男人？"

凤舞："虽然不是很确定，但他确实当街强抢少年，整条街的人都知道了，所以

193

我赶紧过来了。"

碎！风王妃气得狠狠一拍桌子："这臭小子！我说给他介绍了那么多姑娘，他咋就一个都看不上呢？原来是喜欢男孩子！"风王妃越想越生气，"我堂堂风北王妃，就这么一根独苗苗，他居然喜欢男孩子，这怎么得了！"

见风王妃这认真样，凤舞咬了咬手指——这个玩笑，会不会开得有点大啊？

就在这时，外面传来一阵脚步声。

"娘亲，听说家里有客人，凤小舞过来了？"是风浔。

真是说曹操，曹操就到啊！

凤舞望着门口，对即将出现的风浔，报以最大的同情。

可怜的风浔什么都不知道，得知凤舞在自己家里后，他就抱着黑狗回家了，想让凤舞把黑狗治好，然后他再带着狗去找丑丫头。

风浔的脚还没踏入正院，就感觉到了气氛的凝重，咦，出什么事情了？

风浔踏进正院后，哐的一声巨响，他身后的门猛地关上了。风浔吓了一跳，什么情况？他一抬头，看到了凤舞，正要抬手跟凤舞打招呼，斜刺里忽然冒出来一根手臂粗的棍棒，朝着他的后背就砸了过去。风浔一时不察，被砸个正着。

"哎哟——"风浔惊呼一声，抬头一看，他家母上大人正拎着棍棒，满脸杀气腾腾。

"母亲——"风浔一脸蒙，他不知道自己做错了什么，要被母亲这样打。

风王妃气得说不出话来，拎着棍棒再次砸向风浔。

"母亲！为什么要打我？我做错了什么？"风浔实在是不解。

他听说凤舞正在陪娘亲吃饭，就赶紧来找妹妹了，谁知道进来就被一顿狂打。

"我打死你个臭小子，我打死你个臭小子，你居然敢喜欢男孩子。"风王妃越打越起劲。

风浔朝凤舞瞥了一眼，凤舞很无辜地摊手："现在外面都传遍了的。"

"你！"风浔瞪着凤舞。他就说嘛，这丫头怎么来这么早，原来是来告状的。风浔顿时气得不行。

"还敢瞪你妹妹，居然还敢瞪你妹妹。风浔，你好意思啊你？！"风王妃手中的棍棒如密集的雨点般往风浔身上砸。

风浔的脸都皱成一团了，因为真的好痛啊！

"我没有喜欢男孩子！"风浔急得大喊。

风王妃："还说你没有喜欢男孩子？你都把少年抢回家里来了，还说没有？！"

风浔气得脸都青了："谁说那是少年了？那是个少女！"

风王妃手中的棍棒停了下来："真是少女？"

风浔："嗯！真是少女，她乔装打扮成少年的。"

风王妃反应过来："所以，你是强抢良家少女进府喽？"

风浔："？！"

风舞看着风浔越描越黑、解释不清的样子，顿觉好笑极了，她一激动就开始咳嗽："喀喀喀……"

她用袖子掩住，才没让风浔看到她咳出来的鲜血。

可恶的风浔！风舞本来已经心软了，现在想到自己之前被风浔重创过，又一点愧疚感都没有了。

风浔被风王妃追得满院子跑："那丫头是个小贼，她是小坏蛋啊！"

风王妃冷笑："将人抢回家，还诬蔑人家是小贼？风浔，我怎么不知道你这么伶牙俐齿？！"

风浔被冤枉得都快哭了："娘亲，是真的！那个小贼偷走了君老大的仙灵果，不然现在宝儿都能下床走路了。那是君老大要抓的人啊！"

如果风浔说别人，风王妃还不会信，他提起君临渊的时候，却是从来不会说谎的。

就在风王妃迟疑的时候——

"王妃娘娘，不好了。"风管家从外面走了进来。

风王妃："何事？"

风管家："外面有人哭着喊着，说小王爷抢走了他们家少爷，现在正拉着横幅在王府门口坐着呢！"

风王妃死死瞪着风浔，好像要吃了他一般。

风浔一脸蒙："怎么可能？！"

那少年分明是丑丫头假扮的，丑丫头的家人怎么会知道她被抓捕了？何况，如果真来要人，那些人也不会说是少爷，因为丑丫头是女孩子。

风王妃气坏了："不管可不可能，外面的麻烦，你自己去解决。"说着，风王妃将棍棒一丢，气呼呼地往房间里走去。

风浔将那只黑狗往风舞身上一丢："帮忙将这只黑狗治好，回头我还要用它来找那丫头呢！"交代完，风浔急匆匆地往外跑去。

居然敢来黑他，谁给他们的勇气？！

风浔走路带风，身上带着火气，从风王妃那里受的气，他要全部还回去。

风舞看着风浔从她面前离开，再看着那只黑狗，然后她又用怪异的目光看着风浔离去的背影。人家都说羊入虎口，现在是狗入她手吗？如果风浔知道，他心心念念要找的丑丫头就是自己……风舞身体颤抖了一下，千万不能被他知道，不然，风小浔怕

是要疯吧？

"干娘，您别生气，哥哥他……"看在风浔被她坑那么惨的分上，凤舞决定帮风浔说点好话。

可是，凤舞话音未落，风王妃就打断了她的话："你别替他说好话，这次他惹的祸，他自己去处理！"风王妃气得拍桌子，她又转头问凤舞，"外面真的都在传风浔好男风？"

凤舞："呃……"

风王妃揉揉眉心："这外面都传遍了，我还有什么脸去外面走动啊？简直——陶嬷嬷，一周内的邀约，能推的都推掉，你们家王妃我要在家里当缩头乌龟了。"

陶嬷嬷苦笑："其他的都好说，只是轩辕家老爷子的大寿……"

轩辕家族可是九大家族之一，他们家老爷子寿辰，肯定得去啊，风北王府也不能不给面子。

轩辕家族？听到这话，凤舞的心猛地跳动了一下。如果没记错的话，她得到的消息是，第二枚星辰碎片的线索在轩辕毅身上。

凤族在帝都的地位太低了，根本没资格参加轩辕家族的盛会，便是能参加，大夫人也不会带她去，现在嘛——

凤舞拉着风王妃的手道："干娘，需要我替您去吗？"

"嗯？"风王妃心头一动。对呀，她不想出门，可小舞丫头是她干闺女的事，宫里的人都知道了，轩辕家老爷子不可能不知道。

风王妃喜上眉梢，赶紧让陶嬷嬷去库房挑选礼物了。

这时，外面传来一阵沉重的脚步声，风王妃不用猜都知道是谁。

风浔气呼呼地在圆凳上坐下，凤舞很温顺乖巧地给他倒了一杯茶。

"谢谢妹妹！"风浔受用极了，觉得这个妹妹温暖又可心。

凤舞默默地想，如果你知道这一切都是我所为，你怕是又要掐死我了呢！

"哥哥，外面哭天抢地的那些人是怎么回事啊？"凤舞见风王妃端着架子生闷气，却竖起耳朵听，赶紧出声询问。

提到这件事，风浔整张脸都是扭曲的，重重一拳头捶向桌子："左青留，这个王八蛋，因为凤栖姑娘的事记恨于我，居然想出这么个主意来整我。等我闲下来，一定将他打死。"

居然是左青留在背后搞鬼！凤舞嘴角浮现一抹淡淡的弧度，看来昨晚她对左青留的悬赏，还是很对的嘛。

"对了，这是什么？"风浔瞥了凤舞手里的请帖一眼。

"轩辕老爷子的寿辰。"凤舞淡淡一笑，"他老人家可是帝国学院的七大长老之

196

一，难得可以拜会一下。"

"是吗？"风浔狐疑地瞥了凤舞一眼。

别人家的妹妹都萌萌的软软的，他家妹妹却是鬼主意一大堆，聪明智慧又阴险狡诈，从来不吃亏，她去拜会轩辕老爷子，该不会有什么目的吧？

想到这儿，风浔狐疑的目光在凤舞身上来回扫，这丫头真没别的目的？

凤舞没好气地瞪了他一眼："当然是了，难道我还会有别的目的不成？我可是最乖巧的好姑娘呢！"

风浔："哦呵呵呵——"最乖巧的好姑娘大清早不吃饭跑来他家告状？

凤舞摸摸鼻子："喀喀……这还不是因为……"凤舞瞪了风浔一眼，"你自己行为不检点吗？"

风浔一拍桌子站了起来："你个臭丫头……"

还没等风浔说完，风王妃的手就朝风浔脑袋上拍去："敢凶你妹妹？！"

风浔："可是她……"

风王妃又一巴掌拍去："妹妹是用来疼的，你就是这样疼你妹妹的？"

风浔眼神幽怨地瞅着风王妃，所以有了妹妹，他就是一根草了吗？

"对了，狗子呢？"风浔终于想起这件重中之重的事情了。

凤舞不解地看了他一眼。

风浔急了："刚才我离开前不是将狗子塞你手里了吗？不要告诉我，狗子丢了！"

凤舞指着不远处的角落，一只毛发油亮的黑狗正仰躺在地上，肚子一鼓一鼓的，呼呼大睡。

"它怎么能睡呢？！"风浔急匆匆跑过去，一个劲儿地摇晃着黑狗的脑袋，"狗子，醒醒！狗子？！"

可是，不管风浔怎么用力摇晃怎么怒吼，那只黑狗都没有醒过来的迹象。

风浔回头不解地望着凤舞。

凤舞一脸无辜样："不是你让我救它的吗？不迷晕了怎么救？"

风浔："……"

可怜的风浔，在家里两个女人的镇压下，只能忍气吞声。

第八章

惊才绝艳

轩辕毅的寿宴举办在晚上，吃完下午茶，凤舞和风王妃就忙碌上了。

凤舞知道，自己这次过去可不是为了玩儿的，是带着目的的，所以尽量以低调为主。

可风王妃不啊！她家闺女这么漂亮，养在深闺人未识，那些人还一直喊她是小废舞，是可忍孰不可忍，所以风王妃准备将凤舞往最漂亮的方向打扮。

最终，凤舞拗不过，被风王妃推去打扮了。

一个时辰后，凤舞走了出来。

"天啊！"风王妃和陶嬷嬷都惊呼了一声。

太漂亮了！此刻的凤舞肌肤胜雪，五官精致无双。蛾眉淡扫间，少了少女的稚嫩，多了一丝成熟的婉约。纤细修长的脖颈，盈盈一握的纤腰，行走间裙裾摇曳，光彩夺目。如此美貌的姑娘，怕是一去，就能震慑全场吧！

今日，轩辕家热闹非凡，宾客不绝，车马不息。

凤舞坐的是风北王府的马车，而风北王府在这帝国是一人之下万人之上的存在，所以马车一停，立即有轩辕家的人迎了过来。

站在门口迎客的是轩辕家的二房——轩辕禹和妻子虞夫人，他们夫妻满脸堆笑地走上来，正准备迎接风王妃，却不想，从马车里走出来的居然是一位年纪尚轻却美得耀眼的姑娘，而这位姑娘很眼熟。

轩辕禹和虞夫人对视，都在对方眼中看到了深深的疑惑。

好在，虞夫人对陶嬷嬷是熟悉的。

陶嬷嬷拜见了轩辕二老爷和虞夫人后，解释道："我家王妃身子不适，大夫说要在家里躺着，不宜出门见风。这是我们王妃新收的义女，凤舞小姐。"

凤舞今日可是来装淑女的，于是，她盈盈屈膝，拜见轩辕二老爷和虞夫人。

"好美的姑娘啊！"虞夫人对凤舞第一印象就很好，"快里边请。"

别人家的宴会，最多分男区和女区，轩辕家却还分了长辈区和小辈区。

凤舞被带到东边的宴会厅，宴会厅左侧是一个空旷的舞池，右侧摆了椭圆形的餐桌，以及一些摆放不规则的软椅，一看就是适合三三两两聚在一起说话玩闹的。

凤舞放眼望去，都是年轻男女，还有几个是凤舞眼熟的。

"这……"凤舞微微蹙眉，她要盯的是轩辕毅，对这些年轻人，她可没什么兴趣，而且据她多年的经验，这与其说是老爷子的寿宴，不如说是年轻人的相亲场所吧？

凤舞转身想走出去，一道熟悉的声音在她身后响起："咦，凤小舞？"凤舞回头一看，竟然是宁辰溪。

"是你啊！"在陌生的地方，看到一个熟人，倒是有种他乡遇故知的感觉，凤舞笑着冲他点头。

宁辰溪何曾被凤舞这样注视过，白皙如玉的脸上瞬间浮现一抹微红。他想起自己之前将凤舞和凤琉搞混的事，又是一阵羞赧。不过，见凤舞这样落落大方，宁辰溪也收敛情绪，强自让自己冷静下来。

他走到凤舞面前，笑看着凤舞："你怎么单独来了？没有跟你家里人一起来吗？"

凤舞："家里人？"

宁辰溪："嗯啊！我进来的时候，看到凤大夫人带着凤琉，可没有看见你。"

凤舞："哦，我没有跟她们一起过来。"

凤舞和宁辰溪站在角落里闲聊着，一个是清秀的少年，一个是绝美的少女，虽然凤舞是背对着大家的，但是看她那优雅的背影，不知道有多少人看得目不转睛、垂涎三尺。这本就是官三代们相看之所，突然出现这么强而有力的对手，特别是女生们，自然压力倍增。

"那是谁啊？"

说话的姑娘叫独孤雅莫，她的出身可不低，她的家族就是独孤皇后的娘家。

大家听了独孤雅莫的话，纷纷顺着她的目光偏头望去。

宁辰溪面色绯红，颇有些手足无措，却又难掩兴奋之情，他那双眼睛闪闪发光，

就像看到稀世珍宝一般。

"咦，那不是宁辰溪吗？"左青羽惊呼了一声，用手肘捅了凤琉一下，"宁辰溪以前不是喜欢你吗？还放出话说，这辈子非凤琉不娶的。"

女生向来爱八卦，其他人也纷纷笑着打趣，特别是新加入的独孤雅莫："对对对，这话我也听说过。凤琉，怎么到现在，你还没嫁给他吗？"

凤琉一阵尴尬，她能跟大家说，当初宁辰溪认错人了吗？她能跟大家说，宁辰溪从一开始想娶的人就是凤舞，但因为自己的一句话，他才搞了个大乌龙吗？

凤琉脸上浮现一抹淡淡的苦笑："我和宁辰溪，从来都没有关系啊！"

"你少来。"左青羽没好气地说，"当初，宁家请了不少德高望重的人去你们凤族提亲，差点请到我爹爹头上了，我能不知道？现在他怎么跟别的姑娘打得火热了？该不会是……宁辰溪被别的女人抢走了吧？"

凤琉能说什么？她这时候什么都不需要说，只需要掩唇做无奈、苦笑、伤心、无辜状就好了，别人自然会脑补出想要的剧情。

果然，看到凤琉这样，左青羽顿时义愤填膺："这个宁辰溪，原来追你追得那么凶，一上来就提亲，还以为他多有诚意呢，却原来是这路货色！"

独孤雅莫也是个看热闹不嫌事儿大的，她双手环臂，挑眉冷哼道："凤琉，如果我是你，我可忍不了。"

其他人纷纷表示："我也忍不了。"

这时，一位被众女包围着的美貌少女冷声道："我倒要看看，到底是怎样的小狐狸，这么容易就将宁辰溪勾走了。"

这位少女不是别人，正是轩辕家最受宠的小公主轩辕影，也就是轩辕靖的亲妹妹。

于是，轩辕影带头，这群宴会厅最光芒耀眼的女孩，一起朝凤舞和宁辰溪所在的角落走去。

"对了——"左青羽忽然开口问凤琉，"你们家不是还有一个凤舞吗？怎么她没来？"

凤琉冷笑一声："她有什么资格来？谁给她请帖呀？"

众人一想也是，凤族现在不行了，凤琉是因为跟轩辕影关系好才白得入门券的，凤舞那样不讨喜的姑娘，哪里来的请帖。

左青羽一脸遗憾地道："如果她来就好了。"

轩辕影皱眉："你喜欢她？"

左青羽笑："我怎么可能喜欢她呢？我只是想着，如果她来的话……哈哈哈，我们这么多人，不就可以给君殿下讨回公道了吗？"

凤舞在傲世雪原对君殿下做的事，这几位姑娘心里可都不爽得很呢！

女孩们共同讨厌一个人的时候，友谊会快速加深，比如现在，她们全都讨厌凤舞。

"咦，这位姑娘是？好生眼熟啊！好像在哪里见过吧？"走过来的不是别人，正是独孤三少、独孤雅莫的亲哥哥独孤孟溪。

他站的位置可以看到凤舞的侧脸，刹那间，独孤孟溪惊为天人，呆怔当场，接下来，就有一股无形的力量推着他走了过来。

宁辰溪看到独孤孟溪，眉头皱紧。独孤孟溪现在看凤舞，就像猛兽盯着嫩肉一般，眼睛都在闪闪发光，宁辰溪本能地感受到了威胁。

他还没开口，那群姑娘便来到了他们面前。

独孤雅莫看到她哥哥，笑着道："哟，怎么大家都聚在这儿呢？"

这几位在年轻一辈中都算是很出色的，不论身份地位还是天赋修为，此刻他们全都聚集在这儿，全场人的注意力自然也都转移过来了。

凤舞感受到众人的目光，下意识地偏过头来。

"呀！"

"呼！"

"咝！"

独孤孟溪震惊地瞪着凤舞，这也太美了吧？！

至于倒抽一口凉气的，自然是那几位要来为凤琉讨说法的少女。

凤琉没想到居然会在这里看到凤舞，亏她刚才还信誓旦旦地告诉大家，凤舞不可能来这里的。

"你怎么会在这儿？！"凤琉瞪着凤舞，眼中是满满的难以置信和愤怒。她原以为自己拿到了轩辕家的请帖，在凤舞面前就有优越感了，却没想到凤舞也来了。

"你们认识？"独孤孟溪瞥了凤琉一眼。因为独孤雅莫的关系，独孤孟溪是认识凤琉的。

凤琉哼哼两声："我怎么会不认识她？她不就是那个趁着君殿下昏迷不醒偷亲君殿下的凤舞吗？"

凤舞？！独孤孟溪虽然没见过凤舞，但对她的大名略有耳闻。

一听这话，他皱起了眉头，摇头表示不信："这姑娘天仙般，哪里会做出那样猥琐的事情？不可能，不可能。"

凤琉差点被他气死，可是独孤孟溪的身份摆在那儿，她哪敢反驳，只能将怒气发泄到凤舞身上。

凤琉："你是怎么进来的？谁带你进来的？"

宁辰溪眉头紧蹙，这个凤琉性子太坏了，幸好当初他及早反应过来，否则一辈子都完了。

凤舞只淡淡一笑，不说话。

凤琉盯着凤舞，心想，你以为不说话，就能以不变应万变吗？不可能！

凤琉挽住轩辕影的胳膊："影姐姐，轩辕家有邀请凤舞吗？"

轩辕影傲慢地瞥了凤舞一眼。她是知道凤舞的，不仅因为凤舞和君殿下的事，还因为前几天她哥哥从学院回来后生了好久的闷气，她一问之下才知道，原来是凤舞在帝国学院挤对她哥哥。要知道，轩辕影可是哥控，没有什么能比她哥哥轩辕靖更重要了，所以轩辕影对凤舞的印象从一开始就不好。

她傲慢地盯着凤舞："你怎么进来的？"

凤舞淡淡一笑："自然是拿着请帖进来的。"

"请帖呢？"轩辕影朝凤舞伸出手。

凤舞眉头微蹙，她还真是拿着请帖进来的，但是请帖在陶嬷嬷身上，而这种宴会主场，陶嬷嬷自然不好进来。

轩辕影以为她心虚，眼眸越发晶亮，嘴角勾起一抹不屑的弧度，抬手招呼了一下："严管事！"

严管事是负责内场的，听到声音，赶紧过来了。

轩辕影沉着脸："严管事，这请帖是你派发的吧？"

严管事："是的，三小姐。"

轩辕影："去查查，她为什么能进来。"

严管事看着凤舞，微微蹙眉："这位小姐是？"

面对这么多人不怀好意的目光，若是换了别人，肯定臊得满脸通红，尴尬得手足无措了，可凤舞不是，她镇定自若，甚至面上还带着浅笑："行不更名坐不改姓，凤舞。"

"凤舞小姐……"严管事歪着脑袋想了想，然后很为难地看着她，"所有请帖都是我发的……凤舞小姐，好像不在邀请之列吧？"

凤舞本来就是焦点人物，听到严管事这话，几乎所有人的眼中都带着幸灾乐祸的笑意，这下子有好戏瞧了。

凤琉更是一脸得意，丢脸了吧？草鸡还想爬上枝头当凤凰，美得她！

"轩辕影，你不觉得这样子太过分了吗？"一道愤怒的声音从身后传来，轩辕影回头一看，是公孙晴。

公孙家族同样是九大家族之一，但是这并不意味着轩辕影会给公孙晴面子。

"公孙姐姐，你还是去外面喝茶吧！影儿解决了这件事，再去给你赔罪如何？"

轩辕影话说得很清楚，就是让公孙晴一边待着去，不要管那么多。

公孙晴皱眉："轩辕影，得饶人处且饶人，你这样咄咄逼人，哪里还有世家千金的气度？"

轩辕影顿时冷笑道："所以，我就应该任由不知道从哪里冒出来的下三烂的人混进我们家？公孙姐姐，这不是你家，所以你不担心，可这是我家，我有责任和义务保证每一位宾客的安全。"

公孙晴差点被气乐了："人家站在那儿聊天聊得好好的，怎么危害到你们了？如果不是你们自己要过来，会有这么多事儿吗？"

轩辕影决定不理公孙晴了，她盯着凤舞："是你自己走，还是我们赶你走？！"这话相当的不客气了。

所有人都望着凤舞。

很多人窃窃私语起来。

"原来她就是凤舞啊！"

"想当年，凤族也是九大家族之一呢！"

"如果我是凤舞，早就抬脚走了！"

……

凤舞没听到这些声音吗？她听到了。正因为听到了，她才不能走。

凤舞笑眯眯地看着轩辕影："这请帖是你爹亲笔写的，要赶我走，请他自己来赶吧！"

"我爹？！"轩辕影差点被凤舞气乐了，"就你这样的小人物，我爹会亲自给你下请帖？你算哪根葱啊？简直可笑至极！"

左青羽唯恐天下不乱，插话道："轩辕影，我还以为在这轩辕家族，你说话是管用的呢，没想到一点用都没有，啧啧——"

轩辕影能受这个气？她气呼呼地瞪着凤舞，如果不是凤舞，自己会被人笑话吗？

想到这儿，轩辕影抬手就去拽凤舞："你给我出去！出去！我们轩辕家不欢迎你！"

凤舞笑，说得好像她很喜欢轩辕家一样。

原本对于自己有目的地要接近轩辕老爷子，她心里还有一丝丝愧疚，现在被轩辕影这么一闹，凤舞顿时理直气壮了，这是轩辕家欠她的。

这时，一道冰冷的声音响起："住手！"

来者不是别人，正是之前凤舞在门口见过的轩辕禹和虞夫人。

"二叔，二婶？"看到这两位，轩辕影的眉头深深蹙起。要知道，她二叔二婶天赋修为都很高，颇得老爷子看重，如果不是他们年岁这么大了还没有子嗣，这轩辕家

未来家主的位置，还不定是谁的呢！

轩辕影内心不悦，但面上还是得装出一副很恭敬的样子："二叔、二婶，这里是年轻人的场地，不如您二位先离去吧，这里有我就……"

轩辕禹瞪着轩辕影："如果再被你搞下去，我们轩辕家族在这帝都就不用混了！你给我退下！"何等的疾言厉色。

轩辕影被轩辕禹怒喝一声，眼泪啪嗒啪嗒往下掉，她偏头，委屈巴巴地望着她的亲哥哥轩辕靖。

轩辕靖从始至终都以旁观者的姿态观望着，看着凤舞被人嘲笑、被人奚落，现在看到轩辕影被长辈训斥，他微微蹙眉："二叔……"

"你也给我闭嘴！"轩辕禹非常严厉，目光锐利如尖刀。

能不严厉吗？这位凤舞姑娘，在凤家或许是个不受宠被忽略的，可她是风王妃的义女，有风北王府罩着，这就足够轩辕家给予最高的敬意了。

虞夫人笑着上前，拉着凤舞的手，笑容亲切和善："让凤舞姑娘受惊了，是我们家的不是，还请凤舞姑娘多多海涵。"虞夫人转眸盯着轩辕影："还不快跟凤舞姑娘道歉！"

道歉？！凭什么？！轩辕影瞪着虞夫人："二婶你怎么向着外人？明明是她没有请帖啊！"

虞夫人冷笑道："你怎么知道她没有请帖？"

轩辕影转头看向严管事。

严管事郁闷不已，他也不想被卷入这场争斗，但事已至此，他只能硬着头皮说："二夫人，凤舞姑娘真的没有请帖。"

虞夫人盯着轩辕影："就算她没有请帖，你做得就对吗？身为九大世家的千金小姐，做事如此莽撞，不给人留余地，你可知你得罪的人是谁？！"

轩辕影不服气地别过脸去。

虞夫人派人去请陶嬷嬷，陶嬷嬷一听，自家小姐被人欺负了，那还得了，紧赶慢赶地冲了过来。

"舞小姐——"陶嬷嬷后怕地拉住凤舞的手，"有人欺负您了？好大的胆子！风北王府的姑娘也敢欺负？谁？给陶嬷嬷我站出来！"

在场的人当即都震惊地望着凤舞，这丫头跟风北王府是什么关系？

这时，凤琉想到了前不久风王妃亲自上门，口口声声说要认凤舞为干闺女……

在场的人窃窃私语——

"凤舞跟风北王府有关系？"

"你们说，她是不是代表风北王府来参加宴会的？"

"你们说，她跟风北王府有什么关系啊？"

"该不会……她许配给了风小王爷吧？"

"呸呸呸！我们小王爷那么好，是她一个小丫头配得上的吗？"

"该不会是……风王妃替老王爷纳的妾？"

"呸呸呸！风王妃吃饱了撑的，给自己家王爷纳妾？"

"所以，凤舞跟风北王府到底是什么关系啊？"

不仅外人好奇，轩辕影等人也好奇。

"你跟风北王府到底是什么关系？"轩辕影指着凤舞。

啪！一道重重的巴掌声响起，陶嬷嬷直接将轩辕影的手拍下去了。

陶嬷嬷是风王妃身边的老嬷嬷了，她可是从宫里出来的，曾经伺候过太后老佛爷，谁敢不给她几分薄面。

"你，你凭什么打我？！"轩辕影瞪着陶嬷嬷。

陶嬷嬷冷哼："我们风北王府的小姐，也是你能随意欺负的？"

这里闹出这么大的动静，在隔壁的轩辕泽和蔡夫人自然也听到了，他们赶来的时候，正好看到陶嬷嬷凶巴巴地瞪着轩辕影，而轩辕影正在还嘴。

蔡夫人一看这架势，顿觉不好，赶紧冲上去，一把拽住了轩辕影。

轩辕影委屈地拉着蔡夫人的手："娘亲，娘亲，她们全都欺负我！"

蔡夫人差点翻白眼，她过来之前，早就有人将这里发生的事情跟她说了一遍，还被人欺负呢，轩辕影不欺负人就很不错了。

蔡夫人没好气地瞪了轩辕影一眼："你给我闭嘴！"

"母亲……嘤嘤嘤……"轩辕影觉得自己在朋友面前好没面子，委屈极了。

陶嬷嬷可不管轩辕影哭不哭，自家小姐被人欺负了，这口气她咽不下去："蔡夫人，刚才的事你也看见了，你说怎么办？！"

蔡夫人忙打圆场："陶嬷嬷，她们年纪还小，难免会有冲突，让她们自己解决就好了嘛！咱们做长辈的如果插手，她们反倒下不来台，您说呢？"

陶嬷嬷的面子，蔡夫人愿意给，但是，陶嬷嬷毕竟只是陶嬷嬷，不是风王妃，面子没有必要给足了。

陶嬷嬷冷脸道："你的意思是，这件事就这么算了？！"

蔡夫人抿唇一笑："本来也没多大的事嘛，陶嬷嬷又何必揪住不放呢？好了、好了，大家都散了吧，没什么好看的了。"

陶嬷嬷冷笑："蔡夫人，如果你真是这样认为的话，希望你能承受得住我们家王妃的怒火！"

蔡夫人笑道："陶嬷嬷说笑了。"

事实上，蔡夫人根本没将陶嬷嬷的话放在心上，如果凤王妃真重视这个干闺女的话，她会秘密认下，而不是摆宴庆贺？如果凤王妃真重视这个干闺女的话，她自己不来，只让陶嬷嬷陪着？基于以上理由，蔡夫人得出结论，这个凤舞即便真是凤王妃的干闺女，也不是被凤王妃重视的。

没有人注意到，宴会厅里还有一个少年，昨晚在凤栖楼出现过，就是穆六少。

穆六少失去凤栖姑娘后，被家里人逼着来到这里。他身份不高不低，但很容易和人打成一片，倒也乐和。

他没想到，会在这里遇见凤舞，并且看到凤舞被人奚落。

在穆六少心里，这位凤舞姑娘一直是被凤三哥罩着的，他自己人微言轻保护不了，所以，他转头就往外跑。

很快，穆六少就冲进了凤北王府。

"三哥！三哥！大事不好啦！"

凤浔心情正不好呢！好不容易抓住的丑丫头，竟然就这么让她跑了。

"哇啊啊啊啊——"凤浔气得捶床，真的好生气。

穆小六跑进破军院后，看到的就是一顿狮子吼的凤浔，当即，穆小六怔在了原地。

"三哥？"穆小六咬了咬唇，半天才怯怯地道。

凤浔转头看到穆小六，尴尬地轻咳一声，瞪眼道："干吗？"

穆小六顿时有些退缩，三哥看起来心情很不好，他要不要说呢？要不算了，现在凤舞说不定跟三哥也没什么关系，昨晚三哥不就有新目标了吗？

想到这儿，穆小六默默地往后退，转身就要跑。

凤浔好奇心起，冲着他背影吼道："站住！"

穆小六赶紧站定。

"怎么回事？"凤浔气恼地从床上站起来，面色不豫地瞪着穆小六。

"呃……这个嘛……"穆小六摸摸脑袋，"三哥，不知道您对凤小舞……还感不感兴趣？"

凤浔瞪了穆小六一眼："闭嘴！"

那是老大的女人，穆小六这是要坑他啊！

穆小六觉得自己明白了，笑着说："凤三哥，那凤舞可惨了，现在正被轩辕家的人欺负呢！"

什么？！

凤浔猛地抓住穆小六："怎么回事？！"

穆小六不明白三哥为什么突然变得这么激动，但是见凤浔一脸凝重，他赶紧说：

206

"凤舞参加轩辕家老爷子的寿宴，轩辕影说她没有请帖，凤舞当时又真拿不出来，轩辕影就对她……"

穆小六话音未落，风浔已经闪电般蹿了出去。

"三哥！风三哥！"穆小六一脸茫然。

风王妃正在花园里散步，听到声音走过来，奇怪地问道："穆六啊，你怎么在这儿？你三哥怎么猴子一样蹿出去了？"

穆六不解地道："不知道呀！三哥不是对凤小舞没兴趣了吗？刚才我说凤小舞在轩辕家被人欺负……"

"什么？！"下一秒，风王妃已经一把抓住了穆小六的衣领，差点将他提起来，"你说什么？！舞丫头在轩辕家被人欺负了？！"

穆小六没想到风北王府的人对这件事的反应都这么大，他讷讷地说："对啊！轩辕家的人都在欺负她呢！"

这还得了！风王妃顿时气坏了。

"他们说凤小舞没有请帖，没有资格踏进轩辕家的大门。"穆小六见风王妃一副要吃人的样子，急忙加了一句。

风王妃气得一巴掌拍向一旁的石碑，哗啦啦——石碑应声而碎。

"好你个轩辕家，敢欺负我们风北王府的姑娘，好，很好！"风王妃气得立刻往外冲去。

蔡夫人并不知道风北王府的两位煞星正往这边赶来，她笑着对陶嬷嬷说："孩子们年纪还小，口角几句也是正常的，陶嬷嬷可千万不要跟她们一般见识。"说罢，她瞪着轩辕影："还不快过来给你凤舞妹妹道歉！"

轩辕影心不甘情不愿地撇了撇嘴："谁是她姐姐，她也配？"声音虽轻，在场的人却没有听不见的。

陶嬷嬷气炸了，她瞪着蔡夫人："好好好，非常好！这就是轩辕家对风北王府的态度是吧？我一定会一字一句全都禀告我们王妃的。"

陶嬷嬷气得都自称"我"了，可见她有多生气。

蔡夫人忙拉住陶嬷嬷，脸上笑意满满："陶嬷嬷这话就不对了吧？我们轩辕家对风北王府，可一点都没有要冒犯的意思啊！"

没人注意到，此刻，一道修长挺拔的身影冲进了大厅。

轩辕影还在那儿冷笑："就她，也配代表风北王府？她以为她是谁啊？"

"她是我妹妹！"一道冰冷而坚定的声音在她身后响起。

在场众人循声望去。

风浔大步从外面走进来，站到凤舞面前。

少年的形象一向是阳光般温暖，此刻的他身上却带着冰冷的煞气。他如君临渊那般强势霸道，目光中充满杀戮，脸上晕染了暴戾。

风浔伸手抓起凤舞的左手，高高举起，全身散发着让人胆战的怒气，他大声宣布："她是我风浔的妹妹！谁有意见？给我站出来！"

在场的女孩们只觉得心怦怦一阵乱跳。原先她们觉得凤舞好可怜啊，被人当众奚落，如果是她们，肯定没脸站在这儿了，而当风小王爷抓起凤舞的手，霸道地宣布这就是他的妹妹，谁有意见的时候，她们的少女心都要炸裂了。

左青羽撇了撇嘴，嘀咕了一声："没想到凤舞真是手段了得，勾得风浔这样挺她。小影，算了，风浔很可怕的。"

轩辕影知道风浔可怕，可是，如果今天她脓包，以后她哪还有颜面可言。

"她明明姓凤，是凤家女儿，跟风北王府有什么关系？"轩辕影不服气地冷哼。

风浔冰冷的目光盯着轩辕影，嘴角勾起一抹邪肆的冷笑："你有意见？"

"我就是有意见！"轩辕影仗着这里是轩辕家，她底气很足。

母亲跟她说过，家里有意和风北王府结亲，将她嫁给风小王爷，她自然是十万分同意的，毕竟风浔是很优秀的少年。现在，他却如此维护一个跟他毫无血缘关系并且是她特别讨厌的女孩，她如何能忍。

大小姐的骄纵脾气顿时上来了："我就是有意见！风浔，我警告你，如果风北王府和轩辕家的亲事还想谈下去的话，你立刻给我松开她的手！"

什么亲事？在场的人全都一脸蒙。

蔡夫人恨不得一巴掌拍向这个傻乎乎的闺女。这只是轩辕家的想法，还没跟风北王府提呢，被这丫头当众说破，还拿出来威胁，蔡夫人只觉得头都大了。

风浔更是蒙："什么亲事？"

轩辕影冷笑："就是你和我的亲事！"

风浔气得发笑："我和你有什么亲事？！该不会是你梦到的亲事吧？！"

轩辕影被气哭了："母亲，母亲，他……他不认！"

风浔："……"

这时，轩辕影突然一个箭步冲向凤舞，一巴掌朝凤舞脸上甩去。

凤舞正走神呢！她对风浔满怀愧疚，她刚坑完风浔，没想到转眼间他就毫不犹豫地站在她面前像亲哥哥一样守护她，因此，轩辕影一巴掌拍过来的时候，凤舞一时没反应过来。

说时迟那时快，风浔将凤舞往自己身后一推，他反手重重抽了轩辕影一巴掌，啪！声音清脆而响亮。

在场所有人都难以置信地睁大了眼睛。

这可是轩辕家啊！轩辕影可是轩辕家最受宠的女孩啊，这也太不给轩辕家面子了吧？！

轩辕影哇的一声痛哭起来。

蔡夫人瞪着风浔："风小王爷，你这是什么意思？！"

轩辕靖也瞪着风浔："小王爷，你这就过分了吧？！"

轩辕靖是轩辕影的哥哥，而风浔是凤舞的哥哥，此刻，两个哥哥怒目对视，眸中酝酿着风暴。

风浔冷声道："敢欺负我风浔的妹妹，就要有被报复的觉悟。"

轩辕影被气得差点晕过去。

这毕竟是轩辕家，现在这样被人当众打脸，自然会有长辈站出来，比如轩辕泽，这位轩辕家的下一代家主，也就是轩辕靖和轩辕影的亲爹。

轩辕泽面色非常严肃："风小王爷，看在风北王府和轩辕家世交的分上，还望你行事慎重！"

风浔冷笑："哦？不知道轩辕泽大人说的慎重又是什么意思？"

轩辕泽皱眉："你可以走了，但是她必须留下！"

风浔差点被气笑了，他风浔的妹妹被人当面羞辱，他这口气还没出完，现在居然又有人来威胁他。

"如果我不答应呢？！"风浔反问道。

轩辕泽眸中浮现一抹阴鸷的笑意："如果不答应，那就只能让风小王爷亲自向我轩辕家道歉了！"

风浔："哦？我倒要看看，轩辕家要我如何亲自道歉！"

轩辕泽："很简单，小王爷自抽一巴掌，将我轩辕家的脸面补上就是。"

轩辕泽这是认真了！

风浔被气笑了！

就在这时，轩辕家四个黑衣高手出现在风浔身后，抓住了他的手。

轩辕泽阴鸷地一笑："风小王爷，你说，这一巴掌是你受，还是你妹妹来受？"

好狂妄的轩辕泽！风浔的眼眸半眯起来。

不对，轩辕泽虽然大胆，但不至于如此嚣张，现在他居然敢这样打风北王府的脸，他依仗的是什么？风浔百思不得其解。

轩辕泽冷笑："看来，风小王爷是准备让你妹妹受了！也是，小王爷的脸面金贵着呢！"

说话间，轩辕泽给他身边的严管家使了个眼色。

严管家走到凤舞面前，阴险地扬起嘴角："凤舞姑娘，得罪了！"说话间，严管

家抬起了手。

凤舞眼眸半眯起来,这些人真当她是废物吗?对她轻则动口,重则动手?

"住手!"风浔急坏了。

凤舞除了是他妹妹,还是君老大喜欢的女人,如果君老大知道……风浔不敢想象这件事的后果。

"你们居然敢动她,不怕君殿下杀了你们吗?!"风浔咬牙怒吼出声。

君殿下?这关君殿下什么事儿?在场的人,全都用怪异的目光看着风浔。

"不是说,君殿下最讨厌凤舞了吗?"

"不是说,君殿下在帝国学院的时候专门欺负凤舞吗?"

"不是说,君殿下——"

但是,严管家还是动手了。

除了风浔,没有人会相信,君临渊会因为凤舞的事生气,更何况迁怒轩辕家了。

就在严管家的手掌欲朝凤舞挥去之际,凤舞冷笑一声,一抬手,握住了严管家的手腕,咔嚓——凤舞居然直接扭断了严管家的手腕。

"啊——"严管家发出杀猪般的惨叫,声音尖锐刺耳。

在场的人全都惊讶地望着凤舞,怎么会?

"凤舞不是才灵宗境四星吗?"

"对啊!之前有评估大师做出评估,凤舞的实力最多是灵宗四星啊!"

"可是,她居然一招就将严管家的手腕扭断了?!"

……

不仅围观群众,连风浔也震惊不已。

轩辕家的人、左家的人,更是震惊地瞪大了眼睛。

"小舞你……"

风浔话音未落,严管家已经反应过来,他觉得自己太大意了,为了不在家主面前丢脸,严管家暴跳而起,衣袖中的匕首陡然翻出,对准凤舞的咽喉刺去。

好快的身手,竟然还是杀招。

"小舞小心!"风浔急得额头上的血管暴突,无奈他被人制住,丝毫动弹不得。

在场的人只觉得眼前一花,匕首的寒芒一闪而过,然而,下一秒,严管家手中的匕首,却反方向朝他自己的咽喉刺去!噗——一股鲜血从严管家咽喉处喷溅而出。

在场众人全都睁大眼睛,难以置信地看着这一幕。

"天啊!"

"凤舞她……"

"严管家他……"

210

如果说刚才凤舞扭断严管家手腕时爆发出来的实力让他们震惊的话，那么现在的她，一记杀招直接切割了严管家的咽喉，不管是实力还是这股狠劲，都让人分外震惊。

轩辕影下意识地抚上自己咽喉处。

太可怕了，如果上去抽凤舞巴掌的人是她，如果拿出匕首的人是她……轩辕影简直不敢想象。

"你！你敢！"反应过来的轩辕影，眼中的怒意宛若火山般喷发："凤舞！你居然敢！来人啊，快把这个杀人凶手抓起来！"

这时，其他人也都纷纷反应过来。

"好厉害的凤舞！"

"现在的凤舞……真的是灵宗四星境吗？"

"开什么玩笑？就冲她刚才爆发出来的实力，至少灵宗六星！"

"不，灵宗六星不止，至少灵宗七星。"

"我怎么觉得是灵宗八星？"

……

凤舞的实力，如果真如大家猜测的那样，这也进步得太神速了吧？！大家纷纷摇头表示不信。

左青羽和左青留对视一眼，都在对方眼中看到了警惕和戒备。

她居然又崛起了，这个女孩真的是妖孽吗？！

"不能让她再活下去了。"左青羽压低声对左青留说。

左青留轻轻点头。

当初，废凤舞修为的人中有他，如果这个臭丫头成长起来，他肯定会被报复，所以，凤舞必须死。

而轩辕家的人，更是不会放过凤舞。

轩辕影被风浔打脸，严管家被凤舞杀了，还是在轩辕家，他们怎么可能不报复。不管凤舞是灵宗六星、七星还是八星，对他们来说，都没区别。

"将她给我杀了！"轩辕泽亲自下令。

瞬间，两个墨色身影朝凤舞飞奔而去。

"住手！"就在这时，一个人突然而至，夹带着汹涌的怒气。

大家回头一看，呀！居然是风王妃。

风王妃不是一个人来的，她身后跟着黑衣十八铁骑。

黑衣十八铁骑，乃是风北王府最精锐最顶尖的护卫队，队中每个人的实力都强大无比，可以问鼎将军位，却只愿在风北王府做护卫。最重要的是，这十八铁骑是当年

风王妃嫁风北王的时候，太后老佛爷和当今陛下赐给她的。平时风王妃外出只会带两名护卫，现在她却全部带过来了。

"娘亲！"看到风王妃，风浔激动不已，再看到自家的十八铁骑，风浔顿时心安了。

风王妃朝风浔和凤舞点了下头，然后注意力全放在了轩辕泽身上。

风王妃气势汹汹地冲向轩辕泽，伸手就推了他一把："轩辕大人居然想杀我们家小舞，谁给你的勇气？！"

风王妃向来以凶悍著称，整个帝都的人都知道她的暴脾气，所以她一来，在场众人的心都被阴影笼罩了。

可怜的轩辕泽，被风王妃暴怒之下一推，控制不住地往后退了一步。

"喀喀喀——"轩辕泽一时气不顺，连声咳嗽起来。

一旁的蔡夫人急道："老爷，你没事吧？"

轩辕泽捂住胸口，连连摆手，如果被人这样一推就有事，那他是什么，废物吗？

蔡夫人见自家老爷没事，转而瞪着风王妃："风王妃，有话好好说，这样动手合适吗？"风王妃那叫一个气啊！还真以为她不知道他们刚才做了什么事是吧？一路上早就有人跟她直播了。

风王妃一把推向蔡夫人。

蔡夫人可没有轩辕泽那样的实力，被风王妃这么一推，顿时往后倒去，而她身后是一排酒柜，哗啦啦——酒瓶碎了一地，蔡夫人摔倒在地，她的后背被酒液浸染，甚至连头发上也是黏腻的酒水，看上去狼狈极了。

蔡夫人快疯了，她好歹也是名门淑女，何曾这样丢脸过。

被人扶起来后，蔡夫人气呼呼瞪着风王妃："你你你——你欺人太甚！"

风王妃双手叉腰，甚是彪悍："你欺负我家小舞，我推你怎么了，你有意见？！"

蔡夫人身边的左夫人忍不住劝道："风王妃如此，未免欺人太甚吧？！"

风王妃横了左夫人一眼："你有意见？！"

她不过是说了一句，战火怎么就烧到她身上来了？左夫人咬了咬牙："我……我就是有意见！你做错事还不许人说了吗？"

风王妃上前一把拽住左夫人的手，将她从蔡夫人身边拽了过来，就像拎小鸡仔一样。

这位可是左夫人啊！不说左家的人，其他人都用震惊的目光看着眼前这一幕，风王妃好威武霸气啊！

左夫人心乱如麻，急道："你干什么？你放开我！"

怎会有如此狂妄放肆之人？！左夫人尊贵了一辈子，没见过这样彪悍不讲理的。

风王妃将左夫人往地上一放，然后推了她一把，推得她踉跄地往后退去："你说，你有什么意见？！"

左夫人被吓到了："我……"

风王妃又推了她一把："你说啊！我家小舞做错了什么？被你们欺负，你们还有理了？你说话啊！"风王妃咄咄逼人。

左夫人心中暗恨，但是一句话都不敢说了。

左夫人之前，尚有几位夫人跃跃欲试，想要讨好蔡夫人，帮她对付风王妃，而现在，所有人都意识到，这位风王妃就是个女疯子啊！她不按理出牌，她嚣张跋扈得不可一世，谁对上她谁就是炮灰，没人愿意做炮灰，所以，再没人敢站出来了。

风王妃的目光从这些人脸上一一扫过。

她们根本不敢跟风王妃对视，纷纷撇过脸去，装作东张西望。

风王妃冷笑一声，又看向蔡夫人："刚才，是你要赶走我们家小舞吧？现在、立刻、马上跟小舞道歉！"

如果说风浔之前气场十足的话，那么此刻的风王妃，是绝对的女王霸气。

蔡夫人被气得差点晕死过去。

轩辕家和风北王府，一个是九大世家之一，一个是勋贵中的首屈一指，地位相差并不大，现在她却被风王妃吊打。

蔡夫人流着泪，拉住轩辕泽的手臂："……老爷，我……"

轩辕泽拍了拍蔡夫人的手，还没来得及发声，轩辕影就站出来了。

轩辕影早就气得不行了，风王妃在她们家如此撒野，简直欺人太甚！

"风王妃！您够了没？！"轩辕影怒视风王妃，昂首挺胸，"骂凤舞的人是我，要赶走她的人也是我，您有什么气冲我来，别欺负我母亲！"

很好！

风王妃是什么人，她是能吃亏的主？！下一刻，啪！风王妃一巴掌抽向了轩辕影。

在场众人都震惊地看着风王妃，她真打啊！

轩辕影被打蒙了，她怎么都没想到，风王妃居然如此蛮横。

"你居然敢打我！"轩辕影指着风王妃。

风王妃又一巴掌甩过去，啪的一声脆响："打的就是你！"

这一巴掌打得比之前重了，直接将轩辕影打得倒飞出去。

"风王妃！"

轩辕家的人实在忍不了了，这是活生生在打轩辕家的脸啊！

"风北王府这是要跟轩辕府开战吗？！"轩辕泽板着脸站在那儿，面色铁青。

在场的人虽多，却没一个人敢说话，因为没人知道哪一句话会成为风北王府和轩辕家开战的导火线。

风王妃冷笑一声："轩辕家先羞辱的风北王府，现在反过来说要跟我们开战？好啊！战就战，谁怕谁？！"

啪的一声，风王妃一巴掌重重拍向桌案，桌案瞬间化为齑粉。

轩辕泽面色铁青："你……"

风王妃："来啊，战啊，谁怕谁？！"

轩辕泽的弟弟轩辕禹赶紧站出来打圆场："风王妃请息怒，不过是孩子们的口角，哪至于到这样严重的程度？有话好好说，我们都是讲道理的嘛，对不对？"轩辕禹一边说，一边拽了轩辕泽一下，用眼神示意他别跟风王妃硬碰硬。

轩辕泽哼了一声，别过脸去。

凤舞不能再站那儿一动不动了，她总不能真的让风北王府和轩辕家开战吧？

凤舞："母亲，您歇口气，不要气坏了自己，我没事的。"

凤舞这一声"母亲"，顿时吸引了所有人的注意，凤舞真是风王妃认下来的闺女啊？！

风王妃拉着凤舞的手，面色认真而凝重："丫头，你不必多说，我风王妃尊尊贵贵的闺女，哪能为了这种事委曲求全、忍气吞声？你只管给我立起来！"

凤舞："……"好吧！

在场的很多人都目光复杂地看着凤舞，眼神中有羡慕、有忌妒、有震惊，更多的是眼红，特别是轩辕影和左青羽等人。

凤舞居然真的是风王妃的干闺女。

轩辕影内心咯噔了一下，她想起自己之前对凤舞说过的话，那些话可难听得很。

风王妃瞪着轩辕影："刚才说了什么，你可还记得？"

轩辕影求助地看向蔡夫人。

蔡夫人倒是想帮自家闺女，可风王妃摆明了是要帮凤舞出气的，而她也被风王妃的气势吓到了，所以面对轩辕影求助的目光，她无奈地别过脸去。

风王妃冷笑："轩辕家好高的门槛啊！我风北王府的人过来，直接就要被赶出去啊！"

轩辕泽和蔡夫人的脸都是黑的。

轩辕禹忙打圆场："风王妃，误会，都是误会，影儿并不是这个意思。"说着，轩辕禹瞪了轩辕影一眼："还不快向凤姑娘道歉！"

"为什么要道歉？！"就在这时，一道冰冷的声音响起。

“姑姑——”轩辕影看到来人，顿时眼睛一亮。

来者不是别人，正是轩辕家的外嫁女轩辕雪月。

轩辕雪月和风王妃向来不对付，因为当年轩辕雪月跟风北王议过亲，最后风北王娶的却是风王妃，为此，轩辕雪月一直怀恨在心。

早在风王妃来的时候，轩辕雪月就知道了，她急匆匆过来，为的就是给风王妃添堵。

“哟，我道是谁呢，原来是大名鼎鼎的风王妃啊！”轩辕雪月姿态端庄地走进来，斜睨了风王妃一眼。

“姑姑——”轩辕影上前抱住轩辕雪月的胳膊，委屈极了。

轩辕雪月摸摸轩辕影的头发：“好孩子，受了什么委屈，跟姑姑说，姑姑一定为你做主。”

“姑姑——”轩辕影啜泣道，“我就问了凤舞一句她有没有请帖，我有错吗？她没有请帖，就不应该出现在这里，不是吗？一开始她也没说她跟风北王府的关系，而风北王府也没透露消息说凤舞和风北王府的关系啊……”轩辕影一边哭一边将自己择得干干净净，她一点错都没有，她无辜极了。

偏偏她这话说到点子上了，风北王府确实没有放出消息说，凤舞是他们家的孩子啊！

轩辕雪月看着怔住的风王妃，顿时激动不已：“风王妃，这可就是你们风北王府的不对了，这是不是你们家孩子，还不都是靠你们一张嘴？你说是就是，你说不是就不是喽！”轩辕雪月冷笑，“这难道应该怪我们家吗？”风王妃正要说话，却被轩辕雪月抢先说道，“风王妃如此兴师动众，咄咄逼人，也太仗势欺人了吧？！这是对我轩辕家的羞辱！”

轩辕家众人异口同声：“对，这是对我们轩辕家的羞辱！”

轩辕雪月盯着风王妃：“还请风王妃给我们轩辕家一个交代，否则这事没完！大不了闹到陛下那儿去，看陛下是帮亲还是帮理了！”

凤舞闻言，眉头微微蹙起。

这个轩辕雪月不简单啊，随随便便一句话，就将风王妃的行事定性为仗势欺人，让风王妃的主动化为被动。

风王妃冷笑一声，问凤舞：“你可说了，你是代表谁家而来？”

凤舞：“说了。”

风王妃盯着轩辕影：“她说是没说？”

轩辕影不敢跟风王妃对视。

这时候，穆小六大声叫嚷起来：“凤小舞说了，可是轩辕影不信。”

不仅轩辕影不信，当时谁都不信啊！

轩辕雪月眼看着形势要被凤舞翻过来了，当即眼眸一转，笑眯眯道："这干亲不干亲的，又没有宴客宣布，谁知道呀？怕是陛下都不知道吧？风王妃，您该不会是不满轩辕家已久，故意找了这么个借口来攻击轩辕家吧？"

听到轩辕雪月这话，很多人都露出了狐疑的目光。

风王妃冷笑一声，从宽大的衣摆中抽出一个卷轴递给轩辕雪月，同时傲慢地瞥了她一眼。

现在不是怀疑她对这个闺女不好吗？不是怀疑她故意用凤舞来打击轩辕家吗？那她就把证据拿出来，让他们都睁大眼睛好好瞧瞧。

轩辕雪月没想到，眨眼间手里就多了一份圣旨——这浅黄的颜色，不就是代表帝王的颜色吗？

"圣旨？"

"风王妃随身带着圣旨？"

"圣旨里会写什么？"

大家既好奇又惊讶，都目不转睛地盯着那份圣旨，并用眼神催促轩辕雪月赶紧将圣旨打开。

理智告诉轩辕雪月，这里面一定是对她不利的东西，可是众目睽睽之下，她能不打开吗？

"奉天承运皇帝诏曰，凤家小女凤舞，德才兼备，端庄贤惠……与风王妃有母女缘分，今封凤舞为凤舞郡主……"

轩辕雪月看到这一行行字，眼睛都快凸出来了。

凤舞是风王妃干闺女这件事居然是真的，陛下还钦封凤舞为郡主。这样被皇帝赐名的郡主跟普通的郡主可不一样，这是郡主中顶级的存在，地位仅次于公主。

啪嗒——圣旨从轩辕雪月手里滑落。

轩辕家的人吓得心脏都快停止跳动了，圣旨要是落了地，皇帝治轩辕家一个大不敬的罪名，到时候可真是怎么死的都不知道了。

轩辕禹距离轩辕雪月最近，他扑身向前，在圣旨触及地面的前一秒，堪堪将圣旨接在手中。

呼——轩辕家的人这才松了一口气。

轩辕泽的额头上浮现一层薄汗，被吓的。

轩辕家的人全都瞪着轩辕雪月，差点被她害死了。

轩辕雪月欲哭无泪："我……我真不是故意的……"

可是，根本没有人相信她。

没有人注意到，刚才是凤舞趁轩辕雪月愣神之际暗中出手，让轩辕雪月的手指麻痹了一下。可惜了！凤舞在心里暗暗遗憾着。

风王妃盯着轩辕雪月，冷笑一声："没想到，轩辕雪月你现在依旧对皇族不满啊！"

轩辕雪月还没来得及解释，轩辕禹忙苦笑着赔罪："风王妃误会了，刚才小妹真的是不小心，还望风王妃海涵。"轩辕禹怕风王妃追究下去，赶紧打开圣旨念起来。

凤舞郡主？！在场的人，都难以置信地望着凤舞。

特别是凤琉和凤桑，她们恨得牙关紧咬。原本凤舞跟她们是一样的，谁知道，她居然一飞冲天，直接成了凤舞郡主，从此以后，岂不是压她们一头了？

左青羽满含忌妒的眼睛死死盯着凤舞。

轩辕影拳头紧握，眼珠子都快凸出来了。她原本以为，凤舞就算是被风王妃认了女儿，也没什么大不了，却没想到，风王妃竟然劳动陛下亲下圣旨，而且还是凤舞郡主，这跟风王妃亲生的闺女有什么区别？

风王妃指着轩辕泽："你们轩辕家不是摔圣旨，就是怠慢陛下钦封的郡主，原来这就是轩辕家对皇家的敬意，我算是知道了！小舞，我们走！"风王妃拉着凤舞就要走。

这可不行！看风王妃这架势，是要进宫哭诉告状去，而风王妃在宫里如何得宠，谁人不知，哪个不晓。

虞夫人手疾眼快，赶紧拉住风王妃，赔着笑脸："风王妃，且慢，且慢！"

轩辕禹也拦在前面："误会，都是误会！小辈之间的口角罢了，我们轩辕家最是忠君爱国，哪里会对陛下大不敬呢！"

轩辕禹一边拦着风王妃，一边给轩辕泽使眼色。

轩辕泽心里苦啊！刚才还跟风王妃对立呢，现在……可是，皇家的龙威太可怕了，为了整个轩辕家族着想，轩辕泽不得不站出来。

他抬脚踹了轩辕影一脚："还不去向凤舞郡主道歉！"

可怜的轩辕影毫无防备，直接被轩辕泽踹到了凤舞面前。

这时候，大家投向凤舞和风王妃的眼神就有些不对了。轩辕影对凤舞的态度固然不好，有以权谋私之嫌，可她也是为了大家安全着想，要看邀请函也是无可厚非啊！

轩辕泽这一脚太狠了，直踹得轩辕影直不起腰来，甚至咳出了鲜血："喀喀喀，喀喀……"

凤舞一看她这副样子，就觉得不对。

果然，轩辕影将姿态放得极低，她低垂着脑袋跟凤舞道歉："凤舞郡主……之前多有冒犯，还请海涵，喀喀喀……"又一口鲜血咳了出来。

轩辕影搞这么一出，在场的人看了，都对轩辕影报以无限同情。

凤舞嘴角扬起一抹浅笑："轩辕姑娘这伤势看着很严重啊！不如让我来看看吧。"

凤舞的手搭在轩辕影身上，只一瞬间她就知道，轩辕影果然是在演戏。轩辕影硬生生用内力震破了内脏一角，再把鲜血从内脏硬生生逼了出来，好狠的人！

轩辕影反手握住凤舞，脸上带着笑容："好妹妹，都是姐姐不好，姐姐有眼不识泰山冒犯了你，你可千万不要跟姐姐计较呀！"

凤舞瞥了轩辕影一眼："不计较？"

轩辕影拼命点头。

凤舞冷笑道："不计较不是我凤舞做事的风格，你们轩辕家一定得为自己做过的错事负责。"想将事情含糊过去，凤舞怎么肯。

"凤舞妹妹——"轩辕影眼泪颗颗往下滚落，"凤舞妹妹，我承认，确实是我不好，我听信了别人的谗言，才会……"

"谗言？"凤舞似笑非笑。

轩辕影一直在试探凤舞的底线，见似乎有商量的余地，赶紧说："是的啊！都是因为凤琉，她说你没有邀请函，为人又不好，我才……"

凤琉一听，内心揪痛了一下，她难以置信地望着轩辕影。

轩辕影："小舞妹妹，都是姐姐不好，偏听偏信，刚才才会做出那么没礼貌的事，你要杀要剐，全都冲我来吧！"

她先是将凤琉拽出来，将罪名推给凤琉，再大义凛然地让凤舞冲她一个人来，当真是能屈能伸、能说会道、反应快速，这个轩辕影，有点意思。

凤琉正要站出去反驳，一旁的左青羽却一把拽住她，警告地瞪她一眼，在她耳边说了一句话。

原本凤琉想说什么，最终还是放弃了。

凤舞似笑非笑的目光从轩辕影身上扫过，然后是左青羽、独孤雅莫、凤琉、凤桑……这些姑娘的表情可真有意思。

这时候，轩辕家的人不断出来打圆场，风王妃面子里子都有了，再较真下去，倒有些说不过去了。

轩辕禹说话更是好听："风王妃，我们两家在帝都都是大户人家，要是闹僵了，传出去也不好听啊，您说是不是？"

风王妃现在像打赢了胜仗一般，开心极了。

陛下和老佛爷知道她认凤舞为干闺女的事情，但是都不让她大办宴席宣布此事，风王妃可不高兴了，她好好地认个闺女，怎么就不让大办呢？这不是让人觉得她不够重视这个闺女吗？于是，得知今日之事，她急匆匆进宫，抱着老佛爷就哭，哭轩辕家蛮横不讲理，哭她自己命苦多年见不到夫君，哭风北王府被轩辕家欺负……老佛爷和陛下都被她哭得无奈了，她再适时提出凤舞对君殿下的救命之恩，皇家还没还呢，怕是以后羁绊会越来越深啊！老佛爷和陛下齐齐出声，同意封凤舞为郡主，风王妃这才高高兴兴地来到轩辕家。

她之前将圣旨藏起来，就是等着轩辕家出牌呢！果然，轩辕雪月站出来歪曲事实，最后她拿出圣旨，凤舞一鸣惊人了。

"风王妃，寿宴马上就要开始了，要是老爷子出来，知道我们留不住您，我们都会被老爷子责罚的。"虞夫人拉着风王妃，苦笑连连。

虞夫人为人不错，风王妃是知道的，可是，受委屈的是凤舞，风王妃便问凤舞："小舞丫头，你觉得如何？"

凤舞笑道："女儿全听母亲的。"

见这丫头这么懂事，风王妃更喜欢凤舞了。

人群分散开来，年轻人跟年轻人玩在一块，贵妇人自然跟贵妇人待在一起。

风王妃拉着凤舞坐下，各家夫人纷纷上前来套近乎。

"凤舞小姐好漂亮，风王妃好福气啊。"

"凤舞小姐一看就是性子好的，特别沉得住气。"

"凤舞小姐……"

这些夫人一边说着一边从手腕上褪下镯子或者别的随身物品，送给凤舞当见面礼。

一旁的蔡夫人，脸色非常难看。

这是轩辕家，风王妃反客为主是怎么回事？这些夫人也真是的，对风王妃巴结得也太明显了吧？！

虞夫人看着蔡夫人，嘴角勾起一抹淡淡的弧度。她这个大嫂一向清高，自恃身份尊贵，不把别人看在眼里，可是在风王妃面前，被压制得真是憋屈啊！

此时的轩辕影呢？她被左青羽等人拉到小房间去了。

轩辕影、左青羽、独孤雅莫、凤琉还有凤桑，五个人齐聚。

凤琉看着轩辕影，未语泪先流，委屈极了："影姐姐，你怎么能把我说出来呢？当时……"

轩辕影眉心一蹙。被逼着跟凤舞道歉，她已经很不爽了，凤琉居然还指责她，轩辕影气得想打人。

左青羽拉着她的手，冲她摇摇头，压低声音说了一句话。

两个人目光交会，互相点了点头。

　　轩辕影拉着凤琉，泫然欲泣："琉儿妹妹，那种情况下，如果不那样说，我们都会很麻烦的。何况，本来就是你跟我们说的嘛，我也没有冤枉你啊！"

　　凤琉："可是……"

　　左青羽极认真地望着凤琉："现在最重要的，难道不应该是我们一起对付凤舞吗？今天我们受了这么多的气，她却那么得意，你们甘心吗？"

　　还真是不甘心。

　　"左姐姐，你有什么办法吗？"大家齐齐望着左青羽。

　　"呃……"左青羽欲言又止。

　　轩辕影抓住左青羽的手："左姐姐，这都什么时候了，你倒是快说呀，我们都听着呢。"

　　左青羽："可是，这事儿有点……不好。"

　　凤琉："怎么不好了？凤舞都这么对我们了，我们无论对她做什么，都是理所应当的。"

　　左青羽："你们都是这样认为吗？"

　　大家齐齐点头，连一直没有机会说话的独孤雅莫也说："身为旁观者，我也看不过去了，这个凤舞太嚣张了，必须给她一点教训！"

　　"既然大家都这么认为……好！"左青羽招呼大家凑过来，压低声音，将她的计划说了一遍，末了，她又补充道："我不过是提议，觉得这是一个办法，至于行不行……"

　　"这样的话，真的不会影响到我哥吗？"轩辕影有些担心。

　　独孤雅莫没好气地说："怎么会呢？你哥只是一个幌子，真正出现在里面的人……嘿嘿。"

　　轩辕影打了一个响指："这个人选……我心里有了。"

　　凤桑听了大家的计划，拽了拽凤琉的手："这样真的好吗？"

　　"三姐，你不会到现在还在顾虑她吧？你把她当亲人，她什么时候把我们当亲人了？！"凤琉特别生气。

　　凤桑皱眉："倒不是当她是亲人，而是这件事如果传出去，对我们姐妹也是有影响的。"

　　凤琉却一挥手："风王妃不是已经认她当闺女了吗？到时候丢脸也是丢风北王府的脸。你看，同样凤族养出来的闺女，我们没事，怎么偏偏她出事呢？我倒要看看，到时候风王妃还肯不肯要她。"

　　忌妒使人疯狂。

　　寿宴上，轩辕影笑嘻嘻地凑到蔡夫人身边，挽住了她的胳膊。

蔡夫人的不悦都摆在脸上呢！

轩辕影凑到她耳边："娘亲，你放心，你受的委屈，我会帮你讨回来的。"

蔡夫人内心咯噔了一下："你要做什么？"

轩辕影笑而不语，走上前去，挽住了凤舞的胳膊："凤舞妹妹，这里都是长辈，可不好玩了，要不你跟我们玩儿去吧？！"

风王妃盯着轩辕影，这丫头看着就不像个好姑娘，她正要代凤舞拒绝，凤舞却笑着站起来，整理了下裙摆上本就不存在的褶痕："影姐姐盛情邀约，如果不去，倒是辜负了影姐姐一番好意。母亲，我这便过去了。"

凤舞没有忘记她是来找第二枚星辰碎片的线索的，可是从进府到现在，她一直被禁锢在宴会厅，一步也踏不出去，这让她有些着急，而轩辕影的出现，正好让她有了踏出这一步的机会。这叫打瞌睡有人送枕头，凤舞怎会拒绝。

风王妃知道凤舞是机灵的，见她答应了，便嘱咐她："行事谨慎些，但也无须太过小心，真有人不长眼惹到你，打死便是，一切后果为娘都给你担着。"

旁边的人都倒抽一口凉气，这位风王妃还真是彪悍啊，跟别人教女的方式截然不同呢！

蔡夫人的脸色更沉了，她听出风王妃是在指桑骂槐，却又无从反驳。

轩辕影微微一怔，随即便恢复正常，她笑着对风王妃说："王妃娘娘说得是呢！不过请王妃放心，我们一定不会让舞妹妹受委屈的。"

到时候，就看风王妃还认不认这个闺女了！轩辕影在心里冷笑不止。

轩辕影拉着凤舞来到后院，很快就跟左青羽等人会合了，大家对凤舞都很热情。

左青羽抿唇笑道："舞妹妹长得好生漂亮呢！"

独孤雅莫道："青羽说得是呢！以前，我觉得帝都最漂亮的人莫过于左青鸾姐姐，没想到舞妹妹这容貌是有过之而无不及啊！"

左青羽的表情不但没有僵硬，反而笑容灿烂："可不是嘛！我姐姐真没有舞妹妹漂亮，我这个做妹妹的可以做证。"

轩辕影："哎呀，你们两个真是的，等左姐姐回来，看不打死你们。"

独孤雅莫看着左青羽："你姐姐要回来了吗？"

左青羽瞥了凤舞一眼，微笑道："等姐姐修为晋升到灵侯境就会回来了呢！"

"灵侯境？！"姑娘们齐齐倒抽一口凉气。

轩辕影惊讶道："这个目标也太远了吧？那想见到青鸾姐姐得等到什么时候呀？"

"也不是很远呀！"左青羽瞥了凤舞一眼，笑眯眯地说，"以我姐的资质，不出

一年，应该就能进入灵侯境了呢！"

"不出一年？！"

"天啊！不会吧？！"

"青鸾姐姐现在是什么实力了？！"

大家齐齐惊呼一声，倒不是做给凤舞看的，确实是左青鸾的实力晋升得太快了，快到让同龄人压力倍增，难以望其项背。

左青羽再次瞥了凤舞一眼，淡淡一笑："我姐姐嘛，前几天听我爹说，已经是灵尊七星了。"

"不是吧？！"第一个惊呼的就是轩辕影，"之前不是说，才进入灵尊境界吗？"

左青羽抬头望天，傲娇脸："我姐什么天赋，你们又不是不知道，某些人进步都那么快了，我姐能慢吗？"

某些人，自然是特指凤舞了。

"如此看来，能配上君殿下的除了青鸾姐姐，再也找不出第二个了。"

凤舞听她们说来说去，眉头微微蹙起，喊她出来，是专门让她听左青鸾的事情吗？

凤舞正想找个借口离开，忽然听到轩辕影惊呼一声："对了！"

大家不解地看着轩辕影。

轩辕影说："前两天，有人送了我爷爷一份特别珍贵的礼物。"

大家齐声问："什么礼物？"

轩辕影："煌龙土。"

"煌龙土是什么？"凤琉不解。

左青羽也不解。

独孤雅莫却惊呼一声："真的是煌龙土？传说中能让人灵力变得更纯的煌龙土？"

轩辕影点头："是呢！据说煌龙土能让人晋升得特别快呢！"

煌龙土？如果真是煌龙土，凤舞还是很感兴趣的，她能将它提纯，做出更好的宝贝来。

轩辕影提议："平时爷爷碰都不让我们碰一下呢！今天人这么多，爷爷肯定没时间顾及到，要不……我们一起去看看？"

凤琉："好的呀、好的呀，我们都想见识一下煌龙土是什么宝贝呢！"

左青羽："这样不好吧？煌龙土这么珍贵的东西……算了，我还是不去了。"

独孤雅莫："影儿，我们就算了吧，但是舞妹妹……之前你不是得罪她了吗？现在带她去见识一下煌龙土，就当是赔罪了。"

轩辕影有些愧疚地望着凤舞："舞妹妹，要不你陪我一起去吧？你放心，我们就是看一下，就算爷爷发现了，也不会生气的。"

凤舞："这东西是在……"

轩辕影："在爷爷的院子里，你放心，很安全的。你现在修为虽然不错，但是比起左姐姐还差得远呢，难道你不想提升晋升速度吗？"

所以，刚才故意在她面前提起左青鸾，是用激将法吗？

凤舞摇头："并不想。"

可是，谁信啊？！

轩辕影挽住凤舞的胳膊："小舞妹妹，走走走，我带你去，就咱俩去，不让她们跟着了。"

其实，凤舞是想去的。正常情况下，她想接近轩辕老爷子的院子是很困难的，现在有轩辕影做掩护，就简单多了。半推半就地，凤舞就被轩辕影推走了。

轩辕影一边推着凤舞走，一边朝身后打了个胜利的手势。

轩辕毅的院子自然是有人守着的，轩辕影带着凤舞来到一处假山旁，压低声音说："这里有一条秘密通道可以进去，别人我才不告诉呢！小舞妹妹，我跟你关系好，我才告诉你的。"

凤舞面上答应着，心里如何想，就只有她自己知道了。

轩辕影开启假山壁的按钮，很快，她们面前出现了一条仅容一人通过的甬道。

"小舞妹妹，里面光线昏暗，我走在前面，你要在后面跟好哦！"轩辕影嘱咐道。

"好。"凤舞点头。

在漆黑的甬道里行走，凤舞不放过任何细节。

其实刚进入甬道，凤舞就看出来这是一个隐秘的阵法，进去容易出去难，但是论阵法，凤舞会怕谁？于是，凤舞一边记忆阵法，一边跟在轩辕影身后。

过了大约一盏茶时间，前方出现一道微弱的光亮。

轩辕影吹灭了手中的烛火，回头对凤舞说："小舞妹妹，咱们可说好了，之前我得罪了你，现在带你来看一眼煌龙土，我们就两清了哦，你可不能再怪我了哦。"

凤舞摇头："其实，我并不是很想看煌龙土。"

轩辕影在心里暗笑凤舞虚伪，如果真的不想看煌龙土，怎么我一说，你半推半就地就跟来了？左青鸾的修为晋升那么快，就不相信你不受刺激。

轩辕影在心里暗哼了一声，面上却笑嘻嘻道："我知道，小舞妹妹其实是不想来

的，都是我硬拉硬拽你过来的，对吧？"

　　凤舞："对。"

　　凤舞说话的时候，目光从正院墙头上那只黄毛鹦鹉身上扫过，她朝鹦鹉招招手，黄毛鹦鹉竟从半空中飞掠而来，停在了凤舞的手臂上。凤舞从怀里取出一小块糖豆般大小的上品灵石，喂进了鹦鹉口中。

　　轩辕影一看，顿时皱眉。这只黄毛鹦鹉可是爷爷养的，桀骜不驯，可调皮捣蛋了，没想到现在居然这么乖。

　　轩辕影对凤舞说："你可别招惹这只鹦鹉，咱们办正事要紧。"

　　凤舞一边给黄毛鹦鹉投喂，一边瞥了轩辕影一眼，漫不经心地问："我们要办什么正事呀？"

　　轩辕影急了："煌龙土啊！我不是答应了要带你看煌龙土吗？你怎么还有闲情逸致在这里逗鸟啊？真是急死我了。"

　　凤舞一边逗鹦鹉，一边漫不经心地道："我刚才说了我不是很想看的，倒是这只鹦鹉好好玩。"

　　"你可真是……"轩辕影恨铁不成钢地指着凤舞，"小舞妹妹，不是我说你，你怎么一点志气都没有呢？"

　　凤舞一脸茫然："嗯？"

　　轩辕影："刚才左青羽不是提到左青鸾了吗？难道你一点触动都没有吗？当年你们两个可是并称帝都双姝的，现在人家都快灵侯境了，你才灵宗境，你觉得丢人不丢人？"

　　凤舞："唔……"

　　轩辕影瞪着凤舞："所以啊，我才带你来看煌龙土呀，我跟你说——"轩辕影压低了声音，"我爷爷不在，我可以趁此机会，帮你偷一些煌龙土出来，你修炼的时候不就能用上了吗？"

　　凤舞惊呼一声："偷煌龙土？你刚才可不是这么说的，你说只是看看呀！"

　　轩辕影一边拉着凤舞往里走，一边嘀嘀咕咕："贼不走空你不知道吗？既然来了，不顺走一些煌龙土，你是白痴吗？"

　　凤舞："可那是你爷爷的东西啊，你怎么能偷呢？"

　　轩辕影轻哼一声："谁说我偷了？"

　　说话间，她们来到了一处暗室。

　　轩辕影得意地勾起唇角："到了、到了，爷爷将最好的宝贝都藏在这里呢！你站远一点，我将这扇门打开。"

　　凤舞："我还是觉得怕怕的，算了，你在这儿吧，我先走了。"

轩辕影一把拽住凤舞："走什么走，都来到这儿了，跟我一起进去。"

凤舞惊呼一声："啊——"

下一秒，只听见咔嚓一声，那扇门被紧紧关上了，而凤舞在门里，轩辕影在门外。

凤舞惊声问道："这是哪里？这里不是你爷爷的藏宝室。轩辕影，你为什么要将我关进来？你放我出去！"

门外传来轩辕影狰狞的冷笑声："凤舞啊凤舞，你真以为我会带你来什么藏宝室吗？哈哈哈……"

凤舞狂拍门："轩辕影，你害我！你要害死我！我做鬼都不会放过你的！"

轩辕影冷笑："你就在这儿待着吧，很快，你就会知道什么叫作生不如死！"

凤舞怒道："你就不担心风北王府会报复吗？！"

"哈哈哈，风北王府？风王妃确实嚣张，可是等你身败名裂之后，风王妃还会认你这个半路闺女吗？你还是省省心，担心一下你自己吧！哈哈哈——"轩辕影一边说，一边往外走去。

就在这时，屋子里响起一道低低的嗤笑声，凤舞回头，借着微弱的光线，看到了一张狰狞而带着嘲讽的脸，这个人竟然是左青留。

左青留的眼睛通红，好像染了鲜血，看着非常恐怖。他的喘息声有些粗，但神志看着还是清醒的。

"凤舞……哈哈哈，没想到真的是你。"左青留的脚步有些虚浮，他踉跄着朝凤舞走来。

凤舞眼眸半眯起来："是你？"

"哈哈哈，是我，你没想到吧？！"左青留冲向凤舞，伸手就要抱住她。

凤舞侧身避过，左青留差点一脑袋撞到墙壁上。

"臭丫头，居然敢躲开！"左青留抬手就朝凤舞抓去。

凤舞再次闪身避开，与此同时，她猛地一脚踹向左青留。左青留被踹得倒飞出去，后背撞到墙壁上，疼得他一阵龇牙咧嘴。

凤舞想找到门在那儿，可是这间屋子四面都是墙，连头顶和脚底都是坚硬的断龙石，根本找不到门。

凤舞身边传来哈哈哈的狂笑声："凤舞啊凤舞，你别天真了，打不开的。"左青留干脆坐在地上，目光嘲讽地看着凤舞，"我们出不去的，哈哈哈……"

凤舞眼眸半眯起来，回头盯了他一眼。

"你不觉得，你的身体开始变得热乎乎的吗？哈哈哈……"左青留笑嘻嘻地望着凤舞，"你不觉得，你的修为全都变成热气消散了吗？"左青留哈哈狂笑，"你听说

225

过春风幻化散吗？你知道凤栖阁吗？你认识凤栖姑娘吗？春风幻化散就是凤栖姑娘的得意之作啊！

"不过，你看着就是好姑娘，又怎么会知道青楼这种地方呢！哈哈哈，凤小舞啊凤小舞，没想到几年不见，你竟出落得如此亭亭玉立、容颜倾世。

"早知道你会长成现在这般，当年就不该让你走，就应该趁着你还小将你养在身边。不过，从今天开始，也为时不晚呢！"

下一刻，凤舞的匕首已经抵上了左青留的咽喉："你说完了没有？"

突然而至的冰凉，让左青留当即心头一室。

"你——为什么……你还能保持清醒？"左青留盯着凤舞。

凤舞嘴角扬起一抹微冷的弧度，谁说春风幻化散是凤栖姑娘制作的？这东西分明是当年她的试验品。

当初凤舞觉得这世上如果必须有春药的话，为什么不能是她炼制出来的那一款呢？如果她将这种春药的药效做到极致，是不是以后就可以用这东西控制一些人，得到自己想要的消息？抱着这样的心思，当年才七八岁的凤舞就做起了这门生意。

只是当年的她没想到，春风幻化散真的成了春药中的极品，只不过，当年她是将东西交给秦伯的，怎么会跟凤栖姑娘有关系？看来回头得找机会去看看秦伯了。

当年炼制春风幻化散的时候，凤舞就想过，自己树敌这么多，长大后会不会碰到这样的事情，没想到一语成谶了。

既然是凤舞炼制的药剂，她自然有解药之法。

左青留并不知道这件事，他死死瞪着凤舞，满眼的难以置信："为什么你没有中招？药效不是已经发挥到中级了吗？"

好热、好热……左青留不断地撕扯自己的衣裳，恨不得立刻朝凤舞身上扑去。

时间紧迫，凤舞没有时间待在这里跟左青留耗下去了，便一巴掌将左青留拍晕了。

刚才她找不到门，不过是做给左青留看的，事实上，从一开始凤舞就没有相信过轩辕影，所以跟着轩辕影一路走来，凤舞一直保持着高度戒备。

在那条甬道里，凤舞就摸索出了七星阵法图，这间暗室乃是用了障眼法，也就是说，这间暗室是假的阵眼，真正的阵眼在别处。

对不懂阵法的人来说，在这四四方方的暗室里确实找不到出路，而凤舞的手指动了几下，她又在地上踩了三脚，在墙壁上敲了七下，咔嚓咔嚓，一扇门便缓缓打开了。

这扇门却不是轩辕影带她进来时的那扇，大概连轩辕影都不知道这扇门吧？！

凤舞通过真正的暗门，很快，藏宝室出现了她的面前。

藏宝室里东西不多，但都是精品，凤舞扫了一眼，有秘籍、武器、煌龙土……还有一块不知名的石头，看着像鹅卵石，散发着温润如白玉般的光泽，一看就是个好东西。

凤舞抓抓脑袋，星辰碎片呢？不管了，都拿回去，再细细研究吧！

凤舞走出藏宝室后，想到了左青留。

轩辕影故意将她关进去，目的是什么？轩辕影接下来又会怎么做？其实也不难猜到，只不过——只许轩辕影谋害她，不许她以其人之道还治其人之身吗？凤舞嘴角扬起了一抹微微的弧度。

凤舞原本想去找轩辕影算账，没想到，她经过花园的时候，听到蔡夫人正和一个嬷嬷说话。

蔡夫人："你修为好，好好看着小姐，她要你做什么，你就做什么。"

嬷嬷应声而去。

蔡夫人看着清冷如水的月光，眼中浮现一抹狰狞冷笑："影儿，你说要帮娘亲报仇，娘亲真的很期待呢！"

凤舞当即停下了脚步。

如果找轩辕影算账，她还得到处找人，而蔡夫人就在眼前，虽然……那个什么……但是这样更劲爆不是吗？这位蔡夫人可不是无辜的。

想到这儿，凤舞嘴角扬起一抹微微的弧度。

不过，蔡夫人的修为一看就不低，至少在灵宗九星，但是只要自己足够小心谨慎，还是有很大胜算的。

想到这儿，凤舞从怀里摸出一把匕首，借着夜色掩护，悄悄地朝蔡夫人走去。

此时，蔡夫人沉浸在轩辕影即将带给她的惊喜中，根本没有注意到身后有人靠近。

"唔——"蔡夫人只觉得颈项处一片冰凉，等她反应过来，她的嘴已经被人紧紧捂住，身后传来凤舞变声后阴恻恻的声音："蔡夫人，好久不见。"说着，凤舞用匕首柄砸向蔡夫人后颈，蔡夫人脑袋一阵眩晕，失去了知觉。

此刻，轩辕影正慌慌张张地跑回宴会厅，见到人就问："你知道凤舞在哪里吗？你知道凤舞在哪里吗？"

左青羽眉头一皱："凤舞？刚才她不是跟你一起走了吗？"

轩辕影："一开始我们是在一起，可是后来她说要单独走，我就找不到她了。"

独孤雅莫："她在哪里跟你分开的？"

轩辕影："我爷爷的院子里啊！"

"你们几个嘀咕什么呢？"

寿宴即将开始，虞夫人到处找蔡夫人这位轩辕府的宗妇，因为需要她来主持大局，却怎么都找不到，看到轩辕影等人聚在一起窃窃私语，虞夫人不由得问道："影儿，有看到你母亲吗？"

轩辕影摇头："母亲不在里面吗？"

虞夫人："方才有嬷嬷喊你母亲，她就出去了，也不知道现在去哪里了。眼看着寿宴就要开始了，这可如何是好？"

轩辕影愁苦着一张脸："二婶，母亲的事不着急，现在着急的是凤舞不见了啊。"

"什么？！"虞夫人眼睛瞪大，瞪着轩辕影，"你把凤姑娘怎么了？"

风王妃正百无聊赖地品着茶，等着凤舞回来，左等右等不见凤舞人影，正不耐烦呢，听到这句话，她的目光径直朝轩辕影射了过来。

"怎么回事？我家小舞呢？"风王妃盯着轩辕影，目光充满了嗜血和杀戮。

轩辕影被风王妃这么一瞪，顿时心虚得不行。

左青羽伸出手指戳了下她的腰，提醒她不要露出马脚。

轩辕影暗中握了握拳，深吸一口气："凤舞不见了。"

风王妃一把揪住轩辕影的衣领，将她整个人提了起来："你说什么？"

在场的贵妇人见此情景，纷纷劝道："风王妃，有话好好说，影儿还是个孩子啊！"

风王妃："我家小舞也是个孩子！快说，把我家小舞弄哪儿去了？"

轩辕影哭丧着脸："王妃娘娘，我真不知道啊……凤舞听说我爷爷新得了煌龙土，而煌龙土能加速修为的晋升，她就非拉着我去看。"轩辕影一边哭一边说，"我之前不是怠慢了她吗？为了将功赎罪，明知道这事不可行，我还是带她去了……"

煌龙土？！在场的人眼睛都瞪得很大。这可是世间难得的宝贝啊！

"这不可能！"风王妃立马否定，"小舞不是这样眼皮子浅的孩子。"

左青羽苦笑一声："可能是我多话了吧？我说我姐姐已经晋升到灵尊七星了，今年就能晋升到灵侯境，凤舞一听大受刺激，所以才会做出这么不理智的事情。都是我不好，请风王妃责罚。"

风王妃瞪着左青羽，气得胸口剧烈起伏。

这个左青羽厉害啊！几句话抬高了左青鸾，又狠狠踩了凤舞一脚，将凤舞塑造成忌妒心强、情绪难以自控的坏女孩。

独孤雅莫也苦笑道："当时我也在，我可以给她们做证，她们说的全都是真的，确实是凤舞要求影儿，甚至拿出风北王府来压影儿，影儿才……"

这是继左青羽踩了凤舞一脚后，独孤雅莫继续告凤舞的黑状，将凤舞塑造成仗势欺人、蛮不讲理的坏女孩。

这个世界，脑子清醒的始终是少部分，大部分都是人云亦云的从众者，更何况三人成虎，这三个人都抹黑凤舞，以至于在场的夫人们，对凤舞的印象顿时不好了。

她们纷纷对风王妃说——

"王妃娘娘，依现在的情况看来，凤舞这孩子……还需要好好看看啊！"

"王妃娘娘，她们都这么说，还真有可能……"

"王妃娘娘……"

不管别人怎么说，风王妃内心都无比坚定，她摆摆手："别人或许会如此，我们家小舞绝对不会。"说完，风王妃瞪着轩辕影："我现在有理由怀疑，你们几个联手坑骗我家小舞！现在立刻带我去找人。"

轩辕影费了这么大的力气，不就是为了将人引过去看精彩大戏嘛！

轩辕禹瞪着这个不省心的侄女："还不快带我们去找人？！"

轩辕影忙点头："好好好，这就去，这就去……"

离开之际，轩辕影的目光从左青羽等人脸上扫过，那眼中的深意，彼此都懂。

很快，众人来到了轩辕老爷子的院子。

轩辕影说："我们就是在这里分开的。当时，凤舞说心情不好，要一个人静一静，我就自己回去了，可是等了很久，也没等到她回去。"

于是，大家散开了去找。

可是，这里就这么大，树丛、假山、岩石……众人差点掘地三尺，都没有找到关于凤舞的任何线索。

就在这时，远处传来脚步声，轩辕老爷子姗姗而来。

这位老人家一身金丝暗纹黑红色长袍，精神抖擞地正准备去前厅接受子孙的叩拜，看到这么多人在他院外，老人家不禁愣了一下。

今日寿辰，老人家特意没有释放出灵识，只把自己当成了一个普通的老头儿。

"怎么回事？"老人家皱眉。

"爷爷——"轩辕影冲过去抱住老人家的大腿哭诉，"爷爷对不起，是孙女错了……孙女真的知道错了……"

轩辕毅问："快说，出什么事情了？"

轩辕影便哭哭啼啼地将刚才的话又跟轩辕老爷子说了一遍，然后道："爷爷，我真不是故意的，我只是想带凤舞见识一下煌龙土。"

轩辕老爷子无语地瞪了轩辕影一眼："你确实该打，不过藏煌龙土的地方隐秘极了，她找不到的。"

轩辕影激动地点点头。

这时，不远处传来一道惊呼声。

大家面面相觑，然后纷纷朝声音来源处望去。

轩辕老爷子目光锐利如刀，因为那个地方是藏宝室的入口。

轩辕老爷子第一个冲过去，大掌一拍入口处的门，然后闪电般往里面冲去。

其他人一看，脸色都跟着变了。轩辕老爷子这表情凝重的，宛若暴风雨即将来临一般，很可怕啊！

风王妃生怕凤舞吃亏，第二个冲进了甬道。

随后，所有人都冲了进去。

轩辕老爷子面色凝重，眼眸半眯着，站在暗室门外。

轩辕影回头跟左青羽等人对视一眼，大家眼中都流露出激动而兴奋的光彩。

布局这么久，为的就是眼前这一刻。只要这扇门打开，凤舞就身败名裂了。

左青羽想，到时候让左青留将凤舞抬回去，娶妻？怎么可能？当然是做妾了。只要人进了左家，是杀是剐，还不是他们左家人说了算。

就在左青羽打着如意算盘的时候，吱呀——暗室门打开了。

门一打开，从里面传来一股热浪，同时一股鲜血流淌出来。

鲜血？难道左青留将凤舞玩死了？！轩辕影和左青羽对视一眼，眼中都浮现一抹惊色。

很快，她们就发现事情有些不对劲了。凤舞躺倒在地，她的手腕处，鲜血蜿蜒流淌，而她的衣衫干干净净，更是穿戴得整整齐齐，哪里有被人凌辱过的痕迹。

不对啊！轩辕影和左青羽又对视一眼，都在对方眼中看到了疑惑不解，左青留呢？！

轩辕影和左青羽飞快地冲进暗室，可是暗室不过十平方米大小，空空荡荡的，一目了然。

"左青留呢？！"轩辕影拽着左青羽，恨不得将她掐死。

不是说好了吗？让左青留进来凌辱凤舞啊！

左青羽也是一脸蒙，她已经跟左青留说好了，可是人呢？

此刻，风王妃和风浔也冲进去了，风浔抱着凤舞，急切地问："小舞，你这是怎么了？你的手怎么回事？！"

凤舞声音断断续续："……你们出去……暗室内……有毒……"

她此话一出，原本想进去的人，全都下意识地往后退了一步。

"什么毒？"风王妃问。

凤舞苦笑一声："春风幻化散，一种春药……"

"这里只有你一个人？"风王妃又不笨，这种女人之间的陷害手段，她能不懂吗？想到这儿，风王妃狠狠瞪了轩辕影一眼。

"我被关进来，又没有解药，只能割了手腕，让毒素随鲜血流出去，就能减缓痛苦了……"

凤舞被关进来，还中了春药？！

"你被谁关进来的？！"风王妃气得咬牙切齿。

凤舞缓缓抬起手来，毫不犹豫地指向了轩辕影。

轩辕影慌乱极了，这跟计划严重不符啊！

原本计划中，她将大家引来，然后大家都会看到，凤舞和左青留正在干着好事儿……到时候，谁还会在乎凤舞的哭诉？谁还会在意凤舞说了什么？可是她万万没有想到，凤舞居然一个人躺在暗室里，中的春药还不深。

这让她怎么回答？现在她能做的就是否认，坚决否认！

轩辕影："没有！我才没有把你关进来！凤舞你不要血口喷人！"

凤舞冷笑："就是你将我关进来的，你还说会送个男人进来羞辱我，好在我有防备，不然现在我已经身败名裂了。"

轩辕影："欲加之罪何患无辞！"

凤舞："轩辕影，你抵死不承认吗？！"

轩辕影："没做过的事，我为什么要承认？！"她喘了口气，继续说道，"凤舞，我知道自己之前冒犯了你，可是后来我不是跟你道歉了吗？为什么你还要这么害我？"

凤舞冷笑："你的意思是说，我将自己关进这间暗室，给自己下了春药，然后拿匕首割了手腕，给你演苦肉计呢？！"

轩辕影："这可是你自己说的，我没有说过。"

一时间，大家看凤舞和轩辕影的目光都有些狐疑，他们不知道该相信谁。

凤舞："如果我有证据呢？"

轩辕影："如果你拿得出来证据，要杀要剐随便你，反正我没做过，我才不怕你有什么证据呢！"

凤舞咬牙。

轩辕影见凤舞好像有些心虚，当即反攻："你不是说有证据吗？拿出来啊！你倒是拿出来啊！别光说不做啊！"

凤舞低垂着脑袋，不说话。

轩辕影咄咄逼人："你空口白牙就诬蔑我坑害你，我可是清白人家的好女儿，我以后还要嫁人的，你毁我名声，就算我答应，轩辕家也不会答应。"

轩辕影这话一出，轩辕家的人自然站在统一战线了。

231

特别是轩辕雪月，这个女人憋屈已久，好不容易有这样的机会，岂会放过？轩辕雪月冷笑一声："对啊，赶紧拿出证据来，否则就是诬陷！是你自己使的苦肉计！"

凤舞一副要被气吐血的样子。

风浔气得不行，冲上去就想打人。

就在这时，一只黄色的鹦鹉不知从哪儿飞进来，落在了轩辕影的肩头，它模仿轩辕影的声音道："小舞妹妹，咱们可说好了，之前我得罪了你，现在带你来看一眼煌龙土，我们就两清了哦，你可不能再怪我了哦。"

它落在轩辕影肩头，所以别人听着，还以为是轩辕影在说话呢！

轩辕影呆愣当场，这句话是她之前对凤舞说的，这只鹦鹉居然模仿出来了，还惟妙惟肖的。

轩辕影慌了，她下意识地要去捉这只黄色鹦鹉，可是黄色鹦鹉像是已经躲熟练了般，下一秒就飞到了凤舞的肩头，它学着凤舞的口气道："其实，我并不是很想看煌龙土的。"

在场的人："……"

轩辕影已经疯了，她大喊大叫道："抓住它！快点抓住它啊，啊啊啊啊——"

轩辕家的人想动手，风王妃带来的人却将他们拦住了。

黄色鹦鹉继续着它的表演。

它学轩辕影："我知道，小舞妹妹其实是不想来的，都是我硬拉硬拽你过来的，对吧？"

凤舞的声音："对。"

轩辕影一听，再这样下去，会对她越来越不利的，到时候……

轩辕影急着想上去掐死鹦鹉，可是她刚迈出一步，风浔就出手了。

风浔一把抓住轩辕影，将她的手反剪，用捆仙索将她捆绑起来，砰的一声丢在地上。

轩辕影哭喊道："杀了那只鸟！快杀了那只鸟啊！那只鸟在胡说八道！"

而对话还在继续。

轩辕影的声音："我爷爷不在，我可以趁此机会，帮你偷一些煌龙土出来，你修炼的时候不就能用上了吗？"

凤舞的声音："偷煌龙土？你刚才可不是这么说的，你说只是看看呀。"

轩辕影的声音："贼不走空你不知道吗？既然来了，不顺走一些煌龙土，你是白痴吗？"

凤舞的声音："可那是你爷爷的东西啊，你怎么能偷呢？"

……

"不，这只鸟不可信，这只鸟在胡说八道，快杀了这只鸟！"轩辕影在做最后的挣扎。

可是，不仅轩辕家的人，很多人都知道这只黄色鹦鹉是轩辕老爷子养的。

"这只鸟不是普通的鸟，是轩辕老爷子亲手养大的，大家都知道，抵赖不了的。"

"没想到真的是轩辕影在说谎啊！她刚才还说，是凤舞非要看煌龙土的，原来是她自己要看啊！"

"颠倒黑白，这位轩辕影姑娘可以呀，小小年纪就是说谎精了。"

……

听着大家质疑、批评、嘲弄的声音，轩辕影气得差点吐血，这不是她的初衷啊！

"我没有！这只鸟有问题，一定是被凤舞动了手脚，一定是这样的。"

鹦鹉还在不停地说，突然，鹦鹉模仿出砰的一道声响。

"凤舞啊凤舞，你真以为我会带你来什么藏宝室吗？哈哈哈……"

"轩辕影，你害我！你要害死我！我做鬼都不会放过你的！"

"你就在这儿待着吧，很快，你就会知道什么叫做生不如死！"

"你就不担心风北王府会报复吗？！"

"哈哈哈，风北王府？风王妃确实嚣张，可是等你身败名裂之后，风王妃还会认你这个半路闺女吗？你还是省省心，担心一下你自己吧！哈哈哈……"

……

第九章

暗室之谜

　　黄色鹦鹉真是只奇葩的鸟，它记忆力惊人，对声音的模仿更是让人拍案叫绝，甚至它连人说话时候的气息、神态、语调……全都模仿得一模一样。如果这都不是真的，那还有什么是真的？

　　风王妃暴怒："好你个轩辕影，之前居然睁着眼睛说瞎话，大家差点就被你骗过去了。"

　　说着，风王妃暴冲上去，抬起手对着轩辕影就是一顿暴打。

　　众人看着这一幕，一句话都不敢说。

　　像轩辕这样的家族，就算惩罚家里的姑娘，最多也就是关禁闭抄佛经，哪里有风王妃这样把人一顿暴打的，可偏偏这顿暴打，轩辕家的人，一句话都不敢说，毕竟轩辕影做的事太让人不齿了。

　　这还不是打一顿就能解决的事，等下风王妃肯定会狮子大开口的。

　　凤舞算了算时间，这会儿，里面应该激情四射了吧？想到这儿，凤舞挣扎着站起来，走上前去："母亲，您别打了，仔细手疼。"

　　"哼！"风王妃气得一掌挥出去，轩辕影立刻撞向了暗室的墙壁。

　　要知道凤舞刚才的站位可不是随便站的，轩辕影撞出去的角度和力道也是她暗中做了手脚的，因为只有如此，接下来的戏才精彩。

　　轩辕影的身子撞到墙壁上，发出砰的一声巨响。

　　风王妃好大的力气啊！也不知道轩辕影撞坏了没有？

就在这时，咔嚓咔嚓——那扇敞开的暗室门竟然旋转了起来。

这一刻，没有人注意到，轩辕老爷子的脸色变得有多难看。

暗室门原地旋转了一百八十度，刚才凤舞所在的那个不足十平方米的暗室被转到了后面，另外一面则被转到了前面。

看到眼前的一幕，所有人的眼珠子都瞪大了。

天啊！他们看到了什么？！两个白花花的身子交缠在一起，那姿势、那声音，销魂得让在场的人都脸红心跳、不敢直视。

不知道谁突然说了一句："这不是老爷子的藏宝室吗？"难道是老爷子在里面藏了人？

轩辕老爷子的老脸跟着红了，他怎么知道是怎么回事？不过他现在最关心的不是谁在里面做什么，而是他藏宝室里的宝贝还在不在。

轩辕老爷子气得冲进去，还没看清楚那两个人是谁，就一脚将他们踢飞到了外面。

那两个人的身体在半空中还交缠在一起，摔落地面后，才因为强烈的震荡而被迫分开。

当大家看清楚那两个人时——

"啊！"

"啊！"

"啊——"

在场的人，尖叫的尖叫，大喊的大喊，倒抽冷气的声音更是此起彼伏。

风王妃惊奇道："这不是蔡夫人吗？"

没错，事件的女主角、此刻光着身子躺在地上的，不是蔡夫人又是谁？而事件的男主角，分明是——

"左青留！"不知道谁惊呼一声。

是的，男主角就是左家那位终日流连花丛的左二公子。

"天啊！居然是左家的二公子……"

"蔡夫人居然和左二公子……"

"这俩还差着辈分呢！"

"蔡夫人可是轩辕家的宗妇！"

"今天是轩辕老爷子的寿辰啊！这就……搞上了？"

"还跑到老爷子的藏宝室做这档子事，简直……"

"难怪之前遍寻蔡夫人都找不到，原来她……"

"天啊、天啊，太辣眼睛了，太可怕了！"

认出蔡夫人和左青留的第一时间，轩辕靖和左青羽便分别取下自己的外袍，披在了他们身上。

此刻，最震惊的人莫过于轩辕泽了，最丢人的也莫过于他了。轩辕泽整张脸黑沉黑沉的，犹如乌云密布。

自己妻子偷情，偷的还是小一辈分的世侄。

"啊！"轩辕泽气疯了，冲上去就扼住了左青留的脖子。

好不容易清醒过来的左青留，整个人都是蒙的，就要面对死亡的恐惧。

"放开我哥哥，你放开我哥哥！"左青羽尖叫一声，"救命啊！大家快帮帮忙啊！"

总不能让左青留就这么死了吧？大家赶紧冲上去，将轩辕泽拉开了。

左青留面呈青紫色，看上去像是已经断气了。

凤舞在他身旁蹲下，伸手到他鼻前："他快死了，必须得抢救。"说话间，凤舞将金针刺入了左青留体内。

凤舞之所以出手，是因为她得让左青留保持昏迷状态，否则他苏醒过来，说他原本想糟蹋的是自己，这则桃色绯闻里就有自己的存在了，凤舞才不会允许这种事情发生呢！

"你干什么？"左青羽眼神戒备地瞪着凤舞。

凤舞摊手："不识好人心，如果不是我及时抢救，左青留已经死了。"

左青羽："可他现在……"

凤舞："这你得问轩辕大老爷了，不过我估计，再过几个时辰，左青留就会苏醒了。"

左青羽盯着凤舞："你有这么好心？"

凤舞："你们又没做对不起我的事情，我为什么要对你们坏心？难道说，你们也对我……"

左青羽瞪了凤舞一眼："你可别想太多！"

说话间，左青羽将左青留扛在肩头，趁乱溜之大吉了。否则，等轩辕家的人反应过来，左青留还活得了吗？

轩辕泽眼见杀左青留不成，他反手就将一柄匕首径直朝蔡夫人胸口刺去。

"父亲！不要——"轩辕影怎么可能眼睁睁地看着自己母亲被刺死，并且这件事的主谋还是她。

轩辕影这一喊，顿时将所有人的注意力都集中到了蔡夫人身上，轩辕泽想杀蔡夫人，自然也不成了。

这时，从藏宝室里爆发出一声怒吼，随之而来的是哗啦啦的货架翻倒的声音。

怎么回事？大家都不明所以。

在场的人中，唯有凤舞知道发生了什么事情，那就是轩辕老爷子珍藏的宝贝，全都被她顺走了。

轩辕老爷子从里面冲出来，怒吼一声："谁都不许走！"

"爹，发生了什么事？"轩辕禹惊讶地问道。

要知道，轩辕老爷子爱面子，今日来参加寿宴的人，可没有一个家世是简单的。

轩辕老爷子已经失去理智了，那些可是他珍藏多年的宝贝啊！

凤舞看着轩辕老爷子快要发疯的样子，知道自己顺走的那些东西十分珍贵稀罕了。

下一瞬间，轩辕老爷子的眼睛直直地盯着凤舞，然后他大步朝凤舞走来。

风浔挡在凤舞身前，怒视轩辕老爷子："你要做什么？"

轩辕老爷子正处于暴怒状态，哪里管得了其他，就见他大手一挥，释放出来的力量排山倒海般，即便风浔的实力已经很强了，仍禁不住轩辕老爷子这一掌，身子顿时倒飞出去。

下一秒，风王妃挡在了凤舞面前。

轩辕老爷子的眼睛呈赤红色，死死盯着凤舞，仿佛凤舞是他的仇人一般。

风王妃盯着轩辕老爷子，冷声道："不管发生了什么事，老爷子，希望你能冷静下来。"

风北王府的黑衣十八铁骑站在风王妃身前，他们的态度简单明了，想对风王妃动手，从他们的尸体上踏过去。

如果是在平时，轩辕老爷子自然不会如此疯狂，可是藏宝室丢失的那些宝贝中，煌龙土那样的，他只是心痛而已，功法之类的，他又不是没记住，只有一样宝贝，比他的性命还重要啊！

轩辕老爷子直接动手了。

砰砰砰——黑衣十八铁骑强大无比，但是轩辕府也不是没有强者的，隐藏在暗处的十二位长老嗖嗖嗖现身，双方战成一团。

宾客们一看情势不好，纷纷转身想要离开。

轩辕老爷子怒吼一声："谁都不许走！轩辕禹，挡住通道，谁走杀谁！"

连这种狠话都放出来了，到底发生了什么事？宾客们面面相觑，都露出疑惑而惊惧的神色。

风王妃身子笔挺地站在凤舞面前，就像老母鸡护小鸡仔一样："敢动我家小舞，先从我的尸体上踏过去！"

轩辕老爷子赤红的双眼已经看不见其他，他抬手一拨，风王妃就被他拨到了一

旁。风王妃跟跄了一下，好在陶嬷嬷手疾眼快地扶住她，才没有让她受伤。

轩辕老爷子死死盯着凤舞，强而有力的右臂伸出，铁钳般的手掌张开，扼住了凤舞纤细白皙的颈项。

"呃——"凤舞的身体直接被他拎起来，双脚离开了地面。

只一瞬间，凤舞就感觉鼻腔和肺部的空气被生生掐断了，她本能地蹬着双腿，面色青紫，瞳孔开始放大。

风王妃疯狂地冲上去："你快放她下来！快放她下来！她会死的！"

轩辕老爷子死死盯着凤舞，怒吼一声："说，把东西藏哪里了？！"

"喀喀——"凤舞憋得一口气都吐不出来，她只能指着自己的嘴巴，表示她想说话。

轩辕老爷子冷哼一声，将凤舞丢在地上，怒道："快说！"

"喀喀喀——"凤舞剧烈咳嗽，大口喘息。

风王妃冲过去，心疼地将凤舞搂在怀里，警告地盯着轩辕老爷子："这件事我们没完！风北王府绝对不会就此作罢！"

轩辕老爷子根本不理风王妃，他只盯着凤舞："说！"

凤舞望着轩辕老爷子，声音微弱地道："我不知道说什么。"

轩辕老爷子："里面的宝贝，都被你藏在哪里了？说！"

凤舞一脸的迷茫和无辜："里面，有东西吗？"

轩辕老爷子更怒了。

凤舞说："刚才除了我，里面什么都没有啊！"

轩辕老爷子眼睛半眯起来。

风浔冷声道："老爷子，你没看见吗？我家小舞被关进去根本出不来，如果她能出来，又何必自残解毒？"

对哦！宾客们纷纷点头，东西丢了，不可能是凤舞拿的，因为她就算拿了，也没地方藏啊！

风浔盯着蔡夫人，冷笑一声："蔡夫人和左青留能自由出入老爷子您的藏宝室，难道您应该问的不是他们吗？"

对哦！大家这时都反应了过来。凤舞刚才待的地方分明是假暗室，蔡夫人和左青留所在的地方才是真正的藏宝室啊！

轩辕老爷子怔了怔，也反应了过来，可是他抬眸一看："左青留呢？"

"跑了！我看到左青羽扛着他跑了。"人群中，不知道谁大声说道。

轩辕老爷子看了长老们一眼，嗖嗖嗖——这里瞬间失去了长老们的身影。

但是——

"虽然他们嫌疑重大，但是你们也不是没有嫌疑，给我搜！"轩辕老爷子怒吼一声。

宾客们自然都不愿意，可是轩辕老爷子跟疯了一样，他们无力反抗，只不过经此一事，大家都将轩辕家的行事作风记在心里了，以后跟轩辕家的关系自然都疏远了几分。

至于蔡夫人的事，轩辕老爷子警告，如果有消息传出去，查到是谁透露的，轩辕家将以举族之力，杀无赦。

这样严厉的警告，众人都被吓到了，离开这里后，嚼舌根的人自然少了，但是多多少少总会透露出去一些消息，自然这是后话了。

轩辕家将宾客们挨个检查了一遍，没有查到一点线索。

最后，轩辕老爷子的目光又定在了凤舞身上。

凤舞忽然有种很不好的预感，就见他抬起手，朝她脑袋摸去。

"不行！"风浔怒吼一声就要冲过来。

轩辕老爷子这是要用灵力探查凤舞的记忆，凤舞现在的实力太弱，稍有不慎就会变成一个傻瓜。

凤舞一开始是不着急的，当她知道轩辕老爷子要探查她记忆的时候，她不得不急了。如果真被探查出来，她就是死路一条。即便探查不出来，轩辕老爷子一着不慎，她很有可能会变成一个傻子。

怎么办？凤舞内心是慌乱的，虽然她面上看着依旧平静如水。

可是，没有人能阻挡住轩辕老爷子，风王妃再如何放狠话，他也是不听的。

轩辕老爷子宽大的手掌放到凤舞头顶，一股冰冷的寒意往下乱窜，凤舞只觉得脊背发寒，浑身颤抖。

她抬头对上轩辕老爷子的双眸。那是一双怎样的眼睛？目光阴鸷而暴戾，散发出恐怖的寒芒。一瞬间，凤舞无比绝望，一如当年落入左家手中，被左青鸾废掉凤凰神血时的感觉。

好痛……当轩辕老爷子掌心的灵力进入凤舞的灵台穴后，凤舞有种被又长又粗的钢针刺入头部的感觉，她全身麻木，脑子一片空白。

耳边传来风王妃的怒吼声，然后这些声音渐渐远去，凤舞的眼皮越来越重。

有可能这一闭上眼睛，她永远都睁不开了。

有可能这一闭上眼睛，她再睁开的时候已经变成白痴了。

所以，在轩辕老爷子试图催眠凤舞的时候，凤舞调动出全部的精神力与之对抗。

咦？轩辕老爷子心中浮现一抹惊讶。凤舞的实力在他眼中并不算什么，他以为很容易就能将凤舞的灵魂抽离、脑域打开、探查她的记忆，直到真正动手，他才知道这

封闭的脑域有多难打开。看来，唯有将她的脑域砸开才行了。

轩辕老爷子可是不计后果的，他只要结果。

"不好！"风浔惊呼一声，"他要将小舞的脑域强行砸开！这样小舞真的会变白痴的。"

"天啊！轩辕老爷子怎可如此？！"

"住手！住手！"

可是，不论是风王妃还是风浔，都无法阻止轩辕老爷子的疯狂。

就在众人绝望之际，一股冰冷的罡风朝轩辕老爷子迎面袭去，砰的一声巨响，轩辕老爷子只觉得他的手掌疼得麻木，好可怕的力量。

众人齐齐朝身后望去。

此刻，众人身后，一道宛若神祇的身影翩然降落地面。少年宛若巡视国土的帝王，睥睨傲然，让人忍不住匍匐在地，臣服于他。

"君殿下！"

"天啊！是君殿下来了！"

"能一掌拍开轩辕老爷子的手，也只有君殿下能做到了。"

君临渊的双眼中酝酿着暴风雨来临前的黑暗旋涡，他死死盯着轩辕老爷子，而下一瞬，他已经抱着凤舞退到了轩辕老爷子身前三丈之外。

"君老大！"刚才冲着轩辕老爷子狂吼，风浔的嗓子已经破败得快要发不出声音了，他激动地冲上去，一把将凤舞从君临渊的怀里抱下："小舞，你没事吧？你快告诉我，你没事吧？"

凤舞脑子晕晕乎乎的，勉强睁开眼睛，第一眼看到的就是君临渊。

君临渊那张棱角分明的面容，冷若寒霜，宛若撒旦般暴戾，让人不寒而栗，可是不知为何，凤舞一点都不觉得害怕，反而嘴角露出微微笑容。

"君老大！"风浔指着轩辕老爷子，大声向君临渊告状，"这轩辕老头欺人太甚！他差点将凤小舞弄成白痴了！君老大，你快帮我们教训他！"

任何人都阻止不了轩辕老爷子的疯狂，但是，被君临渊一瞪，轩辕老爷子心头猛然一震。

不可能！轩辕毅暗自惊讶，上次见君临渊的时候，君临渊的实力虽强，但是绝对不会超过他，而此刻的君临渊，连他都感觉不出真正的实力，只知道高深莫测，诡异恐怖，敬畏不敢妄动。

轩辕毅难以置信地看着君临渊，这位睥睨天下的绝世少年，他才多大啊！

"你伤她？"君临渊的面色冷若冰霜，说出口的话，更是字字如冰刀。

轩辕毅在君临渊面前哪敢放肆，他轻哼一声："君殿下想多了。"

风浔大声告状："什么叫君老大想多了？明明就是你欺负风小舞！小舞是受害者，还没跟你们算账呢，你居然诬陷我们小舞偷你的东西，你还要探查她的记忆。"

轩辕毅轻哼一声："探查她的记忆，还她清白，老夫是为她好。"

风浔冷笑一声："您能保证不损她大脑？"

轩辕毅双手负在身后，傲娇地抬着下巴："不能！"

风浔气坏了："既然不能，您还如此理直气壮？！"

轩辕毅用看白痴一样的目光看着风浔："不过是个没落家族的小丫头，也值得你们风北王府如此维护？如果你喜欢小姑娘……"轩辕老爷子瞥了轩辕影一眼，"将那丫头赔你便是。"

风浔气得暴跳如雷："谁要你们家那个心如蛇蝎、麻烦不断、丑不拉几的姑娘？将整个轩辕府陪嫁我都不要！"

这话可就太得罪人了，但是风王妃并没有阻止风浔，毕竟轩辕老爷子确实很欠揍。

轩辕老爷子差点被风浔气死："不知好歹的臭小子，你滚！立刻给老子滚出轩辕府！"

风浔现在有君殿下撑腰，底气可足了，他双手叉腰："我们家小舞就这么白白被你们欺负？你让我们滚我们就滚？告诉你，轩辕老头儿，今儿这事儿要是没个说法，咱们没完！"风浔想了想，转头对君临渊说："君老大，他们给风小舞下春风幻化散。"

"春风幻化散？"君殿下剑眉微微蹙起，疑惑不解。

风浔看了君临渊一眼，觉得自家君老大在这方面，真是纯洁的好少年。

"就是春药，能让人化身为狼的春药。"风浔大声道，"他们还将风小舞关在房间里，想让她活活被春药憋得七窍流血而死，结果，他们怎么都没想到，小舞会知道化解春风幻化散的办法。"风浔冷哼，"老天有眼，哈哈哈……左青留和蔡夫人在此偷情，被大家撞到了，轩辕家这下颜面丢尽了。"

轩辕毅的面色瞬间黑沉下来，同样黑下来的还有轩辕泽，以及轩辕家的其他人。

"你给我去死！"轩辕泽宛若暴怒的狮子般冲了上来。

砰！还没等轩辕泽冲到风浔身边，一旁的风王妃抓起假山旁的板砖，对准轩辕泽的脑袋就砸了过去，顿时鲜血如注。

轩辕毅怒极，正要出手，君临渊却出现在了他的面前。

从看到风舞那虚弱的样子开始，君临渊的怒气值就快速飙升，四周百丈范围内，寒气如冰。

"好冷！"在场的人无不打寒战，他们或是双臂环胸，或是摩挲双手，以抵御这

241

突如其来的寒冷。外在的冷倒是其次，主要的还是那发自内心的恐惧。

君殿下和轩辕老爷子对视，强者与强者气场对撞，恐怖的冲击波向四面八方扩散，每一寸空气都在震颤。

"自行了断吧！"君殿下目光冰冷。

此话一出，在场所有人都震惊不已，什么？君殿下刚才说了什么？！

"如果我没听错的话，君殿下这是让轩辕老爷子自尽吗？"

"会不会搞错了？这位可是轩辕老爷子啊！"

"君殿下是太子之尊，但他也没资格处置一位大家族的族长吧？"

轩辕家的人全都倒抽一口凉气，特别是轩辕影，她一直自视甚高，却没想到自己爷爷在君殿下眼中，是说杀就能杀的存在。

最震惊的莫过于轩辕老爷子了。

"你——"轩辕毅眉毛剧烈抖动，"君临渊，你疯了吗？！"

"让本太子亲自动手是吗？"君临渊漫不经心地摊开手。

轩辕毅冷笑："区区一少年，能奈我何？既然你如此嚣张，那老夫不妨替你父皇教训教训你！"说话间，轩辕毅双手摊开，一把巨大的战斧出现在了他宽厚的手掌心。

"绝地战斧！"轩辕泽惊呼一声。

绝地战斧是轩辕毅的本命武器，一般情况下，轩辕老爷子是不会动用它的。现在，战斗还没开始，他就祭出了本命战斧，可见他对君临渊有多重视了。

"来战！"轩辕毅怒而上前，战斧横向劈出。

"咳咳咳——"凤舞面色涨红，咳嗽不止。

君临渊看着少女虚弱的样子，只觉得自己的心脏像被一只大手揪住，疼得他倒抽一口凉气。他不懂这种揪痛的感觉代表着什么，他只知道，他很愤怒。

这丫头在他面前从来都是如春晖朝露般鲜活，她时而调皮，时而生气，时而示弱，时而强势，但从来都是生机勃勃，神采飞扬，而现在的她，失血过多又惊吓过度，站都站不住。

君殿下轻轻说了三个字："一分钟。"

凤王妃不经意间看到，君临渊看着凤舞时，目光温柔得能滴出水来。

转过身盯着轩辕毅，君临渊的眼中充满了肃杀、暴戾。

凤王妃："……"她是不是看出来了什么？

不等凤王妃想明白，君殿下已经行动了。

他伸出右手，一柄猩红色的剑出现在掌心，同时，他的身体宛若一道血红色的光芒朝轩辕毅暴冲而去。

唰唰唰——

两大强者在半空中对招，剑影斑驳，灵力四溢，空间被撞得扭曲，等众人再定眼看时，战斗已经结束了。

谁输？谁赢？

啪嗒！一只手落地。

哐当！一只脚落地。

最后砰的一声重响，大家定睛一看，竟是轩辕老爷子。

此刻的轩辕毅，哪里还有原来的强势霸气，他的四肢通通被君殿下削掉，只剩一具躯体，血肉模糊，鲜血飞溅。

众人全都目瞪口呆。

"天啊！"不知道谁惊呼了一声，紧跟着，是此起彼伏的"天啊、地呀、妈呀"。

"怎么会有这么可怕的事情发生？！"

"真是太可怕了！"

"这还是我们认识的君殿下吗？"

"那可是轩辕老爷子啊！"

……

在场的人都用看神祇一样的目光看着君殿下，他们眼中有激动、惊惧、敬畏……

凤舞的眼睛也睁得极大，君临渊居然拥有杀灭轩辕老爷子的实力？！要知道，轩辕老爷子的实力可是灵王境啊！君临渊到底强到了什么地步？

君殿下收剑，原本肆虐的冲击波立刻归于平静。

感觉到凤舞的注视，君殿下傲娇地瞥了凤舞一眼，他傲视群雄的时候不少，可从来没有一刻如眼下这般得意和满足。这丫头已经在他心里占据位置了吗？他竟有种别样的情绪，觉得甜蜜蜜的。

胡闹！他堂堂君太子，会有这种小儿女般小情小爱的感觉？简直可笑。

想到这儿，君殿下虎着脸瞪了凤舞一眼。

凤舞被瞪得莫名其妙，不解地摸摸鼻子，这位君殿下又抽什么风？

凤舞和君临渊眉来眼去，轩辕家的人却都疯掉了。

"老爷子！"

"父亲！"

"爷爷！"

轩辕家的人一拥而上，将轩辕老爷子围在中间。

此刻的轩辕老爷子，全身都在喷血，但他的神志还是清醒的，他颤抖着唇想说

话，却一个字都说不出来。

君殿下走到风浔面前，双手平摊。

风浔一下愣住了，干吗？

风王妃捅捅他的手臂，给了他一个暗示的眼神。

风浔秒懂，当即将凤舞放到了君临渊手中。

在所有人的注视下，君殿下长袍翩翩，身姿挺拔，抱着凤舞离开了。

随后，风王妃等人也雄赳赳气昂昂地离去了。

宾客们全都一脸蒙。

"啊……"

"刚才我看到了什么？"

"君殿下出手了，他救了凤舞！"

"君殿下不仅出手了，不仅救了凤舞，他还抱着凤舞离开了！"

"是谁说君殿下很讨厌凤舞来着？如果讨厌，会公主抱？你抱一个给我看看！"

"可、可能是看在风小王爷的分上，他才会抱着凤舞离开吧？"

"那不是风小王爷的妹妹吗？为什么他自己不抱，君殿下却主动去抱？"

"这……"

"会不会……君殿下其实是喜欢凤舞的？"

"不可能！"

"为什么不可能？凤舞那么美。"

……

直到出了轩辕府，凤舞才真正意识到发生了什么事，她赶紧推了君临渊一把："快把我放下来。"

可是，君临渊的力气太大了，手臂强而有力，无论凤舞怎么挣扎，都撼动不了他分毫，直到上了马车，君殿下仍抱着她。

风王妃坐在自家的马车上，脑袋仍是蒙的。

"不可能啊……这不可能啊……"风王妃揉揉额头，"那可是君临渊啊！"

"君临渊"这三个字在君武帝国，代表着超然，代表着无与伦比，代表着无所不能。

风浔摸摸鼻子："之前我也不信，可……谁让君老大就看上了呢！"

风王妃有些着急："什么叫就看上了呢？君殿下可不是良配啊！"

风浔不解地看了风王妃一眼："娘亲，你反对？"

风王妃用看白痴一样的目光瞪着风浔："当然反对啊！难道你还赞成？"

风浔一脸疑惑："可是……娘亲你之前不是说，让小舞和君老大好好相处，抱稳这条大腿吗？"

"那能一样吗？"风王妃有些急了，"君殿下是谁呀？必定是未来的帝王吧？"

"那是肯定的。"

风王妃："他肯定会是英明神武、开创一代盛世的大帝，会是一个好帝王，却绝对不会是一个好夫君。"

风浔瞪眼："君老大怎么就不会是一个好夫君了？"

风王妃没好气地冷哼一声："以后，他会不会拥有三宫六院？"

风浔："这是做帝王的标配吧？"

风王妃："对啊！你想以后你的妹妹独守后宫、垂泪到天明吗？"

风浔："这，有必要考虑得这么远吗？"

风王妃："人无远虑必有近忧啊，我的傻儿子！"

风浔摸着鼻子："可是我们小舞漂亮啊！"

风王妃："小舞是漂亮，可男人总是喜新厌旧的，能新鲜几年？何况是君临渊这样的天赋实力和地位，投怀送抱的人会少吗？"

风浔摸摸鼻子。

风王妃："何况还有个左青鸾呢，现在谁不说，左青鸾才是君殿下的良配？"

风浔极认同。

风王妃："也不知道小舞是什么意思，不过我看小舞是清醒的。"

风浔点头："之前一直以为小舞喜欢君老大，其实那都是错觉，小舞避他如蛇蝎。"

风王妃："这就对了！你快去！"

风浔："啊？"

风王妃将风浔推出马车："孤男寡女共处一车，成何体统？如果小舞不想嫁他，传出去对她的名声可不好，所以你快去，到那马车上去！"

风浔想拒绝，君老大太可怕了，他不敢啊！可是自家娘亲暴怒的时候，也很可怕的。风浔左右为难。

此刻，前面的马车上，凤舞和君临渊正在拉锯。

从凤舞仰望的角度，君临渊俊美如神祇，这张脸太感人了，看着他，会让人失去意志力，会让人不懂得拒绝，会让人沉溺其中。

不行！凤舞猛地将君临渊一推，身体一个利落的翻滚，但是因为她之前失血过多，所以这一滚之下，砰的一声重响，凤舞的身子撞到车壁上，一个反弹，又弹回到君临渊怀里。

"噗——"板着脸做严肃状的君殿下轻笑一声，嘴角上扬，眉眼间皆是笑意。

"欲拒还迎？"君殿下瞥了凤舞一眼。

凤舞气得脸红："你才欲拒还迎呢！"

君殿下："投怀送抱的不是你？"

凤舞气得脸更红了："不是我、不是我、不是我！"

君殿下见她埋首在自己怀里羞涩地拱来拱去，像只小鼹鼠一样，不由扑哧一声又笑了出来。

车厢外，赶车的封管家眼角也微微上挑。

自家殿下从小就板着脸，认真又严苛，何曾像现在这样笑过。自从再次见到小舞姑娘，殿下在别人面前还是一如既往，在她面前却好像变了，活得像个人了。

封管家抬头望天，瓦蓝色的天空，白色鸟儿成群结队飞过，天朗气清，封管家不由得感叹，年轻真好啊！

马车内，凤舞红着脸瞪着君临渊。

君殿下则双手环臂，一张傲娇脸："你欠我一个人情。"

凤舞不解道："我为什么欠你一个人情？！"

君殿下抬手弹了凤舞额头一下："如果不是本太子救你，现在你就是个小白痴了。"

凤舞嘀咕了一声："我又没有要你救我。"

君殿下似笑非笑地瞥了凤舞一眼："所以，现在要将你送回轩辕府是吗？"

凤舞咬牙，但是好像躲不过去，她只能弱弱地轻哼："那好吧。"

小丫头低垂着脑袋咬着下唇，可怜兮兮的，像只小奶狗一样，特别惹人怜爱。

君殿下宽大炙热的手掌正要放在她的头顶，凤舞恰好抬头，啪！君殿下的手掌和凤舞的脑袋碰触，声音还挺响。

凤舞捂着脑袋："你为什么打我？"

君殿下："……"

他能说其实他想摸她的头吗？如果被这丫头知道，还不知道怎么得意呢，哼！

"你为什么打我？"凤舞追问道。

君殿下只能转移话题："给我。"君殿下伸出了手。

"什么？"凤舞一脸蒙。

君殿下那双宛若星辰的黑眸一眨不眨地盯着凤舞："轩辕老头的私藏。"

凤舞内心咯噔了一下，那可全都是好东西，她有大用的。

"我不知道你在说什么。"凤舞别过脸去。

"封管家，去轩辕府。"

君殿下斜靠车壁，墨染的眉毛微微上挑，好看极了。

凤舞看着，却觉可恶极了，这个强盗！

封管家可听君临渊的话了，手中鞭子轻轻一挥，马车就掉头了。将凤舞送回轩辕府，这种事，君临渊做得出来。

凤舞当即抓住君临渊的手，可怜巴巴地望着他。

君殿下瞥了凤舞一眼，朗声冲外面抱怨："马车怎么这么慢？"

嗖——瞬间，马车速度快得能飞起来。

凤舞一声轻哼，一个收势不住，往君临渊怀里撞去，砰！凤舞的脑袋砸到了君临渊的下巴，君临渊倒没事，凤舞疼得泪光闪闪，连抽冷气。

可凤舞现在顾不上疼不疼了，她拽着君临渊的手："快让封管家停下来！"照封管家这驾车的速度，到轩辕府不过转瞬。

君殿下得意极了，只看凤舞，不说话。

凤舞只能妥协："好啦、好啦，不就是想分赃嘛，给你就是了！"

凤舞用灵识在空间里搜索着，最后取出来一盏灯，递给了君临渊。这是一盏九珠环绕的飞檐灯，看着不起眼，但只要挑着这盏灯，在一般的阵法里都不会迷路。凤舞粗略估计了一下，这盏灯值不少钱，至少十套院子是有的，但这只是这些宝贝里价值最低的，凤舞才会挑出来给君临渊。

君殿下漫不经心地瞥了凤舞一眼，连接一下都不，凤舞只能将这盏灯放在君临渊身边的位置。

君殿下那双深邃的眼眸一眨不眨地盯着凤舞，声音低沉："没了？"

凤舞倒是想说没有了，可是随便一想就知道，能让轩辕老爷子气到疯，肯定不止这一样。

凤舞咬牙，心痛不已，却不得不取出第二件宝贝："喏，给你。"

这是一盒丹药——皇级的晋升丹，质量上乘，应该是轩辕毅给轩辕家子孙准备的。

君殿下示意她放在一旁："继续。"

凤舞气得快冒烟了："君殿下，做人不能这么贪心的，总共也没多少，我都分你两件了，你……"

君殿下："封管家，你这是散步呢？"

瞬间，马车加速，耳边是嗖嗖嗖的冷风。

凤舞："好，我就忍痛再给你一件！"

凤舞拿出了第三件宝贝。

可是，凤舞拿出了第三件，君临渊还要第四件、第五件、第六件……直到凤舞冒火了，因为只剩下三件宝贝了，一是星陨石，炼制星陨剑的原材料；二是金丝软甲，美人娘亲穿最合适；三就是那块神秘的石头了，凤舞直觉这块石头跟星辰碎片肯定有关系。

247

"没有了，真的没有了！不然你把我交给轩辕家吧！"凤舞气呼呼瞪着君临渊。

君临渊那双深邃的黑眸盯着凤舞，一眨不眨地盯着。他的眼睛太明太亮了，好似能看进人的内心，让一切无所遁形。

凤舞咬牙："就是没有了，你是后来的，就算分赃，你也是拿多的那一份了。"

君临渊不为所动，他伸出手，在那些宝贝上轻轻抚过。

啪嗒、啪嗒、啪嗒……一道道碎裂声传来。

看着眼前这一幕，凤舞不由得瞪大了眼睛，不会吧？她强忍着心痛让出来的宝贝，在君临渊的手掌下，全部化为了齑粉。

"君临渊！"凤舞难以置信且气愤地瞪着君临渊，"你怎么这么败家？你知道这些宝贝值多少钱吗？你把它们毁掉了，你居然把它们全都毁掉了……"凤舞眼泪都快掉下来了，因为这些宝贝都有用的，有适合朝歌的，有适合秋灵的，有适合秋叔的，"君临渊，我要跟你打架！"凤舞气坏了。

可是，君殿下的眼神太可怕了，蕴含着飓风般的狂怒，看得人胆战心惊，她不由自主地就脓包了。

"不问为什么？"君殿下盯着她。

凤舞又胆怯又气不过："为什么？"

君临渊全身散发出让人胆寒的气势："以后再敢以身犯险，你自己看着办。"

凤舞很想反驳，可是回忆起今天发生的事，从一开始她就处于绝对的弱势，但她还是行动了。

君临渊低沉的声音在她耳边响起："你不就是想要第二枚星辰碎片吗？"

凤舞咬牙。

君临渊恨铁不成钢地道："我不是告诉过你，本太子知道，你为何不来问我？"

凤舞继续咬牙。

君临渊戳着凤舞的脑门："轩辕毅是什么人？尸山血海里爬出来的，论心狠手辣，你连他的手指头都比不上，论实力，你更是毫无反抗之力，你居然敢去挑衅他，你不要命了吗？！"

天知道，风浔让穆小六飞奔来找他的时候，他的脑子一片空白，在天上飞的时候，差点掉下去。

凤舞被戳得泪光闪闪，扁着嘴瞅着君临渊。

君殿下板着脸教训她："你错没错？！"

凤舞："错了。"

君殿下："惭愧不惭愧？！"

凤舞："惭愧。"

君殿下："还敢不敢了？！"

凤舞低垂着脑袋认错的小媳妇状："不敢了。"

君殿下轻哼一声，这丫头认错态度一向是好的，转过身该干吗干吗，就是记不住教训。

凤舞瞅着君临渊，嘀咕："可……就算是这样，也不应该把这些宝贝毁了吧？它们可是都很贵的。"

君殿下翻白眼："这些算什么宝贝？"

凤舞眼睛顿时一亮："所以，君殿下会赔我的对不对？！"

君临渊敲她额头一记栗暴："财迷！"

凤舞拽着他宽大的衣袖："君殿下会赔我的，对不对吗？"为了给朝歌他们争取利益，还管什么面子不面子的，拿到东西最重要。

"君殿下？"君临渊轻哼。

"君哥哥！"

君临渊瞅了她一眼，傲娇地轻哼一声。

凤舞赶紧将那块晶莹剔透的石头拿出来给君临渊看："君殿下……啊呸，君哥哥，你看看这块石头，有没有什么奇特的地方？"

君临渊瞥了石头一眼，随即冷哼一声："果然没交干净。"

凤舞顿时反应过来君临渊这句话的意思，她想将石头收进怀里，君殿下却手疾眼快，先一步将石头拿在了手中。

"还我，还给我！"凤舞扑上去就要抢。

这可是星辰碎片的线索，比她的生命还重要的宝贝，不能有一丁点不妥当。

君殿下把手臂举高，凤舞扑上去，自然就跌进君临渊怀里了。凤舞想站起来，却发现自己的身体被君临渊禁锢住，怎么都站不起来，她不禁急了："君临渊！"

君殿下轻哼一声："你还想不想知道这块石头的秘密了？"

"想！"凤舞前一秒还很凶，下一秒变温柔状，可怜兮兮地拉着君临渊的胳膊恳求，"君哥哥，快说嘛！快说嘛！"

君殿下扭动了一下身子，用右手捶了下自己的左肩膀。

这暗示太明显了呀，谁会看不懂，凤舞赶紧半跪着，给君殿下捶肩膀。

凤舞可是皇级炼药师，认穴能力和轻重掌握，是别人拍马都赶不上的，所以她这一捶打，君殿下顿时受用了。

"怎么样？舒服吗？"凤舞讨好地问。

君殿下"嗯哼"了一声："马马虎虎了。"

凤舞忙打开车壁，放下一张小方桌，方桌上内嵌着红泥小炉，凤舞倒了一杯茶，

伸手试了试温度适宜，这才双手端着递到君临渊手上："君殿下，您喝喝看。"

君临渊瞥了凤舞一眼，少女五官精致，双颊晕红，睫毛颤动，乖巧极了。

这丫头有目的地讨好人，一般人还真受不住。

"怎么样，温度还合适吗？"

君殿下没好气地瞥了她一眼，拍拍身边的位置。

凤舞赶紧在他身边坐下，眼巴巴地看看他，再紧张兮兮地盯着那块晶莹剔透的石头，很想问，又竭力让自己稳住了。

"星辰碎片对你就这么重要？"君临渊突然冒出这么一句话。

凤舞原本准备好听大神讲解的，君临渊这突然的一句，让她一下愣在那儿了。

星辰碎片对你就这么重要？凤舞内心苦笑，星辰碎片对她来说自然重要，比她的生命还重要，只是这话不能说。

君临渊的目光太犀利了，在他的注视下，任何秘密都隐瞒不住，于是，凤舞赶紧避开了他探究的目光。

"为了什么？"君临渊却没打算放过凤舞，他俯身而下，靠得那样近，灼热的气息喷在凤舞脸上。

凤舞双颊绯红，耳根发烫，她推了君临渊一下，瞪他："你到底说不说啦？"

君临渊眸底浮现一抹失望，直觉告诉他，这是很重要的一个秘密，但是显然，她现在没有跟他共享这个秘密的自觉，是因为还不够信任吧？君殿下内心略有些沮丧。

凤舞疑惑地看了君殿下一眼，刚才还好好的，怎么突然又阴云密布了？这位君殿下可真是阴晴不定啊！

封管家虽然没有看到这一幕，但他能感觉到车厢里的气氛，他老人家苦笑着摇摇头，一向喜怒不形于色的君殿下，在凤舞面前真是什么都表现在脸上了呢！

凤舞戳戳君临渊："这石头，到底什么来历？"

君殿下顿时没了兴致，将石头往凤舞怀里一塞，双手交叠在脑后，不理她了。

凤舞推着君临渊，可是不管她怎么推，君殿下就是不理她。

就在这时，外面传来马匹疾驰的声音。

君殿下的眉头微微蹙起，脊背挺直，坐起身来。

车厢外，一个人和封管家对着话。

凤舞听着那个人的声音，不禁脊背发寒，好冷的声音，究竟是谁？她偷偷掀开帘子往外看，发现来人骑在高头大马上，整个身体笼罩在黑袍和斗笠之下，看上去神秘而高冷。

"陛下要见君殿下，现在、立刻、马上！"那人拿出令牌给封管家看。

令牌的颜色是凤舞不曾见过的，但凤舞能感觉出来，气氛有些凝重。她看了君临渊一眼，却见君临渊掀开车帘就要往外走。

"君临渊……"凤舞拉住了他的衣袖。

是不是轩辕老爷子的事被君武帝知道了？会有惩罚吗？

虽然君临渊在她面前从来都是不可一世的样子，可他毕竟还是太子，而不是当朝的帝王，屠灭一位大家族的族长，这事影响何其大，如果其他家族联合起来……凤舞越想越忧心。

君临渊回头看向凤舞，这丫头一脸担忧的样子真是惹人怜惜。

"傻丫头。"君殿下抬手揉揉她的脑袋，声音中有着他自己都未察觉的温柔，"我是谁？"我可是无所不能的君临渊啊！

君临渊走下马车，吩咐了封管家一句，便召唤出他的坐骑，跟那个黑衣人一起纵马离开。

凤舞有些担心地看着封管家："君殿下他……"

封管家可不像君临渊那样逗能，这么好的机会如果不利用，他就不是有神助攻之称的封管家了。

"唉——"封管家长长叹了口气，"凤舞小姐安坐，殿下吩咐了，要将您安全送回星陨院。"

凤舞也不回车厢了，干脆坐在封管家身边："封管家，刚才那位是陛下身边的人吗？"

封管家"嗯"了一声。

"实力很强吗？"

封管家："陛下身边肯定会有很多能人的。"

"君临渊此去……会有事吗？"君临渊是替她出头，才招惹了轩辕家的。

封管家："怎么会没事呢？轩辕老爷子可是被削成人棍了呢！"

凤舞咬着下唇："陛下还是很喜欢君殿下的。"

封管家叹气："再喜欢又如何？殿下冲冠一怒为红颜，多少人胆战心惊？如果其他家族联合起来威逼陛下呢？"

凤舞："哪里冲冠一怒为红颜了？"

封管家眼神幽幽地看了凤舞一眼，不说话了。

凤舞咬着下唇，陷入纠结中。

君临渊那一剑，真的是冲冠一怒为了她吗？如果不是因为她，他不会对轩辕老爷子下那么重的手吧？可是他为什么要……难道他喜欢自己？不不不，怎么可能？

凤舞脑子里就跟糨糊似的，乱成一团了。

封管家一边驾车一边看了凤舞一眼。这个不开窍的小丫头终于正视这个问题了，

251

她能担心君殿下而不是置身事外，已经是很大的进步了，不能一下子苛求太多。

回到星陨院，凤舞还是恍恍惚惚的。

"小姐，你没事吧？"秋灵看到凤舞，忙拉住她。如果不是自己手疾眼快，小姐的脑袋就撞到门框上了。

"没事。"凤舞摇摇脑袋。

"小姐？"

"我想好好休息一下。"

"可是，风浔少爷来了。"秋灵道。

风浔？！凤舞忙转头，从外面走进来的不仅有风浔，还有风王妃。

风王妃担心地看着凤舞，对秋灵说："快，快扶你家小姐进屋歇着，她今天失血太多了，到现在都没缓过来呢。"

秋灵顿时心疼极了，忙将凤舞摁到床上，里里外外地忙着照顾她。

风王妃将凤舞身上的被子披好，生怕漏风。

凤舞苦笑："哪里就这么娇弱了？"

风王妃没好气地瞥了凤舞一眼："你今天经历了这么多，受了伤、失了血，又经了吓，这要是别家姑娘，早晕过去了，亏你承压能力强。"

凤舞仔细一想，从昨晚出去到现在，她一直处于忙碌中。先是去血滴子杀手组织悬赏左青留，再是回家的时候被风浔认出是丑丫头疯狂追捕，后来好不容易在风北王府喘口气，紧跟着又是轩辕府的寿宴，寿宴上不是被陷害就是被栽赃，不是被栽赃就是被下毒，稍有不慎，她这条小命就没了。

凤舞回忆了一遍，苍白的脸上浮现一抹虚弱的笑容："好在，没有什么大事。"

风王妃一只手握住凤舞的手，另一只手摸着凤舞的额头，心疼极了。

凤舞苦笑："母亲，您怎么突然……"

风王妃长叹一声："小舞啊，你告诉娘亲实话好不好？"

凤舞看看风浔，又看看风王妃："什么实话？"

风王妃："你觉得君殿下如何？"

凤舞眉头微微蹙起："君殿下……他怎么了？"

风王妃直率惯了，直接问道："君殿下喜欢你，对不对？"

凤舞猛地从床上蹦起来，她的额头撞到床框上，砰！

"哎哟！"凤舞捂着额头，痛呼一声。

风王妃无奈地看了凤舞一眼，伸手替她揉着："怎么样？疼不疼？"

凤舞："疼。"

风王妃："君殿下喜欢你，为娘我都看出来了，你激动什么呀？"

凤舞："没有！他才没有喜欢我！"

风王妃瞥了凤舞一眼："他真的喜欢你，小舞，你就不要骗自己了，为娘这双眼睛雪亮着呢。"

凤舞："我……"她求助地望向风浔。风浔不是一直认为她喜欢君临渊喜欢得要死，君临渊却理都不理她吗？

谁知，风浔竟然在她床边蹲下，看着她道："小舞呀，哥哥跟你道歉，以前是哥哥眼瘸了，认为你缠着君殿下，其实是君老大对你有非分之想才对。"

凤舞："……"

今天怎么了？在马车上的时候，君临渊对她态度异常，暧昧不已，后来封管家又说了那样一段话，现在连风王妃和风浔都来说这件事，今天是什么日子？怎么全世界的人都跑来告诉她君临渊喜欢她这件事？明明……君临渊对她的态度忽冷忽热，这也叫喜欢？

凤舞是不认同的，如果她喜欢一个人，会倾尽所有对他好，照顾他、呵护他、陪伴他。

她脑海不知不觉便浮现出那张宛若神祇的绝世容颜。

"小舞啊——"风王妃的声音将凤舞从神游中拉回来，风王妃拉着凤舞，语重心长地道，"君殿下喜欢你，这事儿咱们先放一边，现在最重要的是，你喜不喜欢君殿下？"

凤舞赶紧摇头："不！"

虽然这是意料之中的答案，但风王妃还是有些难以理解："君殿下是年轻一代中的王者，放眼君武帝国，数百年都出不来这样一个……"

凤舞苦笑道："我知道君殿下天赋实力前无古人，但是不能因为他优秀，我就一定要喜欢他吧？"

"说得好！"风王妃一直很欣赏凤舞，而凤舞终究没有让她失望。

"何况，君殿下这么受女孩子欢迎，以后谁嫁给他，就等着婚后吞针吧！"凤舞笑道。

风王妃点头："确实如此！所以，丫头啊，你别害怕，娘亲是站在你这一边的，只要你不愿意，没人能强迫得了你！"

凤舞感激地望着风王妃。

可是，如果君临渊真喜欢她的话，风王妃可是要直面君临渊的怒火，那得承受怎样的压力？

"母亲……"凤舞暗暗发誓，以后她实力强大起来，一定要好好回报风王妃。

风王妃和风浔离开后，凤舞精神上松懈下来，很快便陷入了沉睡之中。

第十章
欢喜冤家

三天后，凤舞终于苏醒了，她出了一身的虚汗，身上黏糊糊的。

秋灵早就准备好了适度的温水，她扶着凤舞进入了浴池。

过了一会儿，外面传来一阵脚步声，凤小七出去迎接："姐，姐，风浔哥哥来了。"

秋灵正准备给凤舞好好梳妆打扮一番，凤舞却嫌麻烦，只让她绾了青丝，一身清爽的打扮，很快就出现在了风浔面前。

风浔看着眼前的少女，宛若春晖朝露般纯净，又如初春娇嫩的花骨朵一般清新极了。

风浔内心感慨连连，小舞如今就出落得这般亭亭玉立了，再过个几年，等她真正长开了，又是何等的绝色。

凤舞白皙的手在他面前晃动，将他从神游中拉了回来。

凤舞在他面前坐好，直接问道："外面可是发生什么事情了？"

风浔惊讶道："你怎么知道？"

凤舞没好气地说："无事不登三宝殿，你专门过来一趟，必是有大事发生。"

风浔问："你要听好消息还是坏消息？"

凤舞："好消息。"

"好消息就是，左青留死了。"风浔眉飞色舞地道，"你知道他死在哪里吗？"

"死在哪里？"

"死在凤栖楼。"风浔哈哈大笑，"哎，对了，你应该不知道凤栖楼吧？凤栖楼就是帝都很有名的青楼。"

凤舞还真知道凤栖楼，并且还去过呢，只不过这些，她是不会告诉风浔的。

"左青留死了？谁杀的？"凤舞问道。

风浔："有人说是轩辕家的人暗中出手，毕竟左青留和蔡夫人的事，最终还是传出去了。"

凤舞微微蹙眉："如果轩辕家的人够聪明的话，这时候不应该暗杀左青留的。"

风浔点头："可不是吗？他们应该逼左家将人交出来，光明正大地杀！不过，左青留这一死，是真的好啊！"风浔笑道，"小舞，你知道吗？原来在轩辕老爷子的寿宴之前，左家和轩辕家就达成了战略合作关系。"

凤舞："战略合作关系？"

风浔："嗯，他们结成攻守联盟了，而左家很早之前就跟独孤家结成攻守联盟了。"

凤舞点头："嗯。"

风浔冷哼一声："如果这三家结盟，他们在帝国的话语权将会空前强大，到那时候，我们风北王府根本压制不住他们。可是，寿宴上那件事发生得实在是太巧太妙了，一个是左家纨绔子弟，一个是轩辕家宗妇，他们发生桃色事件，还被这么多人围观。

"轩辕家和左家想瞒住这件事，可是他们想瞒就能瞒得住吗？别人会被他们恐吓住，我们风北王府会怕吗？这几天，我专门干这事儿了，将这件事散播得全帝都尽人皆知。如此一来，轩辕家和左家就有了嫌隙。

"而且，左青留死了，死得无声无息，左家以为是轩辕家杀的，轩辕家以为是左家杀的。现在两家互相猜忌着呢。如果这时候他们还能一条心，我真是服他们。"

凤舞眸中浮现一抹惊喜之色，真没想到，杀左青留还有这样的好处。

"那坏消息呢？"凤舞问。

"坏消息就是……"风浔看了凤舞一眼，"这件事，一开始因你而起，左家和轩辕家没有人怪，所以现在都在怪你。"

凤舞："怎么能怪我呢？！"

风浔长叹一声："可不是吗？可世道就是这样，拣软柿子捏，所以啊，这段时间，不如你搬去风北王府住吧？母亲觉得外面太危险了。"

凤舞想了想说："他们应该不至于如此丧心病狂，毕竟他们之间的矛盾才是最大的。"

凤舞想着，这两家的矛盾现在看来还不够深，她得想个办法，让轩辕家和左家继

续掐才行。

"我得去帝国学院一趟。"凤舞说。

风浔皱眉:"这时候你还去帝国学院?"

凤舞:"在帝国学院,有方阁老照看着,没人欺负得了我。"

至于家里,有常三在,凤舞放心得很。

风浔:"我陪你去帝国学院。"

凤舞:"好的呀!"

这次,凤舞去帝国学院有两件事,一是申请在家自学。凤舞比较过,家里的太乙阵法能让她的修炼事半功倍,比在帝国学院修炼要快很多。她为何要舍弃家里这么好的修炼资源,而跑远路到帝国学院去呢?二是去学院找找星辰碎片的线索,君临渊不肯告诉她,她得自己想办法。

离开之前,凤舞去见了美人娘亲,亲手给她穿戴上那件金丝软甲。

今天的帝国学院前所未有地热闹。

一年级,青云院。

"你们听说了吗?轩辕家出事了。"

"这事儿都传遍了,真没想到啊,蔡夫人居然和左青留……这口味可真重呢。"

"没想到轩辕靖看着骄子般矜贵,他居然有这样一位母亲。"

"你们说,他是姓轩辕呢,还是姓左呢?"

"对了,听说还有凤舞什么事儿?"

"好像是她丢了,然后大家找她,结果在找的过程中,找到了蔡夫人和左青留。"

"天啊,那这件事岂不是因凤舞而起?"

嘴碎是人之本性,这些天资聪颖考进帝国学院的新生也不能免俗。

"可不是吗?就是因凤舞而起的,所以凤舞尴尬了。"

"你们说,轩辕家的人会怪罪凤舞吗?"

"肯定会吧!如果不是她走丢了,蔡夫人的事就不会被人发现了。"

"左家肯定也会很讨厌凤舞的,听说左青留死了呢!"

"哇,真的假的?左青留哎,那可是左家的二公子!"

"他的姐姐可是左青鸾,这几年左家蒸蒸日上……凤舞这下可麻烦大了。"

就在这样的议论声中,凤舞走进了帝国学院的校门。

"我看到凤舞了,她居然来学院了。"

"真的假的?这种时候她居然还敢来学院,难道她不怕死吗?"

"怎么没看到她，她去哪里了？"

"我看到她直接进了教师办公室。"

"她到底干吗去了？"

大家都很好奇。

此刻，凤舞确实如同学们所言，去教师办公室了。

乔伊老师在，其他老师也在，唯独余月段长不在。

看到凤舞，乔伊老师冷笑一声。昨晚有人上她家跟她做了个交易，而这个交易正是跟凤舞有关，没想到今天这丫头就自动送上门来了。

凤舞见余月段长不在，转身就要走，被乔伊老师喊住了。

"见到老师都不叫，这就是你当学生的样子？"乔伊老师冷笑一声。

凤舞皱眉，看了乔伊老师一眼。

乔伊老师内心冷笑，如果是之前，凤舞有人护着，方院长对她也不错，自己自然招惹不起，而现在的凤舞，轩辕家和左家都恨不得掐死，所以，得罪凤舞有什么关系？

乔伊老师底气很足，她走到凤舞面前，双手环臂，冷笑连连："没想到啊，你还敢来学院。"

凤舞转身就要走。

乔伊老师却不依不饶："你现在是个什么东西，也敢在我面前嚣张？现在的你，低贱如狗！"

乔伊老师毕竟年轻，她刚来帝国学院一年，骨子里还是骄纵任性的。

凤舞本不想跟乔伊老师计较，可是现在人家都欺负到她头上了，她怎能忍。凤舞的脚步猛然停住，转过身抬起手，对准乔伊老师的脸就是一巴掌，这道掌力又快又准又狠，声音清晰而响亮。

"啊——"乔伊老师惊呼一声，捂住红肿的面颊，死死瞪着凤舞，"你居然敢打我？！"

帝国学院校规何等严苛，从来只有老师教育学生，什么时候学生可以随手掌掴老师了？这还得了？！

一时间，办公室的老师们都冲了过来，凤舞之前见过的孙老师、胡老师也在其中。

乔伊老师瞪着凤舞，气得眼眶通红："你打我？你居然敢打我！"

凤舞冷笑："你的嘴太脏了，我帮你扇扇干净！"

刚才乔伊老师怒骂凤舞的话，其他老师其实都听见了，不过事不关己高高挂起罢了，现在凤舞出手，却是惹了众怒。

胡老师盯着凤舞："你这丫头，怎可如此对待自己的老师？！"

乔伊老师更是怒道："凤舞，我不管你有什么背景，不管背后是谁在给你撑腰，我只告诉你，这次我是绝对不会放过你了。"

说到这儿，乔伊老师手中寒光乍现，一柄剑陡然出现在她手中，剑光闪闪，剑意冲天。

凤舞立刻感觉到了重重压力，乔伊老师竟然出了杀招。

其他老师见了，却没有上前阻拦，他们觉得乔伊老师在管教学生，虽然下手重了些，却是无可厚非。

凤舞嘴角勾起一抹微微的弧度！还以为乔伊老师有多厉害呢，看她出手，凤舞知道以自己现在的实力，是能接下这一招的。

然而，还没等凤舞出手，一道熟悉的声音便响了起来："这是怎么回事？！"余月段长一出现，便抬手将那柄欲刺向凤舞眉心的剑拍飞了。

长剑在半空中划过一道弧线，径直插入地面，余月段长则阴沉着一张脸，目光严厉地盯着乔伊老师。

乔伊老师又气又委屈："段长大人，她、她打我！"

"她打你，你就要取她性命？你是疯子吗？！"余月段长快被气死了。原本看着乔伊老师是个精明的，怎么一遇到凤舞，就变得这么蠢？

骂完了乔伊老师，余月段长回头无奈地看着凤舞。每次她一出现就是一场腥风血雨？难道这丫头是灾难体质吗？

"你们两个跟我过来！"余月段长斜睨了凤舞和乔伊老师一眼，径直往办公室里面走去。

乔伊老师怒视凤舞，重重哼了一声。

凤舞神色淡淡，看不出任何情绪。

余月段长沉着脸坐下，抬眸盯着站在她面前的两个人，然后在心里默默摇头。

乔伊身为老师、身为长辈，气呼呼的样子，太不沉稳了。反观凤舞，冷静自持，泰然自若，她有着超越自身年纪的冷静和智慧，这丫头以后可不得了。

余月段长在心里感慨了一句，开口："谁能跟我说说，你们之间发生了什么争端？"

凤舞还没来得及说话，乔伊老师便委屈地抽泣道："段长大人，这个臭丫头太过分了，我不过说了她几句，她就打我，我们帝国学院何曾有过这样顽劣的学生？！这是打帝国学院的脸啊！如果这样的学生都不被处罚，老师们的威信何在？以后谁还服从老师的管教？"

余月段长只觉得头痛，这两个人的身份是对调过来了吗？学生冷静得泰然自若，老师却委屈得抽泣不停。

余月段长有些头痛地看着凤舞："现在你可以为自己辩解了。"

凤舞淡淡开口："她骂我。"

余月段长沉着脸："她骂你，你就打她？！"

凤舞轻哼一声："她欠揍。"

余月段长气得一拍桌子："凤舞，你太嚣张了！"

乔伊老师嘴角扬起一抹淡淡的弧度，看这次凤舞还如何逃脱。

凤舞却淡淡一笑："我再嚣张，也没想过要杀人呢！"

余月段长愣住了。

凤舞又笑道："再说，身为老师，却打不过一个学生，像话吗？"

余月段长顿时语塞。

乔伊老师气坏了："我会打不过你？简直可笑！"

凤舞淡淡一笑："手下败将罢了。"

"好、好、好！"乔伊老师气得快疯了，"来跟我一战！"

凤舞冷笑道："如果我赢了，你就没资格教我了。"

乔伊老师怒哼："如果你赢了，我就引咎辞职！"

凤舞淡笑，没有说话。

余月段长正要说话，外面传来一道幽冷的声音："我来与她一战。"

凤舞回头一看，竟然是熟人——轩辕靖。

"轩辕靖？"乔伊老师惊呼一声。

轩辕家出事了，现在整个帝都的人都在讨论这件事情，没想到轩辕靖还能来学校。

轩辕靖的目光冰冷嗜血，他双眼死死盯着凤舞，恨得咬牙切齿。

别人不清楚当日之事的原委，身为参与者之一的轩辕靖怎会不清楚，就连进入轩辕老爷子藏宝室的方法都是他教轩辕影的，可是他怎么都没想到，事情会发生那样的逆转。虽然没有直接的证据，轩辕靖却还是将仇恨集中到了凤舞身上。

轩辕靖盯着凤舞，声音冰冷："我，要跟你一战！"

凤舞却笑眯眯地说："好啊！"

什么？在场的所有人都难以置信地望着凤舞。她疯了吗？居然敢跟轩辕靖一战。

轩辕靖盯着凤舞："我说的是，生死战！"

生死战？在场的人齐齐倒抽一口凉气。

乔伊老师眼眸闪亮，轩辕靖的提议太合她的心意了。

"不可。"余月段长却皱起眉头，"这对凤舞太不公平了。"

轩辕靖却只盯着凤舞，问道："你，敢是不敢？"

凤舞淡淡一笑："好呀！"

凤舞云淡风轻地说出这两个字，让在场的人又倒抽一口凉气。

余月段长拽了凤舞一把："你知道生死战是什么吗？就乱答应！"

凤舞嘟着小嘴："难道不是在战斗前签订生死契约，战斗的时候生死由命，概不追究对方责任？"

余月段长："……"看来这丫头真的知道啊！

轩辕靖冷声道："明日这个时候，生死战台上见。"说罢，他转身便离去了。

乔伊老师用看白痴一样的目光看着凤舞，嘴角扬起嘲讽的笑容。

凤舞没理她，只对余月段长说："余段长，我想申请在家自学。"

凤舞这话一出，在场的人又被惊到了。要知道，学生们考进帝国学院后，都恨不得长在学院里寸步不出，因为帝国学院本身就是一个繁复的修炼阵法，在这里修炼比起在外面修炼，晋升速度至少加成百分之五十。现在，凤舞却要申请在家自学，这太不可思议了。

"胡闹！"余月段长眉头紧紧皱起，"凤舞，你这孩子是不是傻了？你知道轩辕靖什么实力吗？你就敢答应？"

凤舞淡淡一笑："余段长，我是要申请在家自学啊！"

余月段长拍了凤舞的脑袋一下："明天你连命都没有了，还在家自学什么？"

凤舞："如果我赢了，就可以在家自学了？"

余月段长没好气地朝凤舞翻白眼，她就没见过心这么大的丫头。

凤舞则笑着离开了。

凤舞虽然什么都没说，但是这件事怎么可能瞒过其他学生。就算凤舞想瞒着，轩辕靖也不会同意。

青云院。

"什么？！凤舞和轩辕靖生死战？！"

"不会吧？凤舞居然答应了？她不怕死吗？"

"上次考核的时候，轩辕靖可是随随便便就进了前三百名呢！"

"凤舞连前九百名都没进吧？"

"那是她没来参加考核。"

"那是她不敢来参加考核。"

"反正我觉得凤舞肯定会输！"

……

青云院，没有一个人看好凤舞。

乾坤院，有人跑到凤桑面前，难掩激动之色："凤桑、凤桑，不得了了，你们家凤舞这回真的要死了！"

凤桑皱眉："什么？"

"凤舞答应了和轩辕靖生死战，就在明天！"

凤桑："生死战？"

"是的，签订生死契约、生死不论的那种生死战！"

凤桑眼眸半眯起来，凤舞这么想死吗？

一年级老生中，第一名是荣世新，第二名是思源，他们为了将基础打得更扎实，所以一直没有晋升到二年级。

荣世新原本对凤舞的印象不错，但是他家跟轩辕家沾亲，所以轩辕家发生那件事后，荣世新就和凤舞站在了对立面。

至于思源，他见过凤舞，为凤舞的容颜倾倒，听到这个消息，他直接出了门。

他要去哪里？凤桑一直喜欢思源，关注着他的一举一动，看到思源出门，她眼中浮现一抹深思，悄悄跟了上去。

思源在凤舞走出校门前，将她堵在了小树林里。

凤舞看着眼前的少年，一袭湛蓝色锦袍，目光冰冷，板着一张脸，定定地看着她。不得不说，眼前这位少年不论是容貌还是气质都极佳，一看就是出身贵族，一般的少女都会被他迷倒吧？

"凤舞！"少年开门见山，话语非常直接，"和我在一起吧！"

"你说什么？"凤舞以为自己听错了。

思源定定地盯着凤舞，一字一顿极认真地说："你和我在一起，我可以帮你推掉这场生死战。"

凤舞眨眨眼睛："你是谁？"

简简单单的三个字却将思源问愣了。

思源眉头紧锁，面色不善："你不知道我是谁？"

明明之前见过的，她居然不知道自己是谁。思源的心脏像是被一只大手握住，心情甚为不悦。

凤舞点头："嗯嗯。"

思源指着不远处的一年级风云榜。

凤舞侧头望去，荣世新第一名，思源第二名。

"你是荣世新？"

"凤舞，你是在羞辱我吗？！"思源气得面色煞白。

凤舞却一脸无辜："你指的不是第一名吗？"

思源不想再跟凤舞说话了，转身大步离去。

不远处的古树后面躲藏着一个人，正是凤桑。

原本看到思源跟凤舞表白，凤桑的心都提到嗓子眼了，忌妒使她发狂，好在凤舞是个白痴。

凤桑从树后走出来，眼神嘲弄地看着凤舞："你就是个白痴。"

"所以，刚才那位同学，是在跟我表白吗？"凤舞无辜地望着凤桑。

凤桑："哼！"凤桑直接被凤舞气跑了。

凤舞摸摸鼻子，她刚才做错了什么吗？

最近，轩辕家的事闹得沸沸扬扬，但任何流言都有时效性，时间过了就没人再有兴致提了，所以，当凤舞和轩辕靖生死战的消息一出，再没人关注蔡夫人和左青留的事了。

星陨院。

朝歌去了趟段家，便没跟凤舞一起去帝国学院，这才半天工夫，凤舞就惹下这么大的麻烦。在段家被段夫人提醒后，段朝歌飞一般冲回了星陨院。

"小舞！"朝歌难以置信地看着凤舞，"你要和轩辕靖决一死战？"

凤舞手里拿着一把细长的剪刀，正在给多刺玫瑰剪枝，闻言抬头看着朝歌，微笑道："你回来了？"

朝歌紧张地问："你真要跟轩辕靖生死战啊？！"

凤舞笑着说："没想到这消息传得这么快，一小会儿工夫，连你都知道了。"

"你有把握吗？"朝歌关切极了，"轩辕靖可不是一般人。"

凤舞："他，还好吧？"

朝歌："你不会以为，他在一年级的风云榜上是298名，所以他只有那么点实力吧？"

凤舞淡淡一笑。

朝歌急坏了："小舞，我听人说，轩辕靖参加考核的时候，有一门没考，这才排到了第298名，如果他全都考的话，至少是一百名之内，甚至有可能是前五十名！"

凤舞"哦"了一声。

"你有把握吗？"朝歌紧张地问。

凤舞淡笑："当然有把握了，你们就放心吧！"

可是，大家怎么可能放心呢？除了凤舞，其他人皆愁眉苦脸。

左家。

一片愁云笼罩，因为左青留死了。

左青留虽然不是嫡长子，但他嘴甜会说话，哄得老太太对他诸般疼爱，甚至超过了嫡长子左青罕。

左青留一死，老太太直接哭晕了过去，现在人虽然醒了，却是病恹恹的，一点精气神都没有。

左青留的母亲陶夫人，哭得眼睛通红："轩辕家！一定是轩辕家杀的！我们和轩辕家势不两立！"陶夫人拽着左铭，恨得咬牙切齿，"老爷，你一定要给我们儿子报仇啊！"

左铭又气又怒又无奈又遗憾。原本跟轩辕家谈好条件、达成共识，就要形成攻守联盟了，谁知道竟发生了这样的丑事。

"这个畜生，做出这样有辱门风的事，死了倒是干净！"左铭怒道。

陶夫人只知道哭："可是……就算他再不好……他也是我们的儿子啊……他这样……肯定是蔡夫人……勾引的……"

左铭不想再跟她说话了。

一旁的左青羽欲言又止。

左铭目光犀利，转头看到左青羽的表情，内心咯噔了一下。

"你是不是知道什么内情？"左铭盯着左青羽。

"我……"左青羽支支吾吾的。

陶夫人急坏了："你弟弟死了，又落得这样的名声，你还有什么不能说啊？你倒是快说啊！"

左青羽纠结不已，是因为这件事是她们设计的。

最终，她还是硬着头皮，将她们设计凤舞的事说了一遍。

"什么？！"陶夫人惊呼一声，"是你们？！是你们设计陷害凤舞，结果……你弟弟是你害死的。"陶夫人一巴掌朝左青羽脑门拍去。

左青羽痛得眼泪顿时滚落出来。

陶夫人怒斥道："原来都是因为你，你弟弟才会死的。"

左青羽自责极了，眼泪扑簌扑簌往下掉。

陶夫人还想打左青羽，左青罕却挡在左青羽身前，目光阴鸷地盯着陶夫人："母亲，弟弟的死不怪二妹妹。"

陶夫人："不怪她怪谁？"

左青罕："多半是轩辕家暗中下的杀手。"

左铭眼眸半眯起来："现如今，我们跟轩辕家的关系不能再恶化了。"

左青罕："既然不能对左家动手，那凤家那丫头呢？"

一时间，所有人都盯着左青罕。

左青罕冷哼道："这件事不是凤舞招惹出来的吗？不管她是聪明还是运气好，最终她都置身事外了，凭什么？！凭什么凤舞一点事都没有，我们青留却要死？！"

左青羽当即反应过来，握紧拳头："就是！凭什么二哥死了，凤舞却能置身事外？轩辕靖不是跟凤舞要生死战吗？那就让她去死！"

左青罕道："我倒是觉得，凤舞未必会那么容易死。"

左青羽："大哥，你的意思是说，凤舞的实力比轩辕靖强？"

左青罕瞥了左青羽一眼："你别忘了，当年那丫头的实力可是超过青鸾的。"

左青羽："可是现在的她，实力再高也不会超过灵宗七星，而姐姐已经是灵尊七星了呢，很快就会进入灵侯境。"

左青罕眼眸半眯起来："可是，架不住她长得好看啊！"

左青羽："哥，你的意思是？"

左青罕："她不是凭着美貌笼络住了风小王爷，让风王妃对她宠爱有加吗？这丫头的手段，岂是你这样的小丫头能懂的？"

左青羽冷哼："别人怕他风浔，我们左家不怕，可是君殿下就不一样了。"

左青罕握紧拳头："我现在就担心，凤舞会通过风浔这条线搭上君殿下，那样就真是棘手了。"

"不会！"左青羽斩钉截铁地道，"君殿下可讨厌凤舞了呢！见了她就欺负她，对她没有半分好感。"

"你说什么？君殿下处处欺负凤舞？！"

左青羽笑道："是啊！君殿下可爱欺负凤舞了，在帝国学院的时候，把凤舞逼得下不来台呢！"

左青罕却用看白痴一样的目光看着左青羽。按照他的分析，君临渊冷情薄幸、矜贵傲然，视生命如草芥，他会有那份闲心去欺负别人？他哪里需要欺负别人？他只要摆摆手，就有无数人前赴后继地去欺负凤舞了。左青罕有种很不好的预感，这是出于男人的本能。

左青罕问："凤舞和轩辕靖的决战，在明日午时？"

左青羽点点头："嗯。"

左青罕："那好，明日我去观战。"

陶夫人愣愣地看着左青罕，她不明白，话题怎么转着转着，转到君临渊身上去了？

陶夫人："你弟弟……"

左青罕郑重道："母亲放心，我们一定会为弟弟报仇的。"

现在最重要的是弄清凤舞在君临渊心中的分量，这决定着他们今后对凤舞采取怎样的报复行动。

凤舞和轩辕靖约战，一个是曾经的天才、后来的废材、现在重新崛起的疑似天才少女，一个是天之骄子、顺风顺水却突遭大变的天才少年，最终谁输谁赢，大家拭目以待。

方阁老将凤舞喊去了方宅，他面色凝重地看着凤舞："你就这么上赶着找死？"

凤舞扁着殷红的小嘴："为什么您会觉得，输的那个人一定是我？"

方阁老："你自己心里没点数？"

凤舞倔强地抬着下巴："我现在的实力也不弱。"

就在这时，外面传来脚步声，有些熟悉，凤舞回头一看，是风浔和玄奕。

玄奕与以往任何时候一样，表情冷漠地抱剑站在一旁。

风浔被玄奕提醒才知道，凤舞跟方阁老的关系竟如此好。

凤舞："你们来做什么？"

风浔瞥了凤舞一眼："来看你花样作死啊！"

凤舞轻哼一声："凭什么你们都认为我一定会输？"

风浔戳戳凤舞的额头："你这丫头倒是挺自信呢！那你知不知道，轩辕靖现在的实力？"

凤舞："你知道？"

风浔双手抱胸："刚才你哥哥我跑去跟人打了一架。"

凤舞惊呼一声："你不会是去跟轩辕靖打架吧？"

风浔："除了他，还有谁？不是有句话叫知己知彼百战百胜吗？"

凤舞："……"这做事风格确实很风浔。

风浔无奈地看着凤舞："趁生死战还没开始，你放弃吧！"

凤舞瞪大眼睛望着风浔："他的实力，就那样恐怖？！"

风浔点头："跟我战斗的时候，他是灵宗七星，最后，他被我逼出了灵宗八星的实力。"

"那也不是不能打啊！"凤舞在心里嘀咕，她也是灵宗七星，越级打不是没打过。

"可是他手上有一条魅藤，一条实力不亚于他的魅藤。"风浔郑重道。

"魅藤？"凤舞不解。

风浔说："一条宛若火舞的魅藤，稍有不慎，魅藤就会将人圈起来。"

凤舞："啊……"

风浔："现在怕了吧？"

凤舞摇头："不战而退，不是我会做的事。"

风浔气得拍了凤舞的脑袋一下："你这丫头，不逞强会死吗？行了，这东西拿去吧！"风浔丢给凤舞一柄匕首，匕首柄是一个诡异的蛇头，匕首泛着妖冶的紫光。

"紫电？"凤舞还没认出来，方阁老惊呼一声。

凤舞："紫电是什么？"

方阁老瞥了凤舞一眼："紫电是这柄匕首的名字，是一把神器。"方阁老转而问风浔："紫电消失多年，怎会在你手中？"

风浔摊手："从君老大那儿借来的，至于怎么会在君老大手中，我就不得而知了。"

凤舞忙问："君临渊不是被陛下叫走了吗？你能见到他？他没事吧？"

风浔瞥了凤舞一眼，冷哼一声："怎么会没事？现在他……"

玄奕瞪了风浔一眼，风浔轻哼一声，别扭地别过脸去。

君临渊到底怎么了？凤舞有些担心，又有些牵挂。

见凤舞因为君老大而情绪波动，玄奕心里好受多了，不过，这才开始。

"现在最重要的是打赢轩辕靖。"玄奕认真地说。

风浔提议："要不，我去把轩辕靖的腿打断，让他没有机会出场？"

玄奕翻白眼："轩辕家肯定戒备起来了，到明天战斗之前，轩辕靖一定有绝顶高手保护，哪能给你机会近他的身？"

风浔有些气馁，早知道这样，刚才就应该直接将轩辕靖的腿打断了。

"对了！"风浔看着凤舞，认真地说，"现在外界都不看好你，觉得你必输无疑，因此，你的赔率特别高呢！"

凤舞无语了。

方阁老瞥了风浔和玄奕一眼："既然你们都在，便给她当陪练吧！"

"老爷子您？"玄奕眼眸一亮。

方阁老："这次不出绝招，怕是不行了。"

"什么？"风浔不解。

玄奕压低声音："天外飞龙！"

方阁老的绝招天外飞龙，连玄奕都没学到，方阁老现在却准备传授凤舞了。

"天外飞龙？"风浔也惊呼一声，这确实是大手笔，只不过，"一个晚上的时间，能学会吗？"风浔持怀疑态度。

如果凤舞学会了这一招，她对付轩辕靖，还是有一丝希望的。

风浔没有告诉凤舞的是，他离开后，轩辕家的人正对轩辕靖进行地狱式的集训。

"不可能。"玄奕对风浔说，"当初我学了一个月，最后还是功亏一篑，从那以后，老爷子就再没想过教我这一招了。"

方阁老这次认真了，他的表情前所未有地严肃。

演武场上，凤舞脚下摆满了棋子，每一颗只有指甲盖般大。凤舞身前一百米处，挂着一张网，每一个网格只有棋子般大，而网的后面是一个只有眼睛般大小的竹筒。

方阁老盯着凤舞："起脚，九十九颗棋子，通过网格，射入竹筒。"

也就是说，在整个踢射过程中，凤舞不能有一点点偏差。

凤舞点点头，虽然看起来很难，但她对自己还是很有信心的。

凤舞深吸一口气，起脚，踢！

第一次，控制不好力度，棋子穿过了网格，却没有掉进竹筒里。

凤舞深吸一口气，继续训练。

第二颗，偏了。

第三颗，偏了。

……

直到第九颗，咚——清脆的声音响起，众人探头一看，白色棋子精准地掉进了竹筒里。

"哇！"风浔惊呼一声，"成功了！成功了！真没看出来，凤小舞竟然这样厉害。"

玄奕却没有风浔这样乐观，他的眼睛盯着竹筒，只听咔嚓一声，竹筒裂开了。

凤舞脸上的笑容瞬间僵住了，她就知道没有这么简单。

方阁老盯着凤舞："知道自己错在哪里吗？"

凤舞歪着脑袋想了想："我只会发力，不会控制力道。"

只会发，不会收，说明这一招还远远没有学会。

方阁老的表情依旧严肃，眼眸却闪亮了一下，他背着手，"嗯"了一声："继续！"

时间一分一秒过去，而凤舞的练习刚刚开始。

想要将这一招练到收放自如，太难了！一次、十次、一百次、一千次……渐渐地，凤舞脸上的汗水如泉涌，因为灵力大量消耗，她的面色苍白，薄唇也无血色。

两千次、三千次……凤舞全身大汗淋漓，双脚开始发抖，体力透支到一定程度了。

风浔看着小丫头不停地练习着，心疼不已，他看着方阁老："方阁老，不用这么操之过急吧？"

方阁老怒吼一声："想让她死，你就继续说！"

风浔立刻闭嘴了。

就在这时，咚——凤舞终于将一颗棋子射入竹筒当中，而竹筒稳如磐石，不仅没有炸裂，连晃动一下都不曾。

玄奕惊讶道："怎么会？"

风浔激动不已："小舞学会了？！"

玄奕摇头："到完全学会还有很大一段距离，但是这样的进步速度已经很可怕了，当初我学到这第一阶段，花费了三天时间。"

风浔看着玄奕："这才是第一阶段？！"

玄奕："你以为呢？这招天外飞龙能化繁为简、一招制敌，你以为是徒有虚名吗？"

风浔心疼地看着凤舞："可是小舞好像支撑不住了。"

玄奕长叹一声，可不是吗？那丫头现在全身被汗水浸透，就像是刚从河水里出来一样，她的身子抑制不住地颤抖着，如何能支撑住后面更为严苛的第二阶段、第三阶段？

凤舞将这颗棋子踢入竹筒后，她就掌握了力道，剩下的棋子只是在练熟练度了。

当凤舞终于将所有棋子都踢入竹筒后，她气喘吁吁地回过头，望着方阁老，露出了如释重负般的笑容。

方阁老却依旧表情严肃地盯着她："这才刚刚开始。"

凤舞："啊？"

方阁老严肃地"嗯"了一声："你若是坚持不住，可以放弃。"

凤舞面上浮现一抹坚毅之色，她握拳："不，我可以的。"

方阁老面色不变，板着脸："那就继续。"

风浔欲言又止："……"

凤舞的体力已经透支，面色苍白得可怕，如何能够再坚持？可是凤舞那双晶亮的眼眸中，有一抹名为"坚持"的光，闪闪发亮。

第二阶段，风浔和玄奕才派上用场，方阁老让他们两个人轮流给凤舞当陪练。

玄奕先上，他站在竹筒前，而凤舞需要做的就是将她脚下的棋子踢出去后，穿过网格，避开玄奕，落入竹筒之中，这相当于多了一道障碍，并且是非常难过的障碍。

凤舞抬脚将棋子踢出，啪嗒！被玄奕击打回来。

凤舞第二次抬脚将棋子踢出，啪嗒！玄奕又给击打回来。

第三次……一次又一次……时间一点点过去，凤舞的脚像灌了铅一样，重得快抬不起来了，而她还在坚持练习着。

一千次后，玄奕的动作有点不标准，方阁老便让风浔替换下他，训练继续进行。

不知道练习了几万次，砰！凤舞栽倒在地，脑门砸到石头上，划出了一道血口子。

风浔急坏了，正要冲过去扶人，却被方阁老狠狠瞪了一眼。

方阁老双手背在身后，目光充满了严苛："如果不想学，现在就可以放弃！"

风舞趴在地上，眼前一阵阵发黑，她的体力已经透支了，真的连抬一根手指的力气都没有了，好想就此晕过去啊！好累好累好累……生不如死的那种累。

这时，风舞的脑海响起一道坚定的声音：你想不想活着？如果不学就打不赢轩辕靖，打不赢轩辕靖你就活不了。没有了这条性命，怎么复活美人师父？怎么守护家人？又怎么去杀左青鸾？只要还有一口气，你就必须站起来！

风舞双手撑在地上，努力想要站起来。她的右脚早已经鲜血淋漓，鲜血从靴子里面渗透到外面，看得人触目惊心。

没人注意到，一抹淡淡的身影出现在墙头，那人不知道在那儿多久了，他浑身散发出让人胆寒的气势，他的眼睛一眨不眨地盯着风舞，宛若杀神降临般带着威慑力，其中又有一丝怜惜和动容，正是君临渊。

君临渊精致的剑眉微微拧起，他从墙头翩然落地，修长的大腿迈着沉稳的步伐走向风舞。

"继续吧！"风舞站起来，看着方阁老，目光坚毅。

"君、君老大？"风浔突然发现了君临渊的存在，惊呼一声。

君老大不是自罚在水牢里吗？他怎么突然来到这儿了？

君临渊走到风舞面前，抬起手，但最终也没落到风舞头顶上。

"你要继续？"君殿下精致的面容上有着他自己都未察觉的动容。

这样突破极限的训练，有多累多痛，别人不知道，他却深有体会。旁人只知他修为提升快速，却不知道他一次次突破极限，将自己置于极致的痛苦当中。因此，看到风舞此刻的境况，一向喜怒不形于色的君殿下也不禁动容了。

风舞艰难地抬头看向君临渊——现在一个抬头的动作，都疼得让她窒息——她眼前是那张俊朗无比的容颜，还有那深邃如海的双眸。

只一眼，风舞就知道，他懂。别人都心疼她，不想她再继续下去，但是他懂。

风舞白皙的面庞上浮现一抹浅浅的笑容，却如烟花般灿烂。

"我、要、继、续。"每说一个字都像有刀子在风舞咽喉处划过，但是风舞抓住君临渊的手，仍一字一顿，认真无比。

风浔在，玄奕在，朝歌在，秋灵也在，四周是他们不断喊停的声音，但她不要放弃。

君临渊低头看着风舞的手，纤若无骨，此刻，正抑制不住地颤抖。

"我陪你。"少年反握她的手，一股温热的灵力从他的手指间透过风舞的伤口，

汩汩流入。

原本虚弱如枯萎之花的凤舞，瞬间被灵力滋润，恢复了鲜活的样子。

"继续。"少年伸手拍拍少女的脑袋，嘴角抿起一抹微微上扬的弧度。

凤舞很快反应过来："嗯！"

方阁老一直站在不远处，君临渊出现后，他就没有出声。曾经听凤舞控诉过好几次君临渊欺负她的事，方阁老心里记挂着，想找个机会跟陛下提一下，而现在方阁老看着少年拍少女脑袋的动作，怎么觉得带着异样的情绪呢？

有君临渊陪练，凤舞的效率又提高不少，但是，该她受的痛苦一分都没有减少，疼痛、眩晕、疲惫，交替而来。

朝歌和秋灵看得眼泪直流，好几次她们都忍不住想扑过去抱住凤舞，告诉凤舞不要再练了，可是看着凤舞拼命的样子，她们哽咽着却说不出一个字来。

君临渊的深眸从始至终只盯着凤舞，眼神严肃而认真，偶有怜惜一闪而过。

别人没有注意到，一直留心观察的方阁老却讶异万分，难道真如他想的那样？如果真是那样的话，这丫头还能逃出君临渊的手掌心吗？

凤舞眼中没有其他，她一心一意地加紧练习，当她踢出最后一颗棋子，咚——棋子落入竹筒中，凤舞的眼泪唰的一下流了出来，再也坚持不住，身体径直往后倒去。

就在她的脑袋即将触地之际，君临渊闪身而至，一个公主抱将她抱进了怀中。

君临渊低头，双眼中的威慑力早已退去，取而代之的是不被外人看见的温情。

朝歌和秋灵看到凤舞落入君临渊怀里，顿时急坏了，如箭矢般冲了过去。

"小舞，小舞！"朝歌伸手就要从君临渊手里将凤舞抢回来。

君殿下看都没看她一眼，抱着凤舞疾步往房间走去。

"还不快跟上去？"风浔推了秋灵和朝歌一把，"快去准备温水和干净的衣衫。"

等秋灵和朝歌为凤舞整理完毕，已经是半个时辰后了。

"怎么样？"风浔紧张地盯着君临渊，"凤小舞什么时候能苏醒过来？"

君临渊眉头微蹙："不好说。"

"君老大，你这就走了？"风浔见君临渊转身要走，顿觉失去了主心骨，紧张地问道。

君临渊转回身扫了一眼方宅，没想到外表看起来很普通的宅院，竟有如此灵气浓郁的灵阵，不知道出自哪位灵阵大师之手。

时间紧迫，君临渊不能再多待了，他嘱咐风浔："照顾好她。"然后纵身跃上墙头离开了。

君临渊离开了很久，星陨院的人才回过神来。

"刚才……刚才……"秋灵紧张兮兮地抓着朝歌的手，压低声音说，"刚才，君殿下是不是对小姐……"

有那么一瞬间，朝歌也是这么想的，但她很快就否定了："不对！"

"可是君殿下……亲自抱着小姐回来的啊！"不是说君殿下生人勿近吗？

朝歌想了想，还是坚决摇头："谁知道这位太子殿下抽什么风呢？总之，这一切都是我们的错觉。"

秋灵："哦。"

"对！姐姐才不会喜欢他呢！姐姐是我的！"凤小七站在门口，鼓着腮帮子，气呼呼地说道。

风浔和玄奕对视一眼，都在对方眼中看到了一抹苦笑。看来君老大想要抱得美人归，没那么容易呢！

不过，他们现在最担心的不是君老大能不能抱得美人归，而是凤舞能不能在午时之前苏醒过来。

风浔："现在是拂晓时分，很快就要破晓了。"

风浔和玄奕都没有走，他们站在庭院里，抬头望着黑蒙蒙的天空。夜凉如水，两个人的脸上都透着一抹担忧。

玄奕："嗯。"

风浔："你说，凤舞能在午时之前苏醒吗？"

玄奕："悬。"

风浔长叹一口气："她太辛苦了！如果付出这么多，却因为时间赶不及而放弃，也太遗憾了。"

"这个轩辕靖还真是有本事，能让我们通宵不睡觉。"风浔苦笑，以前，他们都不会理轩辕靖这样的小弟弟的。

时间一分一秒流走，黑夜过去，白天来临。

街上的人渐渐多起来，整个帝都跟着热闹起来。

凤舞依旧躺在那儿，一动不动，没有丝毫苏醒的迹象。

星陨院的人一开始都挺淡定的，而随着时间的流逝，他们渐渐都坐不住了，风浔更是一趟一趟地往凤舞的房间里跑。

"还没醒啊？"风浔急声问道。

秋灵苍白的脸上透着明显的忧愁，她摇摇头。

"这眼看着只剩下最后一个时辰了。"风浔急得直皱眉。

风浔在这里着急，风王妃正被喊进宫里。

老佛爷见到风王妃的第一眼就直皱眉头："听说那凤舞，又闯祸了？"

271

风王妃心里咯噔了一下，这是谁又在老佛爷面前告凤小舞的黑状了啊？

风王妃抬眸朝老佛爷身边望去，老佛爷左边坐着独孤皇后，右边坐着的是目前最得宠的鹂妃。

风王妃心中不爽，面上却露出灿烂的笑容，走到老佛爷面前道："老佛爷，这是谁又在您面前说凤小舞坏话了吗？"

老佛爷轻哼一声："哪里需要别人来说？她的事，不用别人特意说，哀家也都知道。"

"老佛爷您的消息这么灵通呀？您说说，您都知道什么呀？"风王妃在太后面前可一点都看不出彪悍的样子，她半蹲着身子，伸手握住老佛爷的手，笑容明媚极了。

太后冷哼一声，指着一旁的鹂妃，语气不善地道："连鹂妃都说了，你们家那个凤小舞仗势欺人呢！"

风王妃顿时不乐意了："哪有这种事呀？"

太后皱眉："怎么没有了？听说轩辕家那些肮脏事，都是她暗中搞的鬼呢！"

风王妃扑哧一声笑了出来："老佛爷，您说的，该不会是蔡夫人和左青留那事儿吧？"

太后冷哼一声。

风王妃笑道："我倒是奇怪了，蔡夫人和左青留这不伦之恋，怎么跟我们家小舞扯上关系了？难道小舞能将他们摁在一起不成？"

太后一想，也是哦。

独孤皇后给鹂妃丢了一个眼神——独孤皇后现在聪明了，她自己维持着母仪天下的尊贵，让鹂妃替她冲锋陷阵。

鹂妃用帕子掩唇："风王妃，外界不都在传，是凤舞故意设下陷阱，让蔡夫人和左家二公子上当的吗？"

风王妃内心对这位鹂妃不爽到了极点，但是她可不会在老佛爷面前凶悍如斯，于是，风王妃拉着老佛爷的手，柔声细语道："我就不明白了，我家小舞好好的，为什么要给蔡夫人和左青留下套啊？这人做事，总得有动机吧？"

老佛爷一听，对呀，总得有动机吧？于是，老佛爷疑惑地望着鹂妃。

鹂妃敢说原本是轩辕影给凤舞下套吗？她当然不敢！

不等鹂妃说话，风王妃就开始了她的第二轮攻势："更何况，像你们说的，我家小舞又笨又蠢修为又不高，怎么可能在轩辕家设计陷害轩辕家的宗妇呢？鹂妃娘娘，你觉得这可能吗？"

鹂妃干笑一声。

风王妃紧跟着问道："鹂妃娘娘说我家小舞仗势欺人，你觉得是仗谁的势？是仗我的势吗？鹂妃娘娘是觉得当时也在场的我纵容她吗？"

鹂妃正要解释，风王妃却拉住老佛爷的手哭诉道："老佛爷，原来在鹂妃眼中，我是这样的人，我，我不活了啊我……"

形势急转直下，鹂妃和独孤皇后相视无言。

独孤皇后已经习惯了，风王妃这么多年得老佛爷喜爱，可不是没有理由的。

老佛爷拍着风王妃的手，哭笑不得："你这傻丫头，说风就是雨，说哭还真哭了啊？！"

风王妃："老佛爷，我委屈着呢。"

老佛爷："也没说你，你委屈个什么？"

"我替我们家小舞委屈啊！明明她什么都没有做，别人出事了，却总喜欢拉她下水，这关她什么事儿啊？"风王妃越说越委屈，"更何况，她是老佛爷您亲封的凤舞郡主，您就让她这么被人抹黑诽谤吗？"

老佛爷经风王妃这么一提醒，想起来了，那道圣旨可是她让皇帝下的。

风王妃："老佛爷，她是我认的闺女，也是您亲封的郡主，正所谓不看僧面看佛面，打狗还得看主人呢，他们就这么无视您啊？"

风王妃这是千方百计要将凤舞拉进老佛爷的阵营，别人攻击凤舞就等于攻击老佛爷，看谁敢！

果然，风王妃此话一出，鹂妃和独孤皇后顿时坐不住了，风王妃这是直指她们对老佛爷大不敬啊！

鹂妃当即跪倒在老佛爷面前，惨白着一张脸："老佛爷，臣妾、臣妾不是这个意思啊！臣妾只是将别人的闲话当成趣事说给老佛爷您听，真没有别的意思。"

独孤皇后忙转移话题："可不是吗？本来这事也没什么，但是听说我们君太子冲冠一怒为红颜，为救凤舞，拔剑将轩辕老爷子砍成了人棍，我们这才会说的。"

这事，鹂妃还没来得及跟太后说呢！此刻听独孤皇后一说，太后的脸当即如寒霜笼罩："你说什么？！"老太太手掌大力往案几上一拍，差点将案几拍碎。

独孤皇后挑衅地斜睨了风王妃一眼，旋即对老佛爷道："老佛爷，听说各大家族的族长都闹起来了，向陛下施压，陛下一怒之下，就将太子关进了水牢。"

水牢？！老佛爷只觉得一阵头晕目眩。

水牢是惩罚重犯的地方啊！水牢的水没到下颌，无法坐下，无法休息，无法睡觉……一旦精神松懈，便会落入水中溺亡。

"他怎么瞒着哀家？他怎敢瞒着哀家？"老佛爷气得不行。

独孤皇后不断地提醒太后："太子殿下不是向来冷漠理性，除了老佛爷您，任何女性在他眼中都为无物吗？可他现在居然冲冠一怒为凤舞！"

凤舞，这才是对你的暴击啊，你可承受得住？独孤皇后嘴角勾起阴毒的冷笑。

老佛爷气得差点心梗。

凤王妃焦急不已，独孤皇后这一招够厉害，既说了君殿下现在的恶劣处境，又说了因凤舞而起，还提醒老佛爷，君殿下对凤舞另眼相待。这连续三招暴击，能不把老佛爷击晕吗？

好恶毒的女人！如果自己不在场，凤舞怕是会被黑如煤炭，老佛爷会一杯毒酒赐死那丫头吧？

凤王妃赶紧解释："皇后怕是听岔了吧？"

独孤皇后内心冷笑，面上却严肃地道："这不是事实吗？当时在场的夫人都是这样说的啊！"

凤王妃冷笑："是皇后您在现场，还是我在现场？"凤王妃转而拉住太后："老佛爷，我有罪，您责罚我吧！"

太后不解地看着凤王妃。

凤王妃表情认真而凝重："太子殿下当时确实去了，却不是为了救凤舞，而是为了我啊！"

太后："什么？"

凤王妃开始告状了："老佛爷，您不知道那个轩辕老头有多嚣张，他简直欺人太甚！他自己家丢了东西，却要搜查在场的所有人。"凤王妃又愤怒又委屈，"搜查了所有人还不算，他恨我，便将怒气转移到了小舞身上，他居然要用灵力探查小舞的记忆。"凤王妃啜泣道，"老佛爷，您是知道的，用灵力搜查人的脑域，被搜查之人轻则变成白痴，重则当场死亡啊！"

老佛爷不禁浑身一颤。

凤王妃抓紧道："那是在所有人都知道凤舞是您亲封的郡主后，他还敢这样肆无忌惮，藐视您和陛下的威严。"

"不是的，其实……"鹂妃想插话，凤王妃却不给她机会，径直往下说道："眼看着小舞就要被害死了，我岂能无动于衷啊老佛爷，正好太子来了，我就苦求太子救小舞一命，太子这才会出手的。"凤王妃见老佛爷的脸色缓和下来，忙继续说道："老佛爷，太子殿下是您看着长大的，别人不了解，您还不了解吗？太子是多管闲事的人吗？平时他对凤小舞都视而不见的，能冲冠一怒为红颜？这是谁编造出来的瞎话啊？！"

为了保凤舞，凤王妃也是豁出去了。

老佛爷一听凤王妃这话，终于觉得舒服一些，吐出一口浊气。

就在这时，外面响起一道尖锐而响亮的声音："陛下驾到——"

君武帝一身明黄色的龙袍，迈着沉稳的步子走了进来，浑身散发着迫人的气势。

诸人纷纷跪拜请安。

君武帝随意地摆摆手，快步走到太后身边，紧张地问道："老佛爷，您这是怎么了？可是身子不舒服？"

太后刚才急怒攻心，有些喘不过气，现在脸还涨红着。

她还没来得及说话，便听风王妃说道："老佛爷原本身子就不好，加上急怒攻心，可不就这样了吗？"

君武帝大怒："谁敢给老佛爷气受？！"

风王妃瞥了鹂妃一眼："倒是没人给老佛爷气受，老佛爷就是听了几句君殿下在水牢里的事儿……"

君武帝面色瞬间铁青："谁告诉老佛爷这事儿的？"他不是下令不许在老佛爷面前提这事儿吗？

君武帝阴鸷而凌厉的目光在众人脸上扫过。

鹂妃被吓得快哭了，急忙跪倒在君武帝面前。

君武帝恶狠狠地瞪着鹂妃。

因着鹂妃有一副好嗓子，某日侍寝之后，君武帝就封了她鹂妃，没想到她胆子竟然这么大。

"来人！将她拖出去，打入冷宫！"

帝王威严，神圣不可侵犯！

一念生，一念死，所有人的性命都在帝王的手掌之中。

"陛下——"不管鹂妃如何哀求，君武帝都没再多看她一眼，即便昨夜他还在她的床榻上。

"皇后娘娘，救我，救我——"鹂妃失去理智地大哭大闹，独孤皇后却攥紧了帕子，偏过脸去，假装跟鹂妃不熟，"都是皇后娘娘叫我说的……陛下……都是……"

独孤皇后气狠了，攥紧帕子的手背，青筋根根暴突。

"陛下，鹂妃诬蔑臣妾！"独孤皇后拉着君武帝的手，泪眼蒙眬、楚楚可怜地望着君武帝。

君武帝却随手将她挥开，只顾着太后。

太后抬眸瞪着君武帝："你把哀家的君宝如何了？！"

君武帝拉着老佛爷的手："您现在最重要的，就是顾好您自个儿的身子。"

老佛爷喘着大气："你要是真为哀家好，就快些将君宝放出来！"

君武帝："这……"

老佛爷甩开他的手，站起来就要往外走。

君武帝急道："老佛爷，您这是要去哪儿啊？"

老佛爷怒道："哀家去看君宝。如果你不把君宝放出来，哀家就去水牢里待着，哀家陪君宝一块儿受罚！"

君武帝顿时头大，老佛爷平时仁慈和善，但一遇到君临渊的事儿就特别倔。

君武帝皱眉："老佛爷，那些族长都在午门前跪着呢，如果不罚他，如何服众？他可是将轩辕族长削成了人棍啊！"

老佛爷道："那是我们家君宝有本事！"

君武帝顿时无语了！就因为老佛爷溺爱，君临渊这个逆子才会行事全凭喜好，越来越肆无忌惮。

"他犯下滔天大罪，却拿不出让人信服的理由，这次就让他长长记性！"

"真是因为凤舞那丫头？"老佛爷眉头紧蹙。

君武帝冷哼一声："如果是因为她就好了，倒还有个理由。"

太后一听，终于放下心了。

君武帝看了独孤皇后一眼，示意她转移话题，让老佛爷不要盯着君临渊不放。

独孤皇后眼睛一转，计上心来："对了，听说凤舞快要死了。"

太后惊道："什么？"

君武帝也一脸惊讶。

独孤皇后满脸愁苦状："凤舞和轩辕靖约了生死战，可是凭凤舞的实力，哪能打得过轩辕靖啊？她这不是找死吗？"

"和轩辕靖生死战？"君武帝看了风王妃一眼。

风王妃咬着下唇，无奈地点头："确有此事。"

太后吐出一口浊气。她现在越发不喜欢凤舞了，如果能借着这个机会让凤舞从这个世界消失，倒是极好的。

老佛爷抬手对她身边的蓝嬷嬷说："更衣。"

蓝嬷嬷不解地望着老佛爷。

老佛爷冷声道："去帝国学院。"

什么？老佛爷要去帝国学院？

君武帝正想说话，却见老佛爷摆手道："皇帝不必多言，哀家正好闲着没事，外面天气那么好，哀家出去走走。"

风王妃默默叹息，看来她家舞丫头是真被太后记恨上了。

神医凰后

SHENYI HUANGHOU

3

【下册】

苏小暖 著

青岛出版社
QINGDAO PUBLISHING HOUSE

第十一章
生死之斗

帝国学院的生死战斗台，在青云院和乾坤院中间的广场上，它旁边就是一年级的风云榜。

因为今天凤舞和轩辕靖要进行生死战，一年级的学生肯定没有心思修炼了，老师们干脆给他们放了半天假。

战斗台高约十米，用巨大的玄铁石垒成，透着古朴浑厚的气息。

此时，高台上空无一人，台下却乌泱泱地站满了人。正所谓看热闹不嫌事大，别人的生死战，围观群众却比当事人还积极。

眼看约定的时间就要到了，两位当事人却一个都没有来。

"凤桑、凤桑，凤舞怎么还没来啊？"

"该不会……凤舞不敢来了吧？"

一旁的公孙晴没好气地说："轩辕靖也没来呢，干吗只盯着凤舞？要我说，轩辕靖才不敢来吧？"

"你们看，谁来了？！"有人突然说道。

众人扭头望去，只见一道极光从半空中划过，再定睛看时，轩辕靖已经站在了高台的右侧。他一袭白衣，翩然而立，后背长剑，剑意冲天。

"咦？"人群中的两个人对视一眼，都在对方眼中看到了讶异之色。这两个人不是别人，正是荣世新和思源，一年级的第一名和第二名。

荣世新目光微闪："如果没看错的话，轩辕靖的实力上涨得很明显啊！"

思源沉着一张脸，轻轻点头。

一旁有人惊呼："以轩辕靖现在的实力，能进风云榜前一百名了吧？"

荣世新听了，却微微一笑："一百名？你也太低估轩辕靖的实力了。"

"此话怎讲？"

荣世新笑而不语。

人群中，有好几个人替凤舞捏了一把冷汗，比如一直跟凤舞关系不错的荆云涛等人。

元明咬牙道："轩辕靖进步如此之大，凤舞可怎么办？"

叶舟无奈道："真没想到，不过一天时间，一个人就有如此大的进步！这次生死战，凤舞输定了。"

元明："如果是平时，败了也就败了，大不了从头再来，可是这次……"

叶舟急得冒冷汗："这次可是生死战，非生即死啊，这可如何是好？"

两个人一齐望着荆云涛："你把消息传递出去了吗？"

荆云涛苦笑："这么大的事，就算我不说，君殿下也肯定知道吧？"

然而，君殿下并不知道。

"轩辕靖！轩辕靖！轩辕靖！"台下不断有欢呼呐喊声响起。

就在这时，远处来了几个人。

"难道是凤舞来了？"带着这样的疑问，大家纷纷回头，却见一道道皇族专属的明黄色，出现在他们眼中。

皇族的颜色？！皇家谁来了？！难道是皇子或者公主？！

"太后驾到——"

太后老佛爷？在场的人无不震惊。要知道，这位老佛爷一向深居简出，见过她老人家的人可是极少数，现在她老人家居然来了？

本来今天这样的事不需要方阁老出面，可是太后这尊大佛都来了……余月段长让人赶紧去找方阁老，她自己则赶紧迎了上去。

这么好的表现机会，乔伊老师怎么可能错过，她赶紧快步跟了上去。

"太后老佛爷吉祥！"余月段长跪下行礼。

老佛爷瞥了她一眼，径直往前走去。余月段长赶紧站起来，弓着身子跟上去，将看台上的中间位置给老佛爷腾出来。

风王妃随侍在老佛爷身侧，独孤皇后也跟来了，就连三公主都跟着来看热闹了。

刚坐下，三公主就瞪着余月段长："你们方院长呢？"

余月段长额上汗出如浆，连声道："方院长马上到，方院长马上就到了。"天知道她此刻有多害怕。

三公主仗着自己身份尊贵，对余月段长颐指气使："怎么还不开始？"

余月段长心里发苦啊："还有半盏茶时间，决战就开始了。"

三公主摆摆手："快去催！"

余月段长忙道："是是是……"

余月段长走了，乔伊老师却留下来了。

三公主看着她，不由得皱眉："你又是谁？"

乔伊老师赶紧行礼，娇声道："回三公主的话，民女是凤舞的老师。"

三公主眉头拧了起来，乔伊老师顿时明白了，这位三公主是不喜欢凤舞的，而且她观察到，不仅三公主不喜欢凤舞，太后老佛爷和皇后娘娘在听到凤舞的名字后，脸色也都非常难看。

乔伊老师暗暗叹了口气："可是这个凤舞……实在是……让人不知道怎么说她才好。"

这话的语气，三公主秒懂啊！她心里冷笑，面上赶紧问："怎么回事？凤舞是个怎样的人？在老佛爷和皇后娘娘面前，你可不能有任何虚言。"

乔伊老师本就是来告黑状的，这么好的机会怎会不利用，她故作惋惜地道："民女不敢……民女不敢有任何虚言……这位凤舞同学吧，她在学院里的风评不是一般的差呢！"

三公主一听，内心激动不已，面上却故作疑惑："哦？凤舞的风评不好吗？她怎么不好了？"

乔伊老师强忍住内心的激动，道："凤舞不是以总分第一的成绩进来的吗？"

三公主："对啊、对啊！不仅总分第一，据说还是前所未有的满分呢！"

乔伊老师冷笑一声："可是，满分成绩进来的她，为什么连入学测试都不敢参加呢？"

三公主顿时眼睛一亮："你的意思是，她的满分成绩是作弊得来的？！"

乔伊老师忙摆手："三公主，民女可没这么说，民女可不是这个意思。"

三公主没好气地瞥了她一眼，话都说得这么明显了，还说自己不是这个意思，这位乔伊老师够可以的呀！

"只不过……只不过，凤舞同学的名次没有出现在一年级的风云榜上，以至于有些同学心生质疑。"

三公主冷哼道："如果她真有实力，为什么不敢参加入学测试？她分明是心里有鬼！"

三公主一边说，一边偷眼去看身侧的皇后和太后。独孤皇后手上端着一杯香茗，浅浅地喝着，一副置身事外的样子，将她内心的幸灾乐祸掩饰得丝毫不露，太后的脸

279

色却是非常难看。

乔伊老师和三公主的视线在半空中交会，皆了然。

"这个凤舞，还有其他风评吗？"三公主给乔伊老师递话。

乔伊老师犹豫半天，最终还是说："除此之外，这位凤舞同学……还挺好的吧！"

三公主冷笑："什么叫还挺好的吧？如果她真好，你会这么犹豫？乔伊老师，这里坐着的可是太后老佛爷和皇后娘娘，你敢糊弄她们？！"

乔伊老师立刻告罪，然后长叹一声："其实凤舞同学不怎么来学院的，开学这么多天，身为新生班的班主任，民女也统共见过她两次。"

太后的脸色顿时黑了，冷哼一声："傲慢！"

风王妃只觉得喉咙一紧。这位乔伊老师跟凤舞丫头，到底是什么仇什么恨，逮着机会就这么黑她？！

乔伊老师苦笑道："上次见到她，是她差点打死一个新生班的学生，她下手是真狠啊！"

三公主跟她配合得可好了，闻言便问："什么？凤舞差点打死自己的同学？！"

"可不是吗？当时……"乔伊老师将当初发生的事添油加醋地说了一通，当然，其中八分真两分假，侧重点都在凤舞飞扬跋扈上，以至于，沐瑶瑶被洗得干干净净，凤舞却被黑成煤炭。

"再次见到她是最近……"乔伊老师说着说着眼圈就红了，"这次见到她，简直如噩梦一般……这样的学生，实在是……实在是教不下去了啊……"乔伊老师一边说一边哽咽，最后抑制不住呜呜哭了起来。

三公主皱眉："到底怎么回事？"

乔伊老师哽咽着说："这位凤舞同学……她欺人太甚啊……她非要申请在家自学，我这个做班主任的不同意，她就直接抽了我一巴掌。"

"什么？！"这时候，不仅三公主惊呼，连太后都惊呼出声，她瞪着乔伊老师，"你说什么？凤舞打你？一个学生竟然打老师？！"

乔伊老师捂着被凤舞抽过的那侧脸，哽咽着点头："谁让她后台强大呢……民女只能忍气吞声了。"

太后冷笑数声，溥天之下莫非王土，率土之滨莫非王臣，她一个小小的凤舞如何敢这般嚣张？！想到这儿，太后怒视风王妃，她已经认定纵容凤舞如此嚣张的人是风王妃了。

风王妃还没有说话，乔伊老师就哭哭啼啼地说："我们方院长，一直对她很好，对她甚至比对沐瑶瑶这个亲外孙女都要好呢！"

居然是方阁老？太后的眉头深深皱起。

风王妃在心里暗暗叫苦，可怜的舞丫头，人还没来呢，就被黑成这个样子，真担心她出现后，老佛爷直接派人将她的性命了结了。

"老佛爷息怒！这不过是一家之言，具体如何，还得细细查问……"

然而，风王妃的话还没说完，太后就冷哼一声："雅雅，你不要再为她说话了。"

太后的话都说到这份上了，风王妃还能说什么？

三公主和独孤皇后对视一眼，都在对方眼中看到了幸灾乐祸。这个乔伊老师不知道是从哪里冒出来的神助攻，有趣极了，回头一定重重奖赏。

三公主眼睛一转，继续添油加醋："这时间也差不多了吧？凤舞怎么还没来呢？"

太后往台上一看，还真是。

轩辕靖背着一柄长剑，冷冰冰地站在战斗台一侧，而战斗台的另一侧一直空着。

太后的眉头越发皱紧了，这个凤舞，清高、傲慢、骄纵、跋扈、藐视师长，真是无可救药。

原本太后还想着，如果凤舞是个好的，她就睁一只眼闭一只眼，将她指给太子做良娣也不是不行，现在看来却是万万不能了。

三公主冷笑道："这个凤舞，不会是畏惧得不敢来了吧？"

显然，很多人同她一样，有着这样的想法。

此刻，凤舞呢？

昨天，她修炼天外飞龙，体力透支到好几次她都以为自己的生命到了尽头。待她连抬起一根手指头的力气都没有时，却有一股浓郁的灵气传输到她身体之内。

清晨的阳光透过窗棂，照射在凤舞吹弹可破的细腻肌肤上，在她的眼睑处投下一片淡淡的阴影。

凤舞缓缓睁开双眸，有一瞬间，她的脑子是一片空白的，不过很快她就反应过来，从床上弹坐起来。

"小舞你醒了！"朝歌和秋灵都激动得不行。

最激动的还是风浔，他一直在房间里踱步，紧张地算着时间，此刻看到凤舞苏醒，他一个箭步冲上去："小舞，你真的苏醒了吗？怎么样？有没有哪里不舒服？"风浔的手放在凤舞的额头上测体温。

昨晚，凤舞像个支离破碎的瓷娃娃，全身血肉模糊，仿佛筋骨打碎了重组一般，看着让人心疼极了，而现在的凤舞，眼睛水灵灵的，白净细腻的肌肤上透着浅浅的粉红色。

凤舞只关心一个问题："现在是什么时候？"

秋灵说了一个时间。

"生死决战！"凤舞惊呼一声，身形利落地从床上跃起，抓起一件外袍就往外冲。

"小舞——"风浔刚喊出声，眼前就已经没了凤舞的身影。

风浔跟玄奕对视一眼："快跟上！快点跟上！"

一路上，凤舞风驰电掣般向前疾行，可是双腿跑得再快也有限，而彩凤鸟还没有成长到可以当坐骑的地步。

风浔纵马奔驰而来，朝凤舞伸出手："上马！"

眼看着时间来不及了，凤舞顾不得多想，抓住风浔的手，借着他手上的力道，纵身跃到了马背上。

"驾——"白马疾驰而去。

帝国学院。

约定的时间已经到了，却始终不见凤舞的身影，台下众人议论纷纷。

"这个凤舞，不会真害怕得不敢来了吧？"

"既然知道打不过，当初为什么要放下豪言？"

"凤舞今日若是输了，倒还没什么，若是她不敢出现，可就丢脸死了。"

"唉，算了算了，大家都散了吧！"

"是啊，散了吧、散了吧！"

人们开始往外走。

看台上，太后猛地站了起来。

"老佛爷，您……"风王妃的话还没说完，老佛爷就瞪了她一眼。

独孤皇后见状，忙上前，伸手在老佛爷身侧。

老佛爷将右手搭在独孤皇后的手上，甩了下帕子，这是准备离开了。

风王妃眉头紧蹙，这不行啊！老佛爷从乔伊老师那儿听了那么多关于凤舞的坏话，要是再加上凤舞不战而败，这丫头在老佛爷心里的印象就更差了啊！

就在风王妃急得团团转的时候，嗒嗒嗒……急促的马蹄声传来。

"是凤舞来了吗？！"听到声音后，所有人惊奇地睁大眼睛望着广场入口。

然而，他们看到的却是一个骑着高头大马的少年。

"风浔？"众人眉宇间浮现了一抹失望之色，"还以为是凤舞呢！唉，看来凤舞是真的不战而败了，丢人啊！"

太后面色铁青，抬腿就要走。

然而，就在马匹经过战斗台的时候，一位少女从风浔身后旋身而出，稳稳立于战斗台之上。

"凤舞？！"在看到那衣袂飘飘的少女身影时，在场的人无不惊呼出声。

只见少女容颜精致，睫毛浓密，眼眸晶亮有神，她整个人宛若清晨娇嫩的花骨朵般傲然挺立。

"凤舞！凤舞！凤舞！"

"天哪！真的是凤舞！"

"她居然来了？她居然真的敢来！"

太后瞪了凤舞一眼，抬腿就要走，她这是将凤舞彻底讨厌上了。

风浔抬眸见太后要走，他顿时心中一惊，疑惑地望向风王妃，只见风王妃指指乔伊老师和三公主，做了一个无奈的表情，风浔秒懂。

"老佛爷，阿浔给您请安了。"风浔从马背上跳下来，一个纵跃半跪到老佛爷面前，做了一个滑稽的表情。

老佛爷原本紧绷着脸，看到风浔这搞笑的样子，扑哧一声笑了出来。

风浔和君临渊从小一起长大，君临渊老板着脸是个严肃的小正太，风浔却是从小就嘻嘻哈哈阳光乐观，特别讨老佛爷喜欢。

老佛爷看到风浔，原本紧绷着的心松了一些，她没好气地斜了风浔一眼："老大不小了，赶紧起来。"

风浔抱住老佛爷的大腿："外祖母，您如果要走，我就不起来了，就不起来、就不起来、就不起来。"

老佛爷拍了他脑袋一下："都几岁了，还撒娇！"

"在老佛爷面前，阿浔不是永远三岁？哎呀，老佛爷您就坐下看看嘛，这场比试会很精彩的。"风浔站起来，半强迫地扶着老佛爷坐回到椅子上。

这要是旁人，老佛爷还不气死？可偏偏这是风浔，他那充满阳光的脸上，两颗小虎牙特别亮眼，看着就让人生不出气来。

一旁的三公主和独孤皇后气坏了，君临渊不在，却来了一个风浔。

老佛爷也真是的，那么多孙子不爱，偏偏爱风浔这个外孙。

老佛爷宠溺又无奈地伸手戳了下风浔的额头："你呀，跟小时候一样，就会要无赖。"

风浔俯身给老佛爷倒了一杯茶，笑嘻嘻地递上去："老佛爷，您就信我吧，等下的战斗真的会非常好看的。"风浔拍拍自己的胸口，"我敢以我的信用担保！"

老佛爷被哄得特别开心，斜了他一眼："你还有什么信用？你的信用小时候都被你败光啦！"

此刻，战斗台上，轩辕靖和凤舞相对而立。

轩辕靖冷笑道："还以为你不敢来了。"

凤舞嘴角微微勾起："还以为你不敢来了呢！"

轩辕靖嗤笑一声，拔出长剑，对准凤舞："既然你一心求死，那便去死吧！"说罢，他手中长剑划出一道弧线，快若奔雷般朝凤舞刺去。

凤舞冷笑一声，摊开右掌，火炎剑出现在了她的掌心。

"去！"凤舞手中的火炎剑仿佛燃着一团火焰，闪烁着耀眼的剑芒。

铮——两道剑光在半空中交会，发出金石撞击的声音，火星四溅。

轩辕靖倒退了五步，凤舞则噔噔噔倒退了七步，双方的差距一下子便显现了。

台下的观众看得揪心极了。

"没想到凤舞真有一战之力，原本我以为凤舞抵挡不住轩辕靖一招呢！"

"可是这样一看，凤舞的实力差轩辕靖不少呢！"

"可不是吗？凤舞后退了足足七步，而且你们看她，胸口剧烈起伏，可见刚才对招，她用了全力。"

太后半眯着眼睛，目光深深，面色不豫："无趣。"她老人家只说了两个字。

风浔却笑着对老佛爷说："我赌这场战斗，凤舞赢。"

嗯？老佛爷听风浔这么一说，脸上浮现一抹疑惑之色："你说什么？"

风浔在老佛爷面前半蹲下来，笑嘻嘻地说："这场生死战，我赌凤舞赢。"

老佛爷没好气地白了他一眼："胡闹。"

风浔拉着老佛爷："老佛爷，凤舞真的会赢呢，不然我们打赌呗？"

老佛爷本来就是孩童心性，闻言，道："好呀，赌什么？"

风浔笑道："如果我赌赢了……老佛爷，您以后别老给我介绍小姑娘，我的王妃我自己找可好？"

保媒大概是上了年纪的人最爱做的事了。老佛爷倒是想给君临渊做媒，可君殿下眼睛一瞪，老佛爷的心思就不敢动了，这位老佛爷就退而求其次，不断相看姑娘准备指婚给风浔，吓得风浔连宫里都不敢去了。

老佛爷瞪了风浔一眼："那你可输定了。"

风浔挽着老佛爷的胳膊："我输了，老佛爷您就可以尽情指婚了，不好吗？"

老佛爷戳戳他的额头："你可是认真的？"

风浔忙不迭地点头："认真的、认真的，比真金还真的那种。"

老佛爷踌躇满志地道："好，哀家就跟你赌这一回。"在老佛爷眼中，凤舞是绝对会输的，她怎么可能会赢？

战斗台上，凤舞吐了一口鲜血，反倒清醒了许多。她随手抹去嘴角的血渍，眸中浮现一抹冰冷的杀意。刚才不过是试探，现在，她要拿出真正的实力了。

之前美人师父教了凤舞星陨剑法的前三招，之后凤舞一直苦练，不说已经完全融会贯通，对付轩辕靖却是可以的。

凤舞握紧火炎剑，火炎剑在半空中划过一道耀眼的弧线："星陨剑法第一招，剑雨出尘！"火炎剑似乎被赋予了一股蛮荒之力，凌厉的剑意冲天而起，化为一道道剑雨射向轩辕靖。

台下观众齐齐惊呼。

"天哪！好强大的剑雨！"

"每一滴剑雨都蕴含着强大的灵力。"

"没想到，凤舞居然藏着这样的底牌。"

"轩辕靖要如何躲避这一招？"

看台上，轩辕家的人因为紧张而个个面容紧绷，凤族的人则因为震惊张大了嘴巴，太后眸中也闪过一抹惊讶。

"难怪你敢应战！"轩辕靖目光深寒，手中利剑快如闪电，划出一道道剑影，宛若一把雨伞，将他自己护得密不透风。砰砰砰——剑雨砸在剑伞上，发出剧烈的声响。

很快，剑雨消失，轩辕靖自剑伞中闪出。

凤舞本就没想一招逼死轩辕靖，战斗才刚刚开始。

轩辕靖的眉头微微蹙起："没想到你居然真的有跟我一战之力。"

凤舞似笑非笑道："不仅有一战之力，我还能战胜你。"

轩辕靖冷笑："狂妄！"

凤舞："这是自信！"

轩辕靖没再多说，他手中剑在空中划过一道剑影，一股狂暴的冲击波朝凤舞涌去。这股力量太过强大，凤舞面前的空间一阵疯狂扭曲。

凤舞且战且退，轩辕靖则步步紧逼。轰隆隆——剑芒暴射在凤舞的后背上，噗——凤舞一口鲜血狂喷而出。

"凤舞吐血了！"

"天哪，刚还说凤舞有一战之力，没想到这么快就吐血了！"

"看来凤舞输定了。"

看台上，轩辕家的人和凤家的人都在，只不过两家一字排开，一家坐在左边，一家坐在右边。凤家以凤啖峰为首，而轩辕家的轩辕泽因为特殊原因没来，来的是二房轩辕禹。

轩辕家的人见凤舞不过几招就被打得吐血，全都兴奋地鼓掌，口中大声喊着轩辕

靖的名字，喊得热血沸腾。

反观凤族，凤琰峰本就对凤舞不抱希望，只是没想到她这么快就呈颓败之势，他眉头皱得很紧。

凤大夫人在一旁长吁短叹："看来这次凤舞……在劫难逃了。唉，这丫头是咎由自取，老爷你莫要太伤心。"

老佛爷瞥了风浔一眼："你看、你看！"

风浔却淡定如斯："老佛爷，这刚开始，我相信凤舞一定能逆转局势的。"

老佛爷可不信。

就在这时，有人突然惊呼一声："你们快看风云榜！"

一年级的风云榜就伫立在战斗台一侧，屏幕大字也大，还是鲜红的颜色，非常醒目。

大家闻言纷纷抬眸望去，第一眼就是寻找轩辕靖的名字。原本轩辕靖排在第二百九十八名，刚才他发力之后，名次已经冲向一百九十九了。

"好厉害！这么一会儿工夫就冲到了一百九十九，不愧是轩辕靖！他入学才多久啊！他的前途不可限量啊！"

"大家快看凤舞的名次！"不知谁大声提醒了一句。

凤舞？大家也确实好奇，入学的时候，凤舞的名次可是在风云榜之外，现在呢？

"快看，凤舞排在二百五十八名。"有人第一个看到了凤舞的名字，大声喊道。

"呀，没想到凤舞这么厉害啊！"

"刚上排行榜就是二百五十八名，看来她的实力也不容小觑啊！"

……

围观群众在这面惊叹，那面看台上，凤舞和轩辕靖再次战斗到了一起。

"星陨剑法第二招——影月龙舞！"凤舞大喊一声，火炎剑自她手中脱出，宛若龙蛇般径直朝轩辕靖暴射而去，然后绕着轩辕靖转动起来，速度越来越快，越来越快，等众人定睛望去的时候，影月龙舞已经不知道转了多少圈了。终于，它招成，猛地一抽，轩辕靖立刻被捆绑得结结实实，像粽子一般。

"天哪！我的天哪！"

"凤舞居然还有这一招！"

"凤舞不愧是凤舞，当年的小天才真不是白叫的，她这是再度崛起了吧？！"

轩辕家的人眉头都深深拧起，眼中皆是难以置信。

凤族的人眉头也都深深拧起，同样难以置信。

怎么可能？这怎么可能？明明凤舞刚暴露出实力的时候她才灵宗四星，这才过了多久，她就能打败轩辕靖了？她现在的实力究竟到了怎样的程度？！

这时，不知道谁又惊呼了一声："大家快看风云榜！"

风云榜？难道又有什么惊人的变化？大家纷纷抬头望去。

还别说，风云榜确实发生了惊人的变化，轩辕靖原本排在第一百九十九名，现在已经升到一百八十名了，而刚才是二百五十八名的凤舞就因为这一招，她的名次竟然一口气升到了一百九十九名。

"凤舞已经是一百九十九名了！"

"天哪！"

"之前不是很多人都说凤舞是靠作弊进入帝国学院的吗？之前不是很多人都说凤舞不敢参加入学的考核吗？！那现在这是什么？！"

一时间，很多人都哑然了。是啊！之前还可以自欺欺人，说凤舞的成绩是靠作弊得来的，而现在铁一般的事实就在眼前，还能说凤舞是作弊吗？

风王妃笑眯眯地瞥了乔伊老师一眼："我刚才怎么听有人说，凤舞丫头是靠作弊进入帝国学院的啊？"

一时间，看台上不少人的目光都投向了乔伊老师，这其中以太后的目光最为犀利，因为在这之前，太后是真信了的。

乔伊老师的脸顿时红了，她心中懊悔极了，早知道这样她刚才就走了，干吗傻傻地留在这儿？

面对众人质疑的目光，乔伊老师鼓起勇气说："这、这……之前民女也是听学生间有传，才……"

风王妃冷笑："身为老师，听学生间的传言便当了真，这就是所谓的为人师表？"

乔伊老师被说得满脸通红，羞臊地站在那儿，恨不得有条地缝钻进去。

独孤皇后却笑着说："凤舞这丫头，实力隐藏得这么紧，别说乔伊老师了，就是我们也都不知道不是吗？"独孤皇后又状似漫不经心地抱怨了一句，"这丫头明明实力不错，却瞒得这样紧，也不知道是什么心思。"

太后原本因为误会凤舞，心里生出一丝愧疚，现在听独孤皇后这么一挑拨，她的眉头又深深皱了起来。

看到老佛爷不悦的表情，独孤皇后心中浮起一抹得意来。

风王妃正要说话，太后却摆摆手："且先看着。"

凤舞利用星陨剑法第二招影月龙舞将轩辕靖捆绑起来后，轩辕靖的脸色瞬间冷沉下去。预料到凤舞有底牌，却没想到她的实力还真让他刮目相看。

轩辕靖气沉丹田，他的身体泛起赤红色的光泽，他额角的青色血管突突暴跳。

"给我破！"轩辕靖的身体陡然变大，一股狂暴的灵气波动，宛若涟漪般自他周

身泛开，紧接着，砰的一声巨响，捆绑着轩辕靖的影月龙舞爆炸开来。因为用力过度，轩辕靖的嘴角挂着一抹血丝。

"竟能将阿靖逼到如此地步，这位凤舞姑娘着实厉害。"轩辕禹眉头微蹙，若有所思。

因为全程跟进这件事，所以轩辕禹知道这一天一夜轩辕靖经历了什么，而正因为知道，在看到凤舞的表现时，轩辕禹不得不打心底钦佩。

轩辕靖盯着凤舞："你的绝招也不过如此。"

凤舞嘴角微微勾起："绝招？你的见识未免太过浅薄了！"话音未落，凤舞的第三招便使出了，"星陨剑法第三招——雷音魂断！"

刹那间，天地间的灵气疯狂肆虐着，剑尖所指的天空竟然凝聚出一道雷电，雷霆之声，爆响不绝。

这一幕震惊了所有人。

"凤舞居然如此厉害？！"

"我们之前居然敢那样挑衅她！"

"她不是刚考进来的新生吗？什么时候新生都变得如此恐怖了？还让不让我们这些老生活了？"

"原本以为能欺负新生呢，没想到这届新生太恐怖了。"

"这次战斗结束后，就算我们老生，很多人也不是她的对手了。"

"灵宗境，却能引出一片雷霆世界，前所未闻。"便是轩辕族的代表人物轩辕禹，都不得不发出一声感叹。

这丫头前途不可限量，幸好……轩辕禹在心里感慨，幸好昨晚家族多有准备，否则，轩辕靖只能倒在这雷霆世界之内了。

轩辕靖盯着凤舞，嘴角扬起一抹弧度："如果你以为这一招能杀我，未免太过天真！"

凤舞嘴角微微勾起："哦？那便试试呗。"说话间，凤舞原本指向苍穹的火炎剑射向了轩辕靖，"去！"凤舞暴喝一声。

天空中，雷电涌动，云层翻滚，闪电巨龙穿破云层，径直朝地面而去，狂暴的压迫感直透而下，雷电之威席卷这一方天地。

好厉害的雷电之威！轩辕禹和凤琰峰同时站了起来，眼睛紧紧盯着轩辕靖。

就在雷电之威朝轩辕靖压去的时候，轩辕靖怒吼一声："给我收！"

众人就见轩辕靖站在原地，双腿呈弓步，他张大的嘴巴宛若旋涡黑洞，在所有人震惊的目光中，一道雷电之光射进了他口中，紧跟着，第二条，第三条，第四条……一条条雷电宛若龙蛇一般被他吞噬入腹。

"怎么可能？！"凤琰峰猛地一拍椅背。

轩辕靖的实力，他看着还是灵宗境，可是现在的灵宗境怎么了？一个可以引来雷电世界，一个能吞噬雷电？

观众们都沸腾了！

"天哪！天哪！原来轩辕靖才是隐藏最深的人哪！"

"轩辕靖竟然能吞噬雷电，简直可怕！"

"你们快看风云榜，快看、快看！"

刚才轩辕靖的名次是一百八十，随着他吞噬雷电，名次正在突突突上升，第一百七十名，第一百六十名，第一百五十名……轩辕靖的名字终于停下来后，停在了五十名的位置。

"第五十名！"

"轩辕靖现在的实力比很多学了十年的老生都要强大啊！"

"这就是绝对的天赋啊！"

轩辕靖将最后一道雷电吞噬入腹后，他一抹嘴角，夸了一句："味道不错。"

轩辕靖嘴上这样说着，凤舞却清楚地看出他很痛苦，他颈项处的青筋暴突，额头的冷汗直流，可是不知为何，这些雷电随着时间流逝，竟然渐渐安静下来。轩辕靖的体内到底隐藏着怎样的秘密？

轩辕靖盯着凤舞，眸中浮现一抹嘲讽的意味："你的底牌已尽出，而属于我的战斗才刚刚开始！"说话间，轩辕靖一挥手，一条碧绿色的青藤从他手中暴射而出，"青藤！"

观众们发出一声惊呼："这是轩辕靖的植物宠，长着倒刺，含有剧毒，还有致人眩晕的功能。"

这条青藤像是长在轩辕靖的手上，他握紧青藤，用力朝凤舞挥去。

凤舞心中大惊，急忙侧身避开了。

轩辕靖怎么可能让她如此轻松便躲开："青藤十八沾！"轩辕靖大喊一声，随即，啪啪啪……他用力挥舞着青藤朝凤舞袭去。

凤舞眉头紧蹙，脸色变得非常难看！青藤蕴含着磅礴的灵力，她快躲避不过去了。

此刻，从围观群众的角度看，每一次青藤落下时都要打到凤舞了，却都被凤舞险之又险地躲了过去，紧张的气氛让人透不过气来。

看台上，凤琰峰的眼眸半眯起来。凤舞身上究竟隐藏着怎样的秘密？凤族什么时候有了如此强大的星陨剑法？还有凤舞现在这鬼魅般的步法是怎么回事？凤琰峰打定主意，回头一定要想办法将功法逼问出来。

　　这时，啪的一声重响，在场所有人都清楚地看到，那条青藤狠狠抽在了凤舞的背上。

　　"啊——"凤舞大叫一声。

　　一瞬间，凤舞觉得后背裂开了般，全身止不住地颤抖。

　　青藤的倒刺在凤舞后背的皮肉上扫过，顿时翻起一片血肉。凤舞清晰地感觉到，诡异的毒素从伤口浸透进去，瞬间渗入了她的血管之中。更糟糕的是，凤舞感觉一阵头晕眼花。

　　疼痛，毒素，眩晕……若是一般人，怕早就承受不住了。凤舞根据自己的身体状况，赶紧分析出毒素的成分，然后从衣袖中掏出一瓶药剂，快速往口中灌去。如果不解毒，她瞬间就会被瓦解战斗力。

　　淡绿色的解药进入咽喉中，凤舞觉得晕乎乎的脑袋瞬间清醒了许多。

　　就在这时，轩辕靖手中的青藤啪啪啪又重重甩向凤舞，刹那间，凤舞后背又中了三藤。

　　青藤十八沾，已经甩了十二藤，还剩下八藤。如果这八藤全都落到凤舞背上，凤舞绝对会当场死亡，而轩辕靖分明就是打算利用这剩下的八下将凤舞抽死在战斗台上，啪！又是重重一藤甩了过去。

　　此刻，凤舞已经解毒，她身形快如闪电地避开，这一藤便落了空。

　　"凤舞，你去死吧！"轩辕靖手中的青藤突然爆裂成三条，从不同方向攻击凤舞。

　　还能这样？！围观群众看得目瞪口呆，惊呼声不断。

　　此时，风云榜上，轩辕靖的名次已经变成了第二十。

　　"天哪！轩辕靖已经是第二十名了！"

　　荣世新和思源对视一眼，都在对方眼中看到了震惊之色。

　　看台第一排坐着一年级第一名到第二十名的学生，这二十个学生全都是老生，没有一个新生。原本他们只是来看热闹，却怎么都没想到热闹竟然这么不好看。此刻，大家都看着原本是第二十名的一个叫丁城的学生。

　　"丁城同学，你已经掉到第二十一名了。"说话的这位是第十五名的朝越。

　　丁城握紧拳头，脸色紧绷，冷哼一声："朝越，你不要太得意了，很快轩辕靖就会超过你了。"

　　朝越不以为然："我看轩辕靖升到第二十名已经竭尽全力了，再想往上可就难了。你又不是不知道，到了我们这个级别，想前进一名有多难。"

　　丁城冷哼一声："那就走着瞧呗！"

　　荣世新和思源皆摇头，他们对朝越可没那么有信心。

"凤舞，你们快看凤舞，说不定她都能进前二十名呢！"

大家再次朝风云榜望去，一路往下找，终于在第五十八名的位置看到了凤舞的名字。

"呼——"

他们没想到凤舞居然也不声不响地升到了第五十八名。

"这个凤舞，当真是不鸣则已一鸣惊人啊！"

"可惜了，轩辕靖明显占据上风，并且看轩辕靖那架势，他是不杀死凤舞不罢休了。"

砰砰砰……轩辕靖手中的青藤宛若灵蛇一般甩向凤舞，其中蕴含的灵气如潮水般狂涌。

凤舞迈着凤凰舞步快速闪避，仍免不了两藤中挨上一藤。青藤上的倒钩每次都能撕去凤舞身上的一片衣角，到了后面，凤舞的后背几乎都露出来了。

风浔的眉头深深皱起，额角青筋暴突。这要是被君老大知道，轩辕家这么多口人都不够灭的。

风浔正要登台帮凤舞，太后喊住了他："站住，不许上台，不能破坏了规矩！"

风浔知道老佛爷说得对，只不过……他抬手将外袍脱下扔向战斗台，对凤舞高呼："接住了！"

借着丢外袍的机会，风浔手中聚起一股冲击波，朝轩辕靖迎面袭去。

轰隆隆一声巨响，轩辕靖只觉得全身气血翻涌，身体里好不容易压制下去的雷电之力被瞬间激发出来，一股血腥味冲上了他的咽喉。

不能露出破绽！轩辕靖硬生生将这口鲜血咽了下去。

察觉到轩辕靖的异样，凤舞嘴角扬起一抹淡淡的弧度。说时迟那时快，凤舞手执一柄匕首，径直朝轩辕靖的右手切去。

这匕首正是紫阳匕首，乃风浔所赠，而据他说，乃是君临渊所送。紫阳匕首，吹发可断，锋利无比。

轩辕靖的身体原本就有很强的防御力，一般人破坏不了，一般的匕首更是无法伤他分毫，可是，紫阳匕首一出，轩辕靖正在全力抵御风浔袭来的冲击波，一时不察，唰——轩辕靖难以置信地看着自己右手掌心，那里竟然被硬生生挖去一块肉。

"我的青藤呢？"轩辕靖难以置信地瞪着凤舞，就在刚才，凤舞居然用匕首挖去了他掌心的青藤，甚至连根都一起挖走了。

轩辕靖的手掌心鲜血如注，他的整张脸呈青黑色。

围观的众人也都难以置信地望着眼前这一幕。凤舞，她到底是怎么做到的？真是太可怕了！

太后却冷着双眸盯了风浔一眼。

风浔摸着下巴，干笑了一声。

"你这外袍扔得还真及时。"太后冷哼。

风浔装傻："老佛爷，总不能看着小丫头光着后背吧？再怎么说那都是我妹妹啊！"

太后冷笑："怕不仅仅是外袍吧？那匕首是怎么回事？哀家怎么看着那匕首是太子的？"

太子的匕首在凤舞手中？！独孤皇后和三公主对视一眼，心脏瞬间都狂跳不止。

风浔苦笑着摸着下巴，他知道老佛爷这句话是在试探，看样子老佛爷很不喜欢君老大和凤小舞有关系呢！可怜的君老大，这追妻路上重重阻碍，不知何时才能胜利地走到头。

风浔苦笑道："紫阳匕首，君老大很早就送我了，这次不是生死决斗吗？老佛爷，凤小舞怎么说都是我妹妹，我送匕首给她防身，也没毛病吧？"

毛病是没毛病，太后心里却不太爽，她赌气道："你们就偏心凤舞！"

风浔掩唇而笑："老佛爷，我们不都是跟您学的吗？您不是最护短吗？凤小舞是我妹妹，我不护着她，还能护着谁啊？"

老佛爷冷哼："哀家这辈子做过的最后悔的事就是写下那道册封懿旨。"

至于是哪一道，在场的人谁不是心知肚明。

风浔知道刷印象分这种事不是一蹴而就的，来日方长，他也不着急。

"老佛爷您快看，小舞丫头将青藤挖过来了耶，哈哈哈，轩辕靖那小子都傻眼了呢！"

台上，轩辕靖正用震怒的目光死死瞪着凤舞："你找死！"

更让轩辕靖震怒的是，凤舞不仅夺走了他的青藤，她还不知道用了什么法子，当场将青藤种在了她的右手掌上。

凤舞冷笑一声："刚才你不是仗着青藤对我耀武扬威吗？现在就让你尝尝，什么叫作以其人之道还治其人之身。"说着，凤舞挥动青藤对准轩辕靖，就来了一个青藤十八沾。

看到凤舞出招，现场顿时沸腾了。

"天哪！这不是轩辕靖刚才使出来的青藤十八沾吗？"

"凤舞将轩辕靖的青藤抢到手，还用青藤十八沾对付他？！"

"难怪她说以其人之道还治其人之身。"

轩辕禹的眉头深深皱起。怎么可能？！青藤十八沾招式繁复，绝对不是看一眼就能学会的，凤舞是怎么会的？

凤舞是怎么会的，除了凤舞自己还真没人知道，但是现在大家都知道，轩辕靖的处境非常不好。

啪啪啪……凤舞追在轩辕靖身后狂甩青藤，青藤像鞭子一样狠狠抽在轩辕靖的后背上。

"啊，啊，啊——"轩辕靖口中发出一声声大叫。

凤舞冷笑："青藤的滋味如何？是不是很销魂啊？"

轩辕靖回头，目光赤红怒视凤舞。青藤被夺走之仇，鞭笞之仇，不共戴天！

凤舞淡淡一笑："再吃我一藤！"

轩辕靖只能拼命往前跑。他想不明白，为何凤舞夺走青藤后立即就能用上，他更不明白，凤舞从哪里学的青藤十八沾。

事实上，凤舞一开始并不知道可以将青藤种在自己手掌心，这还是彩凤鸟提醒她的，种植方法也是彩凤鸟提供的。彩凤鸟跟随美人师父已久，很多事情凤舞不知道，但彩凤鸟多少会有点印象。至于青藤十八沾，凤舞的学习能力本来就很强，看一遍就能学会是她从小就被美人师父训练出来的技能。

砰砰砰……青藤落到轩辕靖后背上，血肉横飞。

青藤本就带有可以致人眩晕之毒，到了凤舞手中，又怎么可能只是眩晕之毒。

"你在青藤上下毒？！"轩辕靖回头，怒视凤舞。

凤舞理直气壮："我就是下毒了，如何？"

"可恶！"

啪！凤舞又抽了他一青藤。

围观群众全都看晕了。现在居然换成凤舞占据上风了，这两个人上上下下，真让人分辨不出来谁强谁弱了。

"快看风云榜！"

凤舞原本升到了四十八名，如今有了青藤的加持，威能暴涨，凤舞的名次跟之前轩辕靖一样，正在呼呼呼地暴涨，第四十名……第三十名……第二十名！凤舞居然瞬间碾压了丁城同学，直接晋升到了第二十名，与轩辕靖并列。

"哎哟！"丁城口中爆发出一道惊呼声，他没想到轩辕靖超过他之后，凤舞居然也超过了他，"这两个人是疯了吗？！"丁城抓住身旁人的手，难以置信地怒吼："她居然也升到二十名了！她怎么会升到二十名啊？"

跟他一排坐着的全都是前二十名的学生，此刻，他们一片静默。

第十五名的朝越同学也有些担心，该不会这两个人都会超越他吧？应该不会，应该不会……没看到轩辕靖已经被打得毫无还手之力了吗？他肯定要输了，他输了就是死，怎么可能超过自己。

就在朝越如此安慰自己的时候，轩辕靖体内忽然发出一道激烈的嗡嗡声，随即，一股冲击波以轩辕靖为中心向四面八方辐射开来。

"天哪！"

"你们快看！"

"轩辕靖晋升了！他居然晋升了！"

轩辕靖原本是灵宗八星，现在他竟然晋升到了灵宗九星。

"天哪，还不止，还不止，他还在晋升！"

"我的天哪，这真的是遇强则强，轩辕靖的潜力被完全激发出来了！"

"快看、快看！轩辕靖停在了灵宗九星巅峰。"

"凤舞是灵宗境七星吧？"

"是的！"

"现在差着两颗星，她还怎么跟轩辕靖打啊？"

"完了，凤舞这是要输的节奏啊！"

围观群众们心潮澎湃、心绪跌宕起伏，宛若坐过山车一般。

这时，朝歌等人都来了，朝歌看到轩辕靖突然晋升，顿时一阵心惊肉跳："天哪！不好！小舞该怎么办？"

秋灵更是急得快哭了："小姐已经很努力很努力了……她，她会不会输啊？"

秋灵和朝歌的手紧握在一起，两个人的内心都颤抖不已。

看台上，轩辕家的人表情轻松，凤族的人有的面沉如水有的幸灾乐祸，风浔则不由得眉头紧蹙。

老佛爷瞥了风浔一眼，淡淡一笑："看看，哀家说什么来着？凤舞输定了。"

风浔淡淡一笑："那可未必呢！"

老佛爷冷哼："两颗星的差距，凤舞不可能赢的，除非她还有什么绝招。"

风浔在心里暗道，凤舞还真有绝招，并且这绝招是您的宝贝孙子亲自教导出来的。当然这句话风浔是不可能讲的，不然太后老佛爷非打死他不可。

此刻，所有人都盯着轩辕靖。

"好厉害的轩辕靖！"

"凤舞这次真的死定了！"

"凤舞就算败了，也是虽败犹荣了！"

……

大夫人和凤琉对视一眼，会心一笑。刚才看见凤舞差点就要反败为胜，真是吓坏她们了，好在最后有惊无险。

轩辕靖晋升完毕后，全身泛着淡淡的蓝光，无数灵气萦绕在他周身，他周围的空间微微颤抖着。

轩辕靖目光冰冷地直视凤舞："凤舞，去死吧！"说着，轩辕靖双手紧握长剑，磅礴的灵力朝凤舞暴射而去。

那是一股无法形容的强大威力，凤舞只觉得灵气排山倒海般朝她狂卷而来，顿时压力倍增。

轩辕靖步步紧逼，凤舞节节败退。

凤舞将手中的青藤甩出，啪嗒！只一瞬间，那原本压制得轩辕靖抬不起头的青藤被轩辕靖一掌劈成了三段。

"天哪！"

"太恐怖了！"

"好强大的力量！"

"灵宗九星境，竟如此强大吗？"

"凤舞要死了吗？"

……

凤舞也有些崩溃，她没想到两星的差距竟然如此大。

轩辕靖手中剑刺向凤舞，凤舞想避开，正常情况下她也是能避开的，可是这一刻，她的双脚像是被什么东西定住一般，一动都动不了。不好！凤舞心中刚浮现这个念头，一道剑芒就从她身后暴射而来，扑哧——轩辕靖的剑从凤舞后背力透而过——原本他的剑是刺向凤舞胸口的，在最关键的时刻，凤舞扭转了身子，刺中的位置便出现了一点偏差——剑光带血，凤舞的衣衫瞬间被鲜血染红了，她的身体摇摇欲坠，看上去随时会倒在台上。

看台上的人几乎都站了起来。

"可恶！"风浔握紧拳头，恨不得立刻冲到台上去。

"坐下！"太后瞪着他，怒喝一声。

"可是……"

风浔还没说完话，老佛爷就怒斥一声："这是生死决斗！"

风浔："但是……"

太后："你已经违规一次了，风浔！"

太后一般情况下都叫他"阿浔"，只有在盛怒之下才会喊他"风浔"，可见太后真的怒了。

风浔当然知道这是生死决战，战斗台上的两个人，只有一方倒下去了，另外一方才能下台，任何人都不能出手干预，这是规矩。也确实如太后所言，刚才他已经帮过凤舞一次了，再帮的话就说不过去了。可是，他着急啊！万一凤舞死在台上可怎

么办？

这时，轩辕靖浑身爆发出恐怖的力量，他高高飞起，对准凤舞的后背一脚踹去。原本就摇摇欲坠的凤舞，在半空中划过一道弧度，往前飞扑出去，砰——凤舞重重摔在了战斗台边缘。

"可恶！"台下的朝歌和秋灵气得眼睛都红了。

原本轩辕靖是可以将凤舞踹下台的，如果是那样，凤舞就输了，但不会死，轩辕靖却故意将凤舞踹到战斗台边缘，以此来凌虐她。

轩辕靖的手段如此拙劣，谁看不出来？偏偏谁也不能上台相助。

凤舞摔倒在地，口中吐出一口鲜血，鲜血浓得化不开。

就在凤舞吐血的时候，轩辕靖暴冲上来，手中的长剑当空劈下。此刻的他宛若杀神临世，杀气凛然。天地都似乎暗沉下来，压得人透不过气来。

"住手！"台下不断有人惊呼出声。

凤舞的表现已经足够惊艳了，她当得起天才的称号，她要是死了就太可惜了。

可是，这是凤舞和轩辕靖的生死决斗，处于下风的凤舞，她的生死掌握在轩辕靖手中。

住手？轩辕靖嘴角发出一道不屑的嗤笑声。

天地更加暗沉了，似乎都在为凤舞悲痛。

轩辕靖毫不留情，他手中剑以一种疯狂的速度暴涨灵力，发出尖锐的灵力波动声，当空朝凤舞脑门劈去："去死吧！"

就在这关键时刻，砰！一块石头从天而降，砸到了轩辕靖的右眼上。

"啊！"轩辕靖惊呼一声。

那块石头将他的右眼砸出一个好大的窟窿，鲜血汩汩流出，疼得轩辕靖快晕过去了。

趁着这个机会，凤舞一翻身爬了起来。

这场变故惊到了在场的所的人。

"天哪，轩辕靖的眼睛出血了！"

"刚才是什么东西？"

"轩辕靖的眼睛是怎么瞎的？"

很多人都不知道，茫然地摇头，凤舞身边的人却知道，那是凤舞使出来的一招天外飞龙，昨晚凤舞透支灵气、拼了性命都要练成的天外飞龙。

轩辕靖也是个狠人，他抬手点了右眼周围的穴道止住鲜血，然后睁开左眼，目光宛若剑锋一般凌厉。他握住手中剑，疯狂地朝凤舞刺去："你敢毁我眼睛？去死吧！"

凤舞转头就跑。

"想跑？去死吧！"轩辕靖冷笑一声，他手中的剑脱离他的手掌，朝凤舞后脑暴射而去。

眼看着那剑就要刺入凤舞的后脑了，砰！又一块不知道从哪里飞来的石头击在长剑上，剑身稍微偏转了方向。凤舞趁着这个机会，飞身而起，双脚踏在剑身上。

下一瞬间，一块又一块石头出其不意地朝轩辕靖袭去，砰砰砰……这已经不是原来的天外飞龙了，而是改良版的天外飞龙阵法，原本占据上风的轩辕靖被凤舞的天外飞龙阵法攻得毫无还手之力。

围观的人震惊了。

"不是吧？！"

"我的天哪！"

"这是怎么了？"

"发生了什么事情？"

凤舞中了剑，她的胸口在不停地流血，都这样了，她还能逆袭？！不信，不信，坚决不信！

"这个凤舞……"就连一直都觉得凤舞一定会输的老佛爷此刻眼睛也瞪得很大，她难以置信地看着眼前这一幕。

凤族的人都眼睛一眨不眨地盯着凤舞，大夫人她们自不必说，凤琰峰也激动得握紧了拳头。

星阴剑法，凤凰舞步，还有现在这个天外飞龙阵法！他是真没想到，凤舞竟然有这么多本事。凤琰峰下定决心，等这次事情结束后，他一定要让凤舞将这些功法都交出来。

"快看风云榜！"

一时间，大家都纷纷望向风云榜，因为风云榜上的排名能最直观地看出台上两人此刻的实力。

"天哪！"

"这两个人真的是……人不可貌相！"

"凤舞第十名！"

"轩辕靖也是第十名！"

"天哪！天哪！"

朝越整个人都蒙了，他原本以为自己的第十五名是很稳妥的，却没有料到凤舞和轩辕靖竟然双双进了前十，而他现在掉到第十七名去了。

"这两个疯子！"朝越握紧拳头，已经不知该用什么话来形容他们了。

此刻的轩辕靖，一边躲避着石块的攻击，一边难以置信地望着凤舞。怎么可能？明明他的实力比凤舞强那么多，凤舞凭什么能压制住他？可是，这个阵法太可怕了，石块多如天上的繁星，又毫无规律可循，他根本无法预测石块会从哪个方向飞过来。

砰砰砰……轩辕靖快速躲避着，可是每次他都以为自己能躲避过去，结果都会被石块砸中。

轩辕靖气得不行，只想将凤舞撕成碎片，可是他越生气就越手忙脚乱，越手忙脚乱，身上被砸的地方就越多。砰砰砰……轩辕靖的身体被砸得青一块紫一块，全身上下几乎没有一块好肉了，到后来，轩辕靖几乎站不起来了，再这样下去他会死的。

"凤舞……她居然……她居然……能把轩辕靖逼到这种地步！"

"这一招是什么？怎会如此厉害？！"

"如果没记错的话，这应该就是方院长的绝招——天外飞龙吧？！"

"没想到方阁老连如此隐秘的绝招都传授给凤舞了，可见是很看好她啊！"

"可怜的轩辕靖啊！他虽然也很强大，但是跟凤舞比起来还是略逊一筹。"

"轩辕靖自己跟凤舞提出的生死决斗，现在他处于劣势，这就叫搬起石头砸自己的脚吧？"

……

围观群众议论纷纷，心绪起伏。

看台上，轩辕家的人都眉头紧蹙，紧张不已。凤族的人，不少也眉头紧蹙，比如大夫人她们。

"她怎么突然之间……"大夫人气得差点咬到舌头。

凤琉更是气得握紧了拳头。太可恶了！凤舞怎么都死不掉吗？！

太后盯着凤舞，眸色深沉，若有所思。

风浔笑嘻嘻道："老佛爷，看来您这回要输啦！"

太后没好气地瞥了风浔一眼，轻哼一声："说，她进步这么快，是不是你的功劳？！"

风浔摇头："这是方阁老压箱底的绝招，更何况昨晚上君……郡主自己天赋高又勤学苦练，赢过轩辕靖有什么难的？"他差点将君老大说出来了，看太后的意思，如果她知道昨晚君老大训练凤舞的事，怕是会气得当场命人杀了凤舞吧？

战斗台上，凤舞稳稳占据上风，轩辕靖的生命力在快速消失，百分之五十，百分之四十，百分之三十……大家虽然不想承认，却不得不承认，轩辕靖真的要死了，他真的败给了传说中的废材凤舞。

凤舞自始至终都没有掉以轻心，只要轩辕靖不死，她就不会放松警惕！

眼看着轩辕靖的生命力就要殆尽，忽然，轩辕靖怒视凤舞："你以为我真的怕你了？！"

凤舞淡淡一笑："不管你怕不怕我，今日，我凤舞必杀你！"

轩辕靖冷笑："你想杀我？简直可笑至极！"说话间，轩辕靖一挥手，他身上竟然爆发出一股强大的灵力。

不好！凤舞心里咯噔一下，好可怕的灵力，这已经不是灵宗境的实力了，这是灵尊境的。怎么突然之间会变成这样？凤舞眉头深锁，脸色难看。一直都知道轩辕靖肯定还有底牌，而现在这底牌也太吓人了吧？！

就在这时，不知道谁惊呼一声："快！大家快看风云榜！"

此刻，风云榜正在以一种疯狂的速度发生着剧烈的变化，轩辕靖的名次竟然还在往上蹿，第九名，第八名，第七名……

荣世新和思源的瞳孔都无法控制地剧烈收缩，他们原本以为今天这场战斗怎么都不可能波及他们，因为他们是风云榜的第二名和第一名，他们占据这样的位置已经很久很久了，可是现在，轩辕靖突然之间就暴冲到了第五名——不，他的名次还在升，第四名，第三名……

"不！"思源惊呼一声，"这不可能！"原本还很自信的思源被狠狠打击到了。

荣世新的脊背挺直，他在心里暗暗祈祷着，可以停止了，真的可以停止了。

然而，系统大神似乎没有听到他的祈祷，轩辕靖的名次在碾压过思源后，直接攀升到了第一名。

"天哪！"

"我的天哪！这怎么可能？！"

"天哪！天哪！天哪！"

"轩辕靖竟然升到第一名了！"

"那凤舞怎么办？！"

一时间，所有人都盯着凤舞。

这次轩辕靖的实力暴涨得太可怕了，这显得之前的战斗很小儿科，像是他俩在过家家。

"轩辕靖有这样的实力，为什么一开始不爆发出来呢？！"

"如果一开始他就爆发出这样的实力，那还有凤舞什么事儿啊？！"

"对啊！如果他一开始就爆发出这样的实力，他的眼睛也不会瞎了啊！"

……

到底发生了什么事情？所有人都是蒙的。

"真是太可怕了！"

"轩辕靖疯了疯了……"

"凤舞死了死了……"

一时间，所有人都用无比同情的目光望着凤舞。

什么叫风水轮流转？什么叫作底牌？什么叫作实力？

"凤舞，去死吧！"

轩辕靖没有用剑，他的手指指向凤舞，一时间，凤舞周围的空间都是扭曲的。

好狂霸的力量！凤舞有种前所未有的惊惧感，她急急后退，轩辕靖的手指之力却如影随形。凤舞避开了第一道指印、第二道指印，却避不开第三道，扑哧——一道白光划过，原本射向凤舞眼睛的指印从凤舞面颊上擦过，凤舞一摸面颊，一手的鲜血。

围观的众人齐齐惊呼出声，幸好凤舞避得快，如果她稍微慢上那么一点点，她的眼睛就要瞎了。

砰砰砰……指印连绵不绝，凤舞不断败退，狼狈不堪。

围观群众们，原本坐着的已经站起来了，原本站着的人已经踮起脚尖了，每个人都紧张不已，每个人都心惊肉跳。

"凤舞会死吗？"

"轩辕靖怎么突然间变得如此强大？！"

"这场生死战，最终谁死谁手？"

凤舞也好奇，原本强弩之末的轩辕靖，实力怎会堪比灵尊境初阶，简直让人吐血。

砰！轩辕靖的手指印从天而降，戳中了凤舞的后背。

"啊——"凤舞惊呼一声，身体抑制不住地往前扑去，瞬间她的后背又多了一个血洞。

轩辕靖嘴角勾起一抹狰狞的冷笑："凤舞，你去死吧！"说话间，他抬起一脚，狠狠踩在了凤舞的背上。

噗——本就因为受伤而疼痛不已的凤舞，此刻后背被踩中，她只觉得一阵头晕目眩，胸口憋着的一口鲜血喷了出来，在半空中形成一片血雾。

"啊——"围观群众齐齐发出一声惊呼，凤舞会被踩死吧？！

轩辕靖脚上仿佛蕴含着无尽的天地之力，用力碾压之下，咔嚓咔嚓……那是骨骼碎裂的声音，这声音听得人毛骨悚然、心惊肉跳。

噗——凤舞又一口鲜血喷出。

轩辕靖并没有一脚踩死凤舞，因为他特别享受这种将敌人踩在脚底下慢慢折辱的过程。

此刻的凤舞，浑身鲜血淋漓，仿佛从血水里捞出来一样，让人触目惊心。

"凤舞，站起来！站起来啊！"

"凤舞，不要认输，你可以的。"

"凤舞，你不要放弃啊！"

……

耳边是不断呼唤她的声音，凤舞的意识一点点回归，她艰难地睁开了眼睛。

这一刻，凤舞想到了左家，想到了左青鸾，想到了刻骨铭心的仇恨，想到了美人师父，甚至想到了君临渊。她不能死！她必须活下去！即便再苦再累也要活下去。

就在所有人为凤舞揪心不已时，就在凤舞痛得近乎窒息时，不知道是不是凤舞领悟了生与死的真谛，刹那间，无数灵气往她身体里钻去。

"晋升了？！"轩辕靖的声音带着难以置信。

不过，晋升了又如何？凤舞再晋升，也不过是灵宗八星的实力，跟他这个灵尊境初阶强者一比，凤舞就是个弱渣。

围观的众人却都惊呼不已。

"精彩了，这次是真精彩了！"

"轩辕靖晋升后，没想到凤舞也晋升了，这下且看谁胜谁负了。"

轩辕靖发出一声狰狞的冷笑："凤舞，你以为你晋升，就能解决问题了吗？告诉你，休想！"轩辕靖手握长剑怒吼道，"今日，我轩辕靖于此战斗台，杀凤舞！"

就在这时，围观众人再次惊呼起来。

"凤舞晋升到灵宗八星了，你们快看！"

"天哪！灵宗八星！"

"好厉害的凤舞。"

"大家快看凤舞的排名！"

之前凤舞排在第二十名，现在她的名次一直在攀升，第十九名、第十八名、第十七名、第十六名……第十名、第九名、第八名……很多人都期待地望着排行榜，甚至希望她的名次超越轩辕靖，但最终，凤舞的名字还是停留在了第二名，系统大神判定，轩辕靖的实力依旧超过凤舞。

凤舞艰难地从地上爬起来，伸手指向轩辕靖："你，到底是谁？！"

什么？！围观的众人都不解地望着凤舞，她这话是什么意思？

轩辕靖阴狠地冷笑一声："现在才知道？太迟了！"说话间，一股灵力从他的掌心凝聚，迅速朝凤舞袭去。

就在所有人都以为凤舞即将身亡的时候，有人惊讶地喊了一声："灵宗九星？！"

此刻的凤舞，周身被灵力笼罩，宛若罡风护体。

"天哪！凤舞居然晋升到灵宗九星了！"

"谁说凤舞不是天才？她分明就是最厉害的天才！"

"大家快看，轩辕靖的掌力击到凤舞身上了。"

轰隆隆——那股击在凤舞身上的灵力狂暴至极。

完了，战斗到现在真的结束了，即便凤舞爆发出灵宗九星巅峰的实力，也无力回天了。

然而，让所有人都难以置信的是，那股灵力竟然以一种诡异的角度转了一个弯，朝轩辕靖迎面袭去，而凤舞毫发无伤。

轩辕靖的脸色难看到了极点。怎么会？他爆发出来的灵力怎么会朝着自己袭来？

轩辕靖想控制住这股力量，却发现这股力量已经不被他操控。

"闪避！"一道冰冷的声音从轩辕靖脑海响起。

这声音不是别人的，正是之前被君临渊削成人棍的轩辕老爷子的。原来轩辕老爷子自知活不下去了，他便将自己一身功力凝聚成一颗灵魂珠进入了轩辕靖体内。只要灵魂珠没有被完全炼化，他的灵魂就会一直留在轩辕靖身体内。

之前因为轩辕靖没有面临生死之境，所以轩辕老爷子一直没有出现，直到这一刻。他怎么都没想到，凤舞这个小丫头居然能爆发出灵宗九星的实力，这哪里是一年级学生能达到的境界？为了轩辕靖能活下去，轩辕老爷子开始暗中指点轩辕靖。

轩辕靖在轩辕老爷子的指点下，精准闪避！

一时间，台上的气氛紧张到极点。

围观的众人眼睛紧紧盯着台上的残影，不敢有丝毫分心，因为他们有感觉，胜负就在眼前了。

凤舞终于追上了轩辕靖，她飞冲而起，手中灵力宛若狂暴的雨点砸在轩辕靖身上。

"啊——"轩辕靖口中发出一道痛苦的惨叫声。

"去死吧！"凤舞的拳头宛若岩浆暴涌，杀意滔天。她有预感，如果此刻不杀轩辕靖，再想杀他就难了。

砰砰砰……凤舞的拳头不断，狠狠砸在轩辕靖身上。

"啊——"轩辕靖不断吐血，身子摇摇欲坠。

"所以，凤舞要赢了吗？！"

"所以，最终死的那个人会是轩辕靖吗？"

"真是怎么都没想到啊！"

"可怜的轩辕靖！"

"可怕的凤舞！"

看台上，别说左家人和凤族人了，便是太后也不由得身子微微前倾，被吸引走了所有注意力："这个凤舞……倒是有点意思。"这种时候都能反败为胜。

可是，在这么多人看好她的情况下，凤舞自己心里却越来越没底。

凤舞的感知力异于常人，她能清晰感觉到，轩辕靖身体里有两股力量，其中那股怪异的力量一直在发挥着作用，而现在那股怪异的力量怎么突然消失了？他是放弃轩辕靖了吗？还是，这只是暴风雨来临前的宁静？

不管了！凤舞摊开手，火炎剑出现在她手中，剑芒四溢。

扑哧——轩辕靖的后背被长剑划过，从右肩一直到左腰，皮肉外翻，甚至连骨头都划出了一道印记。

"啊——"围观众人都惊呼一声，很多女生更是下意识地捂住了嘴巴，不忍直视。

这时，轩辕老爷子气急败坏地说："把你的身体给我！"

轩辕靖痛得哭都哭不出来了，闻言急忙答应。

轩辕老爷子道："你闭上眼睛，不要有任何反抗的念头。"

轩辕靖连忙点头。

嗡——一道轻微的灵力异变声音后，轩辕靖的身体已经被轩辕老爷子所掌控。

"凤舞，你去死吧！"

轩辕老爷子对凤舞恨之入骨。要不是这臭丫头搞事情，让君临渊发飙，他也不会落得一个人棍的下场，现在有机会杀凤舞，轩辕老爷子自然不会放过，冒着暴露的风险，他亲自出马了。

轰——轩辕老爷子回头就是一拳，力量强大到无与伦比，一瞬间，凤舞就被击飞了。

什么？！围观的众人都震惊了。轩辕靖看着死定了，他突然从哪里冒出来的灵力？他如果真的有一拳击飞凤舞的实力，怎么之前一直不出手？这事情太诡异了！

"你终于出来了！"凤舞眼中寒芒涌动。

"凤舞，你的死期到了！"轩辕老爷子操控着轩辕靖的身体，力量狂霸得不可一世，砰！又一拳头朝凤舞脸上砸去，凤舞又被击飞了。

围观的众人已经看蒙了。一开始是轩辕靖占上风，凤舞占下风，紧跟着凤舞占上风，轩辕靖占下风，又紧跟着轩辕靖占上风，凤舞占下风……如此不断地循环着，他们现在完全搞不清楚，接下来谁会逆袭了。

砰！轩辕靖的拳头狠狠砸在凤舞脑门上，凤舞身子砸落地面，一时间起不来了。

倒在血泊中的凤舞，口中不断有鲜血溢出。她想抬起一根手指，却一点力气都没有。凤舞不想死，可是轩辕靖那只恶魔之手已经出现了，一个闪烁的光点从他指尖射出，朝凤舞眉心射来。

凤舞闭上眼睛，心中只剩绝望，这次，她是真的没有任何办法了。

就在这时，一道宛若神祇的身影从天而降。少年轮廓深邃，眉眼精致，俊美的面庞若寒霜笼罩。

"君临渊！"

"天哪！居然是君殿下！"

"君殿下怎么来了？！"

太后坐不住了，猛地站了起来。

独孤皇后和三公主也纷纷起身，难以置信地望着君临渊。

只见君临渊降落在战斗台上，修长的手指在半空中划出一道繁复的掌印。

"君殿下这是要做什么？"

"君殿下怎么出现在了战斗台上？"

轩辕家的人看到君临渊站在凤舞身边，却对轩辕靖动手，心里顿时都咯噔了一下。

"不是说生死决斗，任何人不得参与吗？！"

这句话自然是问太后的，刚才太后就是这么阻止风浔的。只是，世人太低估太后老佛爷对君太子的溺爱了。

"聒噪！"太后怒道。

风王妃看到君临渊来，紧紧提着的心终于放下了，她补充道："君太子行事，必有他的道理。"

老佛爷满意地点头。

轰隆隆——君临渊划出的那道掌印将轩辕靖射向凤舞的光电捏在了手中。

轩辕靖眉心一蹙，暗叫一声"不好"！果然，下一秒，那光点就从君临渊手中射出，射向了轩辕靖的眉心。

扑哧！光点射入轩辕靖身体后，君临渊一扯，一个人参果般大小的东西被他攥在了手中，没有手，没有脚，一张老脸，这分明就是……

"轩辕老爷子魂魄！"不知道谁惊呼了一声。

"天哪！为什么轩辕靖的身体里会有轩辕老爷子的魂魄？"

"谁能告诉我，这到底是怎么回事？"

"我知道了！凤舞占据上风的时候，轩辕靖突然实力暴涨，原来是因为轩辕老爷子。"

"天哪！不是说好了生死决斗吗？"

"轩辕老爷子居然操控着轩辕靖的身体，这还叫公平吗？！"

"可怜的凤舞，就这样被坑了。"

众人议论纷纷，轩辕家的人皆羞赧不已。

轩辕老爷子死死盯着君临渊，口中发出尖锐的怒吼声："君临渊，放开我！"

君殿下无动于衷，恍若未闻。

轩辕老爷子压低声音道："别以为我不知道你那点心思，你喜欢……"

君殿下眼中顿时浮现一抹阴霾，砰——轩辕老爷子的魂魄竟然活生生被君临渊捏爆了。

"不——"轩辕老爷子发出一声惨叫，随即，这声音归于虚无。

轩辕家的人全都震惊当场，他们表情惊骇，大气不敢出。太可怕了，君太子简直就是杀神临世啊！杀灭轩辕老爷子的魂魄，宛若捏死一只蝼蚁那般随意。

君临渊看着倒在血泊中的凤舞，正要走上前去，凤舞挣扎着扶着剑站起来了。

她朝君临渊挥手："之后的事，让我来。"

少女全身是血，但她目光清澈，脆弱却透着坚韧。

君殿下墨染的眉宇微蹙，他感受到了凤舞对他那拒之千里的疏离，他面上布满阴霾，转头就走。

君临渊原本想就这样扬长而去，但到底心中挂念，修长的腿转了个方向往看台而去。

太后哪里还管什么生死战斗，她现在满心满眼都是她的君宝："宝啊……"

少年负手而立，衣袂飘飘，眉眼深邃，薄薄的双唇殷红似血。他的眼睛从始至终一直盯着那个血染的少女，身侧的手紧握成拳。

凤舞目光冰冷地盯着轩辕靖。

没有了轩辕老爷子助阵，轩辕靖宛若被抽离了所有力气，身子摇摇欲坠。

凤舞怎么可能再给他机会，她宛若猎豹般暴冲而起，手中的剑寒芒四溢，扑哧——轩辕靖的头颅从他的身体上滚落下来，掉落地面。

在场所有人都目瞪口呆。知道轩辕靖会输，没想到凤舞竟然如此干净利落。

"凤舞，你敢杀人！"轩辕家的人顿时不依了，冲上台去想要对凤舞动手。

就在这时，一阵冰冷的罡风扫过，轩辕家的人全都像被定住一般站在原地。

"滚！"君殿下一声怒吼，轩辕家的人全都被丢出了帝国学院。

围观群众知道，轩辕家完了。

赢了这场生死决战的凤舞只觉得身体严重透支，砰的一声倒在了地上。

"小舞——"朝歌和秋灵飞一般冲上去，准备扶起凤舞。

然而，有一个人比她们的速度都要快，那个人就是——

"君殿下？！"在场众人震惊无比地望着眼前这一幕，君殿下抢在所有人之前将凤舞揽入了怀中。

揽入怀中？君殿下这个动作差点把看台上的人吓死，特别是太后老佛爷，她老人家瞪大眼睛，眼珠子都快凸出来了："什、什么情况？"

现在最淡定的莫过于风王妃和风浔了，因为他们早就知道君临渊对凤舞的心思。

太后拽着风王妃的手，嘴唇抑制不住地颤抖："雅雅，你说……这是怎么回事？"

风王妃只能故作疑惑："或许是太子殿下好心救人？"

好心？君临渊会有救人的好心？

接下来，就见君殿下一个公主抱，将体力透支、昏迷不醒的凤舞抱在怀中，扬长而去了。

众人面面相觑。

"我看到了什么？"

"君殿下抱着凤舞离开了？"

"君殿下为什么要抱着凤舞离开？"

"君殿下跟凤舞是什么关系？"

……

结论已有，但是大家都不想承认啊！天下多少女子会崩溃到自杀啊？

此刻，太后也蒙了，除了蒙，她老人家更多的是愤怒。

"不可能！"太后重重一拍桌案，"太子怎会看中那样的姑娘？此中定有误会！"末了，太后还加了一句，"便是太子真喜欢，哀家也绝对不允许！"

有太后这句话，很多人缓缓松了一口气。

第十二章
口是心非

君殿下快马加鞭，不多时便回到了太子府。

封管家和宫嬷嬷一如既往地站在门口恭迎太子殿下。

君殿下从马背上跳下来，将马鞭丢给封管家，抱着凤舞径直往寝室走去。

奴仆们脸上都写满了震惊，虽然知道自家殿下跟凤舞姑娘有来往，但殿下如此表明态度，还是生平第一次。

"凤舞姑娘……"

奴仆们面面相觑，不知道该做何反应。

封管家瞥了他们一眼，说道："都做好自己的事。"

"是！"

仆人们退下后，封管家和宫嬷嬷对视一眼，两个人眼中都有一抹欣慰之色——自家殿下终于开窍了，难得啊难得！

只是，这两位真的没有高兴太早吗？

君临渊将凤舞抱入温泉，雾气氤氲中，源源不断的灵气从君临渊掌心输入凤舞体内。

此刻，凤舞的身体干枯得像黄草一般，有了浓郁的灵气滋润后，她的身体慢慢恢复了过来。

不知过了多久，凤舞终于醒了过来。她想起之前的战斗，想起被她一剑结果的轩辕靖，嘴角勾起一抹弧度，心情甚是愉悦。

幸好那一晚君临渊陪她集训，不然现在埋在地底下的人就是她了。想到这儿，凤舞对君临渊的印象顿时好起来，想着要重重感谢他一番才好。

凤舞从床上坐起来，惊讶地发现，她体内的灵气竟然是充沛的，怎么会？她明明记得和轩辕靖决战的时候，她的灵力枯竭，脑袋疼得厉害，身上的每一根经脉都在痉挛，怎么可能这么快就恢复如初？难道是她昏迷时间太久，身体自动恢复了？

"凤姑娘，您醒了？"宫嬷嬷带着四个丫鬟走了进来。

"宫嬷嬷？我怎么会在这儿？"

宫嬷嬷掩唇而笑："凤姑娘您一点印象都没有吗？"

凤舞茫然地摇头。

宫嬷嬷可是知道前因后果的，身为殿下的神助攻，她自然不会放过任何给殿下刷印象分的机会。

宫嬷嬷带来的丫鬟都是万里挑一的，有的帮凤舞更衣，有的帮凤舞洗漱，有的帮凤舞穿鞋……不一会儿，凤舞就被收拾得妥妥当当、干干净净、漂漂亮亮。

宫嬷嬷亲自帮凤舞系腰带，一边系一边说："舞姑娘，您可是我们太子殿下亲自抱回来的呢。"

亲自抱回来？凤舞的心脏颤抖了一下。

"什、什么意思？"凤舞的脸有些僵硬。

宫嬷嬷笑说："帝国学院的生死决斗，舞小姐还没忘吧？"

凤舞："自然没忘。"

宫嬷嬷极其严肃地说："幸好殿下去得及时，救下了舞小姐您，否则后果不堪设想。"

凤舞咬紧下唇，一言不发，心中却泛起一丝丝涟漪。

诚如宫嬷嬷所言，如果不是君临渊及时赶到，将轩辕毅的灵魂体从轩辕靖的身体里抽离出来，那场战斗，她必败无疑。

"他在哪里？"

宫嬷嬷心中一喜，看来她没白说，终于将这位跟自家殿下一样不开窍的少女说动了。

宫嬷嬷将打扮得漂漂亮亮的凤舞往门外一推，抿唇笑道："殿下在书房呢！喏，就是那原木色的院子里。"

凤舞心想，君临渊帮了她许多，于情于理，她都应该去感谢他一番。

凤舞走在去往书房的路上，正纠结着如何跟君临渊道谢时，耳边传来对话声。

"你们听说了吗？昨日，咱们殿下可是亲自将凤舞姑娘抱回来的。"

"哪里需要听说啊，我们都是亲眼所见好吗？"

"真的如此？"

"自然如此。"

"你们都不知道吧？外面传疯了呢。"

"殿下抱凤舞姑娘的事？"

"是啊！外面都传咱家殿下对凤舞姑娘有意思呢！"

"可是，咱们未来的太子妃不是左家大小姐吗？那才是真正的凤凰真女吧？"

"咱们殿下又不是只娶一个女人，左姑娘自然是太子妃，凤舞姑娘肯定就是太子良娣啦！"

"对呀，能得到太子良娣的位置，凤舞姑娘也该千恩万谢了，她该不会真的妄想太子妃的身份吧？"

……

凤舞眉头蹙起，她原是一个并不太在意别人评论的人，却不知为何，此刻她心中竟升起一股邪火，是因为左青鸾还是其他，凤舞已经搞不清楚了，她也不想搞清楚，她只知道她现在非常生气。

砰！凤舞抬手便将那个一直在刻意引导话题的丫鬟拎在了手中。

这个丫鬟不是别人，正是甄秋，她和甄夏是孪生姐妹，甄夏是左青鸾的人，甄秋自然也是。

甄秋看见凤舞走过来，才刻意引导话题的，她的目的就是让凤舞生气。她摸准了凤舞的性子，觉得凤舞听到后，肯定会气呼呼地离开太子府，却没想到，凤舞居然会如此果断地出手。

"啊，你——"甄秋面上浮现一抹惧色。

凤舞目光冰冷若寒霜："是你在议论我？"

"啊——"甄秋整个人被凤舞拎起，双脚离开地面，恐惧使她用力挣扎着，可是不论她怎么挣扎，凤舞都没有松手。她的瞳孔渐渐扩大，眼中的恐惧越来越浓。

就在她快要断气的时候，凤舞松开了手，砰！甄秋重重跌落在地，疼得眼泪都出来了。

凤舞嗜血的目光盯了她一眼，径直往前走去，仿佛她只是蝼蚁罢了。

甄秋坐在地上大口大口地喘气，眼中的惊骇并没有褪去。

书房门口，封管家安静地站立着，看到凤舞过来，封管家没有多余的话，只是帮凤舞将房门打开了。

凤舞的脸色并不好看，但她在竭力隐忍。

凤舞走进书房，抬眸便看到相貌俊朗的少年端坐在书桌前，书桌上放了一摞奏折，少年正专注地阅览着。

阳光从旁边的窗户投射进来，温暖和煦，映照在他的侧脸上，本就分明的轮廓，越发显得深邃，自带一股清冷的气质。少年美如画，这几个字映入凤舞脑海，她怔怔地站在原地，一时忘记了反应。

少年不紧不慢地抬头，深邃如海的双眸瞥了凤舞一眼，然后低头继续看奏折，漫不经心地道："醒了？"

"嗯。"凤舞想到刚才甄秋等人说的话，她咬着下唇，只闷哼了一声。

傲慢如君殿下，原本是等着凤舞来感谢他的，可是左等右等，等来的却是这不情不愿的一声。

君殿下微微蹙眉，还是那样漫不经心的语气："很能耐嘛，轩辕毅的灵魂体，你也敢硬碰。"这略带嘲讽的语气带着明显的责备。

凤舞咬牙，暗自腹诽，她又不知道轩辕毅的灵魂体在轩辕靖的身体里。

然而，被君临渊漫不经心地一瞥，不知为何，凤舞竟有种小时候被美人师父抓到偷懒而被训斥的感觉，凤舞紧了紧手，没有说话。

没有等来凤舞的回应，君殿下将手中的奏折往书桌上一推，哗啦啦，一堆奏折全都落在了地上。

凤舞眼尖地发现散落在地的这些奏折，竟然全都是弹劾君临渊的。

"过来！"少年容貌俊美到令人失魂，声音也冰冷到极致。

凤舞紧了紧拳头，不管怎么，君临渊都是帮过她的。

如此想着，凤舞迈步走到了君临渊面前。

君临渊瞥了她一眼，微微蹙眉："谁惹你不高兴了？"

除了你，还能有谁？当然，这话凤舞是不会说的，她盯着君临渊，突然深深一鞠躬，然后挺直脊背，迈着决然的步子转身就往外走。

君临渊的情，她承了，但是他抱着她回来，让她心情很复杂。

"站住！"君殿下墨染的剑眉紧蹙，瞳眸紧缩，浑身散发出让人胆寒的气势。

凤舞没有站住，而是径直往前走，下一瞬间，一股无形的力量宛若一只很长的手，将凤舞直接拽了回去，凤舞反应过来的时候，她已经坐在君临渊的双腿上了。

这个姿势太过暧昧，凤舞脑海浮现的第一句话就是——左青鸾才是未来的太子妃，至于凤舞，她最多就是个太子良娣吧？真是让人不爽啊！

凤舞气得要将君临渊推开，君临渊那强而有力的双臂却紧紧箍着她，用力得手背青筋突显。

"说话！"少年瞪着她。

凤舞咬着下唇，生着闷气。

"为什么生气？"少年面色铁青，看着有些骇然。

310

门外，宫嬷嬷惊讶得不得了，不解地望着封管家。这是怎么了？凤舞小姐来书房的时候，不是还好好的吗？

封管家摊手，他也以为这两位终于说开了啊，怎么突然又闹上别扭了？

宫嬷嬷想推门进去，有误会要解释清楚啊！

"可别！"封管家抬手拦住了宫嬷嬷。君殿下是多么爱面子的一个人啊，这要是外人进去，没事也变有事了。

宫嬷嬷苦着一张脸，她都急死了。

门内，君殿下面色铁青，他攥紧凤舞的手，咄咄逼人："说话！"

凤舞深吸一口气："你陪我练习天外飞龙，帮我抓出轩辕毅的灵魂体，我承你的情，刚才已经谢过你了，你还想怎样？！"

君殿下眸中藏着飓风般的暴戾，不屑地冷嗤："我君临渊需要你谢？"

凤舞咬牙："既然不需要，那就放开我！"

君殿下原本清冷的声音变得粗哑："说你为何生气。"

凤舞甩开君临渊的手，目光冰冷地凝视他："你真想知道？"

"说！"

"好，是你让我说的，那我便说了！"凤舞怒视君临渊，"你为什么要抱我回来？！"

君殿下蹙眉。

"你当着那么多人的面抱我离开，你知道会造成怎样的后果吗？

"你知不知道，你那些疯狂的迷恋者，会做出什么事情？

"你知不知道，左家人看到这一幕，会对我做出怎样疯狂的事？

"你知不知道，太后老佛爷看到这一幕，可能会一杯毒酒赐死我？"

凤舞越说越生气："你为什么要抱我离开？你知不知道这背后代表着什么？我真是被你气死了！"

"原来你在生气这个！"少年粗粝的指腹摩挲着少女白皙的面容，他眸中的温情陡然褪去，有一丝脆弱一闪而过，"你就这么讨厌被人谈论你和我在一起？"从来没有一个人，给过他这样强烈的愤怒和痛苦。

他眼中浮现浓浓的哀伤，让人怜惜得心都要碎了，凤舞再如何铁石心肠，心也不由得疼了一下。然而，不等她反应过来，君殿下眸中那抹脆弱便被熊熊怒火所取代，如魔王临世般的杀戮感弥漫在整个房间。

忽然，少年低下头，一只手摁住凤舞的后脑勺，另一只手攫住了她的下颌，然后，少年温热的唇印在了她殷红的唇上。

少年的吻，疾风骤雨般强势霸道，凤舞一下子就蒙了，等她反应过来的时候，少

311

年已经撬开她的唇，在她口中攻城略地。随即，刺啦一声，君临渊伸手扯破了凤舞的外袍，衣衫碎裂的声音顿时将凤舞惊醒了，她气愤地去推君临渊的胸膛，君临渊却是纹丝不动。

凤舞气得咬住君临渊的下唇，鲜血从他的唇角漫出来，宛若盛开的玫瑰，他却没有停下，甚至还变本加厉。

啪！凤舞气得眼睛都红了，抬手就是一巴掌。

这清脆的掌声，不仅惊醒了君临渊，也惊到了门外的两位。封管家和宫嬷嬷面面相觑，不知道该作何反应，进还是不进，这是一个问题。

君殿下那棱角分明的脸上，一个清晰的巴掌印。

"君临渊，我不欠你了！"凤舞用力推开他，转身就往外跑。

凤舞愤怒之下力气极大，君临渊被推得一个趔趄，后背撞到了比玄铁石还硬的桌角，"咝——"即便是君殿下，也不由得闷哼一声。

凤舞和君临渊都没有注意到，君临渊后背撞到桌角的时候，桌案上桃花形的砚台应声而裂，一片淡淡的粉红色的泡泡升腾而起。

凤舞气得摔门而出，疾风般从封管家和宫嬷嬷面前跑过，原本封管家想拦的，听到里面传来的动静，他赶紧和宫嬷嬷一起冲进了书房。

君临渊疼得冷汗直冒，豆大的汗水滚滚而落，一时间直不起腰来。

"殿下！"宫嬷嬷急得眼泪都要掉下来了。殿下在水牢里遭了那么多罪，是为了谁啊？凤舞小姐居然还用力推殿下。如此想着，宫嬷嬷有些怨凤舞了。

宫嬷嬷往君临渊后背看去，那里湿了一片，她伸手一抹，掌心全是血。

宫嬷嬷眼圈红了："殿下……"

君临渊面色铁青，怒喝道："出去！"

"可是殿下，你得先上药啊！"宫嬷嬷心疼坏了。

"出去！"君临渊怒视宫嬷嬷。

封管家最了解君临渊了，看着他眸中翻涌的怒气，他就知道君殿下已经气极，听不得任何人劝的，如果是凤舞的话，还有可能。

想到这儿，封管家拉着宫嬷嬷出去了。

封管家刚将房门带上，就听到砰的一声，是重物摔到地上的声音。

宫嬷嬷担忧地道："这是怎么了？"

封管家摊手，这俩孩子平时聪明得不得了，一遇到感情，就一个比一个笨。

"我们家殿下有什么不好的，她怎么那么大的火气？被偏爱的都有恃无恐，这句话是这样说的吧？"宫嬷嬷埋怨极了。

封管家摸摸鼻子，一个巴掌拍不响，他们家殿下也是真拧。

凤舞气呼呼地跑回凤宅，刚迈进大门，迎面走来了凤琉、凤桑还有凤亦然。

凤琉看到凤舞，习惯性地要上去嘲讽几句，凤亦然却扯了她一下。

现在的凤舞，已经不是他们能招惹的。能够斩杀灵宗九星巅峰境的轩辕靖，凤舞的前途注定不可限量，而更主要的还是君太子对她的态度。

君殿下抱着凤舞离开，这件事太刺激人的眼球了，当时在场的都快要疯了。很多不明真相的人纷纷恭喜凤族出了个金凤凰，凤亦然等人却只想哭。他们跟凤舞仇怨颇深，恨不得凤舞去死，现在看到她很有可能成为君临渊的女人，他们都慌了。

"你回来啦！"凤亦然对着凤舞笑道。

凤舞皱眉，疑惑地看了凤亦然一眼，以前他对她可不是这态度，不过现在她顾不上许多了，她瞥了凤亦然一眼便径直离开了。

见凤舞这态度，凤琉顿时不爽了："你以为你现在……"

凤琉的话还没说完，凤亦然就捂住了她的嘴："闭嘴！"

凤琉："呜呜呜……"

等凤舞的背影消失了，凤亦然才放开凤琉，对她怒目而视："你疯了吗？！"

凤琉气得推了凤亦然一把："你才疯了呢！你居然刻意讨好她？她是我们的敌人，我恨不得杀了……"

啪！凤亦然抬手狠狠抽了凤琉一巴掌。

凤琉难以置信地看着凤亦然："大哥——"

凤亦然的脸色非常难看，表情前所未有地严肃："凤琉，你看清楚，现在的凤舞，你已经惹不起了。"

凤琉顿时怔在当场。

凤舞回到星陨院，朝歌等人冲过去将她团团围住。

"小舞，你没事吧？"

"小姐，我们可担心死你了。"

"小姐，你身子可还好？"

看到眼前这一张张熟悉的面孔，凤舞脸上露出轻松的笑容，摆手道："没事，我能有什么事儿呀？我身子好着呢，能蹦能跳，还能吃一大碗饭呢！"

"那……"朝歌顿了顿，还是问道，"那，君殿下真的对你……"

凤舞的心微微颤动了一下："什么？"

朝歌犹豫了一下："他抱着你离开后，所有人都说，君殿下喜欢你。"

凤舞像被烫到一般跳起来："胡说！哪有这种事情？！"

秋灵："可是外界都说……"

凤舞："你们是相信我这个当事人，还是相信外界的传言？"

众人异口同声："当然是相信你了。"

凤舞："那就是了。你们要相信，我和君临渊一点关系都没有，我不喜欢君临渊，他也不喜欢我。"

众人："哦。"

凤舞怎么觉得，大家这一声"哦"，有些不甘心呢？

就在这时，外面传来一阵脚步声，随即，砰砰砰——敲门声响起。

赵嬷嬷快步跑去开门，来的居然是凤琰峰、大夫人，还有大房的孩子们。

凤舞眉头微蹙，满眼戒备地盯着门口，直接下逐客令："这里不欢迎……"

然而，凤舞的话还没说完，凤琰峰便笑着走进来了。

凤琰峰走到凤舞面前，拍拍她的肩头，乐呵呵地说："小舞啊，没想到你这丫头身上藏着这样的修为。你的修为恢复了，怎么不跟大伯父说一声？真是让长辈操碎了心。"

凤舞："嗯？"

凤琰峰居然还伸手揉揉凤舞的脑袋，一副长辈疼爱晚辈的模样。他对璇玑夫人笑着说："弟妹，这些年辛苦你了，你将这俩孩子照顾得这么好，特别是小舞，现在崭露了头角，凤族崛起有望了啊！"

美人娘亲："……"

凤琰峰又环顾四周，对秋叔等人说道："你们要好好照顾舞丫头，以后她想要什么，就跟族里说，能满足的，族里一定会给予支持。"

说到这儿，凤琰峰一挥手，他身后的奴仆走上来，将一个箱子放在了凤舞面前。

凤舞被凤琰峰这一连串的示好行为弄得有些蒙。

"舞丫头，打开看看啊！"凤琰峰笑眯眯地看着凤舞，满脸慈祥的笑容。

慈祥？这两个字用在凤琰峰身上，可真是滑稽。

凤舞眉头微锁，正要拒绝，赵嬷嬷却推了她一下。

他们住在凤宅，大房既然有意示好，关系缓和总比剑拔弩张要好，毕竟这个家里还有一位柔弱的璇玑夫人呢！

凤舞也想到了她的美人娘亲，于是，她点点头，将箱子打开了。

紫檀木箱子一打开，顿时，浓郁的灵气冲天而起。

凤舞："中品灵石？"

凤琰峰得意地捋着光洁的下颌，挑眉对凤舞道："舞丫头，这一箱子中品灵石是家族给你修炼用的，这是一个月的份额，下个月还有。"

一旁的凤琏和凤桑眸中都浮现嫉妒之色，这一箱子足有百颗中品灵石，一个月就有这么多，可以说是很丰厚了。

凤琰峰原以为凤舞会大为欢喜，甚至喜极而泣，可是，他猜错了。凤舞看着这一箱子中品灵石，心中无波无澜，甚至没有任何反应。

隔壁方宅地底下就是一座上品灵石矿，随便挖出几颗上品灵石，价值就不比这一箱子中品灵石低，凤舞怎么可能会感到惊喜。

凤琰峰示好后，便退到一旁了。

大夫人上前一步，笑着对凤舞说："小舞啊，以后跟君殿下好好相处。女孩子嘛，不要争风吃醋，只要伏低做小、低眉顺眼就好。"

凤舞一听这话，便觉得不对劲。

果然，大夫人又笑着说："君殿下肯定不会娶你为太子妃的，现在咱们家族的地位也配不上太子妃的位分，所以将来你得个太子良娣之位也是理所当然的，你……"

大夫人的话还没说完，星陨院的人脸都黑了，凤舞的脸也冷沉了下来。

果然，所谓的示好，不过是看到君临渊跟她走得近，觉得能攀上君太子这棵大树好乘凉，便是侧妃之位，也要将她卖了是吧？

凤舞眼神冷冰冰地盯着凤琰峰和大夫人："大伯父和大伯母这话是何意？"

凤琰峰皱眉。

凤舞冷笑："我可是曾跟君临渊定过亲的，现在你们又想让我做他的侧妃？你们就没有一点骨气吗？"

凤琰峰的脸色瞬间变得非常难看。

凤舞冷笑："我凤舞今生今世绝不为人妾，皇帝的都不行，更何况太子。"

凤琰峰怒指凤舞："你这丫头——"

凤舞目光冰冷："大伯父想攀附君临渊这棵大树，大可以送你自己的闺女去为奴为婢，将主意打到我身上，你就不怕我反咬一口？"

凤琰峰气道："凤舞，你都被君殿下抱了，你觉得除了君太子，还会有人娶你吗？！"

凤舞冷笑："反正话我放这儿了，我凤舞以前跟君临渊没关系，现在跟君临渊没关系，以后也跟君临渊没有一点关系。"

凤琰峰气得狠狠踹了一下箱子，转身拂袖而去。

这样脾气暴躁的臭丫头，他脑子有坑，才会觉得她长进了。

大夫人恶毒的目光扫了凤舞一眼，嘴角微微勾起，也扬长而去。

没错，是她怂恿凤琰峰来的，她知道凤舞肯定是不愿意为侧妃的，一试果然如此。

亏了凤舞心高气傲，否则，她做了太子良娣，他们大房还不被欺压得死死的？凤舞再知道当年的事……大夫人觉得，她必须要破坏君临渊和凤舞的关系，死都不能让他们成了。

大房等人离开后，凤舞仍气得不行。为什么每个人都觉得她只能做太子良娣？为什么每个人都觉得她没有资格做君临渊的太子妃？啊呸，谁要做君临渊的太子妃，她没兴趣好吗？但还是好生气哦！

凤舞因为愤怒，手劲很大，只听咔嚓一声，有什么东西碎裂了，她低头一看，原来是从轩辕毅的藏宝室顺来的那块石头。

一片很小的桃花花瓣出现在凤舞眼前，淡淡的粉色，泛着盈盈的光泽。

这淡粉色的桃花瓣，跟星辰碎片有什么关系？凤舞疑惑不已。

"咦——"

凤舞朝发出"咦"声的地方望去，那里，站着一位少年。少年衣袂飘飘，脸上洋溢着比阳光还要灿烂的笑容。

"风浔？"凤舞不解地望着他，"你怎么来了？"

风浔瞥了凤舞一眼，摇晃着扇子，径直走到一把椅子前坐下，自顾自地倒茶，然后一饮而尽。不愧是凤舞亲手熬制出来的曲灵茶，跟别处的大有不同。

他抹抹嘴，笑嘻嘻地说："听说某人把君殿下气得在家里跳脚，受人之托，我便过来瞧瞧。"

凤舞轻哼一声，没有说话。

风浔啪一声合上扇子："哎，小舞，你到底是怎样做的？"

凤舞："什么？"

风浔："你知道君老大一怒，后果有多严重吗？"

凤舞："我不知道你在说什么。"

风浔："你可知道，那些写奏折弹劾他的人，现在都怎么样了吗？"

凤舞："他们怎么样，关我什么事？"

风浔淡笑："真不关你事儿？如果你没气他，君老大怎么会将气撒到那些人身上？"

凤舞盯着风浔，表情严肃："你今天来，就是为了说这些的吗？"

风浔见凤舞动怒了，不由得有些诧异。以凤舞的脾气，说这些话，她不应该有情绪的，今日怎么情绪波动如此之大？

风浔想转移话题："咦？"风浔看着凤舞手里的花瓣，那双好看的眸中绽放出一抹光彩，"这是桃花瓣啊！"

凤舞无语："谁不知道这是桃花瓣。"

316

风浔："你去过十里桃花林？"

风舞："什么意思？"

风浔："难道你不知道，这片桃花瓣出自十里桃花林的桃皇木吗？"

风舞眸中浮现一抹震惊。那块石头的气息跟星辰碎片很像，彩凤鸟一口咬定，第二枚星辰碎片跟那块石头有关，所以她才疑惑这片桃花瓣能告诉她什么线索。

"十里桃花林在何处？"风舞激动地抓住风浔的胳膊，问道。

风浔惊讶地看着风舞，怎么突然间，这丫头好像换了个人似的？

"这桃花瓣对你来说很重要吗？"风浔不解，他从没见风舞如此激动过。

风舞点头，灵眸中带着一抹焦急："快说啊！"

风浔摸着下巴说："十里桃花林就在帝国学院的后山。"

风舞抬脚就走，速度快到风浔差点没反应过来。风浔一把拽住风舞，拽得风舞一个趔趄，风舞不解地回头看着他。

风浔说："你以为后山是你想去就能去的吗？你是进不去的。"

风舞不解："为什么？"

风浔哭笑不得："帝国学院的后山就是传说中的无定寺，你是进不去的。"

风舞："为什么我进不去？"

风浔："无定寺令狐大师，你可听说过？"

风舞眉头一皱："传说中曲灵茶的制作者令狐大师？"

风浔："就是他老人家。他老人家是超脱于世俗跳出三界外的存在，做事全凭机缘，只有入他眼的人，才有机会进入无定寺。"

风舞："所以你的意思是，我入不了令狐大师的眼？"

风浔瞪着风舞："整个帝国，能入他眼的人，一个巴掌都数得过来。君老大就不必说了，就拿我来说吧。"风浔愁苦着一张脸，"我从小就跟着君老大去无定寺，可每次君老大进去了，我都只能待在大门口跟守门的小和尚做伴。直到前年，令狐大师才终于见了我一面，只是讲了一句话而已。"风浔哭笑不得，"所以，这十里桃花林你不去也罢，去了也是被拒之门外。"

"令狐大师见的都是谁？"风舞问。

风浔说："我怕说出来太打击你了。"

风舞："说吧！"

风浔："陛下、太子、陆院长……站在巅峰上屈指可数的几位。"

如此说来，令狐大师不见她的概率很大，但那又如何？她一定会想尽办法，找到第二枚星辰碎片的。

"小舞，小舞——"风浔见风舞执意要去，无奈地跺脚，"好吧，既然你不死

317

心，那我就陪你走一遭吧！不然你连无定寺的门朝哪边开都不知道。"

凤舞和风浔在郊外的路上策马狂奔。

他们经过一片枫林的时候，风浔突然惊呼一声："小心！"

下一瞬间，凤舞骑的马高高扬起前蹄，差点把她抛到地上。原来前面的两棵大树之间横着一条丝线，丝线泛着淡淡的白光，头发丝般粗细，却有着致命的杀伤力。如果不是凤舞在紧急关头勒住马，此刻，凤舞的脑袋已经从脖子上滚落了。

就在这时，一个个黑影从半空中划过，转瞬间已来到凤舞面前。

将凤舞和风浔包围起来的黑衣人多达十五个，每一个人都太阳穴鼓胀，绝对不是普通杀手。

"你们是……"风浔的话还没说完，为首的黑衣人便下令道："杀！"

五个黑衣人立刻冲向风浔，另外十个黑衣人则冲向了凤舞。

"小舞小心！"说话间，风浔手中长剑剑光四溢，朝黑衣人砍杀而去。

凤舞看着围着她的十个黑衣人，心里咯噔了一下。他们每一个人的实力都不弱于轩辕靖，若是单打独斗，凤舞有信心赢，可现在是十个人啊！凤舞又不傻，她一夹马肚，闪电般往前冲去。

"想跑？！"黑衣人们速度很快，一道道身影暴射而出，朝凤舞追去。

"驾——"凤舞策马扬鞭，可是马的速度怎么比得过那些黑衣人，眼看着双方距离逐渐缩短。

"小姑娘，你跑不掉的，停下受死吧！"身后传来为首的那个黑衣人阴森诡异的冷笑声，让人听着毛骨悚然。

谁说逃不掉？凤舞深吸一口气，身子猛地往前一冲。

凤凰舞步是美人师父教给她的步法，比当今世上流传的步法不知精妙了多少，因此，当凤舞施展出凤凰舞步后，往前冲的速度飙升了一大截。

她身后的黑衣人们像是知道她的这张底牌，咻咻咻——他们人还没到，手中长剑已经化作流星般射向凤舞后背。

好凌厉的剑法！并且这十把长剑，在半空中形成了一个星芒剑阵。

为首的黑衣人嘴角勾起一抹狰狞的冷笑，杀凤舞，不过举手之劳罢了，这一招后，凤舞必死。

星芒剑阵的威力确实惊人，冲天剑意横扫而下，四周的空间剧烈扭曲，地面瞬间出现了蜘蛛网般的皲裂。

凤舞抬头一看，阳光被剑阵遮挡，原本湛蓝的天空，此刻阴霾密布，寒气逼人。

凌厉无比的剑意朝凤舞笼罩而下，看上去瞬间就能将她剁成碎肉。

"小舞！"风浔想要冲过来，他四周的黑衣人却拼死都要拦住他。

风浔已经杀死了两个黑衣人，此刻，他急得双目赤红，手中长剑宛若切菜一般，切向了一个黑衣人的咽喉，瞬间，鲜血如泉水般暴涌而出。

可是，即便如此，他想要救援凤舞，也已来不及了。

凤舞知道，风浔过不来，她只能靠自己了。

星芒剑阵对别人来说，神秘而强大，对凤舞这样懂阵法的人来说，却是有破绽的。

凤舞盯着第三把剑，这把剑的速度比其他剑稍慢了一分，以至于原本严密的剑阵出现了一道可以利用的缝隙。说时迟那时快，就在剑阵笼罩而下之际，凤舞身形快若闪电，主动冲进了星芒剑阵的中心。

"不——"风浔发出凄厉的咆哮，凤舞会被切成碎片的。

黑衣人们眼中皆浮现了冰冷的诡笑，任务完成得很容易啊！

然而，出乎所有人意料的是，凤舞冲进星芒剑阵后，忽然一道白光闪过，只见凤舞冲破了剑阵，甚至她还借用星芒之力，朝前方暴冲而去。

"什么？"原本准备收工的黑衣人们惊讶不已。

这样都能逃？要知道，他们这星芒杀阵，杀人无数，从未失手过啊！

为首的黑衣人早已黑了脸，眼中浮现滔天的怒意。

不愧是能杀了轩辕靖、坑死轩辕毅的凤舞，果真不好对付。

"还不快追！"

嗖嗖嗖，黑衣人们举着剑，朝凤舞冲去。

这时，风浔终于解决了围在他身边的五个黑衣人，也迅速朝前方冲去。只是，凤舞和黑衣人们跑得太快了，便是风浔，一时半会儿也追不上。

"快给我停下！"一枚枚暗器从凤舞身后射来，但因为有一段距离，所以还近不了凤舞的身。

凤舞有些着急，若是按照现在双方的速度，不出五分钟，她必定会被追上，这可如何是好？

凤舞抬头看向前方，咦？前方不远处那抹淡粉色……十里桃花林？！

前面出现了分岔口，左边是十里桃花林，右边是帝国学院的方向。凤舞心中一动，打定了主意，往右侧靠拢。

她身后为首的那个黑衣人了然，打了一个快速埋伏的手势，嗖嗖嗖——黑衣人们全都往帝国学院的方向潜伏而去。

然而，当凤舞真到了分岔路口时，她毫不犹豫地朝着十里桃花林冲去。

可恶！为首的黑衣人气坏了，好阴险的丫头。

不过，那里可是十里桃花林，擅闯者死！

为首的黑衣人咬牙，来不及召唤其他黑衣人了，他凝聚全身的灵力，嗖嗖嗖——速度比之前暴涨一倍，朝凤舞追去。

十里桃花林近在眼前，只要进了桃林，凤舞就有喘息的机会了。

就在这时，凤舞听到身后传来剧烈的破空声，她扭头一看，为首的那个黑衣人正以恐怖的速度朝她冲来。

不好！凤舞脸色微白，试图加快速度，可是这已经是她最快的速度了。

双方的距离不断缩短，凤舞已经能听到为首的黑衣人阴森的诡笑声了。

"去死吧！"为首的那个黑衣人手中长剑高高举起，同时身子高高跃起，空间瞬间出现了一道裂痕。

凤舞能感觉到一股庞大到让她无法抗拒的力量出现在她头顶，她内心充满了紧张和绝望。

就在这时，一道白光从凤舞手中闪出，然后到了凤舞身下。

"抓紧了！"是彩凤鸟的声音。

嗖——彩凤鸟瞬间将凤舞带走了。

为首的黑衣人蒙了，他手中长剑应该劈在凤舞身上将她劈成两半的，凤舞却一下子从他眼前消失了，他手中长剑收势不住，猛地劈落在地，冲击波朝四面八方席卷开来，地面被劈出一道深深的裂痕，深达数十米。

为首的黑衣人气得鼻子都歪了。这个凤舞是属猫的吗？有九条命吗？每次都在关键时刻逃脱。

看见凤舞冲进十里桃花林，为首的黑衣人恨极了，虽然知道十里桃花林有规定，任何人不得在内械斗，但这不是外围吗？他飙升速度，也冲进了十里桃花林，决定杀了凤舞再迅速遁走。

凤舞回头一看，为首的黑衣人冲进来了，顿时明白了为首的黑衣人的打算。

这时，凤舞听到了风浔的声音："往中央峡谷跑！快往中央峡谷跑！"

可是，来不及了，为首的黑衣人已经追到了凤舞身后。

"这次看你往哪里跑！"为首的黑衣人右手浮现一道金色的流光，朝凤舞暴射而去。

风浔远远看着，不由得心生骇意，大喊一声："住手！"

这些黑衣人是谁派来的？他们宁肯自己死，也一定要杀了凤舞？

风浔恨不得自己长了翅膀飞到凤舞身边，替她挡下这致命一击，因为风浔非常清楚，若是凤舞被击中，她必死！

可是，来不及了。

风浔急得眼泪差点掉下来。

凤舞心中生出一抹绝望，她不甘心啊！好不容易恢复修炼，好不容易实力提升，好不容易有机会救活美人师父……她还有那么多事情要做，她不甘心就这么死去。

为首的黑衣人嘴角浮现一抹狰狞而诡异的冷笑："跑？你还能往哪里跑？！"

上苍似乎听到了凤舞内心的呐喊，就在那柄长剑即将刺入凤舞心脏之际，铮——兵器相撞的声音响起，那柄常人无法阻挡的剑竟然被撞成一团铁块，砸落到地面，而撞毁它的……凤舞低头一看，竟是一片淡粉色的桃花瓣，这……

一个小和尚不知何时出现在凤舞面前："阿弥陀佛，善哉，善哉！"

这个小和尚看着不过五六岁，一张萌萌的正太脸带着婴儿肥，白白嫩嫩的像小团子一般。

凤舞的目光再度往下，变成铁团的剑旁有一片小小的桃花瓣。刚才，小和尚就是用这片桃花瓣，化解了黑衣人的剑招，并且将那柄剑撞成了剑团？不能吧？一定是她眼花了。

黑衣人盯了小和尚一眼，转身就要走。

然而，还没等他走出几步，身后就传来小和尚悠悠的声音："施主，请留步。"

黑衣人心抖了一下，他哪里敢停留，抬腿就跑。

小和尚幽幽地叹息一声："唉，施主，不留点东西，你如何能走？"说罢，小和尚手指间飞出一枚小小的桃花瓣，桃花瓣以一种诡异的速度往前暴射而去，扑哧——桃花瓣擦过黑衣人右臂的时候，竟然宛若长剑一般，直接将黑衣人的右臂斩落。

什么？那样小小的一片桃花瓣？眼前这个小和尚？！

凤舞的心中掀起惊涛骇浪，满眼的难以置信，直到黑衣人发出一声惨叫，她才回过神来。

黑衣人的手臂滚落在地，他却不敢有任何反抗，闪电般往外奔去。

此刻，风浔正朝这边奔来，他岂能让黑衣人逃跑，砰！风浔抬手一巴掌，直接将黑衣人扇飞了。

小和尚似乎跟风浔很熟，看到风浔这番举动，无奈地摇摇头："风施主，十里桃花林里禁止打斗。"

"自然不会让小元宝你为难了，看我的。"风浔抬手就朝黑衣人抓去。

黑衣人被风浔一扇，正晕晕乎乎的，还没反应过来，就被风浔提走了。

小和尚看着凤舞，那双又大又黑的眼眸中浮现一抹疑惑。

"走啊！"风浔一边拎着黑衣人，一边催促凤舞赶紧离开——十里桃花林禁止斗殴，凤舞也逃不了干系的。

出乎风浔意料的是，小元宝却朝凤舞做了一个邀请的动作："凤姑娘，家师

321

有请。"

"你家师父是？"凤舞一脸疑惑，而风浔已愣在原地。小元宝的师父是谁，凤舞不知道，风浔怎么可能不知道。

"家师，世人尊称令狐大师。"小元宝笑眯眯地看着凤舞。

令狐大师？拎着黑衣人的风浔顿时震惊当场。

"小元宝你说什么？令狐大师要见她？"风浔眼珠子都快瞪出来了。他从小就陪君临渊过来，这么多年了，令狐大师才见过他一次，而现在，令狐大师居然要见凤舞？！

小元宝那张粉雕玉琢般的小脸上，笑容满溢："是的。"

风浔盯着凤舞："你认识令狐大师？"

凤舞摊手："如果我认识，就不用你带我来了啊！"

风浔一想也是，可他内心还是波澜起伏，满心的疑惑。

小元宝带着凤舞走进桃林深处。

桃林深处有一所原木色的院子，古朴而雅致。堂屋的门窗敞开着，淡粉色的桃花瓣纷纷扬扬，落到屋内。

小元宝将凤舞带入堂屋，动作小心翼翼，不敢有丝毫惊扰。

"师父，凤姑娘带到。"

在令狐大师面前，小元宝板着一张脸，颇为严肃。

令狐大师面朝窗户，背对着凤舞。

不等令狐大师说话，小元宝便转身出去了。

屋子里一下子变得特别安静，静到风吹过的声音都那么清晰。

"令狐大师！"凤舞弯腰行礼。

那道孤冷的身影转过身来，眼睛直视凤舞。

饶是凤舞这样见过大世面的人，也被这位老人家吓了一跳。

那是怎样一张脸？他的五官精致而深邃，他的容貌周正而好看，他的气质神韵宛若仙人，可是……可是那竟是一张黑白分明的脸，左边白皙剔透如羊脂玉，右边墨黑如炭，因为太过黑白分明，乍然一看，是个人都会被吓到。

好在凤舞定力足，眼中露出一抹微微的讶异后，她便恢复常态，目光泰然地望着对方，再度出声："拜见令狐大师。"

这时，一股磅礴的灵力却从令狐大师身上弥散开来，将凤舞整个人都笼罩住了。

好恐怖的杀伐之气！凤舞踉跄了一下，才勉力支撑住身体，没有膝盖一软跪倒在地。

凤舞心中骇然，她怎么得罪令狐大师了，他居然要杀她？

因为杀意太过凌厉，以至于院门口的茶室内，风浔猛地惊跳起来，手中的茶杯砸落在地。

风浔疯了一般试图往里面冲，小元宝却拦住了他的去路，风浔急得一把抓住小元宝："里面是怎么回事？令狐大师要杀凤小舞？"

风浔原本以为令狐大师要见凤舞，是因为对她一见如故，会对她另眼相待，没想到一见面他就想杀人啊！

小元宝也一脸迷茫，但他还是尽责地拦在风浔面前："没有师父首肯，任何人不得入院。"

"老头子到底想干吗？！"风浔急得团团转，凤舞这丫头真是灾难体质，到哪都会有生命危险。

"不行，我得找君老大去！"风浔很清楚，没有令狐大师的允许，这院子他是进不去的，但是君临渊可以啊！想到这儿，风浔盯着小元宝："这黑衣人你帮我看着，我去找君老大！"

小元宝绷着一张小脸，严肃地点点头。

虽然第一次见面，但小元宝对凤舞天生有好感，觉得这位大姐姐很可亲，似乎前世见过一般。

风浔身形快若闪电，掠出十里桃花林，径直朝帝都而去。

此刻的凤舞正承受着有生以来最大的重压。

令狐大师太可怕了，他连一根手指都没有动，凤舞体内的灵力就如岩浆般沸腾不止。

好痛……凤舞能够清晰地感觉到，身体表面的一个个毛孔已经出血，灵力正在疯狂散去。

"哇——"凤舞一口鲜血喷出，双腿一软，直接跪倒在地。

砰！彩凤鸟飞出来，挡在凤舞身前，怒视令狐大师："老匹夫，敢动我家小舞，等我长大，一定一口火喷死你！"

"喀喀喀——"凤舞想说话，张口就喷出鲜血来，但她还是一把抓住彩凤鸟，将它往自己衣袖里塞。

令狐大师的实力太过恐怖，彩凤鸟这样说，纯粹是找死。

然而，就在凤舞以为自己必死无疑的时候，那铺天盖地的狂暴灵力瞬间消失得干干净净。

凤舞抬头，就见令狐大师摊开手掌，一股庞大的吸力从他掌心射出。

"啊——"彩凤鸟发出一声惨叫。

"不要杀它！"凤舞惊呼一声。

可是，那股力量太过强大，凤舞根本护不住彩凤鸟，下一秒，彩凤鸟便到了令狐大师的掌心。

令狐大师那双深邃如浩渺蓝海的眼眸盯着彩凤鸟，仔细端详着。

彩凤鸟也不知道哪里来的勇气，愤怒地瞪着他："看什么看？！小爷我现在还没长大，等我长大了，必定一口火喷死你！"

凤舞扶额，这小家伙到底哪里来的勇气，敢在令狐大师面前说这样的话？

然而，让凤舞没想到的是，令狐大师居然没有动怒，甚至他还伸出食指，弹了弹彩凤鸟那尖尖竖起的耳朵。

"哎哟——"彩凤鸟最敏感的部位便是耳朵，被他一弹，它顿时惨叫一声，既愤怒又哀怨又无奈地瞅着令狐大师——这个人的实力太强大了，它根本无法反抗。

"小家伙，还真的是你。"令狐大师一松手，彩凤鸟就扑腾着飞到了凤舞肩头。

凤舞一听这话，有点发蒙。

还真的是你？这是说令狐大师以前见过彩凤鸟？可是不对啊，彩凤鸟前不久才孵化出来啊！

令狐大师望着凤舞，冰冷的嘴角勾起一抹弧度。

微笑？刚才还杀意凛然的令狐大师，突然就对她微笑了？

"坐。"令狐大师瞥了凤舞一眼。

令狐大师前方是一张矮桌，矮桌上的红泥小炉，正发出咕嘟咕嘟沸腾的声音。

凤舞深吸一口气，将身体的痛楚忍下去，慢慢走到矮桌前半跪下来。

人为刀俎我为鱼肉，令狐大师的实力深不可测，凤舞只能任凭他摆布。

令狐大师的目光落到凤舞身上。刚才他释放出来的灵力，已经超越了凤舞本身能够承受的，若是一般人，不论是身体还是精神都早已崩溃，这丫头却爆发出异于常人的意志力。

"你可知，为何你能活下来？"令狐大师那双深邃如浩瀚星空的眼眸定定地望着凤舞，语气淡淡的，仿佛在聊天气一般。

"敢问大师，为何想杀我？"面对帝国巅峰强者之一，凤舞依旧不卑不亢，神色淡然。

令狐大师不由得多看了凤舞一眼，光是这神采气度，就非同一般。

凤舞这样的淡定从容，让令狐大师想到了一位绝世少年。

"我这人向来爱做好事，所以，伤你一次，我便要帮你一回。"令狐大师望着凤舞，"你现在可以求一件事。"

凤舞心中一动！受伤一次便能得令狐大师一个承诺？如果是这样，帝国的人岂不都激动到沸腾了？

不过凤舞也知道，令狐大师对她另眼相待，怕是彩凤鸟的缘故。凤舞想到了美人师父，难道令狐大师跟美人师父也有渊源？

凤舞正要开口询问，令狐大师的话又在她耳边响起："一个问题，也算。"

好吧，还是星辰碎片最重要，只要美人师父苏醒，到时候一百个问题都能追着美人师父问。

想到这儿，凤舞那双清澈的眼眸蕴含着一道波光，她摊开手，一片桃花瓣躺在她的掌心。

凤舞正色看着令狐大师，一字一顿道："我要，第二枚星辰碎片。"

令狐大师墨染的剑眉上扬，似笑非笑地盯着凤舞，目光意味深长，他老人家的话语颇有几分玩味："你确定？"

这话什么意思？凤舞直觉他老人家话中蕴含着深意，但她还是坚定地点头："我确定！"

"这倒有些难了。"令狐大师手握茶柄，有规律地搅动着茶汤。

凤舞追问："如何难了？"

令狐大师摇头："这不是你现在的实力能做的事，且等以后吧。"

怎么能等以后呢？凤舞满脸恳求地望着令狐大师："如果我执意请求呢？"

令狐大师满眼同情地道："是吗？"

凤舞严肃而认真："是！"

"即便有生命危险？"

"即便有生命危险！"

"即便，九死一生？"

"即便，九死一生！"凤舞握拳，每一个字都说得铿锵有力。

令狐大师无奈地摇头："原本看在彩凤鸟的分上，想救你一命，谁知你一意求死，也罢！"令狐大师一挥手，一个小小的转盘出现在了矮桌上。

凤舞一愣，这是什么东西？

她仔细一看，发现这个转盘分为九格，每格都有一行文字。凤舞往第一格看去，只见上面写着：刺杀血滴子第一高手魔天。

什么？凤舞差点从椅子上蹦起来。

"这……"那可是血滴子第一高手魔天哪！别说她了，君临渊能不能杀死魔天还两说呢！凤舞又凑过去看第二格，上面写着：偷盗芈箜王国传国玉玺。

什么鬼？芈箜王国的国力不比君武帝国弱，并且高手如云。

这都是什么鬼任务？凤舞难以置信地望着令狐大师："这、这些是……"

令狐大师一副高人做派："嗯。"

凤舞："全都是这种难度？！"

令狐大师瞥了转盘一眼，示意凤舞自己看。

凤舞强忍住内心的紧张，一格一格看，后面的任务虽然难度有所降低，但仍让人胆战心惊。

凤舞："所以，我是要选吗？"

令狐大师："嗯。"

凤舞："选中哪个就去执行哪个任务？"

令狐大师："嗯。"

凤舞："如果任务失败呢？"

令狐大师："星辰碎片永远消失。"

凤舞："……"

令狐大师："如果任务成功，你就能得到它。"

凤舞深吸一口气，她只能成功不能失败，因为失败的后果是她承受不起的。

"这是什么？"凤舞疑惑地指着第九个格子的"桃花十二劫"。

"哦，这个啊？"令狐大师的眉头微微抖动了一下，他看了看凤舞，摸着下颌，一副高深莫测的样子，"这是送分题啊！"

"送分题？！"凤舞的眼眸一下就亮了。

令狐大师嗯了一声："看来看去，也只有这个任务，你有机会完成。"

凤舞也是这么觉得的，她当即一拍桌子："我选这个！"

令狐大师却摇头："这可不行！这任务都是按照天意来选的，岂能由你随意决定？不行不行。"

凤舞暗道，只有这个桃花十二劫她有可能完成，若是选偷盗敌国玉玺、暗杀血滴子第一高手之类的，她就真歇菜了。

于是，凤舞拽着令狐大师的胳膊，撒娇般摇晃："大师、大师，我就要选这个！"

令狐大师瞥了凤舞一眼："胡闹，不行的。"

凤舞将彩凤鸟送到令狐大师手里："让彩凤鸟陪您玩儿几天？"

令狐大师绷着脸："不可以。"

凤舞目光往桌上扫去，看到曲灵茶，当即道："大师，我帮您煮曲灵茶吧？保证不比您煮的差。"

凤舞竭尽全力讨好令狐大师，那谄媚的模样，看得令狐大师也是无语了。

令狐大师从来不跟人特别亲近，却不知为何，这丫头身上就是有一股让他喜欢的劲儿。

"真要这个任务？"令狐大师瞥了凤舞一眼。

"要！就是它了！"凤舞眼巴巴地望着令狐大师，眼神充满了渴求和坚定。

接下来，凤舞便看到，令狐大师将她手里那片桃花瓣贴在了第九个格子上。

凤舞疑惑地望着令狐大师。

令狐大师解释："增加选中的概率。"

连令狐大师自己都没有意识到，现在他跟凤舞说话就像跟熟悉的人一般，明明他们才第一次见面，坐下来不过一盏茶的时间。

"开始吧。"令狐大师示意凤舞开始选。

"好嘞！"凤舞盯着"十二桃花劫"，眼珠子都快暴出来了。

转盘转动起来，一开始速度很快，快到凤舞眼前出现了一道道残影，但很快转盘的速度就慢下来了，直到凤舞能清晰地看到转盘中间的那根长针一寸寸挪动着。

第一个格子，第二个格子，第三个格子……继续转啊！凤舞握紧拳头，不断地朝长针吹气。

令狐大师装作没看见。

啪嗒！长针最终停在了最后一个格子上：十二桃花劫。

凤舞嘴角扬起一抹开心的笑容，她长长呼出一口气："太好了！终于选中了！"凤舞望着令狐大师，难掩激动的心情，"这回算数吧？"

令狐大师点头："自然算数。"说着，令狐大师从怀里取出一个淡粉色的瓶子递给了凤舞。

凤舞不解地看看瓶子，再看看令狐大师。

令狐大师认真地告诉凤舞："这瓶子里的东西会告诉你，什么是真正的桃花十二劫。记住，一旦瓶子开启，任务便开始了。"

凤舞郑重地点头。

"还有……"令狐大师瞥了凤舞一眼，正要说话，却又止住，他朝凤舞摆摆手，"你且去吧。"

可是凤舞对桃花十二劫一无所知啊！她望着令狐大师："这桃花十二劫……我该找谁啊？"

令狐大师说："自然是找惊才绝艳的少年，不然受委屈的是你自己。"

凤舞一脸蒙，这话是什么意思？不会是她想的那样吧？凤舞还想再问，却被令狐大师下了逐客令。

找惊才绝艳的少年？凤舞陷入了沉思，她该找谁呢？

让凤舞郁闷的是，她脑海第一个浮现的居然是君临渊。

不行、不行！君临渊绝对不行！凤舞摆手将这个选项排除掉。

327

那……御冥夜？他倒是个不错的人选，可最近一直没见到他，不知道他忙什么去了，神神秘秘的。除了御冥夜……有了，要不找风浔吧？！这种事，风浔应该会配合她的，就算有亲密举动……谁让他是自己的哥哥呢！

想到这儿，凤舞打定了主意，这个人选非风浔莫属了。

凤舞刚出了院子，便看到一道黑影朝她扑来，黑衣人？凤舞的心微微一颤。

这个人的实力一看比为首的黑衣人更强，如果没猜错，他应该是来救为首的黑衣人的。

凤舞的身体快速偏向一侧，而这个黑衣人像是早就猜到了凤舞的走位，凤舞往哪边去，这个黑衣人就追向哪边。

他的手掌砰砰击出，带着万钧之力。

凤舞心中一惊，帝都的高手果然多，灵宗九星巅峰境的她到处被欺压。

就在凤舞躲避不开的时候，一道黑色光芒由远及近，砰——来人抬起右手，一拳砸向了黑衣人的脑袋。

"凤小舞！"匆匆赶来的风浔看到凤舞被人追打，吓得他心脏都差点停止跳动。

因为被救及时，黑衣人的手掌擦过凤舞的面颊，只划出一道轻微的血痕，并没有真正伤到她。

凤舞抬头朝救她的人望去，只一眼，她的表情变得颇为复杂，没想到又是君临渊。

凤舞想到上次见面，自己踹了君临渊一脚，甚至还扇了他一巴掌，以为再也不会见面，没想到，这次又得他相救。

一时间，凤舞面色涨红，不知该作何反应了。

凤舞低头想掩饰住内心的慌乱，却发现刚才令狐大师交给她的瓶子不知何时炸裂了。

"啊——"凤舞口中发出一道惊呼声，她的桃花十二劫啊！

凤舞再定睛一看，淡粉色的瓶子里一股灵气升起，最后凝聚成一个小小的桃花精灵，而这桃花精灵坐在君临渊的肩膀上，正对着她摇头晃脑。

不知为何，凤舞有一种非常不好的预感。

果然，一阵嗡嗡嗡的声音后，一道萝莉般甜美的声音在她脑海响起：桃花十二劫，正式开启！

凤舞再去看君临渊的肩膀，却发现那里只有一片桃花瓣，哪里还有什么桃花精灵。

"看哪儿呢？我在这，我在这！"桃花精灵在凤舞的脑海跟她打招呼。

凤舞用脑波跟桃花精灵沟通："你到底是谁？你要做什么？我警告你，你别太过分啊！快说，桃花十二劫到底是什么？"

令狐大师一直在卖关子，以至于凤舞只知道这是一道送分题，而不知道具体的内容。

"哦！"桃花精灵双眼萌萌地望着凤舞，"桃花十二劫，顾名思义，就是你们要共同完成十二次结缘。"

"你们？"凤舞皱眉。

桃花精灵点头，莲藕般白嫩的小手指向君临渊。

凤舞："什么意思？"

桃花精灵："现在要开始桃花第一劫喽。"

凤舞："第一劫是什么？"

凤舞既好奇又不敢知道。

桃花精灵穿着美美的裙子，在凤舞脑海里旋转了一圈，手中仙女棒直指君临渊，萌萌的萝莉音在凤舞脑海响起："桃花第一劫，拥抱桃花宿主。"

凤舞："桃花宿主？"

桃花精灵差点翻白眼："就是那位惊才绝艳的美少年啊！哎呀，美女少主，你往哪儿看呢？"

凤舞："君临渊？"

桃花精灵"嗯嗯"点头。

凤舞跺脚："我的人选是风浔啊，怎么变成君临渊了？！"

桃花精灵缩了缩脖子，她怎么敢承认，是她偷偷选了君临渊呢！

不论是颜值还是气度抑或天赋实力，都摆在那儿呢，是个人都会选君临渊嘛！她家美女少主是眼瞎了吗？

桃花精灵清咳一声："哎……这个……不是你自己拿不稳瓶子，将我弄到人家身上的吗？"

凤舞抽自己一巴掌的心都有了，心情抑郁得不行。

桃花精灵催促凤舞："喂喂，快去啊！"

凤舞："干吗？"

桃花精灵跺脚："桃花第一劫啊，拥抱桃花宿主啊，你知不知道，这是有时间限制的。"

凤舞："啊？"

"一盏茶的时间内完成不了，桃花十二劫任务失败，您要的星辰碎片永远都不会出现了。"

凤舞："……"

桃花精灵："是的，就是这样的。"

令狐大师说好的送分题呢？这就是送分题？

桃花精灵感受到凤舞身上浓浓的怨气，瑟缩了下脖子，提醒凤舞："喂喂，桃花宿主看样子要走了哎！"

一盏茶的时间必须完成任务，而君临渊马上就要走了，凤舞内心真是纠结死了。

偏偏这时候，桃花精灵补充了一句："拥抱时间必须超过两秒钟，否则无效啊。"

凤舞："闭嘴！"

桃花精灵赶紧捂住嘴巴，那双漂亮的大眼睛滴溜溜转着。

凤舞不知道有多郁闷，这才是第一劫，天知道后面的十一劫都是什么。

如桃花精灵所言，君临渊对凤舞视而不见，就好像没她这个人一样，傲然转身离去，颀长的背影透着决然。

"快去啊！"桃花精灵提醒凤舞，"星辰碎片啊！"

凤舞想到能救美人师父的星辰碎片，哪里顾得上许多，当即炮弹般朝君临渊冲去。

砰——凤舞撞到君临渊后背，撞得她鼻子都酸了，差点流出鼻血。

凤舞闭着眼睛，不管不顾地抱住了君临渊精瘦的腰。

风浔看得眼睛都直了，凤小舞这是突然开窍了？

一旁的小元宝也睁大了眼睛。君殿下不是不喜欢人靠近吗？不是有深度洁癖吗？怎么还没有将凤施主丢开？

最震惊的人，还是君临渊，他之前跟凤舞闹翻，心里还憋着一口气呢！

救凤舞是理所当然，不理她却是他的骄傲，可是君殿下怎么都没想到，这丫头居然会主动拥抱他，而且是在大庭广众之下，她想干什么？

没人注意到，君殿下白皙的耳垂，浮现了一抹淡淡的粉红。

桃花精灵提醒凤舞："不对、不对！不能后腰抱，得前面抱！"

凤舞已经恨不得找个地缝钻进去了，现在听桃花精灵这么说，凤舞恨不得拍飞她。

凤舞："你不早说！"

桃花精灵瑟缩了一下。

凤舞能怎么办？反正抱都抱了，再往他怀里钻一下又能怎样？于是，在君临渊怔忡之际，凤舞绕到他身前，双手环住他的腰，脑袋埋在他的怀里，一侧面颊贴着君临渊的胸膛。

咦？凤舞惊奇地发现，君临渊的心跳怎么没有了？

她哪里知道，君殿下一惊之下，心脏都停止跳动了。

凤舞现在最关心的是："这回好了没有？"

这时候，如果桃花精灵说还不行，凤舞绝对会拍飞她。

桃花精灵松了口气："好了、好了，桃花第一劫完成！"

桃花精灵话音未落，凤舞便猛地往后退去。

君临渊内心极度纠结，他拳头紧握，正在考虑要不要反手抱凤舞的时候，这丫头却飞快地离开了他的怀抱，往桃花林外退去。

"喀喀——"君殿下清咳一声，掩饰尴尬。

小元宝哪壶不开提哪壶，他望着君临渊："太子殿下，您就这么被轻薄啦？！"

"什么轻薄？"风浔没好气地敲了小和尚的脑袋一下，"一厢情愿才叫轻薄。"

小和尚不解地抓抓脑袋："不懂。"

君临渊瞪了风浔一眼："胡说什么？"

风浔摸摸鼻子，好嘛，君老大到现在还嘴硬，看来这事儿还有的虐啊！

凤舞并不知道她离开后发生的事，但她猜也能猜到一些。

"啊——"空旷的树林里，凤舞用脑袋撞树。

桃花精灵瑟缩了下脖子，想开口安慰，又害怕殃及池鱼，过了一会儿，桃花精灵终于忍不住了："喂喂，美女少主，别这样！"软软的萝莉音很是好听。

凤舞内心却仿佛有一团火在燃烧："如果是风浔多好啊，我抱他多方便啊，根本没有一点难度，为什么偏偏是君临渊？"凤舞快哭了。

桃花精灵揉揉鼻子，这时候她才不敢说，因为她是颜控，所以她替美女少主挑选了君临渊。

"这才是第一劫，后面还有十一劫啊！"想到这件事，凤舞欲哭无泪，"接下来还会有什么题啊？"

桃花精灵："嗯——反正……差不多都是这种吧！"

凤舞："你确定？"

桃花精灵有些心虚："大概……是吧！"

凤舞无奈地摆摆手："唉，我怪你干吗啊？这大概是天注定吧，只能兵来将挡水来土掩了。"

桃花精灵赶紧点头附和。

凤舞："第二劫什么时候开启？"

桃花精灵："明日。"

凤舞松了口气；"还好，让我喘口气先。"

凤舞有预感，这所谓的桃花十二劫肯定是要一气完成的。

凤舞回到星陨院，朝歌看到她，赶紧上来问："小舞，你回来啦？"

凤舞点点头，坐在桌前，双手托腮，唉声叹气。

朝歌一看凤舞这样，以为事情没办成，她拉着凤舞的手安慰道："小舞，你别太难过，这次见不到令狐大师，下回总能见到的。再说了，这帝都这么多人，能见到令狐大师的，一个巴掌都数得过来，所以见不到很正常，你不要太难过。"

凤舞："……"她宁愿没有见到令狐大师。

如果她知道桃花十二劫是这样的，还是跟君临渊……她宁愿去偷敌国玉玺，或者去暗杀血滴子第一高手。

"小舞，有什么事情，你说出来，兴许我们能帮你分担啊！"朝歌拉着凤舞说道。

凤舞内心的悲伤逆流成河，她要怎么跟大家说桃花十二劫的事？谁知道后面还会发生什么？如果是让她跟君临渊拜堂成亲洞房呢？

"啊！"凤舞气得一拍桌子蹦了起来。

"小舞，你怎么了？"朝歌被凤舞吓了一跳。

凤舞回过神来，抬头一看，大家都担心地望着她，凤舞这才意识到，自己太过一惊一乍了。家里这么多人需要她保护，这个家需要她撑着，她怎么能吓唬大家呢？

"没事、没事。"凤舞摆摆手笑着说，"这件事我会解决的，你们快去休息吧，时间不早了。"

一夜无话。

第二日一早，凤舞是被一阵窸窸窣窣的声音吵醒的。

什么声音？凤舞揉揉发涨的脑袋。

"美女少主，醒醒，醒醒！"是桃花精灵软萌萌的声音。

凤舞拥被坐起，过了好一会儿，她的记忆才渐渐恢复。

"桃花十二劫！"凤舞痛苦地揉揉眉心，她有预感，接下来的日子怕都是她的苦难日了。

可是，为了美人师父，拼了！凤舞握紧拳头告诉自己。

"桃花第二劫启动了。"软软的萝莉音在凤舞脑海响起。

凤舞心抖了一下："什么任务？"

桃花精灵顿了顿，有些为难地看了凤舞一眼。

凤舞："你就说吧，我已经有心理准备了。"

"哦。"桃花精灵同情地看了凤舞一眼，"桃花第二劫，就是一个时辰之内，牵到桃花宿主的手，并且——"

"牵手？"凤舞差点蹦起来。

"嗯嗯！"桃花精灵看着近乎抓狂的凤舞，弱弱地说，"并且，至少要一分钟。"

"你——"凤舞指着桃花精灵，"这个不行，换一个。"

牵手是交心的一种形式，它代表的意义可比拥抱重要多了。

"没法换的。"桃花精灵望着凤舞，"只有进行和放弃两种选择。"

凤舞："……"

见凤舞耷拉着脑袋，桃花精灵好心地提醒："美女少主，你只有一个时辰的思考时间哦！如果超过这个时间，就是任务失败了哦！"

桃花精灵一边说，一边画了一个沙漏，沙漏里沙子下落的速度快得让人崩溃。

一个时辰啊！就算她想牵手，也得找到君临渊才行啊！

凤舞麻利地下床，一会儿就将自己收拾妥当了。

秋灵推门进来，正要帮凤舞梳妆打扮，见自家姑娘已经收拾得干净漂亮："小姐……"秋灵刚说出两个字，就见凤舞朝她摆摆手："我有急事先出去了。"话音未落，凤舞疾风般从秋灵面前闪过，转眼就消失了。

"小姐，您要去哪儿啊？"秋灵冲着凤舞的背影喊道。

去哪儿？难道要说这一大早的就去太子府吗？凤舞才不会让人知道她现在要去做的事情呢！于是，她没有说话，只冲秋灵摆摆手。

朝歌走过来的时候，只看到了凤舞那挥舞的右臂，疑惑地问道："怎么回事？这一大早的，小舞去哪儿啊？"

秋灵一脸蒙："不知道啊！"

朝歌："看这方向，怎么是往太子府去的？不会、不会，小舞才不会去找君殿下呢！"

第十三章
一路追逐

凤舞还真是去找君临渊的，她路上跑慢点，桃花精灵都会提醒她时间。

终于站在了太子府门口，凤舞又有些犹豫了。

事实上，整个太子府的气氛，从昨晚太子殿下回来后就怪怪的，感受最明显的就是封管家和宫嬷嬷了。

"殿下还在书房里？"宫嬷嬷拎着食盒过来，看着书房里亮了一夜的灯火，疑惑地看了封管家一眼，"昨日，是发生了什么事情吗？"

封管家摸着下巴，嘴角微微扬起。

宫嬷嬷："你笑了！"

封管家："我有笑吗？"

宫嬷嬷认真地点头："而且笑得很贼！快说快说，殿下这是怎么了？"

封管家瞥了她一眼："一把年纪了，还如此八卦。"

宫嬷嬷踩了封管家一脚："喂，姓封的——"

封管家抬着下巴，微微一笑："你猜啊！"

宫嬷嬷嘟哝了一句："该不会跟凤舞姑娘有关吧？"

封管家一脸神秘的笑。

宫嬷嬷当即皱眉："不会吧？真跟凤舞姑娘有关系啊？"

封管家看了宫嬷嬷一眼："你不是挺喜欢凤舞姑娘的吗？现在这语气，有些不对啊！"

宫嬷嬷怨念道："君殿下喜欢，我们这些身边人能不喜欢吗？但是你也看到了，凤舞姑娘做事有多过分，还甩我们殿下一巴掌，我真的是……"

谁家的孩子谁疼，君临渊是宫嬷嬷看着长大的，看到他受委屈，宫嬷嬷自然就对凤舞多有抱怨了。

封管家只是笑："谁让咱家殿下先轻薄人家呢？这也怪不得人家姑娘。"

宫嬷嬷："我知道，可我就是见不得咱们殿下受委屈。对了，昨日发生了什么事？殿下都在里面坐一晚上了，怎么还不出来？"

就在这时，门吱呀一声打开了。

"喀喀！"君殿下出现在门口，丰神俊朗，风采卓然。随即，君临渊目不斜视，径直离开了。

封管家快步跟了上去。

宫嬷嬷忙问："殿下这是去哪儿？"

君临渊漫不经心地道："出去走走。"

凤舞来的时候走的后门，君殿下离开的时候走的前门，两个人就这样错过了。

凤舞不知道君临渊已经离开了太子府，她站在门口犹豫不决。

门卫刘三走上前问道："凤姑娘，您是要见我们殿下吗？外面露水多，要不您进里面等吧！"

凤舞脑海响起桃花精灵的声音："还剩下一个小时三十分钟哦。"

凤舞深吸一口气，死就死吧！

"好！"凤舞昂首挺胸，雄赳赳气昂昂地走进了太子府。

刘三早就差人去告诉宫嬷嬷了。

宫嬷嬷一听凤舞姑娘来了，虽然对她依旧有些怨气，可宫嬷嬷知道不能怠慢她，便亲自迎了出来。

"宫嬷嬷。"看到宫嬷嬷，凤舞脸上浮现一抹笑意。

宫嬷嬷却幽怨地看了凤舞一眼，就移开了目光。

凤舞何等敏感的一个人，自然察觉到了："宫嬷嬷，发生什么事儿了吗？"凤舞挽住宫嬷嬷的手臂，问道。

宫嬷嬷轻哼一声。

看来问题有点严重啊！凤舞道："宫嬷嬷，是我做了什么事，让您不高兴了吗？有事您要说啊，可别在心里憋着，您不说我怎么知道呢？"

宫嬷嬷瞥了凤舞一眼："这可是你说的？"

凤舞笑着点头："嗯嗯，如果我做错了什么，宫嬷嬷您可千万不要藏着，直接说就是了。"

宫嬷嬷盯着凤舞道："你以后要对我们家殿下好一点，不许再欺负他了，知道吗？"

欺负君殿下？凤舞很无语："宫嬷嬷您是不是误会什么了？我怎么会欺负君临渊？我又怎么敢欺负他？他可是帝国年轻一代中的至高王者，权倾天下，文武百官看了他心都要抖三抖，我怎么欺负他啊？他欺负我还差不多。"

宫嬷嬷没好气地瞅着凤舞："这个世界上，谁敢对殿下大呼小叫的？"

凤舞："呃……"

宫嬷嬷瞪着凤舞："这个世界上，谁敢踩殿下的脚？"

凤舞："呃……"

宫嬷嬷继续瞪着凤舞："这个世界上，谁敢打殿下的脸？"

凤舞："呃……那不是因为君临渊他……"

宫嬷嬷无奈道："你知不知道你最后那一推，伤到殿下了？"

凤舞："他受伤了？"

宫嬷嬷戳戳凤舞的额头："我会骗你吗？"

凤舞摸摸鼻子，她知道宫嬷嬷不会骗她，可是宫嬷嬷怎么会觉得她欺负君临渊呢？明明是君临渊欺负她啊！

"还剩下七十五分钟。"桃花精灵提醒凤舞。

"啊对了！"凤舞拉着宫嬷嬷，"君殿下呢？他在哪里？"

"你今天是专门来找殿下道歉的？"宫嬷嬷看了凤舞一眼。

凤舞："呃……对，我是来找他握手言和的。"

说到这里，凤舞眼睛大亮，对啊，她怎么没想到呢，她来找君临渊握手言和，不就名正言顺地和他牵手了吗？

"宫嬷嬷，你真是太可爱了！"凤舞兴奋道。

宫嬷嬷没好气地瞥了凤舞一眼："可惜你来迟了。"

"什么意思？"凤舞不解。

宫嬷嬷："殿下出去了。"

凤舞："去哪里了？！"

宫嬷嬷："殿下说出去走走，我也不知道他去哪里了。"

这时，桃花精灵惊呼道："哎呀，这可怎么办？时间所剩不多了呀。"

凤舞赶紧问宫嬷嬷："他什么时候走的？我怎么没看见？"

宫嬷嬷："刚走一会儿。殿下从前门离开，而你从后门进来。"

凤舞气得拍了自己的脑袋一下，心道，让你在门外纠结，现在人都找不到了。若是找不到君临渊而导致任务失败，凤舞都不知道该怎么哭了。

凤舞赶紧往前门冲去。

大门外的街上人来人往，却没有君临渊的身影。

凤舞赶紧问守门的护卫，君临渊往哪个方向去了？护卫告诉凤舞，君殿下往西大街去了。

西大街？凤舞立即去追。可是，她跑出去很久，也没有看见君临渊的身影。

"美女少主，只剩下一个小时了哦！"桃花精灵提醒凤舞。

凤舞哭丧着一张脸："我知道。"

凤宅是这个方向，风北王府是这个方向，无定寺是这个方向，连皇宫都是这个方向，所以，君临渊到底去了哪里？

"不是说身子骨不好吗？还到处乱走。不管了，先去风北王府找找吧，说不定他找风浔去了呢。"凤舞快步往风北王府冲去。

大早上的，风王妃还在用早膳，看到凤舞过来，她特别高兴，拉着凤舞就要一起用膳。

凤舞哪里有闲心用膳啊，她现在所有心思都在寻找君临渊上。

凤舞开门见山地问道："君殿下没来这儿吗？"

风王妃好奇地看着凤舞："你找君殿下？"

凤舞点头："嗯嗯。"

风王妃坐正了身子，严肃地问道："你找君殿下怎么找到这儿来了？还有，你为什么一大早就找君殿下？小舞，你现在和他……"

凤舞赶紧澄清："我和他没关系！"这真是此地无银三百两。

风王妃眼中露出沉痛之色："小舞，莫非你也被他迷惑住了？"

凤舞："没有，真的没有！干娘，你真的想太多了。君临渊那样的人，我怎么可能会喜欢？我喜欢谁也不可能喜欢君临渊啊！"

砰——就在这时，凤舞身后传来一道撞击声，凤舞回头一看，风浔一脑袋撞门上了。

凤舞吓了一跳，她还以为是君临渊呢！

"你怎么偷听我们说话？"凤舞指责风浔。

风浔一脸无辜："怎么能是偷听呢？你嚷嚷得那么大声，我们想不听见都不可能。"

凤舞心脏狂跳："我们？你跟谁？"

风浔玩味地看着凤舞："当然是跟君老大啊！"

轰隆隆——一道巨雷在凤舞头顶炸响，炸得她头皮发麻，呆立当场。

凤舞转头看向凤王妃，凤王妃一脸无辜，摊手："为娘也不知道……君殿下来了啊！"

凤舞哭丧着脸，今天是她的不祥之日吗？诸事不顺啊！

"君临渊人呢？！"凤舞反应过来，赶紧问风浔。

风浔摊手："刚才你那么大声地说，喜欢谁都不会喜欢君临渊，以君老大的脾气，他当然是直接走人啦！"

凤舞急道："君临渊在这里，你为什么不提醒我？为什么啊？"

风浔无辜极了："我哪知道你这么口是心非啊！"

"我哪里口是心非了？我根本就……哎，算了，你快告诉我，君临渊往哪个方向去了？"

"东边。"

凤舞瞪了风浔一眼，然后快如闪电般往外蹿去。

凤王妃眸中浮现一抹担忧："小舞她……该不会真的……对君殿下动情了吧？"

风浔反问凤王妃："有什么不好吗？"

凤王妃没好气地瞪他一眼："以前跟你说的话都白说了！嫁入皇族，三宫六院的，好什么好？！"

风浔摸摸鼻子："呃……"

他不好意思告诉娘亲大人，昨日在十里桃花林，凤小舞主动抱君老大了呢！还是从后腰抱变成往人家怀里钻，并且持续的时间不短，这一看就知道凤舞那丫头很主动啊！

凤舞到处寻找君临渊的时候，天下楼里，凤琉正在买醉。

凤琉一想到凤舞就心情不好，于是约了几个好姐妹到天下楼饮酒，其中自然少不了凤桑。

"你不要再喝了。"凤桑无奈地看着凤琉，"这样醉醺醺的，成何体统？"

凤琉一摆手："你不要管我！我要喝！让我喝！"

"咦，这不是凤琉吗？"左青羽和独孤雅莫正要往楼上去，听到五楼包间传来的声音，两人对视一眼。

凤琉无足轻重，但是她姓凤，所以还是有点利用价值的。

左青羽和独孤雅莫不请自来，推门进入，一眼就看到了喝得醉醺醺的凤琉。

凤琉看到左青羽："青羽是你啊，真巧啊。"

左青羽笑道："不介意我们坐下吧？"

凤琉本来就想和左青羽处好关系，怎么会不答应，她一边晃着脑袋，一边乐呵呵地摆手："不介意，当然不介意。"

落座后，左青羽看着因为醉酒而双颊绯红的凤琉，假装关切地问道："凤琉妹妹，你这是怎么了？大白天的怎么喝这么多酒啊？"

凤琉抱着酒瓶子呜呜地哭。

左青羽假装好心地问她："你这是怎么了？怎么哭了呢？该不会是凤舞欺负你了吧？"

听到凤舞的名字，凤琉心中一动，清醒了一些："你怎么知道凤舞欺负我了？"

左青羽一副果然如此的表情："她真欺负你了啊？哎，我只是猜测一下，以凤舞的性子，她现在肯定骄傲得不可一世了。"

左青羽最擅长的就是怂恿别人替她冲锋陷阵，她自己躲在后面看热闹，现在，她就看中了凤琉这个蠢蠢的炮灰。

凤琉气得面色涨红，目露凶光。

"这凤舞也真是的，八字还没一撇呢，她就骄傲上了？"一旁的独孤雅莫冷笑一声。

女孩子间，别管之前关系如何，如果现在她们突然多了一个共同的敌人，她们之间的关系就会迅速升温。

凤琉气得将酒瓶子往桌上一砸："她现在当然骄傲了，君殿下可是抱着她离开的呢！抱着她，抱着她，抱着她！"

"可是……"独孤雅莫眸中浮现一抹黠光，"这其中难道不会有原因吗？"

"什么原因？"凤琉瞪大眼睛，激动地问道。

独孤雅莫："比如君殿下欠凤舞人情什么的……哦，对了！"独孤雅莫激动地一拍桌子，"一定是因为退亲的事！"

大家都望着独孤雅莫。

独孤雅莫难掩激动的心情："五年前，凤舞不是被退婚了吗？君殿下肯定觉得欠凤舞的，所以君殿下才会在轩辕家因为凤舞而伤了轩辕老爷子，才会在凤舞和轩辕靖生死决战的时候出现，从轩辕靖的身体里抓出轩辕老爷子的灵魂体。"

大家原本都信了君殿下对凤舞是有兴趣的，现在听独孤雅莫这么一说，都表示赞同。对啊，谁说君殿下喜欢凤舞了？肯定是因为之前的事情觉得愧疚，君殿下才出手帮助凤舞的。

然而，她们也不想想，君临渊是那种会因为愧疚而补偿的人吗？

这几个姑娘找到这个自欺欺人的借口后，都激动不已。

凤琉："呵呵，凤舞还真以为君殿下喜欢她啊？如果她知道殿下只是想要补偿她才会帮助她，她应该会气哭吧？"

独孤雅莫："凤舞太张扬了，现在闹得尽人皆知，等哪天真相大白，哎呀，丢脸

死了，你们凤族都要被她连累了。"

凤桑皱着眉头一直没有说话。君殿下是出于补偿心理？以君殿下的性子，便是想要补偿，也肯定是让他手下出手，他那样高高在上的人怎么会亲自出手，而且还抱着凤舞离开？但是这话凤桑不能说，一旦她说了，这里就不会有她的位置了。

凤琉气得拍桌子："凤舞太张扬了，太嚣张了！真希望这时候谁能打压一下她的气焰！"

独孤雅莫突然心中一动，望着左青羽："青羽，你姐姐什么时候回来？"

左青羽笑道："我姐姐没晋升到灵侯境，怕是不会回来的。"

"她不担心吗？"独孤雅莫望着左青羽，"凤舞现在分明是在勾引君殿下啊！"

左青羽轻笑："你想太多了吧？凤舞那样的臭丫头，能跟我姐比？她给我姐提鞋都不配呢。"

凤琉道："说得对！凤舞怎么能跟青鸾姐姐比？！"

左青羽摆手笑道："就算凤舞真的运气逆天，勾引了君殿下，也最多是个太子良娣罢了。一个小小的侧妃，能在太子妃面前翻起什么浪花来？"

大家一想也是，但心里还是有些酸溜溜的。不是凤舞就是左青鸾，怎么就不能是她们？

就在这时，外面一阵骚动，左青羽耳尖，听到了一个人的声音，君殿下？

"难道是君殿下来天下楼了？"左青羽顿时激动不已。

虽然姐姐和君殿下是命定的姻缘，但谁说小姨子不能做侧妃？姐妹同侍一人，传出去也是一段佳话啊！

左青羽从来没有停止过这样的幻想，所以一听到君临渊来了，她当即冲了出去。

这几个姑娘为何会对凤舞有如此深的敌意，她们又为何能结成统一战线联盟？就因为她们有一个共同的目标——君殿下，所以，冲出去的又何止左青羽一个人。

此刻，凤舞急坏了！君临渊呢？君临渊到底去哪里了？该找的地方凤舞都找了，君临渊平常爱去的地方她也搜了个遍，就是没有看到君临渊的影子。

他不会去凤族了吧？想到这儿，凤舞以最快的速度冲向星陨院。

朝歌看到凤舞回来，不禁一惊："小舞，君殿下是不是打你啦？"

凤舞一把拉住朝歌："没有、没有！君殿下来过了？"

朝歌点头："就在刚才，君殿下来了，怒气冲冲的，临走的时候，他还抬脚踹了家里的围墙。"朝歌指着被君临渊踹的残垣断壁，"这已经是第三次了！"

凤舞哪还顾得上墙塌不塌啊，她现在只关心："君临渊呢？！"

朝歌同情地望着凤舞："小舞，君殿下好凶的，咱们往后别跟他来往了好吗？"

凤舞内心是崩溃的，是她想跟君临渊来往吗？现在是她不得不跟君临渊来往啊！

这时，桃花精灵又提醒她："美女少主，只剩下最后的二十分钟了哦！"

凤舞急坏了，转身又要出门去找君临渊。

朝歌见凤舞如此着急地找君临渊，她长叹了一口气，小舞不会真的陷进去了吧？

朝歌痛惜极了，可是看着凤舞焦急的样子，她不忍心不告诉她："我记得君殿下离开的时候，封管家提了一句，要不要去天下楼？"

天下楼？！凤舞恨不得抱着封管家转圈，这位老人家真是太可爱了！

凤舞转身就往外冲，速度快得宛若流星，眨眼就不见了。

朝歌咬着下唇，眸中浮现一抹深深的担忧。

赵嬷嬷和秋灵听到动静走出来，见只有朝歌一个人，不由得惊讶。

秋灵问："刚才我好像听到咱小姐的声音了，难道是我的错觉？"

朝歌："你没有听错。"

秋灵："可是小姐呢？还没回来吗？唉，小姐也不知道在忙啥，以前从没见她这么火急火燎过。"

朝歌咬着下唇，欲言又止。

是啊，自从那日被君殿下抱着离开帝国学院后，小舞好像就变了。

朝歌："你们说，小舞是不是喜欢上君殿下了啊？她一大早就跑出去找君殿下，现在又……"

大家面面相觑："不会吧？"

凤舞以最快的速度冲到了天下楼。

她担心她到的时候，君临渊又离开了，那样她真得哭了。

好在，凤舞冲进天下楼的时候，看到大堂里热闹得很，很多人都在高兴地说，君殿下现在在天下楼呢！

凤舞呼出一口气，噔噔噔上了楼，却在楼梯口被人拦住了。

"请出示您的卡牌。"守在楼梯口的侍女的声音一板一眼，带着威严。

天下楼的每一层都代表着不同的身份，没有卡牌寸步难行。

凤舞微微蹙眉，她来过天下楼好几次，从没出示过卡牌，而她手里也没有卡牌。

"哟，这不是凤舞姑娘吗？"就在凤舞为难之际，一个声音响起，阴阳怪气的，一听就不怀好意。

凤舞微微蹙眉，偏头望去，竟是左青羽，而左青羽身边还有几个她的熟人。

凤珑看到凤舞，当即嗤笑出声："哎哟，这是谁啊，没有卡牌来什么天下楼啊？"

独孤雅莫没想到会在这里见到凤舞，更没想到是在凤舞如此狼狈的时候，她掩唇而笑："凤舞姑娘，要不，来跟我们一桌？我们可是在五楼呢！"

凤舞没空理会这几个故意找碴儿的女人，她现在最重要的事是找到君临渊。

"我要见你们楼主。"凤舞盯着那个侍女。

侍女容貌清秀，但是一脸的严苛，她瞥了凤舞一眼，淡淡地说道："我们楼主不是谁想见就能见的。"

"噗——"闻言，左青羽等人喷笑出声。

凤琉对凤舞说："这里是你能随便来的地方吗？还想上楼？不自量力！"

左青羽似笑非笑地望着凤舞："要不，你求我啊？我带你上去如何？"

凤舞眉头微蹙。

风浔倒是有一张能到达顶层的卡，但是现在跑去找风浔，然后再回来，显然时间来不及了。

"美女少主，还有最后五分钟时间。"桃花精灵适时提醒凤舞。

凤舞："……"

凤舞和左青羽等在这里起了冲突，世人又都爱看热闹，于是，聚过来的人越来越多。

凤舞环顾四周，除了左青羽等人，一个熟人都没有，既然如此……凤舞开始往后退。

众人一看凤舞这架势，以为她是要放弃了，纷纷摇头，凤舞此刻的表现，跟她和轩辕靖生死战的时候完全不一样啊！

就在这时，凤舞深吸一口气，仰头大吼："君临渊，你给我出来！"

所有人都像看鬼一样看着凤舞。

"天哪！这这这……"

"凤舞居然敢在天下楼里吼。"

"她是不是疯了？！她不知道天下楼是禁止喧哗的吗？"

"在天下楼里喧哗，不仅会被拉进黑名单，严重的话，还会被永久监禁。"

"凤舞这是想死吗？"

"而且，她居然敢直呼君殿下的名字。"

……

左青羽等人也睁大眼睛，不可思议地瞪着凤舞，这个凤舞现在太嚣张了。

左青羽嘴角扬起一抹阴险的冷笑。君殿下最不喜欢的就是这般肆意张扬之人，之前凤舞因为漂亮的脸蛋得殿下另眼相待，而她现在这般作为，怕是人生路走到尽头了。

此时的君临渊呢？毫无疑问，他正在楼外楼里。

犹记得当初在这里，凤舞那个坏丫头亲手缝了一只小黄鸭。君殿下看着手里丑丑的小黄鸭，他就不明白了，漂漂亮亮的一个姑娘，针线活儿怎么这么差。

再想到那丫头在风北王府喊出的那句话，君殿下俊朗的面容上寒霜笼罩，眼中燃着熊熊的怒火。

"哼！凤小舞，你凭什么在本太子的脑中跑来跑去？你都跑不累的吗？"

门外，封管家清咳一声，又赶紧掩住自己的嘴，可不能让殿下听见。

君殿下站在窗前，手里拿着那只丑丑的小黄鸭，恨不得将它丢下去。这真是他这辈子见过的最丑的绣品了，简直拉低了他君太子的格调，谁喜欢戴着？可是，就在松手的一瞬间，君殿下又气呼呼地收回手来。算了、算了，好歹是个荷包，里面还装了几块碎银子呢，丢了可惜。于是，君殿下又将小黄鸭荷包系回了腰上。

门敞开着，君殿下犹豫不决的样子落入封管家眼中，封管家无奈地苦笑着摇摇头。对修炼者来说，最难修炼的便是情劫，殿下这分明是入了情海而不自知啊！

君殿下掷地有声："凤小舞，你给我等着！"

在外人眼中不可一世的君殿下，竟也有如此幼稚的一面。封管家表示，自从遇见凤舞后，这已经是他们家太子殿下的常态了。

就在君殿下在顶层的楼外楼纠结地演着独角戏时，一道怒吼声传来："君临渊，你给我出来！"

这声音，便是见过大世面的封管家，脸皮子也不由得抖动了一下。

一时间，空气中有一种诡异的安静。

封管家提醒君殿下："殿下，是凤小舞的声音。"

原本打算迈出房间的君临渊，嘴角勾起一抹嘲讽的冷笑："将她给我赶出去！"

封管家："……"

君殿下瞪眼："我的话你都不听了？"

封管家摸摸鼻子，自言自语道："也不知道舞小姐受了怎样的委屈，才会当堂这样求助。"

君殿下："你觉得她这是在求助？"他怎么觉得她是在挑衅呢？

封管家："听着是求助啊！不然，舞小姐怎么不喊小王爷，不喊小侯爷，只喊殿下您呢？可见在她心里，殿下您是最重要的。"

原本铁青着脸的君殿下听到封管家这些话，表情不自然起来，他一甩袖子冷哼一声："求助？她没长脚？不会上来？"

封管家又自言自语道："如果没记错的话，舞小姐可是没有卡牌的，别说这楼外楼了，怕是二楼都上不来吧？"

343

君殿下："……"

封管家："如果没记错的话，殿下您亲自定的规矩，在天下楼喧哗，重则永久监禁。这怎么没声音了？舞小姐不会是被人带走了吧？"

君临渊："……"

封管家："对了，殿下您刚才让我赶舞小姐出去是吗？老奴这就去办……"

"等等！"君殿下瞪了封管家一眼，"将她给我带上来！"

然而此刻，十名少羽卫已经将凤舞包围了起来。

请凤舞出示卡牌的那名侍女叫海月，就是她叫来的少羽卫。她指着凤舞，傲慢地对少羽卫说："就是这个女人，胆敢在天下楼喧哗，将她拿下！"

两名少羽卫宛若猛虎般朝凤舞扑去。

凤舞眸中浮现一抹焦急之色，如果被少羽卫抓走，她就无法完成任务了。

"美女少主，只有最后的三分钟了。"原本还优哉游哉的桃花精灵这会儿也有些着急了，忙出声提醒凤舞。

左青羽嘴角含着淡淡的冷笑，目带嘲讽地望着凤舞，其他人也都幸灾乐祸地看着眼前的一幕。

"且慢！"这时，一道冰冷的声音响起，众人回头一看："月楼主？"

天下楼的楼主楼月急匆匆赶来，天知道她闭个关有多难，正入定呢，便接到了凤舞被人阻拦的消息。

"舞姑娘！"看到凤舞后，楼月脸上洋溢着灿烂的笑容。

"楼主！"海月赶紧向楼月行礼。

楼月瞪了她一眼，眉头微蹙："怎么回事？舞姑娘来了，不好好伺候着，你们这是在做什么？"

海月心里咯噔一下，她是新来的，不懂这其中的关系啊，何况刚才左青羽塞给她一颗东海蓝珠，她一时鬼迷心窍就……

"楼主，这位凤舞姑娘没有卡牌，按照我们天下楼的规矩……"

海月的话还没说完，就被楼月强行打断了："凤舞姑娘是个例外。"

别人不知道，楼月还不知道吗？她的前任云楼主就是因为怠慢了凤舞，被撤职了啊，她可不想重蹈覆辙。

想到这儿，楼月朝凤舞笑道："凤舞姑娘，您要去几楼？"

凤舞道："我要找君临渊。"

这个……楼月为难道："殿下确实在楼外楼，只不过……凤舞姑娘稍等片刻，我这便去通报。"

在场的人都惊讶地看着楼月。

这位可是楼月啊，天下楼的楼主，多少达官显贵想跟她打好关系，她却往往拒人于千里之外，现在她对凤舞的态度却好得出奇，甚至，她在凤舞面前还自称"我"。一时间，很多人看凤舞的目光都变了。

然而，楼月还没转身，就听见一道阴阳怪气的声音响起："哟，我道是谁呢，这不是在帝国学院威风凛凛的凤舞姑娘吗？"

谁？凤舞抬眸望去，一位不怒自威的中年人站在不远处，他一身锦袍，眉目威严，透着深深的冷意。

"父亲！"左青羽看到左铭，脸上浮现一抹惊喜之色，忙上前一步挽住了他的胳膊。

以左铭的职位和实力，他是能到第八层楼的，而此刻他明显是用膳结束准备离开，他身后还跟着三名朝中大臣。

凤舞的眼睛半眯起来，她永远不会忘记，五年前，就是左铭带队擒住她，左青鸾才有机会废了她的凤凰真血。

凤凰真血被毁，凤舞最多心疼，美人师父为了救她而倒下，却是凤舞不能忍的。凤舞看到左铭，可谓是仇人相见，分外眼红了。

楼月也没想到会在这里遇见左铭，她微微一怔，但很快便反应过来："原来是左大人。"

左铭似笑非笑地瞥了楼月一眼："月楼主，您这处事未免太过随意了吧？"

楼月眉头微微蹙起："左大人何出此言？"

左铭指着凤舞："这丫头大肆喧哗，若是不罚，这规矩便被破坏了，回头旁人有样学样，岂不麻烦？"

这是怪她处事不公喽？楼月心中不悦，但面上还是带着淡淡的笑意："左大人这是吃饱喝足了吗？若是，这便去吧！天下楼的事，自有我这楼主一力承当。"

楼月隐约察觉到了君殿下的心思，可这种少年怀春之事，她能往外说吗？当然不能！

左铭没想到楼月会这样说，当即面色不好看了。他原本以为仗着他的身份，随便说一句话，凤舞便完蛋了呢！

楼月越是拒绝，左铭越觉没面子，他冷笑道："不如，左某人来替月楼主下决断吧！"

说话间，左铭来到了凤舞面前，与凤舞的目光一撞，左铭的心猛地一颤。这个臭丫头的眼睛太亮了，宛若璀璨的星辰，好似能照到人内心的最深处。左铭的心脏紧缩了一下，他恨不得将这丫头当场掐死。

事实上，他也是这么做的。只见左铭伸出手，握住了凤舞纤细雪白的脖颈。

楼月惊道："你做什么？快将她放了！"

变故突生，在场的人都难以置信地看着左铭，好凶残的左大人。

凤舞和左青鸾从小就被放在一起比较，现在凤舞再度崛起，所以左大人是忌惮凤舞吗？想到这儿，大家都用同情的目光望着凤舞。

楼月的实力比左铭稍逊一筹，她心中有些忌惮，因此不敢轻易出手。

左铭稍一用力，就将凤舞的身体提了起来，凤舞双腿悬空。

"嗯——"凤舞眼前一阵阵发黑，绝望海水般朝她涌来。

五年前，左家差点害死她。五年后的现在，左铭大庭广众之下就想杀她。要是今日她不死，她一定要将左铭碎尸万段、将左家灭门。

"左大人，请速速将凤舞姑娘放开，否则你会后悔一辈子的。"楼月阻止不了左铭，只能出声警告。

左铭口中发出阴恻恻的冷笑声，他目光阴毒地盯着凤舞，手掌越发收紧。

"左大人！"突然，一道冰冷的声音从楼梯上传来。

众人齐齐回头，当他们看到楼梯上站着的那个人时皆震惊不已——君殿下身边的封管家？

左铭看到封管家，眉头微微一蹙，他知道今日想杀凤舞是不可能的了，不过，他本来就没想在大庭广众之下杀凤舞，他有的是暗地里的手段。想到这儿，左铭哈哈大笑一声，随即松开了手。

凤舞重获自由，大口大口地喘息着。

左铭警告地盯了凤舞一眼："小丫头，以后做人，懂点分寸。"说完，左铭双手放置身后傲然离开，甚至他都没再看封管家一眼。

凤舞面容涨红，握紧了拳头。左铭欺人太甚，今日之辱，他日一定百倍奉还。

凤舞深吸一口气，将心中的郁结排去，看向封管家："我要见君临渊，现在、立刻、马上。"

这语气也太命令化了吧？在场的人都用震惊的目光望着凤舞。

然而，出人意料的是，封管家说道："殿下有请，舞姑娘请随我来吧。"

君殿下居然愿意见凤舞？一时间，全场皆惊，特别是左青羽和独孤雅莫，她俩对视一眼，眼中都有一抹憎恨之意。

"美女少主，只剩下最后三十秒了。"刚才一直保持沉默的桃花精灵终于蹿出来大声提醒凤舞。

凤舞当即以最快的速度往楼上冲去，噔噔噔……楼外楼转眼已到。

君殿下随意地坐在案几旁，矮几上的红泥小炉正咕嘟嘟地冒着滚烫的热水，一抬头，君临渊便看到了凤舞那张满含急切的脸。

急切？这丫头……

还没等君殿下想明白是怎么回事，凤舞便飞扑上前，一把抓住了君临渊的手。

君殿下被惊到了，下意识地抽回了自己的手。

桃花精灵大声提醒："美女少主，只剩下最后的二十秒钟啦！"

凤舞的心跳非常快，快到就要从咽喉处跳出来了，她赶紧再次去抓君临渊的手。

君殿下最先注意到的却是凤舞的脖颈："发生了何事？"君殿下盯着凤舞脖颈上那清晰的五指印，面色铁青，全身散发出令人胆寒的气息。

他的手抚摸上凤舞的脖颈，眸中泛着嗜血的寒光。

凤舞只觉得脖颈一凉，她赶紧往自己的脖颈拍去，可是还没等她触到君临渊的手，君临渊便抬起了她的下颌，瞪着她："说话！"

凤舞快哭了，你的手能不能不乱动啊？只剩下最后几秒钟了啊！

凤舞真怕任务做到第二阶段就完结，那样她的星辰碎片怎么办？

君殿下宛若杀神降世，目光狠戾凶残："说！"

凤舞还没说话，门外传来了封管家的声音："是左大人伤的。"

君殿下闻言，丢下凤舞，径直往外走去。

"君临渊！"凤舞怒吼一声，快若闪电般跳到了君临渊的背上。

君子报仇，十年不晚，现在她只想牵君临渊的手啊！

"只有最后的十秒钟了，倒计时，九，八，七……"

"不要走！"凤舞紧紧握住君临渊的手，力气大得吓人。

君殿下原本怒气冲天，被凤舞牵住手后，他的情绪慢慢平复了些。

"左铭他还真敢！"君殿下想抽出手去抚摸凤舞的脖颈。

"不要动啊！"凤舞快哭了。

君临渊："……"

六、五、四、三……时间一秒一秒过去，每一秒，凤舞都胆战心惊，生怕君临渊会将手抽走。

好在直到最后一秒，君临渊都乖乖站在原地，怔怔地望着她。

君临渊居高临下，看着眼前这个娇小的人儿。她额头上一层细细汗珠，眼圈红红的，鼻子也红红的，雪白的脖颈上，五个指印分外清晰。

这丫头受了这么大的委屈却不告状，只拉着他的手……君临渊墨染的眉紧锁，怜惜这倔强的小丫头了。

昨日的拥抱，今日的牵手，谁说这丫头对他没有情意？

傻丫头！君殿下正要摸一摸凤舞的脑袋，却见这丫头猛然松开了手，并且后退数步，跟他拉开了一丈远的距离。

347

君殿下微微蹙眉，看着凤舞。

凤舞终于完成了桃花第二劫的任务，她狠狠松了口气，一把抹去额头上的汗水。

"你——"君殿下朝凤舞伸出手去。

此刻的凤舞却翻脸不认人了，她又往后退了一步，目光中充满了戒备。

君殿下："……"

刚才拼了命要拉他手的人是她，现在避他如蛇蝎的人也是她，君殿下快要疯了。

"你给我过来！"君临渊瞪着凤舞。

凤舞现在可没有要求君临渊的，哪里会过去，她乐呵呵地笑着："太子殿下您日理万机，忙得很，我就不打扰您啦，这便告辞啦！"说着，凤舞挥挥手就要走。

君临渊冷峻的面庞瞬间拉了下来，他深邃的目光中隐藏着飓风般的暴怒："凤小舞，你给我滚过来！"

前一秒还热情得不行，后一秒就翻脸不认人，这丫头真是厉害呢！

凤舞干笑一声，身形一动，赶紧往外溜——此时不走更待何时？！

然而，还没等凤舞蹿出去，她耳边就传来了桃花精灵的声音："美女少主，桃花第三劫启动啦！"

什么？！凤舞硬生生收住了自己的脚步。

"第三劫？怎么会？！"凤舞气坏了，"快说是什么任务？"

桃花精灵："呃……"

凤舞："你倒是快说啊！"

桃花精灵："嗯……"

凤舞顿时有种不好的预感："你别嗯啊呃了，快点说！"

桃花精灵吞吞吐吐地道："第三劫就是……让君殿下主动将您……"后面的声音低得很，凤舞根本没听见。

"让君殿下主动什么？"

桃花精灵面带羞涩地瞅了凤舞一眼，然后双手捂脸，扭动着身子："让君殿下主动将您举高高啦！"

什么？！凤舞的脸腾地红了，她咽了一口唾沫，艰难地问出口："举……高高？"

"是的，举高高，而且必须在一个小时内完成，否则后果……你懂的。"桃花精灵提醒凤舞。

凤舞："一个小时？！"

桃花精灵郑重而认真地点头："一个小时。"

凤舞快哭了："这也太虐了吧？我才跟君临渊翻完脸，现在就得回去求他将我举高高？"

桃花精灵同情地望着凤舞："谁让你翻脸这么快了？"

凤舞："……"

桃花精灵瞪着凤舞："还站这儿？快去想办法啊！"

凤舞能怎么办？这桃花十二劫就像紧箍咒一样套在她身上，她只能耷拉着脑袋往回走。

封管家难以置信地看着凤舞。这要是以前，舞小姐早就跑远了，这还是破天荒第一次，她又折回来了。

君临渊就在房间里坐着，他能不知道凤舞折返回来了吗？但是君殿下心中有气啊！他傲然坐在太师椅上，宽大的衣袍层层叠叠，云团般落于地面。少年眼中没有温情，有的只是凌厉和愤怒。

封管家见凤舞磨磨蹭蹭地往君殿下面前走去，便知有戏，于是，一向很贴心的封管家走到门外，然后很细心地将门关上。

凤舞在心里给封管家点了个大大的赞。封管家若是在房间里，她还真说不出那句话呢，太羞耻了啊！

凤舞像小企鹅一样挪啊挪，终于挪到了君临渊的身侧，然后她可怜兮兮地瞅着君临渊。

君殿下手中执卷，冷冰冰的目光落于书卷上，看都不看凤舞一眼，当她不存在。

凤舞咬着下唇，低垂着脑袋，看来君殿下是真恼她了。

这时，桃花精灵赶紧提醒凤舞："美女少主，时间紧迫啊！"

"啊！"凤舞在脑海里瞪了她一眼，然后伸手轻轻地扯了扯君殿下的袍袖，"君殿下？君殿下？"

扯了半天，叫了半天，凤舞发现君临渊根本不理她，于是她加大了一点力气，君临渊却一甩袖子，身子往另一侧歪去。

凤舞："……"所以，她是被人拒绝了吗？凤舞哭丧着脸，觉得好没面子啊！自己主动撩人却被拒绝，如果是以前的她，早就转身走人了，谁还没有尊严啊？！

桃花精灵适时提醒她："美女少主，时间不多了，抓紧啊！"

凤舞哀怨地瞅着君临渊，在星辰碎片面前，她还有什么骨气可言？！于是，凤舞伸出手扯了扯君殿下的腰带——君殿下的腰带上绣着赤金暗纹巨蟒，一般人还真不敢碰——可是，君临渊依旧没反应。

凤舞咬着下唇，又使劲扯了扯。

终于，君殿下的眼角往上一挑，漫不经心地瞥了凤舞一眼："干吗呢？"

这态度真够冷漠的啊！就好像他们是完全不熟的陌生人一样。

凤舞暗中握拳咬牙，现在她有求于人，不敢太放肆。凤舞赶紧挤出一抹笑容，露出八颗贝齿，眉眼弯弯，说不出地好看。

君殿下的面上却浮现一抹不耐烦，他瞥了凤舞一眼，继续低头看书。

凤舞知道君临渊肯定在记恨刚才的事情，她拎了一把椅子在君临渊面前坐下，可君殿下还是不看她。凤舞伸出手，以迅雷不及掩耳之势，快速抽走了君临渊手中的书卷。

君殿下眼眸半眯起来，眼神恼怒地盯着凤舞。

"嘿嘿——"面对君殿下凶狠的目光，凤舞脸上却挤出了灿烂的笑容。

她的笑容宛若春日最烂漫的山花，看得人的心都跟着化了，根本不忍心伤害她，更何况君临渊本就对她有意。

君殿下心中一动，面上却依旧冷漠疏离。

凤舞笑嘻嘻地道："殿下，你看我啊，我长得比书好看吧？"

君殿下朝天翻了个白眼。这丫头有时候主动热情得像火，有时候又冷若冰霜，他都快以为她身体里住着两个人了。

凤舞扯着君临渊的衣袖："殿下，真的，你看我吧，你看看我吧！"

君临渊："……"

论撒娇卖萌，十个左青鸾加起来都不及凤舞一个。

"你又要本太子帮你做什么？"君临渊知道，这丫头肯定又有求于他了。

凤舞故作深沉地摸着下巴："嗯，我说什么，殿下你都会帮我做到吗？"

君临渊薄薄的唇勾起一抹漫不经心的冷笑："你觉得呢？"

凤舞在心里轻哼一声，就知道君临渊现在有防备心了，没那么好忽悠了。

"殿下，你看！"凤舞指着屋顶一只不知道什么时候飞进来的鸟雀，惊喜道，"殿下，我个子太矮了，抓不到它，要不你抱……"

此刻，假装成普通鸟雀的彩凤鸟在内心哀号，小主人这主意也太逊了吧？

果然，凤舞话音未落，君殿下手指随意一勾，还没等凤舞反应过来，彩凤鸟便到了他手中。

君临渊捏着彩凤鸟的身子，他墨染的眉微微上扬，漫不经心地瞥了凤舞一眼："它经常会跑？"

凤舞："是的呢。"

君殿下："你抓不住它？"

凤舞："嗯嗯。"

君殿下眼眸半眯，慢条斯理地道："那留着它有何用？杀了它吧！"

被君临渊抓在手中，彩凤鸟本就怕得要命，现在听了他的话，彩凤鸟心脏狂跳，它快被吓哭了。

凤舞赶紧握住君临渊的手："殿下，别，别啊！"

君殿下那俊美到让人窒息的面庞上浮现一抹冷意："殿下？"

凤舞："君、君哥哥，咱放过它吧！上天有好生之德啊！"

君临渊叹息了一声："将它翅膀废了，它便飞不起来了。"说着，君殿下还真拎起了彩凤鸟的翅膀。

可别！凤舞抓着君临渊的衣袖，急忙说道："君哥哥，咱有话好好说，好好说！"

凤舞好说歹说，才终于求得君临渊将彩凤鸟还给了她。

彩凤鸟当即以最快的速度往凤舞怀里一钻，下一秒就逃回灵戒空间了。

"吓死本鸟了！"坐在灵戒空间里，彩凤鸟抚着胸口，大口大口喘息着，刚才差一点它就性命不保了。

凤舞有些烦躁地抓抓脑袋，到底要怎么做，才能让君临渊主动将她举高高呢？

君殿下继续看书，当凤舞不存在。

桃花精灵急坏了，一个劲儿地催促凤舞："美女少主，时间真的不多啦，只有最后三十分钟了。"

凤舞："怎么这么快？！"

就在凤舞想不出办法的时候，外面传来了脚步声。

凤舞第一反应就是不好！只有他们两个人的时候，她都没办法直接说出让君临渊将她举高高的话，如果来了外人，打死她也说不出口啊！不过……凤舞在心里暗想，君临渊素来喜清静，不是谁想见他就一定见得到的。

然而，脚步声越来越近，近到凤舞都能听出来来人是谁了。

很快，门外响起了一个大大咧咧的声音："君老大，君老大——"不是风浔又是谁？！

随即，风浔兴冲冲地走了进来，他身后还跟着玄奕。

凤舞扶额，情况不太妙啊！

凤舞赶紧站起来，一把抓住风浔的手："哥，哥，君殿下在看书呢，你这样会打扰到他的，你……"赶紧走吧我的哥，求求您啦！

"君老大在看书吗？"风浔抬眼一望，却见君临渊已经放下了书卷。

不过，看凤舞焦急的样子，风浔心中一动，哎哟，自家妹子这是开窍了，要跟君临渊独处呢！

想到这儿，风浔拍了下凤舞的肩头，凑近她耳边，压低了声音，笑容不怀好意："你是要跟君老大独处是吧？"

这话还真没毛病，凤舞赶紧点头。

风浔伸出手指，弹了下凤舞光洁饱满的额头，笑容贼兮兮的："哎哟，我说你这丫头，还真的是……"

"咯咯——"一旁的玄奕适时扯了扯风浔的衣袖，提醒他注意自己的言辞。

风浔一抬头，果然看到了君老大那生人勿近的表情和冷若冰霜的眼神。

"呃……"风浔摸摸下巴，心里抖了一下，赶紧说，"你们忙，你们继续忙，呵呵呵！"说着，风浔拉起玄奕就想溜。

凤舞暗暗呼出一口气，好在风浔懂分寸，否则这第三个任务，她真的难完成了。

可是，风浔刚转身，就听见君殿下冷哼一声："就这么走了？"

咦，这是？

风浔回头，狐疑的目光从凤舞和君临渊的脸上扫过，这两位有些不对劲啊！

君殿下冷哼一声："坐下。"

风浔："哦。"

接下来，君殿下便跟风浔和玄奕聊起来了，从高手聊到世家，从世家聊到国家，从国家聊到边疆……天马行空地聊，不过大多数时候都是风浔在说，君殿下只是随意听着，偶尔发表一两句话的意见，而他的一两句话往往都是一针见血，让风浔豁然开朗。

凤舞没有认真听他们说什么，她满脑子只有一件事，怎么让君临渊将她举高高。

凤舞哀怨地瞅着君临渊，这位是不是故意消遣她呀？君临渊那么聪明，他该不会猜到了自己的目的吧？

见他们一副要聊到天荒地老的架势，凤舞坐不住了。

其实，风浔和玄奕也坐不住啊！平时君老大也没这样跟他们聊过天哪，总感觉君老大在没事找事。风浔恨不得拍自己脑袋一下，去哪里不好，怎么偏偏跑这儿来了？

风浔和玄奕对视一眼，都在对方眼中看到了疑惑和不解，然后两个人很默契地用眼神交流。

风浔：他们俩这是怎么回事啊？

玄奕：不知道。

风浔：有一种被君老大当炮灰的感觉。

玄奕：确实。

风浔：我们能跑吗？

玄奕：你敢吗？

风浔：……

凤舞正着急的时候，桃花精灵提醒她："美女少主，时间不多了；只剩下最后的十分钟了。"

凤舞长长吐出一口气，又只剩下最后的十分钟了，不抓紧的话，又会像第二个任务那样着急忙慌的。

凤舞握了握拳头，手指根根泛白，她脸上挤出了一抹灿烂的笑容。

凤舞非常清楚，风浔和玄奕都没有话语权，真正的决定权掌握在君临渊这个强势霸道的君太子手中，所以，她求谁都没用，唯有求君临渊。

想到这儿，凤舞磨蹭到君临渊身边，伸出手拉着君临渊的衣袖："君哥哥，你们也聊累了吧？要不，休息一会儿？"

君哥哥？风浔一听这称呼，差点一口水喷出来。什么时候他们的关系变得这么好，都称呼君哥哥啦？

别说风浔了，玄奕听到这一声"君哥哥"，身上的鸡皮疙瘩都起来了。

凤舞不知道吗？她当然知道了，可是为了星辰碎片，她影后级的演技必须上线啊！

"君哥哥！"凤舞拽着君临渊的衣袖，可怜兮兮地看着君临渊。

她那软糯的声音，加上清澈的目光，楚楚可怜，别说君临渊了，就是风浔看到她这副模样，都心疼得不得了。

玄奕暗中给凤舞竖了大拇指。这姑娘是真厉害，能屈能伸，撒得了娇，卖得了萌，天赋、实力、智慧又都卓然，难怪君老大会被她牵动了心思。

君殿下在小伙伴面前自然是一张傲娇脸了，他瞥了凤舞一眼，抽回衣袖："不许撒娇！"

他的脸上有些许不耐烦，这要是换了别的姑娘，早就被吓得哇一声捂着脸哭着跑走了，可凤舞岂是一般的姑娘，她咬着下唇，可怜巴巴地瞅了君临渊一眼，然后耷拉下脑袋，委委屈屈地"哦"了一声。

这样委屈的声音，再配上那张惊才绝艳的美颜，哪个男人看了能无动于衷？

君殿下摸着下巴，第一次反思，自己是不是对这丫头太不友好了？看着凤舞泫然欲泣的模样，君临渊内心居然有一点点愧疚。

"你想怎样？"君殿下瞪着凤舞。

凤舞猛地抬头，星星眼望着君临渊："我说什么就是什么吗？"

君殿下漫不经心地瞥了凤舞一眼。

好吧，果然没有那么简单。

不过，她突然灵光一闪："我有一个提议！"

什么？大家都望着凤舞。

凤舞兴冲冲地说："既然我们四个人都在，不如我们来玩个游戏吧！"

风浔摸摸凤舞的额头："你没发烧吧？"

凤舞瞪了他一眼，将他的手拍开："我们玩一个你们从来没有玩过的游戏吧！"

"什么游戏？"风浔有点好奇。

凤舞说："这个游戏叫真心话大冒险，没听过吗？游戏规则很简单，就是字面上的意思。"

凤舞的想法很简单，她要逼君临渊选择大冒险，然后把那个难题甩给他。

凤舞一边说，一边冲风浔眨眼睛。

好在风浔没有笨到家，接收到了凤舞求助的信号。虽然他不知道这丫头要做什么，但既然他是她哥哥，他自然要无条件地帮她了。

风浔摸着下巴："真心话大冒险？还真没听说过。"

凤舞："嗯嗯，我们来猜拳，输的那个人得从真心话和大冒险中任选一样。如果选真心话就一定要讲真话，如果选择大冒险就不能反悔，否则的话——"凤舞笑嘻嘻地看着眼前这三个人，"谁反悔，谁就是小狗。"

风浔："听着有点意思。凤小舞，看来这回你的秘密都要被我们掏出来了。"

凤舞傲娇脸："哼，才不会呢，赢的人绝对是我。"

风浔答应玩没用，最终决定权在君临渊那里。

"君哥哥！"凤舞拉着君临渊的袍袖，眼巴巴望着他。

玄奕看着凤舞拉着君临渊袍袖的手。

别看君老大对凤舞好像不冷不热的，事实上，这已经是他拿出来的最好态度了。别的姑娘，谁敢拉君临渊的袍袖啊！别说袍袖了，根本是连他周身一米范围都接近不了。

君老大一定会答应的！玄奕和风浔对视一眼。

果然，君临渊颇不耐烦地瞪了凤舞一眼。

凤舞无视君临渊的态度，笑容比阳光还要灿烂："哎呀，玩嘛玩嘛，难道你不想知道大家藏在心里的秘密吗？"

她拉着君临渊上前，君殿下竟真的被她拉过去了，虽然他一脸的嫌弃。

玄奕和风浔在君殿下看不见的角度，嘴角都微微扬起，这对可真有意思。

"坐哪儿呀？"风浔眼神到处乱转，案几旁边只有两个座位啊！

凤舞将风浔往地上一按："这不是铺着厚厚的地毯吗？坐坐坐。"

风浔倒是没什么，可他担心君临渊呀！他们家君老大雍容尊贵，让他席地而坐？不可能、不可能！便是他真对凤舞有那心思，也不会答应她直接坐地毯上的。

然而，让风浔惊掉下巴的是，凤舞将君临渊的手一拽："坐下、坐下。"他家高冷傲娇尊贵的君老大，居然真坐到了地毯上。

风浔："……"

看得出来君老大有点别扭，身体也略显僵硬，因为除了打坐，这还是他第一次同大家这样随意地坐在一起。

"来来来，开始了，猜拳、猜拳！"风舞直奔主题。她着急啊，时间所剩不多了。

大家都知道怎么猜拳，宝一对、哥俩好、五魁首这样，风舞却提议："要不，我们来玩剪刀石头布吧？"

"什么是剪刀石头布？"风浔对什么都好奇。

于是，风舞给他解释了一遍。

"听起来蛮好玩的，来来来，我们先来玩一局，我都迫不及待了呢！"风浔和玄奕相视一笑。

他们决定要好好当一回神助攻，无论是凤小舞输了还是君老大输了，他们一定是要问感情问题的。

四个人玩剪刀石头布，便要两两一组了。

通过抽签，风舞先跟风浔比。

风舞笑眯眯地看着风浔："我要出布哦！"

风浔瞥了风舞一眼，这丫头鬼灵精，谁信她的话，谁就是傻子。于是，风浔干脆利落地选择出石头，结果，风舞真的出布，风舞赢了。

玄奕和君临渊比，毫无疑问，玄奕是输的那个人。

最后，玄奕和风浔比，风浔输了。

由玄奕向风浔提问："真心话还是大冒险？"

风浔道："真心话。"

玄奕哦了一声，笑眯眯地说："你确定吗？"

风浔心里咯噔一下，但仍双手叉腰道："我就不信了，你能问出什么问题来。"

玄奕笑得不怀好意："你第一个喜欢的姑娘是谁？"

"你——"风浔的目光从风舞脸上扫过，下一秒，他恨不得上去将玄奕掐死，"大冒险！"风浔瞪着玄奕，目含威胁，"我要大冒险！"

风舞却不识时务，好奇地望着风浔："咦，风小浔，你第一个喜欢的女生是谁？是我们认识的吗？"不然，他的反应怎么会这么大？

风浔下意识地瞅了君老大一眼，果然，君老大的脸色已经不好看了。风浔想起那一夜，君老大满含怒气而来，莫名其妙地要跟他决斗，以前想不明白，现在的他难道还傻吗？

"大冒险，必须大冒险！"风浔急道。

凤舞一脸好奇："你到底喜欢哪家姑娘啊？为什么不让我们知道？我很好奇呢！"

风浔瞪了她一眼，这丫头是真不知道还是假不知道？

玄奕打趣："如果没猜错的话……"

风浔瞪着玄奕："玄二，你想死是不是？！"

玄奕眼中含笑。

凤舞为了抓紧时间，说："那好吧，大冒险就大冒险，你现在去楼下抓一条鱼。"

风浔瞪着凤舞："抓鱼干什么？"

凤舞淡淡一笑："你不是选大冒险吗？快，先去抓一条鱼上来，记住，要活鱼，要快。"

风浔哪里知道凤舞要做什么，但是为了真心话不被逼出来，他只能跑到楼下去，在厨房随手捞了一条。

刚出厨房的门，风浔就见凤舞倚在门框上。

凤舞一看那条鱼，顿时乐了。这条通体漆黑的鱼滑腻得很，嘴边还长着一根根刺。

风浔不解地问凤舞："你这丫头下来做什么？不是我说你，你今天怎么怪怪的？"

凤舞笑眯眯地看着风浔："你猜，我会要求你对这条鱼做什么？"

风浔："做什么？总不能将它生吃吧？"

凤舞笑："生吃不会，但我很有可能叫你亲它哟。"

"喂喂，凤小舞，你还认不认我这个哥哥了？！"风浔瞪着凤舞。

凤舞笑道："当然认！如果你答应我一个条件的话，我就放过你，也不再追问你喜欢的第一个女生到底是谁。"

风浔："什么条件？"

凤舞笑："很简单，我们一起让君临渊输，然后让他选大冒险。"

风浔："你想要他做什么？"

凤舞凑近风浔耳边，压低声音说了一句话。

"喂喂，凤小舞，你知不知羞啊？"风浔惊呆了。

凤舞轻哼一声："那你到底答不答应啊？"

风浔抓抓脑袋："你就这么迫不及待啊？你可是被君老大退过亲的，你前面还有一个左青鸾呢，你就没点骨气吗？"

凤舞无语了，这跟骨气有什么关系，她只是在完成任务啊！

凤舞瞪着风浔："这个忙，你就说答应不答应吧？！"

风浔能不答应吗？

"好好好，答应、答应，不仅我自己答应，我让玄小二也这么干，对吧？"风浔没好气地瞥了风舞一眼。

"哥哥真乃聪明人也！"风舞激动地挽住了他的胳膊。

风浔没好气地说："帮你的时候就是哥哥真乃聪明人也，不帮你的时候还不知怎么埋汰我呢！"

风舞笑道："怎么会？！"

兄妹俩说说笑笑便回到了楼外楼。

君殿下看到风舞挽着风浔的胳膊，本就铁青的脸色越发阴沉了。

没等风舞松手，风浔就将风舞往边上一推，抱怨道："你这丫头，走路都能差点将腿摔瘸了，笨死了！"

风浔明显感觉到，他说完这句话后，君殿下针对自己的冰冷杀意少了好几分。

风舞说过放风浔一马，自然说到做到，她只要求风浔当场将这条鱼剖了。

风舞没有注意到，君殿下的眼神中多了几分疑惑。

很快，第二轮开始了，风舞先和君临渊比，结果，她第一把就输给了君临渊，风舞顿时整个人都不好了。

风浔和玄奕比，赢的人是玄奕，于是最后就变成了风舞和风浔比。

风浔无奈地耸肩："看来帮不了你了。"

风舞："……"

最让风舞痛苦的是，最后她居然输给了风浔。

风浔摊手："我也不想啊！"

玄奕笑眯眯地看着风舞："真心话还是大冒险？"

风舞咬着下唇，犹豫不决。

这时，桃花精灵提醒风舞："五分钟了，只剩下最后的五分钟啦！"

风舞心头一震。

大冒险太耗费时间了，于是风舞说："真心话。"

"很好！"玄奕和风浔对视一眼。

"在你心目中，君老大是个怎样的人？"风浔笑眯眯地问风舞。

问了这样一个送分题，风浔很得意。风小舞啊风小舞，机会给你了，你就大声地说出你对君老大的爱意吧！

然而，明显是风浔领悟错了风舞的意思。

在你心目中，君老大是个怎样的人？当风浔抛出这句话的时候，风舞的脑子蒙了

一下，她第一个念头就是拍死风浔。

君临渊这个人，嚣张霸道，傲娇任性，一点道理都不讲，坏得简直罄竹难书，但是这种事怎么可以当着君临渊的面讲，他知道后肯定会气到不行，而后面的任务她还需要他配合的。

想到这儿，凤舞脸上浮现一抹明媚之色，笑嘻嘻道："君殿下容颜绝世，天赋绝伦，实力超绝，古往今来无人能敌，他可是当世年轻人中杰出的领导者，没有之一。"

说者无心，听者有意，君殿下铁青的脸色渐渐缓和，如鹰隼般的凶狠目光渐渐变得温和，他自己都没有察觉到，他看着凤舞时，目光带着一抹柔情。

风浔和玄奕对视一眼，皆心中暗笑，果真如此，凤小舞仰慕君殿下仰慕得紧啊！

凤舞见这些话哄得君临渊开心，她只希望君临渊高兴之余，能快点帮她将十二桃花劫的任务做完。

"只剩下最后的四分钟了呢！"一道焦急的声音响起，不用说就知道是桃花精灵。

凤舞心头微微一震，哎呀，只有最后四分钟了，时间很紧啊！

"来来来，我们继续玩。"凤舞赶紧招呼大家。

但是她转念一想，如果光玩剪刀石头布，君临渊什么时候才能输啊？

想到这儿，凤舞赶紧喊停："等一下，我有一个新的玩法。"

大家睁大眼睛看着凤舞，就连君临渊也眉目含笑地看着凤舞。

这丫头古灵精怪，脑子转得极快，点子一个接一个。

凤舞随手从旁边拿了一个瓶子，放在四个人的中间，说："等下我转动瓶子，瓶子停下来的时候，瓶口对准谁，谁便输，输的人要选择真心话还是大冒险。"

风浔现在一心想帮凤舞，他也真想看看君殿下这样高冷的人，将凤舞举高高的时候是什么样子，他便起哄："哎哟，这法子倒是有趣，可以、可以，我风三举双手赞成。"

风浔跟玄奕打过招呼的，所以玄奕也没反对。

君殿下不置可否。

凤舞将琉璃瓶子用力一扭，瓶子便顺时针转动起来。

一时间，所有人都盯着这个琉璃瓶。

动手之前，凤舞计算过琉璃瓶的运转速度，如果不出意外，最后瓶口必然会指向君临渊。

凤舞在心里缓缓呼出一口气，她决定了，到时候就让风浔提出大冒险。

随着时间一秒一秒过去，琉璃瓶转动的速度越来越慢，越来越慢……

就在凤舞眼中浮现一抹兴奋之色的时候，风浔觉得鼻子有些痒："阿嚏！"风浔一个喷嚏打出来，原本就要停在君临渊面前的琉璃瓶，在风浔这个喷嚏的外力推动下，愣是转动了一个身位，最后瓶口正好对准了凤舞。

　　凤舞望着瓶口，怔怔地抬起头来，用一种无法形容的目光盯着风浔。

　　"呃——"风浔能感受到凤舞内心的憋屈、狂躁、愤怒交织成一团的情绪，他连忙对凤舞摆手，"小舞，我不是故意的，我真不是故意的。"

　　凤舞快被他坑哭了，说好的帮她呢？结果坑得她差点口吐鲜血。

　　小不忍则乱大谋，生气太耗费时间了，忍住，忍住，忍住……凤舞深吸一口气，竭力让自己保持平静。

　　她银牙暗咬，一字一顿道："真心话。"

　　"啊？"

　　凤舞："我选真心话，你们倒是快问啊！"不知道时间对她来说犹如生命吗？

　　凤舞几欲喷火的眼睛怒视风浔，如果可以的话，真想将他焚烧殆尽。

　　风浔反应过来："哦哦哦，好好好，这个问题嘛……"

　　风浔正准备想一个最简单的问题糊弄过去好重新开始，然而，他还没开口，君殿下淡淡的声音便传来了："凤舞，这一题，本太子来问你。"

　　呀？大家都好奇地望着君临渊。这位殿下从游戏开始，一直抱着不置可否的态度参与，没想到这回他居然主动要问。

　　凤舞心里咯噔一下，有种很不好的预感，可是君临渊开口了，她能拒绝吗？于是，凤舞嘴角含着淡淡的笑容："君殿下有什么想问的，尽管问，我自当知无不言言无不尽。"

　　君临渊目光深邃，眉头微微上挑："那么，本太子问你……"君临渊沉吟半晌，璀璨如星辰的眼眸一眨不眨地盯着凤舞，极认真地问道，"当年退婚，你可曾怨过？"

　　当年退婚，可曾怨过？这要怎么回答？凤舞一时间怔在那儿，脑子有点蒙。

　　风浔和玄奕对视一眼，眼中都浮现了一抹笑意。

　　君老大这话问得含蓄，如果不是知道他中意凤舞，他们也不会明白君老大这话的意思。

　　凤舞若说不怨，君老大必然会生气，因为这代表着凤舞对他不在意，甚至退婚让她欢喜。凤舞若是说怨，殿下怕是会高兴万分吧？只是，凤舞这傻丫头，到底懂不懂这其中的含义呢？

　　凤舞还真不懂，她又不知道君临渊对她的中意，她到现在都以为君临渊看她不顺眼，只会欺负她呢。

359

凤舞咬着手指头，快速思索着该怎么回答这个问题。

"说啊，你到底怨不怨？"风浔挑眉，笑嘻嘻地看着凤舞。

"唉，这是君殿下的决定，我能怎么办？加上时间过去这么久，我当然是不怨啦！"凤舞拍着胸脯，一副"看我多大度啊，快来夸我啊"的表情。

风浔一听凤舞这话，心中顿时咯噔了一下，不好！他下意识地去看君临渊，果然，此刻的君老大，墨染的剑眉宛若锋利的冷剑，目光森冷如寒霜笼罩，他周身散发着冰冷的寒气，让人忍不住胆战。

君殿下面色冷若冰霜地站起身来，一甩袖子，径直往外走去。

凤舞一脸蒙，怎么了这是？！

风浔赶紧推了凤舞一把："我说凤小舞，你是白痴吗？还不赶紧去追？！"

凤舞："……"

这突然的，君临渊闹什么脾气啊？！

就在这时，桃花精灵的声音响了起来："距离截止时间，还剩下两分钟。"

什么？！凤舞立刻跳起来，飞一般朝君临渊冲去。

君殿下正抬脚要踹门，凤舞冲到了门前，以至于君殿下这一脚差点踹到她的身上。君临渊眸中翻腾着怒气，瞪着凤舞："滚开！"

滚什么开啊？这要是让君临渊走掉，她凤舞还怎么活啊？她的星辰碎片啊！她要救美人师父啊！

凤舞张开双臂拦在门前："不走！我绝不走！"

君殿下那张美到让人窒息的面庞上满是怒意，双眼死死瞪着凤舞："你让是不让？"

"不让！"

下一秒，君殿下那宛若铁钳的手扼住了凤舞的咽喉，手指根根泛白，青色血管暴突。只要他的手稍微收紧，凤舞纤细的脖颈就会立刻被掐断。

风浔和玄奕看得目瞪口呆。

"君……"风浔想上去救凤舞，可是没等他说出第二个字，玄奕就拽了他一把。

"嘘——"玄奕朝风浔做了一个嘘声的手势。

风浔焦急地瞪着玄奕："君老大他疯了！"

玄奕却摇头："就算你能冲过去，你打得过君老大吗？你能从他手里将凤舞救下来吗？"

风浔摇头。

玄奕："如果君老大真的下死手，凤舞还能活到现在？"

风浔摇头。

玄奕："你不舍得那丫头受委屈，你觉得君老大会舍得伤害她吗？"

风浔依旧摇头。

玄奕："那你还担心什么？"

此刻，君临渊和凤舞目光相对，一个冷若寒霜，一个骄傲倔强，谁也不让谁。

君临渊冷笑一声："你不让是吧？"

凤舞正色道："你不能走！"

"你不让我走，我便不走？凤小舞，你是我的谁啊？"君殿下很生气地松开手，一转身来到窗前。

九重天，一重比一重高，每一重都有几十米，十重下来就是几百米。从楼外楼的窗户往外望去，云雾缭绕，宛若在天宫之上。

君殿下没有多说，身子一探，便欲从窗口跃出。

不好！凤舞内心顿时咯噔了一下。

"只剩下最后一分钟了！"桃花精灵焦急地大声提醒凤舞。

如果让他走了，她就找不到他了，这个任务必然会失败啊！

想到这儿，凤舞顾不得其他，快速往窗口跃去，嗖——只见一道白光闪过，风浔、玄奕，甚至君临渊，全都呆怔当场。

他们眼睁睁地看着凤舞从窗口一跃而出，身体直线向下坠落。

"小舞！"风浔大喊一声。

然而，君临渊的速度比他的声音还要快，就在凤舞跃出窗口的下一秒，反应过来的君临渊也纵身一跃。

君殿下实力何等超绝，凤舞坠到一半的时候，他便追上了她。

君临渊刚要伸手去抓凤舞，这丫头居然作死，身体往君临渊上方一蹿。

凤舞乐呵呵地说："君临渊，你举起我啊！你快举起我啊！"

君殿下的脸色难看到极点。

就在这时——

"叮！桃花劫第三个任务完成！"桃花精灵终于宣布了这个让凤舞惊喜万分的消息。

天哪！凤舞激动得眼泪都快滚出来了！

随即，君临渊和凤舞缓缓降落到了地面。

"天哪！君殿下！是君殿下！"

"君殿下从上面飞下来了，大家快出来看啊！"

"能亲眼见到君殿下的机会可不多啊！说不定一辈子也就这一次呢，大家快冲啊！"

……

　　一时间，天下楼里的人都跑出来了，里三层外三层地将君临渊和凤舞围住。于是，所有人都看到了，一身粉色裙裾的绝色少女倚在眉眼深邃的绝世少年怀里。少女容貌绝美，仙姿玉骨，说不出地楚楚动人。少年相貌绝世，气场强大，说不出地强势霸道。

　　少女和少年四目相对，裙裾和衣袍缠绕在一起，翩然共舞般，形成了这世间最美好的一幅画面。

　　左青羽看到这场景，面色铁青，双眸好似要喷火。这个凤舞……这个凤舞……必须去死，否则以后必成大祸。

　　凤琉则气得面色煞白，全身抑制不住地颤抖。凤舞，凭什么是你？为什么是你？我不服！我不服啊！

　　围观群众也都神色各异，表情复杂。

　　风浔和玄奕也从楼外楼一跃而下，缓缓落地。

　　"小舞！"风浔正欲上前说话，就见君临渊森寒的眸中怒气翻涌，他瞪着凤舞，声音宛若雷暴："你想死吗？！"

　　"啊——"很多人都下意识地捂住了耳朵，只觉得脑袋嗡嗡作响，差点呕吐出来。好可怕的咆哮冲击波，君殿下这是真怒了啊！

　　凤舞眼神哀怨地望着君临渊："我快聋了。"

　　那样好看的一张脸，那样委屈的嗓音，哪个男人见了都很难不心疼怜惜，君殿下却一巴掌拍在了凤舞的脑门上："你还知道快聋了？你连死都不怕，你怕什么聋啊？"此刻，君临渊处于盛怒状态，面色铁青，非常吓人。

　　左青羽和独孤雅莫对视一眼，她们都在对方眼中看到了幸灾乐祸。

　　哎呀呀，还以为君殿下对凤舞有多好呢，结果，众目睽睽之下，他对她怒吼，凶神恶煞般，这叫真爱？呵呵！

　　被君临渊这么一拍，凤舞站立不住，当即一屁股坐地上了。

　　"扑哧！"左青羽嘲讽地笑出声来。

　　君殿下盯着凤舞："你想死就死吧，没人拦着你。"说着，君殿下甩袖子走人了。

　　君殿下生气了，凤舞惹君殿下生气了。在场的人都用复杂的目光望着凤舞，有的是同情，有的就是明显的幸灾乐祸了。

　　"第四个任务呢？"凤舞站起身来，根本没时间在意旁人的目光，她赶紧问桃花精灵道。

　　桃花精灵捂着耳朵："接连做了两个任务，你都不累吗？不需要休息吗？"

凤舞："累什么？休息什么？只要能拿到星辰碎片救我家美人师父，再苦再累都值得！"

"哎呀，急什么？几个时辰内不会有新任务了，你且休息一会儿，恢复一下元气吧！"桃花精灵偷看了一眼第三个任务的内容，有些纠结地说。

凤舞还待追问，耳边传来一道刺耳的嘲讽声："哎哟，凤小舞，你怎么还有脸站在这儿啊？如果我是你，早就跑啦！"

凤舞回头一看，发出这道嘲讽声音的人，不是凤琉还能是谁？

左青羽掩唇而笑，瞋了凤琉一眼："你这丫头怎么说话呢？没看到你五姐这失魂落魄的样子吗？安慰的话没有，反倒数落上了！"

凤琉冷笑："安慰她？我疯了才会安慰这个自以为是的女人。如果不是她好高骛远，奉承巴结君殿下，会落得现在这样的下场吗？要我说，她纯粹是自作自受！"

独孤雅莫故作善良："凤小六，你快别说了，好歹她还是你五姐姐呢！"

"五姐姐？我呵呵了！"凤琉冷笑，"如果她真拿我当妹妹，她会那么欺负我？既然她不拿我当妹妹，为何我要当她是姐姐？"凤琉一边说一边走到凤舞面前，嘴角扬起一抹嘲讽的冷笑："呵呵，凤舞，你现在是不是很想打我？你打我啊！有本事你打我啊！"凤琉以为凤舞被君临渊抛弃了，是条任人欺负的可怜虫。

一旁站着的风浔气得不行，居然敢欺负他风浔的妹妹，管她是男是女，先打了再说。

风浔正要上前，却被玄奕拉住了。

"松手！"风浔怒视玄奕。

玄奕压低声音对他说："你不能出手。"

风浔冷笑："我风浔的妹妹都被人欺负了，凭什么我不能出手？敢情不是你妹妹你不心疼是吧？"

玄奕只觉得脑壳疼，这臭小子抽起风来根本不带脑子。

玄奕压低声音道："你别忘了，凤小舞可是连轩辕靖都能直接斩杀的，她就是只小母老虎，不是你认为的小白兔。"

风浔脑袋里叮的一声，瞬间惊醒。对哦！凤小舞早就证明了她不是好欺负的，现在凤琉不识相，正好被她拿来开刀立威。

果然，凤舞眸中射出一道寒芒，死死地瞪着凤琉。她知道凤琉被左青羽等人利用了，她也知道同一个家族的姐妹不和对凤族的名声不利，可是这些又有什么关系呢？凤舞抬起手，一道重重的巴掌声响起，可怜的凤琉倒飞出去，砰的一声落到地面。

众人用难以置信的目光瞪着凤舞，凤琉居然被凤舞打飞了。

落地后的凤琉，抬眼见众人都用异样的目光望着她，她只觉得脸上火烧火燎的，

363

难堪极了。

这时，左青羽用眼神示意凤琉，她旁边有根一人粗的大柱子，凤琉顿时脑中一片清明——她已经丢脸了，但是她不能一个人丢脸，必须将凤舞拉下水。

想到这儿，凤琉从地上蹿起来，迅速朝柱子撞去，一边怒吼道："凤舞，你如此羞辱我，我死了做鬼都不会放过你的。"

"凤琉，你别做傻事啊！"左青羽像是第一个反应过来，她飞一般冲上去要救凤琉，然而，只听扑通一声，不知为何，左青羽竟然一下摔倒在了地上，她的手距离凤琉的身体不到一尺。

她摔倒的瞬间，没人注意到，她的面上露出一抹恶魔般诡异的冷笑。

砰！凤琉撞到柱子上，瞬间鲜血如注。

"小六！"凤桑反应过来，震惊地大喊一声，冲了过去。

独孤雅莫上前搀扶左青羽，她口中大声疾呼："青羽，青羽，你有没有事？青羽，你醒醒啊！"

在别人看不见的角度，左青羽和独孤雅莫对视了一眼，都在对方眼中看到了幸灾乐祸的诡笑。独孤雅莫更是暗暗朝左青羽竖起大拇指，这事干得漂亮啊！

世人总是同情弱者，现在众人亲眼所见，凤舞逼得凤琉撞柱自尽，舆论自然会站在凤琉这边，只要她们稍加引导，凤舞绝对会被抹黑成炭。

最好的结果就是凤琉死了，这样凤舞受到的责难才会更多，这件事造成的影响才会更大。

现在君殿下已经明显厌倦凤舞了，加上凤族式微，凤舞背后没人，看这次还弄不死凤舞？！左青羽觉得自己聪明绝顶，得意极了。

然而，左青羽怎么都没想到，凤琉撞上柱子前的一瞬间，一颗石子不知道从哪里飞出来，砰！石子硬生生将她的身体击得歪了一歪。

凤琉确实撞上了柱子，却不是脑袋撞上去的，而是右肩，所以她并没有死，意识依旧清醒，只不过人已经痛得不行了。

左青羽抬头一看凤琉撞伤的部位，气得握紧了拳头。可恶！什么叫功亏一篑？眼前这一幕就是。

左青羽狠狠瞪了凤琉一眼，只希望她能赶紧恢复理智，痛哭流涕博同情，能黑凤舞多少就黑多少。

凤琉也想哭诉啊，可问题是她现在痛得全身麻木，想张口说话却一个字都说不出来。

凤舞居高临下地站在她面前，双眸如被寒霜笼罩，其中还多了几分嘲讽意味。

"凤琉，你还真是出息啊，假意寻死？"凤舞半蹲下身子，笑眯眯地看着凤琉，

"你就这么恨我，想用你的死来抹黑我？让世人皆骂我？"

凤琉终于缓过来一些，她盯着凤舞，哭诉道："凤舞，你如此羞辱我，我还不如死了算了，呜呜呜……"

"我羞辱你？"凤舞似笑非笑地盯着她，"我怎么羞辱你了？"

此刻，众人看凤舞的目光多少都带了一些情绪。再怎么说也是一个家族的姐妹，能有多大的仇？如果不是凤舞欺人太甚，凤琉怎么会想到死呢？

"你废了我的右手……我的右手废了……我还不如死了算了。"

凤舞淡淡一笑："你的右手废了倒也罢了，可你受伤最严重的应该是腹部吧？现在还血流不止呢！你还是别说话了，我帮你止血吧。"

凤舞这一提醒，宛若当空一道惊雷，径直朝凤琉的脑袋劈下，轰隆隆——凤琉脑海里轰隆隆作响，整个人都蒙了。

她低头一看，自己的裙下湿漉漉的，一片鲜红的黏稠液体。她这才想起来，她是怀着身孕的。

凤舞很好心地说："你这样流血不止，真的会死的，来，我帮你止血。"

在场的人中，生养过的妇人不少，她们看到这一幕，忍不住议论起来。

"这……这应该是……"

"这应该是月信吧？"

"月信个鬼啊？谁来月信会这样血流不止啊？这很像是见红啊！"

"这话可不能乱说啊！人家还是个含苞待放的小姑娘呢，哪来的见红？小心凤族的人跟你急。"

"你们看她的腹部，可不就是微微隆起吗？"

"我的天哪！这姑娘还未出阁吧？"

"不仅未出阁，还未定亲呢！"

"……"

一时间，各种声音排山倒海般朝凤琉袭来，凤琉面色苍白，身子瑟瑟发抖。

凤舞嘴角扬起一抹淡淡的弧度，不是想坑她吗？现在可是凤琉搬起石头砸了她自己的脚。

至于凤琉的名声会影响到她的名声？凤舞一点都不在意，她又不是靠名声活着，何况凤琉还有好几个亲姐妹呢，能影响到她多少？

凤琉用仇恨的目光盯着凤舞："凤舞，你竟然污我清白，我不要活了！"凤琉挣扎着站起来，又要往柱子上撞去。

一哭二闹三上吊？凤舞嘴角微微勾起。

凤琉不是简单的人，她这么做一定是有目的的，而凤舞此举就是想将她的底牌扯

出来。

"琉儿，不要！"一个少年突然从人群中冲出来，朝凤琉跑去。

凤琉眸中浮现一抹亮光，但她还是坚定地往前撞去："你们让我去死，让我去死啊……"

"琉儿！"少年拦腰将凤琉抱住，脸上的表情看着心疼极了。

一旁的独孤雅莫，眸中浮现一抹冰冷之色。

"独孤孟溪，你怎么在这儿？！"独孤雅莫盯着他抱着凤琉的手，脸色非常不好看。

独孤孟溪——独孤家第三子，被家里娇宠着，唇红齿白、清秀如玉般的少年。

独孤孟溪没时间理会独孤雅莫，心疼地望着凤琉："琉儿，你这又是何苦呢？我的琉儿啊……你要让我心疼死吗？"

独孤孟溪此话一出，全场皆惊。

"这个人是谁啊？"有人好奇地问。

天下楼最不缺的就是有身份的人，很快就有人反应过来："咦，这不是独孤家的三公子吗？"

"独孤家的三公子？就是独孤皇后的那个独孤家？"

"对呀、对呀，就是那个独孤家啊！天哪，难道凤琉怀着的孩子是独孤家的？"

"凤族，这是要飞出一只金凤凰吗？"

……

独孤雅莫的眼睛已经气红了："独孤孟溪，你给我滚回来！"独孤雅莫抬手就去抓自己的三弟。

平时乖巧听话的独孤孟溪，此刻却坚定地护在凤琉身前："凤琉是我的女人，本就该我来保护！"独孤孟溪又用冷傲的目光盯着凤舞："凤舞，你迫害凤琉至此，她要是有个三长两短，我独孤孟溪必与你算总账！"说着，独孤孟溪弯腰一个温柔的公主抱，将凤琉抱入怀中，大踏步离开了。

凤舞的嘴角却扬起一抹微笑，独孤孟溪吗？这事可有意思了。

"独孤孟溪，你给我站住！"独孤雅莫疯了一般冲了上去。

本来她是以看戏的姿态围观凤舞和凤琉的相恨相杀，没想到最后主角变成了自己家人。

凤舞知道，接下来有好戏看了。

左青羽恶狠狠地盯着凤舞："现在你满意了？"

凤舞似笑非笑地瞥了她一眼："左二小姐刚才的假摔，还有很大的努力空间哦。"

左青羽面色微红，凤舞看出她假摔了？可恶！不过，左青羽很快冷静下来，被她看出来了又如何，她说出来有谁会信？

她凑到凤舞耳边，喷出一口热气："就算我假摔又如何？凤琉现在恨死你啦！"

凤舞笑道："是吗？"

左青羽掩唇而笑："现在的凤琉，可不是一个人，你能承受住独孤家的怒火吗？"说着，左青羽甩着帕子，得意扬扬地离开了。

"小舞！"风浔走上前来，皱着眉头，"那丫头跟你说什么了？她是不是威胁你了？"

见风浔恨不得冲上去将左青羽打一顿的架势，凤舞笑道："她能威胁我什么呢？不过是跳梁小丑罢了。"

"她真没有欺负你？"风浔不放心地问。

凤舞笑："她还真欺负不了我。"

玄奕双手酷酷地抱着剑，眼睛一眨不眨地盯着凤舞，眉头微微蹙起："为什么？"

刚才凤舞突然提醒凤琉流血的事，无论从哪方面来讲，对她都没有好处，何况这件事本不应该由她来挑破。

"你想不明白吗？"凤舞笑嘻嘻地望着玄奕。

玄奕皱着眉头，摇摇头。

凤舞笑道："想不明白就对了。"

玄奕："嗯？"

凤舞说："放心吧，我什么时候做过赔本的买卖？以后你就明白了。"

这高深莫测、运筹帷幄的傲娇样子，可真跟君临渊如出一辙啊！

风浔趁君临渊不在，抬手揉了揉凤舞的头发。

"风小浔！"凤舞瞪眼怒道。

"哈哈哈哈……"风浔笑着跑远了。

凤琉的事很快就传遍了整个帝都。

第十四章

申请跳级

星陨院。

"小舞，怎么你每次出去都有大事发生？我都没赶上看热闹。"朝歌拉着凤舞的胳膊，用力摇晃着。

"你现在什么实力了？"凤舞没有回答她的问题，而是反问道。

朝歌有些愧疚地低头："才灵宗五星。"

凤舞眸中浮现一抹讶异之色："这么快？"

朝歌苦笑："跟你比起来，哪里快了？我去问方阁老，方阁老说，如果我不想被你甩下，就得很努力地修炼，一刻都不能停歇，所以，在睡梦中我都在修炼。"

凤舞苦笑，她有美人师父和灵戒空间加持，修炼速度再不快的话，天理难容吧？

就在这时，外面传来熙熙攘攘的声音："凤舞，你给我滚出来！"是大夫人的声音。

朝歌吓了一跳，下意识地挡在凤舞身前，蹙眉道："这不是大夫人的声音吗？"

这段时间，大房不是跟二房走得挺近吗？大夫人还时不时送些好东西过来讨好璇玑夫人，虽然璇玑夫人从来没有用过那些东西，今天大夫人这是抽什么风了？

砰！大夫人抬脚一踹，只可惜，那扇院门凤舞早就换成了深海玄铁制作的铁门，大夫人这么一踹，只会……

"哎哟——"大夫人抱着脚，疼得泪光闪闪。

大夫人这上门踢馆的架势吓到了璇玑夫人，她美眸中浮现了一抹惊惧之色。

凤舞赶紧安慰她："娘亲莫慌，我这就将她打发走。"凤舞一边说一边看了赵嬷嬷一眼。

赵嬷嬷立即上来将璇玑夫人搀扶走，一边细声安抚着。

砰砰砰……"凤舞，你给我开门！你别以为你躲在里面我不知道！做了伤天害理的事，你以为躲起来就没事了吗？如果小六有个三长两短，我要你的命！你给我出来……"

就在大夫人一边拍门一边踹门的时候，凤舞手指一弹，铁门应声而开。

扑通！大夫人收势不住，身子猛地往前冲去，重重扑倒在地，脸朝地面。

也不知道谁那么调皮，在大夫人摔倒的时候，踢了一个带壳的榴梿般长刺的水果过去。

"啊——"星陨院里顿时响起杀猪般的惨叫声。

大夫人的脸上鲜血如注，她的眼睛差点就被戳瞎了。气势汹汹赶来的大夫人，现在只剩下痛苦哀号了，哪里还有刚才的气势。

"凤舞，你这是要杀人吗？！"大夫人捂着脸，瞪着凤舞的眼中似在喷火。

凤舞气定神闲地坐在葡萄架下的秋千上，淡淡一笑："杀人？大伯母这话从何说来？您这上下嘴唇一碰，就想诬蔑我杀人，这我可是不依的啊！"

跟大夫人的气急败坏相比，凤舞真是太淡定了。

大夫人噔噔噔大步朝凤舞冲去。她不想多说一句话，她现在就想抽凤舞耳光，狠狠地抽，抽死凤舞。

然而，还没等她走到凤舞面前，大夫人身边的桂嬷嬷惊呼一声："大夫人小心——"说着，她赶紧冲上去想扶着大夫人，因为她看到地上不知何时多了很多赤小豆。赤小豆硬而滑，谁踩谁倒霉。

昂首挺胸只顾着往前冲的大夫人，完全不记得之前的教训了，她一脚踩在赤小豆上，脚下一滑，顿时摔倒在地，然后在地上滚了好几滚，滚进了不远处的荆棘丛中。

要知道荆棘丛是带刺的，而凤舞为了防贼，还特地在荆棘丛中撒了毒药。如果大夫人没有受伤还好，如果身上有伤口，毒素就会从伤口渗透到身体里。

"大夫人，大夫人……"桂嬷嬷飞一般冲过去，用力将大夫人从荆棘丛中拽了出来。

一分钟之前，大夫人这张脸还是精致美艳的，不然也不会生了几个子女后，还能迷住凤琰峰，而现在的她，脸颊高高肿起，眼睛被挤压成一条线，鼻子巨大，嘴唇呈香肠状外翻着，整张脸是碧绿的颜色。

天哪！如果不是亲眼所见，谁会认出这位就是大夫人啊！

大夫人气得快疯了，指着凤舞道："杀了她！上去杀了她！杀死她！"

她带来的那群人却下意识地齐齐后退一步，他们害怕啊！大夫人还没走近凤舞，就变成这副模样了，那如果是他们呢？一时间，大家望着凤舞的目光中多了深深的忌惮和敬畏。

这时，有两个人快速朝星陨院赶来，不是别人，正是凤琰峰和凤桑。

369

神医凤后

3

［下册］

　　凤桑知道大夫人不是凤舞的对手，怕她被欺负，赶紧喊了凤琰峰一起过去。

　　凤琰峰已经知道了君殿下对凤舞的另眼相待，自然不会允许大夫人破坏他和自己亲侄女的关系。

　　凤琰峰冲进来的时候，只看到坐在秋千架上的凤舞和急得团团转的桂嬷嬷，还有退到一边的家丁们，他暗暗松了一口气，好在还没打起来。

　　凤琰峰一把抓住桂嬷嬷："夫人呢？！"

　　桂嬷嬷差点哭了，她很为难啊，大夫人的脸肿成这样，怎么见人啊？以后会不会在大老爷心里留下阴影啊？要知道大老爷房里还有那么多美艳小妾呢！

　　大夫人已经失去理智了，看到凤琰峰，她就像看到救命稻草一样，疯狂地扑了过去。

　　"哎哟，哪里的鬼？！"凤琰峰被这突然从旁边蹿出来的"东西"吓了一跳，下意识地一脚踹了过去。

　　可怜的大夫人，还没喊出声音，身子就倒飞了出去。砰！大夫人的脑袋狠狠撞到墙壁上，撞得她眼冒金星，脑门上一个婴儿拳头般大小的伤口汩汩流出血来。

　　所有人都震惊地望着凤琰峰。

　　然而，凤琰峰仍不自知，他拽了桂嬷嬷一把，怒而责问："大夫人呢？不是说大夫人来这里了吗？你可有看见大夫人？快说！"

　　桂嬷嬷吓得说不出话来，只能用手指着墙角那个躺在地上爬都爬不起来的女人。"她……"

　　"母亲！"随后赶来的凤桑看到躺在墙角的大夫人，疯了一般冲上去扶着大夫人坐了起来——一是母女之间的心有灵犀，二是大夫人的衣裳首饰，三是依稀还能看出大夫人的面部轮廓，所以凤桑一眼就认出了大夫人——凤桑眼泪扑簌簌往下掉，"母亲，是谁伤你如此？是谁？！"

　　大夫人已经说不出话了，她口中不断往外喷血。

　　"是不是凤舞？是不是她？！"凤桑气红了眼，她将大夫人放下，抽出身上的剑，朝凤舞冲去，"你敢伤我母亲？我杀了你！"

　　凤舞表情淡淡地看着凤桑："谁伤你母亲，你就杀谁？"

　　凤桑："是！"

　　凤舞"哦"一声，指着一旁一脸蒙的凤琰峰道："你母亲是你爹伤的，如果要报仇，你还是找他吧！"

　　"胡说八道！"凤桑根本不相信凤舞说的话。

　　"胡闹！"凤琰峰终于回过神来，他瞪着凤桑，一把夺过她手中的剑丢在地上，气急败坏地冲她大吼道，"这里是你随意放肆的地方吗？还不快扶你母亲回去！"

凤桑被吼得很委屈："父亲……"

恼羞成怒的凤琰峰："滚！"

这一声"滚"吼得何其用力，星陨院如果不是早早布下阵法，这会儿怕是已经被震塌了。

凤舞淡淡一笑，她知道凤琰峰这是恼羞成怒了。

凤琰峰吼完之后，整个星陨院一片寂静，在场的人都用怪异的目光看着凤琰峰，现场有种无法言说的迷之尴尬。

凤舞清咳一声："大伯此来，可是有事？"

凤舞知道她这位大伯最是墙头草了，他以为君临渊和她之间有着说不清的神秘关系后，对她好得不得了。

当年也是如此，她跟君临渊还有婚约的时候，他对自己犹如对捧在掌心的明珠，他那几个亲闺女他都视若无睹。

凤琰峰清咳一声，化解尴尬的气氛。

"小舞啊！"凤琰峰双手背在身后，他看着凤舞道，"你也知道，你妹妹情况危急，你医术不是很好吗？可不可以去救救她？"

凤舞可不想救凤琉，没事还惹一身臊，谁不知道凤琉现在恨不得将那个孩子拿掉啊！因为那个孩子怎么都不可能是独孤孟溪的，生下来就是颗定时炸弹啊！

凤舞正想拒绝，她的美人娘亲却从房里冲了出来。

"小舞，小舞……"美人娘亲拉着凤舞的手，欲言又止。

凤舞不解地看着她："您怎么出来了？"

美人娘亲泫然欲泣地看着凤舞，楚楚可怜的样子让人心疼极了。

她有些头痛地揉揉眉心："好吧、好吧！美人娘亲，您有什么事就说吧，我答应您还不成吗？"

美人娘亲展颜一笑，笑容宛若春雨后鲜花绽放，美得让人目眩。

美人娘亲拉着凤舞，小声说："当年你出生的时候，娘亲身子弱，差点难产，一尸两命，是你大伯父拉了太医来。"

凤舞看了凤琰峰一眼，真有此事？

凤琰峰搓着手："事情已经过去这么久了，难为弟妹你还记得。"

美人娘亲对善恶有一种本能的判断，即便凤琰峰对她讨好地笑，她也皱起了眉头。

不想跟外人过多接触，美人娘亲对凤舞说："如果你不喜欢，人情不还也没什么的。"

凤舞："……"

既然欠了人情就不能不还，这是她做人的底线，只不过，怎么救得她说了算。

凤舞瞥了凤琰峰一眼："凤琉的情况很严重吗？"

凤琰峰面带沮丧："已经来了三个大夫了，医馆的楚大夫、独孤家请来的大夫，还有宫里的御医也来了。"凤琰峰摇摇头，"他们都说没治了，母子都不保啊！"

原本凤琰峰对凤琉真没有多少感情，加上她做出这么丢人现眼的事，还不如让她就这么死了干净，免得凤族的名声被她败坏得彻底，但是独孤孟溪对凤琉呵护备至，痴心一片，让凤琰峰看到了一点希望。那位可是独孤家的嫡子，如果凤琉能嫁入独孤家，凤族岂不是也水涨船高？想到这点，凤琰峰才专门来请凤舞的。

凤舞原本不想去，但既然欠了这个人情，不如趁机还了。

凤舞冲凤琰峰点头道："也罢，去就去吧，但是能不能治好，我可不敢保证。"

"那是、那是。"

于是，一行人往梧桐院而去。

梧桐院原是凤舞的院子，她离开帝都后，硬生生被凤琉强占了去。

凤舞再次踏进梧桐院，她随意瞥了一眼，发现格局依旧，装潢布置却换了模样，已经找不出当年的一丝痕迹了。

房间里，不断传出凤琉尖锐而凄厉的惨叫声。

房间外，好几个胡子花白的老头正愁眉苦脸。

凤琰峰皱眉问："现在里面是什么情况？"

楚大夫摇摇头："我们都没法子了，古药师正在里面医治，希望他能有办法吧。"古药师就是宫里派来的那位御医。

"啊——"就在这时，里面传来一道尖锐的惨叫声，声音之大，几乎冲破云霄。

随后，门开了，一位中年大夫从里面走了出来。

"古大人！"凤琰峰急声问，"我家小六如何了？"

古御医看着凤琰峰："凤大人，不是老夫我医术不行，实在是令爱伤势太过严重，出血不止，下官也是爱莫能助啊！凤大人，节哀吧。"说着，古御医朝凤琰峰抱拳便要离去。

怎么会？凤琰峰怔了怔，怎么会如此严重？

凤舞微微蹙眉："古大人，你的意思是母子都会死？"

古大人瞥了凤舞一眼，这丫头是何人，有何资格跟他对话？古大人素来傲慢，神色间也流露了出来。

凤舞皱眉："不可能啊！胎儿有可能保不住，凤琉的性命却绝对是无忧的。"说着，她便推门要进去。

古御医的脸色瞬间变得非常难看。什么叫胎儿有可能保不住，凤琉的性命绝对无忧？这意思是说，他古名堂医术不精吗？

古御医也不走了，他面带怒意地盯着凤舞："黄口小儿，也敢口出狂言！"

372

凤舞看了他一眼："口出狂言？古大人，你这么生气做什么？该不会是做贼心虚吧？难道……你是要谋害凤琇？"

"你这个姑娘……"古御医的脸色变得非常难看，气得话都说不全。

不仅是他，在场的人脸色也变得非常难看。

凤舞内心冷哼一声，那个胎儿留不留无关紧要，但如果凤琇因此而死，有心人必定会将责任安在她头上，到时候事情又回到了左青羽设计的轨道上，而她百口莫辩。

想到这儿，凤舞的眼眸半眯起来，她丢下一句警告："希望你能经得住查。"

"你——你——"古御医气得胡子都翘起来了。

凤舞没再管他，快步走进了房间。

这个房间凤舞是很熟悉的，她在这里睡了好几年，只不过现在的布置跟当年截然不同了。

宽大的床上，凤琇面色苍白、冷汗淋漓，她的气息不稳，出气多入气少。

独孤孟溪坐在床头，紧紧握住凤琇的手，眼圈红红的，明显哭过。

除了独孤孟溪，还有两个身形彪悍的嬷嬷，一个是凤琇的乳娘孙嬷嬷，一个是独孤孟溪身边的常嬷嬷。

独孤孟溪听到脚步声，回头一看是凤舞，他顿时气得全身发抖："你还敢来？你居然还敢来！"独孤孟溪死死瞪着凤舞，指着门外，"这里不欢迎你，你给我滚出去！现在立刻滚出去！"

凤舞不是一个人来的，朝歌和秋灵立刻挡在了她身前，特别是朝歌，她眉头紧蹙，怒道："你这个人怎么说话呢？我们小舞是你能随便呵斥的？"

独孤孟溪怒极反笑，上前就要推搡凤舞，想将凤舞从房间里推出去，结果，朝歌反手将他往边上一推，砰！独孤孟溪往后摔去，后背着地，疼得他倒抽一口凉气。

"可恶！常嬷嬷，打死他！"独孤孟溪实力不行，常嬷嬷却是厉害的。

然而，没等常嬷嬷上前，就听见凤舞淡淡出声："你就这么恨凤琇？"

什么？独孤孟溪脑子蒙了一下，随即他反应过来，瞪着凤舞："你胡说！我什么时候恨她了？我爱她如命！"

凤舞淡淡瞥了他一眼："你爱她如命，却要害死她的性命。这种爱法，我还真是第一次听说啊！"

"我怎么会要害她的性命？你胡说！你颠倒黑白！你胡说八道！"独孤孟溪怒斥凤舞。

凤舞淡淡一笑："我能救凤琇的性命，你却让我滚，我滚了，她必死无疑。"

"你能救她？哈哈哈……"独孤孟溪气得眼圈都红了，"你从小到大都欺负她，抢走属于她的一切，又害得她现在躺在床上，结果你说你能救她，可笑！简直可笑至极！"

凤舞终于明白为何独孤孟溪会对凤琇如此情深了，绝对是凤琇在他面前装乖卖惨

扮演楚楚可怜的白莲花，引起独孤孟溪强烈的保护欲了。

独孤孟溪上有出色的兄长和姐姐，他一直是被保护的那一个，只有在凤琉面前，他才知道什么叫作顶天立地的男子汉，所以，与其说凤琉需要他，倒不如说他需要凤琉的需要。

想明白这一点，凤舞在心里暗暗叹了口气，为独孤家默哀。

不过，凤琉现在确实要救，她就算死，也不能死在这件事情上。

凤舞没有再看独孤孟溪，她转头望着凤琰峰，眉头微蹙："大伯？"她懒得跟独孤孟溪吵架，所以将这件事交给凤琰峰处理。

凤琰峰当即站了出来，盯着独孤孟溪："贤侄，你且退下，让小舞来给小六治病。"

独孤孟溪难以置信地瞪着凤琰峰："她会害死琉儿的！她真的会害死琉儿的！"

凤琰峰眉心微蹙，这个独孤孟溪怎的如此冥顽不灵？

这时，古名堂御医走了进来，他也难以置信地望着凤琰峰："就这黄毛小丫头，她能治？简直可笑至极！"

凤琰峰怒道："如果她不出手，琉儿必死无疑。如果她出手，琉儿还有一线生机！敢情不是你们家的闺女，你们不心疼是吧？！"说话间，凤琰峰猛地挥手："你们都给我退下！小舞，你去！"

凤琰峰可是吏部尚书，他真正发起怒来，威慑力还是很可怕的，独孤孟溪和古御医顿时都不敢再说话了，但他们脸上仍是明显的不赞同。

凤舞没有再理会他们，快步朝凤琉而去。

凤琉失血过多，处于血崩状态，她迷迷糊糊中看到凤舞，眸中浮现一抹复杂的神色。

"救我……凤舞你要救我……"凤琉紧紧攥住凤舞的手，手背上青色血管突显。

凤舞"嗯"了一声："你现在确实还不能死。"如果你死了，我可是要背锅的。

凤舞伸出纤细如玉的白皙手指，对准凤琉的腹部，一道碧绿色的光点从她指尖涌现，然后，碧绿色的光点渗透进了凤琉的腹部。

"咦？"古御医睁大眼睛，难以置信地望着凤舞。

怎么会？怎么可能？这丫头看着不过十三四岁，居然会绿光治疗术？

"你……你是凤舞？！"古御医一拍大腿，惊道。

"你听过她的名字？"一旁的独孤孟溪皱眉盯着古御医。

古御医狂点头。

"凤舞的名字，在御医院可是人人皆知的。

"我们的白药师和黑药师对她是赞不绝口！

"怕是只有楚药师的医术，能勉强胜她一筹。

374

"上次太后老佛爷重病，旁人都不行，是凤舞出手救了老佛爷一命呢！"

古御医早就听过凤舞的名字，只是他之前并没有将眼前这个过分漂亮的小丫头跟凤舞联系在一起。

"对哦！凤舞，凤族……凤舞本就是凤族的。"古御医激动道，"输在她手里，老夫心服口服啊！"

独孤孟溪睁大了眼睛，难道凤舞真的这般厉害？

独孤孟溪盯着凤舞："你真的能救琉儿？"

凤舞忙着医治凤琉，没有搭理独孤孟溪。

独孤孟溪急急说道："如果你能医治好琉儿，我独孤孟溪必定重谢于你。"

凤舞还是没有理会他。

独孤孟溪还待说话，一旁的朝歌推了他一把："我们家小舞需要你感谢吗？别吵了！如果影响到小舞，救人失败的话，后果自负啊！"

独孤孟溪顿时不敢说话了。

此刻，凤琉双眼紧紧盯着凤舞，眸中浮现一抹狠戾之色。这个孩子留不得，因为这并不是独孤孟溪的，若是生下来必成后患，所以必须趁着这个机会除去。

凤琉暗暗调动体内的灵气朝腹部冲去。

"啊——"凤琉口中爆出惨烈的哭喊声，"凤舞，你害我！你要害死我的孩子吗？"

事到如今，她还不忘嫁祸凤舞，因为她笃定不管她怎么闹，凤舞都不会让她死，至少现在的她还不能死。

凤舞正在给她治疗，不料她居然会调动灵气，凤舞的手被震了一下，下意识地往后一缩。

"啊——我的孩子！"凤琉的下身鲜血如注，狂涌而出。

独孤孟溪顿时急得不行。

他身边的常嬷嬷喊道："六姑娘要小产了，大家快出去，快些出去！"

这房间里可是有好几个男人呢，若是碰见小产，该多晦气啊！

独孤孟溪还想说话，却被常嬷嬷伸手推出去了。

独孤孟溪一边被推着往外走，一边威胁凤舞："凤舞，我警告你，如果琉儿有个三长两短，我一定会杀了你的，我独孤孟溪说到做到！"

不说独孤孟溪，单说凤琉，她作了一手好死后，才意识到情况不太妙。

凤舞双手环臂，居高临下笑眯眯地看着她。

凤琉心中一慌："凤舞，你这是要见死不救？"如果血流不止的话，她的性命会不保的。

凤舞目光怜悯地看着凤琉："既然你这么想死，那就去死吧！"

"凤舞你——"这一刻，凤琉终于知道害怕了，她双手胡乱地挥舞着，"你快来救我！凤舞你快来救我！求求你了，快救我！"

凤舞笑眯眯地看着她："你刚才不是想将孩子弄掉吗？身为母亲的你，为什么要除掉这个孩子？"凤舞凑在她耳边，吐气如兰，"难道是因为……这个孩子的父亲？"

"凤舞！"凤琉痛得全身冷汗淋漓。

"这个孩子？"常嬷嬷听了凤舞的话，眉头深深皱起，她望着凤舞，"这个孩子，难道有问题？"

凤琉用恳求的目光望着凤舞，不能说，不能说！如果说了，别说她，整个凤族都会颜面扫地的，不能说啊！

面对凤琉恳求的目光，凤舞淡淡一笑，看了常嬷嬷一眼："除了你们家那位不讲规矩的独孤三少，还有谁这般饥不择食吗？"

凤舞说得模棱两可，常嬷嬷心中的狐疑却越发深了，她用怪异的目光望着凤琉，原本她一力要保住这个孩子的，而现在……

凤舞目光淡淡地看着凤琉，这个孩子是凤亦然和凤琉兄妹乱伦的产物，刚才她已经检查过了，孩子是不正常的，更准确地说，那并不能称为孩子，而是……

凤舞看着凤琉："你想活命很简单，能撑下来你就能活。"

能撑下来是什么意思？

这时，凤琉的下体还在往外流东西，孙嬷嬷以为孩子流下来了，赶紧取了一个干净的痰盂放在凤琉双腿之下，痰盂里放了一些热水。

扑通——一道小小的声音。

扑通、扑通……一道又一道声音响起。

不对啊！即便是婴儿流下来，也应该是扑通一声就完了，怎么会有如此多的扑通声？

孙嬷嬷将痰盂搬出来，在日光下一看："啊——"即便是活了这么多年，在凤族见过大世面，看到眼前这一幕，孙嬷嬷还是吓得摔倒在地，她手中的痰盂也跌落在地，里面的东西滚了出来。

"啊！这这这……"常嬷嬷看着眼前这一幕，忍不住呕吐起来。

那哪里是什么胎儿，这竟然是葡萄一样的鲜红色肉球，足有五十颗之多，多到让人触目惊心。

"天哪！这是恶魔之子，这是恶魔之子啊！"常嬷嬷被吓得全身颤抖，她指着凤琉，"你是被恶魔诅咒了的女人！"说完，常嬷嬷飞一般往外冲去。

凤琉看看地上葡萄一样的东西，再看看飞跑出去报告的常嬷嬷，眼睛一瞪，晕死过去了。

凤舞冷笑一声，转身往外走去。

"五小姐——"孙嬷嬷喊住凤舞，"五小姐，我们六小姐无碍吧？"

凤舞淡淡道："能不能活下来，就看她的运气了。"说完，凤舞抬步跨出了房门。

凤琰峰看到凤舞，正想问她凤琉的情况，凤舞却摆摆手："大伯您还是赶快处理一下葡萄的事吧！"

这件事是瞒不住的，怕是很快就满天飞了。

葡萄？凤琰峰一开始并不明白这句话的意思，直到他看到地上那打翻的痰盂，一时间气得喘不上气来。

回到星陨院后，朝歌才呼出一口气，问凤舞："小舞，你说……凤琉这次能活吗？"

凤舞眼角微微上扬："你想她活还是想她死？"

朝歌歪着脑袋想了想，说："凤琉确实很讨人厌，我也经常恨不得她从这个世界上消失，但是现在的她还不能死啊！"

秋灵跟着点头："六小姐不仅不能死，我们还得传消息出去，是我们五小姐救活了六小姐，以后如果六小姐再对我们小姐不敬，就是恩将仇报！"

凤舞笑："我倒是不需要她感谢，不过……"只希望她自己不要作死。

就在这时，凤舞的脑子突然抽了一下，是桃花精灵在喊她。

"喂喂——"桃花精灵用很怪异的目光望着凤舞。

凤舞的心抖了一下："怎么了？发布新的任务了？"

桃花精灵："嗯嗯，任务四出来了，只不过……"

凤舞："只不过什么？"

桃花精灵一脸愁苦地望着凤舞："只不过这个任务……有点长。"

凤舞："有点长是什么意思？"

桃花精灵想了想，说："你确定要听吗？"

凤舞无语："你觉得呢？"

桃花精灵同情地望着凤舞："这个任务是，升入二年级并且拿到前十名并且让君临渊刮目相看并且哄他开心让他主动说出'小傻瓜'三个字。"

凤舞："……"

桃花精灵抱着头："你不要打我，跟我没关系的。"

凤舞深吸一口气，确实如桃花精灵所言，这个任务太长了，长得让她有点崩溃。

"升入二年级，并且拿到前十？"凤舞眼角抽了下。

现在她已经是一年级新生中的第一名了，但因为才考进帝国学院没多久，她并没有想过要跳级，而现在……

凤舞说："这倒不是太难，我去找方阁老便是。"说着，凤舞抬脚便往外走。

朝歌不解地望着她："小舞，你这是要去哪儿？"

凤舞回道："突然想起来有件事，我得去隔壁找一下方阁老。"

"哎呀！"朝歌突然一拍脑袋，"我突然想起来，方阁老闭关了！"

"什么？"凤舞不解地望着她。

"是的！"朝歌认真地说，"就前一天，你不是不在吗？方阁老特地派人过来告知，有事的话，十天后找他。"

凤舞立即喊桃花精灵："这个任务的时限是多少？"

桃花精灵："十天。"

也就是说，方阁老出关的时候，她的任务期就到了。

怎么会这么巧呢？凤舞有些郁闷地揉揉眉角。

想起之前的任务都是匆匆忙忙完成，这一次，凤舞决定要提早做好准备。

凤舞道："我去帝国学院一趟。"没有方阁老相助，她就凭自己的能力升入二年级。

"小舞，你是要去念书吗？"朝歌好奇地问。

凤舞轻笑："不，我要上二年级。"

"啊？"朝歌都被她惊到了，"怎么这么突然？"

凤舞笑："总归要上的不是吗？"

"你走了，我一个人在一年级待着有什么意思？不行，小舞，我要跟你一起上二年级。"朝歌抓着凤舞，万分诚恳地说。

凤舞想了想，点头道："你现在的实力上二年级有点勉强，不过，不试试怎么知道成不成呢？"

于是，凤舞和朝歌手拉手一起去了帝国学院。

一年级教师办公室。

"什么？你要跳到二年级？"余月段长用难以置信的目光望着凤舞，"你……确定？"

凤舞点头："我确定。"

余月段长皱着眉头："以你现在的实力上二年级倒是绰绰有余，只不过最近方阁老不在，申请没人批啊！"

"那还有别的办法吗？"凤舞问。

余月段长说："如果二年级的段长同意，或者你能闯过二年级的龙门阵，便算是成功跳级了，没人能阻拦得了你。"

凤舞见有办法，笑着点头道："那我选这种方式。"

余月段长惊讶地问道："你都不问二年级的段长是谁？"

余月段长这么问，二年级的段长必定不简单。

凤舞问道："是谁？"

余月段长："乔段长。"

"姓乔？"凤舞迟疑了一下，"不会跟乔伊老师有关吧？"

余月段长看着凤舞，认真地点点头："乔伊的父亲。"

凤舞："这么巧？"

余月段长笑："现在知道难了吧？"

凤舞无语："余段长，您还笑得出来啊？"

余月段长继续笑道："没有方院长在，我倒要看看你如何能攻克乔段长，要知道乔段长可是最护短的，不然乔伊也不会这样骄纵。"

凤舞："呃……"

余月段长道："当初他亲自送乔伊来我们这里的时候可是放下话了，谁敢欺负他家宝贝闺女，他就算是拼了老命也要给闺女讨回公道。"

凤舞之前可是大大得罪了乔伊老师，还狠狠甩了人家一巴掌，这可是大仇。凤舞揉揉眉心，有些郁闷。

余月段长好心地提醒她："要不，你还是等方院长出关后再说？方院长自然会帮你的。"

凤舞苦笑，她也想等方阁老出来啊，可问题是任务不等人啊。

凤舞苦笑着对余月段长说："此事具体如何，还请余段长您详细说。"

余月段长对凤舞的印象极好，加上方阁老交代过要她照顾凤舞，于是，她认认真真地将跳级的流程跟凤舞说了一遍，末了道："此事，还需要填一张申请表，最后得你的班主任签字。"

凤舞只觉得一阵头痛，让乔伊老师给她签字，这不是为难她吗？可是桃花劫任务大过天，她能怎么办呢？凤舞只能硬着头皮问："乔伊老师在哪儿？"

余月段长瞄了眼课表，对凤舞道："在你们一年级新生教室授课，你这会儿去，准能碰见她。"

至于她会不会给凤舞签字，余月段长在心里默默摇头，这俩该不会又要打起来吧？

凤舞一回头不见了朝歌，知道她安静不下来，肯定跑出去玩儿了，于是，凤舞帮朝歌也填了一份跳级申请表。

"朝歌也要跳级？"余月段长惊讶地望着凤舞。

凤舞点头："是啊，她是要一直跟我在一起的。"

余月段长惊讶道："你的成绩在一年级风云榜上已经稳居第一，荣世新和思源都没办法跟你比，可是朝歌……"

凤舞笑："余段长，您就放心吧，朝歌是方阁老亲自带的，她最近进步神速，可不是一般人能比的。"

方阁老教授小七，凤舞干脆求方阁老将朝歌也带着教，赶一头羊是赶，赶两头羊也是赶。最近这段时间，凤舞忙于做桃花劫的任务，朝歌和小七的进步都很神速，如果展露出实力来，帝国学院的人一定会大吃一惊。

余月段长不知道这些，所以她是不信朝歌实力很强的。

余月段长正要说话，突然，外面传来一阵急促的脚步声。

"余段长，不好了，外面有学生打起来了。"

余月段长下意识地看了凤舞一眼，最会打架的不是在这儿吗？除了凤舞，还有谁会这么闹腾？

"怎么回事？"余月段长盯着那个学生问道。

凤舞认出来了，这个学生是乾坤院的，好像叫关山。

关山看了看凤舞，欲言又止。

凤舞心里微微一动，莫不是跟她有关？

"还不快说？"余月段长催促道。

关山急忙道："段朝歌和陶月发生口角，段朝歌把陶月打了，吴静帮陶月，也被段朝歌打了。"

关山想到段朝歌那嚣张狂霸的样子，身体不禁一抖。

段朝歌拳打陶月、脚踩吴静，那一夫当关万夫莫开的样子，很多老生都被吓白了脸，这批新生个个都是妖孽吗？

"朝歌打了陶月？还打了吴静？"余月段长惊讶不已。

刚才她还不相信凤舞的话，这马上就被朝歌的实力打脸了。

要知道吴静和陶月都是一年级的老生，在风云榜上能排进一百多名，结果两个人联手都打不过一个段朝歌？

"跟凤桑关系好的吴静和陶月？"凤舞对这俩姑娘有印象。

凤舞记得，每次凤桑跟她碰见的时候，凤桑还没说话，吴静和陶月就开始哔哔哔讨人嫌拉仇恨，所以凤舞对他们的印象还挺深刻的。

"是啊，就是她们俩！"关山忙点头道。

身为老生的一员，曾经他也不服凤舞，自从上次凤舞和轩辕靖生死决战后，关山对凤舞就有一种油然而生的敬畏感，那是对强者的一种认可。

凤舞双手背在身后，淡然道："打便打了，那又如何？"

关山苦着一张脸："若是其他人还好，陶月的哥哥陶然是二年级的学生，现在她跑去找她哥哥去了。"

二年级的学生？凤舞正愁没机会跟二年级的学生接触呢，没想到想睡觉就有人给她送枕头来了。

凤舞跟余月段长告别，和关山一起往乾坤院走去。

凤舞来到乾坤院的时候，乾坤院里聚满了人，不仅乾坤院的人全在，青云院的新生们得到消息也赶了过来。大家看着被围在中央的朝歌，顿时议论纷纷。

"这就是段朝歌？一直跟在凤舞身边的段朝歌？今年考进来的段朝歌？"

"可不就是她吗？"

"以前的她不是胖乎乎的吗？现在长得倒是真精致啊。"

"那是她以前中毒了，凤舞回来后帮她解毒，她一下子从两百斤的大胖妞变成了不到八十斤的骨感小美人了。"

"听说陶月的哥哥最贪恋美色，等下他看到段朝歌的颜，多少会手下留情吧？"

"那可真不一定。你是没看到，刚才段朝歌下手多狠，陶月的嘴巴都被抽肿了，脸上那么清晰的五指印。"

"其实这事儿真不能全怪朝歌，你是没听见，陶月那话说得有多难听啊，一直在骂凤舞呢。"

"我看这事儿不会善了，听说陶月的哥哥是个暴脾气，身边还有一帮兄弟，人称虎头帮，在二年级还是挺有势力的。"

"平常我们一年级和二年级井水不犯河水，现在怕是要起大冲突了。"

就在这时，一阵重重的脚步声由远而近。

"不好，那是陶月！"

"陶月身边有一个虎背熊腰的年轻人，肯定就是她哥哥陶虎了！"

"陶虎身后还跟着五个人呢，这五个人个个太阳穴暴突，眼眸精光闪闪，一看就实力不凡。"

"完了、完了，朝歌这次真的要完了！"

……

一时间，大家投向朝歌的目光都充满了同情。

很快，那一行人来到了乾坤院外，砰！陶虎抬脚就踹上了乾坤院的大门，踹得大门吱呀作响。

一年级的学生只觉得耳朵一阵轰鸣，脑子疼得一抽，脸色为之一白——好厉害的陶虎。

几乎所有学生在陶虎进来的时候都下意识地后退。

"哥！段朝歌就在那里！"陶月一张脸肿成猪头，哭得梨花带雨。

陶虎看着自家宝贝妹妹如此狼狈，本就脾气暴躁的他越发怒气腾腾，不等陶月催促，他已经迈开大步往前冲了。

他身上披着一件厚重的大风氅，走路带风，气势汹汹，没几秒，他就站在了段朝歌面前。

好漂亮的小妞！这是陶虎看到朝歌后，脑海里浮现的第一个想法。

下一秒，怒气就战胜了好色之心，他盯着段朝歌："就是你，伤了陶月？"

朝歌怕过谁？她盯着陶虎，冷冰冰地道："我打她，关你何事？"朝歌一开口就承认自己打了陶月。

一旁的吴静捂着高肿的面颊，眼中浮现一抹阴恻恻的冷笑。段朝歌啊段朝歌，既然你承认，那接下来你就要承受陶虎烈火般的愤怒了。

围观的学生也都为朝歌捏了一把冷汗，哪有这么笨的啊，直接就承认了。

陶虎盯着段朝歌："很好，非常好！我陶虎不打女人，冷狐，你来！"

冷狐是虎头帮唯一的女生，她听到老大的命令，当即站了出来。

冷狐人如其名，上身短白狐袭，下身是清冷的黑色马面裙，一张脸冷若冰霜，双眸更是寒霜笼罩。

她没有多余的话，站出来便径直向朝歌冲去，速度快如白狐，众人只觉得眼前一道白光闪过，冷狐便已来到了段朝歌面前。

好快的身手，此人实力至少在灵宗六星。

朝歌是灵宗五星，她和冷狐之间有差距，但并不是难以逾越的鸿沟。

朝歌是天不怕地不怕的性子，即使面对比自己强的对手，她也心无畏惧。

砰砰砰……双方在半空中对掌过招，瞬间打了十几个来回，最后一次过招后，段朝歌往后退了七步，而冷狐只退开三步。

冷狐嘴角勾起一抹嘲弄的冷笑："就你，也配和我交手？去死吧！"

不等朝歌反应过来，冷狐再次出掌，砰砰砰……

围观的学生们全都睁大眼睛，死死盯着眼前这一幕。很多人都以为段朝歌输定了，因为在他们既定的认知里，一年级的新生怎么可能打得过二年级的学生，何况从一开始段朝歌就处于弱势。

扑哧！朝歌一下没注意，冷狐手中的剑刺入了她的肩胛骨，朝歌疼得脸色微白，倒抽一口凉气，她却越战越勇。

时间一分一秒过去，朝歌身上有多处受伤，点点殷红的血迹宛若绽放的梅花一般。

"段朝歌输定了。"

"她身上的伤口太多了，再不停手，她会因流血过多而死的。"

"冷狐不愧是二年级的，实力比我们强多了。"

"段朝歌能和二年级的学姐战斗这么久，虽败犹荣了。"

"是啊！现在她最明智的做法就是停止战斗，然后道歉。"

……

段朝歌却完全没有停战的意思，即便身上的伤口汩汩往外渗血，即便她痛得吸一口气都疼，她依旧眼神坚定，她段朝歌的字典里从来没有"认输"二字。

"你认不认输？"冷狐手中长剑横在朝歌雪白的脖颈上。

朝歌嘴角勾起一抹嘲讽的冷笑："认输？你想太多了！"

"那你就去死吧！"冷狐手中长剑一翻，剑锋对准朝歌的脖颈就要划下去。

就在这千钧一发之际，朝歌抬手抓住了长剑。

"天哪——"

"你们看段朝歌的手。"

"她竟然徒手握剑，她这双手是不要了吗？"

所有人都震惊地看着，段朝歌的双手鲜血淋漓，滴答，滴答……那是鲜血滴落地面的声音。

别说围观群众，就是朝歌对面的冷狐，眼眸也忍不住一缩。她虽然性情冷淡，却也做不到段朝歌这样，鲜血直流都眉头不皱一下的。

就是现在！朝歌趁着冷狐走神之际，她深吸一口气，身子猛然一动，一股磅礴的灵气从她的身体里释放而出。

"去死吧！"朝歌身形快如闪电般往冷狐身后一蹿。

她用的是凤舞教她的凤凰舞步，虽然她练得还不够精准，趁着冷狐走神之际对付冷狐却是绰绰有余了。

等冷狐回过神来，眼前已经失去了朝歌的身影，随即，冷狐觉得颈项一凉，不好！段朝歌手中握着一柄匕首，横在了冷狐脖子上。

朝歌的双手依旧在流血，鲜红的血液顺着冷狐的颈项流进她的衣衫内，一向冷漠高傲的冷狐第一次感受到什么叫毛骨悚然。

"你输了没有？"朝歌嘴角勾起一抹嘲讽的冷笑。

此刻，围观群众都用难以置信的目光望着朝歌。好厉害的段同学，一直处于下风的她竟能抓住关键机会反败为胜。

不远处的陶虎面色阴沉下来，非常难看。

冷狐傲慢地冷笑："想要我冷狐认输？下辈子吧！"

朝歌："你就不怕我杀了你？"

冷狐嗤笑："你敢杀我？！"

朝歌没有多余的话，她微微加大了手上的力道，扑哧！轻微的匕首入肉的声音响起，鲜血瞬间从冷狐的脖颈涌了出来。

冷狐只觉得心口一凉，一股寒气从心底升起，段朝歌居然真的敢伤她，可恶！

"住手！"陶虎阴沉着一张脸，怒视朝歌，"她输了，你把她放了！"

朝歌笑，咔咔两道清脆的声音响起。

"段朝歌你……"

这位段同学，居然抬手间弄断了冷狐的两条手臂。

朝歌冷笑："她用这双手伤我，我现在报复回来，有问题吗？"

逻辑上还真的没毛病，但……在场很多人都替段朝歌捏了一把冷汗。看样子冷狐是虎头帮中实力最弱的一个，段同学就不怕被报复吗？

一道红光闪过，一个人瞬间接住了冷狐。

"狐妹，你现在如何？伤得可严重？"这是一位身披红袍的少年，少年额前一小撮红发，非常惹眼。

"是顾红狼！"

"顾红狼？难道是前段时间以一人之力捣毁龙牙寨取匪首首级的顾红狼？"

"没错，就是那个顾红狼，没想到他居然是虎头帮的。"

"完了、完了……段朝歌这次是真的完了。"

在场的人都用同情加怜悯的目光望着段朝歌，更有人无声地暗示她快跑。

顾红狼单手抱着冷狐，眸中满是心痛和怜惜。

他检查完冷狐的双臂，眸中怒气一点点凝聚："狐妹，三哥这就帮你报仇。"

顾红狼将冷狐交给陶虎，他自己则走到段朝歌面前，怒气冲冲地瞪着段朝歌，声音冷漠如冰霜般带着无尽杀意："是你自己动手，还是我来动手？"

此话一出，在场的人心都一寒，不好！之前只是同学间的不和，远没有上升到生死之仇的地步，现在顾红狼一开口就要取段朝歌的命，这事儿闹大了啊！

荆云涛等人看着情况不对，赶紧分头行动，找凤舞的找凤舞，去太子府通知的去太子府通知。

顾红狼盯着段朝歌，目光锐利凶狠。

不少一年级的学生被顾红狼这暴怒的目光吓到了，下意识地往后退了一步。

段朝歌却无畏地冷笑一声："战就战，谁怕谁？！"

"小姑娘，你很勇敢。"顾红狼脸上浮现一抹诡异的冷笑，不等朝歌反应过来，他便双手挥出，一个耀眼的光球在他手掌间凝聚。

"大光球术！"在场的人眸中都浮现一抹震惊之色，再次纷纷后退。

还没等朝歌反应过来，这巨大的光球便从半空中直直坠落，朝朝歌砸下。

不好！朝歌心头一凉，往前一蹿，砰！大光球砸落在地面，砸出一个深深的大坑来。

好在朝歌跑得快，否则现在的她肯定被那大光球卷进去了。

"这大光球术，最重要的不是碾压，而是藏匿！"荣世新眼眸半眯起来，盯着那个大光球，向周围人解释，"一旦被大光球碰触到，就会被卷入其中，而一旦被卷进去，就是对方砧板上的鱼肉任人宰割了。"

"好可怕的大光球术。"

"好在段朝歌跑得快，不然她就被吸进去了。"

"你们快看，大光球朝段朝歌滚去了，大家快让开，快快让开。"

很快，围观的学生们又往后退了数十米。

偌大的空地上，只有狰狞冷笑的顾红狼和狼狈逃窜的段朝歌。

"天哪，你们快看，那个大光球变得更大了。"

原本大光球只有一人高，随着时间过去，它变得越来越大，现在足有两层楼那么高了。它变得越大，越容易将朝歌卷入其中。

此刻，朝歌的内心是崩溃的，她已经竭尽全力在跑了，却怎么都跑不过。

砰！忽然，朝歌脚下一滑，一个趔趄摔倒在地。

大光球没有任何迟疑地从她身上碾压而过，地上瞬间没有了朝歌的身影。

"天哪！"

"大光球真的将段朝歌卷进去了。"

"你们快看，段朝歌就在大光球里面。"

大光球的外层是透明的，所以大家一眼就能看到被卷入其中的朝歌。

只见大光球里面狂风大作，可怜的段朝歌被狂风吹得到处乱飞乱撞，砰砰砰……她的额头被撞出了血，身体也多处受伤，而朝歌根本无力反抗。

在场的人看了只觉得毛骨悚然，投向顾红狼的目光充满了敬畏。

顾红狼嘴角狰狞的笑容越发明显。

荣世新眉头紧蹙，再这样下去，不出一分钟，段朝歌就会被凌虐而死。身为一年级的会长，他不能让这样的事在他眼皮子底下发生，再想到风舞护短的性子，荣世新走了出来盯着顾红狼，眼眸半眯着："够了，停止吧！"

一时间，所有人的目光都集中在了荣世新身上。

段朝歌被虐，一年级的学生都对朝歌同情不已，现在看到荣世新站出来，他们全都握紧拳头，心中充满了希望。

顾红狼没想到一年级的学生居然还有点狼性，他瞥了荣世新一眼："就凭你，也敢这样跟我说话？"

荣世新剑眉微蹙，面色冷静："你可以让段朝歌道歉，你也可以重伤她，但这样凌辱一个姑娘家，你不觉得胜之不武吗？"

"哦，所以你是要英雄救美吗？"顾红狼冷笑一声，下一秒，他就抓住了荣世新，"那你也给我滚进去！"

荣世新原本以为以他的实力好歹能跟顾红狼打个平手，却没想到顾红狼的速度这样快，他还没有反应过来，就被顾红狼抓在了手中，砰！顾红狼抓住他后，顺手封住了他的穴道，然后将他丢进了大光球内。

"咝——"在场的人全都倒抽一口凉气。

荣世新可是一年级风云榜曾经的第一名，现在，荣世新居然抵挡不住顾红狼的一招，好可怕的顾红狼。

连荣世新都无力反抗的话，还有谁敢出手？一时间，四周鸦雀无声，寂静得树叶掉落地面的声音都清晰可闻。

"既然你这么关心她，就陪她一起去死吧！"顾红狼嘴角浮现一抹狰狞的冷笑。

敢断他狐妹两条手臂，不付出生命的代价，怎能平息他心中的怒火。

"你们这届学生，简直弱渣！"顾红狼嘲讽的目光从一年级学生脸上扫过，眼中是毫不掩饰的蔑视和不屑。

被人如此轻视，一年级的学生们心中自然有气，他们拳头紧握，眼神愤怒，可是想到刚才连荣世新都抵挡不住顾红狼的一招，大家又敢怒不敢言了。

"嗤——"顾红狼不屑地嘲笑道，"就凭你们这些弱渣，居然还敢生气？"顾红狼一边说一边戳他面前一年级学生的脑门，态度嚣张傲慢极了，"一群傻瓜！"说着，顾红狼抬脚就将他面前的一名一年级学生踹飞了。

帝国学院等级森严，一年级学生和二年级学生是前辈和后辈的关系，前辈欺凌后辈是常有的事。

一年级的学生们双目赤红，拳头紧握，却偏偏不敢发泄，只觉得憋屈极了。

"走！"陶虎见事情已经了结，替妹妹出了一口恶气，挽回了面子，他便打算带着自己人离开。

就在这时，扑哧——一道寒光闪过，那个大光球被一柄锋利的匕首戳破，扑哧扑哧——大光球以肉眼可见的速度瘪了下去，段朝歌和荣世新从大光球里滚了出来。

荣世新还好，刚进去不久，脸上只有几处瘀青。段朝歌就严重了，身上几乎没有一块好地方。

凤舞看着昏迷不醒的段朝歌，怒火从心口生起，熊熊燃烧。

"凤舞！"

"是凤舞来了！"

"天哪，凤舞居然来了，这下有好戏看了。"

看到凤舞，很多人都想起了不久之前凤舞大战轩辕靖的事。

凤舞仔细检查了朝歌的身体，都是皮外伤，看起来严重，好在没有伤到内脏。她从怀里取出皇级凝血露给朝歌服下，然后将她交给一旁的公孙晴。

"帮我照顾下朝歌。"凤舞对公孙晴说。

公孙晴郑重点头，扶住朝歌："我会的。"

此刻，四周有种暴风雨来临前的宁静。

顾红狼野狼般锐利的目光盯着凤舞，这个臭丫头，居然敢毁了他的大光球，有点意思。

顾红狼站在原地，看着凤舞迈着猫一样轻盈的步子朝他走来，最后站定在他面前。

看着近在咫尺的绝世容颜，顾红狼眸中浮现一抹难以掩饰的惊艳，好漂亮的丫头！

"你是谁？"顾红狼盯着凤舞，眼眸半眯着。

一年级和二年级是两个区域，消息基本不互通，更确切地说，二年级学生根本不会在乎一年级的言论。

凤舞声音淡淡地道："凤舞。"

"凤舞？没听过。"顾红狼目光冰冷。

凤舞嘴角勾起一抹嘲讽的弧度："很快你就会记住这个名字了。"

还没等顾红狼反应过来，凤舞一拳砸到了顾红狼的脸上，砰！顾红狼的鼻子被凤舞砸中，瞬间鼻血直流，他更是往后踉跄了几步。

天哪！在场的人眼中都露出震惊之色，凤舞居然打了顾红狼。

最震惊的莫过于顾红狼本人了，他难以置信地瞪着凤舞，眼球暴突，眼中布满血丝，他居然被一个一年级的黄毛小丫头打了。

"可恶！"顾红狼眼中的怒意汹涌，他双手闪电般朝凤舞抓去。这时候哪还管这小丫头长得好不好看，先找回面子再说。

然而，顾红狼完全没想到的是，他快，凤舞更快，还没等他抓住凤舞，凤舞已经出手，磅礴的灵气如巨浪般朝他席卷而去，砰！凤舞的拳头再一次落到了顾红狼的脸上。

如果说第一次是顾红狼没反应过来，那第二次呢？

砰砰砰……凤舞的拳头一下又一下，宛若雨点般通通砸在顾红狼的脸上。

387

顾红狼根本没有反抗的机会，他被凤舞砸得节节败退，整个人都崩溃了。

"住手！"陶虎看不下去了。

他原本以为顾红狼只是一时大意，很快就会反败为胜，却没想到顾红狼都快被打死了，也没有反败一下。

随着陶虎这一声怒喝，凤舞抬脚一踹，砰！重重的脚力下，狂煞之力爆发，刚才凌虐段朝歌和荣世新时不可一世的顾红狼，在凤舞面前就像无力反抗的小鸡仔一样，身子倒飞出去。他身后是一块尖锐而巨大的石头，在这样的冲击力下，若是顾红狼撞上去，性命堪忧啊！

陶虎右脚重重一踩地面，身子暴冲而起，惊险之际接住了顾红狼。

即便如此，顾红狼也已经奄奄一息了。

陶虎将顾红狼交给身后的人，再转头看向凤舞时，眸中寒芒涌现。

陶虎不得不承认，眼前这小丫头的实力确实不错。

"你就是凤舞？"从陶月那儿，陶虎听说过凤舞，不过他听到的全都是凤舞的黑料。

凤舞眼眸半眯着，身体本能地处于戒备状态。

陶虎的实力在二年级学生中也绝对不弱，他浑身散发着强大的压迫感和威慑力。

"我就是凤舞。"凤舞盯着陶虎，态度不卑不亢，神色从容淡定。

"难怪被太子殿下退过婚，君殿下的眼光一向很好。"陶虎冷笑出声。

此话一出，陶虎身后的人都喷笑出声。

凤舞的神色依旧平淡，似乎这件事对她造不成半点影响。

"你是想跟我决斗吗？"凤舞双手环臂，声音平静地问道。

"决斗？"陶虎被气笑了。

决斗是两个实力相当的人之间的较量，这黄毛丫头何来的资格跟他决斗？

"我不决斗。"陶虎盯着凤舞，"我只打架。"

凤舞冷笑："所以，你是想打我吗？"

陶虎极认真地点头："小丫头，你很不错，能将顾红狼逼到这种程度，但你还没有跟我一战的实力。"

凤舞笑："是吗？"

陶虎一挥手，身上那厚重的风氅随风而落，他一步步走向凤舞，最后站定在她面前。

"小丫头，即便胜之不武，今日，你也难逃一劫了。"陶虎盯着凤舞，"我让你三招，你先开始吧！"

凤舞快速思索着，陶虎的实力确实深不可测，她想赢他，说实话很难，而他居然让她三招……凤舞嘴角勾起一抹弧度："好，那我就用三招打败你！"

"三招就想打败我？简直可笑！"陶虎闻言，嗤笑一声。

他身后的几个人都跟着哈哈大笑起来，他们全都觉得凤舞是在吹牛。

凤舞正色道："如果我能做到呢？"

陶虎冷笑道："如果你能做到，我陶虎任凭你处置。"

有这句话就够了。

凤舞："那就接招吧！"话音未落，凤舞便抽出了她的火炎剑。

"星陨剑法第一招——剑雨出尘！"

原本太阳高照的晴空瞬间阴云密布，风起，漫天剑雨朝陶虎暴袭而去。

陶虎并没有将凤舞视为自己的对手，直到凤舞星陨剑法一出，她陡然间气势暴涨，那单薄的身体里仿佛蕴含着让整个世界为之颤抖的磅礴力量，陶虎才对凤舞稍微看重了一点。

砰！凤舞的星陨剑法第一招剑雨出尘，竟然真的击中了陶虎。

"哇——"众人齐齐惊呼一声。

"击中了！击中了！击中了！"

"所以，凤舞还是有一战之力的吧？！"

"或许，凤舞能赢吧？！"

就在大家激动万分的时候，陶虎却发出哈哈哈的狂笑声。大家朝陶虎望去，就见剑雨出尘虽然击中了他，却没有破坏他的防御，换言之，陶虎没有受到一点伤害。

"哈哈哈……"

"哈哈哈哈……"

"哈哈哈哈哈……"

陶虎身后的人都仰天长笑。

这才是一年级学生和二年级学生之间真正的差距。

陶月原本还揪着心，看到眼前这一幕，终于放松下来。

陶虎嘲弄地望着凤舞："小丫头，现在跪下认输，可以饶你不死！"

一时间，所有人都望着凤舞。凤舞连陶虎的防御都破不了，可见双方在实力上的差距有多大，这还用打吗？凤舞必输无疑啊！

"小舞……"这时，苏醒过来的朝歌伸手拉住凤舞的衣袖，祈求地望着她——不要打了，必输无疑的战斗，再打下去，只能是自取其辱。

所有人都不看好凤舞，所有人都以为她必输无疑，凤舞嘴角却勾起一抹冰冷的弧度。

"星陨剑法第二招——影月龙舞！"一条火龙从火炎剑中暴冲而出，朝陶虎袭去。

　　"连防御都破不了，你如何伤我？"陶虎身形不动如山，双手傲然地背在身后。很明显，这第二招，他根本不打算抵挡。

　　一年级的学生们都满眼期待地望着凤舞，如果第二招能破了陶虎的防御，还能勉强有点希望。

　　砰！凤舞这一招影月龙舞，带着火山爆发般的能量直击陶虎。

　　陶虎身体周围有一个透明的防御罩，火龙击下，防御罩出现蜘蛛网般的皲裂，但是直到火龙退去，防御罩也没有碎裂。

　　"啊哈哈哈哈……"陶虎仰天长笑。

　　他身后的人更是笑得眼泪都出来了。

　　"就凭她这点实力，也敢跟我们老大决斗？"

　　"简直是不自量力！"

　　"防御都破不了，还想伤我们老大？谁给她的勇气大放厥词？"

　　一开始他们还只是攻击凤舞，很快话语间就带上了所有的一年级学生。

　　"你们看那风云榜，排名第一的人就叫凤舞。"

　　"哦，原来她就是现在一年级的第一啊？一年级的学生都这么弱吗？"

　　"现在的一年级学生啊，真是不行，跟当初的我们根本没法比。"

　　……

　　一句句刺耳的话传进凤舞耳朵里，传进在场的每一个一年级学生的耳朵里，很多学生都觉得脸上火辣辣的，像是被抽了一巴掌，他们瞪着陶虎等人，眼睛赤红。

　　陶虎等人脸上带着傲慢而嘲讽的冷笑，来啊，来战啊！

　　凤舞却是从始至终面色淡定无波。

　　"星陨剑法第三招——雷音魂断！"凤舞喊出这句话的瞬间，天空中电闪雷鸣，天地间震颤不已。

　　陶虎等人依旧在哈哈大笑。

　　"这丫头居然还没有放弃。"

　　"她都破不了防御，她还要再打？"

　　"她是脑子有坑吗？"

　　……

　　听着陶虎等人一句又一句的嘲讽，一年级的学生觉得丢脸极了。

　　"凤舞，你赶紧停下吧！"

　　"你根本破不了人家的防御，你还站在那儿干什么？"

　　"你赶紧下来吧！快点认输吧！"

　　……

不管别人怎么想怎么说，凤舞脸上从始至终都是泰山崩于前而面不改色的淡定。

陶虎真的以为自己破不了他的防御吗？凤舞内心浮起嘲讽的冷笑。

只有她自己知道，前面那两招她根本没有发挥出真正的实力，她实际上是在示弱，陶虎才会轻敌，才会不多加防范。

凤舞嘴角扬起一抹弧度，没有人注意到，她的手掌心悄然闪过一道道电光。

"雷音魂断！去——"凤舞一声怒吼，狂暴的雷霆之力朝陶虎暴冲而去。

陶虎嘴角扬起一抹嘲讽的弧度，他身后的人嘴角也扬起嘲讽的弧度。不自量力的小丫头，三招一过，等待她的就是彻底溃败了。

轰隆隆——雷霆之力比之前两招的威能加起来还要强大，砸落到陶虎身上，陶虎感觉到身体一阵灼烧，但是……"不过如此嘛，哈哈哈……"陶虎仰天哈哈大笑。

他身后的那几个人也跟着哈哈大笑起来。

一年级的学生们原本还有一丝期待，现在内心只剩一片冰凉。

输了、输了，彻底输了，别说期待，连期待的小火苗都没了。

然而，就在这时，一道尖锐的音波声暴响而起，砰！这声音惊天动地，所有人都被吓了一跳，大家下意识地朝声音发出的方向望去，那里居然是陶虎所站的位置。

前一秒还仰天狂笑的陶虎，此刻笔直站在那儿，七窍流血，眼神惊恐，仿佛看见了这辈子最恐怖的事，可是他的面前明明只有一个容颜绝色的凤舞啊！

惊恐？一年级的凤舞、破不了他防御的凤舞，如何会让他如此惊恐？

就在这时，啪嗒、啪嗒、啪嗒……一道怪异的声音传来，随即有人大声疾呼："你们快看陶虎！"只见他身上雷电舞动，光芒闪耀。

他体内发生了雷暴吗？可是，凤舞不是破不了他的防御吗？雷电又怎么会从表皮进入他的血肉之内？

一时间，所有人都惊呆了，包括虎头帮的人，此刻也不由得慌了神。

陶虎一动不动地站在那儿，他的身体里发出噼里啪啦的声音，不断有烧焦的味道往外逸散，就好像陶虎的身体正被雷电烧烤一般，太可怕了。

陶月第一个冲上去，一把抓住陶虎，急声道："哥，你怎么……""啦"字还没说出来，陶月的手就黏在陶虎身上，一股恐怖的电流从陶虎身上往她身上蹿去。

好痛！陶月额角一抽，倒抽一口凉气。等她想将手抽回来的时候，却发现自己已经控制不住那只手了，源源不断的电流从陶虎身上转移到陶月身上，

"啊——救命啊——"陶月"哇"的一声哭了。

冷狐上来想将陶月拉开，可是她的手刚碰触到陶月，就再也松不开了。电流从陶虎身上蹿到陶月身上，又从陶月身上转移到冷狐身上。

不好！当冷狐意识到不好的时候，她连声音都发不出来了。

顾红狼一直爱慕冷狐，见她僵立不动，当即上去想要救她，结果，他也被困住了。

虎头帮的老二和老四见状，眼珠子都不敢动了，他们全都用诡异的目光瞪着凤舞："你做了什么？还不快将他们放开？！"

直到这时，一年级的学生才如梦初醒，他们难以置信地望着眼前这一幕。

"天哪！"

"我不是在做梦吧？！"

"凤舞居然……她居然把陶虎……"

"一开始她不是破不了陶虎的防御吗？"

"可是现在陶虎被她控制住了啊！"

"不仅陶虎被她控制住了，那些人应该都被她控制住了。"

"凤舞是怎么做到的？她到底是怎么做到的啊？！"

……

一时间，无数激动而兴奋的声音在凤舞耳边响起。如果说他们之前被二年级的学生欺负得有多惨，现在他们的内心就有多激动、多兴奋。凤舞赢了，代表一年级的凤舞赢了，这种扬眉吐气的感觉是任何语言都无法形容的。

凤舞的面色却从始至终都是淡淡的，从容不迫。她慢悠悠地走到陶虎面前，笑眯眯地看着他。

此刻的陶虎，内心的愤怒和憋屈让他快崩溃了，如果可以的话，他很想一拳头将凤舞打飞。明明他的实力比这黄毛丫头强很多的，大意了，真的是大意了。

陶虎等人的身体正以肉眼可见的速度被雷电破坏，他很清楚，如果凤舞不出手阻止，他们很快就会变成废材。

凤舞双手环臂，笑眯眯地看着他，问道："你认输了没有？"

陶虎瞪着凤舞，目光冰冷，怒气冲天。

凤舞随意地笑着，并没有将他的仇恨放在眼里。

可恶的丫头！

最终，陶虎咬牙道："我认输！"

"大哥你……"陶月气得眼眶都红了。

不仅陶月，顾红狼等人也气得不行。

可陶虎能怎么办？他体内的雷电还在噼里啪啦地响呢，再被灼烧下去，他修炼了这么久的修为就都被灼烧没了。

"我认输，我陶虎愿赌服输。是我看走眼了，轻视了你，我认栽！"

凤舞嘴角勾起一抹弧度。恨吗？恨她的人多了去了，又不差陶虎一个，她在乎得过来吗？

凤舞"哦"一声："愿赌服输啊？那很好！"说话间，凤舞一挥手，像是从陶虎等人身上抓出一张雷电网般，陶虎等人身体一松，脚底发软，差点跌倒在地。

"大哥！"老二和老四反应快，赶紧扶住了陶虎。

此刻的陶虎像是从冰泉里出来的一般，冷汗淋漓，全身都湿透了。

陶虎用无比仇恨、无比懊恼的目光瞪着凤舞："好好好，很好！臭丫头，我记住你了！"说完，陶虎转身就走。

"说了愿赌服输，就这么走了，陶虎学长，你说话很不算话啊！"陶虎身后传来凤舞似笑非笑的声音。

陶虎脊背一抽，他有种很想打死凤舞的冲动。

他以二年级会长之尊输给了一年级的新生，这已经是奇耻大辱了，这臭丫头还想做什么？陶虎气得全身颤抖，双手紧握成拳。

"凤舞，你不要欺人太甚！"恢复自由的陶月怒气冲冲地瞪着凤舞，"你别忘了，以后你也要上二年级的。"

陶月言下之意就是，等你上二年级的时候，你就不怕被报复吗？

谁知，凤舞淡淡一笑："是啊，我也要上二年级的，不过不是以后。"

不是以后？很多人都用怪异的目光望着凤舞。

喘了口气后，凤舞淡淡一笑："所以，我能不能跳级成功，就看陶虎学长你们几个了。"

跳级？！凤舞此话一出，在场的人都有种被雷劈中的感觉。

"这是什么时候的事？凤舞居然要跳级了？"

"可是她才入学没多久啊！"

"凭良心说，凤舞连陶虎都能打赢，她确实具备升入二年级的实力。"

"不仅仅是具备升入二年级的实力吧？如果没记错的话，陶虎在二年级可是排在第一百名啊！"

一时间，所有人都静默了。

他们想到了之前凤舞没上风云榜的时候，他们各种嘲讽轻视凤舞，说她是凭关系作弊进的帝国学院，结果这才多长时间，她居然就具备了升入二年级的实力，并且就算上了二年级，她也是中上实力了。

陶虎心中浮现一抹冷笑，凤舞要上二年级吗？很好啊！等她来了二年级，他就会让她知道花儿为什么这样红。

"你想跳级到二年级？"陶虎目光冰冷地盯着凤舞。

凤舞笑眯眯地说："是啊，陶学长不欢迎吗？"

"欢迎之至！"陶虎冷笑，"希望你来了之后不后悔。"

二年级在若初境，一个独立的境域，那里高手如云，可不是凤舞肆意嚣张的地方。

凤舞笑道："所以，陶学长是愿意给我作保喽？"

凤舞已经填好了跳级申请表，但是这张申请表上除了需要乔段长亲笔签名外，还需要五个二年级的学生同时作保。

陶虎盯着凤舞，狰狞冷笑道："难怪，你才进入帝国学院多久，能认识几个二年级的学生？如果我不签，你根本没机会跳级！"

凤舞看着他笑。办法不是没有，只不过需要花费一点工夫罢了。

陶虎得意地冷笑："如果我们拒绝呢？"

凤舞淡笑："打斗之前说的话，陶学长大概是忘记了吧？"

陶虎想起来了，打斗之前凤舞跟他打赌，当时他随口说了一句，如果他输了，就任凭凤舞处置。

"你——"陶虎瞪着凤舞，心里一阵气闷。这臭丫头，打斗开始前，她就已经算计好了吧？

最后，陶虎等人不得不在申请表上给凤舞作保。

申请表上需要五个人联名作保，而虎头帮刚好来了五个人，就像专门为凤舞而来似的，也是巧了。

"对了，这里还有一份。"凤舞将朝歌的申请表拿了出来。

"凤舞，你别得寸进尺啊！"陶虎正想甩笔走人，又看到了一份申请表。

凤舞笑："哎呀，签一份是签，签两份也是签，有什么区别？赶紧的，快签、快签。"

可怜冷狐，之前被朝歌弄断了胳膊，现在还要忍痛签名给朝歌作保，她内心有多憋屈就不提了。

签完名后，陶虎带着四个人气呼呼离开了。

一年级的学生立刻高呼起来。

"哇，凤舞赢了！"

"天哪！凤舞真的赢了！"

"这么多年，还是第一次有一年级的学生赢了二年级的学生吧？！"

"凤舞太给我们长脸了！"

"陶虎他们之前多嚣张啊，还不是被凤舞打得灰溜溜跑走了？"

"太厉害了，真的太厉害了！"

凤舞慢悠悠走到陶月面前，半蹲下身，眼睛直直地盯着她。

陶月原先仗着自己有个二年级的哥哥，时不时跟凤舞作对，现在连她哥哥都输了，她哪里还敢跟凤舞作对。

"我……我……对不起！"陶月不等凤舞追究，赶紧跟凤舞道歉，态度诚惶诚恐。

陶月都道歉了，吴静也跟着道歉。

凤舞的目光慢悠悠地从凤桑脸上扫过。

凤桑低垂着脑袋，不敢跟凤舞对视。

从凤舞打败陶虎的那一刻起，她就是一年级实至名归的第一了，甚至就算是在二年级，她也不是无名小卒了，这样的凤舞，不服不行。

凤舞问朝歌："你的身子还撑得住吗？"

朝歌受的都是外伤，凤舞给的皇级凝血露药效非常好，这一会儿工夫，她已经恢复了大半。

凤舞让公孙晴将朝歌带下去休息。

经过荣世新身边的时候，凤舞丢下一句："我凤舞欠你一个人情。"

关键时刻，荣世新挺身而出救了朝歌一次，不管他是出于什么目的，也不管他有没有救成功，这份心意凤舞领了。

凤舞的人情啊！一时间，荣世新怔在那儿，心中浮现一抹复杂的情绪。

不久之前，他看凤舞还是以一年级第一名的角度看着一位颇有前途的学妹，这才过了多久，凤舞就在跟轩辕靖的生死决战中一战成名，现在又战胜了陶虎，他这个一年级曾经的第一名现在都要仰望她了。

"好。"荣世新苦笑一声。

然而，荣世新没想到的是，凤舞这个人情改变了他的一生。

凤舞交代完毕，径直离去。

"小舞，你要去哪里？"朝歌问。

凤舞潇洒地扬了扬手中的申请表，笑眯眯道："二年级啊！"

一时间，一年级的学生都怔了怔，随即，他们的目光都集中到了朝歌身上。

"凤舞真要跳级到二年级去？"

"不是说没有参加期末考试不能跳级吗？"

"凤舞得罪了虎头帮，真要上了二年级，她会被欺负得连渣儿都不剩吧？"

一时间，众说纷纭，大家心中有担忧也有好奇。

第十五章
空山烟雨

此刻，虎头帮众人正气呼呼地往若初境而去。

"大哥，我咽不下这口气！"顾红狼看着陶虎。

陶虎肺都快气炸了，双目赤红，拳头紧握，咬牙道："这件事绝不会就这么算了！她不是要来二年级吗？好啊，那就来吧！"

他们虎头帮在二年级这么多年，也不是无名小卒，等凤舞来了，她就知道他们真正的厉害了。

"你们在说谁来了？"

就在他们咬牙切齿的时候，身后传来一道笑嘻嘻的声音，他们齐齐回头，瞬间脸色大变——凤舞？！

"你跟踪我们？！"冷狐恶狠狠地瞪着凤舞。

凤舞笑容轻松，很真诚地点头承认："对啊！"

冷狐："你已经得到你想要的了，你还想怎样？"

凤舞淡淡一笑："没有人带领的话，我可进不去若初境，不跟着你们我跟着谁啊？"

"你现在就要去二年级？！"

"对啊！我这不是要去让乔段长给我盖章吗？"凤舞扬了扬手中的申请表。

她这个任务是有时间限制的，十天之内完不成，她的星辰碎片就彻底没了。

陶虎等人都用警惕的目光瞪着凤舞。

据他们所知，乔段长这个人除了护短外还偏心，对有天赋的学生一向偏爱。凤舞年纪轻轻就天赋卓绝，她要是进入二年级，乔段长肯定会对她另眼相待，他们都不服，更不甘。可是，能拒绝带她去若初境吗？并不能！因此，在若初境门口，陶虎犹豫再三，最终还是带凤舞进去了。

若初境，不知道是哪位大神劈裂空间造就的境域，这里山峰林立、怪石嶙峋，树木遮天蔽日、草木葱茏，一座座教学楼和住宿楼在山林里若隐若现。

将凤舞带进来后，虎头帮的人就不想再跟凤舞待在一块了，几个人快速离开，只留下凤舞一人站在山林入口处。

凤舞摸摸鼻子，这人生地不熟的，得找个人带路啊！她的目光快速扫视四周，很快她就看到山林间有一道人影闪过。难得遇见一个人，凤舞快速冲了上去。

那是一位少年，一身绿袍子，跟山林的颜色融为一体，加上他速度极快，凤舞差点就跟丢了。嗖嗖嗖……凤舞迈着凤凰舞步，爆发出前所未有的速度。

绿袍少年在山林中修炼完毕后正要回他自己的院子，没想到半路上竟被人跟踪，倒是有意思。绿袍少年加快了速度，他以为很容易就能将人甩掉，没想到对方的速度竟然也加快了。绿袍少年眉头微蹙回头望去，他倒要看看是谁这么大胆，敢在若初境对他不敬。

这一回头，绿袍少年脚步不稳，跟跄了一下。

好美的小姑娘！她五官精致绝美让人窒息，这还没完全长开，等她再大上几岁，绝对是祸国殃民级的。

"咯咯！"绿袍少年心动了一下，天生的骄傲却让他面呈严肃状，"你不是二年级的学生。"这是肯定句。

绿袍少年隐居修炼，认识的人不多，但这姑娘容貌太出挑了，如果真是二年级的学生，他不可能不知道。

凤舞初来乍到不敢怠慢，脸上洋溢着天真娇憨的笑容："大哥哥，你是二年级的学生吗？"

这样甜美可爱的小姑娘，谁忍心冷漠以待？绿袍少年轻轻点头："嗯。"

凤舞这边和绿袍少年聊上了，不远处虎头帮的五个人也正在交谈。

冷狐冷哼一声："刚才我们故意引凤舞进入舒允若的地盘，而现在正是舒允若修炼的时间，我就不信他会轻易放过凤舞。"

顾红狼看了冷狐一眼："我说呢，你怎么坚持要走这条小路，原来陷阱设在这儿啊！"

冷狐哼了一声："凤舞初来乍到，对若初境一无所知，我不坑她坑谁？"

顾红狼："你就不怕她以后报复你？"

冷狐嗤道："报复我？那得等她进了若初境再说了。"

顾红狼提议："那我们就先别回去了，在这等着看看？"

看什么？当然是看凤舞的笑话了。

"好啊！"其他人都高兴地点头。

"舒允若在我们若初境可是排名第五，凤舞得罪了他……哈哈哈……"

"你是谁？来若初境做什么？"舒允若盯着凤舞，目光犀利极了。

凤舞照实说："我是来找乔段长的，虎头帮的人把我丢在这儿就不见了，我现在都不知道乔段长在哪儿。"

凤舞又不傻，一看就知道舒允若实力不凡，而且是不好惹的那种人，若是打扰了他修炼，后果不堪设想。冷狐打的什么主意，她会不知道？

"虎头帮？"舒允若冷哼一声，"就凭他们也敢算计我？有意思了。"

凤舞："大哥哥，你能不能带我去找乔段长啊？我有很急的事情要找他。"

陶虎的实力在二年级应该是百名左右，眼前这位绿袍少年敢用这种语气说虎头帮，可见他的排名要比陶虎靠前很多。凤舞初来乍到，一不小心就会被人坑，她当然要趁机先抱住一条大腿了。

舒允若冷若冰霜的目光投向凤舞。这还是第一次有女孩子敢当面对他提出请求，好大的胆子！要知道，在二年级学生的心中，舒允若可是生人勿近的可怕生物。

"大哥哥，可不可以帮帮我？"凤舞漂亮的眼睛里闪着灵动的星芒，让人见之忘俗，谁忍心拒绝？便是冷漠如舒允若，也不由得皱了皱眉头。

凤舞心想，要见乔段长，肯定要过关斩将，有这位学长领着，肯定能省很多心力。

于是，凤舞眼巴巴地望着他，一副可怜兮兮的模样。

"算了。"舒允若揉揉眉心，"我正要去找乔段长，带你去便是。"

哇！居然真的可以？！凤舞眸中浮现一抹惊喜之色："谢谢学长！不知道学长尊姓大名？回头一定给你上三炷香。"

"可别！"舒允若摆手。

其实舒允若也想不通，他为人高冷疏离，平素最喜独来独往，没有跟同学往来的兴趣。这小丫头身上有一种很奇特的气息，让人不由自主地被她感染，想要跟她亲近。

随后，凤舞果然发现上山的路上五步一岗、十步一哨，警戒森严，如果不是有舒允若领着，凤舞根本上不去，更别说见到乔段长了。

此刻，山的另一边。

"喂喂，我有没有看错？我怎么看见凤舞和舒允若一起上山了？"

"不，你没看错，因为我们都看到了。"

"这不可能啊！舒允若是什么性子？他一向高冷自傲，常人难以亲近。他不仅没有惩罚凤舞，还跟她有说有笑？"

"他还是有说有笑地亲自带凤舞上山见乔段长！"

虎头帮的几个人面面相觑，眼中满满的难以置信、震惊和疑惑。

"或许他们之前就认识吧？"冷狐只能这样自我安慰了。

凤舞此刻正在打腹稿。

若初境进来一次不容易，特别是以她一年级学生的身份，所以这次必须一次性解决盖章问题。

山顶占地面积不大，一亩地左右，但这不大的地面却被围成了一个古朴的院子。

院子四周望下去，便是怪石嶙峋的悬崖，雾霭沉沉，一眼望不到底，彰显出若初境深不可测的底蕴。

因为有舒允若带着，所以一路上没人盘查，很快他们便来到了山顶。

"允若公子！"若初院门口，两名护卫站如松，恭敬地对舒允若道。

舒允若点点头："乔段长可在？"

两名护卫点头称在。

因为是舒允若，所以不需要通报，舒允若便直接带凤舞入内了。

乔段长正坐在院子里，一手执卷，一手端着茶杯。茶杯是透明的，一眼就能看到杯底碧绿色的嫩芽随着水波浮动。

乔段长看到舒允若，浓眉一挑："允若，你平日可不常来。"

舒允若在乔段长面前也是一贯的清冷，他点点头，转头看着凤舞。人已带到，接下来就要看她自己的表现了。

乔段长看到从他身后走出来的凤舞，眸中浮现一抹疑惑，这丫头有些眼熟啊！

"你是？"乔段长放下手中的书卷，瞥了凤舞一眼。

"乔段长好，我是来申请跳级的学生。"凤舞一边说一边上前，将申请表往乔段长面前的桌子上一放。

凤舞心里暗暗嘀咕，希望乔段长还没有从乔伊老师那里听到关于她的坏话，不然今日之事要糟。

"跳级？"乔段长拿起申请表扫了一眼，眉头一挑。

入学三个月，从灵宗四星晋升到灵宗九星，杀轩辕靖，晋一年级风云榜第一……这一桩桩一件件，看得人热血沸腾。

如果说一开始乔段长对凤舞态度冷漠，那么在看了这段简历后，段长便对她产生了兴趣。

帝国学院发生的事不可能作假，以他的权限随时可以调阅内部资料。

"入学三个月，从灵宗四星升到灵宗九星？"

原本想退出去的舒允若顿了顿脚步，回头看了凤舞一眼。这个看起来跟小白兔一样软萌的小丫头，内心居然住着一个暴力小萝莉？

"不错、不错。"乔段长一边看一边点头，抬头对凤舞招手，"小丫头，你怎么还站着？过来坐下，快坐下。"乔段长一下子变得热情起来。

凤舞微微松了口气，看来今天这事儿不难办。

"乔段长，学生能不能转来二年级，还得您说了算呢。"凤舞笑着说道。

乔段长道："这样优秀的学生，我们若初境还能拒之门外不成？小董，去，将印鉴拿来。"

小董是二年级的学生，现在跟在乔段长身边，帮忙打理乔院长的一切事宜。

小董很快就拿着段长的印鉴走回来，笑着递给乔段长。

乔段长和蔼可亲地看着凤舞："凤舞丫头啊，以后在若初境好好学，现在你以若初境为荣，以后若初境可能会以你为荣啊！"

"谢谢乔段长。"凤舞盯着乔段长手里的印鉴，您老倒是将印鉴盖了啊！

乔段长却转头对舒允若说："允若啊，凤舞这丫头在我们若初境可是年纪最小的，你以后要好好带带她，免得她被人欺负了，可记住了？"

看起来酷酷的舒允若竟然嗯了一声。

哟，这小伙子出人意料啊！乔段长笑了笑，正要将手里的印鉴往申请表上盖的时候，门外突然传来一道尖锐的叫喊声："爹——"

这声音……乔段长放下印鉴抬头一看，这不是他闺女吗？

"爹！"乔伊老师急匆匆从外面走进来，因为走得急，两颊泛红，喘息连连。

乔段长眼中流露出关切之色："你这丫头，怎么急成这样，可是出什么事儿了？"

乔伊老师进来后第一眼就看到了凤舞，仇人相见自然分外眼红，乔伊老师冲凤舞冷哼一声，走到乔段长面前，挽住了他的胳膊："爹，您过来，我有话说。"

乔段长摆摆手："不着急、不着急，等爹先盖完这个章……"乔段长是想着先将这章盖了，打发凤舞和舒允若离开，他再跟自家闺女好好说话。

"爹！"乔伊怎么可能让她爹盖这个章，她使劲儿拽乔段长。

乔段长本就很疼这个闺女，见乔伊如此，他只能朝凤舞苦笑着摇摇头，然后就被乔伊拽走了。

刚进入房间，乔伊就哇的一声哭了起来。

听到从房间里传出来的哭泣声，舒允若狐疑地看了凤舞一眼："你得罪过她？"

凤舞摊手："我打过她。"

舒允若那么淡定的人听了凤舞这话，也不由得瞪大了眼睛，随即他清咳一声，冲凤舞竖起了大拇指。

原本以为这丫头是个软萌的小白兔，现在看来她是只会咬人的小黑兔啊！舒允若同学对凤舞更加好奇了。

"爹！这个凤舞坏透了，她还没进帝国学院的时候……

"她进帝国学院的时候……

"她的心黑透了，这样的学生……"

乔伊老师拉着她爹，一个劲儿地抹黑凤舞。

乔段长从始至终都皱着眉头，抿着薄唇，一言不发。

乔伊老师急了："爹，她还打我！"

这句话触到了乔段长的痛处："你说什么？"

乔伊老师哭得楚楚可怜："爹，凤舞仗着……"乔伊老师放大招了，一边哭一边将凤舞说成了一个骄傲任性、刁蛮跋扈、仗势欺人的坏女孩。

乔段长本来对凤舞的印象还不错，现在在乔伊的哭诉下，他对凤舞的印象坏到底了。

"她竟是这样的人？"乔段长眉头紧皱。

乔伊老师知道有戏，哭得梨花带雨，可怜极了："女儿……女儿本来跟风小王爷情投意合，凤舞却横插一杠，现在风小王爷都不理我了，一定是她在背后说了我的坏话，呜呜呜……"

如果凤舞听到这话，必定一脸无辜加茫然，乔伊老师什么时候跟风浔好了？她什么时候横插一杠了？她什么时候在风浔面前抹黑乔伊了？她压根没做过这些事好吗？

乔段长平时什么都好，一遇上乔伊的事就变成不理智的老头，特别护短，一听乔伊被凤舞打过，身为老爹的他顿时气炸了。

乔段长和乔伊老师从屋里走出来的时候，已经是半个时辰之后了，凤舞一看乔段长的脸色就知道事情要糟。果然，乔段长一出来就直接表明了态度，他将申请表往凤舞面前一推。

凤舞心里了然，面上依旧从容淡定："乔段长，您这是什么意思？"

乔段长冷笑："你这样的学生，我们若初境收不起，你走吧。"

凤舞眉头微蹙，目光犀利地盯着乔段长。

乔段长直接下命令："送凤舞同学出去！"

凤舞冷笑一声："乔段长居然是这种人吗？"

乔段长："哪种人？"

凤舞冷笑："偏听偏信，独断专行，公报私仇！乔段长，您居然是这种人，太让人失望了！"说完，凤舞转身就走。

"你给我站住！"乔段长岂能让凤舞出去败坏他的名声。

凤舞回头盯着他冷笑："乔伊老师说什么你便信什么，难道不是偏听偏信、独断专行？你配坐若初境段长这个位置吗？"

"你——"乔段长差点被凤舞气出心脏病来。

401

要知道在这若初境，乔段长便是王，有令必达，没人敢违抗他的命令，更没人敢当众忤逆他。换言之，他就是若初境的土皇帝，而现在他居然被凤舞当众打脸。

乔段长气得全身发抖，他伸手指着凤舞："好，很好！难怪乔伊说你牙尖嘴利，成绩作假却依旧能混得如鱼得水，原来全靠一张嘴。"

"成绩作假？"凤舞冷笑着看了乔伊老师一眼。

乔院长道："乔伊是你的代班老师，她对你的评价再真实不过。你居然还敢打老师？帝国学院以有你这样的学生为耻，你滚！"乔段长漆黑的瞳眸像是布满雷霆，雷光闪闪。院子里狂暴的灵气冲天，强大的压迫力朝凤舞袭去。

舒允若眉头微蹙，下意识地挡在了凤舞面前。一时间，狂暴的灵气宛若咆哮的怒龙，击在舒允若身上，噗——一口鲜血从舒允若的嘴角流出，但他还是坚定不移地站在凤舞面前。

初相识，便能以保护者的姿态挡在自己面前，如果说凤舞不动容，那是不可能的。

乔段长面色凛然，他瞪着舒允若："你滚！"

舒允若抬手拭去嘴角的血迹，目光犀利："我希望这是个正义的世界！"身为若初境最有天赋的少年，他有他的骄傲和执着。

乔段长怒极，一股凶煞之力从他掌心溢出，朝舒允若袭去。他堂堂段长，岂容一个少年威胁。

凤舞一看，心知不好。

"我有话说！"凤舞一步跨出，站在舒允若身前，直视乔段长。

明明她的实力不是最强的，她站在那儿，衣衫猎猎，随风而动，她却如战斗女神下凡般不怒自威，便是乔段长也被凤舞冰寒的目光威慑住了。

"你什么都不用说。"乔段长很不耐烦地挥手。

"凤同学，请吧。"董学姐走到凤舞面前，严肃地说道。

凤舞的视线从董学姐身上一扫而过，忽然她眼眸一亮，脸上露出了了然的笑容。

董学姐忽然有种不好的预感，然而不等她说话，凤舞便上前一步，在董学姐耳边说了一句话。董学姐的脸色陡然变了，她目光惊惧地瞪着凤舞。

凤舞似笑非笑地看着她："这句话请董学姐务必帮我传达给乔段长。"

董学姐咬紧牙关，握紧拳头，狠狠地瞪了凤舞一眼，转身走到乔段长身边。

乔段长冷笑连连："不管谁替你求情都不行，有本事你让方院长给老夫施压啊！"

一旁的乔伊老师挑衅地瞥了凤舞一眼，想跳级？下辈子吧！她要将凤舞留在她的班级里，让凤舞永远也逃不出她的手掌心。

面对乔伊老师得意而挑衅的目光，双手背在身后的凤舞扬起嘴角，从容而淡定地微笑着。

董学姐靠近乔段长，在他耳边低低说了几句话，瞬间，乔院长的脸色暗沉下来，宛若阴霾笼罩，难看极了。

看到乔段长的反应，凤舞就知道她猜对了。

凤舞笑眯眯地看着乔段长："听说若初境有项条例，只要通过龙门阵，便是没有乔段长您的准许也能进若初境，有这回事儿吗？"这事儿还是余月段长跟她说的，余月段长太有先见之明了。

乔段长眼神冷冰冰地盯着凤舞。

凤舞笑着，淡然若初。

乔段长深吸一口气，这丫头是个狠角色，若是被她这样纠缠下去，保不齐那个秘密会被曝光。

想到这儿，乔段长冷哼一声："既然你敢闯龙门阵，那便去闯吧！七天后，龙门阵开。你走吧！"

七天后……虽然有些久，但凤舞知道乔段长已经被她逼到临界点了，再逼他会炸。

凤舞点头："那就七天后再见了，乔段长。"说完，凤舞转身离去。

她耳边传来乔伊愤怒而不甘的声音。

"凭什么让她闯龙门阵？！"

"她的实力都是假的，她作弊的。"

"爹！你拒绝她就好了啊，为什么要让她参加？"

凤舞嘴角勾起一抹邪恶的冷笑，天真的乔伊老师啊，她真是什么都不知道。

舒允若和凤舞一起从若初峰下来，一向高冷漠然的他，依旧贯彻沉默是金。

凤舞不由得多看了他一眼。这位学长刚才挡在她的面前，这份恩情，她不能不报。

凤舞笑看着舒允若："舒学长，你得罪了乔段长，真的没关系吗？"

舒允若看了凤舞一眼，没有说话。

凤舞咬着下唇："乔段长不会打击报复你吗？"

舒允若抬眸望着天空，声音幽冷："我来自太原公叔家族。"

太原公叔家族是九大家族之一，这些年上升的势头很猛，没想到她在若初境随便找了个人带路，就找了公叔家族的人。

"所以，你这是化名吗？"凤舞好奇地问道。

"我随母姓。"舒允若话说出口，才意识到自己不知不觉中透露了过多的信息。

奇怪，明明他习惯沉默，来了若初境这么久，除了乔段长，还没人知道他的身世，他怎么一下就对这丫头说这么多？这丫头简直有毒，不知不觉中就让人对她信任。想到这儿，舒允若瞪了凤舞一眼。

凤舞被瞪得莫名其妙，她摸摸鼻子，这是怎么了？

舒允若将凤舞送到一条大路上："往前直走。"交代完凤舞出去的路径后，他傲然转身离去。

凤舞摸摸鼻子，他怎么突然生气了啊？真是个阴晴不定的怪异少年。

凤舞回到星陨院，等待她的可不只是朝歌，风浔和玄奕来了，甚至连君临渊也在。

风浔大惊道："喂喂，凤小七，你们家是盛产天才吗？为什么你们一个个的，晋升速度都这么快？"

凤小七正想说话，听到脚步声回头一看凤舞回来了，他立刻飞一般朝凤舞怀里扑去："姐，你回来啦！"

凤舞拍拍凤小七的脑袋，这孩子平时天真而腼腆，让他以主人的身份招待客人，还是有些勉强了。不过，这是他成长必经之路，凤舞决定以后要多锻炼他，修炼重要，为人处世也很重要。世事洞明皆学问，人情练达即修炼，凤舞不想凤小七变成只会埋头苦修的武痴。

"你们怎么都在？"凤舞不解地望着风浔。

风浔笑嘻嘻地说："我们来看热闹啊！怎么，你还不知道吗？"

"知道什么？"凤舞一脸不解。

风浔："你那个妹妹不是已经订给独孤孟溪了吗？今天下聘呢！这么重要的事你都不知道？"

凤舞还真不知道，她好奇地问："独孤家还真娶她啊？"

风浔抿唇一笑："说娶嘛，有些过了，我得到的消息是独孤家想让她做小的。"也就是说，不娶凤琉做正妻，而是让她做妾。

凤舞想，这才是正常的吧？！

风浔却转口道："这怎么可以？我当时就说不行了！"

凤舞看着风浔："为什么？"

"这你还不明白？你这个小傻瓜。"风浔戳戳凤舞光洁饱满的额头，"你想啊，凤琉可是你妹妹，如果她给独孤家做妾，那你的身价不是跟着被拉低了？所以我说不行。"

凤舞："……"

小傻瓜……如果这时候君临渊说她一句小傻瓜多好啊，这任务四就完成一半了。

"对了，听说你去帝国学院了？"风浔对凤琉的事不感兴趣，对凤舞的事却很感兴趣。

凤舞心头一动，对呀，七天后的龙门阵还需要君临渊在场呢，不然她的任务完不成。

凤舞忙点头："是呢！我要跳到二年级去。"

"不愧是我妹妹，有志气啊！"风浔竖起大拇指，"以你现在的实力，跳到二年级太容易了。"

"所以，七天后的龙门阵，你们都要来哦。"凤舞趁机发出邀请。

"龙门阵？"风浔眉角一挑，"你的意思是，乔凌霄那老头不同意你跳级？"

凤舞淡淡一笑："他不同意不重要，我会证明我的实力。"

风浔疑惑："不对啊，乔老头最偏心有天赋有实力的学生了，照理说，他应该偏爱你才对啊！"

朝歌适时加上一句："乔院长的女儿叫乔伊。"

风浔秒懂了："原来是有人背后告你黑状啊！"

风浔冷笑一声："呵呵，竟然敢招惹你，这帝国学院的老师，她别想当了。"

这就是特权阶级的好处，风浔一句话，乔伊老师就倒霉了。

"还有跳级什么的，小舞你别担心，我去给你说！"风浔大包大揽，他可不允许他家妹妹被人欺负。

凤舞却抬手拦住了他："且慢！"

凤舞需要一个契机展现她的实力，而龙门阵是很好的表现途径。

"我会靠自己的实力，让他们刮目相看的。"凤舞表情认真地望着风浔，"我会用自己的方式，得到他们的尊重。"

风浔拍了拍凤舞的脑袋："你知不知道，乔老头如果故意整你的话，他会给你开启地狱级别的龙门阵？"

"嗯？"凤舞一脸疑惑。

风浔瞥了凤舞一眼："你以为龙门阵是那么好闯的吗？龙门阵是分级别的，一共有普通、困难、精英、地狱、死亡等五个级别。一般跳级考核都是开放普通级，只要通过就相当于排名七百，困难级相当于排名三百，精英级相当于排名一百，地狱级相当于排名第十，死亡级则相当于若初境前十的水准。"风浔盯着凤舞，"开放哪个等级全由乔段长说了算，除了乔伊这件事，你还得罪他了不曾？"

凤舞："……"

见凤舞沉默，风浔惊讶道："你……真得罪他了？"

凤舞："其实还好，我相信他不敢乱来的。"

风浔盯着凤舞："你真的确定这件事不需要你哥哥我去说和一下？你要相信你哥哥的能力，在这帝都，鲜少有我办不了的事儿。如果我办不了，这不还有君老大吗？"

说起君临渊，凤舞进来后就没看过他一眼，她心里还有怨气呢！之前在天下楼的时候，君临渊对她一通训斥，然后扬长而去，让她很没面子的好吗？

"对了，君老大，七天后你有事情吗？"风浔见凤舞望着君临渊，他提了一嘴。

凤舞的心立刻提到了嗓子眼。别人不去没关系，君临渊可一定得去啊，如果他不去，她完不成任务啊！

"有。"君殿下盯着凤舞，目光流转间，似乎有一抹精光闪过。

啊？凤舞的心抽了一下，君临渊真的不去？那可不行！

凤舞拽了风浔一把，用眼神示意他。

凤舞的眼神风浔能不懂吗？她这是邀请君老大去看她大展神威，大放异彩呢！

风浔笑嘻嘻地凑上去："君老大，七天后你要忙什么？要不，一起去若初境呗？"

君殿下漫不经心地瞥了神色紧张的凤舞一眼，傲娇脸："没空。"

风浔吃了个闭门羹，他无奈地望着凤舞，摊手，表示他能为力。

凤舞揉揉眉心，这个君临渊，难道要让她求他吗？

就在这时，君临渊站起身来。

他这是要走了？凤舞立即冲上去，一把抓住了君临渊宽大的袍袖。

好主动的凤小舞啊！玄奕和风浔对视一眼。

风浔挑了挑眉头：我没说错吧？凤小舞现在可是很主动的。

朝歌和秋灵对视一眼，都在对方眼中看到了惊骇之色。

这不对啊！凤舞不是一直说不喜欢君临渊，看到他就讨厌，她喜欢任何人都不会喜欢君临渊的吗？可是现在她在做什么？

凤舞可顾不得其他，她站在君临渊面前，拦住了他的去路。

君殿下好看的剑眉微蹙，深眸盯着凤舞："让开。"

凤舞声音软糯："君哥哥，七天后你真的没有空吗？"

君临渊漫不经心地瞥了凤舞一眼，一副傲娇脸。

他这样子，凤舞再熟悉不过了——你求我啊！你求我，我就有空。

当着这么多人的面求君临渊？她也要面子的好吗？凤舞咬着下唇，犹豫起来。

君殿下笔直的大长腿迈开，不紧不慢地往外走去。

"君临渊！"凤舞咬着下唇，"当我求你了，你去吧。"

"嗯？"君殿下冷峻的面容上，深邃的双眸熠熠生辉。

凤舞拉着君临渊的袍袖："算我求你了，去吧、去吧，去看吧！"

君殿下轻哼一声，下颌轻抬："你在求我？"

"是是是，我求你呢！去吧去吧，好不好？"凤舞一边说，一边摇晃着君临渊的胳膊。

俊朗清逸的少年双手背在身后，下颌微微上扬，看着傲娇，但熟悉君临渊的人都知道，他在暗暗得意呢！

君殿下轻咳一声："既然你如此诚心恳求，那天如果有空，本殿下去一趟也无妨。"

明明得意着呢，说得却这么勉强。风浔嘴角微抽。

朝歌和秋灵对视一眼，都惊讶不已。

凤小七则耷拉着脑袋，下唇咬得殷红似血。姐姐是他的，就算是君殿下也不能将姐姐从他身边抢走。想到这儿，凤小七抬起头，眼神幽怨地瞪了君临渊一眼。

哟呵——风浔笑嘻嘻地看着一脸不爽的凤小七，大掌在他脑袋上来回蹂躏。

风浔："你这小家伙，还不爽呢？"

凤小七小狼崽一样哼哼了两声。

风浔觉得好笑，拍拍他的肩膀："你姐姐以后有君老大罩着，多好啊！谁敢欺负她？"

凤小七咬牙："以后我会保护姐姐的。"

"哟，你这小家伙还挺有志气的嘛，不过等你能保护你姐姐还远得很呢！喂，你这小家伙去哪儿？"

"修炼！"凤小七气呼呼地跑走了。

凤舞突然想起来一件事："对了，你们认识荣阳大师吗？"

风浔看着凤舞："你找荣阳大师做什么？"

凤舞说："炼剑。"

凤舞自从修炼了星陨剑法，火炎剑就不够用了，她接连两次都差点败在兵器上。

凤舞说："我手上有星陨玄铁，我想请他老人家帮忙炼制星陨剑，可是查了很久都没查到他的踪迹。"

荣阳大师是君武帝国最厉害的炼器师，他专攻锻造兵器，凤舞想不出谁比他更合适了。

"哈哈哈……"风浔闻言，顿时大笑起来，"你当然找不到他老人家了，因为他……"

君临渊瞥了风浔一眼，风浔的笑声戛然而止。

"喀喀——"风浔用咳嗽掩饰自己的尴尬，用眼神示意凤舞去求君临渊。

凤舞冰雪聪明，立刻会意。

"君殿下您知道荣阳大师的下落？"凤舞拉着君临渊的衣袖，眼巴巴地望着他。若是能炼制出星陨剑，接下来闯龙门阵，她的成功率就会提高很多。

君殿下剑眉微微蹙起："荣阳大师只见有缘人。"

"我就是有缘人啊！"凤舞揪着君临渊的袍袖，"我可有老人缘了，老人家见了我都可高兴了，真的！"

君殿下无语地看着凤舞，他最终还是拒绝不了凤舞期盼的眼神："拿纸笔来。"

"嗯嗯！"凤舞激动坏了，赶紧跑进房间，又一阵风似的冲回来，将文房四宝放在了君临渊面前。

君殿下瞥了凤舞一眼，凤舞立即反应过来，撩起袖子给他磨墨。

君临渊右手执笔，每一画都遒劲有力，一会儿工夫，一幅空山烟雨图便画好了。君殿下将笔一掷，双手背在身后，潇洒离去。

风浔和玄奕无奈地苦笑着也离开了。

朝歌一脸怪异："君殿下这是干吗呢？地址不说，给画了一幅画？"

凤舞的眼睛都快钻进这幅画里拔不出来了。

风浔屁颠屁颠地追上君临渊："君老大，君老大，您画这样一幅天马行空的空山烟雨图，凤小舞怎么猜得到啊？"

玄奕也摇头，如果不是提前知道地址，他也猜不出那幅画所暗示的地点。

君殿下却一副傲娇脸，轻哼一声："她可以。"

风浔苦笑："君老大，你以为每个人的脑子都跟你一样呀？我觉得凤小舞肯定猜不出来。"

凤舞确实很认真地看着君临渊留下的画卷，一寸寸仔仔细细地看着。

君临渊画得真好，空山新雨，晚来秋色，暮色苍茫，山间明月……描绘的意境深远，让人不由自主地将自己代入其中，在秋山中驰骋。

凤舞盘腿坐在地上，这幅画挂在她面前的墙壁上，凤舞眼睛一眨不眨地盯着看。

怕打扰凤舞，朝歌和秋灵都轻手轻脚地退了出去，将门关好。

"小姐可猜出来了？"赵嬷嬷问。

秋灵苦笑："小姐现在就跟入定了似的，一动不动地坐了好几个时辰了。"

赵嬷嬷皱眉："就这么一幅画，确实很难猜。"

秋灵苦笑："可不是吗？空山烟雨图，打一地名，没有任何提示，这怎么猜啊？"

朝歌皱眉道："如果找不到荣阳大师，小舞就没有称手的兵器，到时候闯龙门阵，说不定就会失败。"

秋灵说："已经有不少人知道我们小姐要跳级了，如果失败，多没面子啊！"

朝歌她们没有注意到，一墙之隔，有人正耳朵贴着墙壁在偷听。

"凤舞？跳级？荣阳大师？星陨剑？"这个人不是别人，正是左青羽和独孤雅莫。

今日，凤琉和独孤孟溪说亲，左青羽陪着独孤雅莫一起来的，就是这么凑巧，她们听到了朝歌等人的对话。

左青羽拉着独孤雅莫悄悄离开，回到马车上。

独孤雅莫问："凤舞要跳级到二年级？青羽，你不是二年级的吗？你不知道这事儿？"

左青羽深吸一口气，这两天她家里忙，她没去帝国学院，没想到竟发生了这么大一件事。

"我找人打听打听去。"左青羽回家后，立刻派人去打听这件事。

左家人脉广，左青羽在若初境更是女神级的待遇，她想打听出来什么，不过是分分钟的事。

不过一个时辰，左青羽就得知了详细情况。

"凤舞去若初境？"

"舒允若亲自带凤舞上山？"

"因为乔伊老师的关系，凤舞被乔段长拒收？"

"七天后凤舞要闯龙门阵？"

左青羽将手中的纸紧握成团，眸中寒霜隐现。

"凤舞你可真厉害啊！舒允若可是公叔家族的嫡系，这样的世家贵公子，平时拒人于千里之外，初次见面就给你带路，你们到底是什么关系？龙门阵，龙门阵……"左青羽知道她一个人的力量太单薄，于是她赶紧跑去找左铭。

左大人最近心情有些不好，自从上次天下楼事件后，他就像倒了血霉似的，不论是修炼上还是官场上，全都很不顺。

左青羽进来后，开门见山地将凤舞的事一说。

"父亲，我觉得这是一个机会。"左青羽眸中浮现一抹算计的精光，"凤舞不是想上二年级吗？那就让她永远留在龙门阵，这辈子都别想出来！"

听到凤舞的名字，左铭不禁头疼。

"父亲，龙门阵里死个把学生有什么关系？

"父亲，您没忘记二哥吧？如果不是凤舞，他怎么会死？

"父亲，您没忘记在天下楼的时候，君殿下对凤舞的态度吧？"

左铭如何能忘？甚至他觉得最近他走霉运都跟君殿下有关呢！

"父亲，您别忘记了姐姐啊！"左青羽这句话就像压死骆驼的最后一根稻草。

是啊，左家还有一位左青鸾，如果君殿下真的对凤舞有意，左青鸾怎么办？那可是左家举族之力培养出的左青鸾啊！为了左青鸾能坐上未来皇后的位置，不论付出怎样的代价，这个凤舞必须死！

想到这儿，左铭面上浮现一抹冰冷之色："你欲如何？"左铭盯着左青羽。

他发现这个女儿越来越有谋略和手段了，确实是家族兴盛之光。

左青羽压低声音在左铭耳边嘀咕了几句，每一句都说在点子上。

左铭沉吟少顷，说了一个字："可。"

左青羽面容因为激动浮现一抹薄薄的红晕，双眸更是兴奋得发光。

"如此事成，青羽，爹会记你一大功！"左铭手放在左青羽的肩头，鼓励道。

左青羽兴奋地抱拳："爹，能为家族绵延兴盛出一份力，是左家子孙应做的，羽儿虽是女儿身，但也愿为家族鞠躬尽瘁死而后已！"

"好！"左铭大喜，又有些感叹，他这一生儿子不少，两个闺女却是最为出色，"你去找你和叔，有什么需要，他自会帮你。"

夜幕降临，凤舞的目光还在那幅画上。

不应该啊！怎么会猜不到地名呢？清泉、巨石、流水、松树、梧桐、黄杏，鹰击长空……这画面到底暗含着什么意思呢？

门外传来秋灵刻意压低的声音："小心着点，别让树上的果子砸地上，不然会影响小姐思考的。"

朝歌："要不，我将这棵树砍了吧？"

秋灵忙摇头："不行、不行，这是小姐特意从高雄峰上移植过来的。"

忽然，凤舞脑子像是被人重重敲击了一下，一抹灵感闪过，瞬间清明。

鹰击长空如果是高雄峰的话，高雄峰有一处山谷叫三棵树谷，松树、梧桐、黄杏……凤舞的目光在那幅画上扫了一遍，果真只有这三棵树。

凤舞长长吐出一口浊气，谜底终于解出来了。君临渊啊君临渊，当真是才思敏捷，让人不服不行。

此时，天边出现了鱼肚白，黑夜已经过去，白昼即将到来。

吱呀——凤舞推门而出。

看到凤舞，秋灵等人顿时惊呼一声："小姐，你出来啦？！"

朝歌激动道："小舞，你猜出谜底了？！"

凤舞看着星陨院的众人，大家陪她熬了一夜，现在脸色都惨白惨白的。外面无论有多少刀光剑影，家里都一直有最可爱的亲人，凤舞觉得暖心极了。

"想出来了。我现在就去三棵树谷，你们在家里好好休息。"凤舞骑上马，策马狂奔而去。

"小舞，我陪你一起去！"朝歌快步跟上。

"收好那幅画，可不能丢了！"凤舞大声交代道。

凤舞刚离开星陨院，便有人将消息传到了太子府。

太子府书房。

君殿下安然坐在桌案前的圈椅上，凝神打坐。

玄奕亦在打坐，风浔却安心不了，他像只无头苍蝇似的走来走去，一边喃喃自语。

"小舞这丫头，到底能不能解开谜底啊？"

"君老大，你那幅画也太复杂了吧？那么多景物干扰，很难想出来的。"

"哎，这小丫头该不会现在都没睡，一直在想吧？姑娘家睡眠最重要了……"

玄奕被他念得耳朵痒，没好气地说："你就放心吧，凤小舞脑子好使着呢，不出三日，她肯定能想出答案来。"

风浔哭丧着脸："可是君老大每次画的画，里面都隐藏着一套功法，如果不将功法领悟，是看不出画里隐藏的答案的啊！"

这倒是真的，玄奕表示赞同。

风浔和玄奕齐齐望向君临渊。

君殿下静静盘坐着，神色淡然无波，漫不经心地道："今日之内，她必能解出。"

风浔和玄奕齐齐苦笑，先要领悟了功法才是解出谜底，怎么可能今日就……

"报——"一个黑衣人疾步走了进来。

君殿下："说。"

黑衣人："凤舞小姐已解出谜底，现正去往三棵树谷。"

"什么？！"风浔差点蹦起来，他大声追问，"小舞真的解出谜底了？她真的解出答案来了？！"

黑衣人淡淡道："是。"

"我的天哪！"风浔惊呼一声，"这么说，凤小舞领悟功法和解出谜底的时间加起来都不过一个晚上？"这样的领悟力还真是让人甘拜下风。

玄奕用手肘捅捅风浔，示意他看君临渊。

风浔抬眸望去，只见他们家一向高冷傲娇的君老大薄唇微微扬起，深邃的眼眸中多了几分明显的得意和骄傲。

"君老大，你喜欢凤舞吗？"风浔不怕死地出其不意地问了一句。

君殿下脸上的得意和骄傲宛若潮水退去，瞬间消失得干干净净。他星辰般璀璨的双眸瞬间如寒霜笼罩，径直瞪向风浔："你们可以滚了。"然后，君殿下双手背在身后，昂首离开了书房，丢下面面相觑的风浔和玄奕。

风浔和玄奕对视一眼。

"君老大这次没有打我哎。"

"你就这么希望被他打？"

"不是啊！上次我问这个问题的时候，他的态度可比现在强硬多了。不管，下次

411

我还问他。"

风浮是越来越看好他们了，虽然君老大傲娇依旧。

凤舞并不知道太子府发生的事，此刻的她正和朝歌一路往高雄峰而去。

到了悬崖底部，已经没办法骑马了，凤舞和朝歌便弃马步行。

不愧是鹰击长空的高雄峰，抬头一望，峰顶高耸入云霄，一眼望不到头。

攀爬的过程是艰难而危险的，但是难不倒凤舞和朝歌，从清晨到晌午，她俩终于爬到了高雄峰之巅。越过山巅便是一处山谷，也就是俗称的三棵树谷。

"等等——"凤舞一把拉住激动地往前奔的朝歌。

朝歌不解地看着凤舞。

凤舞道："荣阳大师在此地隐居，知道的人不多，但是以他的性子，没点防范是不可能的，眼前这片丛林不得不防。"凤舞取出一个面罩递给朝歌，"防瘴面罩，若是其他毒，也能减缓一二。"

做好了准备，凤舞和朝歌才进入了丛林。

丛林的入口处以灌木为主，树木低矮，抬头便能见到阳光。随着她们深入，草木变得越来越高，遮天蔽日，四周的光线渐渐变得暗淡下来。

"不知道为什么，总感觉有些不对劲儿，心脏跳得很快。"朝歌警惕地盯着四周。

凤舞一语道破天机："四周太安静了。"

"对哦！"朝歌反应过来，"没错、没错，四周太安静了。按常理来说，丛林里的飞禽走兽怎么都应该发出声音的，这里居然一点声音都没有，安静得可怕！这是为什么？"

凤舞看着四周的草木，目光微沉："很快你就会知道为什么了。"

"嗯？"朝歌不解。

就在这时，凤舞一把牵住朝歌的手，大呼一声："跑！"

跑了几步，朝歌回头，只见身后不远处，一股浓浓的碧绿色的毒气正朝她们涌来。

"这是？"

"瘴气！"凤舞一边跑一边道，"我们必须跑过这瘴气，才有命活下来，才能见到荣阳大师。这丛林本身就是阵法，好在阵法级别在我的接受范围之内，你只要跟着我走就没事。"

凤舞跑在前面，朝歌紧随其后，不到一炷香的时间，两人便跑出了丛林。

朝歌心有余悸地回头望去，只见那瘴气已经消散无踪。

"呼，可吓死人了。"朝歌长长吐出一口浊气，"这要是我一个人来，肯定死在这儿了。"

"那倒不至于。"凤舞淡淡一笑，"这瘴气并不致命，只是让人知难而退罢了，走吧。"

又走过了一条数千米长的索道，凤舞和朝歌站在了一座院落前。

这是一座古朴而幽静的院落，门口的牌匾残破了大半，隐约可见"荣"字。

"站住！"门口一个铁塔般的壮汉，口中发出粗犷而幽冷的声音。随着这一声，他手中的斧头朝凤舞狠狠劈去。

凤舞拉着朝歌连连后退，退了七步才稳住身形。

好狂霸的力量！凤舞一眼就知道，这壮汉的实力高深莫测，不容小觑，她没有信心在他面前走过三招。

就在这时，从院子里面传来轻盈的脚步声，很快，一个人出现在了凤舞面前。

"咦，凤舞，你怎么在这儿？"是左青羽。

"你怎么在这儿？"凤舞反问。

世间会有这么巧的事？她来，左青羽也来了？

左青羽笑着说："我们左家有事请荣阳大师帮忙，正好我闲着，便来了。"

凤舞"哦"了一声。

左青羽又笑道："反正小舞你也不是外人，跟你说了也无妨，我是来请荣阳大师打造一把神兵利器的。"

凤舞柳眉微微蹙起，打造神兵利器？要知道，便是大师也不可能在短期内打造两把神兵利器，而现在凤舞的时间不多了，所以，左家是故意的吗？凤舞咬着下唇，差点咬出血来。

凤舞性子隐忍，朝歌却是一向粗放，她气得推了左青羽一把："左青羽，你故意的吧？！你明知道我们要来请荣阳大师锻造兵器，就故意抢了先吧？！真是卑鄙！"

朝歌越说越生气，想打左青羽，可是左青羽的实力比朝歌强，她用劲一推，朝歌便往后退去。

左青羽慢条斯理地抚了抚衣裙上并不存在的褶皱，轻蔑地瞥了凤舞一眼，眸中是毫不掩饰的讥诮和嘲讽："哦，原来凤舞姑娘你也是来请荣阳大师打造神兵利器的啊！那可真是抱歉了，我先来一步呢。荣阳大师的规矩，一年之内绝不出两把神兵利器，既然今年这个名额我们左家占了，那么凤姑娘还请明年再来吧。"左青羽以胜利者的姿态傲慢地瞥了凤舞一眼，转身便进了内院。

"我们居然被抢先了？被嘲讽了？被无视了？"朝歌难以置信地望着凤舞。

凤舞也觉得郁闷，不过只一个呼吸间，她的嘴角就微微上扬。

"小舞？"朝歌急得像热锅上的蚂蚁，抬头却见凤舞笑了，她顿觉不解。

凤舞拍拍朝歌的肩膀："放心，有我呢。"说完，凤舞迈步就要往里走。

"站住！"铁塔般的汉子瞪着凤舞，坚决不让她们进。

凤舞淡淡一笑："你不让我们进却让她进，这是为何？是因为我们给的筹码不够吗？"说着，凤舞手中突然多了一只烤鸡。

咕噜——凤舞明显听到了壮汉咽口水的声音。

凤舞将烤鸡往身后一丢，抓着朝歌就往里面跑。

朝歌惊讶道："还能这样？"

凤舞笑："那汉子开口说话的时候，牙缝里还有鸡碎骨呢，可见他是可以被烤鸡收买的。"

朝歌不得不佩服凤舞，她就没发现这个细节，不过就算她发现了也想不到办法，人跟人智商上的差距才是最大的差距吧？

"站住！"一道冰冷的声音在凤舞耳边响起，凤舞一抬头，看到一个老管家模样的人板着脸严肃地站在他们面前，"你们是谁？"

朝歌下意识地道："我们是来求荥阳大师铸剑的。"

"铸剑？"

"是的。"

就在朝歌以为老管家会将她们赶走的时候，老管家冷哼一声："来求剑，就要有求剑的样子。"

凤舞感觉到一道冰冷毒辣的目光从一扇窗户里投出，她回头，恰好捕捉到了左青羽那不怀好意的眼神。

左青羽被凤舞逮个正着，她并没有避开凤舞的目光，而是嘴角扬起了一抹嘲讽的弧度。

老管家对朝歌说："你们想见我们家老爷也不是不行，跟我来吧！"

凤舞看到左青羽脸上的笑容越发讥诮嘲讽了，不用想她也知道左青羽做了手脚，眼前这位老管家估计也是左青羽的人了。

果然，老管家将凤舞和朝歌带到院子角落的一堆黑砂石前，冷冰冰地说："将这堆黑砂石搬到后面的火炉那里去。"

"搬多少？"凤舞问。

"今夜之前，全部搬走。完不成的话，你们就滚下山去。"老管家严肃着一张脸，说话刻薄极了。

凤舞还有什么不明白的，这绝对是左青羽搞的鬼。她下意识地回头，就看到左青羽正得意且放肆地笑着，笑得那样幸灾乐祸。

朝歌也明白过来了，她拉着凤舞道："这地方已经被那臭丫头包下来了，我们在这儿就是自取其辱，小舞，我们走！"朝歌不忍心凤舞受这样的气。

凤舞嘴角却扬起一抹淡淡的弧度："不，我们不走。"

"小舞！"

凤舞笑："不就是搬黑砂石吗？想见荣阳大师就要心诚，心诚则灵，搬吧。"

朝歌："小舞，你确定？"

入眼黑乎乎一片，别说今夜之前，就是再给十天也搬不完，这分明是强人所难啊！

凤舞心中已有计策，她笑容灿烂："我们有求于人，自然要有求人的态度，干活吧。"

左青羽一直站在窗前，她就是要看凤舞的笑话，当她看到凤舞高高兴兴地干起活时，心中充满了疑惑，凤舞葫芦里卖的到底是什么药？

不只左青羽好奇，朝歌也很好奇，她一边干活一边问凤舞："你到底是怎么想的呀？"

凤舞笑："放心吧，山人自有妙计。"

凤舞自然有妙计，只不过这妙计，别人都猜不到罢了。

朝歌："可是这么多黑砂石……"

凤舞："这有什么难的？"

凤舞身上有从君临渊那儿拿来的空间储存袋，一趟就将黑砂石全搬完了。

老管家原以为天黑之前她们搬不完，就可以顺理成章地将她们赶走，他也可以心安理得地将左小姐给的好处收下，却没想到他不过去了趟厨房，再回来一看，好嘛，所有黑砂石都被搬过去了，连箩筐都没用掉一个。

"您还有别的任务吗？"凤舞笑嘻嘻地看着老管家。

老管家咬牙，这丫头笑得越灿烂，他越觉得牙疼。

"当然有了。要见我们家老爷子必须要过三关，这搬运黑砂石只是第一关，第二关就是将这些黑砂石全部炼成铁。"老管家瞪着凤舞，"明天天亮之前，要是没将这些黑砂石炼完，你们就赶紧下山去吧！"

炼铁啊？凤舞摸着下巴，她才没有工夫一点点炼铁呢！

这时，她的灵戒空间里响起一声清鸣，是小彩凤的声音。

凤舞一挥手，小彩凤便从她的灵戒空间里钻了出来。

"哇——"小彩凤看到满地的黑砂石，眼热极了，激动得小身子都在颤抖，嗷呜一声扑上去，小小的身体瞬间钻进了黑砂石堆里。

朝歌："这小家伙怎么了？"

凤舞猜到了，又觉得不太可能，毕竟彩凤鸟那么小一只，怎么可能吞得完这么多黑砂石。

接下来的一幕却让凤舞大开眼界，黑砂石以肉眼可见的速度减少着。

老管家听到声音快步从屋内冲出来，看到眼前的一幕，他震惊地瞪大了眼睛。地上的黑砂石减少了，多出一些精铁来，并且是被烈火熔炼过的精铁。

"这、这是怎么回事？！"老管家难以置信地瞪着凤舞，难道黑砂石会自动炼化成精铁不成？

凤舞耸肩，指着前方道："你自己看吧！"

老管家抬头望去，很小的一只鸟，不过成人拳头般大小，一边吞噬黑砂石，一边排泄出精铁来。

老管家目瞪口呆地看着眼前这一幕，就跟见了鬼似的，不可能，这不可能！

老管家转头看着凤舞："它、它……就这么炼化黑砂石了？"

说实话，彩凤鸟这一举动，凤舞也是第一次见，她脸上的笑容却是淡淡的："我家都是这样炼铁的啊！你们家不是吗？"

你们家不是吗？当然不是啊！谁家一只鸟就能炼铁的？那要那些炼铁师何用？

老管家急急抓了一块精铁用心检测了一下，顿时惊讶不已。原本他以为可以以劣质为借口将这丫头赶走，他检测之下却发现这只鸟炼制出来的精铁，比炼铁师们炼制出来的还要好。

凤舞笑眯眯地看着老管家，她倒想知道这事老管家会怎么处理。

朝歌得意地瞥了老管家一眼，这时候老管家还能公然站在左家那边？她真就不信了。

老管家犹豫很久，但最终他还是倾向了左家。

"呵呵，老头子我倒要看看，你们这只小鸟能坚持多久。"说完，老管家怒气冲冲而去。

朝歌冲着老管家的背影"呸"了一声："都这时候了，他还睁着眼睛说瞎话，真不知道左家给了他什么好处。"朝歌拉着凤舞的手，一脸苦闷，"小舞，我们现在该怎么办？"

老管家的反应在凤舞的意料之中，她淡淡一笑："既然他想瞒着，那就让他瞒不住。"

朝歌："嗯？"

凤舞笑，这院落里可不是只有老管家一个人，看他的行事作风，他手下的人也必然不是铁桶一块。

想到这儿，凤舞在朝歌耳边低语了一句，朝歌越听眼睛越亮。

第十六章
扭转乾坤

　　此刻，老管家正在一个隐蔽的角落和左青羽悄悄说话。

　　老管家愁眉苦脸地道："左二姑娘，那丫头不是一般人，诡计迭出，让人防不胜防，再有下次的话，老头子我也拦不住了。"

　　刚才发生的一幕幕，左青羽都看在眼里。凤舞确实厉害，若是旁人，早就被老管家赶跑了，而凤舞不但留下来了，还一次次表现出彩。就没有什么事能难住她吗？左青羽还就不信了。

　　她咬牙道："为今之计，就是让荣阳大师快些锻造我们家这把神兵了。对了，荣阳大师可是已经开始了？"

　　一旦荣阳大师开始锻造兵器，他就处于闭关状态，凤舞就不可能见到他了。

　　左青羽隐隐有些担心，凤舞身上有种让陌生人不由自主亲近她的气息，她担心荣阳大师也会喜欢她。

　　老管家苦笑："老爷对您送来的锻造材料颇为满意，如今正在炼器室思考，还没开始锻造。不过左二姑娘放心，老爷子思考的时候，轻易不会踏出房门，更不可能见到那位凤姑娘。"

　　别看他处处刁难凤舞，经过这两次事情后，老管家内心都有些愧疚了，甚至有些钦佩凤舞了。

　　深夜，凤舞和朝歌在老管家的安排下住进了柴房。柴房干燥而狭小，因为接近黑砂石堆，屋子里多是黑砂粉尘，有些呛人。

朝歌满脸抱怨，凤舞却依旧神色淡定。

凤舞问："之前吩咐你做的事做得如何了？"

朝歌笑着道："我找了厨房的李厨娘，她儿子就在炼器室做事，我从她口中套了一些话出来。左家确实先一步将材料送进去了，他们唯一的要求就是尽快开炉炼器。左家送进去的是龙鳞金，据说是非常珍贵的材料。"

凤舞点点头："龙鳞金确实罕见，非常珍贵。左家不愧是有底蕴的世家，随便拿出一样材料就这么让人眼馋啊！"

凤舞不知道的是，便是左家拿出这龙鳞金也是头痛万分的，但是为了对付凤舞，左家豁出去了。

朝歌问："小舞，你看上这龙鳞金了？"

凤舞摸着下巴，思考道："如果我的星陨剑里加入龙鳞金，不论是坚韧度还是防御度，都会有一个质的提升。"

朝歌一拍手："那还等什么？我们将这龙鳞金抢了啊！"

凤舞道："哪有那么容易？而且，就算有了龙鳞金，想要将其融入星陨剑内也是困难重重，不知道荣阳大师有没有这个实力……"说着说着，凤舞眼睛一亮。

"小舞，你想到了什么？"朝歌紧张地问道。

每当凤舞露出这样的神色时，就表示她有办法了。

凤舞嘴角微微扬起："荣阳大师现在是皇级炼器师，你说，如果让他的炼器水平更上一层楼，他会如何？"

朝歌激动地一拍桌子："如果我是他的话，肯定乐意啊！"

凤舞笑着点头。

朝歌兴奋地问："小舞，你有让荣阳大师炼器水平提升的办法？"

凤舞笑着摇头。

朝歌不解了，小舞这葫芦里卖的到底是什么药啊？

凤舞站起来往外走。

"小舞？"朝歌不解。

凤舞说："你在这里待着，办完事我就回来。"

办完事？办什么事？虽然朝歌很好奇，但是凤舞说的话她无条件服从，于是朝歌点点头："好，我在这里等你回来。可是，你要怎么出去呢？老管家和左青羽肯定派人盯着我们呢！"

凤舞笑："算着时间，差不多了。"

什么差不多了？朝歌疑惑不解。处在同一个环境，面对同样的事情，小舞说的话，她怎么经常听不懂呢。

咚咚咚……敲门声响起。

凤舞将门打开，门外站着一个丫鬟，十五六岁的年纪，却面相凶狠，她瞪着凤舞，目光充满了敌意。

砰！两碗清水和两个干硬如石头的馒头被她用力放在了地上，馒头从碗里跌出来，沾了地上的灰尘，那两碗清水也洒出来大半。

丫鬟明显是收了左青羽好处的，她瞪了凤舞一眼，转身就要离开。

凤舞的声音轻轻响起："左青羽给了你什么好处？我给你双倍。"

"呵呵。"丫鬟冷笑，"就你，能跟左家二小姐比？"

凤舞手掌摊开，一个白光闪闪的银锭子出现在她掌心："告诉我你的名字，这块银锭子就是你的了。"

丫鬟狐疑地看了凤舞一眼。

凤舞只是盯着她笑。

这银锭子至少有十两，还是很诱人的，不过是告诉一下名字罢了，有什么了不起的。

"我叫红月！"丫鬟一把从凤舞手里将银锭子夺走，转身就要走。

一道淡淡的声音从她身后传来："那么红月姑娘，你就好好休息一下吧。"没等红月反应过来，凤舞一记手刀从她颈项处劈下，砰！红月身子软软地躺倒在了地上。

朝歌不解地望着凤舞："小舞你……"

凤舞淡淡一笑，拎起红月的身体，意味深长地看了朝歌一眼："我扮成她，不就可以出去了吗？"

朝歌恍然大悟。

在朝歌的帮助下，凤舞很快就换上了红月的衣衫，然后端着托盘走出了柴房。

此时，左青羽的贴身丫鬟如意快步走到左青羽身边，压低声音道："二小姐，清水和馒头已经送过去了。"

"她们吃了？"左青羽眉宇间浮现一抹得意。

如意笑着点头："如果不吃，她们就等着饿死吧！不过里面……"如意呵呵笑道，"馒头和清水里，奴婢都加了料，估计她们今晚会茅厕跑不停了。"

左青羽得意地挑眉，凤舞想跟左家斗？真是找死！

左青羽以为凤舞正乖乖任由她摆布，殊不知此刻凤舞已经敏捷地穿梭在这院落内了。

荣宅内没有多少护卫，深夜寂静，人影寥寥，但这并不意味着守护力不够，荣宅真正的守护者是阵法。好在凤舞从小就修习阵法，对于这荣宅的天火迷雾阵，凤舞自信还是能破解的。

炼器室在哪里，荣阳大师就在哪里，那么炼器室在哪里呢？如果朝歌在，她肯定会问这个问题。

其实，炼器室很好找到。高雄峰本身是一座火山，这山谷里埋着最精粹的异火岩浆，岩浆口肯定就是炼器室的位置，也就是天火迷雾阵的阵眼。凤舞只要推导出阵眼所在，就能精准无误地找到荣阳大师本人。

片刻后，凤舞来到内院门外，站在一棵古树下，观察着内院门口的情况。

这时，不远处传来脚步声，老管家对一个人说道："小原子，老爷可还在里面？"

"老爷今日进去后，一直没有出来。"

老管家："老爷可是在研究左家的龙鳞金？"

"是的，老爷进去之后，一直抱着龙鳞金念叨着，想着怎么锻造出一把神器。"

老管家："小原子，你可守住了，不许任何人踏入此间一步。若是有人来，你知道该怎么做吧？"

小原子抱剑："格杀勿论！"

老管家怔了怔，摆摆手道："倒也不必杀人，如果真有人闯进来，你将人打晕了，回头老夫来处置。"

小原子点头："是。"

老管家摇头晃脑地去了，小原子则旋身飞到不远处的梧桐树上，盘腿而坐，闭目养神。

老管家经过凤舞所在的那棵古树时似有所感，下意识地朝古树扫了一眼。

凤舞藏在古树后面，将心脏的跳动压到最低，可千万别被发现。

这位老管家的实力不弱，不远处还有那位叫小原子的护卫，这两大高手若是围攻她，凤舞是绝对跑不掉的。

好在这时候皎洁的月光被厚厚的云层挡住，没有投射下来，否则影子已经出卖凤舞了。

凤舞深吸一口气，不能紧张，要冷静。

老管家双手背在身后，摇晃着脑袋，自言自语道："总感觉那里有一个人，看来是我老眼昏花了，老了，老了啊……"

凤舞看着老管家离去，这才缓缓吐出一口浊气。她这口气憋了足足有五分钟，再憋下去，她就没命了。

老管家离开后，凤舞唯一要担心的就是坐在树上的那个护卫小原子了。

凤舞摸着下巴思考着。

"嗷呜、嗷呜……"小虎仔从凤舞的衣袖里爬出来，冲着凤舞比手画脚，意思是它去引开那个护卫。

凤舞皱眉："那个人修为很厉害。"

小虎仔倔强地表示："我跑得很快！"

凤舞想起在傲世雪原的时候，这小家伙看着小短腿，跑得很快。彩凤鸟炼铁，干了那么大的事，小虎仔这是有危机感了吧？

"你确定？"凤舞再次问道。

小虎仔气鼓鼓地握拳："我可以、我可以、我可以！"

"好吧！"凤舞宠溺地揉揉小家伙的脑袋，"回头记得找个地方藏起来，我出来的时候再带你一起离开。"

小虎仔："嗯嗯。"

凤舞捡起一块小石头，朝小原子所在的方向扔去，啪！

"谁？！"小原子惊呼一声，瞬间从树上跳了下来。

小虎仔冲着小原子扭动它的大屁股，一脸嘲讽的笑意。

嘲讽笑？一只小虎仔居然能做出这样逼真的嘲讽笑？小原子又惊又怒。

小虎仔挥手又是一块小石头扔了过去。

"好你个小虎仔，竟然敢挑衅小爷我，给小爷站住！"小原子想也不想就追了上去。

说时迟那时快，凤舞一个闪身便进了内院。

凤舞环顾四周，全都是炼器室，但是主炼器室只有一个，一旦走错了惊动了荣阳大师就麻烦了。

没过多久，凤舞站在了一口古井前。古井？怎么会是这儿？凤舞又推导一遍，最后的结论还是在这古井里。

荣阳大师不愧是荣阳大师，这要是换了别人来，谁会想到主炼器室在这古井之下？这水波粼粼的古井才是真正的障眼法吧？

凤舞纵身往古井里一跃，果然，并不是跳进水里，而是跳到了一块岩石上。岩石旁有按钮，上下左右一共四个。四选一，若是按对了，应该就可以进去了，若是按错了，肯定会响起警铃，到时候自己就危险了。

凤舞仔细分析了一下古井内的格局，很快，她的嘴角扬起一抹弧度，果然这按钮是根据阵型的变化而变动着。

荣阳大师对他自己布置的阵法还真是自信啊！但是道高一尺魔高一丈，遇上凤舞这个由牧九州亲手调教出来的徒弟，荣阳大师也只能认栽了。

凤舞很快就根据阵型的变化和当前的时辰推算出了正确的按钮。

当凤舞那纤细的手指点向上面的按钮时，咔嚓——一道轻微的声响，古井壁上出

421

现了一条仅供一人通过的甬道。凤舞目光一亮，上前一步，进入了甬道。

甬道没有多长，凤舞走了大约一百米，前方便豁然开朗。

一个开放型的炼器场在最中央的位置，一道橙色冥火升腾而起。

"嗷嗷……"彩凤鸟见此情景，激动地在凤舞的灵戒空间里打滚，"异火！异火！异火！"

那橙色的冥火难道是异火的一种？凤舞也有些激动，面上却淡定如初。

就在橙色冥火不远处，一位老者背对着凤舞盘腿坐在地上，似乎进入了某种冥思状态。

凤舞想起之前风浔说过的话："荣阳大师有一个不为人知的怪癖，他在炼器之前都会诚心祷告，祈求剑灵主神庇佑，每次没半个时辰是不会结束的。"

凤舞嘴角扬起一抹弧度，随即，她从怀里掏出一瓶药水，悄然靠近了炼器台。龙鳞金就放在那儿，散发出淡淡的金光。

凤舞手中的药水洒在龙鳞金上，然后药水迅速蒸发掉了。

忽然，凤舞感觉到一股危险的气息袭来，她回头一看，荣阳大师快要醒了，她当即以最快的速度冲了出去。

荣阳大师睁开双眸，湛蓝有神。

他眉头微微蹙起，刚才是不是有人来过？

荣阳大师站起来，目光扫视了四周一圈，甚至走到甬道口检查了按钮，没有被人动过的痕迹，难道是他的错觉？

荣阳大师的目光最终落在龙鳞金上，顿时苦笑出声。龙鳞金摆在这儿，如果真有人来，能不将它顺走吗？荣阳大师不疑有他，定心之后便开始锻造兵器。

凤舞险之又险地冲出甬道跳出古井，就在她以为自己可以松一口气的时候，忽然——

"谁？"小原子一声怒喝，随即飞扑上来。

就在这时候，喵呜——不远处的小虎仔发出一声喵叫。

小原子顿了顿，不解地往声音发出的地方望去，凤舞则趁着这个机会，身形快如闪电般往远处蹿去。

好在她精通阵法，在这院子里畅通无阻，这若是换了别人，恐怕早就被抓住了。

很快，凤舞回到了柴房，呼——她后背贴着门，长长呼出一口浊气。

朝歌看到凤舞，提起的心终于放下了："小舞，你回来了？跑这么急，是有人在后面追你吗？"

凤舞脸上露出一抹微笑："没事，追我的人已经被我甩掉了。"凤舞一边说一边抚摸着怀里小虎仔的脑袋，没想到这小家伙这么聪明，关键时刻还能学猫叫，并且叫得还挺像。

"所以，你要办的事办成了是吗？"朝歌见凤舞开心，便知道她的事情办成了。

凤舞点头："放心，左青羽的希望一定会落空的。"

朝歌不知道凤舞做了什么事，但她一向相信凤舞，于是安心地睡了。

一天，两天，三天，凤舞一直悠闲地看彩凤鸟炼化精铁。

到了第四天，朝歌等不下去了，她用手肘捅捅凤舞："你不是说没问题吗？怎么到现在都没动静啊？"

凤舞脸上也露出疑惑之色。按时间推算，那件事应该发生了，怎么到现在还没动静呢？

凤舞心中如此想着，面上仍淡定地笑着说："等着吧，不出意料，也就这一时半会儿的事了。"

"什么就这一时半会儿的事了？"老管家不知何时出现在凤舞面前，他身边还跟着左青羽和那个壮汉。

老管家板着一张严肃脸，左青羽却得意扬扬地看着凤舞："我说凤小舞，你怎么还在这儿啊？"

凤舞没有说话。

左青羽又冷笑道："不是跟你说了吗？荣阳大师在锻造我们左家的神兵利器，今年的名额已经没有了，如果你识趣的话，现在应该转头就走，死赖在这儿又能如何？"

凤舞还没说话，朝歌气炸了，她瞪着左青羽："你闭嘴！你不说话，没人当你是哑巴！"

"哟，这不是凤舞的小跟班段朝歌吗？"左青羽手中的鞭子指着朝歌，"你家主子都没生气，你生哪门子的气啊？"

朝歌差点被她这句话气死。

凤舞眼眸半眯起来。主子？左青羽这是故意挑拨朝歌对她不满吗？可惜，朝歌不是能被随意挑拨的人。

"左青羽，你找死！"朝歌冲上去就要打左青羽。

这时，那个铁塔般的壮汉上前一步，挡在左青羽面前，宛若铜铃般的双眸瞪着朝歌。

凤舞将朝歌拉住。这个壮汉的实力超过她和朝歌许多，硬碰硬的话，她们只有吃亏的份。

谁知，左青羽不依不饶地冷笑道："哟，凤小舞，你怎么一句话都不说啊？你这

是默认了吗？"

"看来左二姑娘很闲啊！"凤舞似笑非笑地看着她，"如果真这么闲，不如多关心关心你家的神兵利器。"

原本毁掉那么珍贵的龙鳞金，凤舞还有些愧疚，现在左青鸾的态度瞬间将她那点愧疚感磨没了。

"我家神兵利器怎么了？荣阳大师正在专心锻造呢。"左青羽无比得意，"不出意外的话，今天就能锻造完成了。怎么，你嫉妒？"

"嫉妒？"凤舞笑，"我没记错的话，便是荣阳大师锻造兵器，也有失败的可能。"

左青羽无比自信："需要你操心？荣阳大师可是皇级炼器师，有他在，龙鳞利器定然……"

左青羽的话还没说完，就听轰的一声巨响，大家朝响声来源处望去，只见浓烟滚滚，宛若蘑菇云般冲天而起。

凤舞内心激动不已，该来的终究是来了，虽然比预计的时间迟了一点。

"这是什么？"

"发生了什么事？"

"那是哪里？"

震惊之下，老管家飞奔而去，左青羽也紧随其后。

"我们也过去看看。"凤舞抓着朝歌，同样飞奔而去。

因为这声音太过剧烈，整个荣宅乱成一团，所有人都往内院冲去。

凤舞和朝歌来到内院时，只见古井中浓烟滚滚，荣阳大师在下人的搀扶下艰难地从古井中爬了上来。

"喀喀喀……"此刻的他头发凌乱、衣衫褴褛，多处被烧焦，看上去狼狈极了。

老管家赶紧冲上去，扶住了荣阳大师跟跄的身子："老爷，老爷——"

荣阳大师大口喘息着，伸手指着古井："锻造材料，快去，快去——"

老管家倒是想带人下去，可是古井里浓烟滚滚，别说下去了，靠近一点，眼泪都呛得直往外流。

这么好的出头机会，如果凤舞不利用，那就太浪费了。

凤舞取出一个面罩递给老管家："戴上这个，不呛人。"

老管家可不相信凤舞，他瞪了凤舞一眼："这里是你能来的地方？出去、出去！来人，快将她……"

"万一有用呢？"凤舞笑眯眯地看着老管家，"老管家，你真的不试试？"

老管家愣在了原地。

凤舞依旧是笑眯眯的一张脸："那下面应该有荣阳大师很宝贝的锻造材料吧？"

"试试。"荣阳大师终于缓过神来，他多看了凤舞一眼，对老管家说。

如果不试，必然失败，若是试了，万一成功了呢？

老管家气得瞪了凤舞一眼，从她手中一把夺过那个面罩递给小原子："你去。"

小原子快速将面罩戴上，然后跳进了古井里。

不一会儿，小原子就冲出来了，他手中提着一个篮子，篮子里是锻造材料。

"抢出来了！真的抢出来了！"老管家激动得热泪盈眶。

小原子一把抓下面罩，对老管家说："这东西可真好，进去之后不用担心眼睛睁不开，在火海里来去自如呢！"

老管家不由多看了凤舞一眼。

荣阳大师也不由得多看了凤舞一眼："这丫头面生得很啊！"

老管家只能给荣阳大师介绍："她是凤舞，从帝都来，求您给她锻造兵器呢！"

说到这件事，荣阳大师脸上浮现颓然之色："唉——"他长长叹了口气，"炼器室都被烧了，哪里还能炼器？"

"如果我能帮你灭火呢？"凤舞笑看着荣阳大师。

老管家瞪着凤舞："这里是你能说话的地方吗？还不快快闭嘴？！"

荣阳大师摆摆手，示意老管家不要说话，然后他苦笑着摇头对凤舞道："丫头啊，别说炼器了，现在炼器室被烧成这样，火要是灭不了，下面的岩浆火涌上来……"荣阳大师苦笑连连，"到时候，别说荣宅会被烧毁，就是这三棵树谷都会被焚烧殆尽啊！"说到这儿，荣阳大师吩咐老管家："速速将人都往山下带去。"

荣阳大师这是要放弃荣宅了？

"老爷！"老管家脸上露出惊慌之色。

要知道这里的岩浆火是可遇不可求的，老爷之所以能成为闻名天下的炼器大师，跟这岩浆火有很大的关系啊！

"速去、速去！"荣阳大师挥了挥手。

他老人家真是豁达大气，这样关乎人生的大事，他弹指间就做好了决定。

凤舞在一旁看着，心里充满了敬佩，也有些愧疚。

"荣阳大师！"凤舞定定地看着荣阳大师，"如果我有办法灭了这火呢？"

"灭火？你能灭火？！"老管家瞪着凤舞，眼珠子都快冒出来了，"你知不知道，有多少水元素法师下去了，都控制不了这火势？"

左青羽也站了出来，目光冰冷地盯着凤舞："凤舞，你帮不了忙就少给大家添乱，在一旁待着就是最好的了。"

其他人也都不看好凤舞。

凤舞淡淡一笑，望着荣阳大师："如果我不做，火势蔓延开来，荣宅被毁，三棵树谷被毁，甚至高雄峰也会被毁。"

"你就那么确定你能灭火？！"左青羽瞪着凤舞。

凤舞笑道："万一呢？万一我救火成功了呢？"

左青羽："你——"

荣阳大师的视线从凤舞脸上转到一旁的篮子里。刚才这丫头也是这样说的，然后这些锻造材料就被抢出来了。

荣阳大师对凤舞笑了笑："你要下去灭火便下去吧，注意安全。"

荣阳大师居然答应了，他居然相信这样一个黄毛丫头能灭这大火。

"老爷……"老管家想说话，却被荣阳大师抬手制止了。

凤舞道："请荣阳大师将那些下去的水元素法师都请回来。"

"你这丫头哪来这么多要求？！"老管家气得瞪眼。

然而，出乎老管家意料的是，荣阳大师真这样做了。

凤舞冲荣阳大师抱拳，转身跳进了古井里。

水元素法师们都急坏了，领头的林法师气急败坏道："这是怎么回事？里面火势那么大，根本控制不住，怎么还喊我们上来呢？"

左青羽说："因为凤舞姑娘说，她以一己之力，就可以灭掉这场大火。"

"呵呵——"林法师当场冷笑起来，"我们十五个水元素法师竭尽全力都控制不住火势的蔓延，她一个黄毛丫头居然敢如此口出狂言。"

老管家着急地对荣阳大师道："老爷，老奴这就让其他人下山。"他对凤舞的能力根本不相信。

荣阳大师对凤舞又何尝有信心，他苦笑一声，挥挥手道："去吧、去吧。"

就在老管家转身走出去十来步的时候，忽然，不知道谁惊呼一声："天哪！你们快看，烟雾是不是比之前少了？"

烟雾？大家下意识地望向枯井，烟雾明显没有之前那么浓了。

"还真的是，烟雾没有之前浓了。"

"天哪！看来凤姑娘真的能灭火啊！"

"或许……真的有希望？"

老管家惊呆了，左青羽惊呆了，法师们也都惊呆了，这不可能吧？！可是铁一般的事实就摆在他们面前。

老管家望着荣阳大师："老爷，这、这……"

荣阳大师笑道："这小丫头倒是个有趣的人。"

"老爷，那现在还需要让其他人下山吗？"老管家试探地问。

荣阳大师摆摆手："且等着吧！"或许事情真的会因为这丫头的出现而有转机呢！

突然，左青羽惊呼一声："啊——你们快看，烟雾又变浓了！"

左青羽夸张地大喊大叫，却终于松了一口气。如果凤舞真的灭了大火，那凤舞在荣阳大师心目中的地位岂不是直线上升？左青羽才不要凤舞得到荣阳大师的赏识呢。

"不好！这火已经烧到外面来了！"老管家急道，"老爷，必须让大家立即离开才行啊！不然大家都会死在这儿的。"

左青羽赶紧道："荣阳大师，凤舞的话不可信，兴许她已经葬身火海了。我们现在要做的就是疏散人群，留得青山在不怕没柴烧啊！"

凤舞已经葬身火海了吗？在场的人一听这话，心里都咯噔了一下，朝歌更是担心得眼圈都红了。

此刻，凤舞真如左青羽所言，葬身火海了吗？当然不是！凤舞正在积极灭火。

荣阳大师锻造龙鳞金利器失败是她意料中的事，因为她在龙鳞金上倒了她亲手制作的助燃药水，她想灭火自然不难，更何况——

"异火、异火、异火……"彩凤鸟激动得在空间里打滚。

激动的何止彩凤鸟，小虎仔身体里也有异火，所以它对异火也有着强烈的需求。水元素法师灭不了的异火，这俩小家伙却大口吸收着，恨不得将所有异火都吞进肚子里去。

大约过了一炷香的时间，炼器室里的异火全被两个小家伙吸收了，它们吞噬得脑满肠肥，爬进空间就再也动不了了，直接陷入了昏睡状态。这异火对它们来说是大补之物，等它们苏醒后，实力绝对会有明显的提升。

烟雾退去，凤舞从古井底一跃而上。

此刻，外面的人都在讨论凤舞，左青羽更是挤出两滴眼泪哽咽道："凤舞年纪轻轻就这么去了，太让人惋惜了。"

左青羽望着荣阳大师："大师，我家那把龙鳞金利器就送给凤舞吧，她即便死了，有利器相伴，这辈子也值了。"

荣阳大师嘴角微抽，他一生行事豁达，并不代表他眼瞎，他能看不出来左青羽的所作所为所想吗？

"龙鳞金利器并没有锻造成功。"荣阳大师盯着左青羽。

左青羽惊呼一声："啊，这……这怎么会？那龙鳞金岂不是白白浪费了？"

荣阳大师声音冰冷道："你们左家拿的是假龙鳞金，才会导致炼器室爆炸，你们打的到底是什么主意？！"

左青羽蒙了："假的龙鳞金？怎么会？绝无此事！"

荣阳大师手中握着一片龙鳞金，冷笑道："证据在此，你还觉得是老夫说谎吗？"荣阳大师一想到他的炼器室被毁，就心痛得难以呼吸。

"荣阳大师，我们左家绝对不会拿假的龙鳞金，更不会对您不利啊，荣阳大师……"左青羽试图辩解。

荣阳大师冷笑一声："如果你们不是存心，为何你早不来晚不来，偏偏在岩浆火躁动期来？

"如果你们左家不是存心，为何你催着老夫早早开炉锻造？

"如果你们左家不是存心，为何你们会多付两倍的价钱，也要老夫尽快锻造出龙鳞金利器？！"

"这……"左青羽能说她是要抢在凤舞前头吗？

"来人，将她捆起来！"荣阳大师怒道。

"荣阳大师、荣阳大师，这是有原因的，我，我可以解释的……"左青羽见荣阳大师真火了，不得不快速解释了一遍。

"因为要抢在凤舞前头，你才如此？"荣阳大师皱眉。

"是的、是的！荣阳大师，我们左家绝对没有存心要害您。"左青羽诚恳地道。

"一派胡言！"荣阳大师瞪着她。

左青羽蒙了。

荣阳大师冷笑道："本大师是谁求就会给谁炼器的？凤舞来求，本大师就会答应她？简直可笑！"

左青羽："……"

左青羽没有意识到，她其实是认可凤舞能力的，不然她不会下意识地以为荣阳大师一定会帮凤舞锻造利器。

荣阳大师紧接着又道："如果那丫头能活着出来，老夫一定帮她锻造利器"

可是……在场的人都沉默了。凤舞下去那么久都没上来，必定是葬身火海了。

"这位凤舞姑娘啊，实在是太逞强了。"

"她真以为以她一人之力便能扭转乾坤吗？可惜了，她将自己的性命都搭进去了。"

老管家心中也有些不是滋味，他多番为难那丫头，那丫头却次次出人意料，这样聪慧的她，怎么就这么死了呢？

左青羽却是暗暗冷笑，便是损失了龙鳞金如何？便是被荣阳大师厌弃又如何？凤舞死了，这一切都是值得的。

就在所有人都以为凤舞葬身火海时——

"咦，你们这是在讨论我吗？"一道轻盈的身影从古井中一跃而出，落到众人面前。

"凤舞？！"

"这就是那位凤姑娘？"

"天哪！凤舞没有死！"

左青羽震惊了，老管家震惊了，连荣阳大师都震惊了。

所有人都用难以置信的目光瞪着凤舞，就像看到鬼一样。

凤舞环顾四周，微微一笑："你们怎么都用这样的眼神看我？很意外吗？"

当然意外了！

朝歌激动地上前抱住了凤舞："小舞，你没事吧？我都担心死了。"

凤舞安慰她道："别担心，我一点事都没有。"

这时，老管家颤抖着手指着凤舞："你、你、你这丫头……真的没死啊？"

凤舞摊手："我怎么会死啊？"

老管家："可是你下去了很久啊！"

凤舞："灭火不需要时间吗？"

"你……"老管家话没说完，就听见耳边传来他人的惊呼声。

"呀！你们快看，烟雾变淡了。"

"都快没了。"

"天哪，这火不会真被凤舞灭了吧？"

……

水元素法师们都用难以置信的目光看着凤舞。

"这不可能！"林法师大叫一声。

他们十几名水元素法师都控制不住火势，这个小丫头如何办到的？

"我下去看看！"林法师第一个跳了下去。

"我也下去看看。"小原子宛若小猴子般紧跟着跳了下去，瞬间没了踪影。

大家都盯着古井口，目不转睛地盯着。

十几秒后，小原子从古井里纵跃而上，激动万分地说："火灭了！火已经被扑灭了！"小原子冲到荣阳大师面前，激动得手舞足蹈："老爷子，火扑灭了，一点火星都没有了。"

这时，林法师也上来了，大家齐齐问他："火灭了吗？真的灭了吗？"

林法师张了张口，很想说没有，可事实摆在眼前，他如何能说谎，他只能长长叹息一声："是的，火，灭了。"

"哇！"

"天哪！"

"我的天哪！"

凤舞竟然真的做到了。

老管家老脸通红，不知该说什么才好。

"下去看看，快扶我下去看看！"荣阳大师在下人的搀扶下跃到井中，很快，古井里传出激动而兴奋的狂笑声。

众人再次望向凤舞，眼中有羡慕、有激动，也有嫉妒。闭着眼睛都能想到，凤舞做了这样一件逆天的事，卖了荣阳大师一个这样大的人情，她能不被荣阳大师赏识吗？那可是荣阳大师啊，君武帝国最厉害的炼器大师，真是太让人羡慕嫉妒恨了。

自从凤舞从古井里上来后，左青羽的脑子一直是蒙的，到现在都没有回过神来。

凤舞……凤舞……凤舞！左青羽握紧拳头，眸中一片赤红。

怎么可以这样？左家搭了人情又花费巨资，甚至连龙鳞金这样的稀有材料都用上了，结果仍让凤舞出了风头。她现在心中唯一的奢望就是荣阳大师不要赏识凤舞，千万不要啊！

可是，这次老天爷没有站在左青羽这边，荣阳大师在下人的搀扶下从古井里出来后，他径直走到凤舞面前，宽厚的手掌拍着凤舞的肩头，语重心长地道："丫头啊……好样的……你好样的！"

如果仔细看的话，会发现荣阳大师激动得热泪盈眶。

凤舞眸中隐有一道流光划过。

其实这件事的后果超出了凤舞的预料，她之前对龙鳞金做手脚，只是想让荣阳大师在锻造龙鳞金的时候失手，没想到最后竟连整个炼器室都炸了。

凤舞的良心不允许她心安理得地接受这份感谢，她真诚地解释道："老爷子，其实这场大火是因为龙鳞金，龙鳞金……"

凤舞的话没说完，荣阳大师便摆摆手："最近这段时间，岩浆火本就很不稳定，就算没有龙鳞金，其他材料也会引起爆炸。"

左青羽生怕荣阳大师再追究龙鳞金的事，忙点头道："老爷子说得极是！"说完，她瞪着凤舞，"凤舞，该得的好处你都得了，你就不必得了便宜还卖乖，继续落井下石吧？这样做，显得很难看呢！"

凤舞原本还想解释自己对龙鳞金做的事，被左青羽这么一挤对，凤舞顿时没了兴致，她摊手道："既然你这么说，我还能怎么办？"

左青羽目光冰冷地瞪着凤舞，嗤笑一声。

老管家看不下去了，他对左青羽道："左二姑娘，凤五姑娘已经很累了，让她下去好好休息吧！"

左青羽顿时怒从中来，她死死瞪着老管家。她在这位老管家身上砸了重金才砸得

430

他向着自己，现在这位老管家居然向着凤舞了？

老管家也是有良心的，之前因为他跟凤舞素不相识，加上左青羽的金钱诱惑，他才帮助左青羽对付凤舞的。最近几天，他看到了凤舞各种出人意料的表现，看到了她的聪明、她的睿智、她的灵动、她的淡然、她的从容、她身上无法遮掩的闪光点，他对凤舞的态度自然会有所改变。

就在左青羽愤怒的时候，荣阳大师对凤舞笑着说："小丫头，你有什么请求，说来听听。"

凤舞还没说话，老管家已经笑着说道："老爷，凤舞小姐是来求您锻造兵器的呢！"

凤舞点头道："正是此意。"

荣阳大师摸着胡须，笑道："这有何难？你放心，回头老夫定帮你锻造出一柄神兵利器来。"

左青羽心中冷笑，回头？凤舞两天后就要闯龙门阵了，回头黄花菜都凉了。

凤舞有些为难地看着荣阳大师，欲言又止。

荣阳大师现在对凤舞的印象好极了，见她纠结，他忙问怎么了？

凤舞照实说："两天后，我要闯帝国学院若初境的龙门阵，若是没有称手的兵器，怕是……"

两天后？荣阳大师眉头蹙起。

左青羽眼神嘲弄地望着凤舞。她还真敢说！两天时间，荣阳大师如何锻造得出来？凤舞真是太天真了。

左青羽笑着说："凤舞，你这也太强人所难了吧？要知道，两天时间是根本不可能锻造出兵器的，便是荣阳大师都不行。再说，炼器室都烧了，哪还有地方用来炼器？还有，荣阳大师一年只锻造一柄神器，现在既已锻造了我左家的龙鳞金，哪里还能为你锻造？荣阳大师腿受伤，行动不便，你怎么忍心让他老人家继续操劳？挟恩图报，也不是这样图报的。"左青羽一向伶牙俐齿，她这一番话不仅抹去了凤舞的功劳，还给凤舞扣上了一个挟恩图报的大锅，不可谓不厉害。

凤舞却看都没有看左青羽，当她不存在似的，她只愧疚地看着荣阳大师。

荣阳大师苦笑着道："炼器室一时半会儿确实不能用，再者……"荣阳大师摇头，"龙鳞金锻造失败，个中缘由老夫还未弄清楚，不能立刻开始新兵器的锻造，不过……"荣阳大师略微愧疚地望着凤舞，"不过，小丫头你这份功劳没人能抹去，这样吧……"荣阳大师提议，"老夫私人宝库中存有精品兵器，你去挑一把称手的，如何？"

荣阳大师出品必属精品，但是凤舞需要的是跟她的星陨剑法相匹配的星陨剑，不

是其他兵器能代替的。

凤舞苦笑着摇头："此事，怕是不行。"

左青羽暗暗冷笑，凤舞啊凤舞，别以为荣阳大师现在对你客气，你就可以为所欲为。

凤舞淡淡一笑："荣阳大师，如果我有办法帮您解决龙鳞金锻造过程中的问题呢？"

荣阳大师无语地看着凤舞，他自己都不知道失败的原因在哪里，这丫头怎么可能知道？

不仅荣阳大师不信，其他人也都摇头。

"这个凤舞啊，怎么就不知道见好就收呢？"

"她这牛皮再吹下去，可就要吹破了啊！"

"荣阳大师原本还感激她，她要是再这样作下去，所有恩情都将烟消云散了啊！"

老管家也不停地给凤舞使眼色，暗示她见好就收。

凤舞却站在那儿不动如松，笑看着荣阳大师，一言不发，等着荣阳大师的回复。

荣阳大师原本以为凤舞是在开玩笑，看她这副样子，哪有半分开玩笑的意思？他老人家不禁陷入了沉思。

左青羽急了："荣阳大师，此事……"

凤舞笑眯眯地看着左青羽："你也觉得我会成功的，是吗？"

"怎么可能？！"左青羽冷笑。

凤舞笑："不然，我们来打个赌？"

左青羽皱眉；"你要赌什么？"

凤舞瞥了一眼左青羽手中的龙鳞金利器失败品，淡淡一笑："如果我不能帮荣阳大师解决这个问题，我便答应你一件事，任何事都行。"

左青羽眼睛一亮："任何事都行？如果我让你自尽呢？"

凤舞神色淡然如风："那我就只能自尽了。"

这个赌注太诱人了，左青羽抑制不住内心的兴奋，问道："那如果我输了呢？"

凤舞指着左青羽手中的龙鳞金："如果你输了，就将这废弃的失败品给我呗！"

一个是凤舞的性命，一个是废弃的龙鳞金，是个人都知道该怎么选了。

其他人议论纷纷，他们都觉得凤舞这次亏大发了，荣阳大师都解决不了的问题，你一个黄毛小丫头怎么可能解决，这不是搞笑吗？

左青羽第一反应也是凤舞在搞笑吧？但是想到之前凤舞屡战屡胜，她眼中浮现一抹狐疑，一言不发地盯着凤舞。

凤舞淡笑着看着她，眸中没有半分退却之意。

"小姐，如果你输了，也没有损失啊！"左青羽的贴身丫鬟如意压低了声音在左青羽的耳边说道。

左青羽一听，对啊，既然她一点损失都没有，为何不答应呢？

"好！"左青羽冷笑一声，答应了凤舞这场赌局。

凤舞面色不改，眼底却有一道流光闪过，她的星陨剑差不多要成了。

随后，老管家带人下井将炼器室打扫了一遍，重新将一切都弄规整了。

荣阳大师盯着凤舞："你真有办法？"

凤舞笑着点头："荣阳大师，您相信我吗？"

若是以前，荣阳大师是无论如何都不会相信一个十几岁小姑娘的，而经历过刚才的事，他对凤舞倒是很有信心。

"你说。"荣阳大师道。

凤舞神秘地一笑："难道荣阳大师都不奇怪，为何我能将火灭了吗？"

"为何？"其实荣阳大师一直很好奇。

凤舞笑道："因为法阵。"

荣阳大师像是想到了什么，身子哆嗦了一下，下一秒，荣阳大师便激动地往古井里冲去。

左青羽虽然没有听清楚凤舞和荣阳大师说的话，但是看到荣阳大师突然变得激动，她心里咯噔了一下，有一种不好的预感从心底生出。

荣阳大师冲进炼器室后，快速扫视了一遍，叮！他的眼睛一下就亮了，是了、是了！

"原来如此，原来如此啊！"荣阳大师在炼器室里走来走去，激动得直搓手，"这法阵太简单了，效果却好得出奇，这可不是一般人能搭建出来的啊！"

不论荣阳大师如何惊讶，凤舞的脸上都是一贯的清浅笑容。

"真是你搭建出来的？"荣阳大师难以置信地望着凤舞。

这熄火法阵看着简单，不过几块砖瓦灵石，其中却蕴含着极大的能量，这绝对是法阵高手才能做到的，荣阳大师自愧不如。

凤舞双手背在身后："您觉得除了我还有谁？"

荣阳大师顿时哑然。

见荣阳大师沉默，凤舞心里暗笑，她的法阵是美人师父手把手传授的，君武大陆还真没几个人能超越她。

既然荣阳大师认可了自己的法阵，凤舞便向荣阳大师提议："龙鳞金利器之所以锻造失败，除了龙鳞金本身的问题外，最重要的还是岩浆火躁动导致的外溢。"

好一针见血的见解啊！荣阳大师恍然大悟："确实如此，确实如此。"

凤舞淡淡一笑："我们现在搭建一个压制岩浆火躁动的法阵，问题就迎刃而解了。"

荣阳大师皱眉："即便这个办法可行，法阵也非一朝一夕就能搭建成的。"

凤舞笑道："荣大师，极简法阵不需要太久的。"

"如果你能在三个时辰之内完成，老夫便欠你一个人情。"荣阳大师也跟凤舞打赌。

凤舞抿唇笑道："那大师您输定了呢。"说完，凤舞立刻动手搭建法阵。

搭建法阵最难的是布局，其次是铭文的撰写，但是这些对别人来说难如登天的事，对凤舞来说却不算什么，一个时辰过去了，凤舞已布好局，又一个时辰过去了，凤舞已将铭文写完了。

荣阳大师全程都傻呆呆地站在那儿，眼睛瞪得浑圆，难以置信地望着眼前这一幕，快，真的太快了。他有生之年还从未见过如此精通法阵的人，并且这个人只是个十几岁的小姑娘。

荣阳大师愣神之际，凤舞停下手，笑眯眯地看着荣阳大师："搞定了。"

荣阳大师："……"

凤舞笑道："您要不要试试看效果如何？"

荣阳大师："如何试？"

凤舞笑着从衣袖中掏出一个小小的锦盒递给荣阳大师，荣阳大师打开一看，眼眸一亮。

"这是……星陨铁啊！"荣阳大师激动得目光闪动，"比龙鳞金还要高一个等级的稀有金属。如果有辅助材料的话，必能锻造出绝世神兵。"

凤舞笑着问："以龙鳞金为辅助材料，您觉得如何？"

"星陨铁属阴，龙鳞金属阳，阴阳结合，世间绝品啊！"荣阳大师高兴得哈哈大笑起来。

笑完后，老爷子内心一动，以一种深思的目光望着凤舞。这丫头真不是一般人啊，她一开始就埋了坑，让左家那丫头一步步走进去，不服都不行。

这时，荣宅里飞出一只信鸽，往帝都太子府而去。

帝都太子府。

这几日，风浔和玄奕也没归家，就在太子府住着。

风浔见封管家手里抓着一只信鸽，顿时眼睛一亮："凤小舞那边？"

封管家点点头。

风浔一只手搭着玄奕的肩头："玄小二，走走走，一起去看看。"

书房里。

封管家将信鸽交给君临渊，一旁的风浔着急地问："怎么样？怎么样？凤小舞打入内部了吗？"

之前凤舞和朝歌被老管家差遣去做苦力活，风浔是知道的，当时他就气得不行，想去荣宅理论，被君临渊阻止了，所以风浔一直记挂着这件事。

"君老大，凤小舞过得好不好？有没有被人欺负啊？"风浔伸长脖子，着急知道凤舞的情况。

君殿下墨染的眉毛微微上挑，如星辰的眸瞥了风浔一眼。

"被欺负？"君临渊摇摇头，将信丢给风浔。

风浔抓过信纸一看，顿时心花怒放："哎哟，不愧是我认识的凤小舞啊，这样都行！"

荣宅发生的事详详细细地写在信上，甚至连凤舞说的每一句话、做的每一件事都写得一清二楚。

风浔看得目瞪口呆："太厉害了，我家小舞真是太厉害了！"

玄奕凑过来一看，也笑道："这丫头还真是……处处让人惊喜。"

风浔难掩激动之色："可不是吗？原本我还打算让君老大给荣阳大师递句话呢，没想到这丫头一腔孤勇冲过去，竟得到他老人家赏识了。"

玄奕点点头："确实。"

风浔得意道："你们说，左青羽是白痴吗？她输了一次不够，还自动送上门去让我们家小舞羞辱，哈哈哈……"

玄奕无语地瞅了风浔一眼。

当初是谁说左家二小姐容貌出众、聪明睿智，谁若是娶回家倒是好命这种话的？

风浔被玄奕白了一眼，便知道玄奕在想什么，他没好气地说："哎呀，以前谁知道这左青羽这么愚蠢啊？跟小舞一比，她简直就是……唉，果然没有对比就没有伤害啊！"

玄奕又无语地瞥了他一眼。

风浔依旧沉浸在得意里："别说荣阳大师了，你们想想无定寺那位，更是孤冷高傲，结果呢？他居然见了小舞。我就问你，这么多年，那位见你了吗？"

玄奕双手抱臂，默默转过身去。

风浔追着问："那我问你，你家那位学生故旧遍布全帝国的方阁老，他老人家平时看人多挑剔啊！他老人家亲自教你了吗？他老人家护着你了吗？他老人家把宅子转给你了吗？"风浔嘿嘿一笑，"就我这个外人看，方阁老对凤小舞可比对你这亲外孙

好多了，人家看着才是亲孙女。"

玄奕："……"他竟然无力反驳。

风浔得意极了，挑着下巴，斜睨了玄奕一眼："你得承认，我们家小舞就是有这种讨人喜欢的魅力，与生俱来的，别人可羡慕不来。"

玄奕："……"还真是，不得不承认呢！

玄奕转念道："龙门阵，可是两天后就要开启了呢！"

风浔顿时语塞。

玄奕拍拍风浔的肩头："左家的龙鳞金都锻造了四天，你觉得两天之内，星陨剑能锻造出来吗？"

风浔："……"

玄奕继续道："别怪我没提醒你啊！我可听说了，这次乔段长打开的是地狱级的龙门阵，如果凤小舞没有拿到星陨剑，她是必定会失败的。"

风浔气得一拳捶向桌子："他竟然真的敢！不行！"风浔说着转身就走。

"你去哪儿？"他身后传来君临渊幽冷的声音。

"我去找乔段长！"风浔气呼呼道。

"站住！"

"君老大……"风浔祈求地望着君临渊，"地狱级的龙门阵，真的太欺负人了啊。"

风浔从君临渊最近的行事作风上，已经确定君临渊在意凤舞这个事实了，这种时候，君老大难道不应该帮凤舞一把吗？君临渊的反应却出乎风浔的意料，他非但不帮，还阻止自己帮忙。

"君老大……你真不帮啊？"风浔难以理解。

君殿下修长的手指敲击着桌面，淡然而坚定地说了两个字："不帮。"

风浔和玄奕在心中同时说了一个字：作。

他俩对视一眼，皆苦笑着摇头。

第十七章
反败为胜

两天过去了，凤舞看着渐渐成形的星陨剑，眼眸越来越亮，脸上是难掩的激动之色。

锻造过程中，荣阳大师一言不发，认真而专注。

星陨剑在锻造过程中耗损的灵气超过了他的想象，好几次荣阳大师都感到了灵气透支。好在有凤舞在，每当荣阳大师灵气枯竭的时候，凤舞便打开灵气药剂给他老人家补充。

时间一点点过去，荣阳大师一下下锤打着剑坯，眸色越来越凝重。

荣氏一百零八锤，荣阳大师就是靠着这套锤法成了炼器大师，而此刻已经是第九十八锤了。砰！砰！砰……越往后，那重逾万斤的巨锤砸下的力道越大，速度也越快。

好疼！帮荣阳大师控制异火的凤舞只觉得耳朵疼得宛若被撕裂一般，耳膜都快要被震破了。

第一百零一锤，第一百零二锤，第一百零三锤……凤舞耳朵里嗡嗡直响，痛得她眼泪都快出来了。她赶紧盘腿坐下，一边用灵力压制住这股刺痛，一边分心控制着异火。

第一百零五锤，第一百零六锤，第一百零七锤……

整个高雄峰地动山摇，荣宅的人都揪心不已。

小原子看看天色，又紧紧扶住柱子，问老管家："老管家，以前有这样过吗？"

老管家摇头："以前老爷炼器的时候，可从来不曾有过这样的动静啊！"

老管家抬头望天，此时正值午后，天空却乌云笼罩，厚厚的云层黑如墨染。高雄

峰摇晃不止，宛若地震一般，实力稍差的都能被甩飞出去。

"这已经是第一百零七锤了啊！"老管家一直数着数，"以前老爷子炼器的时候，可从来不曾用到一百零七锤，若是用到最后一锤，那真的是绝世神兵现世啊！"

老管家跟着荣阳大师多年，多少是有些见识的，他有预感，这绝对是要出大事啊！

帝都。

普通老百姓自然是听不到这锤击声的，各方大佬却都被惊动了。

左铭听到这锤击声时正在皇宫里参与议事。

"荣氏一百零八锤！这是……"左铭的眼睛瞪得越来越大，越来越亮。

君武帝的眼眸也微微闪亮："左爱卿听出来了？"

左铭冲君武帝拱手，眉宇间有着掩饰不住的喜悦："臣不该在议事的时候分心，臣该死。"

君武帝："哦？看左爱卿的神色，怕是知道些什么，不如说出来，让诸爱卿都听听！"

在场的都是朝中大佬级的人物，君临渊、凤琰峰、独孤大人、沐王爷……

"帝都的云层都往高雄峰移去，这怕是荣阳大师闹出来的动静吧？"沐王爷提了一句。

左铭清咳一声："沐王爷好眼力、好耳力。"

沐王爷眼眸微亮："荣阳大师乃是当世炼器大师，他闹出这么大的动静来，莫不是……"

左铭难掩兴奋之色："是的，荣阳大师近日确实在炼器。"

独孤大人目光微闪："如果没听错，荣阳大师这是动用了荣氏一百零八锤。如果荣阳大师将荣氏一百零八锤锤完，这……这可是……要出绝世神兵啊！"

"风北王那柄龙吟枪是一百零七锤半，便已经那般厉害了。"沐王爷惊讶地盯着左铭，"左大人，您似乎很清楚这其中的缘由？莫不是……"

左铭谦虚道："这个嘛……小女调皮，非要去找荣阳大师炼器，没想到倒是折腾出了一点名堂。"

"原来是左大人家的啊！"沐王爷惊奇道，"你家那位嫡长女回来了？"

"不是青鸾。"左铭摸着胡子笑道，"是我家二闺女青羽。她非要去找荣阳大师炼器，连龙鳞金都带走了，哈哈！"

众人都羡慕地望着左大人。

"恭喜左大人啊！"

"这是绝世神兵出世的征兆啊！"

"左家当真是好事不断啊！"

左铭谦虚地拱手："不敢当，不敢当！"

君武帝笑道："既如此，不妨我们去高雄峰一趟，看看绝世神兵出世。"

君武帝要去，谁能阻拦？

君武帝拥有君武帝国唯一的一架飞行器，可御空而行，日行九万里。

能坐飞行器的机会寥寥无几，诸位大人纷纷前往。

"你也一起去！"君武帝以为君临渊会拒绝，于是黑沉着一张脸盯着他，直接下命令。

根据以往的经验，这位太子殿下高冷孤傲，我行我素，最不喜凑热闹，哪里会去？没想到这次君殿下居然点了点头。

点头？正踩着白玉台阶往下走的君武帝差点脚底打滑，从台阶上滚下去。太出乎意料了！今天的君临渊太乖太听话了！

"你——"君武帝瞪着君临渊，"你答应了？"

君殿下负手而立，衣袂飘飘，风姿卓然，墨眉微微上挑："为何不去？"

为何不去？君武帝差点吐血。以你的性子，根本不可能去好吗？！老子还不了解你？这其中不会有什么问题吧？

就在君武帝狐疑地看着君临渊时，左铭笑着说："君殿下自然要去，必须去啊！"

君殿下墨染的剑眉微微上挑，意味深长地瞥了左大人一眼。

可惜，沉浸在喜悦中的左大人并没有察觉。

飞行器在半空中驰骋，不过一刻钟便来到了高雄峰之巅。

黑蒙蒙的天空，摇晃不止的山峰……竟有人从天而降，老管家差点被吓死。

飞行器门打开，第一个走出来的便是君武帝。

君武帝一身明黄色的龙袍，浑身散发着上位者的威严，让人一看就胆战心惊。

随后走出来的是君殿下、独孤大人、沐王爷、左大人、凤大人……这些人，隐居在深山的老管家真没见过，但是左青羽见过啊！她看到这些人，差点吓晕过去，第一反应就是避开，可是——

"小羽？青羽？"左大人兴奋地喊她。

左青羽简直想哭。既然跑不掉，她只能苦兮兮地转头，给君武帝行礼。

左大人看着跪在地上的左青羽，笑着对君武帝说："陛下，这便是我家二闺女左青羽了。就是这丫头非闹着来找荥阳大师炼器的。"

陛下？老管家惊得脚底发软，扑通一声跪在了地上。

君武帝点头："这丫头不错，出了绝世神兵，倒是要记她一功。"

绝世神兵？左青羽一听，内心顿时咯噔了一下。不会吧？君武帝等人过来，是因为即将出世的绝世神兵？！

439

左青羽抬眸跟她家父亲大人对视一眼。

左大人得意地摸着下巴，冲左青羽点点头。

一刹那，左青羽差点晕过去，完了、完了、完了！她张了张口想说话，却发现自己喉咙酸涩，一个字都说不出来。

左铭看了看天色，笑着问左青羽："小羽啊，荣阳大师呢？"

左青羽艰难地开口："荣阳大师正在炼器。"

左铭自然知道，他这样问，只不过是给这件事开个头罢了，随后他道："你离得近，可听得清楚，荣阳大师确实是锤击了一百零七次？"

左青羽最不想提这事，左铭却非要提这事，左青羽的内心那叫一个崩溃啊！

"是的！"左青羽身侧的拳头紧握。

左大人得意地看了沐王爷等人一眼，笑道："没想到真是如此，被沐王爷您说中了啊！"

老管家不解地望着左铭，这位左大人是左青羽的爹？他怎么高兴成这样呢？他不应该是……老管家想插口说话，又想到自己的身份，多一事不如少一事吧，便没有开口。

凤琰峰羡慕地望着左大人："先要恭喜左大人了。"

左大人摸着下巴："好说、好说。"

左青羽这回终于明白了，原来她父亲以为荣阳大师现在锻造的是他们家的神兵啊！她想解释，可是当着君武帝的面，她怎么解释啊？偏偏她父亲还一副生怕别人不知道的样子，得意地接受着周围人的恭喜，左青羽的眼泪都快出来了。

就在这时，一阵剧烈的震动，古井之下的炼器室发出轰隆隆的巨响，荣阳大师终于落下了他的荣氏第一百零八锤。

有生以来，这还是荣阳大师第一次用到第一百零八锤，他只觉得全身灵气瞬间就被星陨剑吸了去，他的身体宛若冬天的叶子枯败干瘪，原本鹤发童颜的他变成了一个干枯如柴的小老头。这剑就像个无底洞，太可怕了。

凤舞见荣阳大师如此，吓了一跳，她下意识地去拉荣阳大师，可是她的手刚碰触到荣阳大师的身体，就发现自己体内的灵气瞬间被抽走了一缕。凤舞想收回手已经是不可能的了，唰唰唰……凤舞眼看着就要变成人干了。

比荣阳大师稍微好点的是，凤舞还可以腾出一只手来用灵气药剂给自己补充灵气。一瓶，两瓶，三瓶……一瓶瓶灵气药剂灌进嘴里，凤舞明显觉到身体舒畅了许多，连带着荣阳大师的状况也好了许多。

可是，再多的灵气也承受不住这样的消耗啊！随着时间流逝，凤舞的心开始乱了。

终于，凤舞身上的灵气药剂都用完了，凤舞只觉得脑子里嗡嗡作响。一片混沌中，她感应到星陨剑里有一个小家伙，呈婴儿状，小小的身子，两只雪白的耳朵尖尖的，此刻正蜷缩着身子香甜地睡着，还一边咂巴着小嘴。

就在凤舞的意识渐渐模糊的时候，荣阳大师的声音在她耳边响起："小丫头，再撑一会儿，绝世神兵岂是那么容易收服的？这可是荣氏一百零八锤锻造出来的，老夫有生以来也是第一次锻造出此等神兵利器！"

荣阳大师的话让凤舞心头一震，星陨剑竟然如此厉害？难怪想收服它这般艰难。

凤舞咬破舌尖，鲜血弥漫在口腔中，因为刺痛，她的神志清醒了一些。

灵气，她现在需要大量的灵气。现在灵气药剂已经没有了，好在空间里还有历年收集来的宝贝，灵器、灵书、灵植、灵石、灵土……凤舞再不舍，也不得不从中抽取灵气了。

啪嗒、啪嗒、啪嗒……凤舞能清晰地感觉到空间里多年累积起来的财富，一夕之间因为灵气被抽取，纷纷化为白色粉末，唯有美人师父和他的寒冰白玉床安然无恙。凤舞便是死，也不舍得让美人师父受一点点委屈。

时间一点点过去，能抽取的灵气都抽取了，凤舞内心一片荒凉，陷入深深的绝望之中。

星陨剑居然还没停止吸收灵气，它到底想怎么样？凤舞咬紧牙关，到底还是撑不住，一口鲜血喷了出来，溅在星陨剑上。

就在这时，那个小小的剑灵从沉睡中苏醒，一道白光射向凤舞的颈项，咕噜咕噜……凤舞能清楚地感觉到，她体内的血液正在迅速消失，随之消失的还有她丹田内的灵气。

剑灵从星陨剑中飞出后，荣阳大师跌落在地，大口大口喘息着。此刻的荣阳大师，头发全白了，脸上皮肤松弛，看上去好似衰老了十岁，但好在他没有性命之忧。

反观凤舞，随着血液和灵气的大量流失，她面色惨白，身体摇摇欲坠。

剑灵对她身体的摧残何止吸收血液和灵气，凤舞的五脏六腑都好像被一只巨大的手捏碎了般，她不断地喷血，地上血迹斑斑，可怕极了，她的视线渐渐模糊，神志渐渐消失……

就在凤舞要倒下去的时候，那个小小的剑灵终于吸饱了，它飞回到了星陨剑中。此刻的星陨剑，剑身银光闪闪，散发着浓浓的灵气。

咻——星陨剑在半空中划过一道弧度，往井口蹿去。

凤舞惊呼一声："我的剑——"

荣阳大师深吸一口气："丫头放心，它逃不了。"

星陨剑冲出古井，朝人群袭去，属于它的杀戮刚刚开始。

噗——星陨剑从左青羽身上划过，带出一片血雾。

君武帝等人正坐在圈椅上等着绝世神兵出世呢，没想到绝世神兵竟然会以这样的方式出场。

扑哧——看着到处乱飞的星陨剑，在场的人都倒吸一口凉气。

这时，左大人终于反应过来："这是神兵啊！我们左家的神兵啊！青羽，还不快快命令它停下来！"

左青羽的手臂被星陨剑划破了好大一个口子，整条手臂都处于麻痹状态，她哭丧着脸："父亲，我命令不了它。"

"怎会？！"左铭自然不信，"它已饮过你的血，自然是结成血契了，还不快快行动！"

左青羽心头一动，她比谁都清楚这是凤舞的星陨剑，可是，如果按照父亲的说法，她也是可以跟这把剑签订契约的对吗？左青羽立即双手在胸前结印，契约口诀从她口中念了出来。

君武帝等人望着天空中乱飞乱窜的星陨剑，全都惊呆了，这……神兵太有个性了，它会被左青羽收服吗？

这时，老管家有些着急，这不对啊，这把剑明明是凤舞的，左青羽在这儿收服算怎么回事？

然而，让老管家郁闷的是，那把剑似乎有些蒙，它竟然真的在半空中停下来了，并且随着左青羽的口诀越念越顺，它慢慢地朝左青羽飞去。

君武帝等人看得饶有兴致，君武帝更是摸着下巴点头赞道："好剑，当真是好剑啊。"

沐王爷冲左铭拱手道："左大人好福气啊！左青鸾已是帝国年轻一代中的王者，你家这位二闺女也非等闲之辈啊！"

左铭忙谦虚地表示："哪有、哪有。"他嘴角得意的笑容却怎么都掩饰不住。

就在星陨剑往左青羽手中飞去时，就在左青羽激动得眼睛发亮时，就在所有人都以为星陨剑是左青羽的时，一道暴怒声响起："给我回来！"

所有人都被这声音吓了一跳，下意识地回头望去，只见一脸惨白的凤舞站在古井旁，她眉头紧锁，目光森寒，眼中没有别人，只眼睛一眨不眨地瞪着星陨剑。

让所有人再次震惊的是，原本晃晃悠悠飞向左青羽的星陨剑，在半空中停顿了一秒后，竟掉转方向，晃晃悠悠地朝凤舞飞去。

左大人的脸瞬间黑沉下来。

左青羽死死瞪着凤舞，眼珠子都快爆裂了。

"给我回来！"左青羽也冲星陨剑怒喝一声。

然而，星陨剑像是已经认定了凤舞，再不为左青羽的声音所动。

凤舞摊开手，赤红色的星陨剑乖乖躺在了她的掌心。随即，它收敛了赤红战意，恢复为银白色，温顺得仿佛沉睡的孩童。

在场众人都惊呆了，凤琰峰更是睁大了眼睛："凤舞你……"

左大人的脸色已经不能用乌黑来形容了，他瞪着凤舞，怒斥道："凤舞，你居然敢半途劫走神兵利器，好大的胆子！"

凤舞刚才被星陨剑吸收了无数鲜血和灵气，此刻的她，面色惨白，身上更是没有一丝力气，左大人这一声怒喝差点震得她倒飞出去，噗——凤舞将星陨剑插入地面，才堪堪稳住了身子。

左大人回头盯着凤琰峰："凤大人，这就是你们凤族人的行事？左某人今日可真是大开眼界啊！"

凤琰峰额头的冷汗直接淌了下来。本来在这些大佬面前他就属于末位的，内心忐忑着呢，凤舞居然还给他来了这么一出。

凤琰峰忙向左大人告罪，随即转头怒视凤舞："凤舞，你知不知道自己在做什么？还不快滚过来向左大人赔罪？！赶紧将神兵利器交出来！"当着陛下的面，凤舞这是要将整个凤族置于不义之地吗？

此刻，凤舞非常难受，因为失血过多，她的脑子是蒙的，凤琰峰怒斥她，她甚至连抬一下眼皮的力气都没有，就站在那儿，深吸一口气……她体内的灵气会恢复，但需要时间。

凤琰峰怒斥之下，发现凤舞根本没理他，他顿时狂怒不已，怒气冲冲地走过去，抬手就将星陨剑夺走了："将神兵还给左家！"

此刻的凤舞何等虚弱，凤琰峰夺走星陨剑，她根本无力反抗，甚至还后退了一步，差点跌倒在地。

凤琰峰拿着那把剑快步走到左青羽面前，双手将剑奉上，赔着笑脸道："左二姑娘，快将剑收着吧！"

左青羽有些纠结，她比任何人都清楚这把剑是凤舞的，可是当着这么多人的面，为了将左家的颜面撑下去，她深吸一口气，双手接过星陨剑，冲凤琰峰点点头。

她气质清冷，神色淡然，仿佛凤舞理所当然该将这把剑还给她。

大佬们纷纷恭喜左铭、恭喜左家得了这样一柄神兵利器。

就在这时，一道冰冷的声音响起："这是我的剑。"

左青羽的神色有一瞬间的不自然，但只是一瞬间罢了，她随即冷笑道："这是我左家用龙鳞金锻造出来的神兵，岂会是你的？！"这是完全将神兵据为己有了。

凤舞嘴角扬起一抹淡漠的弧度："左青羽，睁着眼睛说瞎话，你的良心不会痛吗？"

原本要离开的君武帝等人停住脚步，回头用怪异的目光望着凤舞。

左青羽手中握剑，已经骑虎难下，她现在能做的就是让她自己也相信这把剑是她的，而不是凤舞的。至于荣宅的下人们，左青羽有信心让他们全部闭嘴。

左青羽目光冰冷地盯着凤舞："凤舞，我倒是想问你呢，这明明是我们左家的神兵，为何你要抢？你以为你是谁啊？"

凤舞被气笑了，如果不是她身体虚弱得摇摇欲坠，她有很多话想对左青羽说，而现在她一张嘴，五脏六腑就疼得像要炸裂一般。

君武帝剑眉微蹙，盯着凤舞。他曾经觉得凤舞和君临渊很般配，如果凤舞是左青羽说的那种人……君武帝暗暗摇头。

凤舞咬着牙，冷笑着说出几个字："它，不是你的。"

"你说它不是我的？"左青羽冷笑，"它刚才从井中飞出来后，为何不飞向别人，只飞向我？"

凤舞冷笑："如果它是你的，为何会选我？"

左青羽面色一僵，随即冷笑道："你被荣阳大师选为助手帮忙炼器，谁知道你对它动了什么手脚？好在，真的假不了，假的真不了，不管你如何动手脚，都不能改变这柄神兵属于我的事实。"左青羽说得义正词严，说得她自己都信了。

一旁的老管家、小原子、荣宅的下人们，都用怪异的目光望着左青羽。明明不久前，大家亲眼见证了她和凤舞的赌局，明明这柄神兵是凤舞的，她怎么能睁着眼睛说瞎话？！

凤舞惨白的脸上被气出了一抹绯红："左青羽，你当真是……厉害了。"

左青羽冷笑："你是在嘲讽我吗？好啊，你说这是你的剑，那你告诉我，为什么这柄剑上会有我左家的龙鳞金？！"

一时间，大家都用怪异的目光望着凤舞。对啊，剑身一闪而过的金光，可不就是龙鳞金发出的吗？只有左家才有的龙鳞金。

"原来她就是凤舞啊！"沐王爷这时终于反应过来了。

沐瑶瑶跟凤舞有仇，几次三番挑衅凤舞，结果被打得晕头转向，最后更是退学跑去碧云宫，沐王府自然将这一切都记到了凤舞头上。

沐王爷目光冰冷地瞥了凤舞一眼，对君武帝道："这姑娘我听说过，我家瑶瑶不就是被她气跑的吗？"

一时间，所有人投向凤舞的目光都有些不对了。

左青羽冷笑地看着凤舞，这柄绝世神兵，她要定了。

凤舞摊开右手，口中大呼一声："星陨剑，回来！"

星陨剑？这柄剑被命名为星陨剑吗？所有人都盯着左青羽，盯着她手中的剑。既然是左青羽的剑，凤舞又怎么喊得走？

444

然而，让所有人大跌眼镜的是，这柄被命名为星陨剑的绝世神兵，竟然开始动了。

不可以！左青羽运出全身的灵力，紧紧握着星陨剑。

星陨剑一开始只是小幅度的抖动，随着左青羽握得越来越紧，它抖动的幅度也越来越大，好似极力想要挣脱左青羽的束缚。

不可以！绝对不可以！左青羽使出十二分的力气，紧紧握住星陨剑的剑柄。因为太过用力，她额角、手背上的青色血管根根暴突，握着星陨剑的手不停颤抖着。

君武帝的眉头微微蹙起。能坐上帝王的位置，他怎么会傻？很明显，星陨剑并没有认左青羽为主，而是左青羽在强行压制着星陨剑。

星陨剑抖动的幅度越来越大，以至于最后砰的一声巨响，可怜的左青羽一个控制不住，身子倒飞出去，星陨剑则在众目睽睽之下朝凤舞飞去，瞬间便飞到了凤舞的掌心。

星陨剑那因为发力而暴出的赤红色在它停在凤舞掌心后渐渐消失，剑鸣声也逐渐消失，直至星陨剑彻底安静下来。

在场所有人："……"

"凤舞，把星陨剑还给我！你快把星陨剑还给我！"左青羽疯了一般要扑上来跟凤舞厮打，此刻的她已经失去了理智，被一旁的贴身丫鬟如意拽住了。

凤舞冷笑着看着她，一言不发。

左铭眸中浮现一抹杀意，他恶狠狠地盯着凤舞："凤丫头，你这是公然跟左家作对吗？"

凤舞依旧冷笑不语。

"好，很好，敢无视我左铭的，你还是第一个。既如此，杀了你也没人敢说什么。"左大人抬手，一道寒光自他掌心射出，朝凤舞的面门袭去。

一直保持沉默的君临渊目光沉沉地凝视着凤舞。这丫头就这么倔强吗？被左家逼到这种地步，都不愿意向他求救？只要她说一句话，他能不出手吗？

君殿下心里赌气，但他又怎么忍心让凤舞受伤，所以，在左铭那道寒芒射出之际，君殿下站出来了。

然而，有人比他更快。

荣阳大师终于颤颤巍巍地从井中爬了上来，他一眼就看到那道寒芒射向凤舞，他老人家手里的拐杖立即甩出，砸向那枚暗器，砰的一声，荣阳大师的拐杖和那枚暗器相撞，顿时火花四溅。

"老爷——"看到荣阳大师，老管家以最快的速度飞奔上去扶住了他。

一时间，所有人都望着荣阳大师。

此刻的荣阳大师头发雪白，肌肤松弛，站都站不住，看上去苍老了十岁不止。

左青羽看到荣阳大师，脸色顿时变得惨白，心脏怦怦怦狂跳，眸中却带着一丝希

冀。荣阳大师以前欠了左家一个人情，正因如此，左青羽这次来求炼器，荣阳大师才会一口答应下来。左青羽在心中暗暗祈祷，荣阳大师能给左家一个面子，不求他偏向自己，只求他装聋作哑。但是很快左青羽的奢望便落空了，只见荣阳大师非常愤怒地瞪着左铭。

左大人自认和荣阳大师有些交情，见荣阳大师这副样子，他眉头紧蹙，不悦道："荣阳大师，您这是何意？"

荣阳大师怒斥："老夫才要问你是什么意思？人家小姑娘好好的，得罪你了，你要杀她？！"

原来荣阳大师动怒是为这事。

左大人道："荣阳大师，您有所不知，这丫头心黑着呢，她竟然说把这把星陨剑是她的，呵呵，简直可笑！"

可笑？荣阳大师倒觉得左铭最可笑。他瞪着左铭："哪里可笑了？"

左大人冷笑道："这明明是我左家的绝世神兵，是我女左青羽血契过的神兵，这小丫头上来就抢，还说这剑是她的。荣阳大师，你不觉得这事很可笑吗？"

荣阳大师用很怪异的目光看看左铭，又看看左青羽。

大家见荣阳大师不说话，心想，这是怎么了？

过了半晌，荣阳大师终于开口："你刚才说什么？星陨剑是你们左家的？"

左铭疑惑道："星陨剑难道不是我们左家的？"

荣阳大师："你刚才说，左青羽血契了星陨剑？"

左铭："难道不是吗？"

"当然不是了！"荣阳大师虽然身体虚弱，但因为他此刻极其愤怒，所以中气十足。

什么？！在场的人惊呼连连，他们怎么都没想到荣阳大师会这么说。

"荣阳大师，这是怎么回事？"君武帝盯着他，不解地问道。

直到这时，荣阳大师才注意到君武帝的存在。

"陛下？"荣阳大师眸中浮现一抹疑惑之色。

君武帝点点头，道："你说说，这柄剑是谁的？"

荣阳大师义正词严地道："这剑自然是凤舞的啊！"

此言一出，全场皆惊！

虽然从荣阳大师的话中，大家已经猜出了端倪，但是当荣阳大师明明白白将这件事说出来的时候，大家还是表示震惊。

"这……"沐王爷等人面面相觑。

凤琰峰更是好半天没反应过来。凤舞的？这绝世神兵是凤舞的？

"这怎么可能？！"最震惊的莫过于左铭了，他怒视荣阳大师，"胡说！一派胡言！"

荣阳大师本来就心情不好，被左铭这般怒骂，更是火大："老夫锻造出来的神兵，还能不知道是谁的？你才是一派胡言！"

"你——"左铭气得全身颤抖。

如果荣阳大师的话是真的，那他之前的所作所为岂不是让他变成了跳梁小丑？他以后还有什么颜面见人？！

左铭目光闪烁间看到了左青羽，而此刻左青羽正想悄悄地溜走，左铭一个箭步冲上去，一把拽住了她："左青羽，你快给老子说清楚，这星陨剑到底是不是我们左家的？！"

左青羽面色涨红，羞愧得不行，如果地上有个洞，她肯定钻进去了："父、父亲……"

"快说啊！这不是你血契的星陨剑吗？有什么不敢说的？快说！"左铭已经沉不住气了。

左青羽恨不得咬断自己的舌头。早知道事情会演变成现在这样，她之前绝对不会说星陨剑是她的，现在她真的是骑虎难下了。

"说啊！你说啊！"左铭焦躁的语气中透露着他的不安。

一时间，所有人都望着左青羽。

怎么办？怎么办？怎么办？难道就这样坐以待毙吗？左青羽的目光从凤舞脸上扫过。这丫头，无论何时何地何种境况，她都这般冷静。

"这是凤舞的剑，是她的剑，是她的剑！"左青羽突然大喊一声。

一时间，所有人都用怪异的目光望着她，这真是凤舞的剑？

"你刚才不是说这是你的剑吗？"沐王爷恨不得凤舞出事，于是出声提醒左青羽，"乖侄女，你放心，你只管好好说，没人敢威胁你，沐叔给你做主呢！"

左青羽苦笑。荣阳大师出现了，星陨剑又自动飞向凤舞，她再如何辩解，也辩不赢了，与其如此，倒不如——

"凤舞说得没错，这是她的剑，之前是我的错。"左青羽承认了。

一瞬间，左铭的脸色涨红，恨不得就此晕死过去。

在金銮殿的时候，他提了一句左家的绝世神兵，陛下等人才会来，原本他是抱着炫耀的目的，结果，竟出了这样的丑。这一刻，左铭杀了左青羽的心都有了。

"逆女，你这个逆女！老子杀了你！"左铭抬手就要拍死左青羽。

左青羽哇的一声哭了，哭得惊天动地。她没有跑，而是拉着左铭的胳膊哭诉："是她，是她……是她抢走了我们左家的龙鳞金，都是她……"

左大人的脸色顿时变得非常难看，他瞪着凤舞："她说的可是真的？"

凤舞望着气势汹汹的左铭，脸上浮现一抹苍白的笑容，她说："就因为我身后无

人可依，所以你们这么欺负我？"

左铭顿时愣住了。

人群中，一直保持高冷姿态的君殿下听到这句话，心忽然一阵抽痛，他那双深邃的双眸望向凤舞，眸中浮现一抹连他自己都没有察觉的心疼。

凤舞仿佛没有看见君临渊一般，她从衣袖中掏出一张纸，朝左铭脸上甩去。

"这是我和左青羽的赌约，如果我输了，我答应她做任何事，如果她输了，龙鳞金便归我，荣宅所有人可做证！"

"不可能的，我们根本没有签订纸质赌约。"左青羽惊慌之下，失去了平日的冷静和理智，冲着凤舞大喊大叫，"我们根本没有签订纸质赌约。"

凤舞笑道："那口头约定，你就想否认吗？"

左青羽："……"

一时间，所有人都用怪异的目光望着左青羽。

这时，左铭发现那不过是一张空白的纸。

可是，所有人都知道左青羽输了，她情急之下说出口的话，就证明了凤舞说的是真的。

"我……我……"左青羽还想辩解。

荣阳大师冷笑一声："左青羽，在你眼中，老夫算什么？你当老夫瞎啊？"最强有力的证人便是荣阳大师了，"颠倒黑白，胡说八道，鬼话连篇，张口就来！老夫此生，从未见过像你这般厚颜无耻的姑娘。"

荣阳大师因为愤怒，话说得极重，每一个字都像重重的鞭子狠狠抽在左青羽心上，抽得她面色发白，全身颤抖。

左大人更是气得说不出话来。

荣阳大师在帝国何等威望，如果他对左青羽的这番评价传出去，别说左青羽的名声会被毁，就是左家其他姑娘也会受到连累。

"荣阳大师——"左铭刚开口，就听荣阳大师怒斥一声："还有你！你现在好歹也是一族之长，心里就没点数吗？威逼弱小，欺负人家小姑娘，错了还不肯承认，你以为你很了不起吗？"

左铭被骂得灰头土脸，面色涨红，却一句话都反驳不出来，只能硬生生被骂，毕竟荣阳大师和他父亲是同辈的。

荣阳大师非常愤怒："这柄星陨剑是凤舞丫头和老夫一同锻造的，老夫的话放这儿了，以后谁敢打星陨剑的主意，就是跟老夫作对！你们好自为之吧！"

凤舞听了这话，不禁动容。她现在实力弱，星陨剑又太过出色，打它主意的人绝不会少，至少左家人肯定有这方面的想法。现在，有荣阳大师这句话，她就会安全许多。

荣阳大师抬头看了君武帝一眼："你进来，老夫有话与你相谈。"

先帝和荣阳大师乃莫逆之交，荣阳大师拿他当子侄看，君武帝也只能受着。

"还有你。"荣阳大师没好气地瞪了一眼从始至终都保持沉默的君殿下。

君武帝和君殿下进去后，荣阳大师便布下结界，没人知道他们在交谈什么。

左青羽满眼仇恨地瞪着凤舞。

凤舞傲然而立，眼神倔强，但其实她的身体已经很糟糕了，现在她只靠一口气撑着。

渐渐地，她的意识越来越模糊，神志越来越不清。

"小舞，舞丫头……"当熟悉的声音传来，凤舞终于支撑不住倒了下去。

凤舞再次苏醒后，不知已经过去了多久，她脑袋浑浑噩噩的，眼睛还没睁开，就听到了两个熟悉的声音。

"小舞还没醒吗？"

"是啊！这都好几天了，也不知道什么时候能醒过来。"

"御医说她的身体破败，最近一段时间绝对不能动武。"

"可是她和乔段长约定了闯龙门阵，这可怎么办啊？"

这是朝歌和风浔的声音。

凤舞脑中突然闪过一道灵光，星陨剑、荣阳大师、乔段长、龙门阵、星辰碎片……凤舞从床上惊坐起来，哐当——她情急之下一挥手，将床头的茶杯打落在地。

听到声音，朝歌和风浔快步进来。

凤舞一把抓住风浔的衣领："我昏迷了多久？！"

"小舞，你没事吧？"风浔从来没见凤舞这么激动过。

"快告诉我，我到底昏迷了多久？快说啊！"凤舞急得眼泪都快掉出来了。

"五天，你昏迷了五天。"风浔被衣领勒得透不过气来，他赶紧说道。

"五天？也就是说，今天是第十一天了？！"凤舞眼睛瞪得很大，看起来有些吓人。

风浔不解道："什么第十一天？"

凤舞跌坐在床上，整个人处于颓然中，差点晕过去。

风浔和朝歌快被她吓死了。

"小舞，你怎么了？你不要吓我们啊！"

"小舞，什么第十一天？第十一天怎么了？"

凤舞的灵魂仿佛从身体里抽离了出来，她目光呆滞，身体僵硬，看着就像一具行

尸走肉，不会哭也不会笑。

第十一天了……居然是第十一天了……任务四失败了，星辰碎片永远没有了……

啊——

这一刻，凤舞杀人的心都有了。

风浔急道："小舞，我刚才跟你开玩笑呢！你没有昏迷五天，你满打满算，只昏迷了四天。"

朝歌说："应该说三天多吧！现在距离子时还有一个时辰呢，哪里就满四天了？"

三天多？听到这句话，凤舞的眼睛瞬间亮了："三天多？你们说三天多？！"

风浔苦笑道："你昏迷了三天多还是四天，有什么区别吗？"

区别？对凤舞来说，这就是生和死的区别啊！

凤舞知道，她必须冷静下来，否则会发生她后悔终身的事情。

凤舞深吸一口气，问："现在是什么时辰？"

风浔道："现在是亥时四刻钟，通俗点说就是晚上十点。"

因为这个世界曾经有过穿越者，所以时间的计算跟凤舞前世所在的世界很相似。

"晚上十点吗？还有最后两个小时！"凤舞深吸一口气，竭力让自己冷静下来，"还有时间，还有时间，对吧？"

凤舞这句话是问桃花精灵的。

桃花精灵却用可怜兮兮的目光望着凤舞，不说话。

"告诉我，是不是还有最后两个小时？！"凤舞瞪着她。

桃花精灵被凤舞吓到了，她扁着唇，点点头："是……但是，两个小时，你完不成的。"

"为什么没有喊醒我？！"凤舞语气中隐含着怒火。

桃花精灵看了凤舞一眼，扁着唇说："我有喊你的……可是怎么都喊不醒你……你听……我声音都喊哑了。"天知道，一天天过去，凤舞昏迷不醒，还怎么都喊不醒，她有多着急。

"好啦、好啦，这件事回头再说，现在最重要的就是完成任务！"凤舞深吸一口气。

"小舞？小舞？！"朝歌和风浔发现凤舞又走神了。

凤舞回过神来，对风浔说："龙门阵！我现在就要去闯龙门阵！"

风浔吃惊地看着凤舞："你疯了吗？现在都快子时了。"

凤舞神色急切地说："我不管，我现在就要去闯龙门阵。"

风浔摇头："不可能的。"

凤舞起身就要往外走。

风浔一把拽住她："凤小舞，你疯啦？龙门阵你已经误了，乔段长不会再让你闯了。"

风浔没有告诉凤舞的是，原本外面已经传开了凤舞要闯龙门阵的事，很多人都押了赌注，有押凤舞赢的，也有押凤舞输的，谁都没想到，凤舞居然直接放弃了，现在帝都的风言风语别提多难听了。

凤舞不知道这些事情，她盯着风浔："如果我一定要闯呢？"

"你就这么急？"

凤舞深吸一口气，认真地说："如果我说，如果没在两个小时内闯过龙门阵，我会死呢？"

"这么严重？！"风浔震惊不已。

凤舞表情认真而凝重："是！就是这么严重！"

风浔见凤舞的眼神坚定不已，他知道她是认真的。

"你等等，我来想想。"风浔摸着下巴，脑子快速转动着，"乔段长确实开启龙门阵了，但因为你昏迷着，就误了时辰。"风浔看着凤舞，"当时乔院长非常生气，他留下一句话，便是你再去闯，也不给你机会了。"

凤舞："……"

风浔一边踱步一边说："乔段长脾气不好，他决定的事，轻易不会改变。"

"现在老爷子应该出关了吧？我找他去！"凤舞一拍脑袋，想到了这件事。

凤舞指的老爷子自然是方阁老。

"没呢！"风浔一句话便打消了凤舞的念头，"老爷子似乎遇到了一些事情，最近一段时间不会出关了。"

凤舞揉揉眉心，什么叫屋漏偏逢连夜雨？现在她就是这种状况。

"我现在找乔段长去。"凤舞抬腿就要往外冲。

风浔拽住她："你知道乔段长在哪儿吗？"

凤舞摇头。

"你知道乔段长现在对你的印象有多不好吗？"

凤舞："……"

"你要怎么让乔段长答应你？"

冷静下来，凤舞才意识到这件事有多难。

"我去找君临渊！"凤舞想过去找荣阳大师，找令狐大师，甚至找君武帝，却都不如找君临渊的效果好，"君临渊的能力和威望毋庸置疑，只要他答应，乔段长再如何不愿意也会答应。"

风浔："你就这么相信君老大能做到？"

凤舞瞥了风浔一眼："别怀疑，君临渊就是有这样的能力。如果连他都做不到，那这世上就再没人能做到了。"

风浔饶有兴致地问凤舞："原来在你心目中，君老大是这样厉害的人啊！那你之前还对他各种不敬，口口声声说不喜欢他的？"

凤舞："君临渊本来就很厉害啊！他的厉害全大陆的人都知道，我又不瞎，可是他那破脾气，你也知道啊！"

"呃……这个脾气嘛，小舞，其实他对你……"风浔的话还没说完，就被凤舞一顿抢白。

凤舞深吸一口气："所以，我必须要说动君临渊。告诉我，君临渊现在在哪里？"

时间太紧迫了，每逝去一秒，凤舞完成任务的概率就降低一分。

"君老大他……"风浔还没说出口，门外就传来一道轻咳声。

凤舞顿时愣在了原地。

朝歌捅捅凤舞："小舞，小舞！"她示意凤舞看向门外。

门，无风而开，一道颀长的身影出现在众人面前。少年一袭白衣，相貌俊朗，不是君临渊又能是谁？！

凤舞瞪着风浔——君临渊一直在？

风浔摊手，他承认他是故意的。

也就是说，刚才她评价君临渊的那番话，全被正主听见了？凤舞双颊绯红，双手紧握，不知所措。

还是风浔最先打破僵局，他抿唇一笑："君老大，这么巧，你也在啊？"

君殿下拳头抵在唇边，墨染的剑眉微微上扬。他又轻咳了一声，璀璨的星眸凝视着凤舞。

凤舞咬着下唇，她真的不知道该怎么办了，好生尴尬啊！

君殿下朝凤舞招招手："过来。"

凤舞睫毛低垂，拳头握紧。

"快过去啊！"风浔推了凤舞一把，将她推到君临渊身前，还不忘提醒她，"你不是想闯龙门阵吗？不是你自己说只有君老大能帮你吗？人在这儿呢，能不能答应帮你，就看你自己的表现了呀！"

凤舞："……"

就在凤舞不知如何表现的时候，君临渊的眸中浮现一抹意味深长的浅笑，他墨染的眉轻挑："你去准备。"

"嗯？"凤舞满脸不解。

"一刻钟后开始,可行?"君临渊目光清澈,轻声问道。

一刻钟后就可以开始?!凤舞激动地抱住君临渊的胳膊,眼眸闪闪发亮:"行!非常行!太行了!"

"嗯。"君殿下表情依旧高冷,眸中却隐有流光溢出,让他看上去越发风采卓然。

凤舞好奇地看着君临渊,快去找乔段长啊!为什么他还不去?

就在凤舞想出声催促的时候,君殿下瞥了凤舞一眼:"纸笔。"

凤舞:"啊?"

朝歌反应快,立刻端了文房四宝过来。

君殿下在纸上随意写了几个字,交给风浔。

风浔拿着那张纸飞奔而去,留下一句:"我这就去找乔段长!"

凤舞一拍脑袋,恍然大悟。是呀,以君临渊的身份和地位,他哪里需要亲自去找乔段长?如果他真的亲自去找,怕是乔段长要被他吓死了。

"走吧!"如帝王般尊贵的君殿下,笔直的大长腿不紧不慢地迈着,浑身散发着让人臣服的强者威严。

凤舞立马跟上。

若初境,因为凤舞现在还不是二年级的学生,所以这里不是她想进就能进去的。凤舞正要提醒君临渊,就见君殿下手指一划,那将人阻隔在外的境界隔层就像纸糊的一般,被划出一条足够一人通过的通道。

不愧是君临渊,这君武帝国还有什么是能阻止他的吗?

凤舞进入若初境没多久,乔段长便急匆匆赶来,另外,跟他一起来的除了风浔还有乔伊老师。

乔段长看到凤舞,眼中冒着怒火,又透着一丝轻蔑的冷意,而当他看到君临渊的时候,态度完全变了:"君殿下——"乔段长躬身来到君临渊面前,恭恭敬敬地行礼。

君殿下剑眉不动,漫不经心地瞥了乔段长一眼:"开始吧!"君殿下一向冷漠,便是有求于乔段长,他也是如此高冷。

乔段长苦笑连连:"殿下……既然殿下您开口,那这龙门阵没人拦得住,只不过……"

"嗯?"君殿下墨染般的浓眉微蹙,冰寒的目光射向乔段长。

乔段长苦笑道:"殿下,您是知道的,龙门阵分为普通级、困难级、精英级、地狱级和死亡级。因为之前凤姑娘预约了龙门阵,但没有挑选等级,所以这几个级别都

打开了。凤姑娘过了时间也没来，以至于白白消耗了能量和次数。殿下您是知道的，龙门阵一旦开启，七天内是无法开启第二次的。所以殿下，不是老夫我不开启龙门阵，而是实在开不了啊！"

乔伊老师低垂着头，在旁人看不见的角度，她眸中有一道幸灾乐祸的笑意划过。

"君殿下来若初境了！"这个消息像长了翅膀一样，很快便尽人皆知。

二年级的学生大都因为埋头苦修，更因为消息闭塞，所以根本不知道凤舞这个人，更不知道凤舞最近风生水起的事，他们也就对凤舞没兴趣。君临渊来了若初境却让他们激动不已，纷纷以最快的速度往这边赶来。

凤舞之前认识的那位舒允若学长来了，之前跟凤舞有过矛盾的虎头帮的人也来了。

人越来越多，龙门阵却没开。

凤舞内心无比焦急，她不停地催问桃花精灵："还有多少时间？还有多少时间？"

桃花精灵也很着急："只有最后的七十分钟了。"

凤舞暗暗叫了一声"槽糕"！

见凤舞着急，君临渊破天荒地第一次跟人解释，他对凤舞说："龙门阵确实是开启后七天内不能开第二次。"

凤舞哭丧着脸，拽住君临渊的衣袖，目光恳求地望着他。她真的没办法了，只能求他了。

君临渊璀璨如星辰的双眸凝视着凤舞："一定要闯？"

凤舞点头如捣蒜："嗯嗯嗯！"

"即便再危险也要闯？"

凤舞继续点头如捣蒜："嗯嗯嗯！"

"必须现在闯？"

凤舞再次坚定地点头。

君殿下表示他明白了，他那张皮肤光滑的绝世容颜上浮现一抹凝重之色，他迈着大长腿，不紧不慢地走到龙门阵之前。

龙门阵，是一座龙宫一般的建筑，最前方是一只硕大无比的龙头，龙眼在黑暗中闪着寒芒，看得人脊背发寒。据说龙头是假，龙眼却是货真价实的巨龙之眼。

君临渊上前一步，宽大的袍袖扫过，那双熠熠发光的龙眼竟然闭上了。

在场众人都用难以置信的目光望着君殿下。

乔段长震惊得睁大了眼睛："这龙眼、这龙眼，不是说龙眼永久不闭吗？怎么会？"

更让人觉得神奇的是，龙眼闭上之后，砰的一声巨响，一道白光出现在众人面前。

君临渊目光微动，他认真地望着凤舞："死亡级，你可敢？"

死亡级？！在场所有人脸上都浮现一抹震惊之色。

凤舞也惊讶了一下，死亡级啊……那样的龙门阵会是怎样的困难程度？难到让人崩溃吧？

"只有最后的六十分钟了。"桃花精灵急声提醒凤舞。

凤舞心头一紧！她哪还有时间挑肥拣瘦、考虑关卡难度？她根本没有选择。

凤舞认真而郑重地点头："我可以！"

"进。"在外人面前，君殿下说话向来惜字如金。

凤舞快速踏入光圈，随即，众人眼前失去了她的踪影。

这时，不知道谁惊呼了一声："你们快看！"

刚才闭上的龙眼睁开了，眼中竟出现了凤舞，更准确地说，是将凤舞在龙门阵里的情景完全呈现了出来。

"你们快看，凤舞进入龙门阵第一层了。"

普通级的龙门阵只有三层，刚升入二年级的学生都只能在普通级晃荡，困难级则有六层。

"精英级有九层，地狱级有十二层，按照这样的算法，死亡级是不是有十五层？"

"她竟然敢挑战死亡级的，太可笑了。"冷狐的双臂已经好了，此刻她双手环臂，嘴角挂着嘲讽的冷笑。

顾红狼也冷笑道："她以为她是谁？居然敢挑战死亡级！依我看，她也就能挑战挑战普通级。"

"对，没错，她也就能挑战普通级！"冷狐冷哼一声。

刚刚赶来的朝歌顿时不客气地道："喂，姓冷的，你能挑战什么级别啊？"

冷狐瞪了朝歌一眼："困难级，怎样？"

朝歌冷笑："你一个我的手下败将，都能挑战困难级，凭什么我家小舞只能挑战普通级？有你这么给自己脸上贴金的吗？"

"你——"冷狐瞪着朝歌。

朝歌毫不示弱："来呀，打架啊，谁怕谁啊？！"

现在凤舞在龙门阵里，冷狐还真不怵朝歌，可是，她一抬头就看到了风浔那微眯起来的寒眸。这位风小王爷平时嘻嘻哈哈的看起来可亲，可真生气的时候，可怕程度仅次于君殿下。

想到他们之前的互动，冷狐咬了下唇，恶狠狠地瞪了朝歌一眼："算你狠！"

朝歌冷笑："要不，我们来打赌怎样？"

冷狐："赌什么？"

朝歌："你不是说我们家小舞只能挑战普通级吗？那如果她进了困难级，便算我赢了，你立马给我磕头认错，反之如果我输了，我立即给你磕头。"

冷狐顿时被噎住了！她说凤舞只能挑战普通级不过是随便说说，以凤舞之前表现出来的实力，她进到精英级也是有可能的。

"谁要跟你赌这个？无聊！"冷狐冷傲地拒绝了。

朝歌冷笑了一声："你就是不敢赌！"

就在这时，一道声音响起："我跟你赌！"

朝歌回头一看，原来是乔伊老师。

乔伊老师因为急匆匆赶来，只穿了一件薄薄的裙衫，冻得脸色有些发白，此刻的她却精神亢奋。

"我赌凤舞顶多能到精英级，你敢不敢跟我赌？"

乔伊老师不顾自己老师的身份，非要跟朝歌赌，很多人看了都觉得怪怪的。

朝歌冷笑一声："好啊，赌就赌，反正我们家小舞肯定是能到死亡级的。"

死亡级？！在场的人闻言，全都用看白痴一样的目光看着段朝歌——她是疯了吗？

"我也想押注！"

"我也想！"

"我也来！"

在场不少人发出嘲弄的声音，特别是女生。刚才她们亲眼看到是君殿下放凤舞进去的，都积了一肚子的怒火，现在有机会发泄，自然不能放过了。

"赌什么？"朝歌自信地问道。

陶虎冷笑道："如果赌积分的话，怕你输不起。"

所谓积分，是可以购买修炼所需要的任何东西的分数，只要是若初境里有的，而这个，朝歌还真没有。

"她没有，我有。"一直沉默的风浔站出来，拍拍朝歌，"去，拿纸笔将这些人都记下来，输了我赔。"

乔伊很伤心地望着风浔，要知道，她可是将风浔当成她的追求目标的，结果风浔站在了凤舞那边。

其他人见风浔站凤舞，心里也各种不爽，原本只打算押十个积分的，最后竟押了二十个积分。

朝歌统计完，看着风浔："十万积分……多不多啊？"

积分的购买力是很强的，一个积分就可以去重力室修炼一个小时。积分的发放却很小气，便是得了当月的第一名，也只能得到一百个积分的奖励。

"十万积分啊？"风浔也被惊到了，他没想到这些人对凤舞的怨念如此之深。

风浔看了看大家的下注情况，绝大多数都押凤舞的水平在精英级，只有两个人看好她，觉得她能进入地狱级，这两个人分别是舒允若和常学坤，至于死亡级，没有一个人下注。

风浔淡淡一笑："这回，怕是要庄家通吃了。"

"风小王爷是觉得这位凤舞姑娘能进入死亡级？"一道淡淡的声音在风浔耳边响起。

风浔抬眸瞥了那人一眼，觉得有点眼熟。

"怎么称呼？"风浔眼眸半眯起来。

"在下尹少宁，上月考核第十五名。"少年声音淡淡的，目光也淡淡的。

风浔笑道："原来是第十五名啊！"

尹少宁看着风浔："但是，我破不了精英级。风小王爷，您觉得凤姑娘的实力会比我还强吗？"

一时间，四周寂静无声。

尹少宁年级十五，他都破不了精英级，凤舞一个一年级新生能闯到死亡级？

尹少宁说完这番话，在场的人都用怪异的目光看着段朝歌。如此说来，凤舞是注定要失败了？

"请问，我可以加注吗？"一个弱弱的声音响起。

朝歌大笔一挥："当然可以！"

风浔无语地望着朝歌，这丫头是疯了吗？还敢加赌注？难道她不知道，凤舞其实是通不过死亡级的龙门阵吗？

可是，朝歌已经答应下来了，风浔能怎么办？风浔有些头痛地揉揉眉心："加吧加吧，想加多少加多少，尽管来吧！"

凤舞没有积分，但是君老大有呀，怕什么？风浔笑眯眯地瞅了君老大一眼。

凤舞进去后，君殿下便一直站在那儿，双手背在身后，深邃如星辰的美眸一眨不眨地通过龙眼盯着凤舞。

他棱角分明，肌肤光洁，风采卓然，便是在千万人中，他也是最耀眼的那一个，他身上与生俱来的王者气质，是任何人都模仿不来的。

此刻，很多男生都盯着龙门阵内的凤舞看，而几乎所有女生都用痴迷的目光望着君临渊。

朝歌统计完毕，眼睛宛若星辰般闪闪发光："哇！发财啦！发财啦！这回要发大财了！"

风浔问："多少？"

"五十万积分呢！嘿嘿嘿……"朝歌高兴极了。

风浔却笑不出来了，以一赔二的赔率，回头要输掉一百万积分啊！

"你们快看——"就在这时，不知道谁惊呼了一声。

原来凤舞已经开始了她的闯阵。

凤舞进去之后，发现自己置身于一个迷雾般的世界，可见度非常低。

嗷呜——一道孤狼的声音响彻整个空间，在凤舞还没反应过来的时候，孤狼已经朝她扑来，快如闪电。

然而，对很多人来说快如闪电的速度，在凤舞眼里却仿佛慢动作。就在孤狼腾空而起朝凤舞扑来之际，砰——凤舞抬脚对着孤狼的腹部猛地一踹，随即扑通一声，孤狼在半空中发出一道痛呼声，身子划过一道弧度，倒飞出去，狠狠砸落在地。它身子痛苦地蜷缩着，想爬起来，却再也爬不起来了。

凤舞的视线从孤狼身上扫过，走向旋转楼梯，进入了第二层。

"我的家人不会放过你的。"凤舞身后传来孤狼愤怒的咆哮声。

凤舞到了第二层，只见两只体格健硕、毛皮油亮的孤狼正恶狠狠地瞪着她，它们不是别人，正是一层那只孤狼的父母。

"你打败了它？"孤狼母亲眸中燃着熊熊怒火。

此刻，桃花精灵提醒凤舞："快点，快点，你的时间不多了！"

凤舞比任何人都清楚，她闯龙门阵的时间加起来，绝对不能超过一小时。

这时，就听孤狼父亲桀桀冷笑一声："既如此，那你就……"

孤狼父亲话音未落，就见凤舞飞身上前，一拳一脚，只一瞬间，这两只孤狼就被打趴下了。

来不及多想，凤舞飞身往第三层而去。

龙门阵外的学生们都震惊得瞪大了眼睛，他们知道凤舞能闯过普通级，却没想到她竟然闯得如此轻松。

"这个凤舞……还真是有点本事啊！"

"看来是我们低估了她。"

"没点本事，她会闯龙门阵？你们太天真了。"

"这只是普通级，要知道越到上面难度系数越高，我倒要看看她能闯到第几层。"

"我看第三层，她就够呛了。"

这位同学话音落下的时候，凤舞刚好来到了第三层。

第三层依旧是孤狼，只不过这里的孤狼不是一只也不是两只，而是无数只，每一只都膘肥体壮。

龙门阵外，许多人都在看凤舞笑话。

"一只两只，她对付起来似乎很轻松，这么多只呢？"

"我就不信了，这么多只，她都能快速放倒。"

"凤舞以为她是谁啊？她以为她的实力真的已经到了……"

这个学生话音未落，就见凤舞宛若一阵风般刮过，等大家反应过来的时候，那些孤狼全都倒在了地上。

众人倒抽一口凉气，凤舞的速度实在是太快了，快到大家根本没有看清，战斗就结束了。

朝歌哈哈大笑："我就说吧，小舞厉害着呢！她可比你们想象中的要厉害多了！"

四周一片沉默，因为没人能反驳。

只有虎头帮的冷狐冷哼了一声："不过是普通级罢了，有什么好得意的？！"

朝歌冲她得意地笑道："现在是普通级，很快我们家小舞就能通过困难级了！"

冷狐："呵呵，那我就拭目以待了！"

朝歌："好呀，那就走着瞧啊。"

"还有多少时间？"龙门阵里的凤舞没有别人以为的那么轻松，她是有时间限制的，若是在一个小时内完不成，她的人生将陷入永久的黑暗。

桃花精灵的眸中浮现一抹惊喜："刚才你通关普通级的时候只用了三分钟。"

凤舞却一点也高兴不起来，因为她清楚地知道："越往上越艰难，花费的时间也将越多。"

说话间，凤舞已经来到了第四层，她立刻感觉到一股压抑的气氛扑面而来。

凤舞抬眼望去，她面前是一个庞大的机械人，足有三层洋房那般高，凤舞站在它面前，细胳膊细腿的，显得那么不堪一击。

机械人两只眼睛暴射出猩红色的光芒，它盯着凤舞，从腹部发出一道声音："小姑娘，你现在选择退出，还来得及。"它的话是机械性的，没有高低起伏，听着极其瘆人。

凤舞看着机械人身上酷炫的蓝光、流水般的线条以及感受到的让人血脉偾张的力量感，她顿时心生警惕。

凤舞非常清楚自己的短板在哪里，她擅长速度、法术、阵法，但绝对不擅长力量。

机械人握紧拳头，一言不发，突然对准凤舞砸了过来，随即砰的一声巨响，好在凤舞闪避得快，她躲到一旁的圆柱后面，机械人的拳头则深深嵌入了柱子里。

咔嚓咔嚓——柱子发出一阵碎裂声。

待机械人拔出拳头后，再次以极快的速度朝凤舞迎面袭去，凤舞又险险地避过。

机械人的速度一次比一次快，出拳的力量也一次比一次重，罡风猎猎。凤舞的速度也越来越快，快到她的身体变成了一道道残影。

每一次，机械人的拳头砸向她，她都有惊无险地与拳头擦肩而过。别人看得心惊肉跳，凤舞自己也一阵心慌。这样下去不行的，必须得快速想到办法，否则她必会中招，并且时间也经不起这样拖延。

就在这时，砰！机械人又一记重拳砸向凤舞，而这一次凤舞没有之前几次那么幸运，她的鼻子被狠狠击中了。砰！凤舞倒飞出去，跌坐在地，鼻翼间两股鲜血如注。

"不是吧？凤舞就这样被击中了？"

"她刚才在普通级的时候不是很厉害？这才第四层，她怎么就……"

"我就说嘛，一个一年级的新生能厉害到哪里去？"

"还说要挑战死亡级呢，现在连困难级都闯得这么艰难。"

"完了、完了，凤舞这次牛皮吹大发了，她注定要失败了。"

几乎所有人都不看好凤舞，甚至风浔的剑眉也深深蹙起，眸中浮现一抹担忧之色。

第四层就已如此艰难，后面的路，这丫头要怎么走？风浔紧张得握紧了拳头。

他望向君临渊，果然，君老大的脸色也很不好看。如果按照凤舞现在表现出来的实力看，她最多也就能到达第五层。

凤舞并不知道外界大众对她实力的预估，此刻她全身心都在机械人身上。

机械人见凤舞摔倒在地，并没有停止进攻，反而进攻的速度变得越发快速，砰！又是重重一拳头。可怜的凤舞，单薄的身子再次倒飞出去，然后砰的一声砸落在地。

这一次，凤舞砸落地面后，地面出现了蜘蛛网般的裂痕，可见这次凤舞被砸得有多重。

"天哪！"

"我的天哪！"

"凤舞……凤舞她又……"

"我还以为凤舞能坚持到第五层呢，现在看来，她连第四层都通不过啊！"

人群中，乔伊老师眸中浮现一抹幸灾乐祸的冷笑。呵呵！凤舞不是一直以为她自己很厉害吗？没想到她也有这一天！真是太可笑了。

乔伊老师冷笑道："还以为她有多厉害呢，原来也不过如此嘛！"

朝歌握紧拳头，怒视乔伊老师："小舞绝对不会止步于此的，你们太小看她了。"

"呵呵。"乔伊老师口中发出一声冷笑，"那我倒要好好看看了。"

此时，万众瞩目的凤舞跌坐在地上，后背一阵剧烈疼痛，她倒抽一口凉气，她的脊椎骨不会有事吧?

机械人眸中带着杀意,踏着重重的步子快速朝凤舞而去,它想要速战速决。

凤舞强忍着疼痛,一个翻身从地上爬起来,飞快地往前奔去。凤凰舞步精妙无比,机械人一时间追不上她,可是,凤舞吃亏就吃亏在这一方空间是有限的,她再如何疾驰,机械人都一直追在她的身后。

想明白了这一点,凤舞回头看向机械人,果然,它的双眸中带着志在必得的得意冷笑。所以,它是以猫捉老鼠的心态在追她吗?可恶!凤舞气得握紧了拳头。

"时间已经过去七分钟了。"就在这时,桃花精灵的声音响起。

"啊——"现在才到第四层,她就已经花费了宝贵的十分钟,再这样下去,她一定完蛋了。不行,一定要赶快想出办法来。

凤舞一边跑一边回忆机械人刚才的动作,机械人的弱点到底在哪里呢?

龙门阵外,不少学生见凤舞一边逃命一边思考,嘴角都流露出不屑的冷笑。

"她居然在思考如何打败机械人?她觉得打败机械人有技巧吗?"

"太可笑了!她输定了!"

"还真没见过牛皮吹得那么大,结果却……哈哈哈。"

这些人中女生占了绝大多数,谁让君殿下的存在为凤舞拉了那么多的仇恨值呢?!

有一个人眼眸发亮,一眨不眨地望着凤舞,这个人便是跟凤舞有过一面之缘的舒允若。

龙门阵内,凤舞终于看出机械人哪里不对劲了。它不论是迈步追逐还是出招的方式都太过精准了,每一步都像是拿尺子精确测量过般,每一招都像是经过精密计算后的最优选择。

机械化!凤舞终于明白了这个最简单的道理,她的嘴角扬起一抹微微的弧度。既然机械人的行为是设定好的,那么反其道而行,必然能将它的节奏打乱,而一旦节奏打乱……凤舞的眼眸越来越亮,她终于知道对付机械人的办法了。

此刻,机械人和凤舞之间只有一点点距离了,稍不留神,凤舞就要被它一把抓住。

接下来,让所有人惊讶的是,原本往前冲的凤舞忽然转变了方向,她以一种诡异的方式快速往后退去。别说龙门阵外的人没有想到,就是机械人都愣住了。

就在机械人短短一秒钟愣神之际,凤舞跑到了它的身后。

机械人怒吼一声,猛地转身往后追去。可是,它体形庞大,转个身可没那么容易。凤舞就像灵活的小老鼠一样绕着机械人转圈,可怜的机械人被凤舞绕得发蒙,头晕目眩。

龙门阵外,所有人都看呆了。

朝歌得意极了，她冲乔伊老师冷笑道："谁说我们家小舞不行来着？你说，现在耍得机械人团团转的人是谁？！"

乔伊老师冷哼一声："你就觉得她一定会赢吗？"

朝歌得意道："那是！瞎子都看得出来，只要小舞抓住机会爬上机械人的身体，瞬间就能切断机械人的咽喉。"

不仅朝歌这么认为，在场的人都是这样想的。

然而，出乎所有人意料的是，凤舞居然没有这样做。她确实趁机爬上了机械人的身体，可她并没有一剑斩断机械人的颈项。

"她在干什么？"不知道谁发出一道疑惑的声音。

"不知道啊！她在机械人身上蹦来蹦去的，好像玩得很开心啊！"

"她还有心思玩耍？难道她不知道，现在对她来说最重要的就是通关吗？"

"这个凤舞，她这是在炫技吗？"

……

原本凤舞反败为胜，很多人对她的印象开始好转，可才一会儿，大家对她的印象又一落千丈了。

乔伊老师双手环抱，嘲讽地瞥了朝歌一眼，啧啧两声："哎哟，真没想到，她竟是这样得意自满的人啊！我看她这回，非被她自己作死不可呢！"

朝歌气得握紧拳头，重重冷哼一声："我们家小舞做事自有她的道理，你们看不懂就不要乱说话！"

乔伊老师哈哈一笑："强词夺理。"

凤舞还真被朝歌说中了，她之所以这样做，是有她自己的道理的。

凤舞从普通级对手的情况上得到启发，第五、第六层应该还是机械人，不过机械人的数量和等级肯定会有所提升，既然如此，她为什么不在第四层的时候，先弄清楚机械人的构造呢？这才是凤舞放弃唾手可得的胜利，攀爬在机械人身上的原因。

机械人似乎察觉到了凤舞的目的，它一声狂吼，身体剧烈颤抖，宛若秋风扫落叶一般，将凤舞从它的身体上抖落在地。

"去死吧！"机械人抬起一脚，狠狠地朝凤舞踩去。

凤舞动作迅速地躲避过去。

接下来，机械人一路追杀，凤舞一路摸爬打滚险险避开。

凤舞原本可以很快结束这场战斗，但她要弄清楚机械人的运行规律。

这时，一阵嘀嘀嘀的警报声响起。

"完了、完了，凤舞这次是真的完了。"

"这是什么声音？"朝歌不解地道。

乔伊老师很好心地给她科普："这是警报声。声音响起后，就开始六十秒倒数了，如果在这六十秒内，凤舞没有杀到第五层，她就算失败了。"也就是说，每一层的通关时间都是有规定的。

朝歌握紧了拳头——小舞，你一定要努力啊！

凤舞虽然不知道这声音表示什么意思，但她多少猜得出来。

砰！机械人又一脚狠狠踩向凤舞，凤舞险险避过，同时她弄清楚了机械人出招的规律。

咔咔咔……就在凤舞险险避开的时候，她无意中抬头往上望去，只见通往第五层的门正在缓缓闭合。来不及多想，凤舞猛地一踹机械人，然后以最快的速度往门缝钻去。

"不行的，来不及了。"

"凤舞怎么可能快得过门闭合的速度？"

"结束了，大家各自回去睡觉吧——"

已经有很多人打着哈欠准备回去了。

咻——这时，一道白光闪过，众人再定睛看时，发现凤舞已经出现在了第五层，三个体格更加健硕的机械人宛若三座山峰般将凤舞围在了中间。

"天哪！凤舞居然通过了？！"

"最后关头，她居然进到第五层了？！"

"这也太让人震惊了吧？"

"震惊什么啊？第五层的机械人比第四层的厉害，数量还多。"

"第四层的时候，凤舞就被打得那么狼狈了，现在到了第五层，她能打得过吗？"

……

基于凤舞在第四层的表现，几乎所有人都不看好她在第五层的发挥。

"小姑娘，现在投降还来得及，否则，我们可是会将你踩成肉饼哦！"其中一个机械人冲着凤舞得意扬扬地说道。

凤舞嘴角扬起一抹淡淡的笑容："我可不一定会输，不信，来追我啊！"说话间，凤舞宛若蝴蝶般绕着机械人转起圈来。

"又来了，又来了，这个凤舞又来了。"

"她以为她转圈就能逃过机械人的追杀吗？"

"简直太天真了！"

"这回她死定了！"

第十八章
一路闯关

龙门阵外，依旧是无数人对她不看好，无数人对她冷嘲热讽。

凤舞在三个体形庞大的机械人映衬下显得那么娇小，她快速移动着，绕得那三个机械人晕头转向。

忽然，三个机械人中只有一个继续去追凤舞，其他两个竟然站在原地不动了。

这是什么情况？！大家眼中都露出惊疑之色。

凤舞在前面跑，机械人在后面追，好几次凤舞都差点被追到了。然而，没过一会儿，画风突然变了，凤舞居然不跑了。她停住脚步，回头望着机械人，嘴角勾起一抹弧度。

机械人不解地望着凤舞，它不明白这个被它追杀的人类小姑娘，为何会露出一抹了然而且嗜血的冷笑。

忽然，凤舞脚尖微勾，身形一动，下一秒，就在机械人对凤舞出手之际，凤舞抢先克制住了它的动作，也就是说，凤舞已经摸透了机械人的出招规律。

于是，众目睽睽之下，咔嚓一声，凤舞一抬手卸掉了机械人的手腕，紧跟着又是咔嚓一声，凤舞卸掉了机械人的手臂。

"这是怎么回事？"

"凤舞好像突然间就开窍了一样。"

"这是怎么了？这到底是怎么了？"

很多人都眼睛瞪得很大，难以置信地望着眼前这一幕幕。

让他们更加震惊的是，凤舞拆掉了机械人的手臂后，哐当！也不知道凤舞一拳头砸向了哪里，只见庞大无比的机械人发出一声尖锐的惨叫，紧跟着，咔嚓咔嚓……机械人身上开始往下掉东西，很快地上就堆了一堆零部件。

"这不可能吧？"

"不会吧？"

"怎么会这样？"

这件事发生得太突然了。

乔伊老师望着这一幕，她藏在衣袖里的手紧握成拳。不可能！这绝不可能！

很多人都希望这是假的，可这就是事实啊！

凤舞解决完这个机械人，转身往回走。

那两个机械人仍一动不动地站在原地。凤舞不疾不徐地走过去，随手往它们身上一拍，哗啦啦——两个机械人瞬间化为一堆零件。

龙门阵外的人再次目瞪口呆，怎么可能？！

"在第四层的时候，凤舞那么艰难才战胜一个机械人，到了第五层，她怎么可能……"

乔伊老师的眼睛瞪得浑圆，原本她以为凤舞会止步第五层，而从现在的情况看，她第五层过得比第四层还轻松啊！

"这个凤舞，简直是个怪胎！"

"哪有过第五层比第四层还容易的啊？！"

"她就这么轻松地过了第五层？"

"我倒要看看，第六层她还能不能通过！"

龙门阵外的人已经分成了两个阵营，有人觉得凤舞出乎意料地厉害，有人则等着看她出丑。

此刻，凤舞已经以最快的速度冲向第六层了。

跟所有人预料的一样，第六层等着凤舞的确实是一群机械人，个个高大威猛、面目狰狞，看着就很吓人。

龙门阵外的人心里都暗暗发怵，即便是风浔，此刻也微微蹙眉："好多机械人！便是我，也没那么容易闯关。"

因为风浔这句话，很多人对凤舞闯过第六关充满了怀疑。

然而，谁也没想到的是，凤舞这次非但没有跑，她还以一种非人的速度，嗖的一下蹿到了机械人身上，咔嚓咔嚓……一个机械人被拆掉，咔嚓咔嚓……又一个机械人被拆掉。

"这个凤舞……这个凤舞……"真是太可怕了。

"她怎么会变得如此可怕？！"

凤舞的速度很快，快到让人一阵眼花缭乱。

砰砰砰……机械人瞬间躺下去一大片，地上堆满了零部件。

"这个人是疯子吗？！"冷狐暗骂了一句。

"厉害了，这丫头真是厉害了！"风浔毫不吝啬他的夸奖。

玄奕默默点头。

可以说，他们是一路看着凤舞成长起来的，只不过，这丫头的成长速度快得让他们应接不暇。

"其实……若从实力上来说，二年级比凤舞厉害的人有很多。"玄奕顿了顿，再次说道，"可是，那些实力比她强的人，未必能通过第六层。"

风浔点点头："我算是看出来了，第四层的时候，凤小舞这丫头其实不是打不过机械人，她是在摸索机械人的构造以及出招规律。"

玄奕："确实如此，甚至到了第五层，她还在摸索。"

风浔："如果不是有第四层和第五层的经验积累，她是绝对不可能战胜第六层的机械人的，因为第六层的机械人比第四层和第五层的厉害好几倍。"

玄奕："最难得的还是她的心态，她很冷静，比我见过的任何人都冷静。"

风浔："而且她很聪明，她走出第一步的时候，就已经预料到后面会发生什么了。"

玄奕："这丫头真实可怕。"

风浔得意道："这可怕的小丫头可是我妹妹呢！"

玄奕想反驳，却一个字都说不出来。

风浔和玄奕旁若无人地说话，旁边的人听得一清二楚，很多人因此对凤舞改变了看法。

"你们说，如果在风云榜上排名，凤舞现在能排到第几？"不知道谁问了一句。

"应该……第九百名？"

"不止吧？第九百名是卢云涛啊！卢云涛能闯过第六层吗？"

卢云涛正站在人群里，原本不起眼的他，一时间被所有人注视着。

"我、我……"这个彪悍少年原本就有些结巴，现在这么多人注视下，他更是结巴得不行，"我、我、我不行……"

大家对卢云涛的话都表示认同，也就是说，凤舞至少是在九百名了。

"那她现在应该是在多少名？"大家心中都充满了好奇。

这时，凤舞终于拆掉了最后一个机械人，结束了第六层的战斗迈进了第七层。

虎头帮众人面面相觑。

冷狐："我九百五十名，反正我是进不去第六层。"

顾红狼："我八百五十名，我也进不去第六层。"

虎头帮另一个小伙伴摸着脑袋："我是七百五十名，上次我通过第五层了，这第六层或许、应该、有可能……我能通过。"

这位叫徐弘的小伙伴没有说明的是，他没有办法像凤舞那样，随随便便就拆卸一大堆机械人，甚至看了凤舞拆卸后，他也学不会。

"所以说，凤舞在二年级风云榜的排名应该是在七百五十？"一直保持沉默的陶虎紧了紧拳头，"最好也不会高于七百名。"

冷狐狐疑地看了一眼自家老大，凤舞的实力真的只是七百名吗？

"第七层开始就是精英级了。"陶虎冷笑一声，"我倒要看看，她还能不能往上走。"

一时间，很多人都心潮起伏。

便是七百名，凤舞也已经很厉害了，要知道对二年级的学生来说，想进步一名是何等的艰难啊！所以，正常情况下，凤舞应该就要止步第六层了。

"精英级可不是这么简单的搏杀了，那是脑力和实力的结合，凤舞不行的。"

"若初境的历史上，从来不曾有过一个跳级生直接冲进第七层吧？"

"那是前所未有的，就算是凤舞也是不可能完成的。"

"如果没记错的话，第七层是熔岩巨兽吧？"风浔摸着下巴喃喃自语。

"确实是熔岩巨兽。"乔段长道。

"看乔段长您这话的意思，似乎这熔岩巨兽和我们当年的有些不一样？"风浔目光一闪。

乔段长笑着冲风浔点点头："这些年，学生们的实力不断增强，熔岩巨兽自然也会成长，现在这只熔岩巨兽可比你们那时要厉害许多了。"

风浔剑眉微挑："所以，乔段长的意思是，凤小舞通不过这精英级了？"

一时间，很多人都紧张地望着乔段长，他们都已经下注赌凤舞最终会输了。

"她通不过的。"乔段长语气异常坚定，"现在的熔岩巨兽已经是少年期了，当年你们面对的可是孩童期呢！"

风浔摸着下巴，目光意味深长："通不过吗？我怎么觉得精英级对她来说并不是很困难呢？"

乔段长苦笑，他不欲和风浔争辩，但这并不代表他赞同风浔的观点。

"看来，乔段长是不信喽？"风浔笑眯眯地看着他。

乔段长摇头："小王爷有所不知，我们若初境能够闯过精英级的学生不到两

467

百名。"

在场的人全都倒抽一口凉气！整个若初境通过精英级的不到两百名？那岂不是说，如果凤舞通过精英级，她就是年级前两百名吗？！一个连二年级都还没上的人，想进入年级前二十名，这是在做梦吗？！

"凤舞现在表现出来的实力不是才年级前七百名吗？她怎么可能进入前两百名？"

"对，凤舞的天赋和实力确实非同一般，但就算是天才，也得有成长的时间啊！所以，她绝对不可能打败熔岩巨兽的。"

"第七关，凤舞是绝对不可能通过的。"

"请问，还可以加注吗？"

"我也要赌凤舞输了，还能加注吗？"

……

凤舞闯第六层的时候，出乎多少人的意料，让多少人惊艳？而现在，大家又不看好她了。

风浔用看白痴一样的目光看着这群愚蠢的人类。这些人是真不知道啊，凤小舞手里可是还有一柄未曾开锋的星陨剑呢！

"加注是吧？好啊！非常好！"风浔瞥了朝歌一眼："加，来者不拒！"

朝歌原本就是天不怕地不怕的主，风浔说加，她还真放开了收，一会儿工夫，朝歌手里又有了一大笔积分。

龙门阵第七层，凤舞表情严肃，眼睛一眨不眨地盯着熔岩巨兽。

熔岩巨兽，庞大如火山，浑身燃烧着火焰，就连头发丝都根根是火焰，看起来狰狞恐怖极了。

砰！熔岩巨兽抬起一脚，地上瞬间出现了一个巨大的脚掌印，脚印有一张床那么大，把凤舞整个塞进去还有富余。

突然，熔岩巨兽以飓风般的速度朝凤舞袭来，而凤舞居然站在原地一动不动。她到底在干吗？！

"跑啊！小舞快跑啊！"朝歌握紧拳头，紧张地盯着凤舞，不断催促着。

熔岩巨兽鼻子冒烟，口中喷火，他跑起来，整个地面一阵摇晃。

一百米，五十米，十米……眼看着熔岩巨兽巨大的巴掌就要拍下去，嗖！凤舞的身影消失在了熔岩巨兽的眼前，而熔岩巨兽收势不住，身子跟跄了一下。

转眼间，凤舞出现在了熔岩巨兽的身后，砰！凤舞一脚踹了出去。这一脚，蕴含了凤舞有生以来全部的力量，可见有多可怕。熔岩巨兽前额撞到地面，随即往前翻了个跟头。

凤舞嘴角扬起一抹弧度，不等熔岩巨兽爬起来，她快速冲到熔岩巨兽身上，一挥手，漫天飞雪从天而降。

"冰霜飞雪？！"龙门阵外，不知道谁惊呼了一声，"凤舞居然有寒冰属性？"

很多人脸上都浮现了狐疑之色。在他们印象中，凤舞一直是火属性，没想到她居然是双属性。

冰霜飞雪洋洋洒洒从空中飘落，落到熔岩巨兽身上，那熊熊燃烧的烈火渐渐熄灭了。

"熄灭了？！"

"熔岩烈火居然熄灭了？！"

"乔段长不是说，这只熔岩巨兽已经进入少年期了吗？！"

一时间，所有人的目光都聚集到凤舞身上。这个少女宛若炙热的太阳，绽放出夺目的光彩，一次又一次让人惊艳，一次又一次让大家对她刮目相看。

这时，倒在地上全身僵硬的熔岩巨兽猛然一阵抽动，随即它抬起头来，眼睛紧紧盯着凤舞。扑簌扑簌……它身上的雪不断往下掉落，它的眼睛一片赤红，它的身体重新燃起了火焰。

乔伊老师顿时激动得不得了，她大声惊呼："熔岩巨兽站起来了！熔岩巨兽又站起来了！"

有人小声嘀咕："这位乔伊老师不是乔段长的女儿吗？不是一年级的老师吗？"

"那不就是凤舞的老师？"

"身为凤舞的老师，却盼着凤舞失败？"

"刚才我看见她下注了，是重注呢，下得比我们多多了。"

"这位乔伊老师可真是……"

凤舞手一挥，天空中飘下了鹅毛般的冰雪，将熔岩巨兽身上重新燃起的火焰，瞬间又熄灭得干干净净。

熔岩巨兽一看情况不妙，转身就要跑。

凤舞嘴角扬起一抹弧度，她手指轻点地面，咻咻咻……地面竟然出现了一根根尖刺。

"凤舞怎么……她怎么会冰霜突刺术？这不是二年级高阶的学生才能学的吗？"

"更重要的是，这必须得是冰元素和土元素……凤舞是土元素吗？！"

"她除了火、冰，居然还是土属性？"

震惊的何止这些学生，连风浔都被凤舞的表现吓了一跳。

"凤小舞她、她居然还会土元素？"风浔转头瞪着玄奕，"玄小二，你知不知道这事儿？"

玄奕默默摇头，他还真不知道。

风浔摸着下巴："这丫头到底还瞒着我们什么？她就不能低调点吗？"

一点都不低调的凤舞已经来到第八层了。

第八层没有人，地面爬满了紫色藤蔓，藤蔓上开着一朵朵白色小花。

突然，藤蔓朝凤舞脚踝缠去。

"小心！"龙门阵外有人低呼一声。

紫色藤蔓一开始明显是试探，当它缠绕住凤舞后，顿时胆子大了，咻咻咻……眨眼间，凤舞就像粽子一样被一圈圈缠绕起来。

"天哪！"

"不好！"

"凤舞被缠住了，她要止步第八层了吗？"

很多人都替凤舞捏了一把冷汗。

凤舞脸上依旧是那风过水无痕般的淡然，如果非要说哪里不同的话，就是她的眼神变得越发凌厉了。

凤舞还很小的时候，美人师父闲暇时教了她一套玲珑功法，这玲珑功法说白了就是缩骨功。凤舞天资聪颖，一学就会。当时美人师父说，这玲珑功是小道，学它不过是为了陶冶情操、放松心情。现在凤舞全身被束缚住了，她突然发现玲珑功绝不只是陶冶情操那么简单，关键时刻它是可以用来救命的。

在所有人都以为凤舞像粽子一样被藤蔓捆着时，凤舞其实早已经钻了出去。

"这个凤小舞，为了闯关，她连自己的命都不要了吗？！"风浔急得不得了。

紫色藤蔓开始收紧，并且它专门往腰部用力。

"完了，凤舞完了！"

"你们看，紫色藤蔓专门勒凤舞的腰，现在这腰已经不到六十厘米了！"

"再这样下去，凤舞就要被拦腰勒断了。"

风浔急道："凤小舞为什么不拿出星陨剑？明明她手里有星陨剑啊！"

但是，没有人回应风浔。

风浔一把抓住君临渊："君老大，你快想想办法啊！君老大，难道你不着急吗？"

君殿下瞥了风浔一眼："着急？为什么着急？"

"凤小舞都要被拦腰勒断了，你就一点都不着急吗？！"

君殿下漫不经心地回他一句："有什么好着急的？"

君殿下这句话差点把风浔气炸了，周围的女生们听着却是心花怒放，她们用眼神快速交流着。

"听见没有？听见没有？君殿下完全不顾凤舞的死活呢！"

"就算凤舞死了，君殿下也一点都不放在心上呢！"

"之前是谁说君殿下在乎凤舞的？简直可笑！"

紫色藤蔓收紧的速度很快，四十五厘米，四十厘米，三十五厘米，二十五厘米，十厘米……咔嚓，紫色藤蔓将凤舞拦腰勒断了。

"啊——"

"凤舞真的死了吗？"

"真是太可惜了！"

"做人啊，切勿好高骛远，否则凤舞就是你们的下场。"

龙门阵外，有人叹息，有人惋惜，有人幸灾乐祸。

乔伊老师心花怒放，心情前所未有地畅快。凤舞居然死了，她居然就这么死了，真是死得好啊！

然而，乔伊老师的笑容还没在脸上绽放，嗖嗖嗖……紫色藤蔓仿佛被人抽走了灵魂般往一处缩去，随即，一块块泛着荧光的骨头露了出来。

"这些都是被紫色藤蔓吞噬的魔兽骸骨吧？"

"紫色藤蔓被收到哪里去了？怎么突然就消失了呢？"

就在所有人都心生疑惑的时候，迷雾散去，大家看到紫色藤蔓被卷成了球状体，拿在一个人的手中。藤蔓被卷成球状体并不可怕，可怕的是拿着的那个人。

"天哪！"

"我的天哪！"

"不可能！这绝对不可能！"

"凤舞不是死了吗？！她不是被拦腰勒断了吗？为什么她还活着？"

"她不仅活着，她还控制住了紫色藤蔓！"

"可是，她怎么还活着？"

"她为什么还活着？"

"她是怎么做到的？"

"她真的是人类吗？"

"她真的不是超人类吗？"

龙门阵外的人震惊了。

这时，最高兴的莫过于风浔了："哈哈哈，我就知道凤小舞不会有事的，这丫头的本事大着呢！"

君殿下默默瞥了他一眼。

风浔想到自己之前的急切，脸一红："君老大，你一早就知道凤小舞逃出去了，

对不对？"君殿下："嗯。"

风浔一副见鬼的表情，他家君老大居然承认了？！

最伤心最失望的莫过于乔伊老师了，此刻，她紧紧握住拳头，全身微微颤抖，眼中闪着赤红色的光芒。怎么会这样？凤舞不是已经死了吗？为什么她还活着？她怎么可以还活着！

事实上，凤舞从紫色藤蔓的缠绕中脱身后就直奔藤心而去，轻而易举便赢得了胜利。

凤舞瞪着藤心，她的目光前所未有地严肃。

藤心在凤舞的瞪视下，慢慢变小，最后只有鸡蛋那般大了。

凤舞随手将它往衣袖里一塞，心情愉悦地来到了第九层。

龙门阵外，众人再次目瞪口呆。

"我看到了什么？凤舞将藤心带走了？"

"紫色藤蔓是非常难得的植物宠，凤舞居然带走了？！"

一时间，很多人都用怪异的目光看着乔段长。

"龙门阵里的东西可以带走吗？"

乔段长："当然不可以！"

"可是，凤舞不是带走了吗？"

乔段长："……"

乔段长任教这么多年，还从来没有见过人将龙门阵里的东西直接带走的。

"比凤舞拿走藤心更重要的是，凤舞现在已经站在第九层了。"

"第九层，精英级的最后一层。"

"如果凤舞通过第九层，我们这里很多人就输了。"

之前很多人不看好凤舞，把手里的积分都押在凤舞会输上了。

"谁会想到凤舞能够一路战斗到现在啊！"

"谁会想到凤舞一次又一次给大家带来惊喜啊！"

"这叫惊喜吗？这叫惊吓吧？"

不少人双手合十，默默祈祷凤舞止步第九层。

"还有多少时间？"凤舞问桃花精灵。

桃花精灵也被凤舞的速度折服，她激动地说："现在还有三十分，不着急。"

凤舞暗自苦笑，怎么能不着急，前面的关卡这么简单，她就用了近半个小时，后面还有不少关卡，时间真的很紧张啊！

"这第九层里有什么？"龙门阵外的众人好奇地望着第九层，却看不出所以然来。

"你们快来听听，这是什么声音？"

瞬间，龙门阵外鸦雀无声。

布谷布谷——布谷布谷——

"这是鸟叫？"

"鸟算什么？能拦得住凤舞？"

"啊！我想起来了，《东洲怪志》里有记载，这是布笑谷鸟。"

"什么布笑谷鸟？"

"布笑谷鸟笑起来的时候全身抽搐，嘴里会往外喷射墨色汁液，人一旦被墨色汁液喷到，全身都会变成墨色，灵力被禁锢，一点力气都使不出来。不过，这些墨色汁液里蕴含着丰富的灵气，祛除其中毒素后食用，对修炼的帮助很大。所以，这一关既是危险，也是机遇！"

布笑谷鸟太多了，密密麻麻地在空中飞舞着，它们口中喷出的墨色汁液就跟雨点一样。

一只、两只、三只、四只……凤舞默默数着，居然有九百九十九只。凤舞皱起眉头，想着对付这些布笑谷鸟的办法。

"已经过去三分钟了……"桃花精灵见凤舞沉默，不由得开口催促。

凤舞咬着下唇，她还是没有想到办法。

龙门阵外，大家都紧张地盯着凤舞。

"卢云涛，你不会也赌凤舞闯不过精英级吧？"冷狐看了一旁的卢云涛一眼。

卢云涛："嗯。"

冷狐："你下了多少？"

卢云涛伸出两根手指。

"两百？"卢云涛摇头。

"两千？"

卢云涛继续摇头。

"两万？"

卢云涛哭丧着脸："嗯！"

冷狐："你疯了吧？！你……你将我们虎头帮的积分全押上去了？"

卢云涛哀怨地道："是你说凤舞没什么了不起的，所以我想着这么好赚的积分，过了这次就没下次了，我就……"

冷狐恨不得抽死卢云涛。

顾红狼拦住冷狐："你打他做什么？最后的结果还没有出来呢。"

冷狐无语："以凤舞之前的表现，第九层她肯定能闯过去的！"

473

"她肯定能闯过去的话，为什么还要站在那儿等那么久呢？"顾红狼冷笑一声。

冷狐朝屏幕里的凤舞望去，凤舞真站在那儿一动不动，眉头紧蹙，面色凝重。顿时，冷狐和卢云涛的心情都好起来，两个人眼睛亮晶晶的，绽放出亮眼的神采。

可是他们刚高兴没几秒，就见凤舞一抬手，一个东西飞向了空中。

什么东西？众人全都睁大眼睛，疑惑不解地望着大屏幕。

很快，他们就明白凤舞在沉默的时候做什么了。

"天哪！居然还可以这样？"

"凤舞她……她真的是……"

"怎么会有这么聪明的少女？"

……

能让大家如此惊讶，到底发生了什么呢？原来，凤舞丢出去的东西不是别的，正是她从第八层带上来的藤心。

原本凤舞是想将藤心带出龙门阵带回家的，放在星陨院里，这就是一个移动的阵法啊！有了这个藤心阵法，家人就会安全许多，她就更能放开手去做别的事情了。可是，藤心告诉她，龙门阵内的魔兽或者植物都被人施了咒语，咒语不除，终身无法离开龙门阵。既然不能带出龙门阵，就只能物尽其用了。凤舞刚才沉默的时候，其实是在将藤心编成一个密集的网。

就在这些布笑谷鸟抽风一般对着凤舞哈哈大笑、蔑视、嘲讽凤舞的时候，一张藤心网从空中罩下，那九百九十九只布笑谷鸟瞬间被罩在了其中。

龙门阵外，有人激动，有人失望，有人兴奋，还有人哭得快崩溃了。

"这样也行？"

"这个凤舞真是天才啊！"

"她居然将第八层的东西利用在了第九层，她真的是第一次闯龙门阵吗？"

就在所有人都以为凤舞会以最快的速度往前冲，一口气冲到第十层进入地狱级的时候，凤舞却停住了脚步。她不仅停住脚步，她还慢悠悠地往回走，走到那张网前。藤心网上挂着一只透明的水瓶，水瓶里装满了墨色汁液，这是布笑谷鸟身上流下来的，至于那些布笑谷鸟，早已经被藤心网碾压死了。

"天哪！凤舞居然得到了这么多墨色汁液。"

"这些墨色汁液如果用于修炼，将会有事半功倍的效果。"

"等凤舞同学出来，我要跟她买墨色汁液。"

"买买买，我也要买！"

这时，乔伊老师冷冰冰地说了一句："你们该不会忘了自己下了多少重注吧？"

一句话，顿时将大家打入地狱。

"啊——"

"天哪——"

"我下了三千！"

"我下了五千！"

"我可是下了一万注啊！"

一时间，大家都如丧考妣般哀号起来，虎头帮的人也都一脸颓然，唯独冷狐还算淡定。

"你不伤心吗？"大家望着冷狐。

冷狐瞥了他们一眼："我又没有押凤舞精英级。"

顾红狼："难道你押她困难级？"

冷狐翻白眼："你当我白痴吗？我怎么可能押她困难级？"

"那你押的是……"

冷狐得意道："你们说呢？"

众人："不会是地狱级吧？！"

冷狐："为什么不是？"

众人："你不是最讨厌凤舞了吗？怎么会押她地狱级？"

冷狐再次翻白眼："我是讨厌她，但我不讨厌积分啊！"

众人顿时被噎住。

"你不是不看好凤舞吗？"

冷狐像看白痴一样看着他们："我是不看好她，但我相信风小王爷和君殿下的眼光啊！"

众人："……"好像无法反驳呢！

此刻，最高兴的自然是风浔了："哈哈哈，朝歌，我记得很多人押了精英级对吧？"

朝歌点头："一共有两百万积分的注，其中押精英级的有一百万积分，再加上普通级和困难级的，一共一百五十万积分，另外有五十万积分是押地狱级的。"朝歌补充了一句，"押死亡级的，一个人都没有。"

风浔顿时高兴不起来了，因为按照赔率，如果凤舞没有闯过地狱级，是要赔偿三倍的，也就是说，他玩了半天白玩了。

风浔朝朝歌伸出手去："谁押了那么多在地狱级上？单子拿来我看看！"

朝歌立刻把单子递给他。风浔扫了一眼："舒允若是谁？"

这张单子上，其他人都是小意思，几千几千的押着玩，这个舒允若同学居然一口气押了四十万。

475

人群中，一位相貌清俊的少年站出来，他朝风浔抿唇一笑："风三哥。"

"公叔允若？居然是你！"风浔看着舒允若，没好气地翻了个白眼。

舒允若，公叔家的嫡子，因为一些不可说的原因，改名为舒允若，默默地在帝国学院求学。

此刻，很多人都用惊讶的目光看着舒允若。

公叔允若？！公叔？！不会是那个传说中九大家族之一的公叔家吧？

"公叔家的？"玄奕看了风浔一眼。

风浔点头："对呀、对呀！就是那个公叔家的小孩，之前我们去太原的时候，不是还跟在咱们后面屁颠屁颠跑呢吗？"

舒允若摸摸鼻子。

太原，公叔家……这还有什么不明白的？这位舒允若就是公叔家族的顺位继承人。

包括冷狐在内，二年级女生的眼睛都紧缩了一下。同学这么久，她们居然不知道舒允若这么有来头，这背景雄厚得……简直再好不过的金龟婿了。

"之前不是有人说，舒允若是从大山里走出来的孤儿吗？"

"还大山里走出来的孤儿呢，你见过这么出色的大山少年吗？他那气质根本就是清冷世家公子才有的。"

"早知道这样，就该多跟他亲近亲近。"

"说得好像你跟人家亲近，人家就会亲近你似的。"

"呃……"

那边，风浔拍着舒允若的肩膀："喂喂，允若弟弟，你可不能这样啊！一口气下注四十万积分，你这是要将我赢的积分全拿走啊？！"

舒允若笑眯眯地看着风浔："所以，风三哥，你的意思是，我可以改赌注吗？"

风浔："你要改什么？"

"死亡级。"舒允若淡淡一笑，"我想将这四十万积分全押在死亡级上，我赌凤舞能进入死亡级。"

风浔匪夷所思地瞪着舒允若："你……疯了吧？！"

用看白痴一样的眼神看着舒允若的又何止风浔一个人。

"死亡级？舒允若说凤舞能进入死亡级？"

"疯了吧？疯了吧？舒允若这是疯了吧？"

"舒允若怎么会对凤舞这么有信心？难道他们认识？"

风浔看着舒允若："你确定要改？"

舒允若笑道："改。"

风浔："为什么？"

舒允若："因为我对凤舞同学有信心。"

风浔暗自嘀咕，他对凤舞都没有那么大的信心呢，他觉得他家凤小舞是肯定通不过地狱级的。

就在风浔准备拍掌允许他改赌注时，一道冰冷的声音响起："不行。"出声的人居然是君临渊殿下。

风浔等人面面相觑。

君殿下偏头，目光冰冷地盯着舒允若。

舒允若浑身一震，一股恐怖的感觉从心头浮现，脊背更是寸寸发寒——好可怕的目光，让人发自内心地敬畏和惊惧。

在帝国学院被称为天才的舒允若，此刻却根本不敢跟君殿下的目光碰触。

龙门阵内，凤舞抬手收起那瓶墨色汁液，用橡木塞塞紧瓶口，随手放入了衣袖内，然而她信步往第十层走去。

"还有多少时间？"站在第十层门口，凤舞闻到了一股浓重的血腥味，她低头一看，一股刺眼的鲜血从门缝缓缓淌了出来，她皱了皱眉头，眼眸半眯起来。

桃花精灵告诉凤舞："只剩二十五分钟了。"

凤舞点点头，她的神色前所未有地凝重。

龙门阵外面的人，神色也跟着凝重起来。第十层，等待凤舞的将会是什么？

门是虚掩的，凤舞右手反握住背在背上的星陨剑的剑柄，左手轻轻推开了门。

看到里面的情景，很多人的眼中都浮现了一抹惊惧之色，还有深深的恐慌："这、这、这……"地上好多好多血，除了血，什么都没有。

突然，一道声音响起："年轻的小姑娘，恭喜来到地狱级。在这里，你将体验到愉快的杀戮之旅。"顿了顿，那道邪恶的声音再度响起，"在这帝国学院的地图上，你讨厌谁，就可以杀了谁。小姑娘，快快闭上眼睛，想一想这帝国学院里你最讨厌的人吧，哈哈哈……"邪恶的声音慢慢低沉下去，那种诡异到让人窒息的感觉却在众人脑海里久久无法消散。

在这里，可以杀了她最讨厌的人？

"你们说，这帝国学院里，凤舞最讨厌的人是谁？"冷狐好奇极了。

"这个……"

讨厌凤舞的人很多，而凤舞讨厌的人，大家还真不知道。

"如果我没有讨厌的人呢？"凤舞盯着声音发出的地方。

"最少五个人哦！"邪恶的声音响起。

凤舞抿唇，陷入了苦恼："如果不到五个呢？"

邪恶的声音带着诡异的笑："那你就输了。"

龙门阵外，大家都好奇凤舞讨厌的人是谁。

风浔的内心很是纠结，他拉着玄奕走到一边："玄小二，你说，凤小舞讨厌的人里，会不会有君老大啊？"

"啊？"便是淡定如玄奕，这时候也淡定不了了，这要是有君殿下……君临渊会作何反应，实在无法想象，"乌鸦嘴！"玄奕瞪了风浔一眼。

风浔捂着嘴，一脸苦恼："我也希望没有啊，可如果真的有，可就是灾难现场了。"

玄奕和风浔都胆战心惊，惴惴不安。

"出来了，出来了！大家快看啊！"

唰唰唰——

无数目光投向大屏幕。

此刻，站在凤舞面前的人正是大家都熟悉的。

"乔伊老师？！"

"呼——"

"居然是乔伊老师！"

"乔伊老师不是乔段长的女儿吗？"

"乔伊老师不仅是乔段长的女儿，她还是一年级新生班的班主任，也就是凤舞的老师。"

此刻，乔伊老师面色涨红，又羞又怒，又尴尬又无措，她攥紧拳头，身体抑制不住地颤抖。

龙门阵内，砰！凤舞毫不犹豫地出拳，狠狠砸向乔伊老师的鼻梁，噗——一道鲜血从乔伊老师的鼻子里喷出来，在空中划过一道优美的弧度。

龙门阵外，乔伊老师虽然没有真实地感受到这种痛苦，那种被当众羞辱的感觉却比被打还难受。

砰砰砰……凤舞一拳又一拳打下去，乔伊老师只能被迫承受一次又一次的攻击。她想反抗？没这权利。

看着被打得鼻青脸肿的虚影，乔伊老师还没说话，凤舞自己先受不了了，她盯着那个邪恶的声音发出的地方："就不能用刀抹了脖子吗？"

那个声音响起："你不觉得好玩吗？"

"好玩？"凤舞不耐烦地摇头，"我只觉得浪费时间。"

"不可以哦，至少要揍满一分钟哦，这可是规则哦，嘿嘿嘿……"

凤舞："什么破规则。"

478

龙门阵外，"嘤嘤嘤……"乔伊老师真的哭了，是急哭的也是气哭的，她拉着乔段长的衣袖："父亲，她在羞辱我！她这是在羞辱我！"

众人齐齐点头，这确实是在羞辱她。

乔段长一脸无奈，拍了拍乔伊老师的脑袋。

乔伊老师继续哭道："父亲，您就任由她这么羞辱女儿吗？父亲，这不公平啊！"

乔段长也很无奈啊，他能怎么办？他只能告诉自家闺女："其实，这是正常设置的。"

乔伊老师哭道："怎么是正常设置呢？怎么就正常了呢？！"

乔段长一脸纠结地告诉她："这是对她连闯前面九关的奖励，任何人闯到第十层，都有这个奖励。"

乔伊老师："……"

龙门阵内，乔伊老师已经被凤舞一剑斩断了咽喉。

看到这一幕，乔伊老师只觉得心口一凉，她下意识地摸摸自己的脖颈，还好，脑袋还在。

"快快快，第二个了，要出来第二个人了！"

没人有时间去同情乔伊老师，现在大家的注意力都放在凤舞身上，他们特别好奇，第二个被凤舞讨厌的人会是谁。

风浔和玄奕对视一眼，都在对方眼中看到了担忧之色。

咻——一道身影出现在凤舞面前。

"左青羽？！"

左青羽，大家都认识啊，二年级的年级之花、若初境最漂亮最被人仰慕的女神。

只见左青羽一袭白裙，翩然若仙，淡定地站在凤舞面前。

龙门阵外，左青羽脸色有些发白，纤细如玉的手指紧握成拳——这个凤舞！她好想杀了凤舞！

若初境的这些学生，平时只知道埋头死读书，消息闭塞，哪里会知道凤舞和左青羽的恩怨，因此，大家看到左青羽出现在凤舞面前的时候，第一反应是蒙，第二反应则是纠结——不是吧？自己的女神要被人揍？

"凤舞怎么会讨厌青羽女神呢？"

"她们之前有过交集吗？"

"青羽女神聪明又漂亮，性格温和又大方，虽出身名门世家，对待我们却是足够尊重，这样美好的姑娘，凤舞应该下不去手吧？"

"如果凤舞敢下手，我绝不会放过她。"

"你们快看，陆辰华来了，陆辰华可是青羽女神最忠实的追求者。"

"陆辰华可是年级第九名呢！"

陆辰华走到左青羽身边，他看着左青羽，眉头紧蹙："青羽，我会保护你的。"

左青羽此刻的内心，大概只有乔伊老师能懂了。她知道她现在绝对不能暴怒，只有弱者，才能得到众人的同情，才能成为舆论有利的那一方。她嘴角咬出一道血痕，眸中泪光闪动，却倔强地不让眼泪从眼眶里滑落。

多么美丽大方的左青羽啊，现在却眸中含泪，这是受了多大的委屈啊！

一时间，大家对凤舞都充满了愤怒，对左青羽却多有同情。

左青羽看着屏幕里自己被凤舞狂揍的画面，眸中浮现一抹寒意——凤舞，你行！今日所受的屈辱，他日我左青羽一定千倍奉还。

凤舞一边狂揍人，一边在心里腹诽，太浪费时间了，用刀剑多快啊？分分钟不就了结了吗？

好不容易打满了一分钟，凤舞抽出星陨剑，咔嚓一声，直接将左青羽的脑袋割了下来。

虽然是虚拟，形象却很逼真，那没了脑袋的脖颈，噗噗往外喷血。

龙门阵外，大家都看得脸色发白，凤舞那手起刀落的凌厉架势太吓人了。

左青羽看得心里一阵发毛，她下意识地摸了摸自己的脑袋。

就在这时，凤舞忽然转头，眼睛好似盯着龙门阵外的左青羽。

左青羽明知道凤舞不可能看到她，她的脊背却突然发寒，心里一阵颤抖，赶紧避开了目光。

这一幕，凤舞无所觉，对左青羽来说，却是一辈子都挥之不去的噩梦。

"第三个人会是谁？"这就好像在窥探凤舞内心的秘密，此刻，大家内心都有些激动呢！

凤舞却很崩溃，讨厌谁呢？其实，凤舞并不讨厌乔伊老师，也没有讨厌左青羽，因为这两个人并没有真正伤害到她，她们就像小跳蚤一样在她面前跳来跳去，只是让她有些烦。好不容易找出两个人，还需要再找出三个，凤舞很是苦恼。

当第三个人选出来的时候，大家都蒙了。

"乔段长？！"

"凤舞这是……"

"她还想不想在若初境混了啊？这可是乔段长啊！"

"凤舞不会不知道，我们大家正在看着她吧？"

当乔段长出现在凤舞面前时，围观群众全都激动兴奋起来了。学生打老师啊，这还不是一般的老师，而是段长啊！

打啊！快打啊！大家都在心里默默喊着。

此刻，乔段长是真的蒙了！他做老师这么多年，还是第一次以这种方式出现在学生面前。

不仅乔段长蒙，凤舞也蒙着呢。她眼神怪怪地看着乔段长，想说话，动了动唇，却不知道该说什么。实在是限制得太死了，得从帝国学院里找人，她原本也不认识几个人啊，还得是讨厌的人，所以就……

"你们说，凤舞真的敢打吗？"

"不敢吧？这位可是乔段长哎，她以后还在不在二年级混了啊？"

"就是啊，我看凤舞肯定下不去手的，她肯定会换人的！"

就连风浔都用怪异的目光看着凤舞。这丫头厉害啊，他都不敢这样公然跟乔段长作对，凤舞却敢打乔段长，真是厉害了。

就在所有人都以为凤舞会换人的时候，砰！凤舞挥起拳头，砸向了乔段长的眼眶。这一拳的力道，可不是普通人能有的，一拳头下去后，乔段长差点就被打飞了。

四周，死一般寂静。所有人都用震惊的目光看着凤舞，所有人都用匪夷所思的目光看着凤舞，所有人都用崇拜到五体投地的目光望着凤舞。

"她……居然真的下手了？"

"她真的不怕乔段长事后报复吗？"

凤舞还真不知道，现在对她来说，最重要的就是赶紧完成任务，进入下一层。至于乔段长——言而无信的乔段长，本来就不配得到她的尊重。

此刻，乔段长拳头紧握，脸色铁青，眼睛圆瞪。可恶！居然有学生这样对他！乔段长快气疯了。

龙门阵内，凤舞拎着乔段长的头发，一拳拳砸向他的腹部，她一边砸一边愤怒地吼道："让你言而无信！让你说话不算数！让你叫我闯龙门阵！让你……"

乔段长气得面色铁青，双眸像燃烧着熊熊的火焰。

这短短的一分钟，于乔段长而言，漫长得像一个世纪那么长。

当凤舞将乔段长的脑袋割飞的那一瞬间，很多人看凤舞的目光除了崇拜，还有深深的同情和怜悯——以后在这若初境，她该怎么混啊？

第四和第五个人，凤舞随便从虎头帮里找了俩，一个是冷狐，一个是顾红狼，谁让她只跟这俩人打过交道呢？

当凤舞分别割下冷狐和顾红狼的脑袋后，她盯着那个邪恶的声音发出的地方："我已经揍完五个人了，接下来要我做什么？"

那个邪恶的声音再次响起："接下来？还有什么接下来？结束了啊！"

凤舞："你浪费我五分钟时间，就是消遣我呢？"

邪恶的声音突然发笑："难道你不开心吗？不轻松吗？不觉得有复仇的快感吗？"

凤舞："并不。"

"呃……"

凤舞："现在我可以上去了吗？"

"如果你觉得你做好心理准备了，确实可以上去了。"

凤舞眼眸半眯起来："第十一层，会如何？"为什么突然觉得有阴谋？

"嘿嘿嘿——"阴谋得逞般的得意笑声响起，"小姑娘，相信你会很喜欢第十一层的。"说罢，这声音便消失了，无论凤舞说什么，这声音再没有出现。

十一层，到底暗藏着怎样的危机？

凤舞往十一层走去，而龙门阵外的人，还沉浸在凤舞暴打乔段长的画面中久久难以回神。

凤舞刚踏上第十一层的第一级台阶，嗖——小虎仔居然从灵戒空间里掉了出来，啪嗒一声滚落地面。

怎么回事？！小虎仔之前吸收了火焰，到现在还没有苏醒，很明显它是被一道奇怪的力量从她的灵戒空间里抽出来的。小虎仔能被抽离出来，那么，她的美人师父呢？！

"嘿嘿嘿——"那道邪恶的声音突然又响了起来，"小姑娘，没想到你身上还藏着这样的宝贝，一勾魂就给勾出来了。"

凤舞眉头紧蹙，这个人跟猫逗老鼠似的戏弄着她，让她觉得有些烦躁。

突然，一道白光闪过，小虎仔像是被一根白线拴着，嗖的一下就被拽走。

"把小虎仔还我！"凤舞感觉到一股无法掌控的无力感。

"五分钟内救不回去，它必死！哈哈哈……"那个人发出诡异的笑声。

砰！凤舞抬脚就将十一层虚掩的门踹开了。

门被踹开的一瞬间，一股鲜红的血液朝她迎面喷来，她赶紧侧身闪过。定了定神，她往里面看去，只见偌大的空间，一座高耸的山峰矗立其中。一个人站在山峰之巅，手掐着小虎仔的脖子，发出桀桀的诡笑声："上来吧，我的小女孩，哈哈哈……"

凤舞气得握紧了拳头。

龙门阵外，风浔眉头紧蹙，他拉着玄奕，压低声音道："我记得以前没有这个人啊！"

玄奕沉默着点头。

风浔抿着薄唇："这个男人的声音听着怎么那么讨厌？"

玄奕撞了撞风浔的胳膊，示意他看君临渊。

风浔抬眸看了君临渊一眼，却见他们家君老大面容僵硬，薄唇紧抿，目光深不见底，好可怕的强势霸道。

凤舞右手举过肩头，握住了星陨剑的剑柄。她终于明白了，这个邪恶的人将小虎仔抓去，就是威逼她从山脚一路杀到山顶。

凤舞刚走了十步，就被一个人拦住了。这个人做山贼打扮，手持兵器，目光冷冷地盯着凤舞。

星陨剑从凤舞后背抽出，一道寒光划过，发出耀眼的光芒。

"让开！"凤舞剑指山贼。

山贼诡笑一声，手举兵器朝凤舞迎面冲来。

"既不让开，就让星陨剑饮你们的血吧！"

扑哧！凤舞话音刚落，星陨剑便从山贼咽喉处划过，随即，一颗脑袋飞滚落地，鲜血宛若清泉般喷出。

凤舞执剑，快步往上冲去。

"这座山峰名为血路山峰。"那道邪恶的声音在凤舞耳边响起，"十步杀一人，千里不留行。小丫头，杀吧，杀够了，你便能见到我了。"

凤舞充耳未闻，仿佛没听见这声音。

凤舞每走十步，便有一个山贼不要命地朝她冲来，凤舞剑尖挑过，人头便已落地。

十个，五十个，一百个……转眼间，凤舞便来到了半山腰，而阻拦她的山贼从一开始的单个变成了两个一组、三个一组，到现在已经是五个一组了。星陨剑切下的人头多不胜数，堆积在山路上，血淋淋的，看得人头皮发麻，脊背发寒。

龙门阵外的众人全都睁大眼睛，看着凤舞从山脚一路往山顶冲。她是真的十步杀一人，千里不留行，剑尖的血滴滴答答往下流淌。

"天哪！这就是凤舞？"

"这个姑娘也太可怕了吧？"

"她真的是杀人不眨眼啊！"

"这样的女人，谁敢与之为敌？"

二年级的学生，原本有很多人看待凤舞就像在看一个最底层的弱者，现在凤舞展现出了真正的实力，他们开始害怕了，惊慌了。

不知道谁压低声音询问了一句："你们说，现在凤舞的实力，在我们的风云榜上能排名第几？"

"第一百？"

"应该没有一百吧？"

"虎头帮的老大陶虎就是风云榜第一百名，你的意思是凤舞还比不过陶虎？"

闻言，顾红狼等人特别生气，见陶虎挥手，他们才没有动手。

"确实，以凤舞现在表现出来的实力，她可比陶虎厉害多了！"

陶虎想反驳，想争辩，想证明自己，可是一抬头看到那个快走到山巅的女子，那星陨剑上滚落的血珠，他动了动唇，终究一个字都说不出来。他扪心自问，如果是他，他闯不到地狱级第二层，也杀不了这么多人。

"你们别说陶虎了，依我看，凤舞现在的实力，至少在我们风云榜八十名。"

"八十名？不止不止，绝对不止。"

"连八十名都不止？不会吧？"

"第八十名不是许都吗？难道他都不如凤舞？"

"没错的，前几日我还见过许都，他说他闯第九层的时候，卡在了最后部分。"

"什么？第八十名的许都才闯到第九层？凤舞现在可是已经到十一层了啊！"

"可不是吗？所以我才说凤舞的实力绝对不止八十名。"

"那她现在的实力相当于……"

"第五十名吧。"站出来说话的是一个面色平静的小女孩，干干瘦瘦的，头发有些枯黄，扎着山羊辫子，目光却很犀利。

"许寒！"

这位许寒同学不过十四岁，原本是若初境年纪最小的，如果凤舞进入二年级的话，年纪最小的便是凤舞了。

"我是第五十名。"许寒说，"十日之前，我刚闯了这第十一层，不过……"许寒深吸一口气，"我失败了。"

"也就是说，如果凤舞闯过这第十一层，她的名次就不止五十了？！"

"还没上二年级，她就已经排名五十……这姑娘是真正的天才吗？！"

"我还想提醒诸位一句，这位姑娘是跳级到咱们二年级的，她考进帝国学院才几个月时间。"

"短短几个月就堪比我们修炼十几年？"

"她，她到底……是怎么做到的？"

许寒眼眸半睐着，眸中隐有嫉妒之光闪过。她没有告诉众人的是，她闯第十一层的时候，那个人可没有这么和善，难度也没有这样高。

此刻，凤舞距离那个人只有百米了，可是挡在她面前的敌人太多了，多到她只能看到密密麻麻的人以及闪着寒芒的剑。

"哈哈哈，小姑娘，只剩下最后一分钟了呢！"那个人穿着黑衣，戴着白色面具，只露出两只眼睛，眼底是诡异而邪恶的笑。他右手高举，手指掐着小虎仔纤细的脖子，只要他稍微用力，小虎仔就会身首异处。

凤舞手中的星陨剑吸收的鲜血越多，迸射出的寒芒越刺眼。扑哧、扑哧——凤舞身上不知道中了多少剑，但她一直内心坚定，勇往直前。

一百米，八十米，五十米……终于，凤舞站在了那个黑衣人面前，满身的鲜血，连眼睛都被染红了。

那炷记录时间的香落下了最后一丝灰烬。

黑衣人眼中浮现一抹钦佩之色："以你现在的实力，原本到不了这儿，然而你做到了。"凤舞连抬手的力气都没有了，只死死盯着他："把小虎仔，还我！"

小虎仔一直处于深度睡眠状态，圆鼓鼓的小肚子一起一伏的。

"你运气倒是好。这小东西好好养，以后可不简单。"黑衣人抬手将小虎仔丢给了凤舞。

"你到底是谁？"凤舞将小虎仔抱在怀里，目光森冷地盯着黑衣人。

"小丫头，现在对你来说，最重要的是如何通过第十二层。"这位亦正亦邪的神秘黑衣人抬手揉了揉凤舞的脑袋。

凤舞侧身想避过，可是这个黑衣人的实力超过凤舞太多太多了，她连动都动不了。

黑衣人见凤舞身体僵住，他那双看遍世间风云的深眸竟浮现一抹好玩的笑意。

还笑？她现在都急死了好吗？凤舞瞪了他一眼，转身就要走。

"哎，等等。"黑衣人喊住凤舞。

凤舞停住脚步，不太高兴地转身瞪着他。刚才桃花精灵告诉她，只剩下最后十分钟了，她还有好几层要闯，她的时间很紧急的。

"不坐下休息会儿？"黑衣人手指一点，一旁出现了一把舒适的椅子，还有红泥小炉煨着茶水。

龙门阵外，大家都惊讶地睁大了眼睛，还有这种操作？

"郭哥，你闯到第十一层的时候，也有这种待遇？"

郭康，若初境风云榜排名三十，曾经闯到过第十一层。

"没有。"郭康眼睛一眨不眨地盯着屏幕里的凤舞，郑重而肯定地摇头，"绝对没有！完全没有！"郭康顿了顿，再次说道，"没记错的话，我这是第一次见到这位黑衣白面具的前辈。"

"什么？！"

闯到地狱级的只有极少一部分学生，他们闯关的时候可不像凤舞现在这样能让所有人都看见，所以，绝大多数学生都不知道地狱级是怎样的。

"怎么会没有黑衣人呢？凤舞这不是有吗？"

"我闯地狱级的时候，只有一开始说规则的声音，其他什么声音都没有。对了，江殊荣，你呢？"

江殊荣，若初境风云榜排名第二十。

江殊荣目光沉敛："从未见过他。"

"是吧？我就说吧，我们从来没见过这个黑衣人呢！"

但是，凤舞见到了，并且这个黑衣人对凤舞的态度非同一般啊，说是偏爱也不为过。

"对了，花翩然不是第十名吗？她有没有受到过这种待遇啊？"

"花翩然？她不在这儿呢！她说这样低端的进阶她才不要看呢！"

"哎呀，还不快喊她过来？！这哪里是低端了？凤舞都快进二十名了！"

"看这样子，她还有的涨啊！还没上二年级就这么厉害，得引起重视啊！"

"确实，现在的凤舞已经足够引起前十名的重视了。"

"对对对，得将我们龙哥也喊过来！"

"还有我们琛哥！"

现在这件事引起了所有人的重视，大家纷纷开始喊自家老大了。

龙门阵内，凤舞将小虎仔放入怀中，她自己则快步往第十二层而去。

"真的不休息一下？"黑衣人冲着凤舞的背影喊道。

凤舞脚步不停，决然前行。

"没良心的小丫头。"黑衣人一抬手，一道流光从他手里闪现，径直射向凤舞。

黑衣人要杀凤舞？！这是大家的第一反应。

风浔的第一反应却是去看他们家的君老大。自从黑衣人表现出对凤舞的偏爱后，君老大的脸色就黑沉黑沉的，沉得几乎能挤出墨汁来。此刻，他目光森寒，看得人心口发凉。

然而，流光的速度没有大家想象中那样快，凤舞一抬手，一块发着光的小石头落入了她手中。凤舞眸中浮现一抹不解之色，她转头望向黑衣人："这是什么？"

黑衣人笑道："你会需要它的，快去吧。"他的目光中竟带有一抹宠溺。

宠溺？一定是自己眼花看错了，这么邪恶的黑衣人怎么可能跟自己有关系。凤舞晃晃脑袋，将这个念头除去。

"只有最后的五分钟了。"桃花精灵的声音中带着一丝焦急，"快啊，时间太紧急了！"

凤舞咬着牙："我知道。"

越往上走，难度越高，花费的时间也就越多。现在她全身是伤，失血过多，战斗力只有巅峰时期的百分之二十，她要如何闯过第十二层？说实话，凤舞心里一点底都没有。

不仅凤舞心里没底，龙门阵外的人也都对凤舞没有信心。

"第十二层啊，如果她能闯过去，那就逆天了！"

"以后凤舞肯定能闯过去，但是今天，她注定要失败了。"说这句话的是第九名常学坤。

"为什么？"众人齐问。

"你们瞎啊？"常学坤没好气地瞥了这些人一眼，指着龙门阵内的凤舞，"你们看，她全身是血，不仅有敌人的血，还有她自己的血。"

第十名的花翩然点点头："凤舞确实是天才，但是她深受重伤，失血过多，不论体力还是灵力都透支过度，现在的她最多能发挥出百分之二十的实力。"

常学坤点点头："我不怀疑她的实力，但是今天，她是无论如何都闯不过这第十二层了。"

"胡说，我家小舞肯定能闯过去的。"若要说这个世界上有一个人对凤舞是盲目信任，那这个人非朝歌莫属，她瞪着常学坤，都想冲上去打人了。

常学坤不怕朝歌，可朝歌身后站着风小王爷，他能怎么办？他只能苦笑着摸摸下巴："我也是根据事实推断出来的。风小王爷，您觉得呢？"

事实上，风浔也不看好凤舞。他知道要想闯过地狱级，必须得有年级前十的实力，而现在凤舞只是灵宗九星境，她还是太弱了。

"本小王觉得，凤小舞还真能闯过去。"风浔挑眉瞥了常学坤一眼。

您高兴就好！二年级的学生皆一脸幸灾乐祸的笑容——盲目的信任、无限度的宠溺，都没有关系，反正现实很快会出来打脸了。

"没想到你也这样相信小舞，好样的！"朝歌哥俩好般撞了撞风浔的胳膊。

风浔却一脸无奈的苦笑，他下意识地摸摸自己的脸——凤小舞，你可要争气啊！不然你哥哥真要被啪啪打脸了。

凤舞比任何人都清楚她现在的身体状况，她不仅外伤严重，内伤也不轻。

美人师父，如果失败了，如果失败了……不，绝对不允许失败！下意识地，凤舞握紧了手中的小石头。

忽然，一股暖流从小石头传递到她的手掌心，又沿着她的手掌心流淌到她的四肢百骸，凤舞只觉得一瞬间她的身体充满了力量，她的内伤被迅速修复了，她的外伤也正以肉眼可见的速度愈合。世间再好的灵药也达不到这样的效果啊！

啪嗒——她手里那枚石头化为了粉末。是它瞬间将她身体的伤修复好了。

凤舞想起之前黑衣人说的话，她仰头望着上空，问道："为什么要帮我？"

回应她的只有寂静无声。

这个黑衣人是谁？他到底想做什么？他跟她有渊源吗？为什么要这么帮她？

凤舞没有时间再想这些，她推开十二层的门，一股热浪朝她迎面而来，她不得不半眯起眼睛，耳边是轰隆隆的铁蹄声。

这是战场！凤舞目光所及全是士兵，漆黑的铠甲在阳光下泛着森寒冰冷的光泽。杀气冲天，热血沸腾，这才是真正的杀戮世界。

龙门阵外，众人都被眼前这一幕震撼住了。

"天哪……这、这就是传说中炼狱级的血狱战场？！"

"这得多少兵马？这里……天，这难道模拟的是……"

"疆北的血狱战场？！"

常学坤说道："是的，凤舞现在要做的就是冲进骑兵阵，深入步兵营，直取敌将首级。"

"不可能吧？这乌泱泱一片，至少上万人！"

"错了，是三万人。"

"凤舞怎么可能做到？她身上还有伤呢！"

"能过这一关的，我们整个若初境加起来，也不够一双手的数。"

"你们看，凤舞冲进去了！"

"咦，不对啊，她这使出的绝对是她巅峰时的实力啊！"

"凤舞的灵力和体力恢复了？！"

"不可能啊！之前她不是身受重伤实力大损吗？为什么一点影响都没有？"

"你们想起来了吗？之前黑衣人给凤舞的石头！"

"那块石头该不会是传说中的……"

"神灵石？！"

"什么叫神灵石？"

"传说不管身体受损多么严重，一块神灵石补充下去，身体瞬间恢复巅峰状态，伤势全消。"

"神灵石可是传说中的宝贝，有价无市，我看只有尊贵如陛下才有机会见到吧？"

"那位黑衣人是谁？他为什么要赠送凤舞这么珍贵的神灵石？"

一时间，所有人都望向了乔段长。

"确实是神灵石。"乔段长不得不点头。

花翩然当即问道："段长大人，那个黑衣人到底是谁？我们闯关的时候，他可从没现身啊！"

常学坤紧跟着说："那黑衣人不仅没有现身，还邪恶高冷，惜字如金，态度可没有这么好。"

排名第八的步惊语也点头："就是、就是，我们不是没有闯过地狱级，可黑衣人从没现身过，更别说赠送我们神灵石了。"

最后，大家齐齐望着乔段长："这个黑衣人到底是何方神圣啊？"

乔段长揉揉眉心，他也想知道啊！这个黑衣人随手就能拿出一颗让大陆强者疯抢的神灵石，他到底是何方神圣？又为何会被镇压在这龙门阵中？

凤舞并不知道她受到的待遇是何等的偏爱，此刻眼眸半眯着，目光冰冷地盯着前方。

"只有最后的四分钟了。"桃花精灵提醒凤舞。

凤舞郑重点头。没有多余的时间让她迟疑了，她必须在这短短的四分钟之内，从门口杀到敌军后方，夺取敌将首级。

"一共三万士兵！"桃花精灵提醒凤舞，"每个人的实力都至少在灵师巅峰境界，而骑兵，连人带马，实力相当于灵宗境初阶。"

凤舞面色严肃而凝重，没人知道她在想什么。

"杀！"最前方的三千骑兵以最快的速度朝凤舞飞冲而来，战马奔腾，烟尘滚滚。

"好可怕的气势！"

"凤舞一个人怎么打？"

"别看了、别看了，等这拨骑兵冲过去，凤舞的身体就要被碾压成泥了。"

大家都不忍心看接下来的画面了，因为用脚指头想也知道凤舞必输无疑啊！

花翩然苦笑着对常学坤说道："当时我只杀了一百骑兵就撑不住了，按了投降按钮，被龙门阵系统大神弹出来了。"

常学坤也摸着鼻子苦笑："我排名在你前面一位，你猜我杀了多少骑兵？"

花翩然："多少？"

常学坤："两百骑兵。"

花翩然和常学坤相视苦笑。强大如他们，在若初境每天艰苦学习修炼，在这千军万马中也只杀了一两百骑兵，凤舞这个还没上二年级的新同学想通过？不要太天真哦！

常学坤目光一闪："你猜，凤舞这次能杀多少骑兵？"

花翩然："十个？"

常学坤："不，你太高看她了，我猜她最多只能拉一两个垫背的。"

常学坤话音未落，凤舞便高举手中的星陨剑朝经过她身边的骑兵砍去，剑芒扫

过，那名骑兵便从马背上滚落下来，身首异处。

"一个了！"花翩然看了常学坤一眼，"我觉得凤舞还能杀二十个。"

常学坤："那就走着瞧吧！"

凤舞目光专注而凝重，她纵身飞上马背，星陨剑在她周身横扫一圈，噗噗噗……距离凤舞最近的那圈人，人头齐齐滚落在地，这一下便死了十个人。

"十一个了。"花翩然看着常学坤。

常学坤被惊到了："她怎么……她怎么做到的？这不可能啊！"

那剑太快了，快得眼前剑光一闪，便有一堆人头落地。

"凤舞的实力在我们的想象之上。"花翩然长长吐出一口气，"看她今日表现，怕是会超过你我了。"

"不可能！"常学坤摇头，"她绝对不可能超过你我。"

花翩然第十名，常学坤第九名，如果凤舞超过他们，岂不是稳稳进入风云榜前十？这太可怕了！

此刻，无数骑兵将凤舞包围住了。

凤舞使出了星陨剑法第一招——剑雨出尘，剑芒宛若雨点洒落，噗噗噗……凤舞身周的骑兵又人头落地。

星陨剑法第二招——影月龙舞！剑锋处宛若巨龙腾空，呼啸间，数百名骑兵被这条虚化巨龙席卷，拆吃入腹。

星陨剑法第三招——雷音魂断！冲击波以星陨剑为中心，朝四面八方辐射开来，距离凤舞近的战马全都疯魔了一般，高高扬起前蹄，嘶鸣声不绝。战马们将背上的骑兵全都掀翻在地，然后横冲直撞，整个队伍顿时乱成一团。

"怎么会这样？"

常学坤和花翩然对视一眼，都在对方眼中看到惊惧之色。

"凤舞杀的人至少数百了吧？"花翩然的声音有些颤抖，"她居然一口气杀了数百人。"

凤舞的实力远远超越他们两个，他们还有什么资格对凤舞指手画脚？

噗噗噗……凤舞反反复复就是那三招，手起剑落，人头滚落，一百，两百，三百……

"多少了？凤舞砍杀多少了？"

"有八百多了吧？"

"什么八百多啊？早就过一千了！"

"不止一千了，我一直数着呢，已经一千五了！"

"一千六了！"

"一千七了！"

"两千了！凤舞已经杀了两千骑兵！"

"为什么你数得这么清楚？"

"请看屏幕右上角，那里有凤舞的击杀人数。"不知道谁好心提醒了一句。

唰唰唰——

所有人都看向屏幕右上角，那里确实有几个鲜红的数字。

"凤舞她居然……她居然杀了两千敌军了！"

"你们看，她已经冲过骑兵阵营，往步兵营里冲了！"

"步兵回防了！"

"三千人了！凤舞杀了三千人了！她杀的人数已经超过步惊语同学了！"

"步同学在我们风云榜上可是排第八啊！"

"那岂不是说……那岂不是说……凤舞现在上风云榜的话，她就能排到第八了？！"

"还没上二年级就能排第八？！"

别说这些学生震惊，便是风浔也睁大了眼睛。不会吧？这丫头什么时候变得这么厉害？真是让人大吃一惊啊！

"等等，难道你们都忘了吗？凤舞之前可是使用了神灵石，恢复了她的修为。"花翩然眉头微蹙，盯着屏幕里的凤舞。

"对，没错！凤舞使用了神灵石，我们可没有！"常学坤终于抓住了这个借口，开始自欺欺人，"如果我们有神灵石的话，表现得肯定不会比她差。"

这时，一道淡淡的声音在他们耳边响起："就算有神灵石，你们真能表现得如她一般吗？"

谁？是谁在说话？众人下意识地回头。

"舒允若？"

确实，说这句话的人是舒允若，他从始至终眼睛都紧紧盯着凤舞，没有移开半分。

舒允若在上次考核后排名年级第五，如果连他都这样说的话，那么……

"舒同学，你觉得凤舞同学最终能排到第几名啊？"花翩然试探地问。

舒允若轻轻摇头，只说了一句："不可估量。"

不可估量？！

"那……"花翩然又低声问了一句，"那你觉得……凤舞能超过你吗？"

一时间，所有人都望着舒允若。凤舞已经冲到第八名了，再冲下去，未必不能超过舒允若。

491

舒允若嘴角扬起一抹弧度。

花翩然一脸疑惑，舒允若该不会觉得凤舞有可能超过他吧？

"那你……"花翩然想了想，又问，"那你上次考核的时候，杀了地狱级多少人？"

舒允若嘴角微微扬起："地狱级？我闯过了啊！"

闯过了？！舒允若闯过了地狱级？也就是说他杀了所有士兵？

"哇！"

"一直知道舒大神厉害，没想到竟然厉害到此等地步！"

"这么看来，凤舞这次肯定进不了前五名了！"

"那是肯定的啊！凤舞怎么可能通得过地狱级的最后一层？"

宋弈辰和宁耀对视了一眼。

凤舞真的通不过这地狱级的最后一层吗？别人放心，他们两人却怎么都放心不下。

此刻，凤舞手握星陨剑横扫千军，地上血流成河，尸体在血河里漂浮着，看得人触目惊心，背脊发寒。

星陨剑不愧是神剑，砍杀了这么多人，剑锋非但没有卷曲，还越发锋利，爆闪着寒光。

"三千人……"

"五千人……"

"一万人……"

"天哪！天哪！凤舞已经杀了一万五千人了！她是疯了吗？她都不知疲倦吗？！"

"她已经杀红眼了。"

"一万七了！"

"两万了！"

"两万五了！"

"天哪！凤舞真的疯了！"

在外面的人看来，凤舞几乎成了一个血人，只是她手中的星陨剑很奇怪，无论杀了多少人、见了多少血，星陨剑依旧光华无血污，因为所有血都被它饮尽了，这是一柄嗜血之剑。

叮——星陨剑的剑身忽然浮现一道白光，瞬间就消失不见了，除了凤舞，没有人发现。凤舞的目光从星陨剑上扫过，她清楚地感觉到星陨剑比之前更加锋利了。

"两万七，两万八，两万九……"

"天哪！这怎么可能？"

"这也太恐怖了吧？！"

"两万九千一百，两万九千两百，两万九千三百……"

"快了、快了，凤舞已经接近营帐了！"

"她很快就能抓住敌将，将他一刀了结！"

龙门阵外，无数人为此睁大了眼睛，无数人被这一幕震惊到了。乔伊老师的拳头攥紧，左青羽的眼睛圆睁，乔段长的目光闪烁不定，更多人的心剧烈颤抖。眼前这一幕已经彻底颠覆了他们对凤舞的认知

这时，步惊语转头看了宋弈辰一眼，问道："你杀到多少人？"

宋弈辰右手紧握成拳放在唇边，半晌才道："全杀。"

步惊语瞳孔剧烈紧缩，死死瞪着宋弈辰。一直以来，他以为自己和宋弈辰之间的差距很小，却没想到自己只能杀数千人，而宋弈辰，绝杀！

"可是，你并没有通过这一层。"步惊语强调。

宋弈辰轻轻点头："是的。"

步惊语剑眉上挑："为何？"

宋弈辰苦笑："因为……"

他话音未落，凤舞已经杀光了所有士兵，却在营帐门口停下了脚步。

其他营帐都已被熊熊烈火吞噬，这最中央的营帐却宛若孤岛般伫立在那儿，静静地伫立着，似乎置身事外。

"时间不多了。"桃花精灵急得不得了。

凤舞却陷入了一种奇妙的境界里，她对外界的一切充耳不闻，全身杀气腾腾，战意冲天。

"凤舞赢了，她杀光所有士兵了！"

"凤舞居然能走到这一步。"

"她竟然闯过了地狱级，那我们之前的押注岂不是……"

"我们全输，庄家全赢！"

龙门阵外，很多人从激动变为垂头丧气，甚至有好几个人晕倒在地。

"急什么？"宋弈辰嘴角扬起一抹弧度，"地狱级有这么好过吗？"

"这话……是什么意思？"

宋弈辰淡淡一笑："地狱级最难的不是杀三万士兵，而是……"

"而是什么？"

到底是什么？话就不能一口气说完吗？真是快被他急死了。

不过，这时已经不用宋弈辰说话了，答案自动出来了。

"这是什么声音？"

"是营帐里发出来的声音。"

轰隆隆——那岿然不动的营帐以一种让人难以置信的速度崩塌了，一个人从火光中走了出来。这人身形高大魁梧，双眸宛若淬了火，发出嗜血的光芒。他手中一柄战斧巨山一般，释放出浑厚而磅礴的力量。

"这是……"

"天哪，中琅将军！"

"这是模拟东华峡谷的战役啊！"

"中琅将军就是死在这场战役中的吧？！"

"据说中琅将军天生神力，强大无比，乃是风北王麾下一员神将。"

"没想到，真是没想到啊，居然是模拟的中琅将军，那还有什么好说的？凤舞输定了啊！"

听到凤舞输定了，龙门阵外无数人激动得攥紧了拳头，乔伊老师更是激动得热泪盈眶。

"那可不一定。"朝歌冷哼一声，"中琅将军是厉害，可是你们看，他现在身上可是中箭了，他就一定能赢吗？！"

一时间，所有人都望向中琅将军，果然，随着中琅将军越走越近，所有人都看到他胸口插了十几支箭，每一根都力透而出。

"小丫头，受死吧！"中琅将军目光冰冷，杀意满满，他手持战斧朝凤舞迎面砍去。

"中琅叔叔？"风浔瞳孔紧缩，拳头紧握，"中琅叔叔可是灵侯境强者啊！"

灵侯境强者？！此话一出，所有人都惊呆了。凤舞现在只是灵宗境巅峰，她要如何跟灵侯境强者对战？这是直接跨越了一个大境界啊！

"虽然中琅将军身中十数箭伤势严重，可凤舞仍旧是打不过他的。"

"完了，凤舞这次是真的完了。"

"其实能走到这一步，凤舞已经非常了不起了。"

"确实，现在的凤舞已经是超越步惊语的存在了！如果上风云榜的话，她已经是第八名了！"

"放弃吧，凤舞还是赶紧放弃吧，以后她还有无数次挑战的机会的。"

然而，凤舞并没有放弃，因为她的机会只有一次，并且她只剩下最后的三分钟时间了。

唰——战斧呼啸如风，杀气肆意冲天，朝凤舞迎面砍去。

凤舞意识到危险，转身就跑。

然而，即便她已经迈出了凤凰舞步，即便她已经拼尽了全力，那战斧释放出的超强杀意却宛若一片旋涡，凤舞脚踩在地上就跟醉酒了一般，怎么都跑不出去。

　　砰！战斧的冲击波砸到凤舞后背，凤舞宛若断了线的风筝般飞了出去，然后重重摔落在地，噗——噗噗——凤舞一口又一口血喷出。

　　只一招，重伤的中琅将军便当场重创了凤舞。

　　"原本以为中琅将军重伤至此，凤舞会有一些胜算，却没想到凤舞连一招都没接住啊！"

　　"我就说嘛，灵宗境和灵侯境差了一个大境界，凤舞死定了！"

　　"凤舞确实是绝顶天才，她吃亏就吃亏在自己重新开始修炼的时间太短了。"

　　"是啊！如果当年她的修为没有废掉，以她的天赋，现在恐怕已经是灵侯境了！"

　　"当年左青鸾不是和凤舞齐名吗？她现在实力如何了？"

　　左青羽看到凤舞被打得吐血不止，心中大喜，听到大家这样问，她顿时嘴角上扬："我姐姐吗？现在她已经是灵尊境八星了。"

　　"哇！那岂不是距离灵侯境只有一步之遥了？！"

　　"换句话说，左青鸾如果和凤舞对战，岂不是一招就可以致残凤舞？！"

　　"好厉害的左青鸾啊！"

　　一时间，很多人都对左青鸾抱以极致的崇拜。

　　风浔一听，眉头微微蹙起。左青鸾居然已经快到灵侯境了？这速度快得简直要飞起来了。

　　龙门阵内，凤舞一连吐了五口血，才终于勉强止住。她抬起头正要说话，中琅将军的战斧却再次袭来。

　　凤舞眉心紧蹙，这战斧她根本无力抵挡，而她非常清楚，中琅将军所剩的战斗力已经很弱了，他挥动不了几次战斧了，所以为今之计就是拖。要怎么拖？用什么来抵挡战斧的杀伤力？忽然，凤舞目光一闪，有了！她一直压制着灵气不让自己晋升，现在终于有机会了。

　　凤舞的丹田仿佛开闸泄洪一般，浩瀚无比的天地灵气宣泄而出，在凤舞经脉之内迅速流转。就在战斧砍下来之际，轰隆隆——天空中一道雷电朝凤舞脑门劈来，瞬间，杀气腾腾的战斧和灵气汇聚的雷电在半空中交织，彼此缠绕，反倒是在它们下方的凤舞安然无恙。

　　"这……这……"

　　"这是怎么回事？"

　　"这是怎么了？"

雷电的光芒和战斧的杀气映照着龙门阵外的所有人，大家面面相觑，不知道发生了什么事。

风浔长长吐出一口气："凤小舞这丫头是在晋升吧？"这话，他是对君临渊说的。

君殿下双手背在身后，长长的宽袖拖至地面，他轻轻点头："嗯。"

所有人就在风小王爷和君殿下这一问一答中得知了真相。

凤舞晋升时，天地规则降下的雷电和中琅将军的战斧碰到一起了，它们相斗，凤舞反而作壁上观。

"可是，像凤舞现在这样的等级，怎么会降下雷劫？"

"凤舞怎么能把时机拿捏得这样好，说晋升就晋升？"

"难道说，之前她一直压制着灵气不让自己晋升？"

凤舞这次将灵气压制得太久了，一旦爆发，就宛若洪水倾泻一般，冲击得她五脏六腑俱疼，痛得凤舞几乎失去了知觉。只见她额头黄豆般的汗珠顺着脸颊流下，整个后背都被汗水浸湿了。她脸色苍白如雪，全身剧烈颤抖着，她咬破了下嘴唇，一丝殷红的血从嘴角流出，只有这样她才能保持最后一丝清醒。

咻——凤舞终于扛过去了，她晋升到了灵尊境。

"天哪！你们看，快看！"

"凤舞晋升了！在这样恶劣的环境下，她居然晋升了！"

"刚才还在说凤舞只有灵宗境，她竟然一转眼就到了灵尊境！"

"你们看，凤舞看起来依旧虚弱，而中琅将军还有战斗力，你们觉得凤舞晋升了一颗星，能改变整个战局吗？"

很多人都下意识地摇头，不可能的。一星之力对他们这些学生来说差距很大，对中琅将军这种灵侯境强者来说，差距却是可以忽略不计。

"改变不了战局的，凤舞依旧是输。"

乔伊老师的拳头紧握，下嘴角都被她咬破了。可恶！这个凤舞简直就是妖孽，她的生命力怎么比杂草还顽强？她怎么还没失败？

如此想的，何止乔伊老师一个人，左青羽也用仇恨的目光死死瞪着凤舞。凤舞居然可以再次反转，不愧是当年那个名满帝都的天才少女，不过……左青羽脸上露出一抹狰狞的冷笑。就算你晋升到灵尊境又如何？你还是打不过中琅将军的。那道雷劫能保你一次，难道还能保你第二次？

果然，雷劫渐渐消退，露出中琅将军那张狰狞而可怕的脸，不给凤舞任何喘息时间，中琅将军手中战斧再次高高举起，一股凶煞之气从他那魁梧的身躯爆发开来，战斧寒芒涌动："去死吧！"

所有人都睁大了眼睛看着眼前这一幕，这次真的要结束战斗了。

风浔握紧拳头，咬着下唇，长吐一口气："千算万算没算到最后一层竟然增加了中琅叔叔，唉……输了、输了。"

"不，小舞不会输的。"朝歌依旧相信着她的小舞。

风浔拍拍朝歌的肩头："好了、好了，输赢很正常嘛，胜败乃兵家常事啊！快去吧，将积分点一点，回头给大家伙分下去。"

风浔的话并没有压低，周围的人都听见了，顿时欢呼声起。

"风小王爷，哈哈哈，没想到您也有输的时候啊！"

"愿赌服输，风小王爷，好样的！"

"大家快来快来，准备拿积分啦！"

这些学生高兴得就跟过年似的，全都激动地往朝歌那边涌去。

风浔则紧张地盯着凤舞，他在等着凤舞放弃。

不经意间，他看了君殿下一眼，这一眼却让他的神色一滞。

"她没有输。"君殿下目光璀璨，语气肯定地道。

嗯？风浔不信，明明凤舞已经陷入绝境，她除了认输还能怎样？

就在这时，天空中传来轰隆隆的巨响，随即一道灵气从空中倾泻而下，朝凤舞周身笼罩而去。

"这、这……"

"好熟悉的声音啊！这不是惊雷声吗？"

"刚才就是因为有了雷劫，凤舞才晋升到灵尊境的。"

"那现在是……"

"你们快看，又有雷劫！这说明了什么？！"

只见中琅将军的战斧竟然又和突然而至的雷电冲撞到了一起，一时间，火光四射！

"如果没猜错的话，这应该是……"

"你们快看凤舞，她她她……她居然又晋升了！"

"我的天哪！"

"她真的是妖孽吗？！怎么可能又晋升了？"

凤舞双腿盘坐在地，美眸紧闭，神色凝重，她周身萦绕着莹白色的灵光，比黑夜中的星辰还要璀璨。

"灵尊境二星！"左青羽拳头紧握，恨得咬牙切齿。

宋弈辰的眼眸半眯起来。凤舞已经超过了第八名的步惊语，眼看着就要对他发起冲击了。他在内心暗暗祈祷，凤舞千万不要成功。一旦凤舞失败，没有像之前她说的

497

那样闯进死亡境，她就上不了二年级，那么自己第七的名次就还能保住。要知道在若初境，每一个名次都有相对应的资源，而第七名和第八名的资源相差还是很大的。

　　"凤舞确实很厉害，连升两级，可是中琅将军还有一丝余力，她要如何抵挡？除非她能再次晋升，再度召唤雷劫来帮她抵挡！"不知道谁说了一句。

　　"哈哈哈——"

　　"简直太可笑了！"

　　"这也太异想天开了！"

　　"她已经连续晋升两颗星了，你还指望她再晋升一颗星？"

　　"这绝对是不可能的事情！"

　　然而，就在大家都以为绝对不可能发生这件事的时候，就在中琅将军发动第三次进攻的时候，天空中竟然再次传来轰隆隆的雷鸣声。

　　"凤舞她、她、她……"

　　"她又晋升了？不要告诉我，她又晋升了！"

　　"我的天哪！这怎么可能？这……"

　　"连续晋升三颗星？天哪！"

　　几乎所有人都呆若木鸡，这太让人难以置信了。

　　龙门阵内，中琅将军拼尽全力的一击，终究还是被雷劫击落了，中琅将军的身体往后倒去，雷鸣声也渐渐消失了。

　　凤舞像蚕蛹般被灵气包裹着，依旧眼眸紧闭，似乎陷入了沉睡中。

　　桃花精灵急得眼泪都快掉出来了。

　　"时间快到了！

　　"时间马上就要到了！

　　"凤小舞，你给我醒醒！醒来啊！

　　"只有最后一分钟了！快冲上去啊！

　　"你还要冲到死亡级的你忘记了吗？！如果不冲上去，你前面所有的努力都将白费你知道吗？！凤小舞，你给我醒来啊！"

　　可是凤舞依旧双眸紧闭，一动不动地坐在那儿。

　　"你的第四个任务啊！你还记得你的第四个任务吗？升入二年级，拿到前十，让君临渊刮目相看，并且哄他开心，让他说出'小傻瓜'三个字啊！凤小舞，你给我醒来！"

　　桃花精灵差点喊破喉咙。

　　"嗯……"凤舞只觉得脑子一阵剧烈疼痛，像是被重重捶了一拳头，又像是天雷轰隆隆砸下，她慢慢睁开了眼睛。

还没等她意识清醒，桃花精灵就大喊道："美女少主、美女少主，你终于醒了！快快快，任务四最后四十秒了，嗷嗷嗷嗷……"

凤舞彻底清醒过来，内心崩溃不已，啊……本来就不剩什么时间了，她居然还如此浪费。

凤舞嗖的一下起身——连续三次晋升，并没有修复好她的内伤，反而因为强度太大，她的伤比之前越发严重了，一股血腥味从她的胸腔往咽喉处涌，差点一口血喷出来。凤舞强自将鲜血压下去，快步往上冲。

龙门阵外，众人看着凤舞，内心无比苍凉。

"凤舞去第十三层了。"

"她居然能闯到死亡级。"

"第七名的宋弈辰没有闯到死亡级，也就是说，如果风云榜出来，凤舞的排名就第七了吧？！"

"现在，她又要挑战死亡级了，她最终将会到达怎样的高度？"

龙门阵外，很多人都被凤舞的连续晋升震慑住了。

如果说一开始他们看凤舞只是在看一名实力低微的新生，那么现在他们看凤舞就是在看一颗冉冉升起的天才新星。

如果凤舞表现出来的天赋和实力只比他们高一点，他们会眼红、会嫉妒、会诋毁，而现在凤舞的天赋和实力达到了他们难以望其项背的高度，他们的目光中更多的是羡慕和敬仰。

谁知，凤舞的脚刚踏上十三层楼，她居然直接消失在了原地。

"凤舞呢？！"

"为什么凤舞不见了？！"

"难道这是第十三层的特殊之处？"

就在大家议论纷纷的时候，凤舞出现在了龙门阵外。少女白色的衣裙被鲜血染红，脸上也是斑驳的血迹。

"怎么出来了？"

"她不是去挑战第十三层了吗？"

"凤舞连续晋升了三次，以她的实力，挑战第十三层应该没问题吧？"

"她怎么突然出来了呢？"

对凤舞来说，挑战第十三层没有任何意义，她只需要完成跟乔段长的对赌就可以了。

更何况，时间已经不足一分钟，每一秒对她来说都弥足珍贵！

此刻，凤舞面容紧绷，眼眸圆瞪，似乎有一丝焦虑。

焦虑？众人眼中都浮现一抹疑惑。这不对吧？凤舞已经处于她的人生巅峰，万众瞩目了，她为什么会焦虑？

凤舞没有管其他人的目光，她一个箭步冲到乔段长面前，衣衫上的血溅到了乔段长脸上，乔段长紧绷的脸有一瞬间的呆滞。

她还敢来？！这丫头居然还敢出现在他面前？！乔段长脑海浮现的是凤舞之前对他的虚幻人影拳打脚踢的画面，这个画面被在场所有人看在眼里，凤舞这个当事人却没有任何愧疚，甚至连一丝不自然的表情都没有。

"乔段长，我可算是通过二年级的跳级考核了？"凤舞语速很快，眼神冰冷。

众目睽睽之下，乔段长能怎么办？公报私仇？刻意刁难？在凤舞表现得这般实力超群后，乔段长还真的拿凤舞没有一点办法。

他摸着下巴，迟疑少顷。

凤舞有些着急，她剩下不到三十秒的时间了，她还得想办法让君临渊说出那三个字，而她到现在都没想出办法呢！

凤舞一着急，目光就有些凶狠，她瞪着乔段长，语气冰冷而急促："乔段长，我可算是通过二年级的跳级考核了？！"

周围的人都用怪异的目光望着乔段长，心想，乔段长不会真的想在众目睽睽之下为难凤舞吧？

乔段长一股怒火在胸腔里熊熊燃烧，他不仅气凤舞对他的不敬，更气自己居然拿她毫无办法，真是太憋屈了。

就在凤舞准备再次询问时，乔段长终于开口了："通过了，但是你……"乔段长正准备好好对凤舞说教一番，然而，他话音未落，凤舞已经转身走了，走得干脆利落。

乔段长："……"

围观的学生："……"

乔伊老师更是气得肺都快炸了，她冲着凤舞的背影大声怒吼："凤舞！你给我站住！你以为你是谁？敢在我爹面前如此嚣张……"

然而，无论乔伊老师喊得多撕心裂肺，凤舞都充耳不闻。

"最后十秒了。"桃花精灵的心提到了嗓子眼，连呼吸都忘了。

凤舞的第四个任务是：进入二年级，拿到前十，让君临渊刮目相看，让他说出"小傻瓜"三个字。小傻瓜三个字……以君临渊那高冷的性子，他能说吗？而且是当着这么多人的面。

"九秒，八秒，七秒……"桃花精灵绝望地数着数。

凤舞冲到君临渊面前，双手扶住他强而有力的臂膀，目光急切地盯着君临渊，脑筋快速转动着，要怎样才能让君临渊说出那三个字。

有办法的，一定有办法的……忽然，凤舞想起前世玩过的逻辑题，她目光一闪，瞪着君临渊大声喊道："大笨蛋的反义词是什么？！"

这句话饱含了凤舞所有期盼和希冀，如果君临渊没有领会她话中的意思，如果君临渊没有说出那三个字，那么，星辰碎片她永远无法收集全，美人师父将永远沉睡。

"四秒，三秒，两秒……"桃花精灵的小心脏扑通扑通跳得厉害，快要从嗓子眼里跳出来了。

就在最后一秒——

"小傻瓜。"君殿下目光温柔地望着凤舞，眸中蒙着一层星辉。

"啊——成功了，成功了，在最后一秒，任务四完成了！美女少主，任务四你完成了呢！"桃花精灵激动得一阵狂跳，她是真的替凤舞高兴啊！

完成了吗？凤舞听到这句话，脑子里绷着的那根弦一松，整个人跟着一松，身子软软地往地上倒去。

君临渊就站在她旁边，岂能任由她倒下去，他一伸手便将凤舞揽入了怀中。

周围的人全都倒抽一口凉气。

"天——"

这一幕太可怕了！传说中高冷傲娇、不可一世、不近女色、严重洁癖的君殿下，居然主动伸手抱住了凤舞。

主动、伸手、抱住……这已经能说明很多问题了。

"不不不——"左青羽目光冰冷，声音带了一丝惊慌，"好一个心机重重的凤舞！"

嗯？大家都不解地望着左青羽。

"一个'大笨蛋'，骗出了君殿下一句'小傻瓜'。"左青羽咬牙，冷笑连连，"现在又倒在君殿下怀里……再没人比她更有心机了！"

在场的学生中，男生们倒也罢了，许多女生都被左青羽挑起了怒火，一个个拳头紧握。没想到她居然是这样的凤舞，对她的好感瞬间全都消失了。

君临渊正要打横将凤舞抱起来，朝歌一个箭步冲过来，大声道："小舞！小舞！你怎么样？！"她一边说一边从君临渊手里将凤舞抢了过去。

君殿下："……"

风浔默默看了黑沉着一张脸的君殿下，再默默看了一眼一腔孤勇的段朝歌——好勇敢的段姑娘，敢从君老大手里抢人，在下佩服。

人群渐渐散去，凤舞闯龙门阵的事却成了若初境最轰动的事。

501

第十九章
谁喜欢他

左家。

左青羽回家后，第一时间就去见了左铭。

早已熟睡的左铭被吵醒，起床气非常重，可是左铭还没来得及发脾气，就听左青羽大喊一声："父亲！凤舞闯过龙门阵了！"

什么？睡眼惺忪的左铭一下子睡睡全无，瞪着左青羽，眼中闪着暴戾的寒芒："之前消息传得沸沸扬扬的，不都说凤舞临阵脱逃吗？"

左青羽眼睛赤红："临阵脱逃？那是不可能的！她不仅闯过了龙门阵，还晋升到灵尊境三星了。"

"什么？！"这下，左铭彻底清醒了，"前几日见到她的时候，她不是灵宗九星吗？"

"是啊！"左青羽快哭了，"之前确实是灵宗九星，可是这次她闯龙门阵连续晋升了三颗星。"

"不可能！"左铭下意识地否定道。

左青羽深吸一口气，认真地望着左铭："父亲！凤舞闯龙门阵，我们全都亲眼所见！凤舞从一开始的灵宗九星，一口气晋升到灵尊三星，连续晋升三颗星啊父亲！"

左铭整张脸都是僵的，他内心对凤舞充满了忌惮。

五年前，那丫头便惊才绝艳，名满天下，原以为凤凰真血被毁之后，她就会随之陨落，谁知道她竟然又崛起了，而且这次崛起的速度之快让人瞠目结舌。

"你确定现在的她已经灵尊三星了？这其中没有猫腻？"左铭仍不相信。

左青羽苦笑："众目睽睽之下，凤舞的每一个举动都被无数倍放大，如果其中真有猫腻，早就被人发现了。"

"灵尊三星啊……从她暴露实力到现在短短数月，她就从灵师境到灵宗境，再从灵宗境到灵尊三星……以这样的速度，怕是很快就会追上你姐姐了。"

如果左青鸾被凤舞追上，那当年做的事就毫无意义了。

"不行！绝对不能再放任凤舞成长下去了！"左铭深吸一口气。

左青羽再次添油加醋："而且，凤舞最后晕倒在了君殿下怀里。"

"这个小贱人，她居然……"左铭可是要当未来国丈的，而现在事情的发展越来越像五年前了，"不行！绝对不能再放任事情这样发展下去了，这个凤舞，必须得死！"左铭攥紧拳头，在房间里踱步。

"暗杀？"左青羽问。

左铭摇头，他已经派人暗杀凤舞好几次了，次次都失败，这让他对血滴子组织极其失望，并且，再派人暗杀凤舞的话，左家的嫌疑太大了。

"不能再由我们家动手了，得另外想个法子。"左铭摸着下巴陷入了沉思。

凤舞并不知道这次事件后，左家再一次视她为眼中钉肉中刺，欲拔之而后快。此刻，她好不容易苏醒了，只觉得头痛欲裂，整个身体像被大山碾压过一般，疼得她倒抽一口凉气。

"小舞，你怎么样？"朝歌见凤舞苏醒过来，忙端了一杯清水上前。

凤舞身上的血衣已经被替换成干净的中衣，她的身子也被秋灵擦洗干净了。

咕噜咕噜，凤舞像是干涸的河滩，一口将水饮干了，才觉得没那么难受了。

"我昏睡了多久？"她的声音依旧沙哑，像是破了的铜锣。

"你昏睡了三天。"段朝歌担忧地望着凤舞，"小舞，你真的没事吗？要不要请大夫过来？"

凤舞摆了摆手，自己就是最好的大夫，旁人哪有她看得准。

"身体只是有些受损罢了，休息几日便没事了。"凤舞靠在床垫上，眼眸紧闭，开始跟识海里的桃花精灵沟通。

凤舞和桃花精灵四目相对，最后两个人同时呼出一口气。任务四实在太凶险了，差一点点任务就失败了，星辰碎片就要彻底没了。

呼出一口气后，两个人都笑了起来。

"任务五，什么时候来？"凤舞问道。

桃花精灵歪着脑袋想了想，最后告诉凤舞："随机发布。"

随机发布，就是随时都会发生。

接下来，凤舞一直在家里养伤，同时将体内的灵气巩固了一遍。这次她连续晋升三星，升级得太快了，以至于根基有些不稳。

这期间，凤舞抽空去了一趟帝国学院，办理了二年级的入学手续。

乔段长的脸一直是黑的，几乎能挤出墨汁来。

很多学生暗中嘀咕，凤舞进入若初境后怕是会被乔段长针对。凤舞并没有将这件事放在心上，对她而言，若初境不过是驿站般的存在，她在这里待不了多久的。

如大家预料的那样，凤舞直接上了风云榜，从最后一名不断往上攀升。

风云榜每隔两分钟刷新一次，所以，每隔两分钟，大家就开始寻找凤舞的名字，一千名，八百名，五百名……最终，凤舞的名字定格在了第七名，稳稳压住了宋奕辰。在场众人皆震惊不已，而凤舞早已回到了她的星陨院。

若初境封闭，凤舞却备受关注，这几日，凤舞勇闯龙门阵的事传了出来，只不过，外界的人没有亲眼所见，所以都持怀疑态度。

"凤舞？灵尊三星？不可能！"

一年级的学生是最先得到消息的，在得知这件事后，他们集体震惊。

灵尊三星啊！在一年级的学生普遍是灵宗初级的情况下，凤舞居然一飞冲天，达到了大家难以望其项背的地步。

"凤舞她……难道要恢复她曾经的荣耀了吗？"凤桑震惊在原地。

五年前的凤舞，耀眼如同璀璨的明珠，所有光华都汇聚于她一身，自己却像卑微的丑小鸭一般无人问津。

不！凤桑紧紧握住拳头，咬着下唇。没有凤舞像山峰一样压在头顶，没有被凤舞的阴影所笼罩，这五年她不知道过得有多开心。

左青鸾！对，不是还有一个左青鸾吗？左青鸾一定不会输给凤舞的。

荣世新和思源此刻都怔怔地望着对方，特别是思源，他犹记得不久前他还跑去告诉凤舞，只要她答应做他的女孩，他会保护她，结果这么短的时间，凤舞的实力就强大到了他仰望的地步，真是太丢人了！思源面色涨红，羞愤难当。

星陨院。

日子一天天过去，外界对凤舞的传言也渐渐平息下来，星陨院回到了原有的平静。在这平静的日子里，凤舞除了自己修炼外，最常做的事就是指点身边的人，加上有隔壁方宅的灵阵加持，星陨院众人的晋升速度非常快，嗡嗡嗡——星陨院里不断响起晋升的声音。

秋灵这个细心而温暖的姑娘，为了能跟上凤舞的脚步勤奋修炼，这段时间在凤舞的指点下，居然——

"灵师九星！"秋灵感受着自己体内充沛的灵气运转，激动得快哭了，"灵师九星？小姐，我居然晋升到灵师九星了！"

要知道几个月前，凤琉参加帝国学院新生考核的时候才灵师九星，现在她的实力竟然能跟凤琉相提并论了。

秋灵激动、兴奋、感激，各种情绪交织着，大颗大颗的眼泪滚滚落下。

激动的何止秋灵呢？此刻的秋叔也是一脸激动之色。

"灵宗九星？小姐，这、这……"这个世界疯了吗？！

半年前在北境城的时候，他才灵师九星，卡在瓶颈上，以为自己这辈子都无法再突破了，谁会想到，到帝都后短短数月时间，在自家小姐灵药和灵阵的加持下以及修炼了小姐给的独门功法《通天玄典》，他的晋升速度就跟坐了火箭似的。

"小姐，这不可能吧？"饶是秋叔这般淡定的人，此刻声音都是颤抖的。

凤舞淡淡一笑，对秋叔说："难道秋叔觉得你这灵宗九星名不副实吗？"

"好像，也不是的，可是……也不能晋升这么快吧？"年过半百的秋叔此刻像个好学的孩童，因为太过震惊，他的眼睛瞪得大大的。

凤舞笑："别人肯定无法晋升这么快，可是咱们有灵药啊！秋叔，你还记得那黑色瓷瓶里的黑虎丹吗？"

秋叔点点头，强调道："那药的药效非常好。"

凤舞掩唇而笑："那药的药效自然是好的，因为那是皇级丹药啊！"

"皇级？！"秋叔瞪大眼睛，一脸震惊，"皇级丹药？那多贵啊！大丹药房里的皇级丹药，小小一颗，就能买咱家这一座院子呢！"

"啊？这么贵？"赵嬷嬷正在晾晒衣衫，闻言，回头惊讶地道。

秋叔郑重点头："可不是吗？就这，还有价无市呢！市面上的皇级丹药基本上都被拍卖行垄断了，想买？去拍卖行竞价去吧，那价格才真是吓人。"说到这里，秋叔问凤舞："小姐，你说这黑虎丹是皇级丹药？您怎么一开始不说啊？"

凤舞笑："如果一开始说了，秋叔你还舍得服用吗？"

赵嬷嬷心疼得直抽抽，数落秋叔："你说说你，这黑虎丹你吃了多少了？"

秋叔："五小姐说，每日起床后服用一颗，迎着晨光打坐，吸收天地灵气……"

"每天吃一颗皇级丹药？！"赵嬷嬷气得差点跳起来，"也就是说老头子你每天吃进去我们这一座宅院？！"

秋叔："呃……"

"你居然消耗了小姐这么多修炼资源，你说你怎么敢？！你、你、你……"赵嬷嬷恨不得将秋叔吃掉的黑虎丹从他胃里挖出来。

凤舞忙笑着阻止赵嬷嬷："市面上的皇级丹药确实如秋叔所言有市无价，因为皇

级炼药师屈指可数，并且结丹率极低，能有百分之五的结丹率便算是很好了。"也就是炼制一百颗皇级丹药能结成五颗便是很厉害了，"不过——"凤舞脸上浮现一抹得意，她挑眉道，"不过，我这位皇级炼药师嘛，结丹率可是极高的呀，达到了百分之五十呢。"凤舞笑："所以，咱们不过是多费些药材罢了，不能按照市面上哄抬后的价格算呢！"

"可这些能卖好好多钱呢！"赵嬷嬷一想到秋叔每天服用一颗丹药，就相当于损失了一座帝都的四合院，她的心就疼得直抽抽。

凤舞笑："咱家不缺钱，但咱家缺实力啊！赵嬷嬷，我们必须尽快提升实力，才能保护星陨院，不是吗？"

道理是这个道理，但心疼也是真的心疼。

"秋叔现在可是灵宗九星的实力了哦！"凤舞笑着说，"等秋叔进入灵尊境，甚至突破到灵侯境，可再没人敢欺负我们了呢！"

赵嬷嬷苦笑："还灵侯境呢，这辈子怕是不可能了。"

凤舞在心里笑，怎会不可能？万事皆有可能。

这段时间，朝歌的晋升速度也很快，她如今已经是灵宗八星的实力。

不过，要说进步最快的话，那就非凤小七莫属了。

当方阁老闭关出来，再次看到凤小七的时候，眼睛都直了，好半晌没反应过来。他闭关前，凤小七才灵师七星的实力，等他闭关出来，凤小七居然晋升到了灵宗五星。

"这不可能啊！"方阁老摸摸脑袋，这个世界疯了吗？

方阁老一把抓住凤小七，将他上上下下打量了一番，甚至他还问了好几个只有他和凤小七知道的事情。

凤小七茫然不解地回答着，方阁老持续震惊着。

一旁的凤舞掩唇而笑："老爷子您这是担心我家小七被人附体了吗？"

方阁老难以置信地望着凤舞："难道你没发现吗？"

"发现什么？"凤舞一脸不解。

"从灵师七星到灵宗五星……你不觉得问题很大吗？"这才多久？

凤舞摊手："这不是正常的晋升速度？"

正常的晋升速度？方阁老想要呵呵了。正常的晋升速度是很缓慢的，一年晋升一星都算精英级别的，而凤小七……十几天时间，就直接晋升了七星，疯了吧？

"这对他身体的损伤会非常大！"方阁老在确认了凤小七还是凤小七后，一把拉过凤小七，开始检查他的身体。

然而，让方阁老目瞪口呆的是，凤小七在连续晋升了这么多星后，他的身体居然没事。不仅没事，还灵力充沛得快要溢出来了。

方阁老用怪异的目光望着凤舞："即便小七是玄灵之体，也不可能晋升这么快。丫头，你到底是怎么做到的？"

凤舞掩唇而笑："灵药、阵法、专属于小七的功法，再加上他运气好，所以一鼓作气就冲上来了。"凤舞随即又严肃道，"确实如老爷子您说的那样，晋升太快对身体有损，对根基也不利，所以接下来一段时间，小七的主要精力就放在培元固本上了，还请老爷子您多多费心。"

方阁老摆摆手，感慨万千："十几天，连续晋升七星啊！妖孽啊，你们凤家这是要出妖孽啊！便是你，以后也将在他的光芒之下啊！"

凤舞只看着他笑。

方阁老没好气地说："你不信？"

凤舞依旧笑着。

方阁老正欲再说些什么，这时，外面响起了脚步声："老爷子，乔段长和余段长求见。"

乔段长和余段长来了，是有什么急事？

凤舞拉着凤小七对方老爷子说："老爷子，那我们先回去了。"

方宅和凤宅仅一步之遥，凤舞牵着凤小七翻过墙头便到了星陨院。

"姐姐，光芒全都给你，小七只要保护你！"凤小七那张粉雕玉琢的脸上满是认真的表情，清澈的星眸紧紧盯着凤舞。

凤舞揉揉他的小脑袋："我有隐身玉呢！方老爷子没看出来，不然他可不会说这话，但他夸你是真的。"

小七正要说话，凤舞做了一个噤声的手势，一墙之隔的方宅，余段长和乔段长已经走进来了。

给方阁老见礼后，余段长开门见山地道："方院长，这次我们来，是要跟您汇报凤舞跳级之事。"

凤舞跳级？方阁老脸上浮现一抹疑惑，刚才那小丫头可没提这事。

"跳级？那丫头在一年级待不下去了？"方阁老将双手背在身后，那双眼睛似乎能透过墙壁盯着凤舞。

余段长苦笑："这位凤舞同学天赋绝伦，一年级可留不住她，只能放她走了，并且，她已经闯过龙门阵了。"

方阁老轻轻点头。

余段长见方阁老反应如此平淡，知道他老人家以为凤舞闯过的是普通级，不由得心里苦笑，随即加了一句："她一直闯到了死亡级。"

什么？！方阁老刚接过方管家递上来的晨茶饮了一口，听到这话差点呛到。

"你说什么？"方阁老好不容易将那口茶水咽下去，难以置信地看着余段长。

神医凤后

3

【下册】

　　余段长还没说话，一旁的乔段长插口道："凤舞虽然实力不错，为人和品行却有问题，而且是大大有问题，就比如说……"

　　乔段长正要向方阁老告状，却见方阁老摆摆手示意他不要说话。

　　方阁老盯着余段长，径直问："你说什么？死亡级？怎么会是死亡级？"

　　余段长知道方阁老护着凤舞，忙点头道："当时凤小舞迟到了，而龙门阵的开启是有时效的，您又在闭关中，所以……只能开启最难的那一级。"

　　"那丫头同意的？"方阁老蹙眉问道。

　　余段长看了乔段长一眼，点头："是她同意的。"

　　乔段长想不明白，方院长怎么会纠结这一点，难道这才是重点吗？

　　乔段长不明白的事，余段长却看明白了，方阁老真是护凤舞护得紧啊！他老人家最关心的不是凤舞有没有闯过去，而是她有没有被人欺负威胁。

　　"你继续说。"方阁老点头。

　　乔段长打开话匣子，忍不住向方阁老告状："这位凤舞同学自恃天赋不错，简直嚣张傲慢到了极点！她不仅……而且在幻象中，她居然将敌人幻想成我，从而进行殴打羞辱！方院长，这样的学生，必须从严处置啊！您……"乔段长知道凤舞有君临渊在后面撑腰，他奈何不了她，便来找方阁老告状，试图借用方阁老之力教训凤舞，只是他不知道，方阁老才是凤舞真正的后台，方阁老才是最宠凤舞的。

　　方阁老听乔段长每一句话都在说凤舞不好，他的脸色渐渐沉了下来。

　　乔段长见方阁老黑沉着脸，心头大喜，准备继续告状，却见方阁老冷冷地瞪了他一眼，这一眼宛若利刃，吓得乔段长不敢再说话。

　　老阁老盯着乔段长："为何她会针对你？"

　　乔段长："这个学生品行低劣，嚣张傲慢，不将老师放在眼里，所以——"

　　余段长心中暗笑，她解释道："乔段长原本答应了让凤舞同学跳级，但因为乔伊老师看凤舞同学不顺眼，乔段长为给自家闺女出气，才刻意为难凤舞同学，逼她闯龙门阵。"

　　乔段长气呼呼地盯着余段长："你——"

　　"确有此事？"方阁老的脸色非常难看。

　　乔段长："我是按照正常流程……"

　　方阁老摆摆手："凤舞升入二年级了？"

　　乔段长点头。

　　方阁老："那丫头闯过龙门阵了？"

　　乔段长又点头。

　　这时，余段长适时补充道："方院长，您估计都猜不到那丫头有多妖孽，她居然一口气闯到了死亡级！"

"居然有这事？"这回方阁老也震惊了，身为帝国学院的院长，他比任何人都清楚死亡级所代表的实力，"如果没记错的话，若初境的学生闯过这个级别的不超过六人。"

"是的！"余段长笑道，"所以凤舞同学现在在若初境的风云榜上排名第七！"

"嗯？"方阁老眉头上扬。

第七？方阁老原本还担心这丫头能不能闯过龙门阵，这丫头就给他这么大一个惊喜。

"年级第七，不是要灵尊三星以上吗？"方阁老记得他闭关之前，凤舞的实力才灵宗九星啊！

"是的！"余段长难掩激动之色，兴冲冲地道，"凤舞同学闯龙门阵的时候，从灵宗九星连续晋升三级，一举晋升到了灵尊境三星。"

"灵尊境……三星？！咳咳咳……"方阁老被吹来的风呛到了，连声咳嗽起来。

"是的，凤舞现在已经是灵尊境三星了。"余段长激动不已，毕竟凤舞之前是他一年级的学生。

方阁老想到凤舞身上的隐身玉，内心苦笑不已，难怪连自己都看走眼了，刚才说了那样一句话，看来这满世的耀眼光芒最终还是要落到凤舞头上。

"这个学生天赋虽然高，品行却……"乔段长还在强调这一点。

方阁老盯着乔段长："你就如此不喜那丫头？有你没她的那种地步？"

乔段长忙点头，表达他对凤舞的不喜程度。

乔段长轻哼一声："既如此，这若初境段长的职位，你便到此为止吧！"

乔段长瞪大眼睛盯着方阁老："方院长，您、您这话……是什么意思？"

方阁老冷笑："字面上的意思。"

乔段长终于明白，方院长这是认真的了："方院长，我可是陆院长亲自提拔上来的，要撤我也得陆院长亲自来。"

方阁老冷笑，衣袖随意拂过，在若初境作威作福多年的乔段长就像断了线的风筝一样，在天空中划过一道弧度，然后，砰的一声摔落到地上，噗——乔段长当场喷出一口鲜血来。

"方院长，你因为一个学生而如此对我，等陆院长出来……"

方阁老用怜悯的目光看着乔段长。事到如今，他居然还没看明白吗？凤舞这样的天才千万年才出一个，乔段长这样资质的人却是一年能出一个。

"你去若初境。"方阁老转头就将若初境的重任交给了余段长。

余段长受宠若惊，连连感激表忠心。

余段长带着乔段长离开后，方阁老这才清咳一声，抬步往星陨院行来。

"方阁老！"秋灵看到方阁老，忙躬身行礼。

方阁老瞥了秋灵一眼，顿时惊呆了："你是凤舞的侍女？"

秋灵没想到方阁老会记住她，当即连连点头："奴婢正是小姐的贴身侍女秋灵，拜见方阁老。"

方阁老摆了摆手："你这丫头，最近实力大涨了？"

秋灵闻言，难掩激动之色，点头道："是呢！在小姐的教导下以及灵药和灵阵的加持下，奴婢现在已经是灵师九星了呢！上次方阁老您见到奴婢的时候，奴婢才灵师三星呢！"

方阁老："……"

这妖孽都跑在一家了吗？这小小的星陨院，连个伺候人的丫头的晋升速度都跟飞似的。

秋叔听到声音，忙从后院走出来。

方阁老看到秋叔，目光又是一闪。

"小人秋季拜见方阁老。"秋叔忙行礼问好。

方阁老目光深深，盯着秋叔："灵宗九星了？"

秋叔激动地点头。

"上次见你还是……"

"您上次见小人的时候，小人还是灵师九星。"

方阁老虽然不记得上次见秋季是什么时候，可是凤舞等人从北境城回来统共不足半年时间，而在这半年时间里，一个小小的侍女从灵师三星晋升到灵师九星，一个忙于杂事的管家兼护卫，从灵师九星晋升到灵宗九星。方阁老再联想到凤舞和凤小七的晋升速度，他老人家顿时倒抽一口凉气。

"老爷子……"见方阁老惊住，老管家忙上前扶着方阁老。

方阁老摆摆手，目光转向一旁的常三。

常三原本是君临渊的护卫队长，修为高深，此刻他望着秋季和秋灵，目光中却带着明显的歆羡之色。方阁老朝他望去，他迅速转过头装作没看见，而方阁老的目光在他身上一扫，便知他的实力。

"这段时间，常将军倒是没什么长进啊！"方阁老终于找到一个正常人了。

常三内心苦笑不已，面容却依旧紧绷着。他是犯了错，被君殿下革职，丢到星陨院来保护凤舞的。

从偌大的太子府沦落到小小的星陨院，从高高在上的太子府护卫队长沦落到小小凤舞的护卫，这其中的心理落差，常三还真没办法调整过来，所以到了星陨院后，他一直冷冰冰的，对凤舞的态度实在称不上友善。

方阁老看了他一眼，没有多说，只拍拍他的肩头，留下一句："你要知道，如果没有那丫头，他们都只是普通人。"

凤舞有一双妙手，能将普通人指点成精英甚至天才。

常三原本天赋和实力都是上上等，否则他也不会坐到太子府护卫队长的位置，如果他肯屈服于凤舞，他将来会是怎样？方阁老很是期待呢！

方阁老才刚进门便看到了段朝歌，只一眼方阁老就知道，这丫头也进步了。方阁老拍拍朝歌的肩头，然后径直进入了厅堂。

凤舞怀里抱着一只小虎仔，小虎仔的鼻头粉粉的，爪子上的软垫也粉粉的，看起来特别像只小奶猫，可是方阁老只看了小虎仔一眼就怔在了原地。

他可是帝国学院的院长，实力处于整个帝国的巅峰，这些年什么没见过，但是——

"这只小虎仔……"方阁老艰难地咽了咽口水，"它现在的实力……"方阁老一抬手，小虎仔便到了他手中，"居然也到了灵尊境！"

原本方阁老以为凤小七的晋升速度是星陨院里所有人中最快的了，却万万没想到，小虎仔已经是灵尊一星了。

"它不是才出生没多久吗？"方阁老彻底凌乱了。

凤舞笑道："是啊！它出生到现在还不足半年，而且几乎没修炼过，每天除了玩耍就是吃喝、睡觉。"

"这星陨院，难道是洞天福地吗？"方阁老面上没什么变化，内心却一次次震撼着。

小虎仔一脸不解地望着方阁老，似乎不明白他在惊讶什么。

方阁老的目光从小虎仔的身上转到凤舞右肩上，那里有一只彩凤鸟，正在梳理它那身火色羽毛。

"它……"

"灵尊一星。"凤舞笑道。

刚才这两只小家伙苏醒后，凤舞就将它们从空间里拎出来了，当时她自己也蒙了。她预料到这两只小家伙睡醒后实力会大涨，却怎么也没想到竟然会涨这么多。

方阁老惊奇不已："你这星陨院，一夕之间，战斗力上升了一大截啊！"

可不是吗？原来的星陨院赢弱得不堪一击，只有秋叔一个灵师九星的保护者，而现在一个个实力都暴涨了。

方阁老没待多久就回去了，回去之前他交代凤舞，这段时间大家要固本培元，千万不能再晋升了。凤舞表示她也是这样想的，并且已经着手调配稳固药剂了。

就在这时，门外传来脚步声。

"哎呀秋叔，你的实力大涨啊！"一听这声音就知道，来者不是别人，正是风浔风小王爷。

风浔来星陨院来熟了，所以没人拦他，他几步就进了厅堂。

看到凤舞，风浔忍不住惊奇道："小舞丫头，不得了啊！一段时间没见，秋叔的实力大涨啊！"

凤舞笑着点头。

秋灵嘴角抿着一丝笑意，她端着茶水递给风浔："小王爷请喝茶。"

风浔随意一瞥，他手里的杯子差点掉到地上，他难以置信地望着秋灵："秋灵你的实力……"怎么突然就到灵师九星了？这实力都可以去参加帝国学院的入学考试了。

秋灵抿唇一笑，冲风浔一鞠躬，端着托盘下去了。

"风哥哥，风哥哥！"凤小七跑上来拉住了风浔的胳膊。

风浔一看，差点绝望了，因为此刻的凤小七已经不是之前的实力了。

风浔还没从小七实力大涨的震惊中回过神来，那两只灵宠围着他转起来。

"试试他的身手。"凤舞发下指令。

秋灵、秋叔、凤小七、朝歌还有那两只灵宠立刻朝风浔扑去，而风浔的实力和左青鸾的相差无几，一时间，砰砰砰……他们几个战成一团。

一开始风浔确实被他们唬住了，有些手忙脚乱，但他毕竟战斗经验丰富，回过神后，风浔便占据了上风。

凤舞看准时机也加入进去，但是，他们的修为和风浔比，还是相差太大了，以至于砰——风浔放出一个大招后，众人纷纷跌落在地。

风浔看着他们："你们也太弱了吧？"

风浔的话像一盆冷水兜头淋下，顿时将凤舞淋醒了。是啊！她沉浸在大家快速晋升的兴奋中，忘了他们现在空有灵气没有实战经验，而真正的实力是从实战中一点点累积起来的，所以，她还是高兴得太早了。

"小舞？小舞？"风浔拍拍凤舞的脑袋。

凤舞没好气地看着他。

"琼花节，你可去？"

琼花，君武帝国的国花，明日则是琼花节。琼花节对君武帝国的年轻男女来说是有特殊意义的，他们都会趁着这个机会去万花琼林相会。

凤舞没好气地瞪了风浔一眼："你在开玩笑吗？"

风浔："啊？"

凤舞道："你哪只眼睛看见我有空去琼花节了？"

风浔摸着下巴："真不去？"

凤舞："真不去。"

这下风浔为难了，他站在原地，眼巴巴地望着凤舞。

凤舞不解地看着他："你怎么还不走？"

风浔："你真不去？"

凤舞再次强调："我真的不去，我没有时间去。就算有时间，我也没有兴趣去啊。"

风浔：“可是……如果你不去的话……”

风浔嘀咕了一声，凤舞没听清楚："你说什么？"

风浔哼了哼："你怎么不问我，这次过来做什么？"

凤舞一拍脑袋："对啊，你这次过来干吗？"

还能再敷衍一点吗？风浔敲了凤舞额头一记栗暴，祭出撒手锏："如果是君老大请你去琼花节呢？"看你还说不去？！风浔在心里哼了一声。

出乎风浔意料的是，凤舞居然再次拒绝："不去不去。"

如果没有君临渊邀请，她或许还会去凑凑热闹，可君临渊去……又是这么特殊的节日，凤舞避嫌都来不及呢！

风浔目光意味深长地瞅着凤舞："真不去？"

凤舞语气坚定："不去。"

风浔推推凤舞："好啦、好啦！不要再矫情了，再矫情下去就没意思了，走啦、走啦！"

凤舞眉头紧蹙，眼神严肃地瞪着风浔，瞪得风浔心里有些发毛。

"风浔，我有话跟你说。"

"你说。"

凤舞深吸口气，道："我对君临渊没那种心思，君临渊对我亦是如此，所以，往后你不要再在这件事上凑热闹了好吗？"

风浔一听这话，当即翻了个白眼。她对君老大没兴趣？没兴趣会去撒娇求他？没兴趣会去拉他的手？没兴趣会让他举高高？没兴趣会……

还说君老大对她没这心思？君临渊那样的身份地位，那样的傲娇性子，如果对她没这份心思，会处处帮她，会时时关注她？凤舞这丫头太天真了。

风浔盯着凤舞："凤小舞，你是认真的？"

凤舞很认真地点头："当然。"

风浔盯着凤舞，盯着盯着，突然扑哧一声笑了出来。

凤舞茫然不解地望着他："你笑什么？"

风浔拍拍凤舞的脑袋："好啦好啦，不想去就不去嘛，但是有些事你也别急着否认了，我们局外人的眼睛可是雪亮的呢！我们都懂的。"

"喂喂，什么叫别急着否认啊？我……"凤舞话还没说完，眼前已经没了风浔的身影，凤舞气得在原地跺脚。

此刻她的内心是崩溃的。这什么桃花十二劫，她真的被它坑惨了。如果这任务不是自己抽的，凤舞会以为肯定是老天爷在故意刁难她。

第二十章
醋意大发

第二日，便是君武帝国的琼花节，帝都年轻的男男女女都会相约去万花琼林。

万花琼林在东郊，那是一片方圆百里的山林，林间什么都没有，唯有琼花。站在山顶往下望去，一片皎洁的白，一阵风吹过，琼花宛若鹅毛，飘飘洒洒，好看极了。帝都的少年少女们，三三两两，或是席地而坐，或是站于树下，言笑晏晏，空气中涌动着暧昧的因子。

凤舞则在家修炼，她不仅自己修炼，还将朝歌等人也留在家中修炼。

"小舞，琼花节你真不去啊？"朝歌再次问凤舞，事实上她是想去的。

凤舞没好气地看她一眼："有什么好去的？想看琼花的话，等琼花节过了我们再去不迟。"

就在这时，嘟嘟——嘟嘟——这熟悉的声音……凤舞心猛然一紧，这是要发布任务啊！不知为何，凤舞心中突然有种不太好的预感。

任务五确实出来了，桃花精灵却沉默了。

沉默？凤舞心中那种不好的预感越发强烈了。

她盯着桃花精灵，桃花精灵则缩了缩脖子，显得越发弱小，惹人怜惜。

凤舞没好气地瞪她一眼："好啦，到底是什么任务？快说、快说！"

桃花精灵："那美人少主你保证不打死我？"

凤舞无语望天："我什么时候打过你了？不过听你这话的意思，似乎这任务很坑啊？"

桃花精灵猛点头。

凤舞只觉得心里发凉，强自镇定地问道："这桃花十二劫，哪个任务不坑了？快说吧，到底是什么任务？"

桃花精灵："任务五就是……一个时辰之内，当众送给君临渊一束琼花。"

什么？凤舞瞪大眼睛，死死地瞪着桃花精灵。

桃花精灵瑟缩着身子："是系统大神发布的任务，与我无关的，真的不是我发布的。"

在这特殊的日子里，当众送给君临渊一束琼花，这意味着什么？凤舞顿时觉得不寒而栗。

凤舞看着桃花精灵，桃花精灵也看着她。

任务一旦发布，绝对不能更改，也就是说，凤舞想做得做，不想做也得做。

凤舞快速往太子府冲去。

君临渊不在太子府。

宫嬷嬷告诉凤舞："殿下不是说和五小姐您一起去万花琼林吗？"

和她一起去万花琼林？她什么时候答应去了？凤舞内心崩溃不已。

此刻的万花琼林人山人海，君临渊为何偏偏去那里呢？那么多人看着，她却要送给他一束琼花……可是，为了完成任务，她是不得不去的。

只有一个时辰，时间宝贵，凤舞不想像上次那样赶在最后一秒完成任务，她立刻往万花琼林赶去。

"咦，这不是凤舞吗？"

凤舞刚到万花琼林，一道惊奇的声音便在她耳边响起。凤舞抬头一看，这不是风浔的小跟班穆小六吗？

凤舞一把抓住他："穆小六！风浔在哪儿？"

然而，穆小六的反应极快，他像灵活的泥鳅一样瞬间消失在了原地。

不行，不能再耽搁下去了！凤舞随手抓住一个人便问："你知道风浔在哪里吗？"

对方摇头。

"你知道玄奕在哪里吗？"

对方继续摇头。

"你知道君临渊在哪里吗？"

被她抓住的人终于有反应了："你找君殿下？"

凤舞忙点头。

"咦，我怎么看着，你长得像凤舞啊？不对，你不是长得像凤舞，你根本就是凤舞啊！"这个人惊呼连连，然后在凤舞没有反应过来之际，他大喊道，"凤舞，你不会真的像传言的那样喜欢君殿下吧？！"

此刻的凤舞，怀里抱着一束琼花，见人就问君殿下在哪儿，这不是司马昭之心路人皆知吗？

凤舞那张绝色容颜一阵扭曲，可是想到自己的任务，她能怎么辩解呢？反正也不是第一次了，别人爱怎么想就怎么想吧。

忽然，一只手拍在她纤细的肩头上，她反手就是一个过肩摔，好在对方反应快，不然就被凤舞撂倒了。

"舒允若师兄？"凤舞回头看到来人，惊呼出声。

来人确实是舒允若，他身后还跟着几个人，凤舞都不认识。

"凤舞同学，久仰大名，在下吴越。"

"在下赵行知。"

"在下宁耀。"

"在下宋弈辰。"

凤舞："哦，你们好。"这些人的名字她完全没听过，人也是第一次见。

舒允若见凤舞满脸茫然，顿时笑了："凤舞同学，他们都是在若初境风云榜上排名前十的学生，第七名宋弈辰，第六名宁耀，第五名在下，第四名赵行知以及第三名吴越。"

凤舞又"哦"了一声。

其实二年级的风云榜她并没有看，所以这些人的名字她也不熟悉。

宋弈辰见凤舞这淡淡的表情，内心顿时不悦，毕竟凤舞是踩着他的脑袋到了他曾经的位置。

"凤舞同学好像对我们……不屑一顾啊！"宋弈辰出言挑拨。

万花琼林到处是人，还都是爱看热闹的少年少女，这边宋弈辰的语气稍微不对，旁边就有人聚拢过来。

凤舞眉头微蹙，瞥了宋弈辰一眼。她不想惹麻烦，也不想平白无故被欺负，因此，凤舞淡淡道："我都不认识你们，为何会对你们不屑一顾？还有这位同学，你不会是因为被我压了一名，所以心怀怨怼吧？"

心事被戳中，宋弈辰瞬间恼羞成怒："你——"

"心怀怨怼也就罢了，你还公然将其他人带上，拿他们当枪使，你就这么确定他们不会因为被你利用而生气？"

宋弈辰："你——"

凤舞摆摆手："不好意思，我没有时间跟你在这儿掐架，所以也请你克制住自己心中的怨恨。不服？不服你就憋着吧！"说完，凤舞朝舒允若摆摆手，径自离开了。

凤舞说话快准狠，每一个字都直戳宋弈辰的内心，怼得宋弈辰无言以对。

"哈哈哈……"赵行知忍不住哈哈大笑起来，"有意思，这位凤舞同学真有意思，我喜欢。"

宋弈辰没好气地看了他一眼："赵师兄，人家凤舞可是手捧琼花到处寻找君殿下呢！"

赵行知道："喜欢君殿下的姑娘多了去了。这万花琼林里，十个姑娘就有九个喜欢君殿下的，不信你问问。"

这倒也是，有君临渊在，所有少年都黯然失色，别说他们了，就算是风小王爷也沦为了背景板。

赵行知道："所以啊！喜欢君殿下很正常，可君殿下不可能会喜欢她啊！所以哥哥我还是很有机会的嘛。"

舒允若目光深沉，他瞥了赵行知一眼："谁说君殿下不可能会喜欢她？"

赵行知道："君殿下是谁啊？那可是帝国有史以来天赋最强的绝世天才、高高在上的帝国太子、坐在云端睥睨我们这些芸芸众生的天神般的存在，他怎么可能会喜欢上我们这样的凡人？"

赵行知这话说得很多人都爱听，特别是旁边围观的少女们。

舒允若淡淡地瞥了赵行知一眼："是吗？"

赵行知："难道不是吗？"

舒允若："君殿下是中意凤舞的。"

旁观者清，舒允若看得明白，可是没有一个人信他，所有人都当这是最好笑的笑话。

赵行知拍拍舒允若的肩头："舒师弟，既然你对凤舞这么有信心，那不如……我们跟上去瞧瞧？"

宋弈辰刚才被凤舞怼得憋屈，现在听说能看到凤舞被打脸，他自然是第一个响应："好好好，去去去！我倒想瞧瞧在这琼花节上，眼高于顶的凤舞怎么被君殿下打脸。"

于是，这几个少年跟在了凤舞后面。

他们原本就惹人注目，那些围观的少女自然也都跟上去了，不多时，这条队伍就如长龙一般。

凤舞一回头看到这样的盛况，心立马凉了半截，再对上宋弈辰那挑衅的目光以及看到赵行知那似笑非笑的表情，凤舞内心崩溃不已。

　　不过，凤舞最大的优点就是知道自己想要什么，只要是她想做的事，再尴尬再丢脸，她也能做到旁若无人的淡定从容。

　　凤舞目光流转间，看到一个熟悉的身影，趁那人不注意，她一下就抓住了他："穆小六，看你还往哪儿跑！"凤舞像拎小鸡仔一样拎着穆小六的脖子。

　　穆小六是风浔的小跟班，平时唯风浔马首是瞻，所以凤舞并没有觉得自己拎着穆小六有什么不对，可是凤舞这举动将其他人吓到了。

　　"喂喂喂——凤舞同学你过分了吧？这位可是穆小伯爷！"宋弈辰看到凤舞居然这样拎着穆小六，顿时惊呆了。

　　凤舞不解地瞥了他一眼，她拎着穆小六有什么问题吗？

　　宋弈辰见凤舞还不放手，顿时急了，冲上来对着凤舞就是一顿骂："凤舞你想死吗？！你知不知道他是谁？他可是穆伯爵家的公子穆小伯爷，你居然敢这样对他！"

　　宋家的官职比穆家低，宋家很多时候都是靠着穆家的，所以宋弈辰对穆小六很是敬重。

　　宋弈辰身后的那几个人，除了舒允若，此刻看向凤舞的目光都有些讶异。堂堂伯爵家的公子，居然被人这样拎着，凤舞这是有多骄傲自满啊？穆小六爷一怒，可是不得了的。

　　然而，出乎众人意料的是，穆小六非但没有生气，反而对凤舞赔笑。

　　凤舞拎着他的耳朵："你跑什么跑？"

　　穆小六："我没跑啊，我真没跑。"

　　凤舞用力一拧："你没跑？刚才是谁一溜烟就跑没影了？嗯？"

　　穆小六疼得差点跳起来："小姑奶奶，轻点，轻点啊……哟，疼。"

　　凤舞哼哼两声："知道疼就好，我还以为你不知道疼呢！快说，风浔在哪儿？！"

　　凤舞和穆小六旁若无人的互动，旁边的人看着都倒抽一口凉气。这真的不是他们看花眼了吗？一个是凤家不受宠的姑娘，一个是伯爵家受宠的公子，穆小伯爷居然这样被凤舞教训？

　　"凤姑娘，你怎么能如此？你……"宋弈辰依旧在帮穆小六说话，可是他一说话，凤舞的手劲就加大，穆小六气得赶紧喊停："宋弈辰，还不快给老子闭嘴！"

　　宋弈辰一脸蒙，他这不是在帮穆小伯爷说话吗？怎么被训斥的人变成他了？

　　"穆六哥，这个凤舞简直就是泼妇，我来帮你将她拉开。"说着，宋弈辰就要去拽凤舞。

　　穆小六瞳孔剧烈紧缩，他大喊一声："住手！你敢碰她一下试试？！"

　　"呃？"宋弈辰被吓了一跳，不解地望着穆六。

穆六心塞啊！这位凤舞姑娘，原先他还以为是风家嫂子呢，结果人家现在被君殿下惦记着，谁碰谁就会被断手断脚的好吗？

这时，凤舞松开了穆六的耳朵，穆六的左耳红红的，可见凤舞的手劲有多重了。

"穆六哥，她不过是个小丫头，您怎么这么惧怕她呢？"宋弈辰故意挑拨离间。

然而，宋弈辰怎么都没想到，他眼中的穆六哥抬手就是一巴掌，往他的脸上抽去，啪——重重一巴掌将所有人都打蒙了。

穆六瞪着宋弈辰："姓宋的我告诉你，你可以对我不敬，但如果你敢对我嫂子说一句重话，小心我剐了你！"

这，这……宋弈辰被打蒙了。

凤舞也被气坏了，她踹了穆六一脚："说什么呢？谁是你嫂子？！"

穆六面对宋弈辰的时候，像杀伐果断的怒目金刚，面对凤舞的时候，却活脱脱是只皮猴。

"哎哟，嫂子，疼，疼，疼……"穆六一边喊着疼，一边撒腿就想跑。

"穆小六！你给我站住！"凤舞双手叉腰，冲着穆六的背影喊道，"你敢再给我走一步试试！"

"喀喀——"穆小六举双手做投降状，转过身来，"好嘛好嘛，我站住就是了嘛，嫂子您别生气嘛。"

凤舞气得想踹他："说清楚，谁是你嫂子？！"

"喀喀……好好好，嫂子您不是我嫂子……不是不是，您就不是我嫂子，我的错我的错，嫂子您别生气了好不好？不然到时候三哥非打死我不可。"

凤舞跟他实在是说不清楚，也就懒得说了，只盯着他问："风浔呢？带我去见他。"

风浔？宋弈辰等人面面相觑，不会吧？难道凤舞和风小王爷确实有什么？如果这是真的，那凤舞岂不是飞上枝头变凤凰了？！

在场很多人都用艳羡的目光望着凤舞，更有不少人暗生嫉妒之心。

不久前凤舞闯龙门阵的时候，风小王爷确实在，可是，风小王爷不是为了赢赌注才去的吗？难道他真的是为凤舞而去？不可能啊！凤舞凭什么能结交到风小王爷这样的权贵？

就在这时，一道声音在众人耳边响起："哎哟，这不是凤小舞吗？"

凤舞回头一看，除了风浔，还能有谁？

凤舞没好气地瞥了风浔一眼："哟，这不是风小王爷吗？难得一见啊！"

宋弈辰心中一松，瞧瞧，这不是挺不熟的吗？不然能说这样的话？

风浔的反应却让宋弈辰等人大吃一惊。

神医凤后 ③【下册】

凤舞双手环臂傲慢高冷地斜睨着风浔，风浔则笑眯眯地走上前："喂，小丫头你生气啦？"

凤舞气鼓鼓地瞥了他一眼，不说话。

风浔伸出手指戳戳凤舞的手臂："喂喂，我说凤小舞，我惹你生气啦？"

凤舞是在生风浔的气吗？其实她是在生发布任务的系统大神的气，好好的，非让她当众给君临渊送花，这让凤舞感觉非常别扭。

宋弈辰等人看到风浔这般模样，顿时心凉了半截。原本以为凤舞闯龙门阵的时候，风浔是去凑热闹的，没想到他是真的给凤舞撑腰啊！

想到之前穆小六口中喊着凤舞嫂子，该不会是……要是凤舞跟风小王爷撒娇说自己欺负她……宋弈辰害怕了。

好在凤舞的关注点完全不在他身上，凤舞瞪着风浔："喂，问你个事儿。"

风浔："什么？"

凤舞："君临渊在哪儿？"

风浔目光一闪，凤舞居然在问君老大啊！他低头一看凤舞抱在怀里的琼花，顿时激动不已。

风浔装作大惊小怪地道："哎哟，我说凤小舞，你这一捧琼花可真是娇艳欲滴啊，上面还有晶莹的露珠呢。"

凤舞差点翻白眼："这是重点吗？"她在路上随便买了一束，哪管上面有没有露珠。

风浔继续调侃："咦，昨天你不是无比坚定地说不来吗？怎么这会儿又来了？这花是打算送谁的？"

风浔一副看热闹不嫌事大的模样，看得凤舞好想打人啊！

她瞪着风浔："告诉我君临渊在哪里？"

"找君老大啊？"风浔摸着鼻子，好笑地看着凤舞，"你找君老大，送花给他啊？"

凤舞踹他一脚："快说，他在哪里？"

"哟呵——"风浔目光意味深长地瞅着凤舞，"昨日口口声声说不来，今日来了就要给君老大送花，凤舞你这欲擒故纵玩得可以呀。"

"风、浔！"凤舞作势要打人。

"别别别——"风浔连忙讨饶，"既然你这么急不可耐地要见君老大，我怎么会拦着你呢？走走走，我这就带你去。"

急不可耐……风浔这个词用得太让凤舞崩溃了，可是凤舞能说什么呢？只能气呼呼地走在风浔身边。

520

宋弈辰等人再次面面相觑，从刚才的情况来看，凤舞跟风浔还有君殿下都很熟啊！难道凤舞和君殿下有什么？那就太可怕了！

宋弈辰和赵行知对视一眼，彼此的脸色都不是很好。

"喏，君老大就在那儿！"风浔指着前方的茶寮。

万花琼林最中央有一座琼木搭建的茶寮，君殿下独坐在茶寮里面，星眸微微闭着，神色高冷，没人知道他在想什么，更没人敢靠近他。

风浔推了凤舞一把："去啊，君老大就坐在那儿呢，你倒是快点去啊。"

凤舞那张好看的脸瞬间有些僵硬。找不到的时候她拼命地找，现在找到君临渊了，她的勇气却渐渐消失了。在这特殊的日子里，众目睽睽之下给君临渊送花，这意味着什么，凤舞不是不懂。

"喂喂，凤小舞，你不会不敢了吧？"风浔好笑地看着凤舞。

这时，围观的人群中，一位姑娘手捧鲜花推开低矮的篱笆门，勇敢地往茶寮里冲去。

"这是独孤雅莫吧？"

"独孤皇后母族的独孤雅莫？"

"她这是给君殿下送花吗？"

"她姑姑是母仪天下的皇后，她是正正经经的皇亲国戚，从地位上来说，太子侧妃的位置她还是能争一下的。"

风浔见独孤雅莫进去了，他也怔了一下，旋即，他没好气地看了凤舞一眼："你看看你，还在那儿犹豫，这下子有别人给君老大送花了。"

凤舞没好气地说："别人送就送呗，有什么关系？"

"你这丫头是真傻还是假傻啊？"风浔伸出食指轻点凤舞的太阳穴位置，"你以为这琼花节是闹着玩儿的吗？只有第一束花代表特殊含义，之后再接受的花都是不算数的，懂？"

特殊含义？凤舞暗自摇头，她才不要什么特殊含义呢，她只要完成任务就可以啦，管它是不是第一束花呢。

于是，凤舞很淡定地摆手："没事、没事，咱们不能扰了君殿下的好事不是？等独孤雅莫送完了我再进去。"

凤舞心里打着好算盘呢！独孤雅莫也送花，而且送的是第一束，那大家的关注点肯定都在她身上了，那大家就注意不到自己了啊！嗯，就这么办。

风浔无语地瞪着凤舞："你就不生气？"

凤舞不解道："我生气什么？"

风浔："吃醋啊！既然你喜欢君老大，你怎么可能会不吃醋？"

凤舞翻白眼："我什么时候喜欢你们君老大啦？胡说。"

凤浔颤抖着手指着凤舞："你……你……"说了不来，结果来了，来了不算，还手捧琼花，还到处找君殿下，她的所作所为，哪一点都表明她喜欢君临渊啊，"你居然还否认……你居然还否认……你厉害，凤小舞你是真厉害啊，难怪君老大被你气坏了。"

面对凤浔的指责，凤舞欲哭无泪，谁让她被系统大神坑了呢？

"主人、主人、主人……"这时，凤舞脑海响起了桃花精灵弱弱的声音。

凤舞的心里咯噔一下，她忽然有种很不好的预感，每次桃花精灵缩着脖子弱弱地哼哼唧唧时，就表示有情况发生。

"什么……事？"凤舞心有些不安地道。

"喀喀……那个啥……"桃花精灵怕被揍，缩着脑袋，弱弱地说，"这里……其实还有一行小字，之前……我没看到呢！"

"什么字？"

"就是那个啥……这是唯一的一束花。"

"什么唯一的一束花？"凤舞不解。

"喀喀……就是说，君殿下只能接受你这一束花，如果在这之前或者之后，君殿下还接受了其他人的花，那么……便算任务失败了。"

凤舞像被一道雷劈过，劈得她脑袋嗡嗡作响。如果桃花精灵在她面前的话，肯定已经被她捏在手中了。

桃花精灵缩啊缩，快缩成一个球状体了。

凤舞能怎么办呢？她直视前方，盯着茶寮里的君临渊和独孤雅莫。

此刻，独孤雅莫正手捧琼花站在君殿下面前，从她挺直了的身体可以看出她内心的紧张。

"君、君殿下……"独孤雅莫手捧淡粉色的琼花，颤抖着双手递到君临渊面前，"请您、请您收下这束花吧。"

独孤雅莫除了紧张还有一丝对自己的懊恼，明明昨晚想了整宿的台词，记得滚瓜烂熟，还演练了一遍又一遍，等她真正站到君殿下面前，却紧张得连手都不知道往哪里放了，想好的台词全都忘光了，脑子里一片空白。

独孤雅莫暗自苦笑，她堂堂国舅之女，尊贵如公主，多少人爱慕她，她又对多少人不屑一顾，没想到骄傲如她也会手捧鲜花站在君临渊面前，等待着他的决定。

一时间，围观群众的注意力全都集中在君殿下身上。

"君殿下会接受吗？"

"独孤雅莫无论身份地位还是容貌才情都是上上等，说不定君殿下会接受呢！"

"连独孤雅莫在君殿下面前都战战兢兢的，还真是无法想象哪个女孩能在君殿下面前泰然自若。"

"如果君殿下真的接受了独孤雅莫，那……"

"你们看，快看、快看，君殿下伸手了。"

事实上，君临渊用眼角余光瞥了凤舞一眼，却看到凤舞和风浔眉来眼去的，并且他将凤舞和风浔的对话听得一清二楚，不喜欢他是吗？呵呵！君殿下眸中的温和陡然退去，全身散发出令人胆寒的气息，他伸手一把抓过了独孤雅莫手里的琼花。

哗——顿时，全场哗然。

君殿下接过花了，他居然……他居然……

别说围观群众了，就是独孤雅莫本人都一副被雷劈了的样子，呆怔在原地。这……这是真的吗？她鼓起勇气冲进来，只是想争取一下，虽然她知道百分之九十九的可能她是会被君临渊拒绝的。

"君、君殿下……"独孤雅莫激动得快晕过去了。

围观群众更是惊讶不已。

"君殿下居然接受了？"

"这、这、这……天哪、天哪、天哪！"

"君殿下这是终于开窍了吗？！"

"独孤家这是要一门双皇后吗？"

"不、不、不，独孤雅莫怎么比得上左青鸾？独孤雅莫最多就是个太子良娣。"

"什么叫最多就是个太子良娣？那可是君殿下的侧妃啊……君殿下的。"

"独孤家这下要高兴疯了吧？"

此时，独孤家的下人确实高兴坏了，疯了一般往独孤家冲去，想将这个好消息第一时间告诉族人。

人群中，左青羽的眉头深深皱起。这个独孤雅莫，亏自己当她是好朋友，她居然偷偷摸摸地喜欢上了君殿下，还做出这种事。

左青羽有种被人抢走心上人的愤怒感和背叛感，她抬眸看到凤舞，便想将气往凤舞身上撒："凤舞同学，你的脸色好难看呢，难不成……你是在吃醋？"左青羽掩唇而笑。

凤舞不是在吃醋，但她确实脸色不好看。原本她以为君临渊铁定不会接受独孤雅莫的花的，因为以她对君临渊的了解，这位绝世少年孤高冷傲，要求高得可怕，他连自己都没看上呢，怎么可能看上独孤雅莫那样的庸脂俗粉？在这一点上凤舞还是很自信的，可是她万万没想到，一向高标准严要求的君殿下这次居然这么随意。

眼见着君临渊漫不经心地把玩着手里那束琼花，凤舞顿时忍不住了。要是君临渊

真接受了这束花，她的任务怎么办？她的星辰碎片怎么办？她的美人师父怎么办？

一旁的风浔还在喋喋不休："看，迟了吧？让你欲擒故纵，现在玩坏了吧？"

左青羽也不省心，冷笑着对凤舞说："我还道君殿下对你有点意思呢，却原来都是我的错觉啊！凤舞啊凤舞，你也不过如此嘛。"

还有其他嘈杂的声音不断在凤舞耳边响起。

就在这些声音中，凤舞猛地将篱笆门一推，手捧琼花快速上前。

大家看到凤舞这样一副雄赳赳气昂昂英勇赴死般的孤勇姿态，顿时沸腾了。对围观群众来说，看热闹不嫌事大啊！何况还是君殿下的八卦。

"凤舞进去了！大家快看啊，凤舞冲进去了！"

"精彩了、精彩了，这下精彩了！凤舞这分明也是要去送花啊！"

"这是两女争一夫啊，厉害了、厉害了！你们说，君殿下会选谁呢？"

宋弈辰惊诧之余，对凤舞则是十足的钦佩："没想到咱们这位凤舞同学如此勇敢，她这分明是自取其辱啊！"

赵行知摸着下巴点头："确实，独孤雅莫虽然长得不如凤舞同学，可不论身份地位还是家族背景，都远非凤族的凤舞可比，如果我是君殿下，会毫不犹豫地选独孤家的小姐呢！"

"可怜的凤舞同学啊！她这一进去，非但抢不来，还会被人耻笑……啊，好丢人啊！身为她的同学，我都没脸在这儿待下去了。"

"确实很丢人，哟，太尴尬了、太尴尬了，简直不忍心看凤舞被打脸了，要不我们走吧？"宁耀提醒大家。

"这可不行，现在怎么能走呢？"宋弈辰坚决反对。

开玩笑，他们跟着凤舞和风浔过来，就是要看凤舞被打脸的，现在精彩戏份就要上演了，怎么可以走？！

舒允若瞥了宋弈辰一眼，他敢用他的性命担保，被打脸的一定不会是凤舞。所以，当宁耀望着舒允若时，舒允若表示："不走，我要留着看戏。"看宋弈辰他们被打脸的戏。

"好兄弟。"宋弈辰根本不知道舒允若的想法，欣慰地拍了拍舒允若的手臂。

此刻，左青羽的神色可以用怪异来形容了，她睁大眼睛看着凤舞从自己眼前走过，径直走进了茶寮——凤舞居然这么勇敢地进去了？她就不怕被拒绝而丢脸吗？！

不知为何，当独孤雅莫向君临渊献花的时候，左青羽内心是一种被背叛的愤怒，当凤舞走进去的时候，左青羽则是担心、害怕、忌惮、嫉妒还有忐忑，是因为君殿下对凤舞曾经表现出来的特殊吗？

凤舞径直走到君临渊面前，眼睛直直地盯着君临渊，目光奕奕，宛若璀璨星河。

独孤雅莫抬头看到凤舞，当即气得不行，不仅生气，她的眼眸中还有深深的忌惮，忌惮凤舞那张让男人见了疯狂的绝世容颜，忌惮凤舞不按理出牌却能勾起男人兴趣的言行举止。

围观群众全都凝神屏息，激动而好奇地望着眼前这一幕。接下来这两位少女会如何争夺掐架？君殿下到底会选谁？最后的结果将会如何？太让人好奇了啊！

然而，让所有人都没想到的是，这场"争夺战"竟会以这样的方式结束——凤舞旁若无人地走上前去，一寸寸靠近君殿下，最后，几乎整个身体都要贴在君殿下身上了。

哇——围观群众震惊不已。

"不是说君殿下有洁癖吗？"

"不是说君殿下不近女色吗？"

"不是说君殿下一丈之内不能有女孩子存在吗？"

可是现在，凤舞欺身而上，那单薄的身子凑近君临渊，呼吸喷吐在他唇畔，这都快亲上了啊！

又急又气又激动又嫉妒……各种情绪交织，围观群众们估计此生从未有过。

宋弈辰死死瞪着眼前这一幕，他颤抖着手指指着凤舞和君临渊："这，这不是真的吧？这……凤舞也太大胆了吧？君殿下居然没有推开她？"

左青羽懊恼极了，她恨不得拍死自己。刚才她为什么要嘴贱？为什么要挑衅凤舞？为什么要鼓动凤舞进去？她真是猪啊！

左青羽气得面色赤红，声音中透着深深的嫉妒之意："送上门来的，君殿下何乐而不为呢？"

旁边却有人说了一句："你送上门去试试，看君殿下要不要你？"

"你——"左青羽被这句话气得够呛，她转头想打人，却发现说话的是穆六少。穆六少双手叉腰冲她做鬼脸，他身边还站着不动如风的风浔。

左青羽："哼！"

独孤雅莫看到凤舞突然出现，气得鼻子都差点歪了，还没等她反应过来，凤舞已经跟君殿下贴得那样近了。更让独孤雅莫生气的是，凤舞在身体靠近君殿下的时候，竟然将君殿下手里那束她送的花随手抛出去了。细长的琼花花束在半空中划过一道优美的弧度，旋即跌落在地，发出一道轻微的响声。然后，凤舞将她自己的花束塞进了君殿下手中。

可恶的凤舞！独孤雅莫气得双眼通红，宛若燃烧着熊熊烈火。

凤舞做的事落在众人眼中，一时间，众人都震惊得回不过神来——凤舞她……居然成功地将独孤雅莫的花束换成了她自己的……她居然做了？君殿下居然也没有生

525

气？！这……这个世界到底是怎么了？

叮——凤舞脑海传来一道声音："任务五，完成度，百分之一百。"桃花精灵的声音随之宛若天籁般在凤舞脑海响起。

呼——凤舞长长呼出一口气，原本紧绷的心弦缓缓放松下来。

面对君临渊这样的大魔王，采取主动策略的她，压力能不大吗？好在已经完成任务五了，还空余了一大半时间，真是让人心情愉悦呢！

围观群众的心情就没有那么愉悦了，特别是宋弈辰和赵行知，像是被人重重一巴掌抽在脸上，到现在脑子都是蒙的，身体是僵硬的，呆若木鸡，没回过神来。

心情最不愉悦的人就是左青羽了，因为和凤舞对立过多次，所以，身为敌人的左青羽对凤舞的了解可能比朝歌了解得还要深。

如果是独孤雅莫，左青羽虽然生气但还是能接受的，因为独孤雅莫当侧妃跟其他人当侧妃没有差别，反正都不得君殿下的心，可凤舞是不一样的，凤舞对君临渊是有着致命吸引力的。这一点，左家人没人愿意承认，左青羽却知道她不能再自欺欺人下去了，不可以再任由事态这样发展下去了，因为君殿下明显已经动了那颗万年不变的佛心。

左青羽望向独孤雅莫，心道，独孤雅莫，现在只能靠你了。

独孤雅莫自然不是吃闷亏的主，在所有人都没有注意到的时候，她冲上去将自己的花束捡了回来。

凤舞，你会主动贴近君殿下，难道我就不会吗？！

独孤雅莫快步冲上去，猛地将凤舞撞到一旁，力道之大如莽牛。

凤舞正高兴着呢，没注意到独孤雅莫，一撞之下，她往旁边踉跄了好几步。

凤舞还没反应过来，独孤雅莫已经抱着花朝君殿下贴上去了："殿下，这是我的花……"

围观群众全都激动了起来。争起来了！掐起来了！打起来了！两女争一夫的戏码，终于在大家的期待中上演了，接下来会怎样？君殿下会重新接受独孤雅莫的花，将凤舞的丢弃在一旁吗？还是凤舞会冲上来一把抓住独孤雅莫的头发，两人打成一团？哎呀呀，太让人激动了！

左青羽的心高高提起，眼中迸出兴奋之色。

宋弈辰等人也心潮澎湃，心跳加速。

然而，就在所有人都以为这场"争夫之战"即将打响的时候，砰！一道巨大的撞击声传来，一个人在君殿下面前咻的一声倒飞出去。

"独孤……雅莫……"

原本还有人奢望倒飞出去的是凤舞，待他们看清楚后，再也没办法自欺欺人了。

刚才，独孤雅莫还没靠近君殿下，就被一股庞大无比的力量推出去了，砰！独孤雅莫一屁股坐到地上，一脸茫然。

同样茫然的还有围观群众，大家都呆若木鸡。

君殿下站起来，修长的双腿，高大而挺拔的身躯，给人一种巍峨雄峰般的压迫感。

君殿下居高临下俯视着凤舞，那张美到让人窒息的面庞一点点贴近凤舞，浓重的男性气息几乎要将凤舞整个人包裹进去。

扑通——扑通——凤舞的心跳开始加速。凤舞不清楚为何会如此，但是这让她有种无法掌控的不安感，她咬着下唇，下意识地后退了一步。

君殿下那双深邃的双眸紧紧盯着凤舞，凤舞后退一步，他便逼近一步。这样的君临渊，深眸半眯，危险得如森林里追捕猎物的猎豹。

凤舞转身就想跑，君临渊却一只手揽住她纤细的腰肢，让她动弹不得，另一只手举着那束琼花在她眼前晃了晃。

凤舞："呃……"

君殿下强势霸道地命令："说！"

全身散发着寒冰般气势的君殿下带来的压迫感太强，凤舞的心跳顿时漏了一拍。

"说……说什么？"凤舞明显底气不足。

"何意？"君殿下将手里的琼花从凤舞眼前晃过。

凤舞："呃……这个……嘛……"

"说！"

凤舞："嗯——"

君殿下墨染的眉毛上扬，他修长的手指轻挑凤舞尖细的下颔，将凤舞抵在了圆桌上。这一高一低的两个人，近在咫尺的距离，暧昧非常的姿势，能不让人浮想联翩吗？！就连凤舞的双颊都不争气地晕红了。

风浔摸着下巴，一双眼睛笑成了月牙状。凤小舞，你这个口是心非的丫头，看你这次还如何否认！

如果这次再不成，风浔真是要给他们跪了。

然而，让在场所有人万万没想到的是，被大家认为是多少年来唯一幸运儿的凤舞，就在君殿下那宽厚炙热的大掌抚摸上她娇嫩的面颊时，她竟然大手一挥："你干什么呢？"

挥开！她居然把君殿下挥开了？君殿下那是什么手，帝国九亿少女梦寐以求的男神的手，就这样被凤舞拍开了？而且她下手还很重，啪的一声。这个凤舞是疯了吗？还是魔怔了？她到底知不知道她在做什么？

君临渊浓眉微微蹙起，他斜睨了凤舞一眼，再度朝她逼近。

众目睽睽之下，凤舞羞赧得不行，她拼命推君临渊："你你你……给我走开！快点走开！"

凤舞不知道自己是怎么了，明明遇事不慌不乱的她，现在却心跳加速、慌乱不已，这不是她该有的反应。

"走开？往哪里走？"君殿下单手将她的双手反剪在身后，这使得凤舞不得不踮脚迎向他，看上去就像投怀送抱一般主动。

"喂喂喂——君临渊，你够了吧？玩笑开大了啊！"凤舞有些慌乱地大喊。

这个世界上，她唯有两个人看不透，一位是美人师父，另外一位就是眼前的君临渊了。

"开玩笑？"君殿下一字一顿，咀嚼着这三个字。

凤舞明显感觉到因为这三个字，君临渊的手指收拢，抓住自己双手的力道瞬间加大。

"嘶……疼！"凤舞倒抽一口凉气。

"所以，你只是在开玩笑？"君殿下眸中闪烁着危险的凶光，他的声音粗哑，有一种狂暴飓风形成前的平静。

"呃……"凤舞的身子缩了缩，她不敢对上君临渊那如弥漫着血雾般的红眸，眸中的温情陡然退去，取而代之的是愤怒、暴戾、讥讽、残酷，还有浓浓的自弃和心伤，君临渊像一头负伤的幼兽，让人心疼。

独孤雅莫离得近，她清楚地看到了君临渊深眸中的情绪变化。天哪！高冷傲娇如君殿下，神祇般存在的他，居然也有人类的情感？而让他动了凡心的人居然是凤舞！难以置信，匪夷所思，却真实发生着。

"对啊，就是开玩笑的嘛！怎么，堂堂君殿下，连这点玩笑都开不起吗？哈哈哈，应该不至于吧？"说着，凤舞趁君临渊不备，狠狠踩了他一脚，随后一把推开他就跑。

又是撩完了就跑？君临渊的肺都快要被凤舞气炸了。这个臭丫头，不就是仗着自己对她好，才这样肆无忌惮吗？君临渊冷笑着盯着凤舞。

开玩笑，她要是再不跑，天知道君临渊会做出什么事来。这个人看着就很危险，肯定会狠狠报复她的，刚才他的行为举止就是最好的证明。

然而，系统大神大概天生就是来跟凤舞作对的，她还没跑出去几步，就听一个甜甜的声音在脑海响起："美丽漂亮聪明智慧全宇宙颜无敌的美女少主——"是桃花精灵。

凤舞一听，暗道糟糕。

"吹捧之类的先放放，说重点。"凤舞忐忑不安地道。

"呃……喀喀喀——"桃花精灵清咳一声，眼神弱弱地瞅着凤舞，"任务六……到了。"

凤舞目露凶光。

"呃……突然间任务就发出来了……人家也觉得不开心嘛……"

凤舞不耐烦地瞪着她："说！"

"任务六就是……就是……"桃花精灵吞吞吐吐、犹犹豫豫的，半天也没说出来一句完整的话。

凤舞一听就知道事情不太妙，如果是好完成的任务，桃花精灵早就撒欢儿地告诉她了。

"说吧！说吧！"凤舞无奈道。

"呃……美女少主，任务六就是……您……您要把……之前送君殿下的花……给拿回来。"

"就这么简单？"凤舞眼睛一亮。这任务不难啊，凭她三寸不烂之舌，将花拿回来有什么难的？

"不、不、不，我的美女少主啊……这个任务的核心是……您得让君殿下主动将花送给您。"

凤舞："什么？！"

桃花精灵："呃……"

凤舞："时间。"

桃花精灵："今日之内。"

凤舞："明天行不行？"

桃花精灵："今日之内。"

凤舞："你确定？！"

桃花精灵："十分之确定。"

凤舞扶额："……"

"美女少主？美女少主？"桃花精灵生怕自家美女少主经受不住这样的打击。人类不是有句话吗？叫"不在沉默中爆发，就在沉默中灭亡"，她担心自家美女少主会气着气着就灭亡了。

凤舞深吸一口气，整理好自己的表情，缓缓转过身，清澈灵动的双眸盯着君临渊，然后脸上牵出一抹笑来。虽然凤舞尽量让自己笑得灿烂，但是看起来还是很假啊！

此刻的君殿下双手环抱，斜倚在一根圆柱上，眼睛斜睨着凤舞。

"嘿嘿嘿……"凤舞干笑着看着君临渊。

尴尬啊！前一秒，她还要跟君临渊撇清关系，现在她又有求于人家了。

凤舞内心是不甘愿的，身体却很诚实，一步步朝君临渊靠近。

围观群众齐齐呼出一口气。

"回去了、回去了，凤舞又转身走回去了。"

"你们说，她为什么要走回去啊？"

"这有什么难猜的？刚才她作得要死，以为君殿下会喊她，结果君殿下根本没理她。"

"就是！见君殿下没理她，她这不眼巴巴地回去了吗？"

"应该不是吧？看刚才那样子，君殿下好像对她挺喜欢的呢！"

"喜欢了逗一逗，不喜欢的时候就不理呗！"

说这些话的基本都是女孩子，正所谓立场决定大脑，她们嫉妒凤舞，自然不会说她好话了。

这些话，凤舞自然听见了，可是系统大神专业坑她，她能怎么办？她活得很艰难啊！

凤舞内心是崩溃的，面上还得堆满笑容，可苦了她了。

"君、君殿下……"凤舞一步三后退，最终还是走到了君临渊身边。

君殿下那棱角分明的脸上带着一抹冷笑，他斜睨着她，就像看戏一样。

为了星辰碎片，凤舞不得不硬着头皮，脸上挤出笑容："君殿下……嘿嘿嘿……"

看着眼前这傻乎乎的小丫头，君临渊只觉得好笑。明明喜欢他喜欢得要死，却非要口是心非，他倒要看看这个欲擒故纵的游戏，这丫头还想玩多久。

"又回来了？"君殿下的声音暗含讥讽。

"喀喀——"凤舞清咳一声，忙点头，模样看着温顺极了。

"凤小舞！"君殿下漫不经心地瞥了凤舞一眼，"你到底想要什么？"

凤舞借坡下驴："我想要你的花。"

此言一出，在场所有人都用怪异的目光望着凤舞。

"我的天哪！"

"凤舞真是我这辈子见过的姑娘中最大胆的了。"

"独孤雅莫只是敢送花，她却敢要君殿下的花。"

"在这特殊的日子里，君殿下送花代表着什么？"

"我听说，皇家好像有意和左家结亲，左青鸾才是太子妃的上上之选呢！"

"可不是吗？我也听说了，左青鸾才是当之无愧的太子妃，凤舞如何比得了？"

"这个凤舞太有心机了！"左青羽趁机添油加醋，"她故意送君殿下花，现在又故意将花索回，给所有人造成一种君殿下送她花的错觉。厉害啊，这个凤舞是真厉害啊！"

听左青羽这样一解释，众人这才明白了这其中的奥妙，一时间都对凤舞指责不已。

凤舞听不见大家对她的议论吗？她听得见，可她还是得硬着头皮向君临渊低头。

君临渊目光暗沉，似笑非笑地瞥了凤舞一眼："你要的是这束花？"君临渊玩味地晃了晃手中的琼花束。

"嗯嗯嗯！"凤舞盯着琼花束，伸出手去，"我想了想，还是不打扰君殿下您了，所以，这束花还我吧！"

凤舞打算将这束花拿到手后便逃之夭夭，可是，君殿下是那么好糊弄的吗？

"打扰？"君殿下的瞳孔瞬间紧缩。

主动来撩的是她，现在说收回的也是她，这丫头当他是什么？！

"是的，我错了。"凤舞咬着下唇，一副极其诚恳的样子，然后她一把夺过独孤雅莫手里的花，塞进君临渊的怀里，"这花长得好看，我那花都蔫了，还是还我吧！"

君殿下那双深邃的瞳眸中迸射出危险的凶光，一股强烈的压迫感笼罩在凤舞身上，凤舞只觉得一股寒意袭来，她脊背发寒，身体颤抖不已。

"你刚才……不是嫌弃这花不好看吗？"凤舞弱弱地说。

君临渊冷笑，深眸中的温情陡然退去，眼睛黑黑沉沉如恐怖黑洞。

"呃……"凤舞不敢再招惹他。

"凤舞，你就这么喜欢我？"居高临下的君殿下不紧不慢地开口。

凤舞像是被雷劈中一样，抬头怔怔地望着君临渊，眸中满是无辜和不解。

君临渊薄唇殷红如血，似笑非笑道："如果不喜欢，为何非要本太子送花给你？"

是啊！围观群众都用怪异的目光看着凤舞。

凤舞："……"

什么叫作百口莫辩？凤舞现在是知道了。

"嗯？"君殿下得不到答案，剑眉上挑，眼睛一眨不眨地盯着凤舞。

凤舞能怎么说？她试图解释："呃……其实也……不是这样的……"

君殿下笑容冷厉："那是怎样的？"

"呃……我……"凤舞面上笑眯眯的，内心却在抓狂，她哪儿知道那个系统大神想要怎样？她也很绝望好吗？

"不是这样，那是怎样的？"平时对人对事都不感兴趣的君殿下此刻步步紧逼，眸中闪着寒光。

凤舞："我……我……就是觉得这花不好看，配不上您高贵雍容的气质，所以想收回来，回头再送您符合您气质的花。"

"回头是什么时候？"君殿下晶亮的眸盯着凤舞。

凤舞只不过随便说说，她哪知道是什么时候。

这个君临渊！凤舞在心里气呼呼地想，他这人怎么这么坏，非要跟她作对呢？

凤舞脸上还不能表现出来她在生气，她得保持最招人喜欢的灿烂笑容："君殿下，你真的不送我吗？"

君临渊似笑非笑地盯着她："凤小舞，你就这么喜欢我吗？"

这时候，只要凤舞说一句喜欢，君殿下这花肯定就送了，奈何，凤舞根本没理解君临渊话中的意思，她举起双手摇晃着："没有、没有，我没有喜欢你，君临渊，我真的没有喜欢你！一点点都没有喜欢你，你千万不要误会！"

君临渊原本暗沉的脸色瞬间漆黑如墨，四周陡然安静下来，静谧得呼吸可闻，空气瞬间冷凝。

凤舞眼巴巴地望着那束花。虽然还有一天时间，可是如果君临渊不给的话，她一点办法都没有，再者，如果君临渊毁了那花可怎么办？

凤舞不知道她居然是乌鸦嘴，这个念头刚在她的脑海浮现，她就见君临渊修长的手指捏住了那束花。

不好！凤舞瞳孔剧烈紧缩！系统大神指定了这束花，那就只能是这束花了，如果花被君临渊毁了，任务六就……凤舞无法承受失败的后果。

"等等，等等——"凤舞一个箭步冲上去，双手紧紧抓住君临渊的手腕，力气大得差点将君临渊的手腕抓出血来，"这是我的花，你不能毁了我的花。"

一时间，君临渊怔住了。是他误会了吗？这丫头对这束花如此珍惜，又怎么会不喜欢他？难道她真如风浔所说的那样，口是心非，欲擒故纵？口中说着不要，身体却很诚实？

凤舞见君临渊眼中有一瞬间的温柔，当即恳求道："把花还我好不好？好不好嘛？！"

凤舞的声音天生带着孩子气的软糯，配上她那水汪汪的清澈大眼睛、可怜兮兮的小表情，是个男人都受不了，便是君殿下在凤舞这样软语恳求下，心也漏跳了一拍。

不过，君临渊就是君临渊，定力非凡的他很快回过神来："不可以。"君殿下明明白白地拒绝道。

凤舞气得差点跺脚，这个人就是故意欺负她对吧？！

这束花对他来说可有可无，对她来说却比性命还重要。

"这束花对你来说很重要？"君殿下慢悠悠地问了一句。

"嗯嗯嗯，比我的性命还重要。"凤舞忙点头。

一旁的风浔插了一句："那是自然，君老大送的花，这意义可大了呢！"

砰！凤舞气得踹了风浔一脚："不说话没人当你是哑巴！"她可不想当什么太子妃，她是要救她家美人师父的。

风浔捂着被踹疼的脚，眼泪汪汪地瞅着凤舞："我这不是帮你说开了吗？磨磨唧唧的，你们俩什么时候才能明白彼此的心意？"

凤舞作势又要打风浔，风浔哇的一声跑开了，一边跑一边说："好好好，我不说，我不说行了吧？"

君临渊深邃的双眸闪着耀眼的星辉，意味深长地盯着凤舞。

凤舞被他盯得心跳漏了一拍，下意识地扭转头，避开了他的目光。

不得不说，俊朗清逸如君临渊，确实有着致命的吸引力，如果不是从小见惯了美人师父的绝世容颜，她估计也会如其他姑娘那般被君临渊深深吸引了去。

"既然这花对你来说如此重要……"君临渊居高临下地盯着凤舞，目光灼热。

凤舞心中一动，满脸希冀地望着君临渊——会给她吧？君临渊会给她吧？

然而，君临渊话锋一转："自然不能随便给你了。"

凤舞气得跺脚："君临渊你……"

其实，凤舞说这束花比她的性命还重要时，君殿下就想偏了，以为凤舞对他的心意如此重，所以他不生气了，还傲娇上身，饶有兴致地逗弄起了凤舞。

"既然你这么想要这束花……"君殿下目光意味深长，"送你，也不是不可以。"

凤舞瞬间眼眸一亮，豪气万分地一拍胸脯："说条件！"

君临渊薄薄的双唇微微上挑："当本太子的贴身丫鬟。"

什么？凤舞气呼呼地瞪着君临渊："你就不能提个靠谱点的条件吗？"

"不行就算了。"君殿下转身就要走。

"别别——"凤舞忙追上去，一把拉住君临渊的袍袖，"有话好好说，咱们坐下慢慢说。"

君临渊瞥了凤舞一眼。

凤舞按住他的双肩，将他按在木椅上，又倒了两碗茶水，一副长谈的架势。

凤舞这一番动作惊呆了很多人，他们听不清楚凤舞和君临渊说了什么，但是他们亲眼看到凤舞将君殿下按坐在椅子上，亲眼看到凤舞给君殿下斟茶，而君殿下端着茶碗一饮而尽，他们亲眼看到凤舞和君殿下一副长谈的架势。除了嫉妒，他们更多的是

羡慕，如果把凤舞换作他们，他们能在君殿下面前如此泰然自若吗？答案自然是——不可能！别说面对面坐着了，就是对视一眼，怕是都会胆战心惊、心跳加速吧？这个凤舞还真是胆大包天。

"当你的贴身丫鬟不是不可能的。"凤舞笑眯眯地望着君临渊，"但是，必须有时限呢！好歹我也是帝国学院的学生，平时要忙于学业，不是吗？"

君殿下漫不经心地瞥了凤舞一眼，伸出一根手指头。

"一日？"凤舞心头一喜。

君临渊用看白痴一样的目光看了凤舞一眼："一年。"

"一年？！"凤舞当即变脸，气得拍桌子，"不行、不行，一年绝对不行！你这真的是坐地起价！君临渊，我跟你说，你这态度不行！"

看着眼前这个气急败坏的小丫头，君临渊内心觉得好笑，但面上还是紧绷着："那你说！"

"一天。"凤舞也伸出一根手指头。

堂堂君殿下居然也有朝天翻白眼的时候，他不说话，站起来就要走。

凤舞急忙拦住他："哎，你等等，等等！你急什么？条件不都是谈出来的吗？"

"你觉得有的谈？"君殿下看着凤舞。

"这一天和一年，差距确实有点大。要不这样吧？十天，最多十天，再多就没有了！"凤舞瞪着君临渊，"这已经是我的底线了，不能再多了！"

"一个月。"君殿下剑眉微微上扬。

"十五天！"

"二十天。"

"十六天。"

"十九天。"

"十七天。"

"十八天。"

"好，十八天成交！"凤舞一拍桌子，不就是伺候君临渊吗？任务六能完成就行。

君临渊望着凤舞，这丫头倒是答应得爽快："好。"

"花，我的花！"凤舞眼巴巴地望着君临渊，朝他伸出手去。

就这么想要他送的花？傲娇的君殿下，似笑非笑地瞥了凤舞一眼，连带着旁边的一大束琼花都塞到了凤舞手里："都拿去。"

凤舞："……"

她只想要自己那一束，其他的，她并没有兴趣好吗？可是，想到这十二桃花劫任务没结束之前，自己还有很多需要依靠君临渊的地方，凤舞只能硬着头皮接下，并冲君临渊嘿嘿一笑。

君临渊瞥了凤舞一眼："现在高兴了？"

凤舞："……"硬着头皮接受自己不喜欢的东西，还要装出一副感激的模样，并且还要忍受被嘲讽，这是一种怎样的体验？

说话间，君临渊站起来，笔直的长腿不紧不慢地向前迈着，走出几步，他停下来回头，那双深邃的星眸瞥了凤舞一眼："走啊！"

凤舞："啊？"

她突然反应过来，她答应了君临渊当他十八天的贴身丫鬟，可是……

"难道现在就开始？"凤舞皱着眉头。

"不然呢？"君殿下剑眉上扬，随即转身离去。

凤舞心想，今天都过一半了，倒是她赚了呢，她便高高兴兴地跟上去了。

围观群众看着凤舞跟在君临渊身后离去，表情都很怪异。

"原来……只是个丫鬟啊！"

"还以为……凤舞至少能捞个侧妃，原来只是个丫鬟。"

"也是，这么不管不顾冲进去，君殿下怎么看得上她？当丫鬟还是抬举她了呢。"

"……"

原本将凤舞当成巨大威胁的姑娘们此刻都纷纷出言嘲讽。

宋弈辰等人的内心也有些复杂。

赵行知冷笑道："我还以为凤舞有多受重视呢，原来争来争去只争了个小丫头，可笑，可笑至极！"

"真的可笑吗？"舒允若目光淡淡地看着赵行知，"如果给你这个机会，你会拒绝吗？"

"你——"赵行知盯着舒允若，"舒同学，你说话注意点！"

赵行知在风云榜上排名第四，而舒允若排名第五，不起冲突还好，一旦起冲突，赵行知就会拿出实力来压制舒允若。

舒允若只觉得好笑，他堂堂公叔家的继承人，何须和赵行知一般见识，只不过——

"你真以为君殿下只是将凤舞同学当成小丫鬟？"舒允若似笑非笑地盯着赵行知，"自欺欺人，才是最愚蠢的行为。"说罢，舒允若转身离去。

宋弈辰等人面面相觑，但是仔细一想，确实，如果他们能有机会站到君殿下身边，不管是什么身份，都值得欣喜若狂啊！所以，凤舞还是很厉害的呢！

看到君殿下傲娇地走在前头，凤舞亦步亦趋地跟在后面，风浔和玄奕相视一笑。

风浔拉着玄奕问："你觉不觉得君老大变了？"

"变了吗？"

风浔："对啊！难道你没发现，现在君老大说话的字数多了吗？"

玄奕想了想，还真是如此。

风浔："而且你没发现君老大现在说话，最后都会用语气词了吗？"见玄奕在回想，风浔便举例道，"比如以前君老大会冷冰冰地说'跟上'，刚才他对凤舞说的却是'走啊'，难道你没听出这其中的差别吗？"

"确实有差别，不过那是对凤舞。"玄奕没好气地说。

风浔细细一想，确实如此，君老大对其他人依旧是高冷疏离、惜字如金，对凤舞却人性化了很多。

"想当初在北境城的时候，君老大可是对凤舞的性命都不在乎的，谁能想到现在……"风浔感慨不已。

也不知道君临渊是不是故意的，他双手背在身后，慢慢悠悠地逛着万花琼林。

凤舞与他相隔一臂之远，就像个小丫鬟似的跟着。

此时，日头已经偏西，暮色渐渐降临，而这万花琼林乃暧昧之处，少男少女若是看对眼，在草丛中翻云覆雨也不是不可能的。当凤舞看到路边的绿草不规则地晃动时，她的表情瞬间变得怪异。

君临渊好像完全没意识到什么，径直往那个方向走去。这要是撞见了，得多尴尬啊？凤舞忙上前一步，白皙纤细的手拉住君临渊的衣袖，提醒他："赶紧走，赶紧走。"

君殿下不解地瞥了凤舞一眼。

凤舞见他愣住不动，顿时急了，死命拽着他："你是不是傻啊？还站这儿干吗？快点走啊！"

君殿下多爱面子一个人啊！这辈子还没被人说过傻。傲娇如君殿下，他非但不转弯，还继续往前走去。

"喂喂喂，你给我站住！"凤舞急了。

可是，君殿下的速度太快了，凤舞喊都喊不住，而草丛里面的那对男女太过激情澎湃，以至于没有听到外面的脚步声。

一人高的草丛被拨开，露出里面两具交缠在一起的身体。这对年轻人终于反应过来，特别是那个姑娘，啊的一声尖叫。

凤舞赶紧拉着君临渊走出草丛，没好气地埋怨道："君殿下，你是故意的吧？"

君临渊冷声道："闭嘴！"

这样的君殿下无疑是吓人的，凤舞顿时噤声。好吧、好吧，她不说话了还不行吗？

然而，当凤舞看到君殿下那红欲滴血的耳垂时，她的脑子轰的一声炸了。如果君临渊经验丰富，看到这样的画面自然不会如何，而他现在这么大的反应，该不会是……所以，他其实是在用高冷掩饰他的尴尬吗？

凤舞下意识地望向君临渊，而偏偏这时候，君殿下也朝凤舞看来，两人的目光在空中交会，瞬间，火星四溅。

凤舞的目光唰的一下移开了，君殿下亦是如此。空气有一瞬间的冷凝，带着一丝丝尴尬。

凤舞毕竟是从现代穿越过去的，对这种事也算是司空见惯了，所以她很快就回过神来。

她悄悄地瞅了君临渊一眼，然后她发现君临渊不仅耳垂殷红似血，他的眼神都是乱飘的。

好奇心使然，凤舞拉着君临渊的衣袖，低声问道："君临渊……你该不会……没见过这种事吧？"

君殿下身体僵硬，紧绷的绝世容颜上浮现一丝恼意，目光冰寒地瞪了凤舞一眼，又转过眸去。

"君临渊，你不要告诉我，你没做过这种事。"凤舞也不知道哪里来的胆子，居然敢八卦君殿下了。

君临渊身体紧绷，看都不看凤舞，傲娇高冷地往前走去。

凤舞像是发现了新大陆一样，激动又兴奋地喊君临渊："喂喂——你真的没见过这种事？难道你连通房丫头都没有吗？不是吧君临渊？你可是太子殿下哎……"

君殿下走得飞快，凤舞都快追不上了，跑得气喘吁吁的。

"这种事不是很正常吗？有什么好回避的？看你这紧张兮兮的样子……"

凤舞正说着，君殿下忽然停下了脚步，正拼命往前追的凤舞一脑门撞到他的后背，君殿下的后背坚硬如玄铁，凤舞的鼻子差点被撞歪了。"啊——"好疼！凤舞的眼泪差点流出来。

"你很懂？"居高临下的少年目光幽冷冰寒。

凤舞眸中泛着泪光，一脸茫然："什么？"

"这种事你很懂？"君殿下剑眉深蹙，浑身散发着冰冷的寒气。

"呃……"凤舞哑然，这该怎么说？现代的时候，这种事不是很平常吗？没吃过猪肉也见过猪跑啊！

"谁教你的？"君殿下宛若魔王般眼中杀气凛然。

凤舞："呃……我，我就是听别人说过一回，其实我也不是很懂……并不懂，真的，不懂！"

凤舞恨不得拍自己一巴掌，好好的八卦什么？现在好了，被君临渊反将了一军。

君临渊没有说话，目光射向另外一个方向，那里站了一个人，正是封管家。

封管家点点头，表示接收到君殿下的命令了。

看着君临渊这一个眼神彼此都明白的主仆，凤舞一脸蒙，她不懂啊！

可是，君临渊不管她懂不懂，伸手拎起她就走。

"喂喂喂，君临渊你干吗？我长着脚自己会走路的，你放手啊！"

君殿下怎么会放手，他很想掰开这丫头的脑袋，看看她都知道些什么。

太子府。

太子府下人众多，每个人都像是专门训练过，走路又轻又快，因为君殿下不喜闹，更不喜欢视野之内有人，所以太子府院子里，一般是见不到几个人的。

得到消息，君殿下即将回来，宫嬷嬷赶紧带了人端着热水巾帕等候在门口。殿下素来洁癖，外面粉尘多，他平时回来后第一件事就是净手。

可是，君殿下回来后，黑沉着一张脸，手里拎着一个人，旁若无人地快步往书房走去。

"宫嬷嬷？"宫嬷嬷身边的一个丫鬟低声道，"殿下平常不都是净手后才进屋吗？现在怎么破例了？"殿下根本没看她们，就像她们不存在一样。

宫嬷嬷瞥了这丫鬟一眼。

前几日太后又赏赐下来几个宫女，眼前这位碧溪姑娘是太后特地点了名的，说要放在殿下身边伺候。宫嬷嬷哪里敢一下子就放到自家殿下身边，只能先带在身边，让她经常在殿下面前晃悠，说不定什么时候就被看上了呢！

虽然宫嬷嬷觉得这种可能性约等于零，但是不得不说，这位碧溪姑娘的容貌确实是上上等。宫嬷嬷苦笑着摇摇头，上上等，毕竟还不是绝色，这要是往凤舞姑娘面前一站，怕是要被比哭了。

"宫嬷嬷，君殿下还没净手，奴婢这就给殿下送去吧！"说着，这位碧溪姑娘很自然地从宫嬷嬷手中取过帕子，让小丫鬟端着热水就要跟过去。

宫嬷嬷黑沉着脸道："站住！"

"宫嬷嬷？"碧溪有些傲慢地看着宫嬷嬷。

她来的时候，太后老佛爷可是说了，她的命格最有福气了，若是能诞下一个大胖孙子，这太子府良娣的位置便有她一个，未来她更是能成为贵妃的。

宫嬷嬷目光冰冷地盯着她，命小丫鬟夺过她手里的帕子。

"若想活下去，最好乖巧懂事一些。"说完，宫嬷嬷便领着人走了，独留下碧溪一人。

碧溪美艳的脸上浮现一抹不服之色，殿下这是没看到她，若是看见她，又怎能对她无动于衷？

砰！君殿下进入书房后，便将凤舞丢在了软榻上。

凤舞揉揉被拎得生疼的胳膊，赌气地瞪着君临渊。

君殿下回身砰的一声将门关了，便没再理会凤舞。

凤舞觉得莫名其妙，她不过是取笑了一下他的纯情，他就气成那样？哼！她还不想理会他呢！

凤舞也不起来了，她半躺在软榻上，面朝里，跟君临渊赌气。

或许是凤舞今日太累了，眼皮渐渐沉重，最后，她竟然睡着了。

等凤舞苏醒，已经是一个时辰之后了。她拥被而起，揉揉惺忪的睡眼，之前发生的事一件件在脑海浮现，她有些懊恼地拍拍自己的脑袋，抬头看去，一眼就看到了坐在书桌前的君临渊。

暗黄的灯火下，君临渊手拿着奏章正认真地看着，他的侧脸像是被刀削过一般，棱角分明，轮廓深邃。他一身薄衫，披着一件大风氅，矜贵又雍容。

凤舞知道君临渊是被当作帝国储君培养的。

古往今来大家都有一个共识，那就是太子是这世上最难做的。因为皇位终身制，历任皇帝对太子的感情都是非常矛盾和复杂的。太子表现得太积极，被朝臣拥戴，皇帝会忌惮。太子表现得太平庸，皇帝又要怀疑他能不能胜任这个位置。若是皇帝活得长，太子就更是苦不堪言了。所以，古往今来，太子都是如履薄冰的。

君临渊这个太子却做得如鱼得水，他脾气臭得很，该傲慢傲慢，该残忍残忍，随心所欲，肆无忌惮，可是，大臣看重他，民众拥戴他，就连陛下一次次被他气得差点吐血，也没办法把他怎样。她怎么觉得，现在这位君武帝才是受气的小媳妇，君临渊是那可怕的大魔王呢？

凤舞单手支颐，那双清澈灵动的眸在黑暗中闪着星光，好奇地望着君临渊。

因为君临渊是太子，所以朝臣们递上来的奏章都会抄一份送至他的案桌上。君临渊看得快，一目十行，所有字都会自动印入他的脑海，君武帝需要五个时辰处理的奏章，他只用半个时辰便能看完并且给出意见，所以批阅奏章对君临渊来说不过是一种休息的方式。

可是，原本一目十行的奏章，他停留在这一页，怎么都看不下去了，因为他察觉

到凤舞正盯着他瞧，像是在研究一个谜团。

君殿下只觉得一股气血上涌，不知怎的，他脑海浮现了日间拨开草丛后看到的那一幕，而那个女孩竟然是凤舞。

半天回过神后，君临渊像是被雷劈了一样呆怔在那儿，他到底在想什么？

砰！君临渊气得重重一拳砸在桌案上，他手边的奏章哗啦啦全都散落在地。

凤舞被吓了一跳，她下意识地冲到君临渊身边："你怎么了？"

君殿下却猛地推开凤舞，大长腿一迈，瞬间出了房间，等凤舞再想喊人时，眼前已然不见了君临渊的身影。

凤舞茫然不解，这到底是什么情况？

她扫了一眼地上的奏章，就像垃圾一样被随意丢弃，真是有权任性。

她半蹲着，将奏章一本本捡起来，然后分门别类放置在了桌案上。

这时，嘭嘭嘭……传来一阵轻柔的敲门声。

咦？凤舞眸中浮现一抹惊讶之色。她不是第一次来太子府了，印象中，没有人敢主动来打搅君临渊，敲门更是一次都没过。

凤舞怀着好奇心将门打开，门外站着一位美艳的姑娘，她双手端着托盘，托盘里的应该是……呃……银耳莲子羹？凤舞记得君临渊最讨厌这种黏稠的羹汤了。

这位美艳的姑娘身上的裙衫穿得极少极薄，说白了就是一层薄薄的纱，曼妙的曲线若隐若现。

"君殿……"一个"下"字还没说出口，碧溪姑娘就看到站在自己面前的不是君殿下，而是一位姑娘。

凤舞打量她的时候，她也打量着凤舞。

"你……"碧溪最先反应过来，她盯着凤舞的眼中带着深深的忌惮和嫉妒。

太美了！那无可挑剔的绝世容颜，那毫无瑕疵的雪白肌肤，这丫头看着年纪尚小，五官还没完全长开，清纯中透着稚嫩，宛若春晖朝露，让人不由想到生命的美好。

碧溪现在一点都不觉得美好，她瞪着凤舞，目露凶光："你是谁？为什么会在这里？不是说书房不许任何丫鬟进入吗？你怎么会在里面？！"碧溪再看向凤舞手里的奏章，顿时眼睛一亮，大声喊道："来人啊！有刺客啊！有贼啊！大家快来啊！"

太子府最注重的就是安全，暗卫们十步一岗、五步一哨地分布着，碧溪这么一喊，瞬间冲过来好几道身影。

碧溪一看有人来，大呼小叫道："来人啊！快快快，这个人私闯殿下的书房，一定是奸细，快将她抓起来！不！当场格杀！"

太子府的暗卫们都有一个显著的特点，那就是忠于君临渊，除了君临渊，其他人的话，他们是完全不听的。对于凤舞，他们并不陌生，毕竟凤舞来太子府不是第一次了，因此，领头的护卫看到凤舞后，目光微沉。

碧溪急忙说道："快啊，你们倒是快点将她抓起来啊！"

领头的护卫却目光冰冷犀利地瞪了碧溪一眼，然后转身离去。

"喂喂，楼玄，你就这么走了？你不抓奸细了？你就不怕殿下怪罪吗？！"

碧溪和楼玄都是宫里长大的，小时候便有过交集，只不过一个被送去调教，另外一个则被送去习武，而这次是他们长大后第一次相见。

听碧溪认出了自己，楼玄却没有停住脚步，带着人快步离去，回到了属于他们自己的位置。

"喂——"碧溪气得不行，大喊出声。

太子府安静极了，一阵风吹过，树叶落地的声音都能听得清清楚楚，所以，碧溪的声音显得非常突兀，很快便传来了宫嬷嬷的脚步声。

"怎么回事？！"宫嬷嬷的脸色非常难看。

她管教下的太子府一直被井井有条，下人们各司其职，规规矩矩，多余的声音都没有。这个碧溪仗着是宫里来的，还是老佛爷亲自赏的，很是傲慢无礼，宫嬷嬷已经忍她很久了。

碧溪看到宫嬷嬷，忙上前几步，想要挽着宫嬷嬷的胳膊说话。

宫嬷嬷却黑沉着一张脸，抽回手，冷冰冰地瞪着碧溪。

"宫嬷嬷……"碧溪顿时委屈上了，她指着凤舞，哭唧唧地说，"这个女人是奸细，她居然动殿下的奏章，她在窥视机密啊宫嬷嬷，快点将她抓起来，若是让她跑了……"

宫嬷嬷看白痴一样看着碧溪，这怕是个傻子吧？

然而，碧溪并不知道自己正被当傻子看，她还在那儿添油加醋编故事："宫嬷嬷，我没有说谎，她真的在偷奏章，她真的是……"

宫嬷嬷实在是忍受不了她的蠢了，翻白眼道："你知道她是谁吗？"

碧溪一脸茫然，不知道啊！

"她是谁？难道不是被殿下拎进来的女奴吗？"还是一个漂亮到过分的女奴。

女奴？宫嬷嬷很想仰天大笑。

她正想说凤舞是谁，突然意识到一个很严重的问题。前些天她进宫的时候，太后明里暗里追问殿下和凤舞的关系，问他们有没有频繁联系，话里话外对凤舞不甚喜爱，然后就赏赐下来几个调教好的妙龄少女。宫嬷嬷记得老佛爷以前也送过女人，殿下发了一通脾气后，这事儿就消停了。这次又赏赐下来，宫嬷嬷觉得不应该将殿下和凤舞的事让碧溪知道，因为碧溪是可以直接见到太后的。宫嬷嬷还打听到碧溪的出身

541

不低，她父亲也是有来历的。

想到这儿，宫嬷嬷瞪了碧溪一眼："来人，将她带下去！"

碧溪睁大眼睛，难以置信地看着宫嬷嬷："宫嬷嬷，你没搞错吧？明明她才应该被抓起来凌迟处死好吗？"宫嬷嬷身边的人上来要将碧溪拽下去，碧溪一边挣扎一边放狠话威胁，"宫嬷嬷，为何你一力护她？该不会是她给了你什么好处吧？或者，你跟她是一伙的？"

宫嬷嬷扶额。她是真的想不明白，碧溪这样的脑子是怎么在宫里存活下来并被太后挑中的？

不管碧溪怎么喊，宫嬷嬷都不管她。

"凤五姑娘受惊了。"宫嬷嬷给凤舞赔不是。

凤舞摆摆手，这样的小事，她根本不会放在心上。

"对了！"宫嬷嬷眼神示意了一下，一个相貌清秀的小丫鬟立刻端着托盘走了上来，宫嬷嬷笑着对凤舞说，"五姑娘，要劳烦您帮个忙了。"

凤舞看了那用红布盖着的托盘一眼，眸中浮现一抹疑惑之色："宫嬷嬷这是何意？"

宫嬷嬷笑说："这是太后娘娘刚赏赐的清凉皂，正好殿下现在用得上，就劳烦五姑娘拿进去了。"

"拿去哪里？"凤舞眼神戒备地盯着宫嬷嬷。

宫嬷嬷笑："自然是浴池殿了。"

凤舞当即皱眉："宫嬷嬷，这样贵重的东西，您亲自拿进去岂不是更好？"

宫嬷嬷笑："五姑娘反正要进去的，顺手带一下岂不方便？"

凤舞瞪着宫嬷嬷："谁说我要进去？我才不要进去呢！"

宫嬷嬷一脸疑惑地看着凤舞："可是，殿下让您进去啊！"

这个君临渊，一会儿不折腾她就不舒服是吧？

凤舞："君……殿下……他是怎么说的？"

宫嬷嬷笑看着凤舞："殿下说，五小姐您现在是殿下的贴身丫鬟，所以任何丫鬟该做的事都必须您来。"

凤舞："任何……事？"

宫嬷嬷淡定地点头。

凤舞："如果我拒绝呢？"

宫嬷嬷笑："这世上还没有人敢违逆殿下。舞小姐别撒娇了，快些去吧！"

撒娇？凤舞醉了，宫嬷嬷哪只眼睛看见她撒娇了？

"如果我不呢？"凤舞咬牙问道。

宫嬷嬷还是那张微笑脸："舞小姐，殿下对付人的手段，您又不是没领教过。"

凤舞双手叉腰挺胸："我不怕！"

宫嬷嬷抿唇笑："您是不怕，可是您的家人呢？对了，忘记告诉舞小姐了，舞小姐在殿下身边多少天，小七少爷就会在少羽卫待多少天。"

凤舞眼眸半眯起来，君临渊竟然敢动她的家人。

凤舞嘴角扬起一抹冰冷的弧度，她一把夺过丫鬟手上的托盘，气势汹汹地进了浴池殿。

此刻，不远处有一双眼睛正盯着凤舞，目光犀利、冰冷、嫉妒……

砰！凤舞踹门而进。

浴池内，热气氤氲，君殿下后背抵在池畔，白皙的胸膛、精致的美人骨一览无遗。

听到响声，君临渊眉头微微上扬。

凤舞噔噔噔走到君临渊面前，怒气冲冲地瞪着他。

君临渊似乎早就料到她会生气，漫不经心地瞥她一眼："你怎么进来了？"

凤舞觉得好笑，不愧是君临渊，利用小七将她逼迫过来，他反而傲娇高冷地问"你怎么进来了"。

"为什么我会进来，难道你心里没数吗？"凤舞双手叉腰，怒气冲冲地瞪着君临渊。

君殿下一脸无辜加茫然，傲娇地抬起下颌："你为何进来，本殿怎么会知道？"

"很好！"凤舞瞪着他，"既然这里没我事，那我立马就走！"说完，凤舞噔噔噔便往外冲去。

然而，就在凤舞即将冲出门的时候，砰的一声，原本开着的大门瞬间关上了。凤舞冲得太快，鼻子差点撞到门上，好在她反应快，伸手撑住了。

凤舞回头，满眼愤怒地瞪着君临渊，而君殿下竟然还有闲情逸致把玩着水花。凤舞噔噔噔跑到君临渊身边，怒目而视："你是故意的！"

君临渊懒洋洋地哦了一声。

凤舞差点晕倒。

"你还哦？你还哦得出来？！"凤舞指着君临渊，"非逼迫我进来，我来了又爱搭不理，还不让我走，君临渊，你到底想怎样？！"只有在君临渊面前，凤舞才会像被踩了耳朵的兔子一样暴跳如雷。

面对凤舞的质问，君临渊的表情却淡淡的，他漫不经心地瞥了凤舞一眼："哦？"

凤舞恨不得一巴掌朝他脑袋拍去："君临渊，你居然拿小七逼迫我，你很厉

害嘛！"

其实凤舞的心态很好的，在别人面前都是泰山崩于前而面不改色的淡定，不知道为何在君临渊面前，她却时常化身为磨牙的小母老虎。

看着面前张牙舞爪的小丫头，君殿下内心觉得好笑。

这丫头平时绷着脸一副什么事都影响不到她情绪的样子，根本不是十三岁少女该有的模样，所以能让她失控，君殿下很有成就感。

"过来。"君殿下内心窃喜，但面上还是高贵傲慢。

"呵！"凤舞口中发出一声冷笑，"不把事情说清楚，你别指望我会过去。快说，你把小七怎么样了？！"

君临渊嘴角扬起一抹弧度："凤小舞，他是被人揍还是去修炼，全看你这十八天的表现了，嗯？"

凤舞握紧拳头，额角青筋突起，气得头顶快要冒烟了——世上怎么会有这么可恶的人？！

"所以，之前的赌约你不打算履行了？"君殿下仰头饮下琥珀杯中的红酒，傲娇地瞥了凤舞一眼。

凤舞正要说话，脑海传来桃花精灵的声音："美女少主，美女少主，且慢！"

"嗯？"每次听到桃花精灵的声音，凤舞的心里都会咯噔一下，随即有种不太好的预感。

桃花精灵哭丧的声音传来："美女少主，大事不好了。"

果然！凤舞吓了一跳。

桃花精灵的声音带着哭腔："任务六的进度条，停住了！"

什么？！凤舞眉头紧蹙："怎么回事？任务六不是已经完成了吗？"

凤舞清楚地记得，任务五是她将花送给君临渊，而任务六就是君临渊送花给她啊！她已经接过君临渊送的花了，怎么就停住了呢？

"美女少主、美女少主，任务六的进度条停在了百分之九十九点九九，并且……"

"并且什么？！"

"并且……时间延长到了十八天。"

事到如今，凤舞还有什么不明白的。这是任务六随着她和君临渊的赌约延续了十八天，也就是说，如果这十八天她没有完成君临渊贴身丫鬟的任务，任务六就会失败。

怎么可以这样？！凤舞哭丧着脸，只觉得自己被系统大神坑得好苦哇！

偏偏这时还传来君临渊傲娇而高冷的声音："不想做？想做的人多着呢！行，你走吧。"

凤舞眼泪汪汪地望着君临渊："我……我……我是一个讲信用的人，你休想让我做一个不讲信用的人。"

君殿下嘴角勾起一抹不易察觉的弧度，催促凤舞："擦背啊！"

"哦！"凤舞慢吞吞地走上前，拿起一条干净的澡巾给君临渊擦拭后背。

"凤小舞，你就是这样伺候人的？"君殿下暗自得意却又提醒她。

"干吗？"

君临渊："没看到架子上有五条澡巾吗？"

凤舞点头："看到了啊！材质还不一样，长宽也不一样呢！"

"宫嬷嬷没教过你，第一遍的时候要用凤呢巾，第二遍的时候要用澡呢巾，第三遍的时候……"

"哎呀，你烦不烦啊？"凤舞一听头都大了，"我一个小姑娘，从头到尾一条巾帕，你一个大老爷们还每一遍都不同的澡巾，你怎么那么难伺候啊？"

君殿下有些委屈，从小到大，宫嬷嬷都是这样教人伺候他的啊！

凤舞："而且这第一条是波图族进贡的上好云缎，第二条是巫冥族进贡的……君临渊，不要告诉我，你洗把脸都要用三五条。"

君殿下咬着下唇。

凤舞："光是这五条锦缎便价值万金，相当于十颗上品灵石了。君临渊，你也太奢侈了吧？"

君临渊回头，见凤舞将用过的澡巾往架子上放，当即皱眉："你做什么？"

凤舞："已经用过了，当然是放回去，等宫嬷嬷派人来取了洗啊！"

"洗？"大概在君临渊的认知里从来没有这样的概念，他用怪异的目光盯着凤舞，"洗什么？"

"洗什么？"凤舞也用怪异的目光望着君临渊，"洗了晒干净下次再用啊！我说得没毛病吧？"

君殿下像看神经病一样看着凤舞，确定她脑子没毛病后，皱眉道："丢掉。"

"啥？"凤舞瞪大了眼睛，甚至还掏了掏耳朵，她没听错吧？

"这话我不想说第三遍，丢掉！"君殿下的脸色非常难看。

凤舞蹦了起来："君临渊，你没搞错吧？这些都是各族进贡的上品锦缎，价格昂贵，你用了一次就丢掉？！"

君殿下声音淡淡地道："嗯。"

凤舞被气得差点噎住："你知不知道这五条锦缎加起来，至少价值十颗上品灵石？"

君殿下一脸得意："嗯。"

凤舞："十颗上品灵石啊！多少人因为一颗下品灵石打破头，你洗一次澡，就丢

掉十颗上品灵石？"

君殿下满脸傲娇地道："因为我是太子。"

凤舞竟无言以对，她默默吐槽："那些人还争什么下品灵石啊，专门守在太子府侧门捡垃圾好了。"

君殿下瞥了凤舞一眼："都会烧干净，不会流出去。"

凤舞："……"

也是，否则君临渊用的洗澡巾怕是一百颗上品灵石都能卖到。所以说，人比人真的会气死人的。

凤舞被君临渊噎了一句又一句，都不想跟他说话了，只埋头专心帮他擦拭。

君临渊白皙如玉的肌肤上有一条条纵横交错的疤痕，有鞭痕，也有剑痕，还有其他兵器划过的痕迹。凤舞知道这其中必然含有一个个曲折离奇的故事，不过她深知知道得越多自己越危险，所以她闭口不言。

反倒是君临渊慢慢悠悠地开口："你都不好奇？"

凤舞低头擦背，闷声道："好奇什么？"

"你不好奇堂堂太子之尊为何身上有这么多伤疤？"

如果凤舞想深入了解君临渊，现在正是最好的机会，但是凤舞最怕的就是这个，她才不要对君临渊有更深入的了解呢！这个人太可怕了！她有预感，一旦招惹上他，会是自己一辈子的超级大麻烦，所以凤舞直截了当地拒绝道："不不不，你不要说了，我不要听。"

君殿下的身体瞬间僵硬如玄铁。但凡凤舞的语气稍微软一些，君临渊也不会生这么大的气，她拒绝得太简单粗暴了。

凤舞能够感觉到她手掌下的肌肤紧绷，原本热气氤氲、汩汩冒泡的温泉池水，竟然瞬间凝结成冰块。

凤舞感觉到了一种极致的危险，她本能地向后退去。然而，没等她退出一步，君临渊便拽住了她的手。扑通——可怜凤舞被君临渊用力一拽，直接拽进了温泉池中。原来温泉池里满是温水，倒还没什么，可现在温泉池里满是冰啊！凤舞一个倒空翻，哐当一声重重砸到冰面上，她的后背一阵剧烈疼痛。

凤舞被摔得头晕目眩时，被迫对上了君临渊那好似燃烧着熊熊烈火的恐怖眼眸。恐怖的何止他的眼睛，此刻的君临渊，就像一只战斗力充沛、蓄势待发、已经失去理智的魔兽王者，没人知道他会做出什么事情来。

凤舞的瞳孔一阵剧烈紧缩。她眼中有惊惧、有敬畏，更多的则是无辜和茫然。

"君、君临渊……你、你要干什么？"凤舞的声音带着止不住的颤抖。